中国社会科学院　学者文选

孙楷第集

中国社会科学院科研局组织编选

中国社会科学出版社

图书在版编目（CIP）数据

孙楷第集／中国社会科学院科研局组织编选. —北京：中国社会
科学出版社，2008.4（2018.8 重印）
（中国社会科学院学者文选）
ISBN 978-7-5004-6780-9

Ⅰ.①孙…　Ⅱ.①中…　Ⅲ.①古典文学—文学研究—文集
Ⅳ.①I206.2-53

中国版本图书馆 CIP 数据核字（2008）第 022210 号

出 版 人　赵剑英
责任编辑　季寿荣
责任校对　刘桂菊
责任印制　李寡寡

出　　版　中国社会科学出版社
社　　址　北京鼓楼西大街甲 158 号
邮　　编　100720
网　　址　http://www.csspw.cn
发 行 部　010-84083685
门 市 部　010-84029450
经　　销　新华书店及其他书店

印刷装订　北京市十月印刷有限公司
版　　次　2008 年 4 月第 1 版
印　　次　2018 年 8 月第 2 次印刷

开　　本　880×1230　1/32
印　　张　15.5
字　　数　370 千字
定　　价　89.00 元

出 版 说 明

一、《中国社会科学院学者文选》是根据李铁映院长的倡议和院务会议的决定，由科研局组织编选的大型学术性丛书。它的出版，旨在积累本院学者的重要学术成果，展示他们具有代表性的学术成就。

二、《文选》的作者都是中国社会科学院具有正高级专业技术职称的资深专家、学者。他们在长期的学术生涯中，对于人文社会科学的发展做出了贡献。

三、《文选》中所收学术论文，以作者在社科院工作期间的作品为主，同时也兼顾了作者在院外工作期间的代表作；对少数在建国前成名的学者，文章选收的时间范围更宽。

中国社会科学院

科研局

1999 年 11 月 14 日

目　录

编 者 的 话

　　作为中国社会科学院文学研究所创立之时就在职的研究员，人们往往是将孙楷第的名字与文学研究所连在一起的。作为五四之后进入学界的学者，孙楷第的治学生涯又与中国古代文学研究进入现代时期这一重大事件密不可分。

　　五四新文化运动不但直接影响和促进了小说戏剧的创作，也使古典小说戏曲的研究受到空前的重视，开始了它的现代化进程。孙楷第是五四后出现的第一代学者，自 20 世纪 30 年代初就受到国内、国际学术界的推重，并在此后半个多世纪漫长岁月里，坚持良好的学风，锲而不舍地为古典文学研究倾注了毕生的心血。他的研究成果拓展了古典文学研究的视野，他的学风、文风为我们树立了一个纯正的、正直的学者楷模。

　　孙楷第，字子书。河北省沧县王寺镇人。1898 年 1 月出生于旧知识分子家庭，1986 年 6 月逝世于北京，享年 88 岁。

　　河北沧县古称沧州，在清末民初的社会动乱中，习武成风，以武林高手辈出而著称，同时也是文化事业较发达的地区。早年，孙楷第在家乡读小学，由于社会环境的限制，小学结业较迟。民国初年，他到沧县县城读中学。

1922 年，孙楷第考入北平高等师范（即今北京师范大学）国文系。在大学学习期间，他开始受到乾嘉学派治学方法的影响，并认真研究了《广韵》、《集韵》、段玉裁《说文解字注》、王念孙《广雅疏正》及《读书杂志》、王引之《经义述闻》等典籍，通过王念孙、王引之父子的著作，学习了校勘古籍的理论和方法。

当时的北平高等师范教师中，著名的古文字学家杨树达对孙楷第影响最大。在杨树达指导下，孙楷第著有《王先慎韩非子集解补正》、《刘子新论校释》、《读庄子淮南子札记》。杨树达在北京师范大学讲《韩非子》，曾在课堂上一再引用孙楷第《王先慎韩非子集解补正》里的见解，给予肯定，还亲笔在《读庄子淮南子札记》一文之后加批道："作得好。可喜也！"大学毕业后，孙楷第开始研究小说目录，这项工作也得到杨树达的赞同与支持。1931 年孙楷第东渡日本访书，从策划到成行，都曾得助于杨树达。杨树达严谨扎实的治学态度，对孙楷第有很深的影响。

1928 年，孙楷第毕业于北京师范大学，时年已过 30。他留校任国文系助教，兼《中国大辞典》编纂处的编辑。

1931 年，他调到北平图书馆（即今中国国家图书馆）任编辑、写经组组长，同时兼任北京师范大学、私立辅仁大学、北京大学等校的讲师。从这时开始，他便着力于编纂中国通俗小说书目。一开始仅是因为参与《中国大辞典》的编纂，进入了这个门径之后，他一生从未暂离，坚持了半个多世纪。而这半个多世纪，是中国有史以来发展变化最快的时期。

受到正统观念的局限，中国小说从来没有专门的目录。据说乾隆皇帝本人爱读通俗小说，但庞大浩繁的《四库全书》编成，通俗小说竟成为缺项。因编写《中国大辞典》等工作需要，孙楷第在着手研究通俗小说时，便决定从建立全新的小说目录学入手，把乾嘉学派重视版本、目录的方法，引入小说研究的领域。为创制小说书目，孙楷第遍阅北京公私所藏有关书籍，北京图书馆、孔德学校、北京大学及马廉、郑振铎等藏书中的善本小说，他都一一予以翻检阅读，特别是受益于北京图书馆的馆藏，并于1931年9月，受北京图书馆委派，东渡日本访书。1931年9月19日刚抵达东京，就惊闻九一八事变的消息，使他"悲愤填膺，欲归复止"。他在编成《日本东京所见小说书目》时，于序言中特意指出："此次所阅者不过稗官野史之微，非世所急。矧当国步艰难之日，听白山之鼙鼓，惊沪上之烟尘，草玄注易，实际何补？深睢古人玩物丧志之言，所以怃然自失。"孙楷第对九一八与一·二八的隐痛于此可见一斑。

仅用两三年时间，孙楷第就编成了3种小说书目，并于1933年由国立北平图书馆、《中国大辞典》编纂处合印行世，即《中国通俗小说书目》10卷、《日本东京所见小说书目》6卷、《大连图书馆所见小说书目》1卷（附见于前书，并合为一册）。这3种书目目前公认是中国小说目录学的开山之作。从此孙楷第便以小说目录的创制者的身份为学林所知。

小说书目问世后，孙楷第又以其版本目录学知识为基础，开始研究小说本事，并着手撰写《小说旁证》。清代学者钱大昕曾说：读书要知道底本。孙楷第深受启发，在泛览四部群书中，凡遇到通俗小说来历、出处的有关资料，便一一予以摘抄。积久成帙，便进一步对资料进行排比、疏解、笺释，从中探悉一部小说从肇始、萌生到成型的过程，并由此进一步研究小说的写作、演变、流传及与社会的相互影响。历来文人著有《本事诗》、《本事词》一类篇什，而小说本事的收集、考证与研究也是始于孙楷第的。

1935 年《国立北平图书馆馆刊》第九卷一号刊出了孙楷第的《小说旁证》，虽仅有 8 篇本事及序，但立即引起了学术界的关注。《小说旁证》全书共 7 卷，约 40 万字，共收有 200 篇本事考证文字。在序言中，孙楷第申明："征其故实，考其原委，以见文章变化斟酌损益之所在"，"非云博识，聊为讲求谈论之资云尔。"在此后的半个世纪，孙楷第一直在不时修订、增补其"旁证"之作。

在小说研究的同时，孙楷第也把目光投向古典戏曲。他的戏曲研究，同样体现着从目录入手，重视版本、校勘的特点。自 1934 年到 1939 年，孙楷第在北京、上海、南京等地曾遍阅明、清戏曲，并为其中近千种写下了札记，积为《读曲札记》稿本十数册。他还在友人朱福荣协助下，利用北京图书馆馆藏，抄录了明、清曲家生平事迹资料数百册。有了这些准备工作，他的戏曲研究文章一刊发，立即产生了较大的影响。比如他写的《吴昌龄与杂剧西游记》（见《辅仁学志》1934 年刊），辨日本发现的、由汉学家盐谷温印行的元杂剧《西游记》是杨讷（景贤）所作，并非如中外学界所认为的是吴昌龄所作。此文一出，足解学人之惑，受到国内及日本同行的认可。

辛亥革命，清朝鼎革。北洋政府以承认清朝签订的条约及债务，来换取列强的支持，其中包括为"庚子事变"而付给英、法、德、日等国的巨额"赔款"。自五四以后，为时代潮流波及，各国纷纷以这笔分年支付的"赔款"在中国兴办一些文教事业。日本在其东方文化协会主持下，用"庚款"编纂《续修四库全书总目》，并邀集当时中国最有影响的学者为其撰稿，在孙蜀丞（人和）与傅增湘介绍下，孙楷第应邀为该书撰写小说、戏曲类提要。自 1934 年 12 月，开始着手撰稿。但《续修四库全书总目》屡为社会舆论所批评，到七七事变发生，孙楷第便毅然搁笔，不再为日本东方文化协会撰稿。两年多时间内，孙楷第为数百部小说、戏曲、地方志撰写了提要，逐月交稿并打印成册。尽管长时期并未公开出版，但孙楷第所撰这部分提要的打印本受到学术界的好评，并产生了较大的影响。直到1990年，才由人民文学出版社出版了这部分提要，并题名为《戏曲小说书录解题》。这是孙楷第关于小说、戏曲目录学的又一部力作。

1937年夏，孙楷第受聘为北京大学国文系副教授。但七七事变后北平各大学不能开学，而北京图书馆经费是以美国"庚款"维持的，所以孙楷第又回到北京图书馆继续工作。

1941年，日军偷袭珍珠港，太平洋战争爆发，日本宪兵强行接管了北京图书馆。出于爱国热忱，孙楷第决然中断了自己的研究工作，弃职家居。在当时，这一义愤之举产生了较大的反响，徐森玉曾借"二十四郡，唯颜鲁公"加以称许，以唐代"安史之乱"时河北二十四郡尽为安禄山所下，唯颜真卿独守平原的典故，表彰孙楷第敢于面对强暴，抗厉守高。这时他的生活亦颇艰苦，常要靠卖书或亲朋接济度日。1942年，辅仁大学的储皖峰教授去世，校长陈垣便介绍孙楷第接替了这一教职。陈垣是孙楷第十分尊重的师长，他们的友谊一直延续到"文化大革命"初期陈垣去世，在学术研究及个人生活方面都有许多交往。

作为抗日战争期间滞留北平的学者，孙楷第始终与敌伪泾渭分明，不受威胁利诱。1938年春，日本京都大学计划编《中国小说戏剧辞典》，派专人到北平与孙楷第接谈，提出请他担任编辑，并许以优厚报酬，尽管他衣食不周，仍毫不犹疑地辞谢了。同年秋天，所谓"日中文化协议会"成立，日本汉学家盐谷温专程来北平，参加成立大会。成立大会于北海漪澜堂设盛宴，盐谷温派他的学生执其亲笔信到北平图书馆，邀请孙楷第赴宴，孙楷第回信称"有病不能与会"，婉言辞谢。1942年，盐谷温再次来北平参加"日中文化协议会"的例会，是时孙楷第的《述也是园古今杂剧》（后改题《也是园古今杂剧考》）已发表，并在国内外产生了较大影响，盐谷温又派学生到孙楷第家，请他去六国饭店为盐谷温在北平的门生专门讲一次"也是园古今杂剧"，孙楷第仍然以病辞而不赴。

1945 年，抗日战争胜利。由北平内迁的各大学纷纷复员返回。于是孙楷第继踵前约，到北京大学出任国文系教授。1948 年，转入燕京大学国文系，仍任教授，直到 1949 年北京和平解放。

中华人民共和国成立后，孙楷第仍继续从事自己的古典文学研究及教学工作。除"文化大革命"的 10 年间，他一直坚持写作，并逐一修订增补着旧作。

1952 年，北京各大学统一进行了院系调整，燕京大学并入北京大学。1953 年，北京大学成立了文学研究所。从刚建所，孙楷第就成为文学所的专职研究人员，直到去世。北京大学文学研究所以后又两次改变归属，现为中国社会科学院文学研究所。孙楷第一生中最后的 30 余年就是在文学所度过的，文学所是他一生任职时间最长的单位。50 年代初次为高级知识分子评定职称，他被评为二级研究员。

进入 50 年代，孙楷第在撰述新作同时，开始出版经过修订的旧作。1952 年、1953 年，上海杂志公司出版社出版了他的《元曲家考略》、《也是园古今杂剧考》、《傀儡戏考原》等著作。

《元曲家考略》始撰于上世纪 40 年代后期，自 1949 年开始刊发，1953 年上海杂志公司出版社出版的共收有甲、乙两稿（即两卷）。其中一部分内容是新中国成立后的新作。《也是园古今杂剧考》原题《述也是园古今杂剧》，最早于 1940 年以图书季刊的专刊本形式出版。《傀儡戏考原》共收入两篇关于傀儡戏的文章：《傀儡戏考原》、《近代戏曲原出傀儡戏影戏考》，前者原刊《汉学》1944年第一辑，后者见1942年《辅仁学志》第十一卷。这3种书都纳入了上海杂志公司出版社出版的《中国戏曲理论丛书》之中，在结集时都经过了认真的增订校改。

此后，作家出版社于1956年出版了《中国通俗小说书目》的新一版（人民文学出版社又于1981年重印）；于1958年出版了《日本东京所见小说书目》、《大连图书馆所见小说书目》的新一版（合为一册，人民文学出版社亦于1981年重印）。这3种书的再版，也作了相应的校勘增订，成为研究古典小说的必备参考书。

此外，上海的棠棣出版社还将孙楷第的论文集《论中国短篇白话小说》作为"中国古典文学研究丛刊"的一种，于1953年11月出版。该书共收入论文5篇，书前有郑振铎序。

1958年，孙楷第将前此所写的论文作了一次编集校订，并辑为《沧州集》，交给了中华书局，于7年后（1965年）分上下两册出版。《沧州集》分为6卷，共收入文史等方面的旧作45篇。

除了编校出版旧著，孙楷第还着力于继续撰写《元曲家考略》及《小说旁证》。《元曲家考略》的丙、丁两稿基本写于20世纪五六十年代，其中的《薛昂夫考略》、《张小山考略》等篇在《文学评论》上一刊出，就产生了较大的影响，甚受到了海外（比如日本）同行的重视。而《小说旁证》中关于《金海陵纵欲亡身》（见《醒世恒言》卷二十三）本事的考辨，是关于小说演变、形成问题的典范性论证。

"文化大革命"中，孙楷第受到了不公正的待遇，不但反复"批判"，下放到"五七"干校，被剥夺了从事著述的正当权利，连毕生节衣缩食而聚集的万册珍贵藏书也损失殆尽。尽管如此，他从不附合"四人帮"的形左实右的高调,以"独善其身"自勉,敢于正视社会上的极"左"势力。他仍然在极端艰难的条件下从事自己的研究工作。他利用札记、日记形式,对以往旧作作了严格的推敲与反复的辩驳,哪怕一个字、一句话不顺当,都于心不安。

打倒"四人帮"之后,孙楷第不顾年迈体弱,废寝忘食地投身到科研工作中。他把《元曲家考略》已写出的甲、乙、丙、丁4稿合为一编,又进行了一次严格的校订,交上海古籍出版社于1981年重版。他亲自把编《沧州集》时因种种原因未能收入的论文及新作重作编订,又结为《沧州后集》,仍由中华书局于1985年出版。《沧州后集》共分5卷,并有附录2篇。至此,孙楷第所撰论文,基本上已收入到文集中。

此外,他还续写了两篇新的元曲家的考略,刊登在《文学遗产》1983年第4期上。当笔者的《贯云石评传》完稿后,孙先生曾数易其稿地为其撰写了序文。1984年,新疆师范大学中文系为纪念维吾尔族元曲家贯云石逝世660周年,召开了学术讨论会,并邀请孙楷第到会。他虽未能赴会,但写了长信驰书致贺。这封信刊发在《新疆师范大学学报》的专刊上,是他生前发表的最后一篇文章。

《小说旁证》的增订校勘工作一直没有搁笔。直到孙楷第去世,该书已编出成稿,有待出版。而自1984年开始,将为《续修四库全书总目》写的提要编集成书,又占据了孙楷第的许多时间。在临终前,他已把全部文稿找齐,校读过一遍,并定了书名及分卷原则。该书已于1990年由人民文学出版社出版。

1986年夏天,文学研究所的领导去看望在重病中的孙楷第。当问到他还有什么未了之事时,他在手心写了一个"书"字。直到去世,他的万册藏书也未能追回,他的许多著作仍未整理出版。对于一个一生可以用"读书"、"写书"4个字概括的正直知识分子，除此之外还能有什么遗恨呢？

作为中国小说目录学的创始人，孙楷第在上世纪30年代就受到学术界的推重。

当《中国通俗小说书目》初版时，郑振铎就欣然为其作序。20多年后，在为孙楷第《论中国短篇白话小说》作序时，郑振铎还特意重申："孙先生的《中国通俗小说书目》是最好的一部小说文献，给我们开启了一个找书的门径。20多年来的小说研究者们，对于这部书是重视的，对于孙先生的这个工作是感激的。在这20多年里，孙先生又由'目录之学'而更深入的研究小说的流变与发展。"这是客观准确的提法。

胡适在为《日本东京所见小说书目》初版所作的序中更进一步说：孙楷第的小说目录学在小说史研究上"绝大重要"，为小说史研究打下了"新基础"，并毫无保留地推举道："沧县孙子书（楷第）是今日研究中国小说史最用功又最有成绩的学者。"

除小说、戏曲研究，孙楷第在楚辞、汉魏六朝乐府研究等方面也创获颇多。此外，对于历史人物、诸子学、变文等研究，也都有较大成就。他的《刘子新论校释》曾受到王重民的肯定，指出其特点是校勘精确，与敦煌本《刘子》符合者竟有十之八九。而他的《唐代俗讲轨范与其本之体裁》等变文研究著述，自一刊发就受到重视。胡适于1937年当面称许了此文，并邀请孙楷第到北京大学开设变文课。40年代，向达在所著《补说唐代俗讲二三事答周一良、关德栋两先生》一文中说："孙子书（楷第）所著《唐代俗讲轨范与其本之体裁》体大思精，发明甚多。俗讲的研究，至是逐渐露出一线光明。"王重民在其遗著

《敦煌变文研究》（见《中华文史论丛》1981 年第 2 期）的"变文释义"章指出，"从汉语释义的，以孙楷第的变文之解为最好"，此后又肯定《唐代俗讲轨范与其本之体裁》"是一篇极有价值的论文"。

孙楷第不但开拓了新的研究视野与领域，他的研究方法也颇有特点。

可以说，孙楷第是成功地把乾嘉学派的治学方法运用于现代古典文学研究的集大成者。他特别注重校勘及版本目录之学，反对急于立论，反对主观臆断。对于这一点，胡适曾作过准确的概括："他的成就之大，都由于他的方法之细密。他的方法，无他巧妙，只是用目录之学作基础而已。"胡适又进一步指出，"孙先生本意不过是要编一部小说书目，而结果却是建立了科学的小说史学，而他自己也因此成为中国研究小说史的专门学者"（胡适《日本东京所见小说书目》初版序言）。

在几十年的治学生涯中，孙楷第的目标从未改变，这说明他对自己选择的门径与信念是绝无怀疑的。他就这样几十年如一日，不慕荣利，不企望高潮及出现戏剧性的突破，一步一个脚印，又从不回顾，从不顾及生前身后的声名，日复一日，年复一年，做着"沙里淘金"（郑振铎语）的令人望而退步的工作，寂寞、枯燥、冷落，他却独得其乐地、自甘寂寞地度过了一生。

早在上世纪 30 年代，他就是当时阅读古典小说、戏曲最多、最全面的人。而他注重资料的特点，是自一开始步入学坛就未曾改变的。他和他的著作，他的治学方法与态度，都是古典文学研究界宝贵的遗产。

杨　镰

中国短篇白话小说的发展

中国白话短篇小说的发展，由唐至明，经过三个阶段：一是"转变"；二是"说话"；三是短篇小说。转变唐朝最盛。说话宋朝最盛。短篇小说明末才有，亦以明末为最盛。现在就依着朝代的次序说明这 3 件事。

转　变

"转变"这个名称，现在稍微生疏一点，必须说明一下。"转"等于"啭"，意思是啭喉发调。《淮南子·修务训》："秦楚燕魏之歌，异转而皆乐。"高诱注："转音声也。"唐朝太乐及教坊乐人叫音声人。可见转就是歌。"变"当奇异非常解。《白虎通》第四卷《灾变篇》："变者何谓？变者非常也。"《文选》第二卷张平子《西京赋》："尽变态乎其中。"薛综注："变，奇也。"非常事性质属于神异者，便叫"神变"、"灵变"。非常事性质属于怪异者，便叫"变怪"、"妖变"。笼统地说，亦可以称作"变异"。《广弘明集》卷三十上《萨陀波仑赞》题下注云："因画般若台，随变立赞。"随变立赞，犹言随事立赞。可见转变就是歌咏奇事。歌咏奇事的本子，就叫作"变文"。"变文"亦可简称为"变"。

我们现在看到的敦煌写本的变文，都是唐、五代时写的。根据这些变文，我们知道唐、五代的变文分两种：一种是演佛经故事的，我名之曰"经变"。经变二字，始见《梁书》第五十四卷《扶南国传》。说"大同中造诸堂殿，其图诸经变并吴人张（僧）繇运手"。唐·张彦远《历代名画记》，记两京寺观画壁及为古今画家作传，屡称经变。《梁书》、《名画记》说的是画，不是文。其实，书与文都是写经中之事，图之则为变相，演之则为变文。画可称经变，文亦可称经变。所以，我毫不踌躇地用了这个称呼。一种是演世间尘俗故事的，这一种，至今无适当称呼，我打算名之曰"俗变"。但这个称呼，不很妥当，所以我不敢用。现在对于这两种变文分别说一说。

"经变"是唐朝和尚通俗讲演之一种（当时专名词叫作"俗讲"）。唐、五代俗讲本分两种：一种是讲的时候唱经文的。这一种的题目照例写作"某某经讲唱文"，不题作变文。它的讲唱形式，是讲前唱歌，叫押座文。歌毕，唱经题。唱经题毕，用白文解释题目，叫开题。开题后背唱经文。经文后，白文，白文后歌。以后每背几句经后，即是一白一歌，至讲完为止。散席又唱歌，叫解座文。详细情节，我已有文章在北京大学出的《国学季刊》（第六卷第二号）讲过，现在不多讲。一种是不唱经文的，形式和第一种差不多，只是不唱经文。内容和第一种也有分别。第一种必须讲全经。这一种则因为没有唱经文的限制，对于经中故事可以随意选择。经短的便全讲。经长的，便摘取其中最热闹的一段讲。然而在正讲前也还要唱出经题。所以这一种也是讲经之一体，但照例题作变文。因此，我想：俗讲不唱经文的办法，固然是佛教教条允许的，但从形式上看，是一种解放。这种解放的意义，是故事从今可以独立讲，不必依傍经文了。讲佛经故事而题作变文，这是名称的解放。这种解放的意义，是现在讲经变，只是利用佛经中神异故事，作讲谈的材料。讲谈的重点在故事不在乎经。既然重点不在乎经，何妨径题作变文。所以，俗讲中的经变，在保留唱经题这一点上看，固然仍可以认作讲经，而其实等于宋朝"小说人"之说灵怪小说。不过所说的限于佛经故事而已。

再进一步解放，便是讲变文不向佛经中寻求故事，而向教外的书史文传中寻故事。现在，我们见的敦煌本变文，有说《列国志》的，有说《汉书》的，这是讲史；有《舜子至孝变》，有《昭君变》，这是小说传奇；有《唐太宗入冥变》，这是小说灵怪。甚而有把眼前的人作为讲谈材料的，如说张义潮、张怀深。张义潮和他侄子张怀深，是唐末的民族英雄。我们现在看的两个关于他叔侄的变文，就是对本人说的。这是写士马金戈的小说，并且是现实的，更进步了。这一批变文，就是我所拟而不敢即用的"俗变"，是经变外的另一种变文。变文由"经变"发展到"俗变"，方面更广了，内容更丰富了。中国白话小说的基础，至此完全奠定了。

说 话

宋朝的"说话"，即元、明人所谓"平话"、"词话"，近人所谓"说书"。"说话"之"话"，不当话言解，当故事解。我已有文章在《师大月刊》（第十期）讲过，现在也不必再讲。"说话"虽是宋人习语，但此语并不始于宋。唐朝郭湜作的《高力士外》传，记"上皇在南内，力士转变说话，冀悦圣情"。《元氏长庆集》卷十《酬翰林白学士代书一百韵》诗自注:"尝于新昌宅(听)说一枝花话,自寅至巳,犹未毕词。"一枝花即白行简《李娃传》之李娃。可见唐朝已经以说故事为说话。我疑心唐朝人所谓说话,是专指说尘俗事的,所以《高力士外传》中,以转变与说话对举。但今所见演尘俗事的敦煌卷子,也题变文。又似乎我推测的不对。大概转变、说话,细分别则各有名称,笼统地说则不加分别。唐朝转变风气盛,故以说话附属于转变,凡是讲故事不背经文的本子,一律称为变文。宋朝说话风气盛,故以转变附属于说话,凡伎艺讲故事的,一律称为说话。这是名称的问题,不必细讲。最可注意的是,说故事在宋朝,已经由职业化而专门化。宋以前和尚讲经,本不是单为宣传教义,而是为生活。唐、五代的转变,本不限于和尚,所以吉师老有《看蜀女转昭君变》诗。但唐朝的变场、戏场,还多半在庙里,并且开场有一定日子。而宋朝说话人则在瓦肆①开场,天天演唱。可见说故事在宋朝已完全职业化。宋朝说话的家数,据《梦华录》、《梦粱录》等书所记,有讲史书,有小说,有说经。小说又分烟粉、灵怪、传奇、公案、说铁骑儿数派。讲史是用长时间去讲的,说经限于佛书,不在本文讨论范围之内。小说,即后世短篇小说所托始。看它分门别派如此之严,知道宋朝的说话,已经专门化。因为专门化,所以伎艺更精。

说话人所用的本子,叫作话本。小说人用的本子,经过若干时期以后,有人把这种本子重订一下,去词留白,印出来供人阅览,这便是初期的短篇小说。

---

① 瓦肆即现在所谓市场。

短 篇 小 说

　　单行的宋人话本，明朝人见的还不少，现在没有。现在我们看的宋人话本，都是选辑本。选辑宋人小说的书，有《京本通俗小说》，有清平山堂所印话本，有《三言》。《京本通俗小说》至多是元末明初编的，因为里边有瞿佑的词①。瞿佑是元末明初人（1341—1427）。清平山堂印小说在嘉靖间（1522—1566）。《三言》印在泰昌、天启间（1620—1627）。三书所收的宋话本，都是重订本，都没有白文中间的唱词。宋话本在元末明初，已有重订无词之本，为什么不说短篇小说出于元末明初，而偏说明末才有呢？这个问题容易答复。因为重订不是作，自作的短篇小说，明末才有。明末人作短篇小说，是学宋、元话本的。因此，明末人作的短篇小说，从体裁上看，与现存的宋元话本相去甚微。但论造作的动机，则明末人作短篇小说，与宋元人编话本不同。宋元人编话本，是预备讲唱的。明末人作短篇小说，并不预备讲唱，而是供给人看。所以，鲁迅先生作《中国小说史略》，称明末人作的短篇小说为"拟话本"，不称话本，甚有道理。因为，他只是作小说拟话本之体，不是真正话本。

　　明末人拟话本作的短篇小说集子，著名的有冯梦龙的《三言》（《三言》是选集，但其中也有编者自撰的小说）；凌濛初的《二拍》；有无名氏之《石点头》、《醉醒石》、《照世杯》、《幻影》；有李渔的《连城璧》、《十二楼》；周济的《西湖二集》。这些书都先后在泰昌（1620）顺治间（1644—1661）出现，从

────────

　　① 即《冯玉梅团圆》篇所载"帘卷水西楼"词。此词瞿佑作，见明·田汝成《西湖游览志余》卷二十五。

明朝泰昌元年（1620）到清朝顺治十八年（1661），不过 42 年，就出了十几部集子 300 多篇的短篇小说，其余不很著名的尚不算。在小说史中，这是极可注意的事。

明末短篇小说的发达，是有历史基础的。这个基础，是由东晋到明初，1000 多年，许多在家出家有名无名的男女伎艺人筑成的。现在研究起来，从艺术的发展上看，没有晋南渡后至唐、五代的转变说话，就不可能有宋朝的说话，元、明的词话。没有宋朝的说话，元、明的词话，就不可能有明末的短篇小说。从文字上看，中国短篇小说之发展，是由模印话本，重订话本，进而为短篇小说的写作。一个研究中国白话小说史的人，必须对这种白话小说与乐艺的密切关系有了解。若不了解这种小说与乐艺的关系，便无法研究中国白话小说史。

1951 年

宋朝说话人的家数问题

一　四科说的讨论

　　元人词话、平话及明以来的通俗演义，都从宋人说话出。考查起来，不唯其气息体裁与说话有密切关系，即其门风宗派也显然是说话人的遗留。如《三国》及《五代史》在当时为专门之学，即说话中讲史之一家，《水浒传》当出于公案，《西游记》等出于灵怪，讲儿女之情的种种小说出于烟粉传奇。又凡言征战诸事，则铁骑儿一派所揣摩演说者。宝卷即说经之苗裔。如此一一求其根源，不但没有附会之嫌，而且是极稳便的话头。凡对于通俗文学史留心之人，都不会否认。说话对于通俗小说，既有如此的渊源，则研究当时说话人及说话之情形如何，在今日当然成为极有趣味的工作，而且，在小说史上也是重要的。

　　在中国，则鲁迅先生首先注意说话人的家数问题。他在《小说史略》第十二篇规定宋朝说话人有四科。即：

　　（一）小说　名银字儿

　　（二）谈经

（三）讲史书

（四）合生

他的说法，根据吴自牧《梦粱录》，但同时即发生了文字上的问题：即现行的《梦粱录》本子，如《学津讨原》本、《知不足斋丛书》本、《武林掌故丛编》本，都没有"合生"二字。校以《都城纪胜》之文，知道是脱去了，其实应当有的。《梦粱录》文：

> ……盖小说者能讲一朝一代故事，顷刻间捏合，与起令随令相似，各占一事也。

就文理上论，"起令随令，各占一事"，与小说之顷刻间捏合，意思不相连属，必有脱误。《梦粱录》此文，本《都城纪胜》，再看《都城纪胜》文：

> ……盖小说者能以一朝一代故事，顷刻间提破。　合生，与起令随令相似，各占一事。

原来《都城纪胜》之"顷刻间提破"，在《梦粱录》改作"顷刻间捏合"，抄书人又把合生一段文字，接连下文写在一处，结果成了"盖小说者能讲一朝一代故事，顷刻间捏合。合生与起令随令相似，各占一事也"。后来读书的人不知合生之义，觉得两个合字不妥，索性把合生二字勾销，于是乎《梦粱录》遂无"合生"之文。但究竟是脱去了，不是真没有。鲁迅先生补此二字，是对的。然而四科的问题，并不在这种文字增订上，而在四科所属诸子目之如何分配。鲁迅先生四科之目，根据《梦粱录》。倘《梦粱录》原文恰如鲁迅先生所说，那当然是毫无问题。但细考校下去，《梦粱录》之文，并不如鲁迅先生所说之明白正确，而且第四"合生"之外，还有第五"商谜"；这不能不启人疑窦了。因此，四科问题遂仍有重复申明之余地。现在不惮琐细，将《梦粱录》原文引在下面。《梦粱录》卷二十《小说讲经史》篇：

说话者，谓之舌辩。虽有四家数，各有门庭。且小说名"银字儿"，如烟粉、灵怪、传奇、公案，朴刀杆棒发发踪参之事（按文有误。当云：说公案皆是朴刀杆棒发迹变泰之事）；有谭淡子、翁二郎、雍燕、王保义、陈良甫、陈郎妇枣儿、徐二郎等，谈论古今，如水之流。谈经者，谓演说佛书。说参请者，谓宾主参禅悟道等事，有宝庵、管庵、喜然和尚等。又有说诨经者，戴忻庵。讲史书者，谓讲说《通鉴》、汉唐历代书史文传、兴废争战之事；有戴书生、周进士、张小娘子、宋小娘子、邱机山、徐宣教。又有王六大夫，元系御前供话，为幕士①，请给②，讲诸史俱通，于咸淳年间，敷演《复华篇》③及《中兴名将传》，听者纷纷。盖讲得字真不俗，记问渊源甚广耳。但最畏小说人。盖小说者能讲一朝一代故事，顷刻间捏合。（合生）与起令随令相似，各占一事也。商谜者先用鼓儿贺之，然后聚人猜诗谜、字谜、戾谜、社谜，本是隐语。……如有归和尚及马定斋记问博洽，厥名传久矣。

此说说话有四家数。四家数之下，举了小说、谈经、说参请、说诨经、讲史书、合生6目。合生之下，还有商谜。共是7种。应该用什么方法把这7种或6种分配于四家数之下，这是值得注意的。《梦粱录》此文，全本《都城纪胜》。《都城纪胜·瓦舍众伎》篇云：

……说话有四家。一者小说谓之银字儿，如烟粉、灵怪、传奇。　说公案皆是朴刀赶棒及发迹变泰之事。　说

---

① 幕士是禁卫军之直殿廷者。
② 请训领，唐宋人谓领俸禄为请给。
③ 《复华篇》当作《福华编》，乃贾似道门客廖莹中作，以谀似道援鄂之功。

铁骑儿谓士马金鼓之事。　说经谓演说佛书。　说参请谓宾主参禅悟道等事。　讲史书讲说前代书生文传兴废争战之事，最畏小说人，盖小说者能以一朝一代故事顷刻间提破。　合生与起令随令相似，各占一事。　商谜旧用鼓板吹"贺圣朝"聚人，猜诗谜字谜戾谜社谜，本是隐语。

有道谜……

说说话有四家，一者小说。小说之下有说公案、说铁骑儿、说经、说参请、讲史书、合生、商谜，与《梦粱录》同，只多了说铁骑儿一种。但二者三者以至四者，还是不知其名目。

《都城纪胜》、《梦粱录》都是说南宋杭州的事。至于记东京的众伎情形，还要数《梦华录》。《梦华录》卷五《京瓦伎艺》篇云：

……孙宽、孙十五、曾无党、高恕、李孝详讲史；李慥、杨中立、张十一、徐明、赵世亨、贾九小说；……毛详、霍伯丑商谜；吴八儿合生；张山人说诨话；……霍四究说三分；尹常卖《五代史》。……其余不可胜数。……

这里讲史与小说毗连，合生与商谜毗连，与《梦粱录》、《都城纪胜》同，但无说经。此外有说诨话，疑亦说话之一支。有说三分、说五代史，二者实亦讲史，特以其为专门之学另为立目。在这书中，并无四家之说。因为不说有四家，关于四家的分配问题，亦无从说起。

与《梦粱录》同时的《武林旧事》，在第六卷，也有《诸色伎艺人》一篇：

……

演史　　乔万卷等二十三人

说经诨经　　长啸和尚等十七人

小说　　蔡和等五十二人

……

弹唱因缘　　童道等十一人

……

说诨话　　蛮张四郎一人

商谜　　胡六郎……

……

合笙　　双秀才一人

……

说药　　杨郎中……

演史、说经诨经、小说毗连，和《都城纪胜》、《梦粱录》一样。而合笙（合笙即合生，鲁迅先生谓《武林旧事》无合生非也）、商谜则与其他伎艺搀杂。别出弹唱因缘一目，当亦说经者流。说药似是演说药名。宋、元人有用药名作诗填词的。金院本有《神农大说药》，见《辍耕录》。

总括起来，则四书所叙有如下文：

（一）孟元老《东京梦华录》　　无说话四家说。讲史与小说毗连，合生与商谜毗连。无说经，别出说诨话、说三分、五代史3目。

（二）灌园耐得翁《都城纪胜》　　始云说话有四家。一者小说如烟粉、灵怪、传奇。小说下举说公案、说铁骑儿、说经、说参请、讲史书、合生、商谜7目。但哪是二者、三者、四者，并未明言。

（三）吴自牧《梦粱录》　　谓说话有四家数，与《都城纪胜》同。下列小说、谈经、说参请、说诨经、讲史书、合生、商谜7目。小说下举烟粉、灵怪、传奇、公案4目。分四家之意，较《都城纪胜》为明了，但亦未明言其次第。无说铁骑儿，有说诨经。

（四）周密《武林旧事》　　无说话四家说。演史、说经诨经、小说毗连。说诨话、商谜、合生与其他伎艺搀杂。别出弹唱因缘一目。

以上四书，唯《都城纪胜》、《梦粱录》所记，分别部居，不相杂厕；其余二书排列的均不规则，而且各书所记，此出彼入，颇为参差。但在不统一之中，却有共同之点：即（一）小说、说经、讲史毗连，诸书完全相同（《梦华录》无说经）。（二）合生、商谜毗连，除《武林旧事》外，亦皆一律。由此知《都城纪胜》、《梦粱录》，以说话统摄小说、说经、讲史、合生诸目，是极有意思的，并非偶然。四家之说，亦自系当时事实，虽然同时的《武林旧事》没有提起。但说话四家之纲目次第如何，因书中语意不明，尚有待于讨论。

《都城纪胜》虽有四家之说，而仅小说上冠以数字（以意推之，无举一数字之理，其余必系脱落）。以下诸目并列，无由知其统系。至于《梦粱录》虽目亦相同，而其文稍有条理可寻，故鲁迅先生即据之以定四科之目。但细按之，亦有困难。如所云说话有四家数，以下举小说及烟粉、灵怪、传奇、公案诸子目，以谭淡子等7人承之，此当为第一类。次举谈经、说参请，以宝庵等3人承之，又附带着举说诨经之戴忻庵一人，此当为第二类。次举讲史书以戴书生等7人承之，此当为第三类。次举合生无业人（大约合生一科，业之者少，如《梦华录》及《武林旧事》合生下亦仅各有一人），此当为第四类。次举商谜，以有归和尚、马定斋2人承之。如此已得五类，仍不足以解释四家之说。据我个人的意思，商谜如后来之灯谜，其性质与说话本不相近，在《都城纪胜》、《梦粱录》或以其无类可归，姑附于说话之后，不入四家。但其性质或类合生，或以商谜附合生后与合生同为第四类，亦未可知。总之，因记载之简古及文字方面尚待于考证，今日欲确定其说，诚不免有多少困难。今斟酌鲁迅先生之说，以《梦粱录》为主，参以各书，姑定四科之纲目如下：

说话四家

（一）小说，即银字儿。

烟粉　　灵怪　　传奇　　说公案　　说铁骑儿

按传奇二字，疑是通称。如《清平山堂·简帖和尚》篇题"公案传奇"是也。然《武林旧事》诸宫调下注云："传奇。"则谓其说唱者为传奇，似传奇实有此一目。今姑与诸子目并列。

（二）说经（此据《都城纪胜》、《梦粱录》作谈经。）

说参请　　说诨经　　弹唱因缘

（三）讲史书

讲说《通鉴》、汉唐历代书史文传兴废争战之事。专门有说三分、说五代史。

（四）合生、商谜（说诨话拟附此科，合生之解见下文）。

《梦华录》、《都城纪胜》、《梦粱录》、《武林旧事》所记说话诸目，列表于后：

东京梦华录		都城纪胜		梦粱录		武林旧事	
1	小说（2）	1	小说 烟粉 灵怪 传奇 说公案 说铁骑儿	1	小说 烟粉 灵怪 传奇 公案	1	小说（3）
2	缺	2	说经 说参请	2	谈经 说参请 说诨经	2	说经诨经（2） …… 弹唱因缘（4）
3	讲史（1） …… 说三分（6） 说五代史（7）	3	讲史书	3	讲史书	3	演史（1）
4	…… 合生（4） 说诨话（5） 商谜（3）	4	合生 商谜	4	合生 商谜	4	…… 合生（7） …… 说诨话（5） 商谜（6）

说明：数目字示四家次序，数目字加（　）示原书先后次序。……示在原书中与上目不毗连。

二 银字儿与合生

上文所说，"说话四家"：一小说名银字儿，二说经，三讲史，四合生商谜。讲史，小说，说经，商谜，事皆易明，唯"银字儿"与"合生"之意不明。今参之载籍，间出己意，略为考释如下：

"银字"见《新唐书》卷二二《礼乐志》：

自周陈以上，雅郑淆杂而无别。隋文帝始分雅俗二部，至唐更曰部当。凡所谓俗乐者二十有八调。……其后声器浸殊，或有宫调之名，或以倍四为度，有与律吕同名而声不近雅者。其宫调乃应夹钟之律，燕飨用之。丝有琵琶、五弦、箜篌等；竹有觱篥、箫、笛；匏有笙；革有杖鼓、第二鼓、第三鼓、腰鼓、大鼓；土则附革而为埙，木有拍板方响，以体金应石，而备八音。倍四，本属清乐，形类雅音而曲出于胡部，复有银字之名，中管之格，皆前代应律之器也。后人失其传而更以异名，故俗部诸曲悉源于雅乐。……

银字，唐诗中屡见。白乐天诗"高调管色吹银字"（白氏《长庆集》卷五十六《南园试小乐》诗）；"月中银字韵初调"（白氏《长庆集》卷六十四《秋夜听高调凉州》诗）；杜牧之诗"调高银字声还侧"（《樊川文集》卷四《寄珉笛与宇文舍人》诗）；李宣古诗"觱篥调清银字管"（《云谿友议》卷中《澧阳燕》条引），皆此银字也。宋东西班乐，乐器独用银字觱篥、小笛、小笙。见《宋史》卷一四二《乐志》。银字乃管色之一。清·戴长庚《律话》卷中《银字管考》，谓"银字管乃内狭之管，可以平吹，制如近世之雌笛"。徐养源《管色考银字中管》条，谓"银字中管，两器。中管高调，银字平调"。又引或者说云："镂字于管，钿之以银，谓之银字管，乃管色之总名，不论平调高调。"以为此说亦通。其书俱在，今不详引。至中管屡见宋张炎《词源》。宋·沈括《梦溪笔谈》卷六记燕乐，《明史》卷六十三《乐志》记十二月按律乐歌，亦有中管。盖别于头管而言。头管即觱篥也。说话第一类之小说，既以银字儿命名，必与音乐有关。大概说唱时以银字管和之。银字外也许还有其他乐器，可惜现在不能详考。

"合生"始见《新唐书》卷一一九《武平一传》：

> ……后宴两仪殿，帝（中宗）命后兄光禄少卿婴监酒。婴滑稽敏洽，诏学士嘲之。婴能抗数人。酒酣，胡人袜子、何懿等唱合生，歌言浅秽。因倨肆，欲夺司农少卿宋廷瑜赐鱼。平一上书谏曰"……伏见胡乐施于声律，本备四夷之数。比来日益流宕，异曲新声，哀思淫溺。始自王公，稍及闾巷，妖妓胡人、街童市子，或言妃主情貌，或列王公名质，咏歌蹈舞，号曰'合生'……"

据武平一所说，合生（一）是胡乐，（二）是舞曲，（三）咏事实人物。指目妃主，在唐朝是常有的事。李肇《国史补》卷上，载贞元十二年（796），驸马王士平与义阳公主反目。蔡南史、独孤申叔播为乐曲，号"义阳子"，有"团雪散云"之歌。德宗闻之，怒，欲废科举。"义阳子"大概就是"合生"一类的乐曲。

宋·张齐贤《洛阳搢绅旧闻记》卷一"少师佯狂"条也谈到"合生"：

> 有谈歌妇人杨苎罗，善合生杂嘲，辨慧有才思，当时罕与比者。少师（杨凝式）以侄女呼之，每令讴唱，言词捷给，声韵清楚，真秦青、韩娥之俦也。少师以侄女呼之，盖念其聪俊也。时僧云辨能俗讲。云辨于长寿寺五月讲。少师

诣讲院，与云辨对坐，歌者在侧。忽有大蜘蛛于檐前垂丝而下。云辨笑谓歌者曰："试嘲此蜘蛛。如嘲得著，奉绢两匹。"歌者更不待思虑，应声嘲之，意全不离蜘蛛，而嘲戏之辞正讽云辨。少师闻之，绝倒久之，大叫曰："和尚取绢五匹来！"云辨且笑，遂以绢五匹奉之。歌者嘲蜘蛛云："吃得肚壓撑，寻丝绕寺行；空中设罗网，只待杀众生。"盖讥云辨体肥而肚大故也。

嘲是中国魏晋以来的风俗。嘲的对象，或是人，或是物。嘲的语言：或韵，或不韵。大抵以敏捷见长。《太平广记》有"嘲诮"类，专记此事。合生是胡乐。二者本不同源。但唱合生人若把当时人的姓名事迹编入歌词，出言轻俳浮薄，便与嘲一样。所以张齐贤以合生杂嘲相提并论，不甚分别。这是五代的事。宋·洪迈《夷坚支乙集》卷六"合生诗词"条。

江浙间路歧伶女，有慧黠知文墨，能于席上指物题咏应命辄成者，谓之合生。其滑稽含玩讽者谓之乔合生。盖京都遗风也。

下举一例，是咏诗。

张安国守临川；王宣子解庐陵郡守印归，次抚。安国置酒郡斋，招郡士陈汉卿参会。适散乐一妓言学作诗。汉卿语之曰："太守呼为五马，今日两州使君对席，遂成十马。汝意作八句！"妓凝立良久，即高吟曰："同是天边侍从臣，江头相遇转情亲，莹如临汝无瑕玉，暖作庐陵有脚春，五马今朝成十马，两人前日压千人，便看飞诏催归去，共坐中书布化钧。"安国为之叹赏竟日，赏以万钱。

又举一例，是唱曲子。

予守会稽。有歌诸宫调女子洪惠英正唱词次，忽停鼓白曰："惠英有述怀小曲，愿容举似！"乃歌曰："梅花似雪，刚被雪来相挫折。雪里梅花，无限精神总属他。梅花无语，只有东君来作主。传与东君，且与梅花作主人。"歌毕，再拜云："梅者惠英自喻，非敢僭拟名花，姑以借意。雪者指无赖恶少者。"官奴因言其人在府，一月而遭恶子困扰者至四五，故情见其词。在流辈中诚不易得。

这是南宋的事。洪迈所谓"指物题咏，应命辄成"，与《洛阳晋绅旧闻记》所记嘲蜘蛛事合；与《都城纪胜》、《梦粱录》所云"合生与起令随令①相似"者，意思亦极相近。今以《都城纪胜》、《梦粱录》所释合生测之，言"起令随令"，则似唱和；言"各占一事"，则非一人。《新唐书》记袜子何懿等唱合生，似亦非一人之事。大概合生以二人演奏。有时舞蹈歌唱，铺陈事实人物；有时指物题咏，滑稽含讽。舞蹈歌唱，则近杂剧；铺陈事实人物，则近说话；指物题咏，滑稽含讽，则与商谜之因题咏而射物者，其以风雅为游戏亦同。所以，我假设合生是介乎杂剧、说书与商谜之间的东西。《太和正音谱》卷下《中吕篇》引无名氏散套内【剔银灯】曲云："折末商谜、续麻、合笙，折末道字、说书、打令，诸般儿乐艺都曾领。"道字即字谜，所谓拆白道字。顶针续麻②，元人常语。续麻似指联句。凡诗词前后二篇，后篇首句首字与前篇末句末字同者为顶针。此曲所叙诸乐艺，皆性质相近者，可以证明我的假设是对的。《梦华录》、《武林旧事》叙合生与众伎杂厕，不加分别，可以是解释之；《都城纪胜》、《梦粱录》以合生入说话，可以是解释之；《都城纪胜》、《梦粱录》把合生放在小说、讲史、说经之后，商谜之前，亦可

---

① 令指酒令言。

② 续麻即缉麻。刘后村《宿庄家诗》："邻媪头如雪，灯前自续麻。"见《后村大全集》卷四。

以是解释之。

合生在宋朝也叫"唱题目"。见高承《事物纪原》卷九。金、元时教坊院本有"唱题目"。所以元·陶宗仪《辍耕录》卷二十五，记院本名目，有"题目院本"；关汉卿《金线池》杂剧第三折，记杜蕊娘行酒令，也有"止（指）题目当筵合笙"[1]之语。并且北曲调名有"乔合笙"，南曲调名有"合笙"。这是谱"合笙"的唱声入曲。更可以证明合笙有唱词了。

附　录

《董解元西厢记》，记张生向红娘诵莺莺所赠五言 8 句诗一段内，有乔合笙曲。其曲有唱有和。唱者为生。唱词衍莺莺诗为七言 8 句。和者为红娘。自第一句和起至第七句止，皆泛声。可见合生之体。曲在通行暖红室刊本第三卷、在新出明刊张羽序本第五卷。今据张羽序本录此段词白于下：

生曰：汝欲闻此妙语，吾能唱之，而无和者奈何？红娘曰：妾和之可乎？张生曰：可。

【仙吕调河传令缠】不须乱猜这诗中意思，略听我欸欸地开解。谁指望是他劣相的心肠先改。想咱家不枉了为他害。　红娘姐姐且宁耐。是俺当初坚意，这好事终在。一句句唱了，须管教伊喝彩。那红娘道：张先生快道来！

【乔合笙】休将闲事苦萦怀。和哩哩啰哩哩啰哩哩来也。取次摧残天赋才。和不意当初完妾命。和岂防今日作君灾。和仰酬厚德难从礼。和谨奉新诗可当媒。和寄语高堂休咏赋。和

---

[1]　此句在【醉高歌】曲内。"止"字，据《顾曲斋》本，《元曲选》作正。

今宵端的雨云来。

【尾】那红娘言：休怪。我曾见风魔九伯。不曾见这般个神狗乾郎在。

1930 年原作，1953 年至 1962 年 3 次校订

三言二拍源流考

昔余读鲁迅先生《小说史略》，始知有所谓《三言》及《拍案惊奇》者。闻高阆仙师有《醒世恒言》，因即假观，以一周读完，甚善之。嗣又为师范大学购得《拍案惊奇》一部，于是冯、凌著书，粗得浏览，而《通言》终未得寓目。1929年，因奉中国大辞典编纂处之命编辑小说书目，识马隅卿先生，尽读平妖堂藏书，则中有所谓《通言》者焉。马先生为斯学专家，收藏极富，于《三言》、《二拍》之学尤为研究有素。余工作之暇，辄就款谈，聆其议论，有所启发，默而识之，因得细心校理，识其涂径。1930年夏，调查既竟，爰即旧稿加以排比，读书有得，兼附鄙见，撰为解题。成"宋元小说部"一卷，"明清小说部"上二卷。荏苒至今，未及刊布。值馆刊编辑向余索稿甚急，猝无以应，因节取《三言》、《二拍》部分塞责，别出篇题，即为此文。其中板刻及诸本同异，皆夙昔闻之马先生相与讲求讨论者，此所谓《三言》、《二拍》学仍当属之先生，余不得掠美也。生平师友至善，拳拳服膺，校稿既竟，志其缘起如此。

导　言

　　《都城纪胜》、《梦粱录》记宋朝说话人四家：一小说，即银字儿，二说经，三讲吏书，四合生、商谜。说经专限于佛书，合生、商谜其性质与小说、讲史稍异。就此四家言之，若置说经及合生、商谜不论，其为今之通俗演义所祖述者，仅小说、讲史二家而已。讲史书，讲说《通鉴》、汉、唐历代书史文传兴废争战之事，专门有说三分，说《五代史》。银字儿色目有烟粉、灵怪、传奇、说公案、说铁骑儿。准是而言，则后来小说诸体多备于银字儿。历史小说如《三国演义》、《隋唐演义》诸书直接出于讲史，余皆银字儿之苗裔也。《都城纪胜》谓讲史者"最畏小说人，盖小说者能以一朝一代故事，顷刻间提破"。今以意揣之，演述史书，理非一时所能尽。银字儿所说当为闾里见闻，古今奇迹，事系于一人，顷刻之间，可具首尾，较之演说数十百年之事者为更易于聚来人而新耳目，故为讲史者所忌。此二者一说史鉴，一杂说古今事；一则动费时日，一则一次了了，至多不过十数次而止。此其别也。然则，说话人话本如烟粉、灵怪、公案等初皆短言。鸿篇巨制，唯讲史一种为然。其后文人辈起，逞其才华，《水浒》记朴刀杆棒事属公案，《西游》记神仙妖异属灵怪，《金瓶梅》记男女情事属烟粉，而皆驰骋文藻多至百回，性质为银字儿，体制为讲史，始突破宋人家法而为一朝新制。自兹而后，作者日繁，虽言非一科，词有长短多寡不同，要皆从心所欲，自为文章，除极少数人外已不复知银字儿与讲史体制之别。夫列朝制作，递有变迁，不相沿袭，无制度文艺皆然。况在小说，其始不过说话人之所揣摩，书会编纂，风尚所同自少变例；及其入文人之手，随其才力所及自由施展，自无墨守古宪之理。

以是言之，固不得泥古非今，挟拘墟之见，如经生所为，高谈门户，校论短长也。然百家六艺，咸有宗祧。吾辈读书，贵能知其源流，辨其体例。在吾国小说，其古今体制不同如此，疏而明之，是亦不可以已乎？讲史一科，历代所传，皆乏高致，是以古今瑰丽之作，若遗貌取神，胥当系之于银字儿而为其徒属。宋市井说话之银字儿，如《梦粱录》等书所记，已为特盛。高宗内禅，居德寿宫，说话人多于御前应制。演史为张氏、宋氏、陈氏；说经为陆妙慧、妙静；小说为史惠英，皆女流也（元·杨维桢《东维子集》卷六《送朱女士桂英演史序》）。于时高宗后吴氏尤爱神怪幻诞等书（张端义《贵耳集》上）故宋代灵怪小说最发达。下逮元明，词话演唱，此风未泯，话本之流传亦夥。而文人好事，复有造作，于是银字儿之流益以曼衍。即就现存种数论之，亦足以分讲史及其他长篇小说之席矣。其见于载籍者：元·周密《志雅堂杂抄》记所借北本小说灵怪内，有《四和香》、《豪侠张义传》、《洛阳古今记事》等数种，今皆无传。明·晁瑮《宝文堂目》子杂类有小说数十种，其为《京本通俗小说》、《清平山堂》及《三言》所已收者，不及半数。钱曾《也是园目》卷十录宋人词话 16 种，现存者亦只 8 种。然则宋元明短篇小说，今之埋没者多矣。吾辈生今日，所见宋明短篇小说总集，除缪荃孙所刊景元本《京本通俗》《小说》残存 7 种，明·洪楩清平山堂嘉靖间所刊 60 家小说残存 27 种外；其在明季，唯冯梦龙《三言》，及凌濛初初二刻《拍案惊奇》所收短篇小说最多，其在小说史上之地位亦至重要。请得略而言之。吾国小说至明代而臻于极盛之域，长篇如《三国演义》、《水浒传》皆有最后完本。《金瓶梅》、《西游记》则出嘉、隆间名士之手。四者号为奇书，雄视百代，而莫不与文人有关。若短篇小说，则自宋迄明似始终不为世人注意，其与文人发生密切关系，自冯、凌二氏始。冯氏《三言》，汇集宋、元旧作，兼附自著，实为汇刻总集性质。凌氏《二拍》，则纯为自著总集。二人者，生当明季，并有文名，其趣味嗜好同，其书为当时人所重视亦同。而冯氏于此尤为独造孤诣。犹龙子以一代逸才，多藏宋、元话本，识其源流，习其口语，故所造作摹绘声色，得其神似，足以摩宋人之垒而与之抗街，不仅才子操觚染翰，足为通俗文生色而已。以二人名誉之高，足以移转一世之耳目，故书出即盛行，作者继起，争相仿效，遂开李渔一派之短篇小说，其遗泽至于清初而未斩。此关于一时之风气者一。《古今小说》及《通言》、《恒言》所收，多至 120 种，宋、元旧种亦搜括略尽。凌氏《二拍》亦80 种。自来通俗小说总集，篇帙无如是者。今者宋、元小说，流传至少，欲研究中国短篇小说自不得不以《三言》、《二拍》为基础。此关于短篇小说史料者二。综斯二端，则《三言》、《二拍》在小说史上地位之重要，自不难想见。日本盐谷温氏目为宝库，诚非过誉也。书在当时，刻本已多。其后选辑本出，或割裂原书，别为标目，又或袭其名称而与本人无涉。时至今日明刻旧本存者无几，又非如四部之书各家有详细记载可以援引；欲述其板刻源流，已匪易事。今以《三言》、《二拍》为主，并择其有关系者著于篇。至诸书篇目，马隅卿先生、郑振铎氏及日本盐谷温氏并有调查及专门论文，学者可于本文求之，本不必赘附。唯今欲于《三言》、《二拍》为一贯之叙述故并录入，以便观览。博雅君子，或无讥焉。

三　言

《三言》者，一为《喻世明言》，二为《警世通言》，三为《醒世恒言》。如斯名称在明季已流行，至今日益为研究小说者之时髦名词。然冯氏藏古今小说120种，先后刊行，其第一刻即名《古今小说》。逮重刻增补本古今小说出，题《喻世明言》，世遂与《警世通言》、《醒世恒言》并称。《三言》之名著而《古今小说》之名反致隐晦。殆如李渔著书本名《十二楼》品目为《觉世名言》，其后书肆重刊，辄以品目名书，《十二楼》之名反晦也。今兹所记，从《古今小说》起，其《明言》以下三言以次述之。

全像古今小说 40 卷 40 篇

明·天许斋精刊本

此书唯日本内阁文库及前田侯家尊经阁各藏一部，此土未见传本。封面识语："小说如《三国志》、《水浒传》称巨观矣，其有一人一事可资谈笑者，犹杂剧之于传奇，不可偏废也。本斋购得古今名人演义一百二十种，先以三之一为初刻云。天许斋藏板。"卷首序略称："南宋供奉局有说话人。泥马倦勤，以太上享天下之养，仁寿（疑当作德寿）清暇，喜阅话本。于是内珰辈广求先代奇迹及闾里新闻、倩人敷演进御，以怡天颜。然一览辄置，卒多浮沉内庭，其传布民间者，什不一二耳。然如《玩江楼》、《双鱼坠记》等类，又皆鄙俚浅薄，齿牙弗馨焉。皇明文治既郁，靡流不波，即演义一斑，往往有远过宋人者。而或以为恨乏唐人风致，谬矣。唐人选言，入于文心，宋人通俗，谐于里耳。天下之文心少而里耳多，则小说之资于选言者少，而资于通俗者多。茂苑野史氏家藏古今通俗小说甚富，因贾人之请，抽其可以嘉惠里耳者，凡四十种，畀为一刻。余顾而乐之，因索笔而弁其首。"（以上节录序文）后署"绿天馆主人题"。茂苑野史当即冯梦龙氏，绿天馆主人不知何人。而序文议论宏通，谅非别人所能，或亦冯氏所作也。书40篇可考知为旧本者约19篇。其余 21 篇，今尚未发见其与他书之关系。然大部分当为明人及冯氏撰著。凡此杂收古今，与《古今小说》之名相符。书成不知何时，而泰昌刻冯增补《平妖传》有天许斋批点（张无咎序《平妖传》谓传于泰昌改元之年，日本内阁文库有明·嘉会堂刊本，内封面题《新平妖传》，疑即泰昌年刊），此亦为天许斋刊，则书成当在泰昌、天启之际矣。

《古今小说》目录

卷一　蒋兴哥重会珍珠衫

　　《情史》卷十六云：小说有《珍珠衫记》。

卷二　陈御史巧勘金钗钿

卷三　新桥市韩五卖春情

卷四　闲云庵阮三偿冤债

　　《雨窗集》收，题作《戒指儿记》。

卷五　穷马周遭际卖䭅媪

卷六　葛令公生遣弄珠儿

卷七　羊角哀舍命全交（一本作《羊角哀一死战荆轲》）

　　《欹枕集》收。晁瑮《宝文堂目》子杂类作《羊角哀鬼战荆轲》。按：元、明旧剧有《羊角哀鬼战荆轲》，见《也是园目》。

卷八　吴保安弃家赎友

卷九　裴晋公义还原配

卷十　滕大尹鬼断家私

卷十一　赵伯升茶肆遇仁宗

　　《宝文堂目》子杂类作《赵旭遇仁宗传》。按：明·无名氏传奇有《珠衲记》，谱此事。

卷十二　众名姬春风吊柳七

卷十三　张道陵七试赵升

卷十四　陈希夷四辞朝命

卷十五　史弘肇龙虎君臣会
　　　　《宝文堂目》子杂类作《史弘肇传》。

卷十六　范巨卿鸡黍死生交
　　　　《欹枕集》收，题作《死生交范张鸡黍》，《宝文堂目》
　　　　子杂类作《范张鸡黍死生交》。按：元·宫大用有
　　　　《死生交范张鸡黍》剧。

卷十七　单符郎全州佳偶

卷十八　杨八老越国奇逢

卷十九　杨谦之客舫遇侠僧

卷二十　陈从善梅岭失浑家
　　　　《清平山堂话本》收，题《陈巡检梅岭失妻记》，《宝
　　　　文堂目》子杂类作《陈巡检梅岭失妻》。按：宋、元
　　　　南戏有《陈巡检梅岭失妻》（《永乐大典》作《陈巡
　　　　检妻遇白猿精》），见徐渭《南词叙录》。

卷二十一　临安里钱婆留发迹

卷二十二　木绵庵郑虎臣报冤

卷二十三　张舜美元宵得丽女
　　　　　熊龙峰刊四种收，题作《张生彩鸾灯传》，《宝文
　　　　　堂目》作《彩鸾灯记》。

卷二十四　杨思温燕山逢故人
　　　　　《宝文堂目》子杂类有《燕山逢故人郑意娘传》，
　　　　　未知即此本否？按：元·沈和有《郑玉娥燕山逢故
　　　　　人》杂剧，见《太和正音谱》。

卷二十五　晏平仲二桃杀三士
　　　　　《宝文堂目》子杂类作《齐晏子二桃杀三学士》。

卷二十六　沈小官一鸟害七命
　　　　　《宝文堂目》子杂类有《沈鸟儿画眉记》，疑即此本。

卷二十七　金玉奴棒打薄情郎

卷二十八　李秀卿义结黄贞女

话本结末云：有好事者得此事编成唱本说唱，其名曰《贩香记》。

卷二十九　月明和尚度柳翠

田汝成《西湖游览志余》卷二十引平话有《柳翠》云，或近世拟作。按：元·李寿卿有度柳翠剧。

卷三十　明悟禅师赶五戒

《清平山堂话本》收，题作《五戒禅师私红莲记》。《宝文堂目》子杂类作《五戒禅师私红莲》。按田汝成《西湖游览志余》卷二十引平话有《红莲》：或近世拟作。《金瓶梅》七十二回亦载姑子弹唱五戒禅师觅红莲事。

卷三十一　闹阴司司马貌断狱

卷三十二　游酆都胡母迪吟诗

卷三十三　张古老种瓜娶文女

《宝文堂目》、《也是园目》俱作《种瓜张老》。

卷三十四　李公子救蛇获称心

《欹枕集》收，题作《李元吴江救朱蛇》。《宝文堂目》子杂类著录本题与《欹枕集》同。

卷三十五　简帖僧巧骗皇甫妻

《清平山堂话本》收，题作《简帖和尚》，注云亦名《胡姑姑》，又名《错下书》。《宝文堂目》，《也是园目》俱作《简帖和尚》。

卷三十六　宋四公大闹禁魂张

《宝文堂目》著录作《赵正侯兴》。

卷三十七　梁武帝累修成佛

卷三十八　任孝子烈性为神

《宝文堂目》子杂类作《任珪五颗头》。按《正音谱》古今无名氏剧有《任贵五颗头》。

卷三十九　汪信之一死救全家

卷四十　沈小霞相会出师表

喻世明言　24卷24篇　重刻增补《古今小说》

衍庆堂刊本

书亦日本内阁文库藏一部。题"可一居士评，墨浪主人较"，均不知何人。按《恒言》有陇西可一居士序，与此可一居士当是一人。其陇西或指地域，或为族望，亦不可知。序同《古今小说》。封面识语云："绿天馆主人初刻《古今小说》□十种，见者侈为奇观，闻者争为击节，而流传未广，阁置可惜。今板归本坊，重加校定，刊误补遗，题曰'《喻世明言》'，取其明白显易，可以开□人心相劝于善，未必非此道之一助也。艺林衍庆堂谨识。"栏外横题"重刊增补《古今小说》"。然全书仅24篇，所收《古今小说》21种，其余3篇则一篇见于《警世通言》（卷二十三之《假神仙大闹华光庙》与《通言》卷二十七重），二篇见于《醒世恒言》（卷一之《张廷秀逃生救父》与《恒言》卷二十重，五卷之《白玉娘忍苦成夫》与《恒言》卷十九重），与重刻增补之名不符。按衍庆堂本《警世通言》40篇中，即有《古今小说》4篇（详见下文），书亦题《二刻》增补。疑是板归衍庆堂时已有缺坏，其《古今小说》仅得25篇，《通言》亦缺4篇。因割裂原书，勉强分配，《通言》收《古今小说》4篇，已得40篇，《古今小说》只剩21篇，遂不避重复以《通言》、《恒言》文配补，然亦仅得24篇，是为今之《喻世明言》也。

《喻世明言》目录

卷一　张廷秀逃生救父（《醒世恒言》卷二十）

卷二　陈御史巧勘金钗钿（《古今小说》卷二）

卷三　滕大尹鬼断家私（《古今小说》卷十）

卷四　蒋兴哥重会珍珠衫（《古今小说》卷一）

卷五　白玉娘忍苦成夫（《醒世恒言》卷十九）

卷六　新桥市韩五卖春情（《古今小说》卷三）

卷七　闲云庵阮三偿冤债（《古今小说》卷四）

卷八　沈小官一鸟害七命（《古今小说》卷二十六）

卷九　陈希夷四辞朝命（《古今小说》卷十四）

卷十　赵伯升茶肆遇仁宗（《古今小说》卷十一）

卷十一　穷马周遭际卖	媪（《古今小说》卷五）

卷十二　宋四公大闹禁魂张（《古今小说》卷三十六）

卷十三　裴晋公义还原配（《古今小说》卷九）

卷十四　杨谦之客舫遇侠僧（《古今小说》卷十九）

卷十五　闹阴司司马貌断狱（《古今小说》卷三十一）

卷十六　任孝子烈性为神（《古今小说》卷三十八）

卷十七　游酆都胡母迪吟诗（《古今小说》卷三十二）

卷十八　李公子救蛇获称心（《古今小说》卷三十四）

卷十九　汪信之一死救全家（《古今小说》卷三十九）

卷二十　史弘肇龙虎君臣会（《古今小说》卷十五）

卷二十一　吴保安弃家赎友（《古今小说》卷八）

卷二十二　陈从善梅岭失浑家（《古今小说》卷二十）

卷二十三　假神仙大闹华光庙（《警世通言》卷二十七）

卷二十四　杨八老越国奇逢（《古今小说》卷十八）

别本喻世明言

马隅卿藏本

此本残存卷四至卷六3卷，不知其板刻源流。卷四为《蒋兴哥重会珍珠衫》（衍庆堂本同），卷五为《范巨卿鸡黍死生交》（衍庆堂本无），卷六为《新桥市韩五卖春情》（衍庆堂本同）。但即此残本考之，知与衍庆堂重刻增补本非一本矣。

警世通言

此书今所知见者，有兼善堂、三桂堂、衍庆堂 3 本，分识如下：

三桂堂王振华刊本《警世通言》40 卷 40 篇

孔德图书馆藏本　马隅卿藏本

题"可一主人评，无碍居士较"，封面识语"平平阁主人"，阁字缺坏。末署"三桂堂谨识"。有豫章无碍居士序。此三桂堂本今所见者，均缺第三十七卷以下 4 卷（目录第三十七卷以下剜去），仅得 36 卷 36 篇。日本《舶载书目》著录之 40 卷本，虽载其全目，其本至今未发见。然今所见本虽缺 4 卷，其轶文仍可于他本得之：如第三十七卷之《万秀娘仇报山亭儿》，第三十八卷之《蒋淑贞刎颈鸳鸯会》，兼善堂本及衍庆堂二刻增补本均有之（《鸳鸯会》亦见《清平山堂》）。第三十九卷之《福禄寿三星度世》亦见于兼善堂本。所余唯第四十卷之《叶法师符石镇妖》，今未见其文耳。

金陵兼善堂本《警世通言》40 卷 40 篇

日本蓬左文库藏本，即盐谷温所称尾州本，此土未见。

题"可一主人评，无碍居士较"，封面识语"兹刻出自平平阁主人手授"云云，末署"金陵兼善堂谨识"。有豫章无碍居士序。据目录，则篇目次第与三桂堂本无大差异（目录次第与正文所题不尽同），唯以三桂堂第二十四卷之《卓文君慧眼识相如》一篇，作为本书第六卷《俞仲举题诗遇上皇》之入话；别出《玉堂春落难逢夫》一篇，为 24 卷。第四十卷为《旌阳宫铁树镇妖》，此为不同。余同三桂堂本。

三桂堂本、兼善堂本《警世通言》目录（二本目今合为一表，以便观览）

三桂堂本	兼善堂本
卷一　俞伯牙摔琴谢知音	同
卷二　庄子休鼓盆成大道	同
卷三　王安石三难苏学士	同
卷四　拗相公饮恨半山堂	同

《京本通俗小说》第十四卷收，题作《拗相公》。

卷五　吕大郎还金完骨肉	同
卷六　俞仲举题诗遇上皇	同（入话为卓文君奔相如事）
卷七　陈可常端阳仙化	同

《京本通俗小说》第十一卷收，题作《菩萨蛮》。

| 卷八　崔待诏生死冤家 | 同 |

正文题下注云："宋人小说题作《碾玉观音》。"《京本通俗小说》第十卷收，题与此注相同。《宝文堂目》子杂类作《玉观音》。

卷九　李谪仙醉草吓蛮书	同
卷十　钱舍人题诗燕子楼	同
卷十一　苏知县罗衫再合	同

正文结云："至今闾里说《苏知县报冤》

唱本"，知出于词话。

卷十二　范鳅儿双镜重圆　　　　　　　同

原名《双镜重圆》。《京本通俗小说》第
十六卷收，题作《冯玉梅团圆》。《也是
园目》题同。《宝文堂目》作《冯玉梅
记》。

卷十三　三现身包龙图断冤　　　　　　同

文甚质古，各家未见著录。《醉翁谈录》
《小说开辟》篇引小说有《三现身》，疑
即此篇。

卷十四　一窟鬼癞道人除怪　　　　　　同

正文题下注云："宋人小说旧名《西山
一窟鬼》。"《京本通俗小说》第十二卷
收，题与注同。

卷十五　金令史美婢酬秀童　　　　　　同

卷十六　张主管志诚脱奇祸　　　　　　同（正文

《京本通俗小说》第十三卷收，题作　　作《小夫
《志诚张主管》。　　　　　　　　　　人金钱赠
　　　　　　　　　　　　　　　　　　年少》）

卷十七　钝秀才一朝交泰　　　　　　　同

卷十八　老门生三世报恩　　　　　　　同

冯梦龙《三报恩》传奇云："余向作
《老门生》小说，政谓少不足矜而老未
可慢。"当即此本。

卷十九　崔衙内白鹞招妖　　　　　　　同

正文题下注云："古本作《定山三怪》。
又名《新罗白鹞》。"《京本通俗小说》
有此本，题作《定山三怪》，见缪跋。

卷二十　　计押番金鳗产祸　　　　　　　　同

　　　　正文题下注云："旧名《金鳗记》。"《宝
　　　　文堂目》题同。按押番宋职官有之，疑
　　　　亦出自宋本。

卷二十一　　赵太祖千里送京娘　　　　　　同

卷二十二　　宋小官团圆破毡笠　　　　　　同

卷二十三　　乐小舍拼生觅喜顺　　　　　　同

　　　　正文标题"喜顺"作"偶"，下注云：
　　　　"一名《喜顺和乐记》。"《情史》七载
　　　　此事，云"事见小说"，似亦曾单行。

卷二十四　　卓文君慧眼识相如　　　　　　玉堂春落

　　　　正文作《卓文君巨眼奔相如》。《宝文堂　　难逢夫
　　　　目》、《清平山堂话本》俱题作《风月瑞　　（正文注：
　　　　仙亭》。　　　　　　　　　　　　　　　"与旧刻
　　　　　　　　　　　　　　　　　　　　　　《王公子
　　　　　　　　　　　　　　　　　　　　　　奋志记》
　　　　　　　　　　　　　　　　　　　　　　不同。"）

卷二十五　　桂员外途穷忏悔　　　　　　　同

卷二十六　　唐解元出奇玩世　　　　　　　同

卷二十七　　假神仙大闹华光庙　　　　　　同

卷二十八　　白娘子永镇雷峰塔　　　　　　同

　　　　田汝成《西湖游览志余》卷二十引平话
　　　　有《雷峰塔》，云或近世拟作，然所云
　　　　三班殿直，确是宋朝武职，坊巷桥道宫
　　　　观亦皆实有，与《梦粱录》诸书合，则
　　　　亦有所承受，不尽出时人捏造也。

卷二十九　　宿香亭张浩遇莺莺　　　　　　同

　　　　《宝文堂目》作《宿香亭记》，《青琐高

议》曾载此事。

卷三十　金明池吴清逢爱爱　　　　　　同

卷三十一　赵春儿重旺曹家庄　　　　　同

卷三十二　杜十娘怒沉百宝箱　　　　　同

卷三十三　乔彦杰一妾破家　　　　　　同

《雨窗集》收，题作《错认尸》。

卷三十四　王娇鸾百年长恨　　　　　　同

卷三十五　况太守断死孩儿　　　　　　同

卷三十六　赵知县火烧皂角林　　　　　同（正文
作《皂角
林大王假
形》）

卷三十七　万秀娘仇报山亭儿（以下4　同
篇据《舶载书目》补）

正文结云："话名只唤做《山亭儿》，亦
名《十条龙》、《陶铁僧》、《孝义尹宗事
迹》。"《宝文堂目》、《也是园目》俱作
《山亭儿》。篇首云："话说山东襄阳府
唐时唤做山南东道。"按宋襄阳府本襄
州，唐属山南东道，节度使治之。宋属
京西南路镇号仍为山南东道节度使。此
云山东襄阳府。"山东"二字定误。玩
其语意，似当为宋人作也。

卷三十八　蒋淑贞刎颈鸳鸯会　　　　　同
《宝文堂目》、《清平山堂》俱作《刎颈
鸳鸯会》。《清平山堂》题云："一名
《三送命》，一名《冤报冤》。"

卷三十九　福禄寿三星度世　　　　　　同

卷四十　叶法师符石镇妖　　　　　　《旌阳宫铁
　　　　　　　　　　　　　　　　　　树镇妖》

衍庆堂二刻增补本警世通言　40卷40篇
旅大市图书馆藏本

题"可一居士评，墨浪主人较"，封面有"二刻增补"字样。识语"阁"字不误。末署"艺林衍庆堂谨识"有豫章无碍居士序。据马隅卿先生调查所得，以与三桂堂本比勘，则此本删去三桂堂本4篇（一、《乐小舍拼生觅喜顺》；二、《卓文君慧眼识相如》归并于第六卷《俞仲举题诗遇上皇》篇，作为第六卷之入话；三、《假神仙大闹华光庙》；四、《白娘子永镇雷峰塔》），加入《古今小说》4篇（卷十九之《范巨卿鸡黍死生交》、卷二十之《单符郎全州佳偶》、卷二十九之《晏平仲二桃杀三士》、卷三十之《李秀卿义结黄贞女》皆从《古今小说》选出）。卷四十为《旌阳宫铁树镇妖》，与三桂堂本不同，而与兼善堂本一致。其余35篇，虽目同三桂堂本，而自第七卷以下，除第三十九卷外其次序完全颠倒。按衍庆堂本之《喻世明言》既增改天许斋之《古今小说》，衍庆堂本之二刻增补本《警世通言》又颇异三桂堂及兼善堂本，唯《醒世恒言》与他本无大出入耳。

卷六　俞仲举题诗遇上皇（入话为卓文君奔相如事）

以上6篇次第与三桂堂本兼善堂本同。

卷七　苏知县罗衫再合

卷八　范鳅儿双镜重圆

卷九　三现身包龙图断冤

卷十　一窟鬼癞道人除怪（正文题下原注："宋人小说旧名《西山一窟鬼》。"）

卷十一　金令史美婢酬秀童

卷十二　张主管志诚脱奇祸（正文题作《小夫人金钱赠年少》）

卷十三　钝秀才一朝交泰

卷十四　老门生三世报恩

卷十五　崔衙内白鹞招妖（正文题下原注："古本作《定山三怪》，又云《新罗白鹞》。"）

卷十六　计押番金鳗产祸（正文题下原注："旧名《金鳗记》。"）

卷十七　赵太祖千里送京娘

卷十八　宋小官团圆破毡笠

以上卷七至卷十八，三桂堂本及兼善堂本次为卷十一至卷二十二。

卷十九　范巨卿鸡黍死生交

上《古今小说》卷十六。

卷二十　单符郎全州佳偶

上《古今小说》卷十七。

卷二十一　桂员外途穷忏悔

上三桂堂本、兼善堂本卷二十五。

卷二十二　唐解元出奇玩世（正文题作《唐解元一笑

姻缘》)

上三桂堂本、兼善堂本卷二十六。

卷二十三　万秀娘仇报山亭儿

上三桂堂本、兼善堂本卷三十七。

卷二十四　蒋淑贞刎颈鸳鸯会

上三桂堂本、兼善堂本卷三十八。

卷二十五　赵春儿重旺曹家庄

卷二十六　杜十娘怒沉百宝箱

卷二十七　乔彦杰一妾破家

卷二十八　王娇鸾百年长恨

以上卷二十五至卷二十八，三桂堂本及兼善堂本次为卷三十一至卷三十四。

卷二十九　晏平仲二桃杀三士（有目无书）

上《古今小说》卷二十五。

卷三十　李秀卿义结黄贞女（有目无书）

上《古今小说》卷二十八。

卷三十一　陈可常端阳仙化

卷三十二　崔待诏生死冤家（正文题下原注："宋人小说题作《碾玉观音》。"）

卷三十三　李谪仙醉草吓蛮书

卷三十四　钱舍人题诗燕子楼

以上卷三十一至卷三十四，三桂堂本及兼善堂本次为卷七至卷十。

卷三十五　宿香亭张浩遇莺莺

上三桂堂本、兼善堂本卷二十九。

卷三十六　金明池吴清逢爱爱

上三桂堂本、兼善堂本卷三十。

卷三十七　赵知县火烧皂角林

　　　　上三桂堂本、兼善堂本卷三十六。

卷三十八　况太守路断死孩儿

　　　　上三桂堂本、兼善堂本卷三十五。

卷三十九　福禄寿三星度世（有目无书）

　　　　上三桂堂本、兼善堂本卷三十九。

卷四十　旌阳宫铁树镇妖（有目无书）

　　　　上卷第篇名与兼善堂本同，三桂堂本目为《叶法师符
　　　石镇妖》。

　　此3本评者皆题"可一主人"（衍庆堂"主人"作"居士"
稍异）。较者则三桂堂本、兼善堂本题"无碍居士"，衍庆堂本
题"墨浪主人"。其封面题识及序文皆无不同。题识云："自昔
博洽鸿儒兼采稗官野史，而通俗演义一种，尤便于下里之耳目。
奈射利者专取淫词，大伤雅道，本坊耻之。兹刻出自平平阁主人
手授，非警世劝俗之语不敢滥入，庶几木铎老人之遗意，或亦士
君子所不弃也。"（封面题识后署名，因板刻而不同。）叙称"陇
西君海内畸士，与余相遇于栖霞山房，倾盖莫逆，各叙旅况，因
出新刻数卷佐酒，且曰：尚未成书，子盍先为我命名！余阅之，
大抵如僧家因果说法度世之语，譬如村醪市脯，所济者众，遂名
之曰《警世通言》，而怂恿其成"。后署"时天启甲子（四年
[1624]）腊月豫章无碍居士题"。3本书皆40篇。可考知为旧本
者约18篇。其余22篇未详。观其文质不同，繁简有异，似仍非
一人一时所著。约言之，则称宋者或出旧本，语明者当属近制，
或竟为冯氏著作。至《老门生三世报恩》篇为墨憨斋作，则冯
氏自言之矣。

醒世恒言

　　此书今所知见者，有叶敬池、衍庆堂2本，亦分述之：

叶敬池刊本《醒世恒言》40卷40篇

日本内阁文库藏本　旅大市图书馆藏本

题"可一居士评，墨浪主人较"，卷首有陇西可一居士序。有图。正文半页10行，行20字。封面无题识，中央大书《醒世恒言》，右上题云"绘像古今小说"，左下署"金闾叶敬池梓"（按叶敬池明季书贾，《新列国志》及《石点头》皆经其梓行）。据日本长泽规矩也氏校勘此本卷二十三《金海陵纵欲亡身》篇所载海陵与辟懒唱和诗有4首，比衍庆堂本多2首。

衍庆堂本《醒世恒言》40卷40篇

通行本

题"可一居士评，墨浪主人较"，有陇西可一居士序。无图。半叶12行，行22字。封面有题识。此衍庆堂本亦有二本：其一卷二十三为《金海陵纵欲亡身》，如孔德图书馆所藏即为此本。其一将《金海陵》篇删去，析第二十卷《张廷秀逃生救父》为上下二卷，分入卷二十及卷二十一两卷中，而以原第二十一卷之《张淑儿巧智脱杨生》补入第二十三卷。今所见者多是此本也（又见坊刻小字本卷二十三为《金海陵》篇尚未改，因残缺无从勘其文字）。

二本皆题"可一居士评，墨浪主人较"。衍庆堂本封面识语云："本坊重价购求古今通俗演义一百三十种，初刻为《喻世明言》，二刻为《警世通言》，海内均奉为邺架珍玩矣。兹三刻为《醒世恒言》，种种典实，事事奇观，总取木铎醒世之意，并前刻共成完璧云。艺林衍庆堂谨识。"叙略云："六经国史而外，凡著述皆小说也。而尚理或病于艰深，修词或伤于藻绘，则不足以触里耳而振恒心。此《醒世恒言》四十种所以继《明言》、《通言》而刻也。明者，取其可以导愚也。通者，取其可以适俗也。恒则习之而不厌，传之而可久。三刻殊名，其义一耳。"后署"天启丁卯（七年［1627］）中秋陇西可一居士题于白下之栖霞山房"。全书40篇（删《金海陵》篇者只39篇），其中8篇似原有单行本。余32篇未见他书著录。

《醒世恒言》目录（叶敬池本、衍庆堂本同）

卷一　两县令竞义婚孤女

卷二　三孝廉让产立高名

卷三　卖油郎独占花魁

　　　《情史》五引云："小说有。"

卷四　灌园叟晚逢仙女

卷五　大树坡义虎送亲

卷六　小水湾天狐贻书

卷七　钱秀才错占凤凰俦

　　　《情史》二引云："小说有《错占凤凰俦》。"

卷八　乔太守乱点鸳鸯谱

　　　《情史》二引云："小说载此事。"

卷九　陈多寿生死夫妻

卷十　刘小官雌雄兄弟

卷十一　苏小妹三难新郎

卷十二　佛印师四调琴娘

卷十三　勘皮靴单证二郎神

　　　《宝文堂目》作《勘靴儿》。

卷十四　闹樊楼多情周胜仙

卷十五　赫大卿遗恨鸳鸯绦

卷十六　陆五汉硬留合锦鞋（正文《合锦鞋》作《合色鞋》）

　　　《宝文堂目》作《合色鞋儿》。

卷十七　张孝基陈留认舅

卷十八　施润泽滩阙遇友

卷十九　白玉娘忍苦成夫

卷二十　张廷秀逃生救父

卷二十一　张淑儿巧智脱杨生

卷二十二　吕纯阳飞剑斩黄龙（正文"纯阳"作"洞宾"）

卷二十三　金海陵纵欲亡身

　　　　　《京本通俗小说》收二卷本，题《金主亮荒淫》，见缪跋。

卷二十四　隋炀帝逸游召谴

卷二十五　独孤生归途闹梦

卷二十六　薛录事鱼服证仙

卷二十七　李玉英狱中讼冤

卷二十八　吴衙内邻舟赴约

卷二十九　卢太学诗酒傲王侯

卷三十　李汧公穷邸遇侠客

卷三十一　郑节使立功神臂弓

　　　　　《醉翁谈录·小说开辟》篇有《红白蜘蛛》，《宝文堂目》有《红白蜘蛛记》。

卷三十二　黄秀才徼灵玉马坠

卷三十三　十五贯戏言成巧祸

　　　　　正文题下原注云："宋本作《错斩崔宁》。"《京本通俗小说》第十五卷收，题与注同。《宝文堂目》、《也是园目》亦作《错斩崔宁》。

卷三十四　一文钱小隙造奇冤

卷三十五　徐老仆义愤成家

按冯梦龙纂辑《三言》，《苏州府志·艺文志》不载。唯叶敬池刊《新列国志》封面识语云："墨憨斋向（当作曩）纂《新平妖传》及《明言》、《通言》、《恒言》诸刻，脍炙人口。"即空观主人序初刻《拍案惊奇》云："独龙子犹氏所辑《喻世》等诸言，颇存雅道。"又姑苏笑花主人序《今古奇观》云："墨憨斋主人增补《平妖》，穷工极变，至所纂《喻世》、《警世》、《醒世》三言，极摹人情世态之歧"云云，皆以为冯梦龙作。而绿天馆主人序《古今小说》称"茂苑野史氏家藏古今通俗小说甚富，因贾人之请，抽其可以嘉惠里耳者，凡四十种，畀为一刻。"日本盐谷温氏谓茂苑野史即冯梦龙氏。则此《三言》为冯氏编次，无可疑也。唯冯氏纂辑诸小说，第一刻实为《古今小说》，诸家序皆云《三言》，不及此书，殊不可解。此或因语言便利，竟以《三言》统之，而初刻之《古今小说》遂不幸为世人忽略。但衍庆堂本《喻世明言》别题"重刻增补《古今小说》"，已明承认其底本为《古今小说》，叶敬池本《恒言》亦题"绘像古今小说"。是则告朔饩羊，犹存旧制，不难窥知其消息也。然而《古今小说》与《三言》之关系问题，究不能因此等摹略之解释而使人满意。吾人于此，应更为深刻之探索，而一思及《喻世明言》称谓及其卷数问题：即"《喻世》明言"之称是否为衍庆堂主人所赐予，24卷本《喻世明言》之外是否尚有40卷本《喻世明言》之可能也。今之衍庆堂本《喻世明言》（《重刻增补古今小说》），实比

《古今小说》原书少19篇。如上所述，凌濛初、叶敬池等并有冯氏辑《三言》之语，此数人皆与冯氏同时，而濛初为冯氏社友，敬池常为冯氏刻书，与冯氏之关系尤深，其于冯氏纂辑《古今小说》事必知之甚悉，即《喻世明言》之非冯氏原书，亦必不待今日学者之校勘而始证明；以同志合作交往素密之人，置冯氏手自编次之全书不论，而第取坊间随意刊落残阙不完之《喻世明言》称之：此事之不可解者一。更以《今古奇观》考之，《今古奇观》一书为选辑《三言》、《二拍》而成者，姑苏笑花主人序谓"墨憨斋纂《喻世》、《警世》、《醒世》三言，即空观主人有《拍案惊奇》两刻，合之共二百种，抱瓮老人选刻四十种"云云。按今之《三言》，以衍庆堂本《明言》、兼善堂本《通言》、叶敬池本《恒言》论之，删其重复不过101种，若以衍庆堂一家刊《三言》而论，删其重复亦不过102种，合之凌氏两刻，仅得181种或182种，与序200种之言不符。以是言之，则序所谓《喻世明言》者断非今之24卷本。而自《今古奇观》篇目考之，其所选辑颇有溢出于今之《喻世明言》之外而为《古今小说》所有者（如第十二卷《羊角哀舍命全交》，第十三卷《沈小霞相会出师表》，第三十二卷《金玉奴棒打薄情郎》，皆24卷本《喻世明言》所无，而《古今小说》有之）；其笑花主人序之前半，语意亦全袭绿天馆主人《古今小说》序；则所谓《喻世明言》者即是《古今小说》，其事甚明。所据者为完整之《古今小说》，而以至不完整之《喻世明言》当之，以同时同里之人，纪事属文，颠倒至此：此事之不可解者二。持是二端，颇疑《古今小说》与《喻世明言》本为一书异名，今之衍庆堂本《明言》，如系初印刷时即因板不全而苟且装订，而非经过若干时后板已缺坏为后人勉强分配者，则衍庆堂24卷《明言》之外当有同《古今小说》之 40 卷本，题为"喻世明言"（小说同书异名乃是平常之事，如笠翁《十二楼》出不久，即改题《觉世名言》是）。凌濛初、叶敬池等所称道者指此，抱瓮老人、笑花主人所引所据，亦皆是此本。《喻世明言》之称，当先于《通言》、《恒言》而稍后于天许斋刊《古今小说》后若干时，作始者固非衍庆堂主人也。（《喻世明言》余未得目观，其封面题识或用旧文而改署堂名亦未可知，如《通言》有兼善堂、衍庆堂、三桂堂 3 本，其封面题识文字皆同，唯署名不同，此固可能之事也。）余为此说，固不免臆测，然按之情理，似应如此；但无征不信，倘最近数年间能有 40 卷本《喻世明言》出现（马氏平妖堂即藏有别本《明言》，惜是残本，不能知其全书篇目），庶可证余说之不谬耳。（今《古今小说》天许斋本，明板。《喻世明言》衍庆堂本，明板。《通言》则兼善堂与衍庆堂二刻增补本，疑亦明板，以此 2 本刻工咸有刘素明字样，与明本《古今小说》刻工同也。三桂堂本系复本。《恒言》叶敬池本，明板；衍庆堂本，清板。衍庆堂本《明言》、《通言》，与兼善堂本《通言》，叶敬池本《恒言》，行款皆同，唯衍庆堂本《恒言》与叶敬池本《恒言》行款不同。以衍庆堂本所印《明言》、《通言》皆非足本证之，其购得《古今小说》及《通言》板片，似尚在叶敬池刊《恒言》之后。《恒言》明板，衍庆堂或终未到手。所云购得《古今小说》120 种之语，非事实，以其《恒言》乃重刻，非后即也。）

　　冯梦龙选刻古今通俗小说 120 种，初刻为《古今小说》，再刻为《警世通言》，三刻为《醒世恒言》。若 24 卷本之《喻世明言》实为不完之书，且所收无出以上 3 书之外者，可不必注意。吾人今日研究冯氏纂集小说，自当以《古今小说》及《通言》（《通言》不取衍庆堂本）、《恒言》为主。3 书所收，共 120 种，其可考知为旧本者，则《古今小说》19 种，《通言》18 种，《恒言》以旧本在初二刻中收罗殆尽，仅得 8 种。三刻可考者共 45 种，约占全部三分之一而强。其余诸篇中，容亦有旧本存在，今不可考。3 书所演故事，往往见于《情史》。《情史》署"江南詹詹外史评辑"，有冯梦龙序，世亦谓冯氏所作，其与通俗小说之关系颇可注意。考《情史》有明言见小说者：如卷十六"珍珠衫"条结云："小说有《珍珠衫记》，姓名俱未的。"（《古今小说》有《蒋兴哥重会珍珠衫》）卷七"乐和"条，结云："事见小说。"（《通言》有《乐小舍拼生觅喜顺》）卷五"史凤"条附录云："小说有《卖油郎》"云云。（《恒言》有《卖油郎独占花魁》）卷二"吴江钱生"条附录云："小说有《错占凤凰俦》，沈伯明为作传奇。"（按即《望湖亭》。《恒言》有《钱秀才错占凤凰俦》）同上"崑山民"条附录云："小说载此事，病者为刘璞"云云。（《恒言》有《乔太守乱点鸳鸯谱》）就其口气论之，似冯氏著书时已有此话本，故特为注出，否则詹詹外史纵属假托，亦可云龙子犹有某某小说（如卷十三"冯爱生"条"龙子犹《爱生传》云云，卷二十二"万生条"龙子犹《万生传》云云"），不必故为如是狡猾也。有不注见小说者：如卷十八"张灏"条，颇与《古今小说》之《陈御史巧勘金钗钿》相似。卷四"裴晋公"条（出《太平广记》卷一六七引《玉堂闲话》），《古今小说》之《裴晋公义还原配》演之。卷二"单飞英"条，《古今小说》之《单符郎全州佳偶》演之。同上"绍兴士人"条，《古今小说》之《金玉奴棒打薄情郎》演之。卷十九"张果老"（果字疑衍）条（出《太平广记》卷十六引《续玄怪录》），《古今小说》之《张古老种瓜娶文女》演之。（此篇见《也是园目》）卷四"沈小霞妾"条，《古今小说》之《沈小霞相会出师表》演之。又卷一"金三妻"条，《通言》之《宋小官团圆破毡笠》演之。卷二"玉堂春"条，《通言》（兼善堂本）之《玉堂春落难逢夫》演之。卷五"唐寅"条，《通言》之《唐解元出奇玩世》演之。卷十"金明池当炉女"条（出《夷坚志》），《通言》之《金明池吴消逢爱爱》演之。卷四"娄江妓"条，《通言》之《赵春儿重旺曹家庄》演之。卷十四"杜十娘"条，《通言》之《杜十娘怒沉百宝箱》演之。卷十六"周廷章"条，《通言》之《王娇鸾百年长恨》演之。卷十二"勤自励"条（出《太平广记》卷四二八引《广异记》），《恒言》之《大树坡义虎送亲》演之。卷十"陈寿"条，《恒言》之《陈多寿生死夫妻》演之。卷二"刘奇"条，《恒言》之《刘小官雌雄兄弟》演之。卷十"草市吴女"条（出《夷坚志》），《恒言》之《闹樊楼多情周胜仙》演之。卷十八"赫应祥"条，《恒言》之《赫大卿遗恨鸳鸯绦》演之。同上"张荩"条，《恒言》之《陆五汉硬留合色鞋》演之。卷二"程万里"条（出《辍耕录》），《恒言》之《白玉娘忍苦成夫》演之。卷十七"金废帝海陵"条，《恒言》之《金海陵纵欲亡身》演之（此篇《京本通俗小说》已收）。卷九"黄损"条，《恒言》之《黄秀才徼灵玉马坠》演之。又《智囊补》一书亦冯氏作。卷十"僧寺求子"条与《恒言》之《汪大尹火烧宝莲寺》所演全同。同上"临海令"条与《恒言》之《陆五汉》篇事亦相类。卷四"沈小霞妾"条，与《情史》文同，而《古今小说》演之（见前）。皆不云见小说。疑此等或皆冯氏所演，其诸经《情史》注明见小说者，当另论之。然犹龙子本长小说，所增补《平妖传》、《烈国志》等，均为青出于蓝，其文思魄力，殆为独步当时。凡此诸篇，纵非冯氏所作，亦必大部分经其润色增益，而冯氏得心应手之作，亦当于此3集求之。总之，宋、元、明通俗小说及冯氏作品，均赖此3集而保存，诚可谓文苑之英华、小说之宝库者也。

二　拍

《二拍》者，一者《初刻拍案惊奇》，二者《二刻拍案惊奇》，其80卷80篇，皆凌濛初撰。书名《拍案惊奇》，略称《二拍》，颇有语病，似不如径称为"二奇"反为彼善于此。但约定俗成，不可改易，且与后来之《二奇合传》混淆。今姑仍之。

初刻拍案惊奇

明·尚友堂刊40卷原本，封面题金阊安少云梓行。卷首有序，与通行本同。有凡例五则，为通行本所无（日本日光晃山慈眼堂藏。国内尚未见此原本）。日本内阁文库藏明季刊36卷本，清初消闲居刊本原书未见（复本36卷），通行大字36卷本（尚友堂本、松鹤斋本、文秀堂本），坊刊小字18卷本（36篇），坊刊小字23回本（实26回）。

卷首序略云："宋、元时有小说家一种，多采闾巷新事为宫闱谈资，语多俚近，意存劝讽，虽非博雅之派，要亦小道可观。近世承平日久，民佚志淫，一二轻薄恶少，初学拈笔，便思污蔑世界，广摭诬造，非荒诞不足法，则亵秽不忍闻，得罪名教，种业来世，莫此为甚。而且纸为之贵，无翼飞，不胫走，有识者为世道忧之。以功令厉禁，宜其然也。独龙子犹氏所辑《喻世》等诸书，颇存雅道，时著良规，〔一破今时陋习，而宋、元旧种，亦被搜抉殆尽。肆中人见其行世颇捷，意余当别有秘本图书而衡之，不知一二遗者，比其沟中之断芜，略不足陈已。〕（马隅卿云，'一破今时陋习'至'不足陈已'50余字坊本之尤劣者多删去，以'龙子犹氏所辑《喻世》等言颇存雅道时著良规'与下文'复〔实是因字〕取古今来杂碎事'句衔接，遂若此序为冯梦龙而作，代述其作书始末者。然鲁迅所据，殆即此本，因怀疑《初拍》文字不类冯氏。其所以刊落之由，则因旧序草书，不能辨识，因删去之也。）因取古今来杂碎事可新听睹佐谈谐者，演而畅之，得若干卷"云云。末署"即空观主人题于浮樽"。即空观主人，王静安《宋元戏曲考》定为明·乌程凌濛初。近经马隅卿先生详细考订，遂为定论。濛初字玄房（《湖州志》避清讳作元房），号初成（《四库提要》作稚成），乌程人，生于万历八年（1580），崇祯四年（1631）始以副贡授官，历任上海县丞，徐州判等职。崇祯十七年（1644）卒，年65。按濛初崇祯壬申（五年［1632］）《二刻拍案惊奇》小引称："丁卯之秋，事附肤落毛，失诸正鹄，迟回白门，偶戏取古今所闻一二奇局可纪者，演而成说，聊舒胸中磊块。……同侪过从者，索阅一篇竟，必拍案曰：奇哉所闻乎！为书贾所侦，因以梓传请，遂为抄撮成编，得四十种。"似初刻成书在天启七年（1627），然尚友堂原本《初刻拍案惊奇》凡例后署"崇祯戊辰初冬即空观主人识"。纪年与《二刻》序不后。盖濛初编是书开始于天启七年秋而成书在崇祯元年冬（1628）。《二刻》序追述5年前事，故摹略不清。《初刻》凡例作于书杀青之时，故所记独得其实也。

尚有堂原本《初刻拍案惊奇》目录

卷一	转运汉巧遇洞庭红	波斯胡指破鼍龙壳
卷二	姚滴珠避羞惹羞	郑月娥将错就错
卷三	刘东山夸技顺城门	十八兄奇踪村酒肆
卷四	程元玉店肆代偿钱	十一娘云冈纵谭侠
卷五	感神明张德容遇虎	凑吉日裴越客乘龙

二刻拍案惊奇　39卷39篇　附《宋公明闹元宵》杂剧一卷
明精刊本

日本内阁文库藏此书，完全无缺。我国北京图书馆所藏则缺卷十三至卷三十。首壬申（崇祯五年［1632］）冬日睡乡居士序。又濛初自撰小引，称"贾人一试之而效，谋再试之。……乃先是所罗而未及付之于墨，其为柏梁余材，武昌剩竹，颇亦不少，意不能恝，聊复缀为四十则"云。后署"崇祯壬申冬日题于玉光斋中"。内容除杂剧外，实得39篇。

《二刻拍案惊奇》目录

卷四　　青楼市探人踪　　　红花场假鬼闹

卷五　　襄敏公元宵失子　　十三郎五岁朝天

卷六　　李将军错认舅　　　刘氏女诡从夫

卷七　　吕使君情媾宦家妻　吴太守义配儒门女

卷八　　沈将仕三千买笑钱　王朝议一夜迷魂阵

卷九　　莽儿郎惊散新莺燕　㑇梅香认合玉蟾蜍

卷十　　赵五虎合计挑家衅　莫大郎立地散神奸

卷十一　满少卿饥附饱飏　　焦文姬生仇死报

卷十二　硬勘案大儒争闲气　甘受刑侠女著芳名

卷十三　鹿胎庵客人作寺主　剡溪里旧鬼借新尸

卷十四　赵县君乔送黄柑　　吴宣教干偿白镪

卷十五　韩侍郎婢作夫人　　顾提控掾居郎署

卷十六　迟取券毛烈赖原钱　失还魂牙僧索剩命

卷十七　同窗友认假作真　　女秀才移花接木

卷十八　甄监生浪吞秘药　　春花婢误泄风情

卷十九　田舍翁时时经理　　牧童儿夜夜尊荣

卷二十　贾廉访赝行府牒　　商功父阴摄江巡

卷二十一　许察院感梦擒僧　王氏子因风获盗

卷二十二　痴公子狠使噪脾钱　贤丈人巧赚同头婿

卷二十三　大姊魂游完宿愿　　小姨病起续前缘
　　　　　　　　　　　　　　（盐谷云复出）

卷二十四　庵内看恶鬼善神　　井中谭前因后果

卷二十五　徐茶酒乘闹劫新人　郑蕊珠鸣冤完旧案

卷二十六　懵教官爱女不受报　穷庠生助师得令终

卷二十七　伪汉裔夺妾山中　　假将军还姝江上

卷二十八　程朝奉单遇无头妇　王通判双雪不明冤

卷二十九　赠芝麻识破假形　　撷草药巧谐真偶

　　按初、二刻《拍案惊奇》均为濛初自著之书，与冯梦龙氏选辑众本者不同。何以见之？《初刻》自序盛称龙子犹氏所辑《喻世》等诸言。以为颇存雅道，一破今时陋习，如宋、元旧种，亦被搜括殆尽，此外偶有所遗亦比沟中断芜，略不足陈。及叙自书，则云"取古今来杂碎事可新听睹佐谈谐者，演而畅之。"《二刻》自序，亦谓"偶戏取古今所闻一二奇局可纪者，演而成说。"又太息于所著小说本支言俚说，不足供酱瓿，而翼飞胫走；其呕血琢研之作，反不见知。此明谓自著。一也。《二刻》睡乡居士序称濛初"出绪余以为传奇，又降而为演义，……其所捃摭大都真切可据。"与濛初说合。二也。更以所见本书观之（《初刻》及《今古奇观》所选），其文笔前后一致，显与《三言》有别。三也。凡诸家书目及旧选本所载，见于冯书者多，见于凌书者绝少（仅《初拍》第三十三卷《包龙图智赚合同文》篇及第二十一卷之入话与《清平山堂》略同，然第三十三卷似本元曲改作），以此益知凌氏书之为创作而非选辑。此与《三言》性质之不同者也。其用事之可考者：卷三《刘东山夸技顺城门》，本宋幼清《九籥集》；卷五《感神明张德容遇虎》，本《集异记》（《太平广记》卷四百二十八引）；卷八《乌将军一饭必酬》，见《情史》十八"邵御史"条；卷九《宣徽院仕女秋千会》，本李昌祺《秋千会记》（《剪灯余话》）；卷十一《恶船家计赚假尸银》，本《夷坚志补》卷五"湖州姜客"条；卷十二《陶家翁大雨留宾》，本祝允明《九朝野记》；卷十四《酒谋财于郊肆恶》，本沈玭《近事业残》卷一"冤鬼报官"条，乃万历间事；卷十七《西山观设箓度亡魂》，本唐·刘肃《大唐新语》卷四，断案者为李杰，宋·郑克《折狱龟鉴》亦载之；卷十八《丹客半黍九还》，本王象晋《丹客记》（《剪桐载笔》），《智囊补》卷二十七"丹客"条所记略同；卷十九《李公佐巧解梦中言》，本李公佐《谢小娥传》（《太平广记》卷四百九十一引）；卷二十《李克让竟达空函》演刘元普事，本《阴德传》（《太平广记》卷一百十七引）；卷二十一《袁尚宝（忠彻《明史》有传）相术动名卿》，见清初精刊本《太上感应篇图说》土集；卷二十二《钱多处白丁横带》，本《南楚新闻》（《太平广记》卷四百九十九引）；卷二十三《大姊魂游完宿愿》，本瞿佑《金凤叙记》（《剪灯新话》）；卷二十四《盐官邑老魔魅色》，本《续艳异编》卷十二《大士诛邪记》；卷二十五《赵司户千里遗音》，见《西湖游览志余》卷十六，《情史》卷二"赵判院"条亦载之；卷二十七《顾阿秀喜舍檀那物》，本瞿佑《芙蓉屏记》（《剪灯新话》）；卷二十九《通闺闼坚心灯火》，见《情史》二"张幼谦"条，明·无名氏《石榴花》传奇亦演之；卷三十《王大使威行部下》演李生冤报事，本《宣室志》（《太平广记》卷一百二十五引）；卷三十二《乔兑换胡子宣淫》，本明·邵景詹《觅灯因话》卷二《卧法师入定录》；卷三十三《张员外义抚螟蛉子》本元·无名氏《合同文字》剧；卷三十四《闻人生野战翠浮庵》则与明末人《撮合圆》传奇所演同；卷三十五《诉穷汉暂掌别人钱》入话及本文，全袭元曲《冤家债主》、《看钱奴》两剧；卷三十六《东廊僧怠招魔》本《集异记》（《太平广记》卷三百六十五引）。《二拍》如卷二《小道人一着饶天下》，事见《夷坚志补》卷十九"蔡州小道人"条；卷十二《硬勘案大儒争闲气》演朱熹勘台州妓严蕊事，其事多见宋人记载，而周密《齐东野语》卷二十所记尤详。《夷坚支庚》卷十"吴淑姬严蕊"条亦载之；卷十四《赵县君乔送黄柑》，事见《夷坚志补》卷八"李将仕"条；卷十五《韩侍郎婢作夫人》，事见《不可录》，乃弘治时太仓吏员顾某事；卷二十九《赠芝麻识破假形》，明·刘仲达《鸿书》卷九十一引《广艳异编》：浙人蒋常悦一马姓女，狐即幻作女往就之。久之病甚。友人卢金赠芝麻二升，属以贻狐女，果见原形。狐亦贻草三束，一愈蒋病；一撒马氏屋上，其女即生癞；一以治癞。竟娶马女为妇，乃天顺间事；卷三十《瘗遗骸王玉英配夫》，事见明·王同轨《耳谈类增》卷二十三"王玉英"条；卷三十四《任君用恣乐深闺》，本《夷坚支乙集》卷五"杨戬馆客"条；卷三十七《叠居奇程客得助》，本蔡羽《辽阳海神传》，乃正德时徽商程某事。此诸篇出处，乃余1930年考得者，时尚未读《二拍》原书也。又如卷三《权学士权认远乡姑》，本叶宪祖《丹桂钿盒》杂剧；卷五《襄敏公元宵失子》入话，本《夷坚志补》卷八"真珠族姬"条，正传本岳珂《桯史》卷一；卷六《李将军错认舅》，本《剪灯新话》卷三《翠翠传》；卷七《吕使君情媾宦家妻》，本《夷坚支戊》卷九"董汉州孙女"条；卷八《沈将仕三千买笑钱》，本《夷坚志补》卷八"王朝议"条；卷九《莽见郎惊散新莺燕》，本叶宪祖《素梅玉蟾》杂剧；卷十《赵五虎合计挑家衅》，本《齐东野语》卷二十"莫氏别室子"条；卷十一《满少卿饥附饱飏》，本《夷坚志补》卷十一"满少卿"条；卷十六《迟取券毛烈赖原钱》，本《夷坚甲志》卷十九"毛烈阴狱"条；卷二十《贾廉访赝行府牒》，本《夷坚志补》卷二十四"贾廉访"条；卷二十二《痴公子狠使噪脾钱》，本《觅灯因话》卷一《姚公子传》；卷二十七《伪汉裔夺妾山中》，本《耳谈类增》卷三十二"汪太公妇婢"条；卷三十二《张福娘一心守贞》，本《夷坚志补》卷十"朱天锡"条；卷三十三《杨抽焉甘受仗》，本《夷坚丙志》卷三"杨抽马"条；卷三十六《王渔翁抢镜崇三宝》，本《夷坚支戊》卷九"嘉州江中镜"条。此诸篇出处，乃余1931年赴日本观书回国后20年间所陆续考得者。方余在日本观书时，以有辽东之变，归心甚急；且闻上海商务印书馆影印是书及《古今小说》行将出版；于是书未细读，故不能一一详考。然前后所考，亦十得七八矣。然则如凌氏著书，亦不免有所依傍，非如《水浒传》、《红楼梦》作者有深刻之经验，磅礴郁塞，发为文章，如前人所谓"惊心动魄，一字千金"者也。唯在吾国小说，论其性质，本有二种：一以人丽于事，一以事附于人。人丽于事者，重在事之描写，于故事中人物之个性不甚注意（其性情人格，虽有种种色类，要不难于同一时代同一环境中求得之），其所写一以故事之趣味为主。如宋、明诸短篇小说，皆是此种。事附于人者，则于铺陈故事之外，尤专心致志为个性之描写。此在短篇中不多见，长篇名著，往往如此。此二者其用意不同，成就亦异，要皆为一代艺文，极人情世态之变，其在小说史中地位孰高孰下，亦难遽言。唯如第一种之以故事趣味为主者，其裁篇较易，其取材稍难；事系于篇，说非一事，罗辑取盈，自不得不于古今记载中求之。以是摭拾旧闻，自宋时京瓦说唱即已难免，后来作家如冯梦龙所著亦多有所本（余别有考）。要其得力处在于选择话题，借一事而构设意象；往往本事在原书中不过数十百字，记叙琐闻，了无意趣，在小说则清谈娓娓，文逾数千，抒情写景，如在耳目；化神奇于臭腐，易阴惨为阳舒，其功力实亦等于造作。自非才思富赡，洞达人情，鲜能语此，不得与稗贩者比也。鲁迅先生《小说史略》评此书，谓其"叙述平板，引证贪辛"。所论甚是。余谓凌氏《二拍》，多是謇拙之缮译。间有可观者，亦仅能清通明顺而已。以视《三言》，不免有逊色。然前后二集，取材颇富，40年来，研究白话短篇小说者多称"三言二拍"，其书亦不可废也。

别本二刻拍案惊奇 34卷34篇
法国巴黎国家图书馆藏本

此本唯巴黎国家图书馆藏一部，他处未见传本。以郑振铎氏所录目录观之，第一卷至第十卷皆《二刻拍案惊奇》所有，篇题偶有改动。如卷二《江爱娘神护做夫人　顾提辖圣恩超主政》，《二拍》为第十五，题云：《韩侍郎婢作夫人　顾提控掾居郎署》。其事见《不可录》。顾本太仓吏员，故有"提控"之称。此作提辖，显系误字。不知原书即如此，或是郑氏移录之误也。卷三《男美人拾箭得婚　女秀才移花接木》，在《二拍》为第十七，题云：《同窗友认假作真　女秀才移花接木》。别本改上联，有意求工，反为拙对。余24卷，今无考。以意揣之，殆是后人凑合之本，即袭其名，欲以属之凌氏，未必凌氏著书，于《二拍》之外别有此本也。然难考其源流。今附于《二拍》之后。（宋·陈善《扪虱新话》谓东坡集多羼入他人著作，书肆逐时增添改换，以求速售，而官不之禁。即欧公集亦有续添之文，然则改换求速售殆书肆常习，在小说则尤难免也。）

　　别本《二刻拍案惊奇》目录

　　卷一　满少卿饥附饱飏　　焦文姬生仇死报

（附记）此外尚有《三刻拍案惊奇》一书，一名《型世奇观》，共 8 卷 30 回，题梦觉道人编辑。日本亨保十二年（当吾国雍正五年［1727］）《舶载书目》曾著录此书。自来未见传本。去岁马隅卿先生始于厂肆收得一部。郑振铎氏所藏《幻影》，题梦觉道人、西湖浪子同辑。其书残存第一回至第七回。核其文与《三刻拍案惊奇》全同，疑是一书。书名《幻影》者，是原本《三刻拍案惊奇》乃后来改题也。梦觉道人有《鸳簪合》传奇，见清·黄文旸《曲海目》，在清传奇中。而明·祁彪佳《远山堂曲品》有王国柱之《鸳簪》，入能品。疑梦觉道人即王国柱，乃由明入清者（《三刻拍案惊奇》前载癸未年序，无年号，癸未疑即崇祯十六年（1643）。《幻影》题梦觉道人、西湖浪子同辑。西湖浪子与《西湖佳话》所署同。《佳话》乃清康熙时书也)。《三刻拍案惊奇》之称，似续凌濛初书，然实与凌氏无关。今附著于此。

选　辑　本

今古奇观　40卷40篇
通行本

题"姑苏抱瓮老人辑，笑花主人阅"。首姑苏笑花主人序，不记年月，然当在明季（序皇明二字提行）。鲁迅先生以为成于崇祯时，近是。序前半即取《古今小说》序意为之，其述选辑之由，则谓冯氏《三言》及凌氏《拍案》两刻"合之共二百种。卷帙浩繁，观览难周。且罗辑取盈，安得事事皆奇？故抱瓮老人选刻四十卷，名为《古今奇观》。"（原文如此，盖书本名《古今奇观》也。）又谓"忠孝节烈善恶果报无非恒言常理，以其不多见，则相与惊而道之。则夫动人以至奇者，乃训人以至常者也"云云。自此书辗转流行，原书200卷，遂渐不为世人所知。今以所辑观之，其选择标准，亦可得其梗概：一曰著果报；二曰明劝惩；三曰情节新奇；四曰故典琐闻，可资谈助。而大致归于人情世故，如序所云。故于宋、元灵怪小说而不取，即公案之涉灵怪者亦去之（中唯《羊角哀舍命全交》及《灌园叟晚逢仙女》二卷事涉灵怪），然宋人小说亦有曲尽人情者，今亦未见选录。而述古呆板之作，如《羊角哀》、《俞伯牙》等诸篇，皆羼入其间，未见其为撷英抉华也。故以此选本论之，则宋、元旧本悉被摈弃，与冯氏辑《古今小说》之旨大相违异。唯明人精密之作，则多数收入，在吾等未得见凌、冯书之前，犹借此本以窥知明代短篇小说内容及其作风，斯则不无可取。全书40卷，收《古今

小说》8篇，收《警世通言》10篇，收《醒世恒言》11篇，收
《初刻拍案惊奇》8篇，收《二刻拍案惊奇》3篇。（凡《初、
二拍》以俪语标目者，此书皆取其一句，亦有改题者；即《通
言》、《恒言》目，其文字亦偶有变动。）

《古今奇观》目录

卷一　三孝廉让产立高名（《恒言》卷二）

卷二　两县令竞义婚孤女（《恒言》卷一）

卷三　滕大尹鬼断家私（《古今小说》卷十）

卷四　裴晋公义还原配（《古今小说》卷九）

卷五　杜十娘怒沉百宝箱（《通言》卷三十二）

卷六　李谪仙醉草吓蛮书（《通言》卷九）

卷七　卖油郎独占花魁（《恒言》卷三）

卷八　灌园叟晚逢仙女（《恒言》卷四）

卷九　转运汉巧遇洞庭红（《初拍》卷一）

卷十　看财奴刁卖冤家主（《初拍》卷三十五）

卷十一　吴保安弃家赎友（《古今小说》卷八）

卷十二　羊角哀舍命全交（《古今小说》卷七）

卷十三　沈小霞相会出师表（《古今小说》卷四十）

卷十四　宋金郎团圆破毡笠（《通言》卷二十二）

卷十五　卢太学诗酒傲公侯（《恒言》卷二十九）

卷十六　李汧公穷邸遇侠客（《恒言》卷三十）

卷十七　苏小妹三难新郎（《恒言》卷十一）

卷十八　刘元普双生贵子（《初拍》卷二十）

卷十九　俞伯牙摔琴谢知音（《通言》卷一）

卷二十　庄子休鼓盆成大道（《通言》卷二）

卷二十一　老门生三世报恩（《通言》卷十八）

卷二十二　钝秀才一朝交泰（《通言》卷十七）

卷二十三　　蒋兴哥重会珍珠衫（《古今小说》卷一）

卷二十四　　陈御史巧勘金钗钿（《古今小说》卷二）

卷二十五　　徐老仆义愤成家（《恒言》卷三十五）

卷二十六　　蔡小姐忍辱报仇（《恒言》卷三十六）

卷二十七　　钱秀才错占凤凰俦（《恒言》卷七）

卷二十八　　乔太守乱点鸳鸯谱（《恒言》卷八）

卷二十九　　怀私怨狠仆告主（《初拍》卷十一）

卷三十　　念亲恩孝女藏儿（《初拍》卷三十八）

卷三十一　　吴大郎还金完骨肉（《通言》卷五）

卷三十二　　金玉奴棒打薄情郎（《古今小说》卷二十七）

卷三十三　　唐解元玩世出奇（《通言》卷二十六）

卷三十四　　女秀才接花移木（《二拍》卷十七）

卷三十五　　王娇鸾百年长恨（《通言》卷三十四）

卷三十六　　十三郎五岁朝天（《二拍》卷五）

卷三十七　　崔俊臣巧合芙蓉屏（《初拍》卷二十七）

卷三十八　　赵县君乔送黄柑子（《二拍》卷十四）

卷三十九　　夸妙术丹客提金（《初拍》卷十八）

卷四十　　逞多财白丁横带（《初拍》卷二十二）

觉世雅言　8卷

法国巴黎国家图书馆藏明刊本

此据郑振铎氏调查所录，他处今亦未见传本。书凡8卷，第二卷、第四卷出《古今小说》，第六卷出《警世通言》（兼善堂本、衍庆堂本），第一卷、第五卷、第七卷、第八卷出《醒世恒言》，第三卷出《初刻拍案惊奇》。郑氏疑此本为《古今小说》前身，乃《三言》之祖。按明人屡言《三言》，不及此种。观其所收即杂采《三言》及《初刻拍案惊奇》文，卷三《夸妙术丹客提金》且袭《今古奇观》篇名，则为后来选辑本无疑。其绿天馆主人序即是《警世通言》豫章无碍居士序，自"所得未知孰赝而孰真也"以上全同，唯"陇西茂苑野史"以下 62 字不同，而语意连属则较《通言》所载为胜。今所传《警世通言》俱非原本，颇疑此序乃《警世通言》原序，他本结尾俱经改过（或名称既定后剜改亦未可知），而此本乃首尾俱保存原文，一字未易。但其取《通言》序是实，非《古今小说》及《三言》之外，更有《觉世雅言》一书也。

《觉世雅言》目录

卷一　张淑儿巧智脱杨生（《恒言》卷二十一）

卷二　陈御史巧勘金钗钿（《古今小说》卷二）

卷三　夸妙术丹客提金（《古今奇观》卷三十九）

卷四　杨八老越国奇逢（《古今小说》卷十八）

卷五　白玉娘忍苦成夫（《恒言》卷十九）

卷六　旌阳宫铁树镇妖（《通言》卷四十）

卷七　吕洞宾飞剑斩黄龙（《恒言》卷二十二）

卷八　黄秀才徼灵玉马（《恒言》卷三十二）

删定二奇合传　16 卷 40 回

咸丰辛酉（1861）刊大字本　光绪戊寅（1878）刊小本

不知撰人。以书选《今古奇观》及《拍案惊奇》，故以二奇名书。大字本首咸丰辛酉元旦芸香馆居士序。序称"抱瓮老人之选《今古奇观》主于醒世，而有涉诲淫者，则所宜摈。或委曲以成其志而先不免于失身者，皆可弗录。其先师厘正是书而未果，己踵而成之。书经再订，旧题可不袭。不袭而其所谓奇者终不可易，故命曰《二奇合传》"云。观其所叙，用意已属陈腐，至谓"即空观主人著书二百种，抱翁老人删存四十种，《古今奇

观》与《拍案惊奇》本为一书",则直同呓语。其书 40 回,为
《今古奇观》已选者 26 回,取《今古奇观》选余之初刻《拍案
惊奇》12 回。第三十四回《曾孝廉解开兄弟劫》、第三十六回
《毛尚书小妹换大姊》未知所出,所演故事,与《聊斋志异》之
《曾友于》、《姊妹易嫁》二篇同,而观其文字晓畅,仍不失明人
丰度,似并非出于《聊斋》,而《聊斋》所记转系撷拾当时传
闻,有如此文所述者。按此书所辑不出《初拍》及《今古奇观》
之外。《初拍》吾国所传本皆不全。近年,日本发现《初拍》原
本,无《二奇合传》所选《曾孝廉》、《毛尚书》篇。或《二奇
合传》所据是《初拍》别本,亦未可知。

　　《二奇合传》目录

续今古奇观

《小说史略》引 30 卷本未见　石印本 6 卷 30 回

不著撰人。中 29 篇全收《今古奇观》选余之《初刻拍案惊奇》29 篇（《今古奇观》收《初拍》7 篇）。唯第二十七回为《娱目醒心编》卷九文。鲁迅先生云：同治七年（1868）江苏巡抚丁日昌禁小说，《拍案惊奇》亦在禁中，盖即禁书后书贾所为（按丁目：《今古奇观》亦在禁列，唯系抽禁，较宽）。此书剽窃旧本，改题名目，实不足云选本。今附诸书之后，其目录不列举。

凡书非目睹及非中国所有者，其板刻篇目，咸据各家记载。引用各条，文中不及一一注明，今列举姓名及著作于下，并致谢意。

明代之通俗短篇小说（日本盐谷温撰　见《改选杂志》现代支那号　马隅卿译，附考证。见《孔德月刊》第一第二两期）

关于明代小说三言（日本盐谷温撰　见《斯文杂志》第八编第五号至第七号　江馥泉译）

宋明小说传流表（日本盐谷温撰）

巴黎国家图书馆中之中国小说戏曲（郑振铎撰　见《小说月报》第十八卷第十一号）

大连满铁图书馆所藏中国小说戏曲（马隅卿撰　见《图书馆学季刊》第二卷第四期）

京本通俗小说与清平山堂（日本长泽规矩也撰　见《东洋学报》十七卷二号　马隅卿译，附考证见《AC》第一期至第三期）

幻影（郑振铎撰　见《小说月报》第二十卷第四号）

警世通言三种（日本辛岛骁撰　见《斯文杂志》九编一号　汪馥泉译）

明刊 40 卷本拍案惊奇及水浒志传评林完本出现（日本丰田穰撰　见《斯文杂志》第二十三编第六号）

参考书目

日本内阁文库汉籍书目

宝文堂书目（北京图书馆藏抄本）

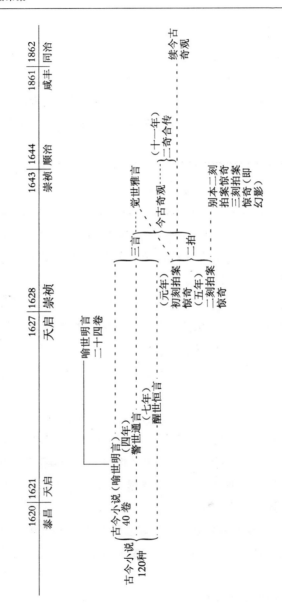

三言二拍流传表

《三国志平话》与《三国志传通俗演义》

吾国通俗小说之作，到了宋、元才渐渐地发达起来。现在看起来，那时的短篇小说在描写方面相当的细，语言亦够流利；可惜存的篇数不多。至于讲史像《五代史平话》、《宣和遗事》，和元刻几种平话，除《五代史》稍使我们满意之外，其余诸作都是事实仅存概略而没有作意，是坊间传抄凑合的本子。和文人铺张的著作比起来，实在相去甚远。到了明朝，经过文人的润色改订，这时中国的通俗长篇小说才有斐然可观的。此等重编风气，明朝最盛，而最著者便是罗贯中。

贯中是罗氏的字。他的名有人说叫"本"，是否也无从考据。他的别号是"湖海散人"。祖籍太原。生于元至正间，到明永乐时仍健在（据明初某氏《录鬼簿续编》）。性孤高，长于乐府词曲。所作杂剧，有《赵太祖龙虎风云会》、《忠正孝子连环谏》、《三平章死哭蜚虎子》3 本。但现在存的只有《风云会》一本。他所编的小说也有数十种（见田汝成《西湖游览志余》卷二十五）。但今所见明本小说署"罗贯中"的只有 5 种。这 5 种里头有 3 种是讲史。

一、《三国志传通俗演义》

二、《隋唐两朝志传》

三、《残唐五代史演传》

这3种书的文笔不很一样。第二种和第三种行文草率，约略相似；唯第一种比较细腻得多，罗氏的名价甚高，完全因为这部书。现在姑且把后两种搁起，专谈一谈《三国演义》。

《三国志传通俗演义》，嘉靖刊本题"晋平阳侯陈寿史传"，"后学罗本贯中编次"。陈寿晋泰始十年（274）为平阳侯相，见《蜀志·诸葛亮传》寿《进诸葛亮集表》所具名衔。平阳侯国，见《晋书·地理志》。《晋书·陈寿传》但云寿由佐著作郎出补阳平令，撰《诸葛亮集》奏之。不云寿为平阳侯相，偶误。演义题平阳侯陈寿，乃是侯字下脱相字。这个错误不小，不可不纠正。贯中摭拾旧闻，编订此书，关于三国的史事差不多应有尽有。其书自汉灵帝无道黄巾起事起，一气的说到晋武帝受禅王浚平吴而止。其间关于刘、曹、孙的创业始末，魏、蜀、吴的交聘征伐，都源源本本地说出来，娓娓动人。并且里面还加了许多遗闻佳话，奇节至行，作本书的点缀。文浅事实，雅俗共赏。在我国旧小说中，像《三国志传通俗演义》流行之广，恐怕找不出第二部了。

其实演说三国故事的书，早已有之。元时有至治刊《三国志平话》3卷，虽文章作得不好，传录又多讹误，但其中事迹大半都从书史中来，三国大事也大致具备，根底不浅，未可厚非。罗氏的《志传》，长至240节，文字较《平话》多了数倍，可是仔细一考查，《志传》的间架结构，仍和《平话》一样。近来有人说：《平话》采俗说；《志传》采史实，是真的讲史。我以为说这类话的人，至少对于这两部书没有深刻的研究过。倘使稍加比较，就知道《志传》所演还大半取资于《平话》，读者看以下所列举的便明白了。

　　《志传》里面所演的故事，多有和元、明旧剧相同而事实却荒唐无稽的。这些故事，虽不见于书史，但因为都是旧有的传闻，历史很久，已深深印在世人的脑子里，差不多比正史的势力还大。因此作演义的人便不能不采它们当材料。所以关于这一类的故事，凡《平话》有的，《志传》也有，《志传》不过更加意的渲染一番而已。今举其目如下：

元、明杂剧	平话	志传
刘关张桃园三结义《也是园目》古今无名氏	桃园结义（卷上）	祭天地桃园结义（卷一）
虎牢关三战吕布元·武汉臣、郑德辉均有剧，郑剧今有《孤本元明杂剧》本	三战吕布（卷上）	虎牢关三战吕布（卷一）
锦云亭美女连环计元·无名氏	王允献董卓貂蝉（卷上）	司徒王允说貂蝉（卷二）
关云长千里独行元·无名氏，今有《孤本元明杂剧》本	关公千里独行（卷中）	关云长千里独行（卷六）
寿亭侯五关斩将《也是园目》古今无名氏	（无明文）	关云长五关斩将（卷六）
关云长古城聚义《也是园目》古今无名氏	古城聚义（卷中）	刘玄德古城聚义（卷六）
诸葛亮博望烧屯元·无名氏，今有《孤本元明杂剧》本		诸葛亮博望烧屯（卷八）

七星坛诸葛祭风 元·王仲文	孔明祭风 （卷中）	七星坛诸葛祭风 （卷十）
诸葛亮石伏陆逊 《也是园目》古今无名氏	（有事无目）（卷下）	八阵图石伏陆逊 （卷十七）
诸葛亮秋风五丈原 《元·王仲文》	西上秋风五丈原 （卷下）	孔明秋风五丈原 （卷二十一）

《志传》里的故事有本之书史而加以敷衍的，在《平话》和戏曲中也有。目如下：

元、明杂剧	平话	志传
老陶谦三让徐州 《也是园目》古今无名氏	（有事无目）（卷上）	陶恭祖三让徐州 （卷三）
勘吉平 元·花李郎	曹操勘吉平 （卷中）	曹孟德三勘吉平 （卷五）
斩蔡阳 《雍熙乐府》卷六【粉蝶儿】节遇端阳套引有此目	关公斩蔡阳 （卷中）	云长擂鼓斩蔡阳 （卷六）
白门斩吕布 元·于伯渊	白门斩吕布 （卷中）	白门曹操斩吕布 （卷四）
卧龙岗 元·王晔	（有事无目）（卷中）	刘玄德三顾茅庐 玄德风雪访孔明 （卷八）
关大王单刀会 元·关汉卿，今有《孤本元明杂剧》本	关公单刀会 （卷下）	关云长单刀赴会 （卷十四）

此外《志传》中还有取正史、杂史所载有趣的事，加以敷

衍而成的一部分。本来，裴松之注《三国志》，所引杂书小记就是小说，《三国志》、《后汉书》所载也不少富有文学趣味的故事；贯中就采取这些事加以敷衍，方法是很对的。但这类的故事，在《平话》、《志传》二书中，也彼此都有。例如：

志传	平话
吕奉先辕门射戟（卷四）	（有事无目）（卷上）
青梅煮酒论英雄（卷五）	（有事无目）（卷中）
云长策马刺颜良（卷五）	关公刺颜良（卷中）
云长延津诛文丑（卷上）	（有事无目）（卷中）
玄德跃马过檀溪（卷七）	先生跳檀溪（卷中）
长坂坡赵云救主（卷九）	赵云抱太子（卷中）
张益德据水断桥（卷九）	张飞据水断桥（卷中）
赵云截江夺幼主（卷十三）	（有事无目）（卷下）
张益德义释严颜（卷十三）	张飞义释严颜（卷下）

《志传》新增入的故事，如《孙策大战太史慈》（卷三）、《孔明遗计救刘琦》（卷八）等也都是实事。因为《平话》没有，所以不列入此目。

由上所举的看起来，知道《志传》中所有的重要节目，《平话》也有。不过，《志传》比《平话》细密，虽然袭取《平话》中的故事，而参考书史，加以润色。所以大改旧观，成了一部有价值的讲史书。在《平话》中有承戏曲及说话人所演，失之太陋太疏的地方，《志传》也毅然删掉了，不加以沿袭。现在举5个例子：

一、张飞单人独骑到杏林庄招安黄巾事，《平话》上卷有。

《孤本元明杂剧》有无名氏的《张翼德大破杏林庄》。《志传》中没有此事。

二、《平话》上卷在虎牢关三战吕布之后，更有张飞独战吕布。《孤本元明杂剧》有无名氏的《张翼德独战吕布》，同演一事。《志传》嫌其繁复不取，在三战吕布之后，并没有张飞独战吕布一事。

三、《平话》上卷有张飞三出小沛，说是吕布围了小沛，张飞带18骑三闯重围。《孤本元明杂剧》有无名氏的《张翼德三出小沛》，事同。《志传》无此事。

四、《平话》中卷赤壁破曹之后，有周瑜邀皇叔过江宴于黄鹤楼，打算害他，谁知刘皇叔用了军师计策，竟逃走了。《孤本元明杂剧》有元·朱凯的《刘玄德醉走黄鹤楼》，演此事。今京戏尚有《黄鹤楼》。《志传》不采。

五、《平话》下卷有一段，说庞凤雏嫌历阳令官职太小，挂冠而去，向各处游说，致沿江四郡皆反，后来军师派糜竺前往招安，庞统才和魏延商量一同归降西蜀。《孤本元明杂剧》有无名氏的《走凤雏庞统掠四郡》，事同。《志传》也不采。

由此看起来，《志传》对于《平话》，很下了一番去取的工夫，并非漫无别择。至于称谓以及职官地理，《平话》之错误者，《志传》改的也不少。其所以能盛行世间取旧本《平话》而代之，是很有道理的，并非偶然。

其次《平话》本侧重蜀事，于魏、吴则语焉不详。如武侯死后紧接着便是吴、蜀灭亡，未免过于简略。《志传》参考史书，把武侯殁后三国间发生的事一一补出，较为完善。现在把《志传》所补的部分，也写在后面：

一、一至四卷（相当于《平话》上卷）。与《平话》比，大致没有很大出入，但增出孙策略定江东一事。

二、五至十一卷（相当于《平话》中卷）。在六卷七卷中，魏增出祢衡及曹操灭袁氏定辽东等事。六卷至八卷，吴增出于吉及孙权继有江东与破黄祖等事。十卷中赤壁之战，增阚泽下书，庞统进计，及孟德横槊赋诗等事。

三、十二卷至二十四卷（相当于《平话》下卷）。魏、吴增曹操杀伏后，破张鲁，张辽战逍遥津，甘宁劫魏营，左慈、管辂、耿纪、韦晃等事，凡一卷（第十四卷）。又增华佗、曹植及秦宓聘吴，魏主伐吴等事。武侯殁后增出之事：蜀如姜维用兵，魏、吴如司马父子兄弟专权，诸葛恪之败，孙休之废，以及寿春之役，皆详言之，凡二卷（第二十二卷第二十三卷）。魏平蜀、吴如邓艾、钟会、杜预、王浚等事，亦系增出，《平话》所无。

所以《志传》对于《平话》，一是加细，二是删订，三是增补。故事在《平话》中之仅具雏形者则充实之，易以实际的叙述。共事之轮廓虽因《平话》之旧，而润色修饰，实亦等于重编。至其引用史籍，大抵以《通鉴》为主，而范、陈二家之书以及裴注，也确曾参考。镕俗说史实于一书，而骤观之亦无不调合之弊，其经营组织有足多者。然在今日，以文学眼光论之，则《三国志传》可议之处仍甚多：一曰性格之误。书中人物性格，皆承袭戏曲词话之旧，出于市人的臆说虚构。因为非直接得之于史，所以浸失本真。例如，魏武雄才大略，用兵如神，"登高必赋"，写来乃纯然小人面目。又如刘备为人"有度而缓"（刘晔对魏文语），书中有意推崇，反而令人疑其为人不诚实。更如诸葛武侯热心辅导幼主，申明法纪，其人格功业，实在伊、吕、申、商之间。书中夸其才干不过权诈，行径也大似妖道一流。这些地方都令人不满意。二曰记叙之疏。贯中作此书虽云参考史籍，然不过随手翻检，寻些材料罢了。至于事之异同，人之得失，并没有参互比较，完全弄明白了，有知人论世之识；所以，结果弄得杂糅并陈，说不上体例。若再进一步探讨一下，则其引用史书，也有许多错误。今分述如下：

甲　沿《平话》之误未曾改过的。例如：

一、鞭打督邮，本先主事，以属之张飞。

二、玄德未尝与卢植、皇甫嵩共讨黄巾，乃言预兹役且有功。

三、矫诏讨董卓为桥瑁事，以属之魏武。

四、徐庶辞先主在建安十二年（207）当阳之败时，这时诸葛已出山事刘，乃云访诸葛在庶去之后。

五、吉本（讹作吉平）谋害魏武在建安二十三年（218）张鲁降曹后，刘、曹争汉中之时，乃云建安五年（200）与董承同谋。

乙　重编时参考史传而仍误的。例如：

一、董卓嗾吕布杀丁原，在卓欲行废立之先，另为一事，乃云卓与丁因议温明而生隙。

二、关羽斩蔡阳在先主奉袁绍命偕羽往汝南之后，乃云羽就先主于绍军，蔡阳来追，因杀之。

三、袁安本袁绍高祖，乃云绍为安之孙。

四、董太后本灵帝生母，为解犊亭侯苌夫人，生灵帝。灵帝即位，尊苌为孝仁皇，陵曰慎陵。后卒京师，表还河间，合葬慎陵（见《后汉书·董皇后纪》）。乃云何进使人鸩董后于河间，举柩回京，葬于文陵。按：文陵乃灵帝陵。误以灵帝生母为灵帝之后，太可笑了。

五、斩华雄乃孙坚事，以属之关羽。

六、玄德不从的卢妨主宜赠他人之言，实是晋·庾亮事（见《世说·德行》篇）。此属之先主，乃借用。

七、东阿七步之诗，本为 6 句 30 言，见《世说·文学》篇

（《太平广记》卷一七三《俊辩类》引《世说》文同）。书中著
此诗，改为 4 句 20 言，与原文不合，致世人诵此诗者，多据
《三国演义》。

综上所举，可见此书之错误随在皆是。清儒章学诚讥之为七
实三虚，其实虚的真虚，实的也不见得实。总之，是稗官野史之
言，其虚实真伪，不能用分数估计也。

现在的嘉靖本《三国志传》，虽署"罗贯中"作，然观其杂
抄史书，非常琐碎，删节处语多不通（如第一卷《董卓议立陈
留王》节录范晔论赞，《祭天地桃园结义》节录蔡邕对）；又正
文中赘附注解，或是史鉴原注，或为无关之浮词，丛杂已甚；这
恐怕是后人所为，不是贯中原本所有的。又书中虽不标回数，而
演说一事大段节目终了，例有起下文之词，如"且听下回分
解"、"下回便见"，或"且听下回分解，便知端的"、"下回便
见分晓"……如是等字样，在书中凡 145 见。其出见次第，很
为参差——密者一节一见，疏者隔两三节甚至六节一见。因疑原
本乃以百余回演之。又有人偶于回中增入文字，故所包之节数多
少极不一律。后人把每回中诸节分开，让它们各自独立，才成了
240 节。在嘉靖本，凡原本一回中有数节者，每节结尾，都作诘
问的口气。举第八卷为例：

首节　《玄德定计取樊城》结云：操大怒，叱武士执徐母
斩之。性命如何？

二节　《徐庶走荐诸葛亮》结云：正不知玄德来请孔明，
还是如何？

三节　《刘玄德三顾茅庐》结云：上马来谒孔明，未知见
否，还是如何？

四节　《玄德风雪访孔明》结云：再往卧龙岗谒诸葛孔明。
时关、张闻之不悦，乃挺身拦住而谏之。未知其言，还是如何？

五节　《定三分亮出茅庐》结云：孔明曰：可令人渡江探听虚实。玄德从之。使人往江东探听。未知还是如何？

六节　《孙权跨江破黄祖》结云：未知黄祖性命如何？且听下回分解！

首节和二节叙徐庶母及庶荐孔明事，三至五节叙玄德三顾孔明事；六节折入孙权事，乃至务头，此演说即告停止。是知自首节至六节为一回，每节等于每一回中的一段说白。每节末句，例作诘问语，凡变文及诸宫调的说白多半如此。或者正在前后二节之间，本有歌词；后来去词存白，又每节各立标题，遂成了今日之《三国志传》。原本或者是《三国词话》，也未可知。

《三国志传》这部书明·嘉靖以后曾有好几种刻本，但都是240节。到崇祯时吴观明刻此书，才标出回数，以二节为一回，共得120回。于是旧本分回之迹，不可考见了。可是这种回数，仅标在前面，其二节仍然分立，除了标回数之外，其标题分节，仍然是嘉靖本240节的旧式。后来到了清康熙时有一位毛宗岗先生评定此事，才把前后二节的文字联缀起来，合前后二节的标题为一回的标题，便成了现在通行120回的《三国演义》了。

毛宗岗字序始，长洲人，他所评的《三国》，今通行诸本前面，都有顺治甲申（元年［1644］）金圣叹的序。本书除署宗岗名字外，并有"圣叹外书"、"声山别集"等字样。声山是宗岗的父亲，就是《琵琶记》的批评者。或者毛声山曾批评过《三国》没作完，宗岗继而成之，也未可知。宗岗和圣叹是同乡，看到了圣叹评《水浒》自托古本，颇得一般人的称赞，于是他也效颦取《三国》旧本增订起来。现在考起来，他所增入的事实，有关羽秉烛达旦、孙夫人投江、管宁割席、曹操分香等琐事八九条。所增入的文字，有陈琳《讨曹操檄》、孔融《荐祢衡表》。改正的地方，如旧本曹后助兄斥献帝，改为斥曹丕。删削的地方，如旧本载孔明欲并烧魏延于上方谷及诸葛瞻得邓艾招降书犹豫不决二事，宗岗以为诬罔，都去了。至于文词方面，也改了不少。但皆云据古本所改。其实，宗岗所削改的，都是小节目，甚而原书中大的错误，他仍然没看出来。如旧本误以董后为灵帝之后，宗岗改为灵帝之母，但仍叫他们合葬文陵。此外他还有一种偏见，就是祖刘而抑曹。如《志传》云刘备好犬马音乐，事本《蜀志》，宗岗却讳而不书。刘备常得同宗元起的资助，元起妻谓"各自一家，何能常尔！"《志传》载之，亦本《蜀志》。此亦人情之常，不足为病，宗岗也删去了。则因左祖刘备为备掩饰之故，并祖及其同宗之妻。至曹操本曹参之后，曾祖节，父嵩，俱有令名。旧本载之，本《魏志》裴松之注（引司马彪《后汉书》）；宗岗也删去了这一段。因为憎恶曹操并抹杀其先世，这实在无聊得很，大可不必。虽然毛先生评此书，自己非常得意，动不动斥原书为俗本，其实他的古本与旧的俗本，不过五十步与百步之差罢了。但是他的功绩也有不可磨灭之处：就是他能把旧本的文字加以润色，比较文章简洁了许多。评语虽然不出选家之见，却也颇投时尚，所以毛评本竟替代旧本盛行于社会间。至于说《三国》是"第一才子书"，则毛本前面所载金圣叹序有这样的话，实在没有道理。但因此说《三国》是"第一才子书"，也成了民间习语；这也可以看出毛评本在民间的势力了。

1934 年

《水浒传》旧本考

——由明·新安刊大涤馀人序本百回本《水浒传》推测旧本《水浒传》

　　1924 年，北京有人购得明刊百回本《忠义水浒传》。其书雕刻甚精。半页 10 行，行 22 字。卷首有图 50 页。记刻工姓名，或曰"新安黄诚之刻"，或曰"新安刘启先刻"；知是书非刊于徽州，即延徽州刻工刊是书。其序署大涤馀人识；大涤山在杭州，则出赀刊书者或为杭州人。其板至清初犹存，故李渔芥子园所印李卓吾评《忠义水浒传》，即是书板片；亦载大涤馀人序。忆 1931 年，余曾一见是书，为之动心骇目。是时友人方集赀印行小说，属余请于藏书人，欲借是本景印，已获同意。后以事未能借得。集赀印行小说事旋亦中辍。明·新安刊大涤馀人序本《忠义水浒传》，今人所阅者唯 1925 年排印本，且此排印本今市间亦不多见，甚可惜也。

　　《水浒传》自明以来，行世者有数本：一叙事详，其所演有征辽而无征田虎、王庆事。今所见百回本是。一文字极略，即从百回本节出，其所演于征辽外更增入征田虎、王庆事。今所见 115 回、110 回诸本是。一即百回本增加 20 回，此 20 回演田虎、王庆事虽据 115 回等本，而文加藻饰，顿异旧文，今所见袁无涯刊本 120 回本是。一为删定本，即金圣叹 70 回本。此 4 本中要以百回本为近古。以其出于郭勋刊本，勋刊书在嘉靖时，在诸本中最为先出也。百回本《水浒传》余所见亦有数本：如日本则有容与堂刊李卓吾评本，其书百卷百回。有钟伯敬评本，其书亦百卷百回。以此二本与大涤馀人序本较，虽评语不同或间有出入，而内容文字实无大异同，不妨视为一本。故百回《水浒传》，吾国所存虽只有新安刊大涤馀人序本，及自大涤馀人序本出之芥子园本；实则对于《水浒传》研究尚无何等不便。以诸百回本文字大致相同，实出一源也。百回本《水浒传》在诸本中既为近古之本；则嘉靖前旧本《水浒传》虽不可见，试以今百回本文字考之，或亦可约略窥知旧本《水浒传》之事。余尝即新安刊本反复寻求，其文之关涉旧本者有四事。今略述之。

一

旧本《水浒传》，应为分卷之本。百回本《水浒传》，日本所存李卓吾评本、钟伯敬评本，皆百卷百回。此以一回为一卷也。今新安刊本不分卷。然余于此本第四十五回中，却发现其所据底本确为分卷之本。此回记潘巧云为其先夫作道场事，于叙事中着议论云：

> 为何说这句话？且如俗人出家人都是一般父母所生。……这上三卷书中所说“潘 × 邓小闲”，唯有和尚家第一闲。

今按“潘 × 邓小闲”一语，见新安刊本第二十四回。此引其语，云系上三卷书中所说；则新安刊本第一至第二十四回之文，在所据底本中应是第一至第三卷之文也。新安刊本第一至第二十四回，在旧本中既为第一至第三卷；则旧本分卷决不与李卓吾、钟伯敬评本同作者卷甚明。然则新安刊本，其书不分卷，固与旧本乖异；日本所存李卓吾、钟伯敬评本，以一回为一卷合作百卷者，亦非旧本本来面目也。旧本分卷，既不作百卷，其书应是若干卷？此问题甚重要。然非今日所能推测，因旧本分卷，若以新安本 8 回当旧本一卷计之，则今新安本百回在旧本当赢十卷；然旧本内容未必与今所见百回本同（今百回本所记，如征辽等事，皆有后增之嫌），则居今日推测旧本卷数，固不得以今百回本为据。其可据者，唯新安刊百回本第四十五回，引上三卷书中之语，是旧本原文，此可证旧本原为分卷之本。其事彰然明白无可疑耳。又考《花草粹编》卷十，引金主亮【念奴娇】词"天丁震怒"云云。词末有双行小注云："《水浒传》三卷。"此词见新安刊本百回本《水浒传》第十一回"朱贵水亭施号箭"篇。《花草粹编》，乃明万历间陈耀文所纂。知耀文在万历间所读《水浒传》，亦是分卷本。其分卷方法亦非如李卓吾本、钟伯敬本之作百卷。盖亦万历前旧本也。

二

旧本《水浒传》应为词话。词话之称始见于《元史·刑法志》，而明人习称之。今所见前人说唱之本，其词有为偈赞之词者：如唐、五代变文及后世之鼓儿词、弹词是。有为词调之词者：如宋·赵德麟之以商调【蝶恋花】词演《会真传》是。有为南北曲词者：如金之董解元【西厢记诸宫调】、【刘致远诸宫调】及明之【庄子叹骷髅】词是。此等所唱之词，虽其体格声调不同，而其为唱词则一，故兼说白与唱词言通谓之词话。词话为通俗小说之先河。凡吾国旧本通俗小说，皆自词话出。凡后世文人所撰通俗小说供案头赏览者，其唱词虽有存有不存，要之皆是拟词话之体。《水浒传》故事演说，源于宋时。其修正编刊盛于明代。其前身应是词话无疑。顾《水浒传》之为词话前人未有言者，近人言《水浒》者亦未见及此，何也？以《水浒传词话》今无其本也。夫论事贵有证据。《水浒传词话》今无其本，固不得轻言《水浒传》为词话。然而余于新安刊百回本《水浒传》第四十八回，却发现一证：即此回中所载有唱词一段，其词确为一段偈赞之词是也。凡通俗小说之本为词话者，旧时刊行多刊落其词。此一段词为刊落未净者。今引其词并摘录其前段相关之文如下：

> 且说宋江亲自要去做先锋，攻打头阵。引着四个头领，一百五十骑马军，一千步军，直杀奔祝家庄来。于路着人探路，直来到独龙岗前。宋江勒马看那祝家庄时，果然雄壮。有篇诗赞便见祝家庄气象：

独龙山前独龙岗，	独龙岗上祝家庄。
绕岗一带长流水，	周遭环匝皆垂杨。
墙内森森罗剑戟，	门前密密排刀枪。
对敌尽皆雄壮士，	当锋都是少年郎。
祝龙出阵真难敌，	祝虎交锋莫可当。
更有祝彪多武艺，	咤叱喑呜比霸王。
朝奉祝公谋略广，	金银罗绮有千箱。
白旗一对门前立，	上面明书字两行：
"填平水泊擒晁盖，	踏破梁山捉宋江。"

> 当下宋江在马上看了祝家庄那两面旗，心中大怒，设誓道："我若打不得祝家庄，永不回梁山泊。"众头领看了，一齐都怒起来。

此一段词，余断为旧本说白中所着唱词。请以二事明之。此词前一段说明有引下语云："有篇诗赞便见祝家庄气象。"今按此一段词，可勉称为赞，而尚非一般人所谓长篇歌行。何以言之？唐之俗称，其说明中间例着偈赞。其偈赞之短者略如律绝；长者亦略以歌行。是则僧侣所唱偈赞与文人之诗，语其旨趣，本无不同。唯施用有别，故体格亦微异耳。易言之，俗讲本中之偈赞，其词之佳者亦雅近歌行。文人所撰歌行，其词不能工，反有类乎俗讲本中之偈赞者。至于后世词话，其造句措辞大抵以琢炼为工，且似有一定之格。其与歌行异体，可一望而知。如此一段词，其煞尾突然而止，全不照应。其意态词气，大似今之鼓儿词；与他处之泛着诗篇，云"有诗为证"者异。明此一段词为说话人所唱之词。此其一。凡话本说白中所着唱词，其作用有二：一为咏叹。此类词但将上一段白所说之事编为歌词，约略重述之。此以声论虽属不可少，以文论则可有可无。设有人欲易词话为散文小说，于此类词可径去之。以词与所述皆是一事，弃之固无妨也；一为叙事。此类词非重述上文，乃承上一段白之后而别有所述，其下一段白，即承此一段词言之。此于咏歌之中兼有叙事作用。以声论固属不可少，以文论尤属不可少。设有人欲易词话为散文小说，必须将此类词译为散文，始与上下文密合无间。否则词意不相属。以其承上启下，无此词则文不贯穿也。以新安刊本《水浒传》言，此一段词其上段白说宋江引兵打祝家庄，至祝家庄前看景物，其宋江眼中所见，如门前竖旗一对，旗上书字两行，皆在此一段词中。其下一段白说宋江见旗上所书字大怒云云，乃承此词而言，不承此词上一段白而言。设无此词，则宋江大怒之言为无根。由此知此一段词是旧本原文无疑。此其二。《水浒传》旧本之为词话。可以是明之。其词话本今虽不存；得此一证，世之治《水浒》者，于《水浒传》本为词话之事，或可释然不复致疑也。

三

《水浒传词话》应为元时书会所编。今欲证明此事，须先述宋、元以来《水浒》词话之编唱情形，及元人词话与今行百回本《水浒传》之关系。按：梁山泊故事编唱，至少起于南宋之时。此可以《宣和遗事》载梁山泊事及 36 人姓名，周密《癸辛杂识》载 36 人姓名，云"其事见于街谈巷语"证之。其北朝之金，当亦有梁山泊故事流行编唱。此虽无显证，然关汉卿《绯衣梦》演汴京故事，其末折《调笑令》曲即有"比及拿王矮虎，先缠住一丈青"一语。汉卿至元、延祐间人，及见金遗老。此剧不知作于何时。然观其曲用梁山泊掌故，以王矮虎、一丈青为夫妇，与今《水浒传》同；似是梁山泊故事流传已久，故汉卿习而用之，则梁山泊事在金，固应早流传编唱矣。如余所说不误，则《水浒》故事当宋、金之际，实盛传于南北。南有宋之《水浒》故事，北有金之《水浒》故事。其伎艺人之所敷演，虽不必尽同，亦不至全异其趣。以靖康之祸，宋南渡，而金得宋中原地。宋中原人，金谓之南人。金南人之为艺人者，对梁山泊事必熟悉。以事发生于本地，耳闻目见，可采者多也。宋高宗居临安，北人多奔赴行在。北人之在临安或他处为艺人者，对梁山泊故事亦熟悉。以宣和间事多所阅历。且炎、绍间梁山泊人物在南朝受招安为官者尚多，可供描写也。及元平金、宋，南北混同。其时梁山泊故事之在南北，当亦因政治之统一而渐成混合之象。南人说梁山泊故事，可受北人影响。北人说梁山泊故事，亦可受南人影响。故《水浒》故事源于北宋，分演于南宋、金源，而集大成于元。以本论，《水浒传词话》不唯有宋本，且有金本。至元乃更有元本。元时所行《水浒传词话》，当不只一本。其诸本内容，亦不必尽同。唯此诸本（宋本金本在元时翻刻者除外）其文应较宋、金本为繁。以其说承宋、金之后，当奄有宋、金之长；且《水浒》故事续演于元百年之间，其事除沿袭宋、金者外，仍当递有增饰也。元本《水浒传词话》，今无一存者。然明·嘉靖前旧本《水浒传》，其本必自元词话之某一本出。明·嘉靖前旧本《水浒传》，今亦不可见。然今行百回本《水浒传》，其本应自嘉靖本出。由元本《水浒传词话》至今行百回本《水浒传》，其中间当有几许变化。然今行百回本《水浒传》，除删去若干唱词不论外，其叙事白文中当有不少元本词话原文，则可断言也。读者如疑吾言为不可信，请引新安刊本百回本《水浒传》证之。此本第二十二回记宋江事云："且说宋江，他是个庄农之家，如何有这地窖子？原来故宋时为官容易，做吏最最难。……那时做押司的，但犯罪责，轻则刺配远恶军州，重则抄扎家产结果了残生性命。以此预先安排下这般去处躲身。又恐连累父母，教爹娘告了忤逆，出了籍册，各户另居，官给执凭公文存照，不相来往。却做家私在屋里。宋时多有这般算的。"此释宋人作吏事，称宋为"故宋"。明是元人语。其证一。第三十八回记宋江配江州与戴宗相见事云："说话的，那人是谁？便是吴学究所荐的江州两院押牢节级戴院长戴宗。那时故宋时金陵一路节级，都称呼家长。湖南一路节级，都称呼院长。"此释院长二字，称宋为"故宋"。明是元人语。其证二。又此本第八回记林冲事，云林冲刺配沧州，防送公人为董超、薛霸。董超登程前，在家有酒保来云："董端公，有一位官人在小人店中请说话。"释云："原来宋时的公人都称呼端公。"此但言宋，不言"故宋"。然玩其词意，与他处称"故宋"者同。可断为元人语。其证三。以此三事推之，知今百回本《水浒传》，其文虽踦驳不纯，然其中犹有不少元词话原文。其祖本为元人词话实无可疑也。

何以知元人词话为书会所编也？按书会二字，在今百回本

《水浒传》凡两见。其一在第四十六回。此回记石秀杀奸僧事，云僧死后，蓟州好事子弟作成一调嘲之。其词为"戽耐秃囚无状"云云。此调后更附一词。此词前有白文一行记撰曲始末则云：

> 后来书会们备知了这件事，拿起笔来，又做了这只【临江仙词】。

其词为"淫行沙门招杀报"云云。此处载词二首，云其一为好事子弟所编，其二为书会所编。实则二词如出一手，如第二首词为书会所编，则第一首词亦必为书会所编。书会制词，乃本书中纪事之语，固不足以为是书出书会之证。然叙事而及书会，其暗示吾人者，则为方书会先生编是回书时，兼制此词，则不觉将书会二字入文也。其二在第九十四回。记宋江讨方腊，复秀州；卢俊义复湖州；柴进做间谍等事，其头绪甚繁。说话人于此处提醒观众，作疏解语云：

> 看官听说，这回话都是散沙一般，先人书会流传，一个个都要说到，只时难做一时说，慢慢敷演关目，下来便见。看官只牢记关目头行，便知衷曲奥妙。

此一段话，与第四十九回"解珍解宝越狱"篇篇首所附疏解语同：

> 说话的，却是什么计策？下来便见。看官牢记，这段话头原来和宋公明初打祝家庄时一同事发。却难这边说一句，那边说一回。因此权记下这"两打祝家庄"的话头，却先说那一回来投入伙的人。"乘机会"的话（"有机会"乃吴用语，见上文），下来接着关目。

此皆说话人当场交代语也。说话人当场缴清关目，而云其话是先人书会流传。则其所据话本出于书会，实毫无可疑。《水浒传词话》之本为书会编本，于此岂不得一明证乎？

余谓《水浒传词话》为百回本《水浒传》祖本，其本是元时书会所编，其言似非无据。唯当下有一事应问：即元百年之间，书会所编词话当不只一本。此《水浒传词话》为明刊百回本《水浒传》祖本者，应是何时书会所编乎？又有一事应问：即元时书会遍于诸路，当时南北当各有词话演梁山泺故事。此《水浒传词话》为明刊百回本《水浒传》祖本者，应是何处书会所编乎？此二事甚重要，不可不讲求明白。余今更据个人所见述其梗概如下：

元《水浒传词话》为明百回本《水浒传》祖本者，余疑其本系元末南方书会所编。何以明之？余前言《水浒传词话》宋有宋本，金有金本，元有元本。宋本所演与金本必不尽合，以国异也。元本所演宋本、金本亦必不尽合，以时异也。同一元本，其所演事亦不必尽合，以元本有自金本出者，有自宋本出者，其系统不相同；且百年之间递有演变，其事当增于旧也。宋本与金本如何不合，今无可考。元本与宋本不合，可以今所见元人杂剧演《水浒传》故事者，与《宣和遗事》比较而知之。元本与元本不尽合，可以今百回本《水浒传》所载梁山泊头领事，其文疑似原文者，与元人所演《水浒传》故事剧比较而知之。今举晁盖、宋江事为例：

元人演《水浒传》故事之剧，其本易得易见者今有五剧：曰高文秀《黑旋风双献功》，曰李文蔚《燕青博鱼》，曰康进之《李逵负荆》，曰李致远《还牢末》，曰无名氏《争报恩》。《争报恩》宋江白无实事，今不取。其《双献功》、《燕青博鱼》、《李逵负荆》、《还牢末》四剧，宋江上白皆述行迹。宋江与晁盖事，在此诸白中约略可见。今录其文于下：

《双献功》第一折

（宋江上云）某姓宋名江，字公明，绰号及时雨。幼年曾为郓州郓城县把笔司吏。因带酒杀了阎婆惜，被告到官，脊杖六十，送配江州牢城。因打此梁山经过，有我八拜交的哥哥晁盖知某有难，领偻儡下山，将解人打死，救某上山。就让我第二把交椅坐。哥哥晁盖三打祝家庄身亡。众兄弟拜某为头领。……寨名水浒，泊号梁山。

《燕青博鱼》第一折楔子

（宋江上云）某姓宋名江，字公明，绰号顺天呼保义。曾为济州郓城县把笔司吏。因带酒杀了阎婆惜，一脚踢翻烛台，烧了官房；被官拿某到官，脊杖了六十，送配江州牢城军营。因打梁山经过，遇着晁盖哥哥。打开枷锁，救某上山。就让某第二把交椅坐了。不幸哥哥晁盖三打祝家庄中箭身亡，众兄弟就推某为首。

《李逵负荆》第一折

（宋江上云）某姓宋名江，字公明，绰号顺天呼保义。曾为郓州郓城县把笔司吏。因带酒杀了阎婆惜，送配江州牢城。路经梁山过，遇见晁盖哥哥救某上山。后来哥哥三打祝家庄身亡，众兄弟推某为头领。

《还牢末》第一折楔子

（宋江上云）我乃宋江是也，山东郓城县人，幼年为把笔司吏。因带酒杀了娼妓阎婆惜，送配江州。路打梁山泊经过，有我结义哥哥晁盖，知我平日度量宽洪，……让我坐第二把交椅。哥哥三打祝家庄身亡之后，众兄弟让我为头领。

此四剧所载宋江白，江上场自述个人经历以及与晁盖关系，其语皆同。知此四剧宋江白所言宋江、晁盖事，乃当时人习闻共知之事。其事口耳相传，已成定论。故高文秀四人撰剧，于此等皆不敢违异。按曲家谱梁山泺事，可任意拈一事，乃不成系统者。说话人说梁山泺事，当具始末，乃成系统者。然则此高文秀等四剧所引宋江、晁盖事，当出于词话无疑也。此四剧作者，高文秀、康进之、李文蔚皆见《录鬼簿》上卷。凡录鬼簿上卷所录，大抵为延祐以前人。其每人所值时代，今虽不能一一详考；然如高文秀至元十七年（1280）为溧水县达鲁花赤（元·大德前汉人多有为达鲁花赤者，余别有小文论之），见《至正金陵新志》。李文蔚名见白仁甫《天籁集》，李致远名见仇远《金渊集》，亦均为至元间人，此三人剧引宋江、晁盖事，其所据词话当是元中页传唱本，无可疑也。以元剧引宋江、晁盖事勘《宣和遗事》。《遗事》称宋江为郓城县押司。其旧相识妓阎婆惜与吴伟打暖，不睬宋江，江忿而杀之。郓城县巡检领弓手去宋公庄上捉宋江，而江已逃匿九天玄女庙中，根捕不获，与元剧称江"杀婆惜，烧官房，被捕到官，脊杖六十，配江州牢城"者不同。《遗事》又称江逃避后，旋纠合朱同、雷横、李逵、戴宗、李海（即他书之李俊）等9人，投梁山泺寻晁盖。及至梁山，晁盖已死。时吴加亮、李进义（即他书之庐俊义）方为首领。江至，以得天书事告。加亮等乃共推宋江为首领云云。与元剧称"江配江州，路经梁山。晁盖知其事，因劫杀公人救江上山"者又不同。此元中叶《水浒词话》与南宋词话之不同也。以元剧所载宋江、晁盖事勘今百回本《水浒传》。今百回本《水浒传》称：江杀婆惜后，畏罪逃之沧州，依柴进。旋赴白虎山，依孔太公。又赴清风寨，依花荣。其抵清风寨前，则有遇燕顺之事。抵清风寨后，则有闹青州降秦明、黄信之事，又有对影山收吕方、郭盛之事。与俱投梁山。中路，江潜返乡，为军校侦知，缉捕到官。脊杖二十，配江州牢城云云。江杀婆惜后配江州前，其间有许多事端，此皆元中叶词话所无者。以元剧载江事，但云江杀婆惜，烧官房，被捕到官，决杖六十，配江州牢城；无江杀婆惜后逃走，复潜还家被捕之事。其语直截明白，固非记江州事有所省略也。又称：江配江州，路经梁山，晁盖等劝之入伙，不许。竟之戍所。在江未抵江州前，有逢李俊、穆弘、穆春及张横之事。抵江州后，有逢戴宗、李逵、张顺之事。又有吟反诗，劫法场，白龙庙小聚会之事。此等事亦为元中叶词话所无。以元剧记江事，但云江配江州，路经梁山，晁盖劫杀公人迎江入山，使坐第二把交椅；无江赴江州之事。其语明白，亦非有所省略也。又称江在江州遇救后，上梁山。还家迎其父，又为军校侦知。江匿九天玄女庙中得免。晁盖等来迎江，击退士兵。自此江入山始为头领。江匿九天玄女庙中，事虽见《宣和遗事》，然元中叶所唱词话似无其事。以元剧记江杀婆惜即后被捕，不得更着江匿九天玄女庙中事也。按以上所举宋江事，今见百回本《水浒传》者，疑皆旧本词话原文。请以三事证之。今百回本《水浒传》记江事有极不合理者：如记江大闹青州后，忽接家书回乡，大闹江州后，又亲回乡迎其父。江虽勇锐，亦不肯出此。此殆编者采众本而为书，欲记江游清风寨前后诸事，则不得不云江亡命江湖。欲记江配江州诸事，则不得不使江还乡受缚。不肯舍旧说江匿九天玄女庙中事，则又不得不使江还乡被迫逃匿。此缘编辑时不暇润色，故文不周密如此。然今百回本《水浒传》记江事，唯此等为疵眚。其余诸事大抵详密可观，文笔亦胜。尤以记江配江州始末一段（自第三十六回逢李俊起，至第四十一回取无为军止），最为胜文，绝非明中叶人所能措手者。明此诸回为词话原文。其证一。宋、元人演唱词话，每说一事，皆因事立题，所谓话题也。话题于开话时道出，亦于临了时道出。今百回本《水浒传》第十六回记晁盖等劫生辰纲事了，释云："这个唤做智取生辰纲。"此缴代题目也。第四十回记梁山泺诸头领劫法场后，拥宋江至白龙庙，释云："这个唤做白龙庙小聚会。"小聚会与忠义堂受天文大聚会相映。此亦缴代题目也。余所见明本《小秦王词话》，其诸回中记事亦有临了缴清题目之例。知今百回本《水浒传》着此等语，实是旧本词话应有之体。明为词话原文。其证二。余前云今百回本《水浒传》中间保存元人口吻。曾举三例证之。其第一例在第二十二回，所演乃宋江杀阎婆惜畏罪逃避事。第二例在第三十八回，所演乃宋江配江州后与戴宗相会事，明江杀阎婆惜后亡命及配江州等事，乃元人词话原文。其证三。据此三证，可知今百回本《水浒传》所记宋江事，自杀阎婆惜起至取无为军止，其中间诸事大抵为元人词话原文。顾以元剧所记江事核之，其差别乃至钜。此元本词话与元本词话之不同也。更以晁盖事考之。元剧记晁盖事，云晁盖三打祝家庄中箭身亡。据百回本《水浒传》，晁盖乃未参加祝家庄之役，晁盖实于打祝家庄后若干时因打曾头市中箭身亡。同为中箭身亡，而其事乃大异。按：《宣和遗事》云宋江杀阎婆惜，逃之梁山寻晁盖，其时晁盖已亡。此记晁盖亡时最先。元剧言江上梁山时，晁盖尚俨然为首领，以副座界江。其后三打祝家庄，始中箭身亡。此记晁盖亡已移后。今百回本《水浒传》则言江三打祝家庄时晁盖尚未亡，其后打曾头市，始中箭身亡。其记晁盖已更移后。由此知晁之亡，自宋以还，其时逐渐移后。此可悟话本产生之时不同，其记事亦不同。然果如今百回本《水浒》之说，则以晁盖之俨然为梁山渌主，而自第四十二回宋江上山起至第五十九回闹西岳华山止，18 回中乃毫无晁盖事迹，甚不合理（金圣叹批宋江权诈，窃晁盖之柄，说即由是而起）。倘依元剧晁盖说，姑承认今百回本《水浒传》所记宋江打祝家庄始末即元中叶所传晁盖打祝家庄始末；则晁盖打祝家庄，其事由杨雄、石秀亡命，烧祝家庄房舍；杨雄之亡命，由于在蓟州杀人。第自四十四回杨雄遇石秀起至第五十回三打祝家庄止，此一段事迹涉晁盖，以晁盖为主。则宋江上山后不久，即有晁盖打祝家庄之事。盖死而江代之，故祝家庄以后事皆涉宋江，以宋江为主。如此记事，不唯闹江州后晁盖不寂寞，且亦深得事理也。凡词话后出之本，其本如非节本，其所演故事大抵视旧本为繁。以其事增于前，故内容因而丰富；以其贪多骛广，不暇持择，故文字亦不免龃龉。《水浒传》之着晁盖打曾头市故事，其一例也。然今百回本《水浒传》晁盖打曾头市一节，其文似尚非明中叶人所为。且晁盖身亡后，即有吴用赚卢俊义、张顺水上报冤、时迁烧翠云楼等事。俊义上梁山，副宋江旋即立功，为晁盖报冤。其事与晁盖相关涉。今百回本《水浒传》所载吴用赚卢俊义等事，审其文断非明中叶人所为；则今百回本《水浒传》所载晁盖打曾头市事，疑亦旧本词话原文。顾以元剧所记晁盖事核之，其事之相乖异乃如此。斯又元本词话与元本词话之不同也。

　　高文秀等撰杂剧所引宋江、晁盖事，余断定出于元中叶所传《水浒传》词话。以所引核今行百回本《水浒传》，其事大异。以词话后出本多事增于旧例之，则今百回本《水浒传》所祖词话，疑是元末编本。余为此说，其所持理论似非不可通者。唯今百回本《水浒传》所载宋江事，与元剧所引宋江事相去太远。自元中叶至末造，不及百年，而宋江故事繁兴如此，虽非不可能，但推究其故，完全以为由于时代之演进，恐尚不足以餍人意。余意元末《水浒》故事之繁兴，除时代关系外，应尚有地方关系。其地方关系为何？即今百回本《水浒传》所祖词话应是元末南方书会编本，其本应从南宋本出，在元时则是南本也。何以知之？以《宣和遗事》所载宋江事，与元剧所引宋江事距离较远，与今百回本《水浒传》所载宋江事距离较近知之。《遗事》载宋江杀阎婆惜后，匿九天玄女庙中，得天书。带领朱同、雷横、李逵、戴宗、李海等九人直奔梁山泺。此谓宋江逃走，曾纠集多人入山。元剧则谓江配江州，路经梁山，为晁盖所救。此大不合。今百回本《水浒传》有江杀阎婆惜逃走事，亦有江州事，似调停旧本异说。然元剧载江配江州，实未抵其地。今百回本《水浒传》，则谓江实至江州。且因配江州之故得结识若干英雄。如在揭阳岭所逢李俊，即《遗事》之李海。在江州所识李逵、戴宗，与《遗事》所载人名同。此三人于闹江州后，皆随江上梁山。此可谓与《遗事》大致相合。则百回本《水浒传》所祖词话，应从南宋本出。缘其本与南宋本同一系统。故其记宋江此事，尚与《遗事》大致相合。缘元末去宋已远，故其记他人他事与《遗事》不能一一全合。然由其合者观之，则知其与宋人所说近，与元中叶人所说远，其本应是元末南本，渊源于宋人词话，实无可疑也。至高文秀等四人剧引宋江事，所据词话，余疑为元中叶所传北本词话。余所持理由甚简单，以《录鬼簿》载高文秀为东平人、李文蔚为真定人、康进之为棣州人，皆北人。其所据词话应是北本。北本《水浒传》词话应从金本出，与宋本词话不同系统，故所说与今百回本《水浒传》所祖南本词话异也。余前谓元混一南北，南人所唱词话，亦可受北人影响。今百回本《水浒传》所祖词话，是南本。其所演《水浒》事亦有采自北本者否？曰：有！其事为何？余疑即三打祝家庄事是也。晁盖三打祝家庄身亡，见于元剧称引。《遗事》谓宋江上梁山寻晁盖，晁盖已死。明宋人词话无三打祝家庄事。今百回本《水浒传》有之，而其事属宋江，不属晁盖。盖所祖南本词话本有晁盖打曾头市身亡之说，后据北本增祝家庄事，两事并存，则打祝家庄事不可属晁盖，故以宋江易之。其以宋江易晁盖虽与北本异，而其事出于北本实无可疑。至今百回本《水浒传》所载杨雄、石秀事，本为打祝家庄先声，则杨雄、石秀事或亦出于北本也。以是言之，则今百回本《水浒传》所祖词话，以《宣和遗事》所载宋江事征之，知为南本；以元曲所引晁盖事征之，知其兼采北本。语其编纂之时，则应在元末。其编纂之人，明人所传有罗贯中与施耐庵说。贯中太原人。曾客浙江。施耐庵或以为即施惠，惠钱塘人。此二人皆元末人。以《水浒传》词话编纂时言之，固可谓相当。然求之于百回本《水浒传》，其昭示吾人者，仅为"先人书会流传"一语。故以《水浒传》本文论，只能认为书会所编。《水浒传词话》如与施、罗真有关系者，亦缘施、罗曾加入书会，刻书者因径题施、罗之名。实则书会乃文社，施、罗如与《水浒词话》有关，亦不过以社员资格从事编纂，不得独擅其名也。

今百回本《水浒传》所祖词话，余以《水浒传》本文与宋元傅来之晁盖、宋江事参互比较，知为元末南本。其说如上。抑此词话之为南本，不唯征之于故事而已，即以语言论，亦有可征者焉。凡词话小说编纂，虽例用通行常语，然其本为北人所编者，则其中不免有北方方言；其本为南人所编者，则不免着南方方言。曹霑北人，尝至江南。而其编《石头记》，其吐词则纯是北京语。文康北人，尝官江南。而其编《儿女英雄传》，其吐词亦全是北京语。此小说地方性之不可否认也。吴承恩为山阳人，则《西游记》多着淮安方言。吴敬梓为全椒人，则《儒林外史》多着滁州方言。此又小说地方性之不可否认者也。以今本《水浒传》言，其行文所用语言，虽是宋、元间习语；其描摹北人，虽亦肖其口吻；然而细察之，其中却掺杂不少南方俚语歌谣。且此等俚语歌谣，以今考之，确带有地方性，非可通用于北方者。故余疑旧本《水浒传》词话为今百回本所遥自出者，其本应编于南方，决非北方人揣摩肄习之本。请以今百回本《水浒传》证之。新安刊本第二十五回载郓哥嘲武大事云：

　　郓哥道："我前日要籴些麦稃，一地里没籴处。人都道你屋里有。"武大道："我屋里又不养鹅鸭，那里有这麦秆?"郓哥道:"你说没麦秆,怎地栈得肥胖腜腜地,便颠倒提起你来也不妨,煮你在锅里也没气!"武大道:"我的老婆又不偷汉子,我如何是鸭?"

据此知鸭是恶语。妇不贞,则讥其夫为鸭。其为是语,定方言也。顾以鸭喻人之帷薄不修者,是何处方言?鲁迅先生曾据宋·庄绰《鸡肋编》释为两浙方言。原文当1926年间,曾载之《语丝》(忘是第几期。此文曾编入《华盖集续编》。又见《鲁迅全集》第三卷)。今但引绰言如下:

> 浙人以鸭儿为大讳。北人但知鸭作羹,虽甚热亦无气。后至南方,乃知鸭若只一雄,则虽合而无卵。须二三始有子。其以为讳者,盖为是耳,不在于无气也。(《鸡肋编》卷中)

据此知讳鸭是当时浙俗。余曾以此事询之浙人。据云:今绍兴人讥人之妇不贞者,谓其室中养鹅。台州、黄岩一带尚讳鸭。是其俗至今犹存。今百回本《水浒传》所载武松杀嫂、十字坡、快活林、鸳鸯楼等事,定是词话原文。据小说,松兄弟是北人;以上所举松遭遇之事,亦无一不在北方。词话说北事而忽着浙语,其编纂必在南方可知也。然今百回本《水浒传》之着南方语,尚不只此一处。以余所知,他处尚有其例。如第二回记高俅事云:

> 高俅无计奈何,只得来淮西临淮州,投奔一个开赌坊的闲汉柳大郎,名唤柳世权。他平生专好惜客养闲人,招纳四方干隔涝汉子。

汉子是贱称。见陆游《老学庵笔记》(卷三)。"干隔涝"三字费解。余按清·光绪二年(1876)《鄞县志》卷七十三《方言篇》有"瘑疬"。释云:

> 《集韵》:瘑疬,疥病。《蜀语》:疥疮曰瘑疬。音杲老。土音作格涝。

《鄞志》所云土音，即宁波土音。然此语实不限于宁波。余询之浙人，知杭州绍兴皆有之。盖是浙中通行语。又《鄞志》所引《蜀语》，当是李实《蜀语》。今蜀人谓疥曰干疮，又曰干格涝。然则格涝、干格涝，均是方言目疥之词，此作疥解之"干格涝"，必即《水浒传》之"干隔涝"。盖以疥喻小人，谓其行为不检如疥之不洁也。此"干格涝"一词，北方无之，知是南方语。《水浒传》高俅遭际端王一段，据清·王士禛考，是高俅实事。今审其文，亦确是词话原文。其云高俅未发迹时，曾依柳世权于淮西临洲州，不知是实事否？然即如其所说，宋之临淮在今安徽北境，地亦近北方。词话记北方北事，而忽用南方语。此又词话编于南方之证也。又如第二十四回载王婆对西门庆语云：

> 老身为头是做媒，又会做牙婆，也会抱腰，也会收小
> 的，也会说风情，也会做马泊六。

今按"马泊六"乃吴语。清·褚人获《坚瓠集·广集》卷六《马泊六》条云：

> 俗语撮合者曰马泊六，不解其义。偶见《群碎录》，北
> 地马群每一牡将十余牝而行，牝皆随牡，不入他群。故称妇
> 曰妈妈。愚合计之，每百牝马用牡马六匹，故称马泊六耶？
> 一说马交必人举其肾纳于牝马阴中，故云马泊六。蚁亦不入
> 他群，故曰马蚁。

人获释"马泊六"得名之由，甚附会。但"马泊六"为吴语目撮合人之称，可由人获此条知之。以人获长洲人，所称俗语，定是吴语也。今百回本《水浒传》不唯有吴语，尚有吴歌。如第六回记鲁智深遇道人丘小乙事，载小乙嘲歌云：

> 你在东时我在西，你无男子我无妻，我无妻时犹闲可，
> 你无夫时好孤凄！

此歌载褚人获《坚瓠集》癸集卷三"吴歌"条其言曰：

吴歌惟苏州为佳,往往得诗人之体。如"月子弯弯"之歌,瞿宗吉采以为词,叶文庄载之《水东日记》。他如:"送郎八月到扬州,长夜孤眠在画楼;女子拆开不成好,秋心合著却成愁。"此赋体也。而黄山谷之词先有之。又:"约郎约到月上时,看看等到月蹉西;不知奴处山低月出早,还是郎处山高月下迟?"此词虽属淫奔,然怨而不怒,愈于《郑风》狂童之讪。又:"你在东时我在西,你无男子我无妻;我无妻时犹闲可,你无男子好孤凄!"此赋体也。人获引"你在东时我在西"一歌,非采自《水浒传》,乃据当时流行吴歌书之甚明。《水浒》王婆说风情一段,其事虽亵,其文当是词话原文。鲁智深遇丘小乙一段,亦不似明中叶人笔墨,疑亦词话原文。且据小说,此二事俱在北方。词话说北人北事而忽着吴语吴歌,此又词话编于南方之证也。

今百回本《水浒传》,其文似是词话原文;中有吴越土语,余取以为旧本《水浒词话》编于南方之证。闻者或疑吾言之未的,曰:此亦可谓北人编唱词话偶着南方语,何以必云词话编于南方乎?余曰:不然。北人编词话,固将向北人演说者。如词话所说为南人事,或可戏肖其语。余所举《水浒》诸条,所记皆北人北事。设此诸条其文本为北人所编者,殊无故意用南方语之必要。唯其编于南方,故说北事往往于无意中用南方语。且亦不虞听者之不易晓也。按《水浒》故事,当宋、金时代,曾分演于南北。其行于北朝者,自当用北语,今勿论。其行于南朝者,以临安论,其时中原士夫云集行在,即百工伎艺亦往往渡江而南,于行在觅生理。临安之说《水浒》故事者,有北人,当亦有南人。北人说《水浒》,其始当用北语。久之,亦杂有南语。南人说《水浒》,其说北人北事或亦间效其口吻,如其风俗,然其叙说,无意中必杂以南语。如是《水浒词话》之在南朝,当因北人寓南及南北人杂处之故，积渐成为南北语言混合之文学。不唯语言也，即描写居处习尚，亦兼南北而为言。今之《水浒传》可征也。及元混一宇内，南本《水浒词话》，当承宋本词话而递有发展。其故事当增于旧而屡变其面目。其说北人北事着南方语以及兼南北风俗习尚而为书，当与宋同。以时虽异，其为南人所说则一也。以是言之，则今百回本《水浒传》，其文之着吴语越语者，居今日而言，固不能指为何时所加，谓其语沿宋本词话之旧也可（《宣和遗事》记梁山泺事一段，系从词话节出者，故其事粗具崖略，其文亦不缮完。其所载但可代表南宋时梁山泺故事，而不能代表南宋时梁山泺词话），谓其语系元时南本词话新增者亦可。要之，今百回本《水浒传》既有着吴语越语之例，可断其所祖词话系南本而非北本。今行百回本《水浒传》，以文论非纯粹南方文学，亦非纯粹北方文学；其书底本固不可谓纯属北客寓南者所作，亦不可云纯属南人所作，乃自南宋以来南方书会递相传授肄习之本。其最后成书，当在元末。其易词话本为说散本，似在明·熙、宣之后，正、嘉之前。今行百回本《水浒传》，当自明·嘉靖时郭勋本出。郭本当自嘉靖前旧本出，此旧本似已非词话。余为此说不敢云一一尽是，然去事实或不甚远也。

《水浒》本子，自宋、金至元末，为词话时期。自明中叶以还迄于明季，为说散本通俗演义时期。今明其始末，更为一表如下：

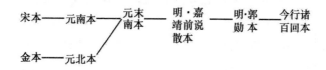

1941 年 12 月

《水浒传》人物考

序

1939 年，余嘉锡先生撰《宋江三十六人考实》，所考凡 14 人，曰宋江、杨志、李俊、史进、张顺、关胜、李逵、董平、王雄（一作杨雄）、孙立、张青（一作张清）、燕青、呼延绰（一作呼延灼）、张横。附一人，曰"一丈青"（扈三娘绰号），"一丈青"条所叙又有扈成一人。所考实为 16 人。然燕青、呼延绰、扈三娘，名皆不见于史；余先生仅就其绰号或先德论之。此三人名在文中似属虚设。而谓史进即史斌，亦有可疑。《宣和遗事》、《龚圣予赞》、《水浒传》、《诚斋乐府》、《七修类稿》，皆有史进，无史斌。一也。凡一人有二名者，不外以下三种原因：一改名；二以字行；三以小字行。史有其例，不烦毛举。今不能说明史斌一名史进之故，而但云："进"与"斌"以北音读之，颇相近似，不餍人意。况北音"斌"与"进"显然有别。二也。认史斌、史进为一人，其说之不易成立如此，故余先生亦为犹豫之词，曰："宣和遗事"诸书，并无史斌其人，非敢竟定斌为进

也。故余先生所考，如除去燕青、呼延绰、扈三娘不论，而并
"一丈青"条之扈成计之，则为13人。如再除去史进不论，则
为12人。余此文所考，不以宋江36人为限，凡《水浒传》中
人，无论其为天罡为地煞或为梁山泺首领以外之人，苟其名见于
史即录之。所得仅9人：曰解宝、张横；《水浒传》天罡星名单
中人也。曰宋万、王英、彭玘、李忠；《水浒传》地煞星名单中
人也。曰王伦、王进、李成；梁山泺首领以外人也。其中张横一
人，余先生文中已见，而余复论之者：则以余先生文引《中兴
小纪》，而惜其记事不详。而《大金国志》记横事较详，且有年
代可稽。故复论之，非蹈袭也。凡史书人名与《水浒传》人名
同者，史皆未明言其为宋江部曲。故余之所论或属假设，不敢云
一一正确。冀世之研究宋史者，有以教之。

解　　宝

【《三朝北盟会编》卷二百十七绍兴二十一年（1151）"八月
四日辛未韩世忠薨"条引赵雄《韩忠武王中兴佐命定国元勋之
碑》】今上皇帝（高宗）以天下兵马大元帅驻济阳（济阳，济州
郡号）。王领所部劝进。……遂扈跸如南京。今上即位，换光州
观察使，带御器械。建御营，以王为左军统制。诏平济州山口贼
（山口，镇名，在济州任城县。见《元丰九域志》卷一）。解宝、
王大力、李显等，所向剿除。

宋　　万

【《宋史》卷四五二《忠义传·李亘传》】李亘者，兖州乾
封人。大观二年（1108）进士。擢尚书郎官。建炎末，金人犯

淮南。亘不及避。刘豫使守大名。与凌唐佐谋，密陈豫可取状告
于朝。募卒刘全、宋万、僧惠钦辈十余，往返，事泄。全、万、
惠钦，为逻者所得。亘坐死。后赠官，立祠曰"愍忠"。

王　英

【《三朝北盟会编》卷一四一建炎四年（1110）八月十日庚
辰"翟兴为河南府、孟、汝、唐州镇抚使"条】朝廷以分镇之
权擢翟兴为镇抚使，制词有曰："果毅自奋，智略有余。总合师
徒，贾携剑摧锋之意；袭逐虏寇，有履军搴旗之功。"先是，两
河陷殁，兴以京西与河东、河北接境，是时尚有忠义之人聚兵保
守山寨不愿顺番者；兴遣亲信持蜡书取间道以结约之。如向密、
王简、王英等数十寨，愿听节制。兴具闻于朝廷。上大喜，遂命
兴与经制使王择仁同领其事，擢兴节制应援河北、河东两路军
马。使兴遣人作商贩渡河，密赍抚谕。

彭　玘

【《三朝北盟会编》卷一四四绍兴元年（1131）正月十八日
丙辰"金人寇西京"条】金人拥铁骑数万犯河南寄治所西碧潭。
时翟兴以乏粮方散遣诸部就食于诸邑，所存亲兵才数千。报至，
人情危惧。兴安坐自若，徐命骁将彭玘授以方略。设伏于井谷。
遇金人，佯为奔北。金人果以锐士二十八骑驰，几及玘军。伏
发，皆获之。乃酋长忽沙郎君、十州郎君、柳橛郎君、佛面郎君
等。余众皆溃。乘胜追袭，至会坑口、大张小张店而还。

【《宋史》卷四七五《叛臣传·刘豫传》】绍兴二年（1132）
十二月，襄阳镇抚使李横败豫兵于扬石，乘胜趣汝州，伪守彭玘

以城降。

　　按：绍兴二年三月，翟兴与金人战，死之。玘盖迫于时势，不得已佯降于豫。旋即反正。

　　【《宋史》卷二七《高宗纪》】绍兴三年（1133）二月壬寅，郑州兵马钤辖牛皋、彭玘率兵与李横会。横以便宜命皋为蔡唐州镇抚使，玘知汝州。

李　　忠

　　【《夷坚丁志》卷九"陕西刘生"条】绍兴初，河南为伪齐所据。枢密院遣使臣李忠往间谍。李本晋人，气豪，好结交，人多识之。至京师，遇旧友田庠，亡赖子也，知其南来法当死，捕告之赏甚重，辄持之曰："尔昔贷我钱三百贯，可见还。"李岔怒曰："安有是？吾宁死耳。"陕西人刘生者，闻其事，为李言："极知庠不义，然君在此如落阱中，奈何可较曲直？身与货孰多？且败大事。盍随宜饵之。"李犹疑其为庠游说。然亦不得已，与其半。刘曰："勿介意。会当复归君。"李佯应曰："幸甚。"庠得钱买物，将如晋绛。刘曰："我亦欲到彼，偕行可乎？"即同涂。过河中府，少憩于河滩。两人各携一担仆。共坐沙上。四顾无人。刘问庠乡里年甲。具答之。刘曰："然则汝乃中国民，尝食宋朝水土矣。"庠曰："固然。"刘曰："我亦宋遗民，不幸沦没伪土，常恨无以自效。朝廷每遣人探事，多采道听涂说不得实。幸有诚悫如李三者，吾曹当出力助成之。奈何反挟持以取货！"庠讳曰："是固负我。"刘曰："吾素知此，且询访备至，甚得其详。吾与汝无怨恶，但恐南方士大夫谓我北人皆似汝，败伤我忠义之风耳。"遂运斤杀之。仆亦杀其仆。投尸于河。并其物复回京师，尽以付李，乃告之故。李欲奉半直以谢。

刘笑曰："我岂杀人以规利乎?"长揖而别。李南还说此,而失刘之名,为可惜也。

以上枢密院使臣李忠

【《三朝北盟会编》卷二○一"绍兴十年(1140)六月十一日甲寅刘锜及兀术战于顺昌府下,兀术败走"条引杨汝翼《顺昌战胜破贼录》】绍兴十年六月十四日,金人退。方当围城,太尉(刘锜)晓夜城上,寝食皆废,阅月之间,略不以家事经意;故能激励士心,皆为之用。遇临敌则躬亲鼓旗,贾作士气,先下令不得斫级夺马及掠取一物一件。至有效命如游奕统领田守忠,中军正将李忠之徒,恃勇深入,率皆手杀数十人而后死(许刻本"杀"字下脱一字,作"手杀十人",今据《建炎以来系年要录》卷一三六补)。悉取前后阵殁将士凿土埋瘗,仍复存恤其家种种。至闰六月十二七日,准安排全军功赏,逐队列单申姓名,一一核实。初,田守忠、李忠辈陷阵,本军将佐不即救援,亦皆免死而被责。其能致力策应者,仍给赏。如阵殁之家,亦各优厚周恤。斯又见太尉信赏必罚,出人意表如此者。

以上刘锜将李忠

【《三朝北盟会编》卷一四八绍兴元年(1131)九月二十四日丁巳"王彦败李忠于秦郊店,忠奔于刘豫"条】李忠,本曹端之部曲也。曹端与王辟退襄阳,屯于中庐。辟杀端,欲自统其军(曹端乃刘延庆部曲。延庆死。京师陷。端走京西为盗。程千秋通判江陵府,遣人召曹端屯于襄阳城下。桑仲寇襄阳,千秋使曹端御之。端不用命。千秋使人说王辟使图曹端。辟,端之裨将,遂杀端。见《会编》卷七十、卷一四一)。忠不从,与其众戴白头巾,声言为端报仇;聚众数万,号"权京西南路副总管",扰于京西。渐犯金州界,有窥川蜀之心。遂具公状申宣抚司,乞下洋州关隘照会。张浚以为忧,遣提举一行事务颜孝隆、亦议官盖谅，驰诣金州，以抚慰为名，深赜其意；并以黄敕差忠知商州，兼永兴军路总管。孝隆至军中，申宣抚司，称："忠实有兵二十五万有奇。"谅觇知"忠不逊，劫质孝隆，不肯赴商州任"；申宣抚司乞为备。浚以孝隆为怯，委兴元帅王庶收接忠入关，仍散处其众于兴元洋州境内。庶移文忠："疾速发赴新任。如愿入关，仰于关下解甲结队以次进发。"忠去关二十里驻兵，回翔数十日，无解甲意。一夜，杀孝隆，引去。攻金州。镇抚使王彦率兵控御。忠沈鸷善战，又其下皆河北骁勇；官军与战辄不利。一日，彦与忠战于丰里，令提举官赵横率门军驻于山上，为官军之策应；别遣精兵与忠接战。彦于高山上观之。官军少却。彦麾横救之，不应。官军遂败。彦内憾横而外犹存礼貌也。彦退舍秦郊。见路旁居民，则麾之使去，曰："贼甚锐，不可当也。"忠遂陷诸关。彦令将士尽伏山谷间，息烽燧，偃旗帜，不鸣金鼓，禁樵采，又焚秦郊积聚若真遁者；以诱贼。秦郊去城才二十里，道路夷坦，寂无人聚。彦悉出府库所有召募必死士，得千余人，改易麾帜军号，设奇以候其至。战之前一日，游骑出秦郊。彦召将佐曰："贼必以我为遁。明日，当悉其家属乘势长驱以入郡城。"夜半，分官军为三以遏其冲。又以五百骑伏于林间。丁巳凌晨，贼果大至。官军逆战，声震山谷，胜负犹未分也。俄伏骑张两翼绕出奋击，贼大奔溃，擒馘万数，俘生口无算，辎械蔽野。追袭至于永兴军，至秦岭，因收复乾祐县以归。忠奔于刘豫。时金州廪无储积，士有饥色。所得资币，尽分部伍，人皆欢悦。彦方退舍秦郊也，告急于宣抚司。兴元帅王庶遣偏将郦晟及冯赛等赴援，忠已败走。赛由间道乘之，斩其大将曹威、张敌万，腹心蔡大路三人。尽获颜孝隆所赍黄敕告劄等。赛者，孝隆之将也，自卢氏县随隆至兴元府，故庶用之（《会编》卷一九八引续髯为王彦所撰行状，叙彦破李忠事，与此卷文多同而所叙甚略，故不复录）。

以上京西叛将李忠

绍兴间三李忠：其二为爱祖国者，其一为背叛祖国者。不知孰为《水浒传》李忠。

张　横

【《大金国志》卷十一《纪年》熙宗孝成皇帝皇统二年（原注：时宋绍兴十二年［1142］也）】是年，太原义士张横败国兵于宪州（按：宪州、海陵天德三年［1151］改为管州），擒岚、宪两州同知及岢岚军叛官（按：岢岚军，世宗大定二十二年［1182］升为州）。平阳义士梁小哥败国兵于太行，杀契丹都统马五太师。传云：张横有众一十八人，啸聚于岚、宪之境。大金捕之，往往失利。至是，帅府遣两州同知及判官领太原兵千五百人追捕。既与张横相遇，望风而溃，多坠崖死。两州同知与判官尽为横所擒。梁小哥有众四十人，时破平阳府、神山县（神山县，扫叶山房本误作"神仙县"，今径改。神山，大定七年［1167］更为浮山），去帅府五百里远。总管判官邓奭以三千人讨之；三夕之间，两次警溃。至第四日，有契丹都统马五太师领契丹铁骑五百与奭军会，大诮其怯，并奭之军，率众先登而战。为梁小哥首杀之。五百余众，尽皆奔散。夫以横与小哥无六十人（六十人当是将。史称宋江以三十六人横行河朔、京东，官军数万，无敢抗者。三十六人亦是将也），而乃对大金六千之众，枭擒主将，追奔逐北；则今之大金，非昔之大金矣。倘宋朝有志恢复燕云等路；汉军纵不南归，岂不北走哉？

《金史》卷七十九《徐文传》："宋康王渡江，以功迁淮东浙西沿海水军都统制。是时李成、孔彦舟，皆归齐。宋人亦疑文有北归志。文乃率战舰数十艘，泛海归于齐。齐国废，元帅府承制以文为南京步军都虞候，权马步军都指挥使。天眷元年，破太行贼梁小哥。"自天眷元年（1138）至皇统二年（1142），历时凡五载。然则张横、梁小哥，固长期抗金者也。

王 伦

【《欧阳文忠公集》卷九十八《论沂州军贼王伦事宜劄子》（原注：庆历三年［1043］）】臣近闻沂州军贼王伦等杀却忠佐朱进，打劫沂、密、海、扬、泗、楚等州。邀呼官吏，公取器甲。横行淮海，如履无人。比至高邮军，已及二三百人，皆面刺"天降圣捷指挥"字号。其王伦仍衣黄衫。据其所为，岂是常贼？骤闻可骇，深思可忧。臣窃见自古国家祸乱，皆因兵革先兴而盗贼继起，遂至横流。后汉、隋、唐之事，可以为鉴。国家自初兵兴（按：兵兴指用兵西夏）。必知须有盗贼，便合先事为备。而谋国之臣昧于先见，致近年盗贼纵横，不能扑灭。未形之事，虽或有所不及；已兆之患，岂可因循不为。臣遍思天下州军，无一处有备。假令王伦等周游江海之上，驱集罪人，徒众渐多，南越闽、广而断大岭，西走巴峡以窥两蜀；所在空然，谁能御之。若不多为方略，窃恐未可剪除。而朝廷之臣，倘若常事，不过差一两人使臣领兵捕捉，此外更无处置。窃以为患宜速，防祸在微。伏望陛下深惧祸端，督责宰辅，早为擘画，速务剪除。臣亦有短见数事，谨具条列以裨万一：

一乞访寻被杀朱进或有儿男，便与一官，令其捕贼以复父仇。仍许令乘驿随逐指射兵士随行。

一窃知王伦在沂、密间只有四五十人，及至高邮已二三百人，皆是平民被其驱胁。欲乞除军贼不赦外，特赦驱胁之人，先与安慰其家，各令家人以书招谕。有能杀军贼脱身自归者，等第重与酬赏。可使自相疑贰，坏散凶徒。

一窃虑江淮诸处先有贼盗，渐与王伦合势，则凶徒转炽，卒难剪灭。欲乞指挥募诸处贼有能谋杀军贼者，亦等第重行酬奖。可使贼心自疑，徒党难集。

一乞出榜招募诸处下第举人及山林隐士负犯流落之人，有能以身入贼篅杀首领，及设计误贼陷于可败之地者，重与酬奖。所贵凶党怀疑，不肯招延无赖之人以为谋主。

一窃见朝廷虽差使臣领兵追捕，而凶贼已遍劫江淮。深虑赶趁不及，徒党渐多。欲乞特差中使驰骑，先计会沿江淮诸路州军，会合巡检县尉，预先等截；续发禁兵随后追逐。所贵不至走透。

右臣所陈五事，伏乞详择施行。外有先被王伦胁从人等首身者百余人，其中有当与酬赏及合行分配者，乞早赐施行，用安反侧。谨具状奏闻。

【同书同卷《再论王伦事宜劄子》 （原注：庆历三年[1043]，据李焘《续资治通鉴长编》此劄子于庆历三年六月癸丑上）】臣窃见近日四方盗贼渐多，凶锋渐炽，扑灭渐难。皆由国家素无御备，官吏不畏赏罚。臣谓夷狄者皮肤之患，尚可治；盗贼者腹心之疾，深可忧。而朝廷弛缓，终未留意。每遇有一火贼，则临事惊骇仓皇，旋发兵马，终不思经久御贼之计。只如王伦者，今若幸而剪扑，则其杀害人民，为患已广。如更未能剪扑，使其据城邑，则患祸不细矣。臣数日前已有奏论，只是条列招捉王伦一火事宜。至如池州、南京、邓州诸处，强贼甚多。今后亦须禁绝其端，不可更令频有。臣欲乞陛下特敕两府大臣议定经制。臣亦有短见数事，备列如后：

一臣窃见王伦所过楚、泰等州，知县县尉巡检等并不斗敌，却赴王伦茶酒，致被夺却衣甲。盖由法令不峻，无所畏禀。官吏见朝廷宽仁，必不深罪；而贼党凶虐，时下可惧；宁是畏贼不畏朝法。臣今欲乞凡王伦所过州县夺却衣甲处官吏，并与追官勒停。其巡检仍先除名，令白身从军自效。俟贼破日却议叙用。仍今后此为例（修所陈五事，今只录第一事）。

【同书卷一百《论京西贼事剳子》（原注：庆历三年[1043]）】臣窃闻近日张海、郭邈山，与范三等贼势相合，转更猖狂。诸处奏报，日夕不绝。伏惟圣虑必极忧劳，不闻庙谋有何处置。臣窃见朝廷作事常有后时之失，又无虑远之谋。患到目前，方始仓忙而失措；事才过后，已却弛慢而因循。昨王伦暴起京东，转攻淮甸，横行千里，旁若无人。既于外处无兵，须自京师发卒。孙惟忠等未离都下，而王伦已至和州矣。赖其天幸，偶自败亡。然而驱杀军民，焚烧城市，疮痍涂炭，毒遍生灵。此州郡素无守备而旋发追兵，误事后时之明验。

【宋·苏辙《龙川别志》卷下】庆历中，劫盗张海（按：张海当作王伦，下同此）横行数路。将过高邮，知军晁仲约度不能御，谕军中富民出金帛市牛酒，使人迎劳，且厚遗之。海悦，径去，不为暴。事闻，朝廷大怒。时范文正在政府，富郑公在枢府。郑公议欲诛仲约以正法，范公欲宥之，争于上前。富公曰："盗贼公行，守臣不能战，不能守，而使民酿钱遗之，法所当诛也。不诛，郡县无复肯守者矣。闻高邮之民疾之，欲食其肉，不可释也。"范公曰："郡县兵械足以战守，遇贼不御而又赂之，此法所当诛也。今高邮无兵与械，虽仲约之义当勉力战守，然事有可恕，戮之恐非法意也。小民之情得酿出财物而免于杀掠，理必喜之，而云欲食其肉，传者过也。"仁宗释然从之。仲约由此免死。

【宋·王得臣《麈史》卷上（涵芬楼本，以《厚德录》卷四引校）】神文（仁宗）时庆历间，淮南有王伦者，啸聚其党，颇扰郡县。承平日久，守令或有弃城而出者。事定，朝廷议功罪。富郑公在枢密，凡弃城者，请论如法。范文正参预大政，争之，以为不可。"今淮南郡县，徒有名耳。其城壁非如边塞，难以责城守。"神文睿德宽仁，故弃城者得以减死论。既退，郑公忿谓文正曰："六丈当欲作佛耶。"范公曰："主上富于春秋，吾辈辅导当以德。若使人主轻于杀人，则吾辈亦不得容矣。"郑公叹伏。

【宋·司马光《涑水纪闻》卷四】陈执中以前两府知青州，兼青、齐一路安抚使。转运使沈邈、陈述右之徒轻之，数以事侵执中，言以卒数万余修青州城，民间苦之。集贤校理李昭遘上言执中之短。诏以昭遘疏示之。执中惭恚，上疏求江淮小郡。诏不许。会贼王伦起沂州，入青州境。执中谓青、齐捉贼傅永吉曰："沂州，君所部也。今贼发部中，又不能获，君罪大矣。"永吉惧，请以所部兵迫之，自谓必得。贼自青、齐，历楚、泗、真、扬，入蕲、黄。永吉自后缓兵驱之。贼闻后有兵，不敢顿舍。比至蕲、黄，疲敝不能进，党与稍散。永吉追击，尽杀之。上闻之，嘉永吉，以为能。超迁阁门通事舍人，又迁阁门使。入见，许升殿。上称美永吉获伦之功。永吉对曰："臣非能有所成也，皆陈执中授臣节度，臣奉行之，幸有成耳。"因极言陈执中之美。上益多永吉之让而贤执中。因问永吉曰："执中在青州凡几时？"对曰："数几矣。"未几，上谓宰相曰："陈执中可为参知政事。"于是谏官蔡襄、孙甫等争上言："执中刚愎不才，若任以政，天下之不幸。"上不听，谏官争不止。上乃命中使赍敕诰即青州授之，且谕意曰："朕欲用卿，举朝皆以为不可。朕不惑人言，力用卿耳。"

【宋·李焘《续资治通鉴长编》卷一四一】庆历三年（1043）五月癸巳，京东安抚司言："本路捉贼虎翼卒王伦等，杀沂州巡检使御前忠佐朱进以叛。"遣东头供奉官李沔，左班殿直曹元喆、韩周往捕击之。

【同上书卷一四二】庆历三年（1043）七月乙亥，江淮制置发运使言："捕杀军贼王伦于和州。"伦初起沂州，欲寇青州，不得入。遂转掠淮南，所向莫敢当。京东安抚使陈执中遣都巡检傅永吉追之。制置发运使徐的督诸道兵合击伦于历阳。兵败，被杀。历阳县壮丁张矩等得其首级。的具以闻。八月辛亥，赏捕杀王伦之功。

【《宋史》卷一一一《仁宗纪》】庆历三年五月，虎翼卒王伦叛于忻州（"忻州"乃"沂州"之误。毕沅《续资治通鉴》卷四五《考异》已辨之）。秋七月乙酉，获王伦。

【同上书卷二八五《陈执中传》】陈执中字昭誉，以父恕任为秘书省正字。累迁卫尉、寺丞，知梧州。明道中安抚京东，进天章阁待制。使还知应天府，徙江宁府、扬州。再迁工部郎中。改龙图阁直学士，知永兴军。拜右谏议大夫，同知枢密院事。罢，知青州。又以资政殿学士知河南府。改尚书工部侍郎、陕西同经略安抚招讨使。就知陕州。复知青州。于是请城傅海诸州。朝廷重兴役，有诏不许。执中不奉诏，卒城之。明年，沂卒王伦叛，趣淮南。执中遣巡检傅永吉追至采石矶，捕杀之。召拜参知政事。谏官孙甫、蔡襄极论不可。帝遣使驰赐敕告。逾年，拜同中书门下平章事、集贤殿大学士，兼枢密使。

清·钱大昕《十驾斋养新录》卷十二"宋人同姓名"条云："王伦：一，仁宗时虎翼军，以反逆诛。见《长编》。一，大名人，绍兴奉使，死于金国。有传。"按：炎、绍间王伦，大名莘县人，宋真宗宰相旦弟勖玄孙。家贫无行，不能治生。为任侠，往来京、洛间，数犯法，幸免。年四十余，尚与市井恶少群游汴中。炎、绍间屡使金请和。绍兴九年（1139），和议成，金以河南陕西地归宋。伦自汴京赴金议事，金人拘之于河间。十年（1140），金渝盟，复取河南陕西地。十一年（1141），再议和。于是宋使之留金者多遣还。独留伦不遣，伦居河间六载。至十四年，金欲以伦为平泺路都转运使，伦辞不受，遂见杀。年六十一。《宋、金史》皆有传。综其行事，与《水浒传》王伦不类，决非一人。至沂州虎翼军王伦，乃反抗北宋统治者出色人物之一。其起义虽在庆历三年（1043），而绍圣间陈师道《上曾枢密（曾布）书》、靖康元年孙觌《论和戎劄子》，犹以王伦为言。师道之言曰："今军卫多西戍，山东城郭一空。卒有盗贼乘间而作，乃其小者。不幸而有奸雄出焉，其成败孰得知之？某不更远引，直以庆历以来耳目所及者明之。王伦、张海，行半天下，所至溃坏。守令或走或降，莫敢枝梧。至出卫军，用边将，而官军所至甚于盗贼。民至今谈之。"（《后山先生集》卷十四。"其成败孰得知之"，《适园丛书》本误作"孰得居之"。今据吕祖谦《皇朝文鉴》卷一一九改）觌之言曰："臣窃读国史，见宝元、康定间，赵元昊为嫚书遗大名。举朝忿然。于是决意用兵。所向辄败，一方骚然。大盗王伦转掠江淮间。中国耗虚，边民疲散。天子厌兵，卒赐元昊夏国主（《鸿庆居士集》卷二十七）。由是观之，则庆历间王伦之起义为宋朝一大事可知矣。伦起沂州，入淮南，踪迹与宋江略同，且与江同为京东人。故余疑《水浒传》所叙梁山泺王伦，实即沂州虎翼军王伦。伦本人杰，而《水浒传》谓伦是不第秀才，无武艺；伦本仁宗时人，而《水浒传》以为徽宗时人。盖演说家口授，以讹传讹耳。

王　进

【《三朝北盟会编》卷一三五建炎三年（1129）十二月二十五日己亥"张俊败金人于明州"条】金人犯明州。张俊欲遣人硬探；无敢应者。有军兵任存请行。俊壮之，曰："汝果能得其实，当与汝官。"存拜谢而行。不旋踵，以手提二级而还，具得金人之虚实。俊大喜，遂决用兵之计，亦会隐士刘相如劝俊战，乃令统制刘宝与战，不胜。再命王进、党用、丘横迎敌。用与横皆被伤。杨沂中、田师忠再战，又不胜。李宝继进，苦战。李直率诸班直以舟师来助。刘洪道又率兵射其旁。金人乃败而稍退去。俊戒将士："毋骄！毋惰！且虏人侵轶数千里，如入无人之境，其谓我不能军，有轻我之心。今一旦失利，彼将奋怒，必再来。"乃清野高桥，闭关自守。奏任存之功，特授承节郎。王进者，延安人，少为军卒。是役也，身先士卒，独立奇功，骤加正使，赐金带，俊拔用为将。

【同上书卷一六五绍兴四年（1134）十二月三十日癸卯"王进薄金人于淮执其酋程师回张建寿"条】金人自六合而归也，张俊命王进曰："虏骑无留心，必径渡淮而去。可速进兵，及其未济击之。"进往，虏且渡。遂薄诸淮，大败之，获其酋首程师回、张建寿，皆名将也。（程师回，归宋为江西大将，绍兴十二年遣还北方。见《夷坚乙志》卷十五。）

【同上书卷二百十二绍兴十二年（1142）十二月十四日壬申"王进为池州太平州驻劄御前诸军都统制"条】王进初为张俊帐下提辖，专背印随行，军中呼为"背印王"。从破李成于江西、淮南，屡收勇功。擢为中军统领。绍兴四年，升中军同统制。五年，累迁龙神卫四厢都指挥使、安远军承宣使、选锋总制。刘宝卒，进为统制。至是，除池州太平驻劄御前诸军都统制。不恤士卒，唯厚结王继先及诸内侍以久其权。士卒皆不喜之。

【同上书卷二百十九绍兴二十四年（1154）八月"敕葬张俊"条引《林泉野记》】张俊，字英伯，秦州山阳人（"山阳"当作"三阳"。三阳，寨名，在秦州。见《元丰九域志》卷三）。绍兴四年（1134），大金兵犯淮东。以俊为浙西江东宣抚使，领兵至镇江。命统制张宗颜战于真州六合县，败之。命其将卢师迪战真州乌墩镇，败之。又战于乌石山，败之。五年，师迪战于龙山，败之。命统制王进战盱眙，败之。其将张元战白塔，败之。进又同杨忠闵往战于淮河，败之，降其将程师回、张延寿二人。又命统制高举战于天长军，败之。王进、高举、卢师迪，皆俊之将也。二十四年七月薨。追封循王。敕葬常州无锡县。其麾下将佐，若杨存中、田师中、王德、赵密，皆为三公、节钺；张宗颜、刘宝、王进、马立、王章，皆显仕。

　　史书炎、绍间王进名屡见，决非一人。以其事分见于各卷各年中，前后多不相贯穿，故不能一一考订，以某一事属某一人。大抵炎、绍间至少有三四个王进，皆武人。余将别为文记之，今不暇细论。至《水浒传》王进乃京师人久寓延安者，而史书张俊部曲王进适为延安人。故余疑《水浒传》王进即张俊部曲王进。

李　成

【《宋史》卷二十五《高宗纪》二】建炎二年（1128）八月，河北京东捉杀使李成叛。辛巳犯宿州。

　　《三朝北盟会编》卷一百十八引汪伯彦《时政记》曰：李成者，雄州归信县弓手也。寡言笑，重然诺，谲诈不情，以骁勇闻于河朔。有众数千。假行仁义，能以甘言抚慰其士卒，故能得其众心。累功知归信县。雄州失守，成妻子在城中，为乱兵诛戮。成率其众万人，各扶老携幼，渡河来归。朝廷授以右武大夫、忠州防御使，充京东河北路都大捉杀使。朝廷虑其党太盛，命分二千人往南京，一千人宿州把截粮料，余众令押赴行在。成遣部将史亮者统所分之人行。亮至宿州，辄剽掠居民，焚汴河桥。成蹑其后，复逗留怀贰不进。朝廷得其奸谋，命刘光世追讨。　卷二百十五引金李大谅《征蒙记》曰：大谅本贯雄州归义县。父成，先系雄州弓手。于宣和七年（1125）累立战功，自保义郎转至修武郎。准瀛州高阳关路安抚使司辟副，父统众迎敌，又累立战功，转武略大夫、阁门宣赞舍人。又功转右武大夫、忠州防御使。奉宋命统众守援河间以来，遭大兵围闭，又充四城提点兼安抚司统领。累奉宋朝命令统义兵收复山东、河北、京畿等路群盗，立功转青州观察使。又累与北兵战敌，父兵寡，力不敌，渡江归宋。

冬十月戊午遣刘光世讨李成。十一月辛巳朔，刘光世及李成战于新息县，成败走。

《三朝北盟会编》卷一百十九建炎二年（1128）十一月二十二日"知济南府刘豫权知淄州李某降于金人"条曰：初，李成败于刘光世也，转寇淄州。攻击仅两月，不下。迪功郎李某权知州，固守之。成粮渐尽，侵济南府界，扰于外邑。淄州求救于沧州刘锡，济南府亦求救于沧州。两州皆坚守拒成，以待外援。会金人侵山东，先至济南府。刘豫谓沧州救兵来矣，既不为守御备。开（门）纳之，乃金人也，遂就投拜。

金人未至淄州前一日，成起军转城而似欲退去者。淄州人疑之，莫测其故。俄而摆列诸军于城下，尽发诸寨老小先行。是夜神霄宫火，焚烧诸寨。淄州人谓成果退去矣。翌日，金人军马逼城。淄州人亦谓是沧州救兵，乃具香花于城上，望尘欢噪。既而知是金人，遂就投拜。

卷一百三十建炎三年（1129）七月九日"溃军郭仲威据淮阳军"条曰：郭仲威初与李成皆在淄州。金人举兵侵京东，仲威与成皆离淄州。成往宿州泗州，仲威往淮阳军。

卷一百三十二建炎三年闰八月十四日"李成遣人诣行在受招安未回复反"条曰：李成在泗州，声言愿归朝廷，因曾劫杜充老小，于汴河杀二万余人皆尽，不敢赴行在。朝廷闻之，遣人赍文字往招安。成大喜，待使人甚厚。成欲遣人随使人赴行在，军中皆恐惧不敢行。有张琮者，安肃军人，语言稍辩利，略知书，能讴小词。成之将佐会饮，则置琮于坐隅，令讴词助欢。军中号为"小张"。于是军中将佐皆举琮行。成遂命琮。琮亦愿赴行在。乃具受招安之状，随使人至行在。宰相吕颐浩引问琮。琮具道成不敢负朝廷愿招安之意。颐浩喜，授琮秉义郎，令招成赴行在。琮曰："琮不愿为秉义郎。"俟琮再往李成军中，宣布圣上德意及具道庙堂威望，招李成同赴行在。琮元是安肃军军学学生，愿乞一文资恩泽。颐浩尤喜，乃授以承务郎。且曰："俟尔干事回，当迁官升加职名。"遂赍文字复往招成。未至泗州，成已复反。琮遂归。琮以承务郎受温州监酒而去。初，成令泗州进士许道作谢表，有曰："恨非李广之无双，愿郊颜回之不贰。"有旨："为文人婉顺，先发赴行在。"行至滁州白塔寺，成回，遂复反。

建炎三年九月癸亥，赐宿、泗州都大提举使李成军绢二万匹。成寻复叛。十月辛卯，李成陷滁州，杀守臣向子伋。十二月癸犯，李成自滁州引兵之淮西。

　　建炎四年（1130）二月丙申，李成入舒州。五月乙丑，以李成、吴翊为镇抚使，成舒蕲，翊光黄。七月丁卯，金人立刘豫为帝，国号齐。八月壬申，李成请降于江州，诏抚纳之。丙戌，命李成、吴翊捍御上流，翊弃城去，以成为四州镇抚使。九月丁巳，李成遣马进犯兴国军。十月壬申，命杨惟忠王瓛讨李成。己卯（《宋史》作"乙卯"，误，今据《会编》卷一四三改），马进犯江州。甲午，命杨惟忠率兵屯江州。十一月丁未，吕颐浩会杨惟忠，与马进战南康军，不利。戊申颐浩遣巨师古救江州，为进所败，师古奔洪州。十二月壬申，命孔彦舟援江州。丁丑，马进分兵犯洪州。乙未，以张俊为江南招讨使，讨李成。绍兴元年（1131）正月戊申，马进陷江州，守臣姚舜明弃城走。端明殿学士王易简等二百人皆遇害。己酉，岳飞引兵之洪州。二月庚午，李成党邵友犯筠州，守臣王庭秀弃城去。辛未，犯临江军，守臣康倬遁。甲申，诏王瓛、张俊掎角讨捕马进等贼。己丑，孔彦舟、吕颐浩、张俊会兵讨李成。三月戊戌朔，吕颐浩遣崔增、王瓛合兵击李成于湖口，大败之。丙午，张俊、杨沂中、岳飞渡江击马进，大败之。己酉，李成犯饶州。庚戌，张俊、杨沂中复击马进于筠河，败之。复筠州。进奔江州。甲子，始下诏罪李成，募人禽斩，赦胁从者。张俊追马进至江州，进战败，遁去。乙丑，进复江州。杨沂中、赵密引兵追击进，又大败之。成奔蕲州。五月丁酉，始夺李成官。是月，张俊及李成战黄梅县，杀马进；成败遁，归刘豫。八月乙酉，以李成在顺昌，恐复谋乱，遣使赍蜡书谕淮宁、蔡州将士，立赏格，募人斩李成。十月乙丑，李成军正李雾伏诛（李成建炎四年，二月入舒州，得前秘书省正字李雾。雾以王命不通，金人在江浙间，妄生向背心，遂以成为一时之英雄，投书于成，请顺流而据金陵，号告浙江，以观天意。成不从，留雰于军中。见《会编》卷一三七）。

绍兴二年（1132）六月壬寅，孔彦舟叛，降伪齐。

绍兴三年（1133）夏四月丙申，伪齐李成攻陷赣州。冬十月己亥，伪齐李成陷邓州。壬寅，伪齐兵逼襄阳，李横弃城奔荆南。甲辰，伪齐陷郢州。

绍兴四年（1134）五月甲寅，岳飞复郢州，斩伪齐守荆超。丙寅，李成弃襄阳去，岳飞复取之。癸酉，伪齐收李成余众，益兵驻新野；岳飞与别将王万夹击，复大败之。七月壬戌，岳飞遣统制王贵、张宪击败李成及金兵于邓州之西，复邓州，擒其将高仲。

绍兴六年（1136）八月，岳飞及伪齐李成、孔彦舟连战至蔡州，克之；伪守刘永寿举城降。

绍兴七年（1137）十一月丁未，金帅挞懒、兀术入汴京，执伪齐刘豫，废为蜀王。十二月癸未，王伦等使还，入见，言金国许还梓宫及皇太后，又许还河南诸州。

绍兴十年（1140）五月己卯，金人叛盟。己丑，金人陷西京，钤辖李兴帅兵拒战，不克。闰六月丁酉，李兴复汝州，与金人战于河清县，败之，复伊阳等八县；李成遁去。八月壬午，李成犯西京，李兴击却之。

【《金史》卷七十九《李成传》】李成，字伯友，雄州归信人。勇力绝伦，能挽弓三百斤。宋宣和初，试弓手，挽强异等。累官淮南招捉使。成乃聚众为盗，抄掠江南。宋遣兵破之，成遂归齐。累除知开德府（宋开德府，金皇统四年［1144］改为开州）。从大军伐宋。齐废，再除安武军节度使（宋冀州安武军节度。金因之。《三朝北盟会编》卷一百八十二载天会十五年［1137］十一月日金虏废齐后差除：一李成，殿前太尉兼知许州。卷二百十五引李大谅《征蒙记》曰：父成，天眷元年[1138]知郑州。特授镇海军节度使、辅国上将军，充山东路留守，东平住坐）。成在降附诸将中最勇鸷，号令甚严，众莫敢犯。临阵身先诸将；士卒未食，不先食。有病者亲视之。不持雨具，虽沾湿自如也。有告成反者，宗弼察其诬，使成自治。成杖而释之，其不校如此。以此士乐为用，所至克捷。宗弼再取河南。宋李兴据河南府。成引军入孟津，兴率众薄城，鼓噪请战。成不应。日下昃，兴士卒倦且饥。成开门急击，大破之。兴走汉南。成遂取洛阳、嵩、汝等。河南平，宗弼奏成为河南尹、都管、押本路兵马。尝取官羡粟充公费，坐夺两官，解职。正隆间，起为真定尹（《三朝北盟会编》卷二二四：绍兴二十六年[1156]正隆元年十二月，金人以李成知中山府）。封郡王，例封济国公。卒年六十九。

　　《三朝北盟会编》卷一百十八"刘光世败李成于上蔡驿口桥"条引汪伯彦《时政记》云："李成掠宿州，朝廷命刘光世讨之。成仅以身免。得其秘箧与所用提刀。上谓黄潜善、朱胜非曰：昨日于光世处取得成所用提刀来看。其刀重七斤（"刀重七斤"句疑有脱误。《金史·徐文传》云：勇力过人，挥巨刀重五十斤）。成能左右手轮弄两刀，所向无前。惜也臣节不忠，朕不得用之。"今百回本《水浒传》第六十六回"吴用智取大名府"篇，云：李成使双刀。此犹可谓偶合也。《会编》卷二百七引《岳侯（岳飞）传》云："建炎四年（1130），充通泰镇抚使。时贼首李成自呼李天王，据淮西、淮南数州。"今百回本《水浒传》第十二回"杨志卖刀"篇云："大名府留守司两个都监：一个唤做李天王李成。"名号皆同。此则不得谓之偶合矣。故余谓炎、绍间在江淮作过之李成，即《水浒传》之大名都监李成。

据《征蒙记》，成于宣和七年（1125）准瀛州高阳关路安抚使劄付，统众迎敌。又奉命统众守援河间，遭大兵（金兵）围闭，又充四城提点兼安抚司统领。考黄潜善以靖康间知河间府兼高阳路安抚使。则成本黄潜善偏将，未尝官大名。又其时宋江36人降已久，无缘与宋江为敌。此则小说家言，不足怪也。成，《宋史·叛臣传》无传。《金史·李成传》则详其在金时事，叙成在宋事殊略。唯《三朝北盟会编》、《建炎以来系年要录》所叙成事甚多。文繁不能备引。今姑从《宋史·高宗纪》中，摘出成事若干条，并《金史·李成传》书之，以见大概。至《三朝北盟会编》卷二百载岳飞承局有李成。又载绍兴间有旗手李成（旗手李成忘在第几卷中）。承局、旗手，乃小吏小校，决非《水浒传》李成也。

附

一 《夷坚志》与《水浒传》

【《夷坚甲志》卷一"黑风大王"条】汾阴后土祠，在汾水之南四十里，前临洪河，连山为庙，盖汉、唐以来故址，宫阙壮丽。绍兴间陷虏。女真统军黑风大王者，领兵数万，将窥梁、益。馆于祠下，腥膻污秽，盈积如阜，不加扫除。一夕，乘醉欲入寝阁观后真容，且有媒渎之意。左右固谏，弗听。率十余奴仆径往（支甲卷二"黑风大王"条作"率四十余奴仆径往"）。未及举目，火光勃郁，杂烟雾而兴，冷逼于人（支甲卷二作"冷气激人"），立不能定。统军惧，急趋出，殿门自闭。有数辈在后，足胫为阒阓断。统军百拜祷谢，乞以翼旦移屯。至期，天宇清廓，杲日正中，片云忽从祠上起，震电注雨。顷刻，水深数尺。向之粪污，荡涤无纤埃。统军斋洁致祭（支甲卷二作"斋戒致祭"），捐钱五万缗以赎过。士卒死者什二三。

　　按：今百回本《水浒传》第四十二回，记宋江自江州入梁山后，潜回家搬取其父。郓城县都头赵能、赵得侦知之，率士兵来捉。江奔入一古庙中，藏身于神厨内。赵得将火把来神厨内一照，火柄冲下一片黑尘来。赵得眯目，走出殿门。赵能复引众入殿，拿着火把，揭起帐幔，五七个伸头来看。才一看，神厨里卷起一阵恶风，将火把吹灭了。殿后又卷起一阵狂风，飞砂走石；罩下一阵黑云，布合上下，冷气侵人，毛发竖起。赵能道："快走！神明不乐！"众人一哄都奔下殿来，望庙门外跑走。有几个颠翻了的，也有闪朒腿的。所说与《夷坚志》"黑风大王"条极相似，盖即本《夷坚志》为之。"黑风大王"见《三朝北盟会编》卷一百九十六引明庭杰《吴武安公（吴玠）功绩记》，云："建炎三年（1129）春，金娄室残长安，鼓行而西。不浃旬，降秦州，垂头熙河。陇右大震。熙帅张深遣偏将军刘惟辅御贼，杀其帅黑风大王。娄室失势遁走。"卷一百十六戴此事，作"黑峰大王"，盖译音无定字也。

【《夷坚支丁》卷四"朱四客"条】婺民朱四客，有女为吴居甫侍妾。每岁必往视，常以一仆自随。因往襄阳，过九江境。山岭下逢一盗，躯干甚伟，持长枪，叱朱使住而发其箧。朱亦健勇有智，因乘间自后引足蹴之，坠于岸下。且取其枪以行。暮投旅邸。主媪见枪，扣之。遂话其事。媪愕然如有所失。将就枕，所谓盗者跛曳从外来，发声长叹曰："我今日出去，却输了便宜，反遭一客困辱。"欲细述所以，媪摇手指之曰："莫要说，他正在此宿。"乃具饭饷厥夫，且将甘心焉。朱大惧，割壁而窜，与仆屏伏草间。盗秉火求索，至二更弗得。夫妇追蹑于前涂十数里。朱度其去已远，遽出，焚所居之屋。未几，盗归，仓皇率水救火，不暇复访。朱遂尔得脱。

按：今百回本《水浒传》第四十三回前半，记李逵自江州入梁山后，回乡搬其母。至沂州境，路逢一人涂面，自称是"黑旋风"。叱逵留下买路钱及包裹。逵怒，持刀与之斗。其人伤股而仆。逵将杀之。其人因自言真姓名是李鬼。缘家有老母，无法养赡，因冒"黑旋风"名劫径。逵怜之，纵之使去。逵行路饥渴，投一山村人家。一妇人应门。因请为具饭。未几，李鬼跛而归。妇怪问之，则以逢真"黑旋风"告，具言其事。妇云："却才一黑汉来我家中，教我做饭，莫不是他？你去看。若是他时，可共毒杀之。"逵潜听，闻其言，遂杀鬼而焚其屋。情节与《夷坚志》"朱四客"条同。知所本即《夷坚志》无疑也。至其后半记李逵杀四虎事，全本《夷坚甲志》卷十四"舒民杀四虎"条，鲁迅先生已有文论之。今不复赘。

【《夷坚支丁》卷九"陈靖宝"条】绍兴甲子岁（1144），河南邵、徐间多有妖民以左道惑众，而陈靖宝者为之魁杰。虏立赏格捕之，甚峻。下邵樵夫蔡五采薪于野，劳悴饥困，衣食不能自给，尝叹喟于道曰："使我捉得陈靖宝，有官有钱，便做一个快活汉。如今存济不得，奈何！"念念弗已，逢一白衣人荷担，上系苇度，从后呼曰："蔡五，汝识彼人否？"答曰："不识。"白衣曰："汝不识，如何捉得他？我却识之，又知在一处。恨独力不能胜耳。"蔡大喜，释担以问。白衣取苇席铺于破垣之侧，促坐，共议所以蹑捕之策。斯须起，便旋路东，回顾蔡，万声一喝。蔡为席载起，腾入云霄，逆空而飞，直去八百里坠于益都府庭下。府帅震骇，谓为巨妖。命武士执缚，荷械狱犴，穷讯所由。蔡不知置辞，但言："正在下邳村下，欲砍柴，不觉身已忽然飞来。实是枉苦。"府移文下邳，即其居访，逮邻左，验为平民，始获免。而靖宝竟亡命。疑白衣者是其人云。

　　按：今百回本《水浒传》第五十三回记李逵事云：罗真人以白手帕铺在石上，唤李逵踏上。罗真人说一声"起！"那手帕化一片白云飞起。罗真人喝声"去！"一阵风把李逵吹入云端，耳边只听得风雨之声，不觉径到蓟州地界，却从蓟州府厅屋上骨碌碌滚将下来。当日正值府尹坐衙，看见半天里落下一个黑大汉来，谓是妖人，命狱卒痛打之。喝道："你那厮快招入妖人，便不打你！"李逵只得招做"妖人李二"。取一面大枷钉了，押下大牢里去。情节与《夷坚志》"陈靖宝"条全同。知《水浒传》罗真人、李逵事，即本《夷坚志》。

二　元、明人之梁山泺诗

　　始余读元、明人集，见其中有梁山泺诗，不甚重之，以为此流连光景之词，不足道也。1939 年，余嘉锡先生作《宋江三十六人考实》，欲广搜梁山泺掌故，问余梁山泺诗。余姑就记忆所及，从元、明人集及《明诗综》中，抄得数家诗与之，聊以塞责而已。而余先生亦未尽用。盖不重其词，亦与余同。继思之，梁山泺在宋时广袤数百里。历金至元，虽淤填已高，犹为巨浸。迨明·永乐间浚会通河，筑坝东平之戴村，遏汶使无入洸而尽出南旺。自是梁山泺不复受汶，仅受东平诸小泉。岁久填淤，遂成平陆。故清初邱海石《过梁山泊》诗云："施

罗一传堪千古，卓老标题更可悲；今日梁山但尔尔，天荒地老
渐无奇。"以是言之，则元、明人咏梁山泺时，即梁山泺资料
也。岂可以为无用而忽之。自是复读元、明人诗集时，遇有梁
山泺诗，即录之。历时既久，多有遗亡。今存者7家，16首。
其缺者俟更补之。

袁 桷

桷，字伯长，庆元邓县人。大德初，以荐擢翰林国史院检
阅官。升应奉翰林文字，同知制诰，兼国史院编修官。迁修
撰，待制。延祐间，进集贤直学士。久之，移疾归。复遣使召
入集贤，仍直学士。未几，改翰林直学士。至治元年，迁侍讲
学士。泰定初，辞归。四年卒，年62。有《清容居士集》50
卷。

次韵瑾子过梁山泺三十韵 （《清容居士集》卷五）

《滋溪文稿》卷九《袁文清公墓志铭》云："子男二人：
瓘、瑾。"诗云："南还幸遂愿，永雪洗耳耻。"知是南还途
中所作。然伯长自京师乞归南还二次：一在延祐末，一在泰
定初。今不知此诗作于何年。

大野猪东原，狂澜陋左里。（《书·禹贡》："大野既猪，东原底
平。"《史记·夏本纪》作"既都"，《集解》引郑玄曰："大野在山
阳钜野北，名钜野泽。"东原，地名，今东平郡即东原。《太平寰宇
记》卷一百十一"南康军都昌县"条云："左里城在县西北四十里，
晋·卢循所筑，在湖（彭蠡湖）左，因为名，城基犹在。"又"江
州德化县"条云："彭蠡湖在县东南，与都昌县分界。彭蠡湖周回四
百五十里。诗言东平临大野泽，左里城临彭蠡湖，而大野泽水静，

胜于彭蠡湖之有狂澜。按：大野泽一名钜野泽。钜即大也。梁山泺
即古大野泽之下流。）交流千寻峰，会合百谷水。量深恣包藏，神静
莫比拟。碧澜渺无津，绿树失其浃。扬帆鸟东西，击楫鸥没起。长
桥篙师歌，短渡贩客止。天平云覆幕，湾回路成砥。鹰坊严聚屯，
渔舍映渚沚。柳丝翠如织，荇带组交薿。出日浮钲金，明霞纡绶紫。
一歃浇肠回，三颏慰颡泚。高桅列鱼贯，远吹生风翡。前奔何无休，
后进复不已。远如林鸟旋，疾若坂马驶。飘飘愧陈人，历历见遗址。
流移散空洲，崛强寻故垒。波清凫聚阵，日落鱼会市。土屋危可缘，
草广突如峙。莲根涨新圩，蒲芽护荒坻。水花碧团团，云叶白迤迤。
浚修出飞泉，阐辟搜故址。缅思重华帝，允属夏后氏。彝伦著箕畴，
伟功传迁史。目力渺无穷，行迹端可纪。前村捋柔桑，沃壤接良耜。
余芳锦堆烂，宿麦翠围侈。乃知东鲁儒，终作中朝士。养源汇滉漾，
包荒纳遐迩。驱使屡经过，感叹复慰喜。南还幸遂愿，永雪洗耳耻。

梁山泺（《清容居士集》卷十三）

千顷芙蕖送我船，碧香红影弄娟娟；梁山风景能消得，不到
西湖却十年。

梁山泺（《清容居士集》卷十三）

诗有"遍舟数归路"之句，知亦南归中途中作。

梁山水泺八百里，容得碧鸥千万群；愧我扁舟数归路，晚风
掠阵入苍云。

嫩草丰茸间软蒲，一川晴绿映春燕；平冈散牧分云锦，簇簇
斜阳是画图。

大船晒网小船罾，知是吴侬唤得鹰；共说五湖难住却，朔风
吹雨卷千塍。

贡　奎

奎，字仲章，宁国宣城人。大德六年（1302），授太常奉礼郎。九年，迁翰林国史院编修官。至大元年（1308），转应奉翰林文字。丁父忧。延祐元年（1314）服阕，起除江西等处儒学提举。五年，迁翰林待制。至治元年（1321），以母老乞养归。泰定元年（1324），母卒。三年，复起为翰林待制。四年，拜集贤直学士。天历元年（1328），奉命祠北岳、南镇，及淮、济渎。二年，至会稽。以疾归故里。卒年61。所著诗文120卷。今行《云林集》6卷，乃明弘治间裔孙元礼所编也。

梁山泺次袁伯长韵（《云林集》卷六）

积水平芜渺没间，夕阳渔市网如山；扁舟却逐孤云去，得似凫翁照影闲。

帖帖汀荷望眼平，微风疏雨叶香清；令人忽忆西湖曲，碧盖红妆短棹横。

穹庐已折羊马稀，水钓欲收鹰鹘飞；日暮津头哭声惨，谁家区脱冷无衣？

元·耶律铸《双溪醉吟集》卷二《后凯歌》词"区脱"自注云："国朝以出征游猎帐幕之无辎重者，皆谓之区脱。凡军一甲一灶，亦皆谓之区脱。"史传所载"区脱"即此。《史记》："中间弃地各居其边为瓯脱。"韦昭曰："界上屯守处。"《汉书·苏武传》："区脱捕得生口。"服虔曰："区脱，土室，北人所作以候汉者也。"师古曰："区读与瓯同。"以各居其边及捕生口之说明之，是逻侦者之营幕也，审矣。

烟波莽莽不知程，一发青山天际生；会是归人旧行路，等闲回首若为情?

朱　思　本

　　思本,字本初,号贞一,抚州临川人。家世叶儒,与玄教宗师上卿张留孙为世姻。思本少出家于龙虎山上清宫为道士。至元末(1294),与龙虎山道士吴全节俱至京师。师事张留孙。由是承应中朝,出入禁闼。从留孙扈直两京,最久。大德、延祐间,屡奉诏代祀岳渎,足迹几半天下。至治元年(1321),赐号"成德体玄贞□弘远法师",为杭州路玄妙观住持提点。是年还京,有《除夕和东坡韵述怀》诗。二年为龙兴西山玉隆万寿宫提点。袁桷在京有诗送之,见《清容集》卷十二。泰定二年(1325)春,奉诏芘卫玄教,乘传播告江南。夏六月,奉诏代祀南岳。祀毕,还玉隆。至顺元年(1330),朝京。二年夏,仍还玉隆。三年,思本年60。于是思本住玉隆十有一年矣。以后事不甚详。盖老于玉隆者。思本好学,在京师酬应之暇,即以读书为事,每至夜分乃寝。尤嗜舆地之学。自至大四年(1311)辛亥至延祐七年(1320)庚申,历时10年,成《舆地图》二卷;刻石于龙虎山上清宫之三华院。清·李兆洛谓地图计里定方,自思本始。所著诗文有《贞一稿》2卷。

梁山泺 (《贞一稿》卷二)

　　大野传禹功,厥浸连鲁卫。薲荟涵虚忝,苍茫眩溶滴。济阴(齐阴郡即曹州)极东原,连云浩无际。昔为大盗区,过者常裂眦。今为尧舜民,共乐太平世。运河经其中,尽日闻榜枻。忆昔淮溯游,潾潾环水澨。围田千万顷,蓄泄密时启闭。比屋皆陶朱,红陈溢租税。于焉有明鉴,不必劳智慧。苟能用斯术,富庶良可继。吾言匪迂疏，安得躬献书？

萨都剌

萨都剌，字天锡，号直斋，回回人。萨都剌者，华言"济善"也。祖思兰不花，父阿鲁赤。世以勋伐镇云代。天锡生于代州（雁门郡），故以雁门为乡郡。弱冠成泰定四年（1327）进士，授应奉翰林文字。擢南台监察御史。天历元年（1328），以弹劾权贵，左迁镇江录事司达鲁花赤。南行台辟为掾。继而御史台奏为燕南廉访司照磨。元统三年（1335）（即后至元元年），由燕南除闽海廉访司知事。后至元三年（1337），进燕南廉访司经历。至正三年（1342），擢江浙行省郎中。迁南行台侍御史。明年，左迁淮西廉访司经历。晚年，寓居杭州。后入方国珍幕府卒。所著有《雁门集》。

余与观志能俱以公事赴北舟行至梁山泊时荷花盛开风雨大至舟不相接遂泊芦苇中余折芦一叶题诗其上寄志能（萨龙光注本《雁门集》卷六）

《元史·良吏传》：观音奴字志能，唐兀（西夏）人，居新州。登泰定四年进士第。由户部主事再转而知归德府。后升都水监官。

题诗芦叶雨斑斑，底事诗人不奈闲？满泺荷花开欲遍，客程五月过梁山。

再过梁山泊有怀观志能二首（萨龙光注本《雁门集》卷八）

故人同出不同归，云水微茫入梦思；记得题诗向叶上，满湖风雨似来时。

灯火官船夜睡迟，满湖风露袭人衣；无端惊起沙头雁，明月
芦花各自飞。

张 以 宁

以宁，字志道，福州古田人。家翠屏山下，因号"翠屏山
人"。泰定四年（1327）丁卯，年未壮，以春秋登李黼榜进士
第。由黄岩判官进六合尹。元统二年（1334）冬，坐事免。寓
于扬州。曾携子烜入京。后至元六年（1339），由京师还乡。不
久，复返扬州。至正九年（1349）征入京，历官国子助教、翰
林侍读学士、知制诰。在燕 20 年而元亡。明初，例徙南京。复
授侍讲学士。洪武二年（1369）秋奉使安南。三年还，道卒。
年 70。有《翠屏集》4 卷。

梁山泺（《翠屏集》卷二）

风正吴樯去不牵，雪融汶水绿堪怜；菰蒲渺渺官为市，杨柳
青青客上船。

胡 翰

翰，字仲申，一字仲子，金华人。从吴师道、吴莱学为古文，
复登许谦之门。黄溍、柳贯以文名天下，见其文，俱称之。尝游燕
都，与余阙、贡师泰善。或劝之仕，不应，既归而天下大乱，奔走
山谷间。时至正十二年（1352）也。明初，以荐授衢州教授。聘修
《元史》，分撰英宗、睿宗本纪，及丞相拜住等传。书成，赐金帛遣
归。洪武十四年（1381）卒，年 75。有《胡仲子集》10 卷。

夜过梁山泺（《胡仲子集》卷十）

此诗作于元至正初年。

日落梁山西，遥望寿张邑。（清《嘉庆一统志·兖州府》一《山川门》：梁山在寿张县东南七十里，其下旧有梁山泺。）洸河带泺水，（洸水即洙水，洸洙相入受。）百里无原隰。葭菼参差交，舟楫窅窈入。划若厚土裂，中含元气湿。浩荡无端倪，飘风向帆集。野阔天正昏，过客如鸟急。往时冠带地，孰踵萑蒲习？肆噬剧跳梁，潜谋固坏蛰。古云萃渊薮，岂不增快悒。蛙鸣夜未休，农事春告及。渺焉江上怀，起向月中立。

谢　肃

肃字原功，号密庵，绍兴上虞人。元末，尝一试江浙乡闱，不售。后稍典教中吴，从军淮右。以应聘藩维而浮沉常调者数载。明太祖平张士诚，例徙南京。洪武元年（1368）征入礼局，与诸儒议礼太常。有忌之者，遂出，赞郡政于山东潍州。又因事罢黜。二年南还。十年，由越中北走燕南，西度太行，寓并汾，取道于覃怀，绝河、汴、淮、江以还。为诗歌纪之。洪武十六年（1383），举明经。除奉训大夫、福建等处提刑按察司佥事。十七年，与福建按察使陶垕仲劾福建左布政薛大昉贪淫。大昉亦还词相底。有旨：都提取赴京，于都察院听对。既至京，大昉以奸贪事实，伏诛。垕仲、肃复职闽宪。十八年，出按漳、泉，坠马伤足。舆归福州。未几，坐事被逮。太祖御文华殿亲鞫之。肃大呼曰："文华非拷掠之地，陛下非问刑之官。请下法司。"乃下狱。狱吏以布囊压之死。年53。肃少与同郡唐肃齐名，时号"会稽二肃"。所著有《密庵诗文稿》10卷。

过耐牢坡闸观梁山水涨（《密庵诗稿》丁卷）

此诗似是洪武二年（1369）秋由潍州南还途中所作。

三宿淹留会同闸，（明·洪武本。"会同"当作"会通"，《元史》卷六十四《河渠志·会通河》篇云：会通河，至元二十六年（1289）开河，首事于是年正月己亥，起于须城安山之西南，止于临清之御河，其长二百五十余里，中建闸三十有一。六月辛亥成，赐名曰会通河。会通镇闸三，在临清县北。）一帆飞过耐牢坡（《明史》卷八十三《河渠志·黄河》上篇云：明·洪武元年［1368］，河决曹州双河口，入鱼台。徐达方北征，乃开塌场口，引河入泗以济运，而徙曹州治于安陵。塌场者，济宁以西，耐牢坡以南，直抵鱼台南阳道也。又卷八十五《河渠志·运河》上篇云：太祖初起，大军北伐，开蹋场口耐牢坡，通漕以饷梁、晋）。旧来禾黍秋风地，今作蒲莲野水波。岸决黄河方泛溢，尘生碧海定如何？苍茫天意知谁解，北望梁山一浩歌！

（1963年12月6日写成，载1964年《文学研究季刊》第一集）

《包公案》与包公案故事

一 绪论

宋朝灌园耐得翁的《都城纪胜》和吴自牧的《梦粱录》记说话人的色目,于小说下均有"说公案"一门,释云"皆是朴刀杆棒发迹变泰之事"。语意不甚明。以常语译之,盖谓杀人放火之事、摹绘草泽英雄行为而归于招安发迹者也。准是而言,则所说者皆是盗案。然民间诉讼,当亦在说公案范围之内。如《简帖和尚》,《也是园目》著录题为"宋人词话",今《清平山堂》收之,所说为和尚奸骗事,话题下次行题云"公案传奇"。然则说话所说公案,当包括一切案件,凡理刑缉捕诸事皆属之,不必限于盗案。这种说法在理论上是可以说得通的。自宋以来,这一类的小说很多,如《京本通俗小说》第十卷之《错斩崔宁》所说即为公案。此外则《三言》、《二拍》,以余所知,其应入于说公案类者十之五六。到了清朝,这类的小品小说始渐渐衰歇,然而长篇的章回小说也还有了几部,虽然文字是很拙劣的。在中国小说中,说公案何以占如此重要位置呢?第一,因为理刑之官和平民最接近，凡负冤含屈讼狱平反之事与老百姓本身有直接利害关系，其事最亲切，故最易于流播。第二，因侦察刺探之术在吾国本无精密方法，官员断案大概糊突了事，其间才能之士往往运其智慧，或托之神灵，或出以权术，因此而有意外明确的判断，于是"青天"之名更易流传，因是而有种种神话和鬼话，因是而添造出种种故事。举凡诸史循吏传所记，以及小说所演，皆不过如此，不过文有简繁雅俗之不同而已。

说公案小说多记当时见闻，其断案之人在当时虽然能举其姓名，过了几时便湮没了（如金之王翛然，元之张鼎，明之况钟）。然而却有几个有名气的，至今还名字昭昭焉于匹夫匹妇之耳；其人在宋则包拯，在明则海瑞，在清则于成龙、刘墉、施世纶、彭鹏。这几个官人，真是提起来大大有名，试问引车卖浆之徒，有几个不知道包老爷，有几个不知道施公的呢？然而包老爷毕竟更有权威，在民间他的势力几乎和关老爷（照宋、元人说话当称"关大王"）一样。如果世间的人真须要一位文圣和武圣配起来，那么包公是唯一之选，因为平民对于他的印象比孔圣人深多了。

今所传《包公案》一书，洋洋百回，按理应当是包公故事的总结集，而其实不然。原来，他是一部"王肃伪撰的《孔子家语》"。以余所知，则极少数外，几乎全由他书抄袭而来，不但在史实上与包公无关系，即以故事源流而论，亦几乎与包公无关系（内中只有七八则是有关系的，不及全书十分之一）。这真是意外之事。其书文字极简拙，在小说史上没有地位，似乎不值得一说。不过在我们研究小说的人看来，对于此书也应当刷洗一下。余窃不自揣，爰师孙志祖《家语疏证》之意，将小说所记各事，就个人所知一一注其出处，其有所不知，不敢妄谈，至于包公故事之流变，亦详言之。世之留意俗文者，或亦有取焉。

二 今本100条的包公案篇目考

今所传《包公案》，有繁、简二本。余所见者，简本为乾隆乙未（1775）刻本，图5页，共得66则。繁本为100则。旧本大型有图，每则后附听玉斋评语。又有种书堂梓中型本封面题"李卓吾先生评""四美堂梓"，实无评语，为清初刊本。在未见较早刻本《包公案》之先，我们固未易断其孰先孰后，然余之意见，宁承认百则本为最初撰集者。故今兹所论一以百则本为据。试检点此百则文字，则知其以多种方式拼合而成；有据史实缘饰者，有抄袭《海公案》文者，有就宋、明人书所记诸事润色变易而属之包公者，有游戏取闹羌无故实者，驳杂凌乱，殆书贾之所搜集。但亦有数则，可认为对于包公直接发生的故事。今一一分析如下：

（一）据史实者1篇

割牛（卷六）事见《宋史》本传。

（二）抄《海公案》者22篇

1. 包袱（卷二）即《海公案》第五十四回"判奸友劫财误董贤置狱"文。

2. 偷鞋（卷三）即《海公案》第三十九回"提圆通伸兰姬之冤"文。

按：明·洪楩所刊《清平山堂》小说中有《简帖和尚》（即《古今小说》之《简帖僧巧骗皇甫妻》），事与此相类。又《情史》卷十四"情仇类"载洪武中金山寺僧惠明事尤为逼似。此篇与下《烘衣》篇语意重复，实亦一事，盖分化为二以充篇幅耳。

3. 龟入废井（卷三）即《海公案》第五十一回"周氏为夫

申冤告张二"文。

4. 乌唤孤客（卷三）仿《海公案》第五十七回"黄鸟诉冤报恩"文为之。

按：《详刑公案》（明刊本）卷一有"魏恤刑因鸦儿鸣冤篇"。

5. 临江亭（卷三）即《海公案》第四十八回"为友申冤以奸淫"文。

6. 血衫叫街（卷三）即《海公案》第四十六回"匠人谋陈妇之首饰"文。

7. 杀假僧（卷四）即《海公案》第四十三回"通奸私逃谋杀妇"文。

按：此宋·向敏中决狱事。《疑狱集》四"敏中密访"条载其事。

8. 试假反试真（卷四）即《海公案》第五十五回"判误妻强奸"文。

9. 毡套客（卷四）即《海公案》第四十一回"开饶春罪除奸党"文。

10. 阴沟贼（卷四）即《海公案》第三十八回"奸夫盗银"文。

按：断此案者本为明·周新，事见《明史》卷一百六十一本传。《智囊补》卷十以为晋江吴复事。

11. 窗外黑猿（卷五）即《海公案》第五十二回"开许氏罪将猫德抵命"文。

按：此本宋人事。断此案者为赵某，梦猿是实。明嘉靖间张景所续《疑狱集》卷六"赵祷梦猿"条曾载其事。

12. 绣履埋泥（卷五）即《海公案》第五十回"开江成之罪而诛吴八"文。

13. 斗粟三升米（卷七）即《海公案》第三十七回"奸夫误杀妇"文。

按：明·张景《续疑狱集》卷十"王某解卜"条及《智囊补》卷十"王旻"条（今刊本标题作《王明》）均载此事，断此案者乃某郡守。

14. 地窖（卷七）即《海公案》第四十回"谋妇命占妻"文。

按：其事类元曲《生金阁》，与明季《瑞霓罗》曲（《曲海总目提要》引）亦有几分相似。

15. 龙窟（卷七）即《海公案》第四十九回"奸夫淫妇共谋亲夫之命"文。

16. 贼总甲（卷八）即《海公案》第六十一回"缉捕剪缭贼"文。

17. 石牌（卷八）即《海公案》第四十七回"判烛台以追客布"文。

按：《详刑公案》案六有"冯县尹断木碑追布"一案，疑即此事。

18. 扯画轴（卷八）即《海公案》第五十九回"判给家财分庶子"文。

按：即《小说》"滕大尹鬼断家私"事（《古今小说》卷十、《今古奇观》卷三）。乃永乐年间倪守谦父子事，断狱者为滕大尹。当是实事。而《海公案》以属之海瑞，改倪守谦为郑文忠，子善继、善述为应策、应秋。《包公案》则又属之包公，唯倪氏父子尚依原名未改。明末无名氏《长生像》传奇演此事，亦以断狱者为包公，则当时风气，动辄援引包公，又不独《包公案》一书为然也。

19. 昧遗嘱（卷八）即《海公案》第六十回"判家业还支

应元"文。

按：《智囊补》九及明·郑瑄《昨非庵日纂》十五均载此事。断案者乃奉使者某君。关于遗嘱句读之二读法，颇堪捧腹，可为标点符号解嘲。

20. 箕帚带入（卷八）即《海公案》第六十五回"判赖奸误侄妇缢死"文。

21. 西瓜开花（卷九）即《海公案》第三十一回"断奸僧"文。

按：《详刑公案》案五有"张判府除游僧拐妇"、"曾主事断和尚奸拐"二案，不知与此事有关否？又本卷上篇"和尚皱眉"文意亦同，当亦一事分化。

22. 床被什物（卷十）即《海公案》第五十八回"白昼强奸"文。

以上22篇，均出《海公案》。大抵直抄其文，但将人地名称改换，间有二三篇袭其事而不用其文者。唯《海公案》所载诸事，亦是从他书中抄来，非海公实事。如上所举《海公案》之第三十九回、第四十三回、第三十八回、第三十七回、第四十七回、第五十九回、第六十回，固莫不别有所本。此外如第三十回则见《拍案惊奇》第二十六回入话；第三十二回见《拍案惊奇》第二十四回入话；第四十二回即《拍案惊奇》之"包龙图智勘合同文"；第七十一回即《警世通言》之"况太守路断死孩儿"。其余借用者尤不一而足。以与本文无关，故略之。

（三）借用其他旧书18篇

1. 阿弥陀佛讲和（卷一）后半似仿《智囊补》卷十"徽商"条为之。又清初无名氏《宝钏记》传奇（《曲海总目提要》卷四十五）事亦相似，断狱者为御史叶梦弼。

2. 咬舌扣喉（卷一）中云"倭惊"其非包公事甚明。

3. 锁匙（卷二）与卷二《包袱》篇、卷九《借衣》篇事皆相似。当是一事。改易人名，化作 3 篇。

4. 招帖收去（卷二）刑部郎中边某事。明·张景《续疑狱集》卷九"边知冤滥"条，及《智囊补》卷九"边郎中"条均载其事。

5. 卖皂靴（卷四）因落叶摘奸，乃周新事，见《明史》本传。

6. 死酒实死色（卷四）《贪欢报》第四回《香菜根乔妆奸命妇》篇演此事。

7. 二阴笞（卷四）万历年间事，明末人寒山所作《天有眼》传奇谱此事。清·顺治精刻本《太上感应篇图说》"木部"亦载之。则当时必实有其事矣。

8. 妓饰无异（卷五）吉安老吏事，见《智囊补》卷十。

9. 骗马（卷六）《太平广记》卷一百七一"精察类"载唐·张鷟断还驴事，与此相类。

10. 夺伞破伞（卷六）元·宣彦昭为平阳州判时事，见《智囊补》卷九。

11. 红牙球（卷六）记潘秀刘女事，颇似《醒世恒言》卷十四之《闹樊楼多情周胜仙》篇。《夷坚志》卷三十一"邓州南市女"条所记亦同。

12. 三娘子（卷八）杨评事事，见《智囊补》卷九。

13. 江岸黑龙（卷八）《夷坚志》卷四十所载费氏父子事，与此略同。

14. 木印（卷八）周新事，见《明史》本传。

15. 借衣（卷九）御史陈濂事（濂鄞县人，成化间官至副都御史）。文与事全袭小说《陈御史巧勘金钗钿》篇（《古今小说》卷二、《古今奇观》卷二十四）。

16. 桷上得穴（卷九）一秀才为僧收养，中举人，因发寺僧之私，被囚，穴屋而出。

按：《详刑公案》一有"董推官断谋害举人"一案，疑与此事有关。

17. 青粪（卷九）《南史》卷七十《傅琰传》所记琰断争鸡事与此仿佛。

按：《详刑公案》案七有项县尹断二仆争鹅，疑即此事。

18. 玉枢经（卷十）郑宗孔新任岳州府尹事，本篇有明文。

按：《详刑公案》案五有"郑知府告神除蛇精"一案，其为此事无疑。

（四）游戏取闹者 12 篇

1. 忠节隐匿（卷四）

2. 巧拙颠倒（卷四）

3. 久鳏（卷五）

4. 绝嗣（卷五）

5. 恶师误徒（卷七）

6. 兽公私媳（卷七）

7. 善恶罔报（卷七）

8. 寿夭不均（卷七）

9. 屈杀英才（卷八）

10. 侵冒大功（卷八）

11. 尸戴椽（卷十）

12. 鬼推磨（卷十）

此 12 篇，皆以游戏出之，随意编排，不得谓之公案。

（五）不知出处者 37 篇

1. 观音菩萨托梦（卷一）

2. 嚼舌吐血（卷一）

3. 葛叶飘来（卷二）

4. 夹底船（卷二）

5. 接迹渡（卷二）

6. 青靛记毂（卷三）

7. 裁缝选官（卷四）

8. 厨子做酒（卷四）

9. 三宝殿（卷四）

10. 乳臭不调（卷五）

11. 辽东军（卷五）

12. 岳州屠（卷五）

13. 耳畔有声（卷五）

14. 手牵二子（卷五）

15. 港口渔翁（卷五）

16. 红衣妇（卷五）

17. 牙簪插地（卷五）

18. 虫蛀叶（卷五）

19. 哑子棒（卷六）

20. 移椅依桐同玩月（卷六）

21. 龙骑龙背试梅花（卷六）

22. 瞒刀还刀（卷六）

23. 废花园（卷六）

24. 聿姓走东边（卷七）

25. 牌下土地（卷八）

26. 房门谁开（卷八）

27. 兔带帽（卷九）

28. 鹿随獐（卷九）

29. 遗帕（卷九）

30. 壁隙窥光（卷九）

31. 黑痣（卷九）

32. 铜钱插壁（卷十）

33. 蜘蛛食卷（卷十）

34. 栽赃（卷十）

35. 扮戏（卷十）

36. 瓷器灯盏（卷十）

37. 三官经（卷十）

（六）可认为包公传说者8篇

1. 白塔巷（卷三）

2. 黄菜叶（卷三）

3. 石狮子（卷三）

4. 乌盆子（卷五）

5. 金鲤（卷六）

6. 玉猫（卷六）

7. 狮儿巷（卷七）

8. 桑林镇（卷七）

以上据史实者1篇、袭《海公案》者22篇、借用其他书者18篇、游戏取闹者12篇、不知出处者37篇，可认为包公故事者8篇，加以语意重复之《烘衣》、《和尚皱眉》2篇，恰得百篇之数，故又名"百断公案"。此书论其事则假冒赝造，除8篇以外，其余无论在史实根据上或故事源流上说，都和包公无关系。论其文则简拙，袭《海公案》者则径抄原文，取自他书者则略为翻译，毫无作意。故鲁迅先生以为仅识字之人所为，胡适之先生以为是明末拙劣文人作的。这话都对。但其中也有几篇比较琐细的，如卷一之《锁匙》，卷四之《三宝殿》、《二阴卦》及《裁缝选官》，卷九之《壁隙窥光》、《桷上得穴》诸篇，叙事皆安曲不很苟简，显然和其余诸篇不同，也许这几篇是从其他小说中迻录过来的。至于应认为属于包公故事的 8 篇，除"乌盆子"、"白塔巷" 2 篇甚简外；其余 6 篇，文体和诠叙方法都一样，粗糙而活泼，的是市人本色。可以看出，这是民间传说的包公故事。

三 包公故事的产生与元、明以来包公故事研究资料

包拯在宋朝本以清介著名，《宋史》说他立朝刚毅，贵戚宦官为之敛手，闻者皆惮之。又说："童稚妇女亦知其名，呼曰'包待制'。京师为之语曰：'关节不到，有阎罗包老。'"（卷三百十六本传）这位老先生的脾气是很孤僻的，他尝说：后世子孙有犯了赃的，不许他回家，死了不许他入祖坟，因为不照我的样子行事，那就不是我的子孙了。这可以想见他的风骨，实在有和平常人不同的地方。因为他有这样人格，震惊流俗，所以当时童稚妇女皆知其名，这是非偶然的。到了南渡以后，他的名气仍然很大，并不因为易世而减其声价。如吕祖谦的《吕氏家塾读书记》上说：公为京尹，令行禁止，至今天下皆呼"包待制"。元遗山的《续夷坚志》又说：世俗传包希文以正直主东岳速报司，山野小民无不知者（卷一"包女得嫁"条）。可见包公在那时不但著名于南朝，而且盛传于北方，并且益发将包公神话化了。他在仁宗朝，曾经作过好几次的州郡守：在河北则瀛州，在江南则扬州、庐州、江宁。召权知开封府，以枢密副使终（《宋史》本传）。当时民间各处对于他的传说一定是很多的，说话人之说公案一派以及散乐众伎一定有许多关于"龙图公案"的演唱（宋朝说话人多说当时事，如中兴诸将，如宋江）。可惜现在没有话本流传，除了宋本《醉翁谈录》记了一种公案小说，元

末陶宗仪《辍耕录》记了金人院本一种外，其余连题目也不知道了。

宋朝、金朝关于包公的故事材料，已不能详考。现在搜集包公案的史料，自当从元说起，一直到清季为止。大概包公故事的传说，起于北宋而泛滥于南宋和金源，至元朝则名公才子都来造作包公的故事。现在所知道的剧本，有第一期的关汉卿等5人剧共6种；第二期之曾瑞剧一种；第三期之萧德祥、张鸣善，各一种；又无名氏之《陈州粜米》等5种（不知其时代，但《太和正音谱》已著录，至少是元末的剧）。此但就所知者言之已得此数，实在不算少。到了明朝洪武以后，以包公案故事入剧的风气似乎消歇下去了。但至嘉靖以后包公案故事又复兴起来。现在知见的，有《还魂记》、《珍珠记》、《鱼篮记》等几种弋阳旧曲。以后历明季以至于清初，剧本也出了不少。明季且有"百断公案"小说，以包公号召。道光以后，京剧谱包公案故事的也很不少，而《忠烈侠义传》亦标"龙图公案"之名。由此看来，包公故事之流传竟有七八百年的悠久历史。其故事之源流变化，无论如何，是极有趣而值得研究的。对于这许多包公故事的材料，为方便起见，我们无妨分作两期：自宋、金、元至明嘉靖间为第一期，明嘉靖后至清季为第二期。其目如下：

第一期

宋人小说一种

　　《三现身》（见《醉翁谈录·小说开辟》篇）

金人院本一种

　　《刁包待制》一本（陶宗仪《辍耕录》）

元杂剧16种

　　关汉卿　《包待制三勘蝴蝶梦》（《元曲选》本）

　　关汉卿　《包待制智斩鲁斋郎》（《元曲选》本）

郑庭玉　《包待制智勘后庭花》（《元曲选》本）

武汉臣　《包待制智勘生金阁》（《元曲选》本）

李行道　《包待制智勘灰阑记》（《元曲选》本）

江泽民　《糊突包待制》（《录鬼簿》著录）

以上元第一期名公才人剧

曾　瑞　《王月英元夜留鞋记》（《元曲选》本）

以上元第二期名公才人剧

萧德祥　《包待制三勘蝴蝶梦》（《录鬼簿》著录）

张鸣善　《包待制判断烟花鬼》（《录鬼簿》著录）

以上元第三期名公才人剧

《包待制陈州粜米》（《元曲选》本）

《包待制智赚合同文字》（《元曲选》本）

《神奴儿大闹开封府》（《元曲选》本）

《玎玎珰珰盆儿鬼》（《元曲选》本）

《包待制双勘丁》（《太和正音谱》著录）

《金水桥陈琳抱妆盒》（《元曲选》本。本非包公案，但与后来包公故事有关，故附录于此。）

《包待制智赚三件宝》（晁瑮《宝文堂目·乐府类》著录。疑是元剧。）

以上元·无名氏剧

小说 3 种

罗贯中　《弹子僧变化恼龙图》（旧本《平妖传》）

无名氏　《三现身包龙图断冤》（《警世通言》，疑本宋《三现身》小说）

无名氏　《合同文字记》（《清平山堂》）

第二期

戏曲 24 种

（明）无名氏　　《袁文正还魂记》（文林阁本）

（明）无名氏　　《高文举珍珠记》（文林阁本）

（明）无名氏　　《观音鱼篮记》（文林阁本）

（明）沈　璟　　《桃符记》（有抄本，未见。《曲海总目提要》十三著录）

（明）谢天瑞　　《剑丹记》（《曲海总目提要》三十六著录）

（明）无名氏　　《金丸记》（《曲海总目提要》三十九著录）

（明、清）无名氏　《正朝阳》（《曲海总目提要》二十九著录。按：《曲录》五著录《正昭阳》一本，石子斐撰，次在查慎行后，疑即此本。）

（明、清）无名氏　《雪香园》（《曲海总目提要》三十二著录）

（明、清）无名氏　《断乌盆》（《曲海总目提要》三十六著录）

（明、清）无名氏　《长生像》（《曲海总目提要》二十七著录）

（清）朱朝佐　　《瑞霓罗》（《曲海总目提要》二十七、《曲录》五均著录）

（清）朱朝佐　　《四奇观》（《曲海总目提要》二十五、《曲录》五均著录）

（清）唐　英　　《双钉案》（原名《钓金龟》，古柏堂本）

（清）无名氏　　《琼林宴》（《曲海总目提要》三十五著录）

（清）无名氏　　《双蝴蝶》（《曲海总目提要》四十六、

《曲录》五均著录）

京剧《钓金龟》

京剧《乌盆计》

京剧《断后龙袍》

京剧《琼林宴》

京剧《铡美案》

京剧《打銮驾》

京剧《双包案》

京剧《五花洞》

京剧《铡包勉》

小说 5 种

（明）凌濛初《包龙图智赚合同文》（《初刻拍案惊奇》）

（明末）《包公案》之一部分（目已见上篇）

（清）《万花楼杨包狄演义》

（清）《清风闸》

（清末）《忠烈义侠传》

以上所录戏曲小说 50 种。其中如《刁包待制》、《糊突包待制》、《包待制判断烟花鬼》、《包待制智赚三件宝》4 剧，已无法知其内容。其余诸戏曲小说，犹可据传本及他书介绍，一一知其内容，对于故事的比较研究极有裨益。包公案故事，自元以来，孳乳浸多。其故事之著者，余别有长文专论之。

四　故事翻作演进至于今盛传者

（一）双勘钉故事

包待制双勘钉杂剧　元·无名氏撰。《太和正音谱》著录。

剧本已佚，但其所谱事犹可以考见。陶宗仪《辍耕录》卷五"勘钉"章云：

> 姚忠肃公至元二十年（1283）癸未为辽东按察使。武平县民刘义讼其嫂与其所私同杀其兄成。县尹丁钦以成尸无伤，忧懑不食。妻韩问之。钦语其故。韩曰："恐顶囟有钉，涂其迹耳。"验之，果然。狱定，上谳。公召钦谛询之。钦因矜其妻之能。公曰："若妻处子邪？"曰："再醮。"令有司开其夫棺，毒与成类。并正其辜。钦悸卒。时比公为宋包孝肃公拯云。

宗仪是元末明初之人。所记此事，即为剧所谱无疑。姚忠肃公即姚天福。天福字君祥，绛州稷山县人，以县吏受知世祖，擢监察御史，历任河东、淮西诸路按察使。大德四年（1300），以通奉大夫参知政事行京尹事。六年卒。所至"摧强扶弱，理冤肃化"（虞集神道碑），刚毅正直，在元朝称为第一。此案在当时甚有名，旧史《天福传》不载，至柯凤孙先生《新元史》始采入，而虞集所撰《姚忠肃公神道碑》载此事尤详：

> 公为山北辽东按察使。武平路武平县车坊寨刘义，军籍也。其兄成暴死，诣官告其嫂阿李与逮州（字疑误，不知所作）王怀通，疑其为所杀。县令丁钦验尸无死状，言诸府。府不能决，以告公。公曰："安得无死状？"期三日必如期复命。府以责钦，钦忧不知所为。其妻韩问之，曰："何为忧若是？"曰："刘成之狱，有其情而无其迹，府期责甚迫，且姚公不可违，奈何？"韩问其始末，曰："验尸时曾分发观顶骨乎？"曰："亦观之，无见焉。"曰："子不知，是顶中当有物，以药涂之，泯其迹耳。"钦即往，濯而求之，顶骨开，得铁三寸许。持告府。府诣公言，公曰："敏哉！令胡为前迷而后得也？"召钦来，赏之。钦至，具言得

妻韩教事。公曰："法当赏韩。"以他事苛留钦，而以钦言召韩于家。韩至，即引至公前。公曰："汝能佐夫不及，甚善。汝归钦几何时？"曰："妾莱州人，嫁广宁李汉卿为妻。汉卿死于十月，贫无所归，适丁令半岁矣。"曰："汉卿今葬何所？"曰："寄殡广宁某寺中，贫未能还葬也。"乃以韩付有司，曰："是有事，当问。"即遣宪吏刘某昼夜驿四百里至广宁，会官吏即其寺，果得李汉卿棺，启而视之，其凶则果如刘成也。取广宁文书封凶铁以还公。以铁示韩，韩即款服，而钦亦自缢。不旬日而两狱皆具。

据碑，天福任山北辽东道提刑按察使，正在至元二十年（1283），与陶宗仪所言时代合。宗仪所记仅本夫刘成、成弟刘义、县令丁钦及妻韩氏。碑文则云：刘成妻名阿李。县令妻韩氏莱州人，所害之前夫为广宁李汉卿。记天福断狱始末，比《辍耕录》更为详细。据虞集撰《神道碑》自序，集奉诏为此文，在至顺元年（1330）。而《道园学古录》不载，元·苏天爵《国朝文类》亦不收，唯《稷山县志·艺文志》载其全文（碑在稷山县，见卷七《陵墓志》）。1934年间，余听柯凤孙先生讲《公羊传》时，曾面问柯先生："《新元史·姚天福传》勘双钉事，是否根据元·虞集作的《姚忠肃公神道碑》？"先生说："是。我见过这个碑的拓本。"

天福断此案，在当时甚有名。然而这样相似案件的传说，是自汉以来就有的。《太平广记》卷一百七十一《精察部》引陈寿的《益部耆旧传》：

严遵为扬州刺史，行部，闻道旁女子哭而声不哀。问之，"亡夫遭烧死"。遵敕吏舆尸到，令人守之。曰："当有物往。"更日，有蝇聚头所。遵令披视，铁椎贯顶。考问以淫杀夫。

按：五代·和凝《疑狱集》卷一亦载此事，而不注出处。"哭而声不哀"《疑狱集》作"哭声惊惧而不哀"。

严遵（张澍《蜀典》卷二云：当作"迈"），后汉人，字王思，阆中人，与严君平、严子陵皆非一人。唐·段成式《酉阳杂俎》续集卷四也载一条：

> 相传云：韩晋公滉在润州夜与从事登万岁楼，宴方酣，置杯不悦，语左右曰："汝听妇人哭乎？当近何所？"对：在某街。诘朝，命吏捕哭者讯之。信宿，狱不具。吏惧罪，守于尸侧。忽有大蝇集其首，因发髻验之，果妇私于邻，醉其夫而钉杀之。吏以为神。吏问晋公，晋公云："吾察其哭声疾而不悼，若强而惧者。王充《论衡》云：郑子产晨出，闻妇人之哭，附扪手而听。有间，使吏执而问之，即手杀其夫者。异日，其仆问曰：'夫子何以知之？'子产曰：'凡人于其所亲爱，知病而忧，临死而惧，已死而哀，今哭已死而惧，知其奸也。'"

按：《酉阳杂俎》此条亦见。《疑狱集》卷三和㠓续，不注出处。

这两条所记，一个是汉朝严遵，一个是唐朝韩滉，都是闻妇人哭声怀疑，以苍蝇破案；首尾极相像。但还是单钉案。到了宋朝郑克的《析狱龟鉴》记张咏事便成了双钉案了。卷五"察奸门"：

> 张咏尚书镇蜀日，因出过委巷，闻人哭惧而不哀，亟使讯之。云夫暴卒。乃付吏究治。吏往熟视，略不见其要害。而妻教吏搜顶髻，当有验。及往视之，果有大钉陷于脑中。吏喜，辄矜妻能，悉以告咏。咏使呼出，厚加赏劳。问所知之由，令并鞫其事，盖尝害夫，亦用此谋。发棺视尸，其钉尚在。遂与哭妇具刑于市。

按：张咏在宋朝传说很多，此是传说之一。

这一条所记，和姚天福事，太相像了。除了哭声惧而不哀，还是旧的传说外，其余便几乎和天福勘钉事完全一样，难道天福此案也是元人敷会出来的吗？我认为不是。因为虞集作这个神道碑是应制而作的，他作此文时态度极矜慎，始则曰："国人称治狱二事（另有捉风雪布商冤一案）殊神怪，臣不敢书。察问故吏，考其事实，今奉明诏得而并书之。"继则曰："此二事世所传说多有之，而姚公之事，岁月地理人氏名姓悉详如此，故可书。"可见他之书此事，是察问故吏的结果，确确凿凿，认为不同于社会一般传说，这才入于应制之文。而凤孙先生亦据之而著之于史。这都不失为实录。凡某一时的新鲜事情和某一时的伟大人物，都可以成为传说，但不同时之人而有极相似之事亦是极可能的，因为时代虽不同，而人情物理却不甚相远。姚天福事和张咏事逼肖如此，就是一个例子。

姚天福在元朝的确有包龙图资格，若论其不畏强御，横冲直撞，似乎宋朝的包龙图还有逊色。（元人曲所谱包公之行为态度，实皆影射天福。）他之勘双钉案在当时甚有名，当时人以"本朝包公"之事演宋朝包公，这是俯拾即是，极方便不过的。不过在那时戏为包公，传说仍为天福，到了后来，便把天福忘了，宋朝的包公却大出风头，久假不归，毅然居之而不疑了。

《勘双钉》杂剧，不知作者，故很难断定其在元朝的时代。但以其影射天福事测之，则当为第二期、第三期的作品，至早亦不得过至元二十年（1283）也。

白塔巷　见百则本《包公案》卷三，亦以天福事演包公，而又掺上些旧的传说略加变通。略云：

包公守东京之日，同胥吏去城隍庙行香毕回来，在白塔前巷口经过。闻有妇人哭丈夫声，其声半悲半喜。包公回衙，即问公差："妇人哭的是甚人？"公差道："是谢家巷口刘十二日前死了，他妻吴氏在家啼哭。"便拘吴氏来，叫土公陈尚押吴氏同至坟所，启棺检验。陈尚回报："并无伤痕，病死是实。"包公大怒，限三日若不明白，决不轻恕。陈尚回家，忧闷不已，妻杨氏道："闻有人曾将铁钉插于人鼻中，坏了人性命，何不勘视此处？"尚依妻言再验，果有铁钉二个从后脑发中插入，遂取钉呈上。包公便将吴氏跟勘，吴氏招认与张屠通奸，不合将丈夫谋害身死。遂将吴氏处斩，张屠发配远恶军州。

　　包公究问陈尚："是谁人教你？"陈尚答："是小人妻室有见识，教我如此检验，果得明白。"包公叫将尚妻杨氏唤来给赏，问道："当初陈尚与你是结发夫妻，是半路夫妻？"杨氏复："前夫梅小九早亡，系再嫁陈尚。"包公便派差王亮押杨氏去乱葬冈坟所检验。杨氏胡乱指别人墓，抷开视之，鼻中并无钉子。忽见一老人年七十余扶杖前来，指着杨氏道："你休要胡指他人坟墓，枉抛了别人骸骨！"便指与王亮道："这个是梅小九墓。"言讫，化阵清风而去。亮开棺检验，果见鼻中有两个钉。包公遂勘得杨氏亦谋杀前夫是实，将杨氏处死。闻者无不称奇。

这种朴拙的记载大概是将旧闻抄一抄，欲加详而不能摹绘，实在是不成熟的东西。妇人哭一事，与《益部耆旧传》等书所载同。但诸书皆云惧而不哀，极得犯罪人的心理状态。此改作半悲半喜，便浅得多了。谋害之法更怪，是铁钉二个从后脑后插入，穿过鼻孔（如何插法，颇有待于索解）。前后二案皆然。如此说来，这是勘四钉，不是"勘双钉"了。

　　旧本钓金龟　据唐英《双钉案》传奇所引，则当时梆子腔有此剧，由来已久。焦里堂《剧说》卷四云："村中演剧，每演包待制勘双钉事，一名《钓金龟》。"下文引《辍耕录》"姚忠肃"云云。里堂江都人，所谓村中演剧，或为土班所演之草台戏（本地乱弹），抑系外来之梆子腔、二簧调、高腔，因未明言不得而知。《勘双钉》剧始于元人。明人传奇，各家著录未见有此本。大概此剧昆曲所无，唯乱弹有之。按刘献庭《广阳杂记》卷三云："秦腔新声有名乱弹者，其声甚散而哀。"李斗《扬州画舫录》卷五《新城北录》云："两淮盐务例蓄花、雅两部。雅部即昆山腔。花部为京腔、秦腔、弋阳腔、梆子腔、罗罗腔、二簧调，统谓之乱弹。"沈起凤《谐铎》十二"南部"条云："自西蜀韦三儿来吴，淫声妖态，阑入歌台。乱弹部靡然效之。而昆班子弟亦有倍师而学者。"是则乾隆以前皆以乱弹为昆曲外一切俗调之总称。今但目二簧调为乱弹者非也。据唐、焦二氏所述，则《钓金龟》戏流行至少也在雍、乾以前，或远起于明季，亦未可知。《勘双钉》剧之加入"钓金龟"关目，当是明、清之际的事。这种推测也许不至于十分错吧。

　　双钉案传奇　原名《钓金龟》。《曲录》五著录。刊本有古柏堂本，题"寄蜗居士填词"，实为唐英。英，乾隆间人，曾作过九江关监督，也是爱好词曲风流好事之人。他与蒋心余、董榕等往来，自撰或改作的曲子有十几种之多。此《双钉案》传奇即为所改旧剧之一。尾声云："《双钉》旧剧由来久，不似这排场节奏，要唱那梆子秦腔尽点头。"则固不满意于流行的秦腔旧剧而作。共26出，分上下卷，情节略为：

　　　　淮阴人江芸，寡母康氏，妇王氏，弟曰江芋。秋试之年，治装北上，母携弟往海州舅家权住，妇往本城母家归宁。芸至京登黄甲，除授河南祥符县令。到任一月，派人接母弟妻房前来。来人被王氏撞见，即瞒着婆婆小叔，自来祥符县。说母亲在海州未回，因此先来了。

实则江芊与母亲因海寇作乱，由海州回家已一月之久，对于儿子作官之事全不知晓。一日江芊于运河钓一金龟，以砖敲之，撒下金星点点，大喜收下。遇一公人相告，始知哥已作知县。即去问王氏，而王氏业已接走。疑是嫂有机变，兄未必至此，因辞了母亲，携带金龟径投祥符县来。

此时祥符县有一位王学士名彦龄，恰与包公同年。妻亡，遗下二女，长女守寡，次女病重。因南华道人（即庄周）施送丹药一粒，说须得金龟灵髓作引，煎汤服下，才能治好。遂张榜征求："若有金龟灵髓，能治得小女者，即以女妻之。"江芊见贴，即叩门将金龟奉上。如法调服，果然好了。王学士即说亲事，芊谓须禀明母亲方能行礼。遂带金龟别去，约以一年为期。

芊抵祥符县见兄，相抱大哭。江芊即着人迎母，适奉上台委勘水灾，急忙走了。王氏惭愧，治酒款待江芊，芊旧恨未释，辱骂之，谓其犯七出之条，醉中并出金龟夸耀。王氏惧罪又利其宝，遂与婢互儿谋，欲害江芊。互儿者亦祥符人，卖身为婢。其母曰苟氏，已克过十八个老公，最后携带互儿来嫁铁匠阮定宕，嫌其病废，又欲改嫁，遂用铁锤将钉棺材长钉钉入阮定宕顶心致死。互儿在家，曾偷见其事，至是以此法告知王氏，以七八寸长钉将江芊钉死。

江芸回来，妇谓弟冒风寒心疼而死。芸派人迎母，妇又暗地买嘱差人，假说母亲因有海寇暂不能来（时寇已为狄青扫平）。而康氏因儿子去了一年未回，遂亲身到祥符县。质对参差，王氏大愧。而江芊又死。母当晚在灵堂安置，江芊即来托梦，说被王氏与互儿合谋害死。今有包公来开封府上任，在城隍庙中宿三，要母亲往告。康氏次日即托烧香为名，暗带状词，诉与包公。公以与江芸同年，劝使归。康氏固请，包公遂到县衙拘王氏及婢，命仵作丁不三开棺检验。验了两次，毫无伤痕。公大怒，谓第三次再验不出，即置死地。此时苟氏谋害了铁匠丈夫，又转嫁了丁不三。见丁不三苦状，即嘱其细验顶心，必见其情。丁不三照办，果然验出来了。互儿亦遂招认。包公又问丁不三何以这次聪明？丁不三以实告。包公即传苟氏，问与丁不三系自幼结配，抑中年改嫁？氏自谓幼嫁，转问丁则系继娶。于是刑讯苟氏，亦招出。即命丁不三如法再检铁匠尸身，亦于头顶起出八寸长铁钉一根。

于是将互儿以铜锧锧死，王氏、苟氏均照他方法以钉钉之。江芊得阎王赐保壳灵丹，尸本不坏，其金龟亦是南华道人用椰瓢变的。至是灾劫已满，道人也来了，讨还金龟，仍是一个椰瓢。江芊也因道人法力复活。

王彦龄在家，闻因金龟谋害一案，即来访包公，知被害者即芊。而芊已更生。于是包公作媒，将王学士长女继配江芸，次女与江芊成亲。从此兄弟姊妹结成眷属。

唐氏此曲，自谓系改定旧本，今就其情节看去，似所改的仅为曲白。其中节目如南华道人，如定婚、团圆等，也许是新增的，但大体规模似乎仍然和旧本一样。曲中如"阮定宕"、"丁不三"形声会意，自是有点取笑。海寇数折，画蛇添足，不足见长。钓金龟关目，虽为旧本所有，但以之加入勘钉案中，亦殊无意义，唐氏亦未能毅然删去，使复于原始故事之自然。所以，从关目乃至于从填词看起来，唐氏此曲都不能说是成功。但俗部旧剧至今未见有流传剧本，赖唐氏改定本，犹可推知其梗概，对于明以后"勘双钉"故事可得一具体的历史观念。以故事之沿革而论，唐氏此曲也是很有关系很重要的了。

京剧钓金龟　情节与唐英传奇同，但改江芸、江芊为张宣、张义。近时所演者只《张义得宝》（亦名《钓金龟》）与《行路哭灵》二折，谓王氏用7寸钢钉将张义钉死，与传奇同，但勘钉情形如何，本案之外是否同时尚有相似之奸杀一案，如传奇所云苟氏事，今不得而知。问之前辈，则云京剧《钓金龟》一名《审双钉》，谓张义嫂王氏以双钉钉死张义（《行路哭灵》不言双钉事），经包公审出，别无奸杀一案。阎仙师为余言，20年前通行《双钉记》剧，亦二簧调，谱吴能手、贾有理奸杀案，与《包公案》所记情节同，为两个奸情案子。伶人杨贵云、路三宝饰旦，肖淫狠之状，甚得时誉。旋经禁止，今不复演。据此则《双钉记》无"钓金龟"关目乃追承元人杂剧之绪。明以来当相传别有此本，即京剧《双钉记》所从出。而某氏又云《钓金龟》全本即《双钉记》。见闻未广，不敢臆断，姑识于此，以俟博访。

　　如上勘钉故事，自魏、晋讫宋代有传说，至元而真有此案，不久便演成《双钉记》杂剧，可惜剧本不见了。至明季则《白塔巷》小说亦敷演其事。又后则有旧本《钓金龟》因系俗部剧本，今亦未流传。至乾隆间唐英改订本出，名《双钉案》亦标"钓金龟"之目。到了现在演唱的还是《钓金龟》，综合起来，此故事之沿革变迁约略如下：

　　1. 陈寿、段成式所记陈遵、韩滉事，皆是勘钉传说，但是勘单钉，不是勘双钉。到了宋朝郑克托张咏事便是勘双钉故事了。诸书所记，或系傅会，或为实事，可不必论。但到了元初便有姚天福所断之勘双钉案与张咏事若合符节，为杂剧所本。从此此故事益为著名，离了琐闻与实录，而入于戏曲小说的造作了。

　　2. 元人《双勘钉》杂剧，今不得而见，其内容大概是两个奸情案子，都是以钉子钉死，经包公断出。判断方法，是因此案而及彼案，后案中之后夫当系令史或县令，与本事差不多。所以这样推测的理由，是很简单的：（1）因为当时之人谱当时之事，无论如何，应当大体相同。以元曲例之，如《蝴蝶梦》之与秦闰夫妻柴氏（《元史》卷二百一《列女传》）、《合同文字》之于宁陵民杨甲、王乙事（《元史》卷一百九十二《观音奴传》），虽稍有点缀出入，而大体不错。《双勘钉》剧亦可作如是观。（2）以《包公案》中之《白塔巷》证之。《白塔巷》所演，当本元曲，亦和姚天福本事差不多。凡《包公案》之出于元曲者，均无大改动，如《乌盆子》之于《盆儿鬼》杂剧几乎完全一样，《桑林镇》之于《抱妆盒》杂剧虽有增益，大体亦不违背。以此例之，则元人《双勘钉》剧当与姚天福所断案略同，与《包公案·白塔巷》篇亦相去不远。虽无实证，如此说固无不可也。

3.《包公案·白塔巷》小说所记，为两个奸情案子同时断出，与姚天福事同（但改两案双钉为两案四钉不同）。所本当即元曲。因为作者无才，所以很老实，增改地方都属末节。

4. 到了旧本《钓金龟》，"钓金龟"关目便出现了，其本亦不传，内容当与唐英传奇大同小异。

5. 唐英改订旧剧《钓金龟》而为《双钉案传奇》，仍用《钓金龟》关目。他所改的只是曲白，情节纵有更动，但至少大部分可以代表旧剧。至京剧《钓金龟》似仍从旧本《钓金龟》出，与唐英的《双钉案》传奇无涉。因唐氏改订本，未必通行于社会为伶人传唱也。

6. 由无"钓金龟"关目之《勘双钉》故事，变成有"钓金龟"关目之《勘双钉》故事，面目大不相同了。现在以唐英传奇为主和元、明故事比较起来，则演变之迹：（1）由两个相同的奸妇谋杀本夫案子，变成两个不同的案子：一个是嫂子因气忿贪财设计谋害小叔；一个仍是奸情。但以嫂叔案为主，不以奸情为主了。（2）添出"钓金龟"关目，将金龟竭力铺张，因金龟而医病订婚，因金龟而致死，是重要关目。至于还魂、团圆，头绪节目比较多了。这种离开故事本身而生枝添叶的办法，是明以后传奇家的格范，牵强做作，将原始故事的自然趣味戕贼无余。（元人杂剧，其节目虽亦时伤幼稚，但文则浑朴自然，并不在波澜关目上注意。如包待制公案的曲子，今所见者有10种，只有《鲁斋郎留鞋记》是以团圆、还魂结的，但极自然，并无神异之说掺杂其间。）但因时尚所趋，反而盛传，到了现在，钓金龟故事有名，旧有的元、明故事不复为世人所知了。

故事情节，列为下表：

		故事出处	断案人	缘　起	案　情	关	目
旧　说	晋	陈寿《益部耆旧传》	后汉·严遵	闻妇人哭声惧而不哀	一案单钉奸情		
	唐	段成式《酉阳杂俎》	唐·韩滉	闻妇人哭声惧而不哀	一案单钉奸情		
	宋	郑克《折狱龟鉴》	宋·张咏	闻妇人哭声惧而不哀	两案双钉奸情		
	元	虞集《姚忠肃公神道碑》	元·姚天福	尸亲告状	两案双钉奸情		
戏曲小说	元	《包待制双勘钉》	宋·包拯	未详	两案双钉奸情	勘钉	
	明	《白塔巷》	宋·包拯	闻妇人哭声半悲半喜	两案四钉奸情	勘钉	
	明清	旧剧《钓金龟》	宋·包拯	未详	未详	未详	金龟
	清	唐英《双钉案传奇》	宋·包拯	冤魂托梦尸亲告状	两案双钉 一仇杀 一奸情	勘钉	金龟
	清	京剧《钓金龟》	宋·包拯	冤魂托梦尸亲告状	有仇杀案余未详	未详	金龟

（二）盆儿鬼故事

盆儿鬼杂剧　元·无名氏撰，收于《元曲选》辛集，4折，有楔子。题目为"咿咿哑哑乔捣碓，玎玎珰珰盆儿鬼"。谱一小负贩为人所害，碓骨和泥烧成瓦盆，后瓦盆为张懒古所得，盆儿鬼即出现而托其告状。剧中写张懒古极活泼有趣，写盆儿鬼，尤其是精灵滑稽的小鬼，在元人谱包待制公案的剧本中自可首屈一指。因为如此，所以后来作者往往取其事点缀重演，但皆无以逾之；而故事却因此盛传至今，遗泽未斩，为著名的包公案故事之一。此第一代之《盆儿鬼》剧本情节如次：

1. 汴梁人杨国用，因在长街市上遇一打卦先生说他百日内有血光之灾，须去千里外躲避，百日期内不满一日也不可回来。杨国用遂向表弟赵客借银 5 两，置办些杂货，出去做货郎儿。

2. 杨国用买卖顺利，赚得五六个银子，99 天上回来了。天晚投汴梁附近破瓦村瓦罐店赵宾，"借宿一宵，诸般茶饭都不用"。

3. 赵妻懒枝花原是行院妓女出身，见杨国用笼儿沉重，嗾使丈夫将国用杀了，劫他两担财物，将尸身放在窑里烧化，又捣骨夹泥烧成瓦盆。

4. 行凶之后，瓦罐赵家里常闹神鬼，因张懒古（原是开封府五衙都头领，和包待制有关系，现在老了闲着。开封府五衙都首领，即开封府祗候公人。）有代卖家火之情，曾许他夜盆一个，恰值张懒古来讨，就把这盆儿给他，意在魇镇。

5. 张懒古回家，冤魂也跟来了，打搅他一夜不能睡。张懒古起来小解，盆儿便起在半空，惹得张懒古急了，骂那门神户尉，扯碎钟馗。是后魂子说起原由，要他带盆儿到开封府包爷爷面前告状。

6. 告状时，盆儿鬼为门神户尉所阻，不能进来。包待制叫人焚冥纸祝告，才进来了。

7. 包待制听了盆儿鬼词因，将瓦盆赵夫妇拿到，一讯而服，都凌迟处死。又断将瓦罐赵家私一半赏给张懒古，一半给杨国用父亲作为赡养之资（按：元律实如此）。

《盆儿鬼》剧作于元代何时，现在不能知道，但元遗山的《续夷坚志》载此一条，颇与此事相类。卷四《王生冤报》章：

> 定襄邱村王胡以陶瓦为业。明昌辛亥岁歉，与其子王生者就食山东。一日，有强寇九人为尉司根捕急，避死无所，就此家藏匿。以情告云：“我辈金贝不赀，但此身得免，愿与君父子平分之。”王因匿盗窑中，满室坏瓦。尉司兵随过，无所见而去。胡父子心不自安，且利其财，乘夜发火，不移时熏九人死。即携金贝还乡。数年，殖产甚丰，出乡豪之上。泰和中，王生礼五台，将及兴善镇，恍惚中有所见，惊怖堕马，遂为物所凭。扶舁至其家，生口作鬼语，瞋目怒骂云：“尉司迫我辈，已得脱，中分货财，足以致富，便发恶心都将我烧死。寻之数年，乃今见汝。偿命即休！”时或持刃逢人乱斫。其家无奈，召道士何吉卿驱逐之。何至，作法，鬼复凭语辨诉。何知冤对，非法箓可制，教以作黄箓超度，或可解脱。胡陈状斋坛，吐露情实，人始知其致富之由。大建一祠，日夕祈祷；生未几竟死。紫微刘尊师说。

遗山所记，是金章宗时事，和此剧内容比起来，则被害者强寇7人，害人者定襄王氏父子，王生之死由冥报，未经官断，而且事情出在山东并非汴梁，这是不同的地方。但凶手职业与其害人方法则恰恰相同。即剧中赵家亦有闹鬼之事，超度做好事，瓦罐赵与鬼质对时亦曾言之。所以仍可以说大同小异。元遗山生金章宗明昌元年（1190）庚戌，卒于蒙古宪宗七年（1257）丁巳。是金、元间大名士。他作的《续夷坚志》，今行得月籀刻本，其所从出底本，是元·王起善据北地枣本手抄的。至顺三年（1330）石民瞻跋说：王起善博学且勤，人有异书，必手抄之。同年宋子虚跋说：北方书籍，率金所刻，罕至江南。可见遗山此书在元朝南方流传的很少。我们不妨这样想：元《盆儿鬼》剧的作者是北方人。他看过《续夷坚志》。《盆儿鬼》剧故事与《续夷坚志》"王生冤报"条故事有关系。

乌盆子小说　"盆儿鬼"故事发起于元，以后沉埋下去有二三百年之久。至明季始继绝世而有《乌盆子》小说，把"盆儿鬼"故事中兴起来。此小说见于百则本《包公案》第五卷，内容大致本元曲而略有增易。撮要如下：

1. 扬州人李浩家私巨万，来定州买卖，醉倒路中。

2. 贼人丁千、丁万见之，夺去黄金百两，二人平分，又恐其醒了赴定州告状，即将李浩打死，尸身投入窑中烧化，捣骨和泥，烧为瓦盆。

3. 有定州王老买得乌盆子，为盛尿之用。夜间小遗，盆子便说起话来，历诉冤枉，要他将去见太守。

4. 包公审盆子，盆子不答应，怒王老诳，责逐回家。夜间盆子说："今日见包公，为无掩盖，这冤枉难诉，愿以衣裳借我再去见包太守待我逐一陈诉，决无异说！"王老次日遂以衣裹盖瓦盆再来告状。这次有效了。

5. 包公差公牌拘丁千、丁万到案。二人坚不承认。遂差人将其妻唤来，说他们的丈夫业已招认，黄金交妻子收着。妇惊恐，都实说了。又于家中取得原金，丁千、丁万遂招认。

6. 丁千、丁万处斩，王老官给赏银 20 两，瓦盆及原劫银两，着冤鬼亲属领回。

和元曲比较则：

1. 汴京杨国用改为扬州李浩。

2. 元曲杨国用是货郎儿，这里李浩是家私百万的阔商人了。

3. 李浩在路上醉倒被劫，并未住店。

4. 害人者贼丁千、丁万不是店主，也不是陶匠。

5. 张憁古成了定州王老。

6. 包公为定州守，不是开封府尹了。

7. 王老官赏银 20 两，凶手一半的家私分不到手了。

8. 元曲中盆儿鬼被门神阻挡不能进府衙一段丢了，改为盆子因无衣服遮盖，所以不能说话。至于何以必要衣服遮盖的理由，一字未提。

9. 增出诳贼妻一段，以见包公权术。

10. "乌盆"之称，始见于此。以后，便相沿不废，成了故事的定名。

元曲《盆儿鬼》本是活泼飘逸的文字，到了《乌盆子》却成了朴拙简略的记录，一点游情余韵没有了。他所改动的地方，也极疏浅。如起初说包公为定州守，后又称府衙，似谓定州为府，实则宋之定州，政和三年（1113）始升为府，曰中山郡。元之中山府，洪武二年（1369）已改为州，曰定州，隶真定府，这无论在宋在明都不对（包公也没有知过定州）。元曲中瓦罐赵是业陶之人，杀死人捣骨和灰，烧成盆儿，这是很自然的。此改杀人犯为贼丁千、丁万，又没有说他们是陶匠，但杀死人之后也烧起窑来，这种贼人也可谓有闲情逸致了。至于将魂子因门神阻挡不能进去一节改为盆子因没有衣服而不能说话，也没有说出道理来。总之，记事疏略，语不缮完，可知其为粗识字之人所记录。但虽然是不完全之记录，亦差足代表当时民间传说，且书中出此一条，承前启后，从故事沿革上看也值得一说了。

断乌盆传奇　无名氏撰。《曲海总目提要》卷三十六著录。未见原本。据《提要》则所谱与《包公案》、《乌盆子》事同（人名异，事实同，见《曲海总目提要·盆儿鬼剧提要》），但增包公符召贼人家钟馗问明一事。（疑此受《盆鬼剧》窑神示儆及张憨古扯钟馗事暗示而加增饰。）作剧时代，当稍后于《包公案》。袁枚《子不语》卷十一谓乾隆年间广东三水县演《包孝肃断乌盆》，净扮孝肃云云。"倘属雅部剧"，所演或即《断乌盆》传奇，亦未可知。

京剧乌盆计　《包公案》中之乌盆子虽本元曲，而改其节目，至京剧则以元曲为主而参以小说《乌盆子》及《断乌盆》传奇，其演进之迹，亦详述之。

1. 被害人元曲为汴京杨国用，《乌盆子》为扬州李浩，便成了淮南人了。京剧改为华阳刘安字世昌，又移到成都府路。

2. 元曲杨国用是五两银子成本的货郎儿，至《乌盆子》便成了巨商了，而犹未言所业。至京剧便成了广有家财的绸缎商了。

3. 害人者元曲为瓦罐赵夫妇，《乌盆子》为贼人丁千、丁万（意殆云兄弟），京剧为赵大夫妇，开店烧窑，和元曲一样了。

4. 害死方法，在元曲是"借宿一宵，诸般茶饭不用"，被店主杀死。在《乌盆子》是醉倒在地，被贼人乘机打死。到了京剧，便受了店家的款待，酒内下毒，主仆都药死了。

5. 谋害之后，在元曲是得了五六个银子，在《乌盆子》是黄金百两，至京剧便因此而发了大财，翻盖房子，有会客厅，也有游廊。

6. 元曲的张懒古是旧开封府役，因和瓦罐赵要好，赠他一个瓦盆。《乌盆子》王老的乌盆是买的，和凶手没有关系。至京剧张别古便和刘先主一样，成了卖草鞋的，因赵大欠他鞋钱，以乌盆抵偿。

7. 元曲中的包待制，是开封府尹，《乌盆子》中包公是定州太守，京剧中的包公，是定远县知县，职位更低了。

8. 张别古见鬼始末，略同元曲。

9. 冤鬼告状时情节，在元曲是为门神户尉所阻进不去，所以不能说话，祝告之后便说话了。《乌盆子》是没遮盖所以不说话，王老给他盖上衣服带去便说话了。至京剧则兼取二家之说，先是冤魂为门神所阻进不去，审问时不答话，将张别古赶出来。经张别古禀明，衙役为之焚烧纸钱之后，还是不说话，张别古被打5板。出来之后，问其原由。原来是赵大害他之时，剥得赤身露体，想太爷包公日后有三公之位，恐怕冲撞，不便进去。于是包公赏下青衣一件，乌盆便真说话了。前者本元曲，后者本《乌盆子》。但《乌盆子》是没有说出理由的，这里把所以必须衣服遮盖之故说得清清楚楚了。

10. 谋害时有钟馗见证，此本《断乌盆》传奇。元曲及《乌盆子》小说均无此说。

11. 别古因错打5板，赏银5钱，所得比《乌盆子》尤少。赵大夫妇拿问。

忠烈侠义传　第五回演乌盆事，关目情节一本京剧。如告发人之为张别古，凶手之为赵大，被害人之为缎商刘世昌，姓名均同。赵大行劫发财以及告状时冤魂第一次为门神阻挡，第二次又因赤身露体难见星主，包公赐衣遮盖始进去说话云云亦与京剧同。其稍异者：

1. 华阳刘世昌改为苏州刘世昌（无字），成了两浙人了。

2. 京剧只说刘世昌有母，这里说母周氏，妻王氏，有3岁孩儿名百岁，叙家世较详。

3. 谋害方法，是用绳子勒死，不是药死的。

4. 京剧张别古是卖草鞋的，此改为卖柴牙侩，因赵大欠他一担柴钱400文，登门索取，付钱后另外讨得小盆一个。

5. 赵大强硬不招，当堂打死，别古被打10板，赏银10两，一板一两，比京剧赏格高了。

6. 包公计诳赵大之妻，说出赵大谋害事及起赃银一段，本《乌盆子》。劫银着尸亲领取，及抄没家私事，亦本元曲及《乌盆子》，但刘氏婆媳感张别古之恩将别古带到苏州养老一事是新添的。

如上所述，《盆儿鬼》故事四传而至《忠烈侠义传》，其沿革之迹：

1. 长街问卜事，除《盆儿鬼》杂剧外，各本皆无之。

2. 盆儿鬼投告情形，在元曲是为门神户尉所阻，在《乌盆子》是要衣服遮盖，以后京剧《忠烈侠仪传》则兼取二说。

3. 《乌盆子》小说比较改换元曲情节甚多，京剧出于元曲，《忠烈侠义传》多本京剧，所以都和元曲接近。但亦节取《乌盆子》及《断乌盆》传奇之说。

4. 如上所记戏曲小说 5 种，除人名地名职业递有变更外，其事实情节则大致相似。由此可得一结论：此故事 700 年间无大变化。

诸本节目，列为下表（《断乌盆传奇》不知其细目，姑略之）。

	元	明	清	
	盆儿鬼	乌盆子	京剧	忠烈侠义传
被害人	汴京杨国用（货郎儿）	扬州李浩（富商）	南阳刘安字世昌（绸缎客）	苏州刘世昌（缎商）
凶　手	瓦罐赵 妻憷枝秀（开店烧窑）	丁千、丁万（贼人）	赵大夫妇（开店烧窑）	赵大夫妇（烧窑）
告发人	张憷古（开封府老差役）	定州王老（无职业）	张别古（卖草鞋）	张别古（卖柴牙子）
包　公	开封府府尹	定州太守	定远县知县	定远县知县
谋害情形	杀死 得银子五六个	乘醉打死 得黄金百两	药酒毒死 暴富	用绳子勒死 暴富
处　理	凶手凌迟 抄没凶手家私以一半赏告发人 一半给尸亲	凶手处斩 告发人赏银20两 尸亲领回原劫银两	赵大夫妇拿问 误打告发人5板赏银五钱	凶手赵大当堂打死 误打告发人10板赏银10两 尸亲着领原劫银两并接受抄没凶手家私

（三）抱妆盒故事

抱妆盒为自元以来最有名的故事。由刘后下令叫寇承御谋害太子，演变到买通乳媪以狸猫换太子，中间几经蜕变，波澜最为丰富。其故事之长在袁文正故事之上，而事之恢诡有趣亦过之。胡适之先生对此故事，曾有详细的论著，极为有趣。余今为此文亦不能脱其范围，但于琐碎处稍加补缀而已。

抱妆盒杂剧　元无名氏撰，见收于《元曲选》壬集。剧4折。第一折、第二折前均有楔子。题为"李美人御园拾弹丸，金水桥陈琳抱妆盒"。剧情略为：

1. 宋真宗无子，因太史官王宏奏"夜观乾象，太子前星甚是光彩，如今时逢春季，正是成胎结子之候，合着尚宝司打造金弹丸一枚，于三月十五日向东南方打其一弹，令六宫妃嫔各自寻觅，但有拾得金丸者，因而幸之，必得贤嗣"。天子准奏。如期，真宗弹打一个锦鸠儿。金弹被李美人拾着了。真宗因幸西宫。

2. 刘皇后闻李美人生子，命宫人寇承御去西宫诈传万岁旨要看孩儿，将那孩儿或是刀儿刺死或是带儿勒死，丢在金水桥河下。寇承御如命行事，"则见红光紫雾罩定太子身上"。恰值穿宫内使陈琳（"穿宫内史"当是"入内都知"之讹）因万岁爷赐予黄封妆盒到后花园采办果品与南清宫八大王上寿，由此经过。因强以太子委之，置放妆盒内。陈始畏惧，后亦感动。寇去，刘皇后恰至河边，见陈琳"遮遮掩掩，进迟退疾"，大疑，欲揭盒盖。忽寇承御来报圣驾幸宫中，这才解了围。其时太子盒中睡着，故无声息。

3. 陈琳将太子交与楚王（即八大王），楚王初亦畏惧，因有动于陈琳之言，遂收下了（楚王名德芳乃太子亲叔）。太子10

岁，楚王带去见真宗，云是自己第十二世子，欲乘机说明原委。被刘后看破，将话打断了。刘后以世子貌似李美人，又睹八王状，生疑，回宫拷问寇承御，并疑陈琳，即命陈琳痛打之。陈琳不敢不从，承御撞阶而死。

4. 真宗病重，取楚王第十二皇子承继大统，即仁宗。仁宗久闻楚王言自己是用妆盒儿盛着送来楚府的，至是细问陈琳，因知端的。处置方法则云："寡人若究起前事，又怕伤损我先帝盛德，如今姑置不理。将西宫改为合德宫，奉李美人为纯圣皇太后，寡人每日问安视膳。"（此时刘氏、李氏均活着）

因为这一本杂剧，是故事的第一代始祖，所以说的比较详细一点。照剧中所说和正史及其他载籍比起来，则：

（1）李宸妃有娠后，真宗有玉钗之卜，其事见于《宋史》卷二百四十二《后妃传》上，言之不为无因。唯改玉钗为金弹不同。又心卜为宸妃一人，此谓宫娥彩女皆得参预，乃传奇家言。

（2）据《宋史·后妃传》，李宸妃生仁宗，刘皇后据为己子是实，但无谋害之事。

（3）真宗养八王第十二子，言之亦有因。按：真宗章穆郭皇后生悼献太子率祐（《宋史·真宗纪》作"玄祐"，《宗室传》作"祐"），咸平初封信国公，六年四月卒，追封周王，谥悼献。后十五日，皇太子生两月者亦不育，帝乃取宗室子养之宫中（毕沅《续通鉴》卷二十三）。范镇上仁宗疏所谓"真宗以周王薨，养宗子于宫中，天下之大虑也。愿以太祖之心行真宗故事"云云，即指此事（《宋史·范镇传》）。按：时仁宗未有子，故镇引真宗事为劝。后娄寅亮上高宗疏，亦引此语，见《宋史》本传。而苏辙《龙川别志》述仁宗语，谓明肃章献尝自言梦周王祐来告，将托生荆王宫中，时允初始生（原注：允初，荆王少子）所谓"五相公"者，太后欲取入宫养之，吕夷简争之乃止，以谓能和协二宫云云。是则养宗子于宫中，前之真宗因周王玄祐之薨而有其事，后之章献垂帘时，因周王玄祐入梦而有此议，因吕夷简谏而止。而荆王即燕王，亦即八大王（据《宋史·宗室传》，太宗子周恭肃王元俨于明道时封荆王，实为仁宗亲叔，与仁宗感情最好，殁赠燕王。于兄弟中行八，世俗所谓"八大王"即是其人。《宋史》所谓"燕王为仁宗言陛下乃李宸妃所生，妃死于非命"者，据赠爵称之，亦是其人）。此剧误荆王为楚王，又误谓楚王名德芳（太祖子行四，不行八）。又因章献有养允初于宫中之说，遂误将允初、仁宗纽合为一人。又因元俨有子13人（《宋史》本传），允初为少子，遂又误以仁宗为楚王第十二世子。

（4）寇承御事无稽。唯《宋史·章献传》谓真宗久疾，事决于后，入内都知（《龙川别志》云东宫宦）周怀政与寇准谋废后，请皇太子（仁宗）监国。事泄，诛怀政，贬寇准衡州司马（《龙川别志》上亦载此事）。则因谋拥立太子而牺牲者，固有宦官周怀政与寇准二人。

（5）仁宗亲政，因八王言始知为李宸妃子，待刘氏宽大是实事。但李宸妃殁于明道元年（1032），刘太后殁于明道二年（1033），俱先死。剧谓仁宗亲政时二人皆在，亦不合。

由（1）、（3）、（4）、（5）看来，剧所说虽不规于正史，而牵强影射之处，犹可勉强比附，只有和史实相去太远了。仁宗受刘后抚养，母子感情甚好。《章献传》云："后与杨淑妃抚视甚至。"又云："太后保护帝既尽力，而仁宗所以奉太后亦甚备。"可见刘氏对仁宗本是很好的。何以作戏的人编排出这种诬蔑的话呢？胡先生的解释，是民间传说有意增加刘后的罪过，不欲归美于刘后。但黄文旸《曲海·总曲提要》根据这一点怀疑此剧，以为其事不类章献，所影射者乃明宪宗时万贵妃事。《曲海总目》卷三十九《金丸记》提要：

> 说本《抱妆盒》，不见史传，与明代纪太后事相类，或作者借宋事以寓意耳。太后乃宪宗妃，孝宗生母也。太后贺县人，本土官女，以征蛮俘入掖庭，通书史，命守内藏。时万贵妃专宠而妒，后宫有娠者皆给使堕之。一日帝行内藏，妃应对称旨，悦之，一幸有身。万贵妃知而恶甚，令婢钩治之，婢谬报曰："病痞。"乃谪居安乐堂。久之，生孝宗。贵妃使门监张敏溺焉（按：此黄氏误读史书，纪氏惧万贵妃，自使张敏溺之，万贵妃当时尚不知纪氏生子。《明史》文甚明。清·程嗣章《明宫词》自注云：孝宗生，纪氏使门监张敏溺焉。语不误，胜于黄氏）。敏伴奉命而密藏之他室，至五六岁犹未剪胎发。成化十一年（1475），帝偶召敏栉发，照镜曰："老将至而无子！"敏伏地曰："万岁已有子也。"帝愕然问安在。太监怀恩顿首曰："皇子潜养西内。"帝大喜，即日遣使迎皇子。怀恩赴内阁，具道其事。群臣皆大喜，明日入贺，颁诏天下。而万贵妃日夜泣，怨群小绐我。其年，妃暴薨，敏亦吞金死。

又云：

> 楚王元佐太宗（宋）长子，无收养太子之事，亦无刘后使太监溺死之说，故似指纪太后事（按剧误荆王为楚王，其以八大王为真宗弟、仁宗叔，不谬。说已见上）。

黄氏且进而怀疑《抱妆盒》剧。卷四《抱妆盒剧提要》云：

> 演宋真宗与刘后事，与正史不合……其情节大类明弘治事。

《金丸记提要》云：

> 元人百种有《金水桥陈琳抱妆盒》剧，即此事也。然

　　无撰者姓名，恐是明弘治后所作，而嫁名于元人者。

　　黄氏论点，第一，证明剧所演者为弘治事。第二，因剧所说为明弘治事，作剧时代亦当在弘治以后。今即据此二点讨论之。第一，谓剧情节类弘治事，不谓无理。然亦不过是摹略之词。现在拿上文所列 5 段剧情对勘一下：（1）玉钗之卜，宪宗无此事。（2）弘治始生，即有命张敏溺之之说，虽不出万贵妃之命，但万贵妃的确是狠毒妇人，柏贤妃生的悼恭太子便是他害死的。作剧时即以此命属之万贵妃，原无不可。此与剧所云刘妃谋害仁宗者相似。（3）弘治生后，宪宗废后吴氏居西内，密知其事，往来哺养。成化十一年（1475），事既大白，立为太子。纪妃暴死。宪宗母孝肃周太后恐其遭万妃暗算，亲抚之，使居仁寿宫（《明史》卷一百十三）。此与剧所云仁宗育于他室者亦相似。然抚育之者乃已废皇后、皇太后，而非亲王。（4）太监张敏以愍太子死，寇承御亦然。然宋时太监周怀政亦有因谋拥立太子被诛之事。此事宋、明事皆同。（5）孝宗立为太子时，万贵妃、纪妃均活着，移纪妃居永寿宫，与剧所云仁宗即位时事略同。其大异者，则孝宗于自身来历分明，生 6 岁而立为太子，与仁宗在刘后未死前始终不知有生母，亲政后因他人告语始知为李宸妃生者大不相类。所以，我说：黄氏谓剧情逼似明事，这也是摹略之词。第二，剧时代问题。黄氏以为剧是明弘治后所作。按：《抱妆盒》剧，明·宁献王权洪武中撰《太和正音谱》已著录，在"古今无名氏杂剧目"中。由此我们知道，《抱妆盒》剧出现至晚在元末，或者在洪武初，决不是洪武后编写的剧本。黄氏忘了《太和正音谱》已经著录过《抱妆盒》剧这个历史事实，却大胆地说"《金水桥陈琳抱妆盒》，无撰者姓名，恐是明弘治后所作嫁名于元人者"，这是非常错误的。

　　关于《抱妆盒》一剧，不知不觉说了这许多话，实在近乎词费了，现在应当赶紧收束，说到正面。大抵李宸妃故事自南宋时即有种种传说，到了元朝末年有《抱妆盒》杂剧为其代表，后来许多演这一个故事的小说戏曲都发源于此。此第一代《抱妆盒》杂剧之重要节目，要删如次：

1. 李宸妃拾金弹丸得幸有子。

2. 刘皇后无子女，嫉李妃生子，使宫人寇承御害死太子，掷下金水桥河下。

3. 寇承御将太子交给陈琳，陈琳用妆盒盛着交与南清宫八大王收养。

4. 八大王养太子为第十二世子。

5. 刘皇后见世子生疑，叫陈琳拷打寇承御，寇承御撞阶死了。

6. 真宗晚年以八大王第十二世子为太子。

7. 仁宗即位，因八大王平日说他的话研诘陈琳，事情经陈琳揭破了，仁宗置刘皇后不问，改西宫为合德宫，奉李宸妃为纯圣皇太后。

　　金丸记传奇　此曲仅据《曲海总目提要》卷三十九著录，未见原本。据《曲海总目提要》所说，剧中情迹以陈琳、寇承御共救仁宗为大关目，内容悉本《抱妆盒》剧，所增者为契丹南侵，陈尧叟请幸蜀、王钦若请幸南京，唯寇准决计劝幸澶渊，毕士安赞其议一段。

　　桑林镇小说　见百则本《包公案》卷七。《包公案》小说之作当在明季（因书中有取材于冯梦龙《智囊补》的地方）。但此篇文字似乎时代靠前一些，大盖是嘉、隆以来市人流行的传说，作书者照样记下来的。其叙刘、李事，大体虽然还和《抱妆盒》不相违背，而琐细节目几乎全部改了，市井里巷的气息也愈为浓厚。李宸妃故事到了《桑林镇》小说才与包公发生关系，以后便相沿不废，成了包公断案中的重大事件，所以这篇小说是很重要的。其节目照录如下：

1. 李宸妃父亲单生一女，为因难养，13 岁就大清宫修行，尊为金冠道姑。一日真宗到宫行香，见李氏美丽，纳为偏妃。

2. 太平（真宗无此年号）二年三月初三生下小储君。是时南宫（元曲是中宫）刘妃子亦生一女儿，因六宫太使郭槐作弊，将女儿换了小储君而去。李宸妃气闷在地，误死女儿，被囚于冷宫。当得张院子知其冤，见太子游赏内苑，略说起情由，被郭槐报与刘后，绞死了张院子，杀他 18 口。直待真宗晏驾，仁宗接位，赦冷宫罪人，宸妃始得出。为无人付托，来桑林镇觅食度日（以上悉李宸妃自述）。李宸妃在桑林镇时是住破窑，婆子两眼也瞎了。

3. 包公自陈州赈饥民回京，来到桑林镇，歇马东岳庙。婆子来告状，说当今天子是他的亲生儿子。问有何凭据？曰：当初生下太子之时，两手不直，挽开看时，左手有"山河"二字，右手有"社稷"二字。包公信了，将婆子带回东京。

4. 包公朝见时，验仁宗手，果然婆子说得不错，因奏明此事。仁宗派御史王材审问郭槐。刘后使徐监宫买嘱王御史，被包公搜出珍珠 3 斗、金银各 10 锭，将王材推出斩首、徐监宫充军。仁宗着令包公审问郭槐，郭槐起初招了，后又反复，遂设计在张家园摆设森罗殿。仁宗扮阎王、包公扮判官。将近三更，包公祷告天地，忽然天昏地暗，星月无光，郭槐于此时一一诉出前情。

5. 仁宗排銮驾迎李娘娘，送入养老宫，要将刘娘娘受油锅之刑，包公奏："王法无煎皇后之锅，着人将丈二白丝帕绞死，郭槐该落鼎镬之刑。"

和《抱妆盒》杂剧比较起来，则：

1. 金弹丸事删去了，说李妃以女冠进身。

2. 陈琳、寇承御不见了，无抱妆盒及拷打关目，以张院子事填补。

3. 无八大王及收养太子事，说刘妃以仁宗为己子却与正史合。

4. 降刘皇后为刘妃。

5. 《抱妆盒》剧，刘皇后本无生育，此改作李妃生太子，刘妃生女，将女儿换了太子。

6. 《宋史》刘皇后仅夺李宸妃之子，并无虐待之事，故《抱妆盒》剧于李宸妃生子后境遇亦毫未提起，此添出李妃因误死女儿被囚冷宫及住破窑等事，并且眼也瞎了。

7. 添出六宫大使郭槐为"助纣为虐"之人。

8. 《抱妆盒》杂剧云，仁宗认生身母，由于八大王及陈琳报告，与《宋史》略同；此则平空添出包公，包公成了侦刺审问的重要人物，其节次为婆子告状、王材贪贿、审郭槐三事。

9. 造出仁宗异相：左手有"山河"二字，右手有"社稷"二字。

10. 事发觉后，刘、李二妃均活着，与元曲同，但元曲于刘后置之不问，在此处，刘妃便受了绞刑。

由此可知，《桑林镇》小说对《抱妆盒》情节全部改动，越发离开宋朝的传说而成了明朝以包公为主的民间传说了。所改如刘后以仁宗为己子一条，比较更近于《宋史》，以女易太子之说虽非事实，然亦有因。按：苏辙《龙川别志》上载：李宸妃卒，晏殊撰志文，只言生女一人，早卒，无子（按：宸妃生仁宗后，复生一女，不育。见《宋史·后妃传》）。仁宗恨之，及亲政，出志文示宰相曰："先后诞育朕躬，殊为侍从，安得不知？乃言生一公主，又不育，此何意也？"吕夷简为殊缓颊，言方章献临御，若明言先后实生圣躬事，得安否？上默然良久云云。是当时讳生子，而只言生女，实含有诬罔意味。小说所言，如非捏造，即本于此。但最可注意的还是刘氏由后降为妃、恶人添出郭槐，及刘后和郭槐都受了极刑三事。这些地方，大概很受成化间事的影响。现在约略说一说。《抱妆盒》曲刘氏是皇后，这还是宋朝的传说。明朝万贵妃、纪妃一案是宫闱中的大事，很引起朝野的注意，这时民间恶人的印象只有万贵妃了，所以刘后便降而为妃子了。与万贵妃同恶共济的是太监梁芳等，芳与贵妃谋废太子，的确是危害东宫的人，所以刘妃的心腹便有郭槐一人。纪妃孕后被万妃谪居安乐宫，所以李宸妃也住了冷宫。同时还有一位邵宸妃，也是宪宗的妃子。她是兴王祐杬的母亲，明世宗的祖母。兴王之国，她留在宫中，经过弘治、正德两朝，世宗即位时，她还活着，眼都瞎了。世宗越制尊为皇太后，太后"喜孙为皇帝，摸世宗身自顶至踵"（《明史》卷二百十三《邵太后传》）。原来，明朝妃子中实有以瞎子而为皇太后的，她也是宪宗的妃，与万贵妃同时，也封宸妃与宋真宗的李宸妃一样，所以宋朝的李宸妃也成了瞎子了。万贵妃在宪宗时恃宠作恶，宪宗即位时才16岁，她已经35岁，但宪宗一生受其钳制。成化二十三年（1487），万贵妃死了，宪宗便怃然曰："万使长去，吾亦安能久矣。"（明宫词注）是年也死了。因为宪宗这样的溺爱，所以孝宗即位，对于这位害死生母的万贵妃的家属仍然不问（因为重违先帝意），对于谋废立的梁芳也没有立刻置之重典。民众心理一定觉得对于他们太宽大了，所以在刘妃、郭槐身上泄愤，都教他受了极刑。这种说法也许是比附太过了。不过，我觉得由那样的《抱妆盒》剧一变而为这样的《桑林镇》，无论如何总有时代的关系。与其说《抱妆盒》剧演弘治的事，无宁说《桑林镇》小说和明朝的时事有关，这倒比较稳当一点。至于包公之成为处理案件重要人物，这因为到了明朝包公的权威益见澎涨的缘故，他能杀曹国舅、杀赵皇亲，对于这两宫大事，当然非他不可了。

正朝阳传奇　《曲海总目提要》卷二十九著录，亦未见原书，仅于《曲海总目提要》知其内容。此曲一本《桑林镇》，而亦略有增益，即：

1. 刘氏为皇后，与《抱妆盒》同。

2. 刘后以所生女易宸妃生男，本《桑林镇》；但女子并非李妃闷倒误死，乃是郭淮摔杀的，刘后即诬宸妃杀之，这更险毒了。

3. 李宸妃贬入冷宫，本《桑林镇》；但添出谪宸妃守皇陵（按：《宋史·后妃传》，李宸妃曾从守真宗永定陵），又令人纵火焚宸妃，令内监雷先春刺仁宗，恶迹更多了。

4. 宸妃正位中宫。

5. 刘后饮鸩死，并非绞死。

6. 恶人郭淮之外还有雷先春。

7. 忠义无寇承御、陈琳，与《桑林镇》同；但有蒯飞云、巩折天，不是张院子了。

8. 以吕端保宸妃，寇准随驾征蛮，杨六郎、孟良等征蛮等事点缀，此与本文无关。

《曲录》卷五著录清·石子斐的《正昭阳》曲，在查慎行曲之后（慎行康熙时人），不知即此本否？大概此《正朝阳》曲作于清初，其时观念已和明时不同，对于刘氏觉得应当正名定实，所以仍是皇后；又觉得绞死皇后太过一点，所以刘后的恶迹虽然有加无已，而惩罚则较轻。

万花楼杨包狄演义　即《后续大宋杨家将文武曲星包公狄青初传》。此书没有名声，蒋氏《小说考证》及《小说林》所刊黄摩西的《小说小话》均未著录。余先后收得二本，一为近文堂本，一为经元堂本。正文第一页题"吴西瑞云斋原本，羊城长庆堂梓"，经元堂封面又题"西湖居士手编"。有鹤邑李雨堂序，结云"戊辰之春自序于岭南"云云，李雨堂当即作者。戊辰似是乾隆十三年（1748）。据末回云此书与下《五虎平西》212 回（今书前后传只 154 回）每事多关照之笔。《五虎平西后传》识语亦云"此书为后传，须合初传观之前后方完全"云云，则似与《五虎平西》作者为一人。他的构造很奇怪，将杨宗保、狄青、包公事合演，如史家合传体裁，叙每人事前后间出而亦自成一贯，大概是将一个以上的话本拼凑而成的，文颇粗犷，市井气息浓厚。书作虽在乾隆间，以余考之，则所说保存旧传说不少，至少是明季以来市人流行之谈。有二事可证：（1）明·郑仲夔《耳新》云：小说家演包孝肃事有捕落帽风一事。今百则本《包公案》无此事。（《海公案》第十九回以为海公事，改为风吹轿顶）疑郑所谓小说家者乃指当时打谈人言之。其事即见于此书第十卷第四十七回。（2）书中宫人呼郭槐为九千岁（第五十三回）。称九千岁乃魏忠贤事（《明史·忠贤传》传云："所过士大夫遮道拜伏，至呼九千岁"）。以此二端言之，疑此书是就明以来说话人相传话本敷衍成书，其所记者大足代表民间传说，非可以寻常小说目之也。

此书第三回记刘后谋害太子事，至第四回前半真宗班师、八大王前死、养仁宗为太子而止。后又转入他事。直至第四十六回以包公捉落帽风引起，第四十七回至第四十八回叙李宸妃告状事。以下第四十九回至第五十二回又转入他事。至第五十三回乃接入断案正文，叙斩王炳（第五十四回至第五十七回）、审郭槐（第五十八回至第五十九回）、迎后戮奸（第六十回至第六十一回）诸事，至第六十二回前半而止。李宸妃事始末至是完具。《抱妆盒》故事到了《万花楼》小说，局面才大开拓起来，头绪更多了。《狸猫换太子》之说，始见于此书，自此而后也相沿不废，成了故事中之重要关目。其所排列叙次实包括《抱妆盒》曲、《金丸记》曲、《桑林镇》小说、《正朝阳》曲，一一容纳之而集其大成，但亦各有增易润色之处。今分述如下：

1. 本《抱妆盒》曲者

（1）刘皇后、李宸妃（元曲作李美人，略同；但此谓刘居朝阳宫，李居碧云宫，非元曲所有）。

（2）刘后诳出太子，使宫人寇承御撩弃于御花园金水池（元曲是金水桥河下）。

（3）陈琳救太子一节，全同元曲，但元曲中陈琳是穿宫内使，此则成了南清宫的内监了。

（4）寇承御因救太子及放走李宸妃二事，惧罪投金水池而死，将拷打撞阶事删去了。

（5）八王养仁宗为己子，真宗无嗣，以八王子为太子事同，但谓仁宗是八王长子，不是第十二世子了。

（6）仁宗即位，八王已前死，故无赐庄田之说。

（7）寇承御追封，陈琳封公爵赐第同。唯陈琳死后又谥忠烈公，元曲所无。

2. 本《金丸记》者

增真宗幸澶渊拒辽事，本《金丸记》。但仁宗生在大中祥符三年（1010），此谓景德元年（1004），辽入寇，真宗议亲征时生太子，早了6年。真宗以十一月次澶州，十二月回京师，来回不过两月间事，此谓出征11年方回，未免与事实相去太远。

3. 本《桑林镇》小说者

（1）刘后生女、李宸妃生子，同。但不用掉换之法，乃是刘后假公主缺乳为名，亲到碧云宫请李妃哺乳，顺便邀其入宫赴宴，郭槐抱着太子进宫。畅谈之际，李妃问及太子，刘后说太子睡熟了，已命郭槐送回碧云宫。李妃宴罢回来，揭绫袄一看，乃是血淋淋一只死猫。如此一改，事情更诙诡了。

（2）李妃目盲、住破窑乞食，及包公受理事均同，但改桑林镇为陈桥镇，又添出宸妃义子郭海寿一人。

（3）包公没有马上带李宸妃还京，但嘱地方官好好照顾，直至破案后，仁宗亲往陈州迎迓，宸妃才进宫。此与《桑林镇》不同。

（4）仁宗异相，"手掌山河"，"足踹社稷"；不是"左手山河"，"右手社稷"了。

（5）御史王材改为刑部王炳，徐监官改为太监。王恩、王炳是包公的同乡同年，受刘后之贿，拷问郭槐之时，以状貌相似之人替代郭槐，被包公看破。此一段《桑林镇》所无。

（6）仁宗扮阎王，包公扮判官，全同；但装改御花园为阴府，不是张家园了。

4. 本《正朝阳》曲者

（1）曲谓刘后谪李妃守皇陵，纵火焚之；此直谓刘后焚碧云宫，李妃因寇承御告逃出，无贬冷宫及守皇陵事。

（2）曲谓刘后饮鸩死，此谓刘后自缢而死，同属自尽。

5. 新增部分

（1）东岳大帝示梦李宸妃，谓包待制可明其冤。着此一条与东岳庙相应。

（2）添出李宸妃义子郭海寿。谓碧云宫焚时，宸妃扮太监逃出，寻南清宫不着，为孀妇郭氏收留。郭氏死，遗一子，即海寿，宸妃抚之。屋又被焚，母子来陈桥镇度日。海寿大了，作小经纪养母。包公过陈桥镇，以捉落帽风误捉海寿，海寿回窑告知其母，始有告状之事。后来仁宗呼之为王兄，封安乐王，他不欲留京，仍回陈州去了。

（3）八王妻狄后（狄青姑母）

（4）王炳妻马氏唆丈夫受贿枉法，与王炳同被包公铡死。

（5）李宸妃因目盲不欲还宫，仁宗祷告天地，宸妃双目重明。《桑林镇》于此事无照应，此以目明结，更合乎传奇的法则。

（6）郭槐受凌迟之刑，陈琳旁观，喜天网恢恢，大笑而死，以此两相形容。

以上所记，《万花楼》小说实为前此诸传说之总汇，关目不同的《抱妆盒》曲与《桑林镇》小说同时采入了，其他《金丸》等的情节也收容了许多。他所增加部分，有的是很幼稚的，如叙王刑部受贿，拷打郭槐时，用一貌相似之人替代，而命真郭槐伏在公案下叫痛，被包公看破了，极幼稚可笑。又如郭槐、陈琳，一苦一乐，同时气绝。这种形容法当然是极粗犷的市人思想。疏漏之处，如刘皇后生女而妄报生太子，真宗回来竟置此事不问，也是极怪的。然而他所增加的，大部分的确有胜于《桑林镇》之处：如包公将至，而岳神示梦宸妃。宸妃告状后暂留陈州，以仁宗奉迎始进宫。以郭海寿为宸妃告状引子。宸妃目盲重明。虽不出寻常蹊径，在此处亦见作意。这种地方都比《桑林镇》细密的多，比较起来，是由单纯的传说渐近而为有意的小说记叙了。

京剧断后龙袍　剧中所演大致以《桑林镇》、《万花楼》为主，而略有改变。节目略为：

1. 刘妃（不是皇后）与郭槐定计以狸猫换太子，因诬其生妖怪（本《万花楼》）。

2. 老王大怒，要斩李妃，赖文武保奏得免，贬入冷宫（按：《正朝阳》有吕端保奏宸妃事，即此所本）。

3. 刘妃又与郭槐定计放火焚冷宫（略本《正朝阳》、《万花楼》），"火光一起，不知那位神圣将哀家救在这破寒窑来了"
（此更近于神话，与《桑林镇》、《万花楼》不同）。

4. 包公行至赵州桥，有风括去轿顶之异（《桑林镇》无此
条，《万花楼》云落帽），因进天齐庙，传地方，令百姓有冤者
前来申诉。

5. 包公带李妃还京。

6. 仁宗问陈琳，始知己乃李妃所生，为刘妃抚养（此谓刘
妃以仁宗为己子，与《桑林镇》同）。

7. 刘妃自尽，郭槐凌迟（本《万花楼》）。

8. 李妃回宫，仁宗祷天，妃双目重明（本《万花楼》）。

删改部分：

1. 陈桥镇成了赵州桥了。

2. 无仁宗异相左右手（或手足）"山河""社稷"之文。李
妃生太子的证据，是有身时老王曾赐以手帕，上有寇准题诗云
云。

3. 无金水桥、抱妆盒，及拷打寇承御关目。

4. 无郭海寿。

5. 无御史王材或刑部尚书王炳。

6. 无审郭槐事。

打龙袍一事是新添的，各书所无。按元·关汉卿有《开封府萧
王勘龙衣》剧，已佚，疑所谱是宋朝事，不知与俗所传打龙袍
事有关否。在京剧中最可注意的，是排去《抱妆盒》杂剧中的
一切情节不用，所叙一以《桑林镇》、《万花楼》小说为主，而
其间重要关目如审郭槐等也删去，关系人如王材、郭海寿等也不
见了。

忠烈侠义传　此书光绪四年己卯始出世，全书 120 回，后半
演侠义行径，意同古人之说公案，已离开民间传说及故事而入于

有趣的个性描写。包公故事则杂见于前半部中，演述包公故事之书大概以此事为最后的了。李宸妃故事于第一回即叙起，而完具于第十五至第十九之 5 回中，其所铺陈虽什之七八仍是旧有的，但很经过一番整理工夫。对于旧有材料，或删削，或订正增补；别择去取之际，以及排列组织，很用过一番心思，既非如京剧《断后龙袍》之随意去取，亦非如《万花楼》之有关辄录，他的架子虽然仍是《万花楼》的，但许多节目都经其改过，并非《万花楼》之旧。《万花楼》小说中粗枝大叶的记述到了《忠烈侠义传》便成了细腻妥贴的文字了；迂怪粗疏的传说到了《忠烈侠义传》也成了入情近理的故事记载了。现在将他的内容组织分别说明，写在下面。

1. 叙刘氏谋害太子，仍取"狸猫换太子"之说，但将《抱妆盒》杂剧关目全数收入，与京剧之屏斥《抱妆盒》者大异（《万花楼》亦取《抱妆盒》关目，唯此尤详而尽）。如寇承御之使、陈琳之救护、八大王之收养以及拷打诸节，皆同元曲。其稍异者：

（1）改太史官王宏为钦天监文彦博，太子前星光彩的符瑞成了天狗星犯阙于储君不利的灾异了（这大概因为谋害太子是不祥之事，使节目相应）。

（2）改刘后、李妃为李、刘二妃，地位一样了。

（3）改金弹丸之卜为玉玺龙袱及金丸（内藏九曲珠子一颗）之赐，龙袱所以镇压灾异。

（4）改太子在盒中睡熟为太子啼哭因暗祝而止，这更是小说的描写了。

（5）于八大王外添出王后狄氏为抚养太子之人。

（6）改八王第十二世子为八王三世子，行次高了。

（7）太子向刘后为李妃求情，是新添的。

　　"狸猫换太子"之说虽本《万花楼》，而改其重要关目。《万花楼》小说的记述本是很张皇的，如所说太子生后，刘氏请李妃赴宴，因送回太子而乘机掉换，这是万目昭彰中的硬换办法，其叙述是很笨拙的；在这里改作与郭槐定计，买通乳媪尤氏，于临盆时掉换，文字细密得多了。又《万花楼》谓刘后与李妃同时报生太子，而刘实则生女，此是瞒人不过的事，而真宗于此竟不过问，在情理上实在说不通。此则改为李妃因产妖怪，贬入冷宫（此本京剧）。后刘妃亦生太子，立为皇后，便比较近情理。又如把刘妃生的太子牺牲，说他 6 岁上死了，以牵就《抱妆盒》真宗无嗣以八王子为太子之说。也算煞费苦心了。

　　2. 李妃待遇，取旧说而增改。如贬冷宫则本《桑林镇》、《正朝阳》，焚宫则本《万花楼》。但诸本所说李妃逃至陈州经过均甚粗疏。如《桑林镇》说仁宗即位，赦冷宫罪人，李妃便来桑林镇觅食。如何来到桑林镇呢？一字未提。《万花楼》说焚宫前，因寇宫人告，扮内监出宫，寄居郭姓家，郭姓又遭火灾，遂来陈州。但扮内监出宫，毕竟也是不妥的办法。此则改为李妃在冷宫焚香，犯诅咒嫌赐死。有冷宫总管秦凤的徒弟余忠貌与李妃相似，情愿替死，而将李妃假扮余忠卧病在床，因不能作事被逐回籍。于是秦凤将李妃送至陈州，和秦母一同住去了。而焚宫之后，秦凤惧罪亦自焚而死。这样写来虽然仍是勉强的，但比较是具体的，是有始有末的了。

　　3. 李妃申诉，本《万花楼》而略变。在《万花楼》，则包公到赵州桥因捉落帽风而得郭海寿，而海寿即李妃之义子，于是李妃和包公见面了。在这里，则包公到草州桥，因轿杆折而传地方范宗华，而范宗华即李妃之恩人，亦有母子之义。原来李妃在秦家时，范宗华父在秦家作工，很受李妃优待。秦凤、秦母死了，李妃在秦家住不了，便住了破窑。而范宗华不忘旧，对李妃甚是孝敬，亦呼妈妈。当下包公下轿，范宗华知会民家有冤来诉（传地方事本京剧，但京剧中之地方与李妃无关系）。李妃在破窑内听见，于是李妃和包公见面了。见面之后，历诉前冤，说仁宗是他亲生子。有何证据呢？娘娘从里衣内掏出一个油渍渍的包儿，千层万裹，里面露出黄缎袱子来。打开袱子一看，里面却是金丸一粒，上刻着"玉宸宫"字样，并娘娘名号。

4. 李妃进京与仁宗相认始末，在《桑林镇》说包公受理之后，马上把宸妃带到东京去了。这当然是太匆匆了，《万花楼》说包公受理之后，承认他是太后，仍把他留在陈州，教地方官好好供奉。在事未大白之先，这样声张也是不合理的。此则用折衷办法：包公与李妃权认为子母，抬入包府。然后因南清宫狄娘娘华诞之日，李妃以包公的太夫人资格往南清宫上寿，被狄后留下，夜半款谈，才说出来历（金丸作证）。狄后托病，诱仁宗来看（是时八王已死），陈琳在旁，金丸作证，于是仁宗与李妃在南清宫相认。这样纡徐委宛的叙述，可以说是近理近情。《忠烈侠义传》于《万花楼》所记之外特别增加这一段，是可取的。

目明事，《万花楼》、京剧都以为仁宗祷天所致。此云包公夫人以古今盆叩天求露水治好的。此是在本书中求照应，无关宏旨。

5. 审奸党事，《桑林镇》有审王材一段，本为赘文。《万花楼》改为王炳，又增出炳妻马氏，益觉支离。此则毅然删去，是很有见解的（京剧无王材、王炳）。审郭槐装设森罗殿地方，《桑林镇》是张家园，《万花楼》是御花园，此从公孙先生计，在岳神庙。又《桑林镇》、《万花楼》都说仁宗扮阎王、包公扮判官，这里撇开仁宗，只说包公扮阎王。都比较得体。又添出妓女耿春假扮寇宫人冤魂勾郭槐对质一事，文字更细密了。

6. 结果。刘后久病，事发惊惧而死，罚亦从轻。郭槐立剐不变。寇宫人立祠曰忠烈祠（元曲封忠烈夫人）。陈琳封都堂（元曲封保定公）。并同元曲。秦凤、余忠也立祠。《万花楼》中的小贩郭海寿成了王兄，封安乐王；这里范宗华却给了个散官承信郎；改破窑为庙宇，叫范宗华为守庙之人，李宸妃住的破窑也有了结束了。

由上所说，知道宋真宗后刘氏谋害太子事发起于元曲，更张于《桑林镇》，集成于《万花楼》。但自《桑林镇》以下，都是粗疏脱略的民间传说。到了《忠烈侠义传》才为之补充缮完，成了一个轰轰烈烈的"换太子"话本。胡适之先生说：《忠烈侠义传》中的"换太子"故事是定本。这话是有道理的。

总结　综合起来，宋真宗后刘氏谋害太子故事，700年间，从《抱妆盒》起，经过《金丸记》、《桑林镇》、《正朝阳》、《万花楼》、京剧《断后龙袍》、《忠烈侠义传》的增添改换，情形复杂，其蜕变之迹有如下文：

1. 真宗后刘氏，在《抱妆盒》里是皇后。到了《桑林镇》降而为妃了；到了《正朝阳》、《万花楼》又升而为皇后了。至京剧、《忠烈侠义传》又降而为妃。

2. 谋害太子之法，在《抱妆盒》是刘后本无生育，诳出太子叫寇承御刺死或勒死，丢在金水桥河下。至《桑林镇》则他生了女子，李妃生了太子，与郭槐定计，以公主换太子，将太子据为己有（《正朝阳》同）。至《万花楼》则他生了女子，李妃生了太子，与郭槐定计，将狸猫换了太子，叫寇承御撩弃太子于御花园金水池。至京剧则与郭槐定计，将狸猫换了太子，但此次不是撩弃了，也是据为己有。至《忠烈侠义传》则与郭槐定计，于李妃临蓐时将狸猫换了太子，叫寇承御弃太子于金水河。他自己不久也生太子，但6岁时又死了。

3. 李妃被陷害经过，在《抱妆盒》，是李妃所生太子平空被人诳去了。在《金丸记》当与《抱妆盒》同。在《桑林镇》，是太子失了换到一个公主，李妃气闷，误死公主，被贬在冷宫了。在《正朝阳》，是太子失了换到一个公主，又被郭槐摔杀公主，却说李妃害死公主，被贬入冷宫了。在《万花楼》、京剧《断后龙袍》、《忠烈侠义传》，是太子失了换到一个狸猫，并且在《断后龙袍》、《忠烈侠义传》中，说李妃因产猫而被贬入冷宫。

4. 李妃生子后境遇，在《抱妆盒》是住在宫里头，安然无事。自《桑林镇》以下，都贬入冷宫（只有《万花楼》未入冷宫），不久跑到陈州，成了住破窑的瞎子了。在《万花楼》与《忠烈侠义传》，瞎了的眼睛又重明了。

5. 李妃产太子证据，在《桑林镇》是说太子左手有"山河"二字、右手有"社稷"二字。在《万花楼》是太子手掌"山河"、足踹"社稷"。在京剧是有身时老王赏赐的黄罗手帕上有寇准题诗。在《忠烈侠义传》是有身时真宗赏的金丸一粒，上刻着"玉宸宫"字样，并娘娘名号。

6. 仁宗未认亲母以前，在《抱妆盒》是八大王第十二世子。在《桑林镇》是刘后之子（《正朝阳》当同）。在《万花楼》是八大王长子。在京剧也是刘后之子。在《忠烈侠义传》是八大王第三世子。

7. 包公由陈州回京经过地方，在《桑林镇》小说是桑林镇。在《万花楼》是陈桥镇。在京剧是赵州桥。在《忠烈侠义传》是草州桥。

8. 刘氏惩罚，在《抱妆盒》是置之不问。在《桑林镇》是丈二白丝帕绞死。在《正朝阳》是饮鸩而死。在《万花楼》是自缢。在京剧是自尽，不言死法。在《忠烈侠义传》是病得久了，畏惧而死。

（四）还魂记故事

此故事之作，始于《袁文正还魂记》，终于《忠烈侠义传》。自明至清数百年间，经小说戏剧家之增易润色，秀才由袁文正变而为范仲禹，恶霸由曹国舅变而为葛登云，其关目情节亦递有变迁。今所传者以京剧及《忠烈侠义传》为定本，舞台歌榭盛演其事，几于人人皆知，亦著名《包公案》故事之一。今以次序之。

袁文正还魂记传奇　明·无名氏作，乃弋阳剧本。凡27出。唐氏文林阁本，题云《新刻全像包龙图公案袁文正还魂》（疑脱"记"字）。词颇鄙俚。铺陈事迹亦极荒唐。大概作于下士或不知名艺人之手，而内中保存了不少的当时市人流行的传说。剧情如下：

1. 潮州潮水县人（按：潮州无潮水县）袁文正，字惟贤，由农民李仁赠黄金数两作路费，携妻韩秀真赴京应举。

2. 文正至京，在黄婆店住下，始知朝廷因苍山草寇作乱，科场罢开。端阳节看放龙舟，皇亲曹二国舅见韩氏色美。便赚文正夫妇至府，将文正用药酒毒死，丢在后花园琼花井内，覆以石板，上植芭蕉一株，以掩其迹。欲犯韩氏，韩氏不从。被国母（国舅母）收下，认为义女。而曹二害死文正后，家中常有鬼怪，遂于鸡儿巷筑新第，移居之，留韩氏于旧府。

3. 新第成，包公往贺，被曹二辱骂。包公出来，忽有旋风围绕马前，即批示张龙、赵虎捉风，批文被旋风摄走，至曹府花园芭蕉树上落下。二人回报，包公即派人下井将袁文正死尸抬至衙中，洒上甘露水酒，放在养尸池内。包公当晚赴城隍庙勘问，果有袁文正冤魂来告状，说他妻子现在曹家旧府住着。

4. 包公请求国母，要逛旧府花园，国母恐韩氏事发，遂派张清去杀韩氏（七月七日）。张清遇鬼显示，知其冤，竟做人情将韩氏放出。

5. 是时，曹大国舅、曹二国舅已贬至柳、镇二州为刺史（第十七出奏贬只言二国舅，以前后文义推之，当是兄弟二人同贬）。包公即伪为国母家书分投二人，说国母病重。二人见信后来京，又被包公截至府衙，强饮以酒，韩氏已受包公之嘱，至是来告状。即席拿下二人，各重打四十。寻释放大国舅回家。奏闻皇帝，请置二国舅于重典。

6. 国母闻知，向皇后求情。于是圣上徇皇后之请，派保官10员来开封府保救。包公不听，竟将曹二杀了。并奏请开金库取出温凉帽，救袁文正还魂（祝允明《九朝野记》记赤脚僧进太祖药，有温良药、温良石，《还魂记》温凉帽当即缘此附会）。封袁文正为五霸诸侯，敕赐衣锦还乡。曹大国舅被打后，即厌世往钟（终）南山修炼，遇张果老接引仙去。

这样荒唐不经之谈，大概不见得是作者一人杜撰出来的，一定有许多话是撷拾了当时市人之谈。剧中所说，和元·武汉臣的《生金阁》比起来，除献宝事不类，秀才还魂说为元曲所无外，其余节目悉同。或即由《生金阁》曲脱化，亦未可知。曹大国舅登仙，吴元泰所作《八仙出处东游记》亦有其事。说是宋·曹太后之弟，名大，其弟曹二夺民产业，占人子女，后罔逃国法。国舅始劝之不听，乃尽散家赀，入山修行，遇铁拐李、吕洞宾遂列仙班（下卷）。所说与《还魂记》差不多，然无包公事。宋朝曹氏为皇后的，只有仁宗的曹皇后系曹彬孙女，弟曹佾，从弟曹偕，佾子曹评、曹诱并谨厚以寿终。佾在神宗时尤有纯臣之目。被杀及出家之说，均不知所本。唯八仙中如钟离老、张果老、韩湘子、蓝采和、吕洞宾、何仙姑等均见于唐、宋人记载，元人撰曲谱其事者亦多。曹国舅事虽未详所出，而马致远《岳阳楼》及谷子敬《城南柳》剧，均有其名，与汉钟离、吕岩等七仙并列，则亦元以来相传旧说。大概此事，最初和包公无关，到了后来，便把包公插入了。

狮儿巷　见《包公案》卷七，演袁文正事与《还魂记》大同小异。话本题作《狮儿巷》，因曹国舅害人后家中闹鬼，另于他巷筑新第，巷名在《还魂记》是鸡儿巷，这里改作狮儿巷，所以即以"狮儿巷"名篇。他的叙述也充满了市人之谈。内容略为：

1. 潮州潮水县孝廉坊铁丘村秀才袁文正赴京应试，携妻张氏及 3 岁儿子同行，至京投寓黄婆店。因上街游玩，被曹二国舅于马上看见，邀夫妇至府，将秀才灌醉，用麻绳绞死。3 岁孩儿亦打死了。张氏誓不辱身，监禁密室。

2. 包公从边庭劳军回来，忽马前起一阵怪风。便遣王兴、李吉捉风。那风直至曹府落下。此时曹二国舅移居郑州，大国舅移居狮儿巷。包公打开门锁进去，即在曹府升厅，命勾取旋风来告状。傍晚，果有一冤魂抱着孩子来告，说被曹二国舅谋死，尸身埋在后花园琼花井中，妻被曹二国舅带至郑州去了。道罢，化一阵风而去。包公命人掘井，果得死尸。

3. 包公赴狮儿巷贺新居，为国舅母太郡夫人所辱。大国舅怕包公怀恨查出二国舅之事，便写信送郑州，教二国舅杀张氏以灭口。二国舅遂醉张氏，令院子张公把张氏投入井中。张公却把张氏放了。张氏因太白金星引导，径至东京。

4. 张氏赴包公处告状，在街上误认大国舅作包公，被大国舅用铁鞭打死。后来被黄婆救醒了，仍告到包公处。包公准状，命张氏在后堂暂住。

5. 于是包公用计，先装病赚大国舅到府来看。即便拿下。又搜得大国舅图书，写一假信送郑州，说太郡夫人病重。二国舅回京，未至家即被包公邀入府中。张氏又走出控告，也捉拿了。

6. 太郡夫人、仁宗皇后、诸大臣、仁宗，先后来说方便，均被拒绝。结果，二国舅处斩。大国舅因有诏"大赦天下"放回，弃官出家，后遇异人点化，已列仙班。包公令将袁文正尸身葬于南山之阴，赐张氏银两，仍回本乡。

据以上所记，知《狮儿巷》小说大致虽出于《还魂记》，而节目却改换了许多，最显然的是：

1.《还魂记》中不言袁秀才有儿子，这里便说他有 3 岁孩子。这一条在本篇无关重要，但于后来的戏曲小说颇有关系。因为后来故事中无论滕秀才或范秀才都有孩子，并且地位也比较重要了。

2.《还魂记》中秀才招祸之由是由于看龙舟，这里改作在大街上遇见。

3. 秀才不是药死的，是用麻绳勒死。并且 3 岁孩子也打死了。

4. 韩氏改为张氏，无国母养为义女之事；始而监禁，后来又上了郑州，始终在曹二压制之下。

5.《还魂记》中包公审鬼，还得借城隍庙的地方。这里即在曹家旧府举行，不必借城隍庙了。

6.《还魂记》中谋害张氏是国母的主意，大国舅并没有作恶，虽然被打 40，只是因为家法不严（第二十三出）。这里便成了谋害张氏的主要人物，几乎受了极刑。

7.《还魂记》中曹氏兄弟均贬外州，所以包公赚他们是用一种法子。这里因为大国舅在京，二国舅在郑州，所以改为两种法子：一种是自己装病；一种和《还魂记》一样是造谣说他母亲病。

8. 曹二处斩，曹大成仙，与《还魂记》同。但袁秀才竟一瞑不视了。写包公态度比《还魂记》尤严厉。

以上列举 8 事，指出与戏曲不同之点，但情节虽有移动而大体关目仍同。所异者只是加重曹大国舅的罪名，连张氏也几乎成了冤鬼，与戏曲用意迥异。但此亦无大关系。最可注意的还是袁文正的结果。在《还魂记》中袁文正是以团圆收场的，用温凉帽还魂，封为五霸诸侯；小说削去此事，改为葬于南山之阴，这便将戏曲题目全部推倒，因为这是袁文正报冤记，不是《还魂记》了。

雪香园传奇　无名氏作，原本未见，《曲海总目提要》卷三十二著录。以内容考之，其时代似在《包公案》之后（以其关目有袭《狮儿巷》的地方），大概是清初的东西。《狮儿巷》小说出于《还魂记》，所改换的只是琐细部分，至于规模纲领几乎完全一样。到了《雪香园》，作者便觉得没有确守家法的必要，改动的地方更为随便，渐次违反旧说而异其面目，成了新旧故事中间的过渡东西。曲名《雪香园》，是因为说国戚曹鼎害死人埋在雪香园中的缘故。据提要所说，内容如下：

1. 洛阳书生刘思进家贫，清明节至，不能祭扫，妻孙氏因典衣买绒线作花，自往东京去卖。有国戚曹鼎者，曹后之父，官太师，老而好色。医生伊思仁、费效泉在门下帮闲奉承，二人路遇孙氏，便以买花为名，赚至曹府。鼎强逼为妾，孙氏不从，便将孙氏打死，埋在雪香园的芭蕉下面。

2. 孙氏托梦于丈夫，具言为曹鼎谋死。刘思进便上东京访问。路上也遇见伊思仁、费效泉，无意中问得实情，便要往包待制处告状。此时包待制在陈州未回，伊思仁、费效泉遂教曹鼎扮作包公出行之状，思进声冤，便拿下，几乎打死，监禁起来了。

3. 包待制由陈州回来，孙氏冤魂在路上声冤，包待制遂到曹府要赏花园，强启封锁，掘倒芭蕉，得孙氏死尸，带回府衙，上其事于朝。

4. 仁宗见奏，怒包待制凌辱国戚，要杀包待制。临刑之时，仁宗忽然悔悟，又释放了。于是将曹鼎及伊思仁、费效泉正法。孙氏先已得阎王所赐定魂丹，尸身不坏。包待制又奏请仁宗，借出外国进来的温凉帽、回生杖两种宝贝，将孙氏救活了。思进授官，孙氏封勇烈夫人。

这里所记诸节目与旧说比较一下：

1. 改潮州袁文正为洛阳刘思进，妻孙氏，无子，无赴京应举之说。

2. 改曹后兄弟为曹后之父，名鼎。

3. 添出医生伊思仁、费效泉二恶人为谋主。

4. 《还魂记》中被害者为袁文正，埋在花园井中，后有冤魂告状之事，《狮儿巷》又增出文正妻张氏误认包公，被曹大打死之事；此则兼取二说而将人物掉换一下，谓害死埋于花园芭蕉下者为秀才妻孙氏，误告被打者为秀才。结果由秀才袁文正还魂变为秀才刘思进之妻孙氏还魂了。

5. 包公声势大不如前，也几乎被皇帝杀了。

6. 孙氏用温凉帽、回生杖还魂，本《还魂记》。

其间最有关系的，是 2. 改曹大国舅、曹二国舅为后父曹鼎，和 4. 以死后还魂者为秀才妻孙氏二事。因为《还魂记》故事本由八仙故事蜕出，所以《还魂记》、《狮儿巷》都有国舅登仙之说，此改为后父曹鼎，便将八仙故事推开而与之断绝关系，以后便连曹家也没有关系了。改秀才还魂为秀才妻孙氏还魂，在此处是随便掉换一下，固然没有什么，但因此而影响于后来故事，如《琼林宴》传奇、《琼林宴》京剧、《忠烈侠义传》，还魂者便皆为秀才之妻，无秀才还魂事。《袁文正还魂记》故事的根荄，在此处也轻轻铲掉了。

　　双蝴蝶传奇　　清无名氏作，原本未见，《曲海总目提要》卷四十六、《曲录》卷五并著录。按清·庄亲王《九宫大成》、《南北词宫谱》曾引此曲，则此曲之作至少当在乾隆以前。《还魂记》故事至《雪香园》曲虽改动一下，而所取材仍不出旧本的范围；到了《双蝴蝶》便离开旧说而入于自己创作，添出仆人陈义一案，以"双蝴蝶"为关目，还魂之说不见。此曲头绪愈繁了，新兴故事以此为先河，后来所演皆以此为底本而删易润色之。所以这个曲子在《还魂记》故事中是颇有关系的。内容略为：

1. 江左安庆人滕仲文（庠名斐，字可闻）拔贡生。妻葛氏，子名继京。大比之年，挈妻子赴京应试。有仆陈义赴岭南经商未归；因嘱人于仆来时转告之，令到京相会。

2. 仲文行至东京附近，因银子丢在店中回去寻觅，留妻子坐山坡等候。不料来了一个老虎把继京衔去，葛氏惊惶之际，值国舅葛登云上山打猎，见葛氏美色，又把葛氏抢了去。至家，欲相犯，为葛女颜珠所救，携归己室，与同寝处。继京被一卖糖人唐老救了。

3. 仲文回来，妻、子都不见了，因住店。店主人乃登云责逐长班，以登云劫妻事告之。仲文即登门大骂。登云假作殷勤，将仲文留下，晚上却令仆人去杀他。感动了上帝，派煞神来救，将仲文变作疯子，行刺时刀不能伤。葛登云因令人置仲文于箱子内，弃之于荒郊。遇樵夫开视，仲文出来就跑了。

4. 陈义在岭南得了一双蝴蝶，携之赴京寻主，到了京城被一卖面人郝姓害了。是时包待制知开封府，即梦见一双蝴蝶，因令役捉蝶，恰遇唐老带继京前来寻父，担上有蝴蝶，即行捉拿。包公询知其故，命继京以父名应试，点了探花，奉上命娶登云之女，即是颜珠。是时葛氏已移居皇姑寺。继京往寻母，路遇唐老，共见一双蝴蝶向郝家飞去，遂于郝家磨下得一死尸，尸身已坏，不能辨其面目。是时郝姓又投庇于登云，继京遂疑登云害父，欲休妻。而仲文实为高僧道隆治好。至此，到开封府投告。于是案大白，以郝抵命。仲文复应试（按：是时继京已应试点探花，仲文当因包待制荐，得特试。提要所言不详，姑仍之），点状元，与葛氏团圆，继京、颜珠为夫妇如初。

这样事状纷繁的故事，在《还魂记》故事的过程中，实在是急邃的变化。在《还魂记》、《狮儿巷》、《雪香园》所写只是秀才夫妇之事，此则添出儿子继京，添出仆人陈义，各有事故；而此与彼之间又互相发生关系，以见其穿插映带之巧。这的确是明以来传奇家的风气。关于秀才夫妇的遭遇，虽有与旧本相似之处，而又多藻饰，异其面目。大概意造者十居六七，偶同者十之二三。今述其增设之迹如下：

1. 滕秀才事

《还魂记》、《狮儿巷》之袁秀才皆以应举入都，《雪香园》之刘秀才则无应举之事。此谓滕仲文携妻子入都取应，与《还魂记》曲、《狮儿巷》小说所记同，但彼均言为国戚谋害，死后有眢井之厄，终以冤鬼告状，大冤昭雪。袁秀才为原告中之重要脚色。此虽言谋害事，而避去丧命、断鬼、还魂诸目，特意写滕秀才为一疯子，以妻子失踪为起因，以煞神作法为正文，以樵夫启视出箱为开脱，以道隆棒喝为治疗，以中状元团圆为收场。（《还魂记》虽以团圆结，但因贼寇停科举，不照应应举事。）人物事迹多多了。

2. 秀才妻葛氏事

《还魂记》中之韩氏，夫死后为国母收养，后来国母变了心，有谋害之事。《狮儿巷》之张氏则有谋害而无收养。此云为葛女颜珠救护，遭际与韩氏前半同，但韩氏在曹家遇险，逃出后又为告状之人，亦是原告中之重要人物。此则删去谋害、告状事，在葛家住着，十分安逸。及颜珠结婚，有皇姑寺之寄居，临

行有汉玉坠之留记，寺中有从堂姑女冠葛氏之相认，而葛氏又系
登云之姑，头绪亦可谓极多了。

3. 恶霸葛登云事

《还魂记》、《狮儿巷》中之曹国舅皆是害夫谋妻同时举行，
与此传奇所叙寻妻闹府者大异。《雪香园》则刘秀才因妻托梦寻
至东京，误认曹鼎为包待制，致被拷掠拘禁，似与此传奇相类而
关目亦不同。所以《双蝴蝶》中的葛登云是自造的。至谓葛登
云悔过，皈依佛法，虽曾作恶，终亦无罪，且与葛氏联姻，化父
母之仇为冰玉之好，亦可谓离奇之事。至于传奇中改恶霸为葛登
云，是极可注意的，因为《还魂记》故事到了此曲便完全和曹
家脱离关系，不但八仙中之曹国舅渺如黄鹤，即曹鼎之名亦不复
与世人相见了。

4. 新增秀才子滕继京事

《还魂记》中袁秀才无子，《狮儿巷》云秀才有 3 岁儿子，
但同时被曹二打死了。此避去打死事，特将秀才儿子继京描写一
番，因虎厄而遇唐老，因唐老而寻父，因寻父而遇包公，点探
花、取美妻，因寻母而破获陈义一案，便和《狮儿巷》中的儿
子大异了。

5. 新增出秀才仆陈义事

《还魂记》、《狮儿巷》中被胁者为秀才之妻，被害沉冤者为
袁秀才，故秀才夫妇皆为原告。此曲避去秀才被害死事，遂请出
仆人陈义填补，而告状者既非冤鬼亦非活人，乃是一双蝴蝶，这
真奇怪极了。陈义一案，即与葛登云不相干，如何和掳妻拷夫一
案发生关系呢？不得已，乃以滕继京为发见陈义死尸之人，尸身
坏了，误认作父，而凶手郝姓，亦投在葛府，于是有劾葛及休妻
之议，以此牵合真是牵强薄弱极了。

传奇中滕秀才名仲文，而儿子名继京，作者的意思大概就是

影射宋朝的滕宗谅罢。至于作者用力之点是很明了的，只是要头绪多。实在好的曲子并不在乎头绪多不多，而在乎情节之调和、文字之漂亮。果能达到这个目的，元人杂剧只4折，也不算少；后来传奇三四十折，也不算多。如此所谱，弄了一大堆人物，事状纷挐，究莫知其用意所在，算是很失败的。不过以人物事情纷繁错综矜炫，也是明以来小说戏曲的风气，而且在戏台上扮演，从普通人眼光看起来，也许欢迎的反是这一种。所以这个戏曲一传再传下去。葛登云终于战胜了曹国舅，滕仲文变成了范仲禹（姓名异，事实同），其故事至今盛传；袁秀才则见屏于《雪香园》之后，永远不为世人所知了。

琼林宴传奇　无名氏作，原本未见，《曲海提要》卷三十五著录。《双蝴蝶》曲颇出己意，大改旧本，而头绪繁多，关合处往往失之牵强；至《琼林宴》乃加以修改，并节取《雪香园》节目，谓枉死者为秀才之妻，还魂之说也重提起来。《还魂记》故事自明以来屡经播迁，至此遂渐固定，而成太平之局。后来虽有增饰，要以此为基础。内容如下：

1. 延安范仲虞（字舜臣），妻陆玉贞，子锦。汴京开科，仲虞卖驴作旅费，携妻子往应试，并访妇弟陆荣。

2. 行至中途，仲虞适因事他往，忽有虎将范锦衔走，是时太尉葛登云出猎，见陆氏美，强劫至家，逼为妾。陆氏不从，即监禁之。范锦为虎衔走，被一樵夫所救。樵夫实即陆荣，知为甥，即带至家中。但不久陆荣也出了祸事，原因是陆荣初聘葛登云女艳珠。荣父曾为将军，已故，家唯寡母吴氏。葛登云嫌其贫，悔婚。至是，诬荣为贼党，竟下之狱。吴氏幸有外孙范锦作伴。

3. 仲虞回来，失其妻子，因径至汴京应试。试毕，闻妻在葛府，即登门往索。登云故言无有，将仲虞留下，殷勤相待，至晚令人打死仲虞，用大箱抬出，抛在旷野。扛夫行至中途，遇报录者叫唤"范状元"，即弃之而去。仲虞复苏，从箱中出来，遂疯了，屡次闯开封府告状，驱之不去。而陆氏闻仲虞已死，恸哭不已。登云妻及女艳珠怜之，偷将陆氏放走，又为登云所觉，派人追上勒杀之，埋于土地祠旁。

4. 是时包龙图知开封府。陆氏死后，即有一老人来府告状，包公遣吏随之，行至土地祠，老人忽然不见了。同时又有一命案：即陆荣之母吴氏遣仆可福出去做买卖，被穆伦见财起意，将可福害了。穆伦曾买一驴，即范仲虞之驴，其子骑入开封。当葛登云谋害陆氏时，驴曾见之，遂三突开封府。包公知其异，遣吏跟寻驴至土地祠旁，驴向地数嗅竟掘得妇人尸。又纵驴行，竟入穆伦家。于是可福被害案审出，以穆伦偿命。而妇人死案犹未白。包公念老人当即土地，遂抬土地审问之，果得妇人枉死状。

5. 于是包公用还魂枕，令陆氏复生，与母吴氏子范锦相见。仲虞疯疾也好了。令背所试文，皆符。乃具奏，仍以仲虞为状元，锦赐甲第，戮登云，艳珠仍归陆荣。

6. 为什么曲名叫《琼林宴》呢？因当时失了状元，琼林宴并未举行，直至仲虞出来才举行此宴。所以就用了《琼林宴》这个名称。

以《双蝴蝶》比较，则修正之迹有如下文：

1. 季才范仲虞事

应举、妻子离散、闹府遇害、发疯出箱诸节，悉与《双蝴蝶》同。但把煞神救护事取消了，僧道隆棒喝之事亦此所无。《双蝴蝶》说滕仲文病后补考赐状元，固无不可；但究嫌不自然。此云范仲虞先已于闹府前应试，打死昪出时已中状元。扛夫因报录者叫唱仲虞名而中道委弃之。仲虞复苏。以后病好事白。乃以补行《琼林宴》收场。这无论如何稍胜旧作。

2. 妻陆氏事

记陆氏失子后被抢，与《双蝴蝶》同。但彼谓葛氏被抢后为颜珠救护，以后便无厄运；此改为仲虞死后，被登云妻及艳珠放走，又被登云发觉，勒死路旁。后因驴告状而得尸，因土地陈诉而破案，因包公还魂枕而复活，用意略同《雪香园》，亦为曲中重要节目。此一节与《双蝴蝶》大不相同。

3. 子范锦事

遇虎事亦与《双蝴蝶》同，但彼以救滕继京者为路歧人唐老，原无关系；此以救范锦者为母舅陆荣，便发生亲戚关系了。《双蝴蝶》谓滕继京遇包公，以父名应试，又娶仇人葛登云之女，此二事甚为支离；此将葛府亲事移在陆荣身上，事白后赐甲第，无冒父名应举之事，皆比较近情。虽其安置陆荣仍有费力不讨好之处，但在旧格范拘束之下委曲调停，亦可以说是煞费苦心了。

4. 改秀才仆陈义为吴氏仆可福

《双蝴蝶》曲陈义一案最为赘疣，无端请出一陈义而置之死地，因滕继京捉蝴蝶而破案，但说来说去终与葛登云抢妻拷夫一案无若何关系。《琼林宴》作者盖亦嫌其不切要，遂蓄意将范秀才妻陆氏牺牲，同时造出穆伦谋害一案，以驴告状为关目，陆氏之尸由驴掘得，吴家之仆亦因驴昭雪；而凶手穆伦之驴亦即范秀才之驴，于是两个案子便发生了密切关系，比《双蝴蝶》所谱严密多了。唯审土地一事尚觉蛇足，但从大体上看来究为此胜于彼。

5. 恶霸葛登云

劫妇谋害秀才事同，唯彼为国戚，此只云太尉；在彼罪较轻又曾悔过，故结果无罪，此则既打死秀才又勒死秀才之妻，罪不可逭，所以终于受了极刑。

如上所说，《琼林宴》修改《双蝴蝶》传奇而使之完善，并重兴秀才妻还魂事，所谱头绪较简，而结构渐趋严密，实为进步之作。故后来京剧及《忠烈侠义传》所演，皆以此为蓝本（除阴错阳错一事为此本所无外，其余情节关目均大致相同）。《还魂记》故事到了《琼林宴》，算是规模已定了。

京剧琼林宴　此剧今所演唱者只问樵、闹府、打棍、出箱4折。所谱以《琼林宴》传奇为主，亦略采《双蝴蝶》节目。事之首尾不完。某氏所作《戏考》曾补《黑驴告状》一折，题《琼林宴后本》（以问樵、闹府、打棍、出箱为前本）。云是北京名艺员所排，以阴差阳错为大关目，实即截《忠烈侠义传》故事之后半为之。今所述仍以演唱之前本为限。

1. 谱范生事，无进场以前事，亦不言探亲。所言应试、失妻子、疯癫、闹府、打死、遇报录人、出箱各节，均与《琼林宴》同，所不同者：

（1）改范仲虞为范仲禹。

（2）谓进场在失妻子之先，与《琼林宴》传奇正相反，但与《忠烈侠义传》同。

（3）戈登云（不作葛）派家人戈虎行刺及煞神降临将戈虎杀死事，本《双蝴蝶》（《琼林宴》传奇无煞神关目，行刺一节《提要》亦未言及）。

（4）戈登云抢妻事，《双蝴蝶》谓滕秀才觅妻不得，住店后闻之于为登云责逐的长班。至《琼林宴》则范秀才入京试毕，始闻其事。何人见告，《提要》未言，此谓土地变作樵夫，为仲禹言之，并且儿子下落也说出来了。

（5）《琼林宴》谓扛夫抬箱遇报录人唱名委去，仲虞何以出得箱子，《提要》亦未言。此谓报录人行劫开箱，仲禹便出来了。

2. 秀才子范金（当是范锦之讹）遇虎及为陆荣所救事，由樵夫口中述出。陆荣本《琼林宴》，但生唱云白氏妻，则陆荣又不是范金的母舅了（按：《忠烈侠义传》谓救范金哥者为母舅白雄，实即陆荣之异名，此既出陆荣又云妻白氏，不知何故）。

3. 戈登云抢妻及打死秀才事，亦同《琼林宴》传奇，但改太尉为告老太师，改上山打猎为带领家下人等上山玩景。戈登云与陆荣之关系始末，如悔婚、陷害及女艳珠归陆荣诸事，均不见此剧。

如上所说，知《琼林宴》京剧即从《琼林宴》传奇出，而琐细节目与《忠烈侠义传》尤相近，当即《忠烈侠义传》所本。

忠烈侠义传　演范仲禹应试失妻及阴差阳错故事，自第二十三回起至第二十七回前半而止。正文可分三大段，第一段叙范生临行掭挡及出场后探亲不遇，妻子失散事；第二段叙范金哥出险遇母舅白雄及雄访问姊丈事；第三段叙阴差阳错事。谓范妻白氏自缢后，借山西商人屈申之尸还魂；山西商人屈申被害后，借白氏尸还魂。两案并发，经包公判断，以黑驴告状为关目。而范生闹府被打死及白氏自尽事，并随他文缴出，不为正文。大致出于《琼林宴》，而改作者几十之六七。在《还魂记》故事中可为最后定本。其间头绪繁多，骤难理解，现在以人事为纲，把书中所记钩稽出来，并说明比较如下：

1. 叙范生（依本书例不称秀才）事，略为：

湖北武昌江夏县南安善村人范仲禹，妻曰白金莲，儿曰金哥，年方7岁。因开恩科拟进京考试而难于路费。老友刘洪义知之，代筹银百两，并赠黑驴一头。范生遂携妻子进京，一者赶考，二者白氏顺便探母。到京，三场完竣，便带妻子出城赴万全山探亲。不料走错了方向，寻找不着。范生因叫妻子暂歇，将黑驴放青龈草，自己出东山口，左访右访还是访不着，败兴回来，妻子都没了。向一年老樵夫询问，始知离山 5 里有一个独虎庄，庄上有一个威烈侯葛登云，方才看他打猎回来，驼一个啼哭妇人回庄上去了（第二十三回）。范生听了便马上赶到独虎庄寻找。

原来葛登云有一亲信人叫做刁三，当日上山打猎抢白氏便是他的主意。比及范生来找，又是刁三与侯爷定计，将范生请到书房好言安慰。三更时分，刁三手持利刃来杀范生，不料刁三自不小心，被门槛子绊了一脚，手中刃正中咽喉，穿透而死。登云便说范生杀他家人，一顿乱棍把范生打死，又用旧箱子将尸首装好，趁着天未亮抬出去抛于山中（据第二十六回家人葛寿供）。不想路上遇见一群报录的人，原是报范生点状元的，因见下处无人，便往万全山来找。偶见二人抬着一只箱，以为必是黄夜窃来的，倚仗人多，便劫了，连忙开看，不料范生死而复苏，一挺身跳出箱来，拿定朱履就是一顿乱打（第二十四回）。……从此范生时常左手提着衣襟右手拿着一只鞋各处乱跑乱打。

一天，是范妻白氏借老西儿屈申之尸还魂，大家围着看。范生又拿着一只鞋来了，便被地保一同捉拿，送至祥符县。入后解到开封府。包公一见，知是痰迷之症，便交公孙先生用五木汤（桑、榆、桃、槐、桴五木熬汤，洗浴发汗）治好，教他将场内文字抄录出来，待本阁具本题奏（第二十七回）。

2. 范妻白氏。白氏被抢是如何情形呢？这只有白氏自己说得明白：

我丈夫进山访问去了，我母子在青石上等候。忽然来了一只猛虎将孩儿叼（作此字）去。小夫人正在昏迷之际，只见一群人，内有一官长连忙说"抢"，便将小妇人拉拽上马。到他家内，闭于楼中。是小妇人投缳自尽（第二十六回词因）。威烈侯将奴家抢去，藏闭在后楼之上，欲行苟且，奴假意应允，支开了丫环，自尽而死（第二十五回自述）。

白氏死后又如何呢？

因用棺木盛好女尸，假说是小人之母，抬往家庙埋葬（第二十六回家人葛寿供状）。是时，看家庙道士姓叶名苦修，因听见是主管的母亲，料他棺内必有首饰衣服，一时贪财心盛，故谎言禁土，叫他们将此棺放在后院里。以为撬开棺盖得些东西，不料刚将棺材起开，那妇人就活了，把小道按住，一顿好打（第二十六回道士供状）。不是妇人活了，这原来是屈申借尸还魂。

3. 屈申。如何说屈申借尸还魂呢？

原来城中鼓楼大街西边有座兴隆木厂，却是山西人开的。兄弟二人，哥哥名叫屈申，兄弟名唤屈良。屈申长的相貌不扬，又搭着一嘴巴扎煞胡子，人人皆称他为"屈胡子"。因万全山南便是木商的船厂，一日听说新货一到，便带 400 银子，备了匹酱色花白的叫驴，竟奔万全山南船厂。事毕回来，于路上见范生的黑驴还在那里龈草，比他的驴好，便把自己的驴拴在小榆树上，骑着范生的驴走了。掌灯时候，投宿李保家中，被李保与妻子李氏商议，将屈申灌醉勒死，趁夜静无人，抛在北上坡庙后，将范生的黑驴打跑了。天明被行人地保发见了北上坡死尸，刚要报县，此时屈申又活了。只见屈申微睁二目，瞧了瞧众人便道："吓，你等是什么人？为何与奴家对面交谈？"说罢，将袖子把面一遮，声音极其娇呢。这不是屈申，这是范生妻白氏借尸还魂。

4. 范金哥与白雄。你道金哥为何不见？

只因葛登云进山打猎，赶起一只猛虎，虎便跑下山来，从白氏母子休息处经过，就一口将金哥叼去，连越两小峰，被一樵夫救了。此樵夫名白雄，即金哥母舅，带至家中交于母亲，替金哥敷药治疗（第二十三回）。白雄便大卖力气，寻起姐夫来。一共寻了 3 次：第一次寻到万全山，遇见了范生，却是一个疯子，不敢认，回去了。第二次至城内下处访问，也没有见着，且喜听得姐夫已中了状元，回去了（第二十四回）。第三次又到万全山东山口找寻，忽见小榆树上拴着一头酱色花驴，以为是姐夫的驴子（驴子形状，金哥没有说清），牵着就走。恰恰遇见屈申兄弟屈良因哥哥一夜未回前来找寻，见是自家驴子，上前一把揪住，向白雄要哥哥、要银子。二人相扭来至北上坡，便和借屈申尸还魂的白氏、疯癫的范生撞在一起。被地保将两案4人一齐送至祥符县（第二十五回），后解到开封去了。

5. 包公断男女错还魂。

此故事甚有名，普通谓之"阴差阳错"，今以话题不雅（阴错阳差乃第二十七回中语，本书并未之标回目），姑以男女错还魂目之。此处名称虽为断男女错还魂，其实包括5个案子：（1）范生被打复苏，因而疯了，此可谓范生案。（2）屈申被李保害死，白氏借尸还魂，此可谓白氏案。（3）白雄寻姐夫，因牵屈申之驴，与屈良互扭，此可谓白雄、屈良案。此3案并在一起，一同解至开封府。（4）白氏被逼自缢，停枢威烈侯家庙。因老道开棺，屈申借白氏尸还魂。被楞爷赵虎遇见，因而拿了老道，拿了李保解至开封府，此可谓屈申案。（5）道士开棺亦是一案，此可谓盗棺案。统共5个案子，皆以黑驴告状为之枢纽。何以说以黑驴为枢纽呢？这话还得表明一番。因为包公下朝，范生的黑驴跑了来，将两只前蹄一屈，望着轿将头点了3下。包公知其异，便派四爷赵虎跟着驴走，走至威烈侯家庙后，黑驴便不动了，正是老道开棺屈申借尸还魂按着老道大打之时，被四爷看见了，这才将老道捉拿（第二十五回），又因错投魂之屈申指示，而将李保拿（第二十六回），带至府衙。此时包公正审范生、白雄、屈良、屈申，一个疯子、一个妇人声的男人，言语不清，神情诡异，正在为难之际（第二十六回）。于是因黑驴而获得老道与李保，因老道而问出家人葛寿，因家人葛寿而问出范生之被打死、白氏之自缢，因白氏之为屈申，知屈申之所以为白氏（第二十六回），于是包公用还魂枕游地府而知古镜之用法，因古镜而使男女魂各复其旧（第二十七回）。5个案子同时解决，皆因黑驴一告之功。这还不是以黑驴为枢纽吗？

6. 结果。

威烈侯用虎头铡铡了。李保用狗头铡铡了。李保妻李氏绞。葛寿斩。老道充军。老西儿屈申拿便宜，将他的花驴入官。黑驴有功，奉官喂养。范生夫妇父子团圆；白氏母子相会。包公具折奏明：状元范仲禹现在病未痊愈，恳恩展限10日，着一体金殿传胪，恩赐琼林筵宴（第二十七回）。

这类头绪繁多的故事和《琼林宴》传奇（以下省作《传奇》）比较一下：

甲　关于范仲禹者

（1）改《传奇》延安为武昌江夏，籍贯不同了。

（2）《传奇》谓仲禹入京前卖驴作路费，其事当甚略，此处开首记友人刘洪义赠金赠驴事有1000多字，便入于琐细的叙述了（按：第一代之《袁文正还魂记》有友人李仁赠金事，与此合）。

（3）进场在失妻子之前，与《传奇》相反。

（4）何人告妻下落，疯疾何以治好，《双蝴蝶》说得明白（相告者登云责逐长班，治疯者僧道隆）。《琼林宴提要》于此等无明文。此谓见告者为樵夫（京剧同），治疾者为公孙先生，便是小说家的具体写法了。

（5）有仆人行刺事，同《双蝴蝶》。无煞神，同《传奇》。

（6）有报录人行劫事（京剧同）。《琼林宴提要》不云报录人行劫。

（7）疯癫在出箱之后（《双蝴蝶》谓秀才之疯乃煞神所

为），同《传奇》。

以上范秀才事，与《传奇》大体相同。

乙　范妻事

（1）改陆玉贞为白玉莲。

（2）情节与《传奇》不同，在葛家自缢而死，并非逃出后被人勒死。其余诸目也都改换了。

丙　子与妻弟事

（1）范锦改为金哥，遇虎被救事，同《传奇》。因为他是7岁，故无赐甲第之荣。

（2）白雄即陆荣之异名，《传奇》犹为旧本所拘，所谱与葛登云联姻始末颇无谓。此写白雄只寻找姐夫一事，干净多了。

丁　葛登云事

《传奇》是太尉，在这里成了威烈侯，并且住乡下不住城内，附逆人有刁三、葛寿，人物比《传奇》多了。

戊　错还魂事

《传奇》写吴氏仆可福一案虽胜于《双蝴蝶》，但究竟不甚好。如范氏夫妇及可福两案并以驴子为关目，但可福案因驴子而解决，范氏案则因驴子发掘出范妻死尸之后，包公还是没有办法，所以又把泥塑的土地审一下，而后归结于还魂。这还是力量不到处。《忠烈侠义传》作者觉得《传奇》写此案不能令人满意，便索性改造一下，将吴仆可福案换作山西人屈申案，又用错还魂之法，使与范案打成一片，白氏即屈申，屈申即白氏，于是二案益发生不可拆开的关系。而范生夫妇及屈申案中又挟带着3个案子，同时因黑驴告状而解决。处处合拍，一毫不乱，又无勉强凑合之病，这的确比《传奇》好得多。此一段文字占全故事文字四分之三，是作者出力写出来的。

拿《忠烈侠义传》的范仲禹故事和《琼林宴传奇》比起来，

《忠烈侠义传》的确后来居上。以其修补之善，遂凌驾所有《还魂记》故事，成为最后定本。《忠烈侠义传》这个故事流传至今，没有为人忘掉，不是偶然的。

　　总结　以上《还魂记》故事，经《袁文正还魂记》传奇、《狮儿巷》小说、《雪香园》传奇、《双蝴蝶》传奇、《琼林宴》传奇、京剧《琼林宴》、《忠烈侠义传》之递演递变，综合起来，其变迁之迹有如下文：

　　1. 秀才由潮州潮水县袁文正（《袁文正还魂记》传奇、《狮儿巷》）变而为洛阳刘思进（《雪香园》传奇），又变而为安庆拔贡滕仲文（《双蝴蝶》传奇）；又变而为延安范仲虞（《琼林宴》传奇）；又变而为府学生员范仲禹（京剧）；又变而为武昌江夏范仲禹（《忠烈侠义传》）。

　　2. 秀才妻由韩秀贞（《袁文正还魂记》传奇）变而为张氏（《狮儿巷》小说）；又变而为孙氏（《雪香园》传奇）；又变而为葛氏（《双蝴蝶》传奇）；又变而为陆玉贞（《琼林宴》传奇）；又变而为白玉莲（《忠烈侠义传》）。

　　3. 秀才子由袁文正无子（《袁文正还魂记》传奇）变而为有 3 岁孩子同死（《狮儿巷》）；又变而为滕仲文子滕继京以父名及第，点探花，妻国戚之女（《双蝴蝶》传奇）；又变而为范仲虞子范锦赐甲第（《琼林宴》传奇）；又变而为范仲禹子范金哥年方 7 岁（《忠烈侠义传》）。

　　4. 恶霸由曹二国舅（《袁文正还魂记》传奇）变而为后父曹鼎（《雪香园》传奇）；又变而为国戚葛登云（《双蝴蝶》传奇）；又变而为太尉葛登云（《琼林宴》传奇）；又变而为告老太师葛登云（京剧）；又变而为威烈侯葛登云（《忠烈侠义传》）。

　　5. 助恶人由国母（《袁文正还魂记》传奇）变而为曹大国舅（《狮儿巷》小说）；又变而为医生伊思仁、费效泉（《雪香园》传奇）；又变而为刁三、葛寿（《忠烈侠义传》）。

6. 秀才妻救护人先有国母、后有张清（《袁文正还魂记》传奇）；一变而为院子张公（《狮儿巷》）；又变而为葛登云女颜珠（《双蝴蝶》传奇）；又变而为登云妻及女艳珠（《琼林宴》传奇）。

7. 秀才子救护人由卖糖唐老（《双蝴蝶》传奇）变而为母舅陆荣（《琼林宴》传奇）；又变而为母舅白雄（《忠烈侠义传》）。

8. 报告秀才人由开店人原系葛登云责逐长班（《双蝴蝶》传奇）变而为京城某氏（《琼林宴》传奇）；又变而为土地所化之樵夫（京剧）；又变而为人间樵夫（《忠烈侠义传》）。

9. 秀才遭遇由药酒毒死（《袁文正还魂记》传奇）变而为麻绳勒死（《狮儿巷》）；又变而为误告，拷掠濒死（《雪香园》）；又变而为谋害不遂，装箱抬出，遇樵夫出箱（《双蝴蝶》传奇）；又变而为打死，装箱抬出，遇报录人劫箱开看，死而复苏，出箱（《琼林宴》传奇、京剧；《忠烈侠义传》）。

10. 秀才妻遭遇，由国母收留，谋害遇救（《袁文正还魂记》传奇）；变而为被曹二监禁谋害，遇救，误告，被大国舅打死，又苏醒了（《狮儿巷》）；又变而为不从，打死（《雪香园》传奇）；又变而为不从遇救，优待（《双蝴蝶》传奇）；又变而为监禁逃出，又被勒死了（《琼林宴》传奇）；又变而为不从自缢（《忠烈侠义传》）。

11. 还魂人由袁文正因温凉帽还魂（《袁文正还魂记》传奇）变而为袁文正长逝（《狮儿巷》）；又变而为刘秀才妻孙氏因温凉帽回生枕还魂（《雪香园》）；又变而为范秀才妻陆氏因还魂枕还魂（《琼林宴》传奇）；又变而为范秀才妻白氏借尸还魂，因古镜复原（《忠烈侠义传》）。

12. 治秀才疯方法，由僧道隆棒喝（《双蝴蝶》传奇）变而为自愈（?)(《琼林宴》传奇)；又变而为以五木汤治了（《忠烈侠义传》)。

13. 同时被害人，由滕秀才仆陈义（《双蝴蝶》传奇）变而为范秀才岳母仆可福（《琼林宴》传奇)；又变而为山西商人屈申（《忠烈侠义传》)。凶手由卖面郝某（《双蝴蝶》传奇）变而为不知何职业人穆伦（《琼林宴》传奇)；又变而为从包公家逃走恶奴李保夫妇（《忠烈侠义传》)。

14. 告状者由袁文正冤魂及妻韩氏、张氏（《袁文正还魂记》、《狮儿巷》）变而为刘秀才妻孙氏冤魂（《雪香园》传奇)；又变而为陈义的双蝴蝶，从此便成了动物了（《双蝴蝶》传奇)；又变而为范秀才之驴为凶手穆伦买得，撞开封府告状（《琼林宴》传奇)；又变而为刘洪义赠范秀才之黑驴曾入山西商人屈申之手，被凶手李保打跑，拦路告状（《忠烈侠义传》)。

附表一　抱妆盒故事诸本细目录

		宋	元	明			清		
		本事	抱妆盒	金丸记	桑林镇	正朝阳	万花楼	京剧断后龙袍	忠烈侠义传
刘氏	地位	皇后	皇后	皇后	妃	皇后	皇后	妃	妃生子后立为皇后
	阴谋	李宸妃生仁宗，刘以己子后以为子（《章献传》），在褓襁以为己子（《宸妃传》）	诳出太子，弃置金水桥河下（后无生育）	略同上	以己女易太子，据太子为己有（后生是女）	以己女易太子（后生女）	以狸猫换太子，弃太子于金水池（后生女）	收生时以狸猫换太子，据太子为己有	收生子时以狸猫换太子，弃太子于金水河（后生子金丸六岁死）
李氏	地位	真宗以为司寝（《宸妃传》）	美人	略同上	偏妃	妃	妃	妃	妃
	境遇	生仁宗，封崇阳县君，仁宗即位为顺容进封宸妃（《宸妃传》）	在宫中无恙	略同上	贬冷宫瞽贫	贬冷宫，守皇陵，失火瞽贫	宫婢逃出瞽贫	同斩贬冷宫，失火瞽贫	贬冷宫，赐瞽死贫
	生子证据		八王、陈琳口证	略同上	太子左手有"山河"二字，右手有"社稷"二字	未详	太子手掌"山河"，足踹"社稷"	老王赐黄罗手帕	金丸

续表

	太后(刘后)保帝尽力《章献传》	寇承御、陈琳	略同上	无	无(有蒯云飞，巩折天，不知其事)	寇承御、陈琳	无	寇承御、陈琳
救护人（仁宗）	刘后	八大王(养为第十二世子)	略同上	刘后	?	八大王、狄后(养为长子)	刘后	八大王、狄后(养为第三世子)
抚字人		无	略同上	张院子	吕端保奏	寇承御、刘氏、郭海寿	文武保奏	秦凤、余忠、范宗华
李氏恩人		无	略同上	郭槐、御史王材	郭槐、雷先春	郭槐、尚书王炳	郭槐	郭槐、产婆尤氏
奸党	燕王(《宸妃传》)、李淑妃(王铚《默记》)	八大王、陈琳	略同上	李宸妃、包公		李宸妃、包公	李宸妃、包公	李宸妃、狄后
告发人	仁宗	仁宗	略同上	仁宗(阎罗)、包公(判官)	包公?	仁宗(阎罗)、包公(判官)	仁宗	包公(阎罗)
审问人	遇刘氏加厚(《宸妃传》)	置刘氏加厚	略同上	文二白丝帕绞死	饮鸩死	自鉴	自尽	病久畏惧而死
结果 刘氏	尊为皇太后，谥庄懿(《宸妃传》)	改西宫为含德宫，奉为纯圣皇太后	略同上	迎丛养老宫	正位中宫	还宫	还宫，目复明	还宫、目复明
李氏								

附表二 还魂记故事诸本细目录

	明			清			
	万历		崇祯	顺治			光绪
	袁文正还魂记	狮儿巷	雪香园	双蝴蝶	琼林宴	京剧琼林宴	忠烈侠义传
秀才	袁文正（死），诱至仇家，药酒毒死，还魂封五霸诸侯	袁文正（死），诱至仇家，麻绳勒死，改葬	刘思进（生），诱告，拷掠几死，赐官	滕仲文（生），同店主，闹府，被杀，得煞神救护疯而不死，装箱抬出遇樵，应试中状元	范仲赓（生），某氏，闹府，打死，装箱抬出，报出中状元，疯，病愈，赴宴	范仲禹（生），进考场后失妻，闹府樵，闹府，谋害不遂，打死装箱抬出，复苏，疯，中状元，疯，病愈，赴宴	范仲禹（生），进考场后，失妻，闹府，谋害不遂，打死，装箱抬出，复苏，中状元，疯，病愈，赴宴
秀才妻	韩秀贞（生），诱至仇家，不从，国母收留遇救	张氏（生），诱至仇家，不从，监禁，谋害遇救	孙氏（死），诱至仇家，不从，打死	葛氏，劫至家，不从，遇救，优待	陆氏贞（死），劫至家，不从监禁，逃出勒死		白玉莲（死），劫至家，不从，自缢
秀才子	无	无名，3岁打死	无	滕继京遇虎救，点探花，娶葛颜珠	范锦遇虎被救，赐甲第	范金遇虎被救	范金哥7岁遇虎被救
恶霸	曹二国舅	曹二国舅	反父曹鼎	国戚葛登云（释罪）	大胬葛登云	告老太师戈登云	威烈侯葛登云

续表

		国母	曹大国舅	医生伊思仁费效泉	葛登云女颜珠	葛登云妻及女艳珠		家人习三、葛寿
助恶人		国母	曹大国舅	医生伊思仁费效泉	葛登云女颜珠	葛登云妻及女艳珠		家人习三、葛寿
秀才妻子救护人	妻	国母、张清	院子张公		卖糟腌老	母舅陆荣娶葛艳珠	陆荣	
	子							母舅白雄
同时命案	被害人				滕秀才仆陈义（死）	范秀才岳母卜可福（死）		山西木商屈申（借还魂复原）
	凶手				卖面郝某	穆伦		包公遣奴李保夫妇
告状人		袁文正冤魂、韩氏	袁文正冤魂、姜张氏	刘秀才妻孙氏冤魂	双蝴蝶	驴		黑驴
还魂人		袁文正、用温凉帽还魂	（袁文正长逝）	刘秀才妻孙氏用温凉枕还魂		范秀才妻陆氏用还魂枕还魂		范秀才妻白氏借还魂用古镜复原

李笠翁与《十二楼》

——亚东图书馆重印《十二楼》序

一

明、清两代的戏曲与小说文学,从时间上观察有一种不同的地方:就是明朝中叶以后,戏曲小说最发达;清朝中叶以后,戏曲小说最不发达。直到清末,因为一般人思想之转变,小说一类的书才稍稍抬起头来。情形是如此,其原因也是显然易见的。明朝人不喜讲考证,万历以来,士大夫生活日趋于放诞纤佻,所以在这个期间小说戏曲也特别走了好运。清朝人好读古书,好讲考据,尤其是嘉庆以还士大夫的志趣几乎完全在穷经稽古一方面,成了一时的风气;生在经学昌明之世,学问既要朴,生活方法也不得不单纯;据当时人的见解,连词章之学还觉得可以不作,何况于小说戏曲呢?学者默想到嘉、道间朴学如何之盛,便知道戏曲小说在当时有不得不低微的理由了。所以以小说戏曲而论,万历以降的明朝和嘉庆以降的清朝,其情形是正相反的。而在清初,其时去明未远,士大夫或者是从明朝过继来的,或者是直接间接承受了明朝的风气,生活趣味以及治学态度,尚不如后世之固执谨严；明朝的宗社虽然亡了，而明朝人"搜奇索古引商刻羽"之习依然存在着；即稗官野史以及所谓"才子笔墨"者读书人亦不避忌。所以，自顺治以至于乾隆间戏曲小说的造作，比起明朝来仍然不算很少。而且在规模文字方面讲，也颇有足以凌轹前人的。著名的戏曲作家，如尤西堂，如吴梅村，如洪昉思、孔东塘；著名的小说家如蒲松龄，如曹雪芹、吴敬梓：都是清初或嘉庆以前的人。

以戏曲家兼小说家的李渔（笠翁），在清初亦颇负盛名。无论他的学问如何，无论他的做人态度如何，在清代文学史里总应当占一重要地位。可是除了他的小说戏曲与其他著作因为著作本身有通行的理由，得以流传到现在外，关于他的事迹，清朝较早的志传各书，都没有详细的记载。举几个例子：如李渔在南京住了 20 年，晚年回到杭州终老，而康熙五十七年（1718）魏崍修的《钱塘县志》（此时笠翁死了将近 40 年了）以及嘉庆《江宁府志·人物传·流寓门》中均未道及李渔一字。可见世人对于他的轻视了。清·李桓《耆献·类征》卷四百二十六载有王廷诏作的李渔一传，文仅五六十字。

> 李渔字笠翁，钱塘人（原注：一作兰谿），流寓金陵。著《一家言》，能为唐人小说。吴梅村所称，精于谱曲，时称"李十郎"。有《风筝误》传奇十种，及《芥子园画谱》初二三集行世。

笠翁籍本兰谿，晚年寓钱塘，此传径指为钱塘人，已不免小误。至其寓金陵，本康熙十年（1671）以前的事。传云"流寓金陵"，却竟似老于金陵者，这更是错了。《曲海总目提要》卷二十一《一种情》传奇下云：

> 渔本宦家书史，幼时聪慧，能撰歌词小说，游荡江湖，人以俳优目之。

这是用菲薄态度述笠翁的事迹，文只寥寥数语，更不足以征笠翁始末。清康熙间刘廷玑的《在园杂志》卷一载一条云：

> 李笠翁（渔）一代词客也。著述甚夥：有《传奇十种》、《闲情偶寄》、《无声戏》、《肉薄团》各书，造意创词皆极尖新。沈宫詹绎堂先生评曰：聪明过于学问。洵知言也。但所至携红牙一部，尽选秦女吴娃，未免放诞风流。昔寓京师，颜其旅馆之额曰：贱者居。有好事者戏颜其对门曰：良者居。盖笠翁所题本自谦，而谑者则讥所携也。然所辑诗韵颇佳；其《一家言》所载诗词及《史断》等类，亦别具手眼。

廷玑此条记笠翁事较详，但劄记述评本非传记，所以仅仅据此亦不能悉笠翁始末。最详细的要数光绪《兰谿县志》了（嘉庆《兰谿志》据《金华诗录》为笠翁立传，但仍不如光绪志之详）。卷五《文学门·李渔传》云：

> 李渔字谪凡，邑之下李人。童时以五经受知学使者，补博士弟子员。少壮擅诗古文词，有才子称。好遨游。自白门移居杭州西湖上，自喜结邻山水，因号"湖上笠翁"。……性极巧，凡窗牖床榻服饰器具饮食诸制度，悉出新意；人见之莫不喜悦。故倾动一时。所交多名流才望，即妇孺亦皆知有李笠翁。晚年思归，作《归故乡赋》有云："采兰纫佩兮，观瀫引觞。"盖于此有终焉之志也。生平著述汇为一编，名曰《一家言》。又辑《资治新书》若干卷，其简首有《慎狱刍言》、《详刑末议》数则，为渔所自撰，皆蔼然仁者之言。（原注：近贺长龄为采入《皇朝经世文编》，以渔侨居邗上，故贺作渔为江南人。）作诗文甚敏捷，求之可立待以去，而率臆搆思不必尽准于古。最著者词曲；其意中亦无所谓高则诚、王实甫也。有《十种曲》盛行于世。当时李

卓吾、陈仲醇名最噪，得笠翁为三矣。论者谓近雅则仲醇庶
几，谐俗则笠翁为甚云。昔渔尝于下李村间凿渠引水，环绕
里址，至今大得其水利。

此传记笠翁习业非常详细，品评亦算公允。这大概是因同乡
前辈的缘故，所以能够泯除过去的成见，而对于笠翁有相当的认
识。但是这个传所记笠翁事迹究属概略；如果在我们不知道笠翁
以前，以之作参考是可以的。如果已经知道了笠翁，要考其文、
论其世，对于笠翁生平作仔细的研究，则《县志》此传实不能
满足我们的要求。所以现在考究笠翁的身世，单靠书传记载是不
够用的，只有向笠翁自己的诗文集里去找了。以下就笠翁《一
家言全集》诗文所记，钩稽出来，略述李渔的事迹。

二

笠翁是李渔的字。他初字笠鸿（《风筝误》虞镂序，《南曲
新谱》参订人目），一字谪凡（光绪《兰谿志》），别号笠道人，
亦号"随庵主人"（《玉搔头》序）。寓杭署"湖上笠翁"，亦署
"新亭客樵"（《芥子园画传》初集卷一跋）。他是浙江兰谿县
人，但其出生却在江苏如皋。而且他的长兄就死在如皋；寄梓于
此，久之始返葬。其父母之来如皋，当在万历三十九年（1611）
以前（详下文），其时江南尚称承平，其所以流寓如皋之故，是
不能明的。

《全集》卷三《与李雨商荆州太守》书云："渔虽浙籍，
生于雉皋，是同姓而兼桑梓者也。"

同上卷六《过雉皋忆先大兄》诗序云："大兄殁于此
地，旅梓在焉。"

根据他的顺治十七年（1660）庚子的诗，知他生于万历三十九

年（1611）。

卷六诗集有《庚子举第一男时予五十初度》一题。

按：诗集不记年号，以笠翁所生时代考之，知当在
顺治十七年（1660）。盖渔庚子年50，上数万历二十八
年（1600）庚子，言50则太早；下数康熙五十九年
（1720）庚子，言50则太晚也。以庚子当为顺治十七
年考之，逆数50年，适当万历三十九年（1611）。

他何时回原籍虽不知，但他在崇祯八九年间二十几岁的时
候，已在浙江游泮。

《全集》卷二《春及堂诗跋》云："盖春及堂主人非他，
乃予一生受德最始之一人也。侯官夫子为先朝名宦，向主两
浙文衡。予出赴童子试，人有专经，且间有止作书艺而不及
经题者。予独以五经见拔。吾夫子奖誉过情，取试卷灾梨，
另为一帙。每按一部辄以示人曰：'吾于婺州得一五经童
子，讵非仅事！'予之得播虚名，由昔徂今，为王公大人所
拂拭者，人谓自嘲风啸月之曲艺始，不知实自采芹入泮之
初，受知于登高一人之说项始。

……迨今甲寅岁，其象贤公于王先生乘骢按浙，予适过
之，先生出此帙示予。"

同上卷三《与许于王直指》书云："某受先夫子特拔之
知，四十年来报恩无地。"

按：据渔跋，所云春及堂主人当即侯官许豸。其子许于
王乃许宾也。乾隆《福州府志》卷五十《列传》："豸字玉
史（《千顷堂目》卷二十八作玉斧），侯官人，崇祯辛未进
士，历户部郎擢宁绍道。改督浙江学政。子宾岁贡，训
导。"康熙《杭州府志》卷十九崇祯时按察司佥事有许豸，
注云："由进士任。"不注何年。上刘鳞长八年任，下韩一

光九年任。爹改任学道，似即在八年。子宾康熙间任浙江巡盐御史，见《杭州府志》卷十九；注云："侯官人，十二年任。"次郭维藩，注云："十三年任。"渔跋言今甲寅岁，甲寅为康熙十三年，盖宾解职在十三年。渔所谓许于王直指者即宾无疑（《福州府志》但云训导，不言为巡盐御史，盖偶失之）。渔书云："受先夫子特拔之知，四十年来报恩无地。"由康熙十三年（1674）甲寅上数40年，适为崇祯八年（1635）乙亥，其时渔年24岁也。

在30岁以前（即崇祯十三年［1640］庚辰以前），似乎他也应过几次乡试。不幸落第，又值丧乱，遂不免败兴。

《全集》卷六《榜后柬同时下第者》诗，有"才亦犹人命不遭，词场还我旧诗豪"，及"姓名千古刘蕡在，比拟登科似觉高"之句。

同上卷八有元日《凤凰台上忆吹箫》词云："闺人也添一岁，但神前祝我早上青云。待花封心急，忘却生辰。听我持杯叹息，屈纤指不觉眉颦。封侯事且休提起，共醉斜釂。"自注云："是年三十初度。"则词是崇祯十三年庚辰作。渔于此时已有倦进取之意矣。

同上卷五《应试中途闻警归》诗云："正尔思家切，归期天作成。诗书逢丧乱，耕钓俟升平。帆破风无力，船空浪有声。中流徒击楫，何计可澄清！"次为《甲申避乱》、《乙酉除夕》诸诗，皆骚楚之音，则渔甲申前尚赴试也。
自此以后，渐走入放浪生活，索性连举业也荒废了。

《全集》卷五有《夜梦先慈责予荒废举业醒书自忩》一诗。

在癸未（崇祯十六年［1643］）、乙酉（顺治二年［1645］）之间，他大概也感受些乱离之苦。在癸未冬有东阳、许都事件。

次年乙酉，南京被陷，马士英以黔兵退杭州，各镇溃兵骚扰浙东。次年丙戌，所谓"王师"始下浙东，闹了一年多才平定了。据渔自述，此时曾在金华府同知署中避难二年。

《全集》卷二《许青浮像赞》："橄彩许公以吾郡别驾，即擢吾郡司马。怜才好士，容我于署中者凡二年。自鼎革以后，音问不通，闻已溘焉朝露矣。"又卷六《乱后无家暂入许司马幕》诗，又有"只解凌空书咄咄，那能入幕记翩翩？时艰借箸无良策，署冷添人损俸钱"之句。

按：《金华府志》卷十一通判栏有许宸章，注云："苏州人。崇祯十五年（1642）任。"当即其人。同知栏不出许名，然渔赞云"以别驾升司马"，则其人 15 年后固擢本郡同知也。

就在乙酉年的春天，娶了一位姓曹的姨太太，是许橄彩替他娶的。

《全集》卷七《纳姬三首》序云："姬即曹氏，为故明某公之幼妾，娶未期年而寡。"按笠翁《凰求凤》传奇中的曹婉淑，也是寡妇。

不久他就薤了发，作清朝的顺民了。

《全集》卷五《丙戌除夜》、《丁亥守岁》二诗，并提及薤发，很有感慨之意。诗集七又有《薤发》诗二首，似即乙酉年作。

《曲海总目提要》（《一种情》传奇）说李渔本宦家书史，不知是否指的是入许司马幕中的事。渔以崇祯乙亥（1635）游泮，年已 24 岁。他的父母跑到一二千里外的如皋也许因为家贫之故。但黄鹤山农《玉搔头》序说他"家数（素）饶，园亭罗绮甲邑内。久之，中落，始挟策走吴越间"云云。则笠翁又本非寒微。他回籍入泮之后，已颇有文名，声气也很广。与丁药园即在此时订交。当时生活状况，似乎也不很坏，因为根在金陵时的别业。

> 《全集》卷四《芥子园杂联》序云："此予金陵别业也。地止一丘，故名芥子，状其微也。往来诸公，见其稍具丘壑，谓取'芥子纳须弥'之义。"

而且开的书肆，也名芥子园。他的诗有"门开书肆绝穿窬"之句（《全集》卷六《癸卯元日》诗），大概书铺和住宅是连在一起的。

笠翁到金陵之后，运气似乎比在杭州时好得多。他虽然常常出游到各省去打抽丰，而事实上以金陵为家。一时胜流贵人，都相攀往。时宦如王阮亭，如周亮工；钜公如昆山三徐，如季沧苇；名士如杜于皇、余澹心（二人并流寓金陵）、尤西堂、吴梅村、倪阇公（灿）、纪伯紫（映钟）、徐电发（釚），都有交谊，通声气。他是苦于无子的，但移家金陵之后，自庚子至壬寅，连着生了3个儿子（见全集卷六）。晚年回到杭州的时候，有5子3女（《全集》卷三《上都门故人述旧状书》）。书铺的买卖也很好。芥子园刻的书，遍于天下，至今还有名。他自制的笺亦极精雅。现在看见的画谱以及戏曲小说，凡是芥子园原刻的，图像无一不精。

到了康熙十四年（1675）乙卯，因为他的两个儿子在浙江游泮，方动了故乡之念。

> 《全集》卷七《严陵纪事》诗序云："乙卯夏，送两儿之严陵应童子试。"卷三《上都门故人述旧状书》："自乙卯岁两儿泮游于浙，遂决策移家。"

明年丙辰，得了浙中当道的帮助，在西湖上买山（《全集》卷三《上都门故人述旧状书》）。至十六年（1677）丁巳，才正式由金陵回到杭州。

《全集》卷一《今又园诗序》云："丁巳春，余自白门移家湖上。"

名所居曰层园。

《全集》卷六《次韵和张壶阳观察题层园十首》序：予自金陵归湖上，买山而隐，字曰层园。因其由麓至巅，不知历几十级也。乃荒山虽得，庐舍全无。戊午之春，始修颓屋数椽，由蓬蒿枳棘中，辟出迂径一二曲，乃斯园之最下一层。……观察张壶阳先生，突然而至，坐而悦之。

层园是张侍卫旧宅，笠翁修造时，因其材析钟山旧庐而益之（丁澎序诗集语）。以笠翁胸中丘壑测之，似其地势适宜，扼湖山之胜，所以卜居于此。自此笠翁了婚嫁之事，终老钱塘。"湖上笠翁"真成了湖上笠翁了。

关于笠翁老来湖上的生活及身后状况，仁和赵坦（宽夫）《保甓斋文录》卷三有《书李笠翁墓券后》一文，于笠翁杭州别业，及卒后葬地，记载均详。

笠翁名渔，金华兰谿人。康熙初，以诗古文词名海内。晚岁卜筑于杭州云居山东麓；缘山构屋，历级而上，俯视城闉，西湖若在几席间，烟云旦暮百变，命曰层园。客至，弦歌迭奏，殆无虚日。卒，葬方家峪九曜山之阳。钱塘令梁允植题其碣曰："湖上笠翁之墓。"今墓就圮矣。仁和赵坦命守冢人沈得昭修筑之，复树故碣，且俾为券藏于家。笠翁豪放士，非坦所敢慕；特以其才有过人者，一抔克保，庶可无憾。时嘉庆十二年（1807）三月二十七日也。

笠翁层园在杭州云居山东麓，及卒葬方家峪九曜山之阳：皆他书所不载。笠翁的婿是沈因伯，守墓者亦沈姓，或者即是其婿的族人。文云：笠翁卒后钱塘令梁允植题碣。据康熙《杭州府志》卷二十一《守令门》，钱塘知县梁允植，十一年任，真定人。次迟炘,十九年任。允植卸任,非康熙十八年（1679）,即康熙十九年（1680）。笠翁序《千古奇闻》,署"康熙己未仲冬朔"。己未为康熙十八年,是笠翁康熙十八年仲冬犹无恙。其卒非康熙十九年,即康熙十八年残冬,年70岁或69岁。因宽夫"钱塘令梁允植题碣"之言,必据墓碣官衔,允植卸任,至晚不得过十九年也。笠翁事迹,无人注意。死后百余年,乃得宽夫以同乡后学经营其墓,置券树碣,也可谓死后的知己了。

三

综记笠翁一生,幼在如皋;40岁以前家于兰谿（原籍）,48岁以前住杭州,67岁以前住金陵,晚年回到杭州终老。中间以住金陵为最久。但他以出游为常,实际上住在金陵的日子也不多。《曲海总目提要》说他"游荡江湖";他的生活,实在是游荡的。他到北京至少有3次。此外各省也多有他的游踪。在《乔复生王再来二姬合传》（全集卷二）中,他自己说过。

予数年以来,游燕,适楚,之秦,之晋,之闽,泛江之左右,浙之东西,诸姬悉为从者,未尝一日去身。

又同上卷三《复柯岸初掌科》书:

渔二十年间,游秦,游楚,游闽,游豫,游江之东西,游山之左右,游西秦而抵绝塞（曾赴兰州）,游岭南而至天表（《全集》卷三有《粤游家报》数函,卷五有《粤东家报》诗一首）。

渔以康熙丙午（五年［1666］）由都入秦。六年丁未,居西安,凡四月。七年戊申在兰州。九年庚戌游闽。十二年癸丑游楚,住了半年。其入都可知者3次:（一）在顺治十五年（1658）戊戌卜居金陵以前;（二）康熙五年丙午;（三）康熙十

二年（1673）癸丑（以上据丁澎《诗集》序、包璿《一家言》
序，及全集卷二《乔王二姬传》、全集卷一《诗韵》序）。其余
各省年月不可考，大概各处有只去一次的，也有重去的。他自称
"二十年来负笈四方，三分天下几遍其二"（《全集》卷三《与
都门故人述旧状书》)，是不错的。为什么他这样仆仆风尘不惮
烦呢？说到这里，牵涉明以来所谓山人的行径。现在引《四库
全书总目提要》为证。《提要》别集存目七赵宧光"牒草"条：

> 有明中叶以后，山人墨客，标榜成风。稍能书画诗文
> 者，下则厕食客之班，上则饰隐君之号，借士大夫以为利，
> 士大夫亦借以为名。

所谓山人者，是借士大夫以为利的。明季山人甚多，最阔气的是
陈继儒。清初山人著名的，便是李渔。这些先生们非工非商，不
宦不农，家无恒产而需要和士大夫一样的享受。一身而外，所有
费用皆取之于人。所以游荡江湖，便是他们的职业。明白这个道
理，便知笠翁之负笈四方，是为生计问题所驱使不得不如此的
（《全集》卷五有《答家人问楚游壮否》诗一首，卷三有《粤游
家报》数函，可以看出他之出游对于家人关系之切）。在《全
集》卷三《复柯岸初掌科》书中，说的甚为明白质实：

> 渔无半亩之田，而有数十口之家，砚田笔耒，止靠一
> 人。一人徂东，则东向以待；一人徂西，则西向以待。今来
> 自北（时在京师），则皆北面待哺矣！

可见一家枯菀，系于一人之游，其意义甚为重大。下文又表明他
的干人态度：

> 矧又贱性硁硁，耻为干谒，泪游天下几二十年，未尝敢
> 尽一人之欢。每至一方，必量其地之所入，足供旅人之所
> 出；又可分余惠以及妻孥，斯无内顾而可久。否则入少出
> 多，势必沿门告贷，务尽主人之欢；一尽主人之欢，则有口

则留之心则速之使去者矣。

"耻为干谒"，是自己说门面话。"其地之所入，足供旅人之所出；又可分余惠以及妻孥"，拿白话解释，就是第一要够盘费，第二要有敷余。"不敢尽人之欢"，也许笠翁真是如此。但他向人开口，毫不客气；至于口气大小，是酌量对方的情形如何而定的。《全集》卷三《与龚芝麓大宗伯》书云：

> 日来东奔西驰，绝无善状，不得已而思及天上故人。然所望于故人者，绝不在绵袍二字。以朝野共推第一、文行合擅无双之合肥先生；欲手援一士俾免饥寒，不过吐鸡舌香数口向人说项，便足了其生平。

龚芝麓为人颇好士，就是杜浚也得其资助。芝麓投降了清朝，作大官，是有力量的人；所以笠翁对于他希望甚奢。拿这话和他处对照："知老父台厚待故人，不必定为不费之惠。倘蒙念其凄凉而复悯其劳顿，则绵袍之赐不妨遣盛使颁来。"（《全集》卷三《与诸暨明府刘梦锡》书）在大官则所望者绝不在绵袍二字；在小官则一袍之费即属厚待故人。可以知道他入世之巧了。

据笠翁自称，他各处周游只有陕西之行较好，福建次之。其余都不得意。

> 《全集》卷三《与龚芝麓大宗伯》书：渔终年托钵，所遇皆穷，唯西秦一游，差强人意。八闽次之。外此则皆往吸清风，归餐明月而已。

> 同上《答顾赤方》书云：弟客楚江半载，得金甚少，得句颇多。

他在陕西主巡抚贾胶侯。贾胶侯便是贾汉复，是刻《孟子》石经之人（贾汉复在北京东城牛排子胡同有住宅。宅中假山，是笠翁设计砌的。其宅后为麟庆所有。见震钧《天咫偶闻》）。笠翁《秦游家报》诗有"不足营三窟，唯堪置一邱"之语；大概秦游所得，已足以置庄园，数目不少，在他处都比不上。本来，打抽丰也是不易的事。达官贵人行事不同：有阔大的，也有琐细的，哪能一律？但当时风气对于山人墨客照例敷衍，况以笠翁名气，所至决无空手而回之理。所以推想他的一生"托钵"收入，当然不在少数。况且，"托钵"之外，卖文卖书也是一笔收入。就常理推测，他的生活是可以够的。然而，事实上绝不如此。他是时常闹穷，并且到处欠债的。据他自己说，在杭州时候曾借营债（《全集》卷三《复王左车》）。营债是戎弁以重利放钱给人民的债，贷者往往妻女不保。康熙《杭州府志》卷三十七记载此事甚详。康熙二十年（1681），王国安抚浙，始破除情面，下令禁止。他卜居金陵之后，西秦之游得钱甚多，回来也因为偿积债一散无余了（卷五诗序）。及晚年由金陵回杭的时候，也因为积债走不动。

揣想笠翁所以至此，是因为一切太讲究了之故。我们看《闲情偶寄》一书，便知道他以一个乏恒产的人，却是如何内行、如何精细地讲究饮食服御、营造、刻书等等，并且养着歌姬舞女，姬妾还讲究装饰。

按：笠翁夫人徐氏（据卷五诗序）。妾之可知者，唯崇祯乙酉许橄彩代娶之曹氏。但决非此一人。因全集卷六《后断肠诗》序，记王姬不欲被遣去，诸妾曰："我辈皆有子，汝或不生，后将奚恃？"姬曰："主母恃诸郎君，予请恃其所恃。"歌姬不得与妾比，故曰主母，则其妾当有数人。其姬之著者，有在平阳所购乔姬，在兰州所购王姬，声容最妙。乔死于癸丑游楚之年，王死于康熙甲寅入都之年：俱年十九。笠翁痛之，既为作《合传》，又撰前后《断肠诗》哭之。自此意趣索然。二姬之外，尚有黄姬，亦见《二姬传》及《后断肠诗》序。然亦决非此数人。《二姬传》云："在兰州所纳姬，不止再来（王姬名）一人，而再来其翘楚。"是游秦、陇时所纳姬已多。《传》又云："数年以来出游时，诸姬皆为从者。甲寅入都，诸姬不与，惟再来及黄姓者与俱。"《后断肠诗》序云："诸女伴中，王姬与乔、黄最密。"曰"诸姬"、"诸女"，其大齐可知。又笠翁常出家姬演剧娱客。演剧排场，非少数人所能为役，必其所蓄者多，自为班行（尤西堂《杂俎二集·闲情偶寄序》云："笠翁薄游吴市，携女乐一部，自度梨园法曲，红弦翠袖，烛影参差，望者疑为神仙中人。"按此序今本《偶寄》不载），事亦至明也。歌姬之外，又常置婢。《全集》卷三《粤游家报》所谓"客中买婢，是吾之常，汝等虑我岑寂，业已嘱之于初，必不嗔之于后"者也。又其姬妾服饰，亦甚讲求。卷七诗序云："有遗侍过寓，学家姬盥栉者"云云，则其姬妾妆饰且为人所羡矣。又观笠翁《与余澹心书》云："啼饥之口半百。"（《全集》卷三）《上都门故人述旧状书》云："家人三四十口。"笠翁眷属，妻徐氏外凡五子三女，长女淑昭适沈因伯，尝居笠翁金陵寓代主家政（据卷五诗序）。以妻子及婿计之，亦不过十余人。设非多置姬侍，何得有半百之数乎？

这简直是阔老官的生活。明季的钱岱，清初的季沧苇，他们讲究这些穷不了。搁在笠翁身上，如何担得起？所以他收入尽管多，而穷也是真穷，当时他的朋友，也有不以为然的。但笠翁却不承认是错处。看他《上都门故人述旧状书》：

亲戚朋友怜之者固多，鄙而笑之者亦复不少。皆怪予不识艰难，肆意挥霍，有昔日之豪举，宜乎有今日之落魄。而不知昔日之豪举，非自为之，人为之也。食皆友推之食，衣皆人解之衣；即歌姬数人，并非钱买，皆出知己所赠。良友

> 之赠姬妾，与解衣推食等耳。譬之须贾以袍赠范雎，五侯以
> 鲭赐娄护，雎、护不自衣食，而以之售财作家，有是理乎？
> 乃今则皆死矣！死可也，卖则不可。

笠翁此言说得很响亮，似乎理由充足，其实是自饰之词。因为姬妾是人，不是物。图财卖妾，固然不可；若遣嫁，却是可以的。笠翁是研究戏曲小说的人，刘宏嫁婢的事，岂不为人艳称吗？他在《乔王二姬传》中，说在兰州纳王姬的经过云："主知予有登徒之好，有先购其人以待者。到即受之。"然则昔之受姬，为有登徒之好；后日之不肯遣姬，亦是为有登徒之好。反正是好声色，不必说其他理由也。

因为他生活豪奢，钱到手任意挥霍，所以穷得不得了。因为穷便不得不常求人，而求人又未必能尽如意，在这种情形之下，便不免牢骚抑郁起来。第一，是对于自己笔墨生涯的牢骚；说他的文章卖不了多少钱，不能疗贫：

> 仆无八口应有之田，而张口受餐者五倍其数。即有可卖
> 之文，然今日买文之家，有能奉金百斤以买《长门》一赋、
> 如陈皇后之于司马相如者乎？子必曰：无之。然则卖文之
> 钱，亦可指屈而数计矣（卷三《与都门故人述旧状书》）。

笠翁这段话，他的好朋友毛稚黄（先舒）就驳他。稚黄评此段云：

> 卖赋得金者，相如以后如翁者原少。但相如寡累，而翁
> 费不赀；且以不肯题桥，故终年处困。

稚黄言外之意，即是说他浪费的多。至于题桥之语，我也为笠翁如此想。因为在那个时候，科举是士人唯一的出路。科举了才有官，作了大官才可免于穷。笠翁为什么不应举呢？大概他的脾气不耐心作举业，或者是因为浪迹江湖举业荒废了的缘故罢。第二，是对于世人的牢骚；说自己多才多艺，而得不到世人的

同情：

> 渔自解觅梨枣以来，谬以作者自许。鸿文大篇，非吾敢道；若诗歌词曲以及稗官野史，则实有微长：不效美妇一颦，不拾名流一唾，当世耳目为我一新。使数十年来无一湖上笠翁，不知为世人减几许谈锋，增多少瞌睡？以谈笑功臣，编摩志士，而使饥不得食，寒无可衣：是笠翁之才可悯也。一艺即可成名，农圃负贩之流皆能食力。古人以技能自显，见重于当世贤豪，遂致免于贫贱者，实繁有徒，未遑仆数。即今耳目之前，有以博弈、声歌、蹴踘、说书等技，遨游缙绅之门，而王公大人无不相见恐后者。渔之识字知书，操觚染翰，且不具论；即以雕虫小技目之，《闲情偶寄》一书略征其概：不特工巧犹人，且能自我作古。乃今百技百穷，家无担石，犹向一技自鸣者贷米而炊，质钱以使：是笠翁之技可悯也。夫有才有技而不能见知于人，反为当世所摈者，古今来间亦有之；以其为人叵测，胸伏甲兵；不则见事风生，工于影射；不则据陇盼蜀，诛求无已。……试问下交笠翁之人，曾受三者之累否？（《全集》卷三《与陈学山少宰》书）

这话说得非常可怜，亦非常抑郁。诚然，他的戏曲小说是有以自立的。《闲情偶寄》至今看起来，还是见智慧有趣味的书。在王公大人前，他的交际手腕也极尽了敷衍巴结之能事。然而，究竟解决不了生活问题。这完全是时代社会的关系。他的戏曲小说以及其他著书虽然为人欢迎，但只能自己刻了卖，并不能如今日之卖稿子或者抽百分之几十几的版税。王公大人虽然赏识他，但一个人赒济人，一次两次是可以的；要说常了，谁也办不到。他不是举人，不是进士，不能作官。当时大学乡校，并没有"文学史"或者"文学批评"一类的讲座：教他们如何安置他呢？当时以一技著名的人，度曲如苏昆生，说书如柳敬亭，叠石如张涟（南垣），诚然是受公卿士大夫之优遇。但公卿士大夫之待笠翁，至少不比待他们更坏，是可以想到的。张涟晚年有子，退老鸳湖。柳敬亭老了没有钱，吴梅村作疏，替他募捐，"营菟裘于吴中"。笠翁晚年也卒赖故人之力，徜徉湖上。他的晚景，比张涟差不多，比柳敬亭则颇胜之。况且，笠翁究竟还多了文名。又幸而生于清初，有人照顾；倘生在嘉、道以还，除了唱戏他是没有出路的。湖上笠翁似乎也不必牢骚了。

　　综计笠翁一生，人甚聪明敏捷，但其立身行己甚不讲究。不但无砥砺之守，而且不惜降志辱身以迎合时势。我们看他文集中的书信，大多数是为干求而作；一片逢迎阿谀之词，自忘其丑。其奔走营营以趋事公卿为乐，也可以在他的诗文中看出来。有时扭捏作态，故意求去；及至得了人的口风，则又说感遇之恩，不得不留（《全集》卷三《复柯岸初掌科》书，可见一斑）。读者看到这种地方，真替他肉麻。《曲海提要》对于笠翁说"人以俳优目之"；当时这种品评也许不免。在《梅村家藏稿》中有赠《武林李笠翁》一诗（卷十六）：

　　　　家近西陵住薜萝，"十郎"才调岁蹉跎，江湖笑傲夸齐赘，云雨荒唐忆楚娥。海外九州书志怪，坐中三叠舞"回波"。前身合是玄真子，一笠沧浪自放歌。

诗中对于他，虽然有称许的话，但"夸齐赘""舞回波"都不是高尚的譬况。"舞回波"尤其是倡优之事（唐·崔令钦的《教坊记》说伎女入宜春院，谓之内人。教坊人唯得舞"伊州"，余悉让内人；如"垂手罗""回波乐"之属，谓之软舞。孟启《本事诗·嘲戏类》记中宗时内宴唱"回波词"。优人进词"回波尔时栲栳，怕妇也是大好"云云。韦后意色自得，以束帛赐之）。吴梅村诗中用此事，固然是指笠翁的姬妾而言，但在诗中与笠翁对举，描摹笠翁身份系以微讽的口气出之，言外之意就是把他比作俳优了。在清初人笔记中，记笠翁的事尚有对于他更不好的话。如董含《三冈识略》（按：是书一名《莼乡赘笔》）卷四云：

> 李生渔者性龌龊，善逢迎。常挟山妓三四人，遇贵游子弟便令隔帘度曲，或使之捧觞行酒，并纵谈房中术，诱赚重价。其行甚秽，真士林所不齿者。余曾一遇，后遂避之。

董含对于笠翁简直是持深恶痛绝的态度，似乎太严厉了。但笠翁携家姬出游，所至演剧，受人家的缠头费，原是实事。

> 《全集》卷二《乔王二姬传》述王姬事云："盖素望诞儿，凡客赠缠头，人皆随得随用；彼独藏之，欲待生儿制褯裸。"《全集》卷七记其歌姬在姑苏寓中演剧诗，亦有"缠头锦字压罗衣"之句。

可见蜚语之来，也是笠翁咎由自取，不能尽怪世人之造黑白也。

照以上所说的看起来，笠翁品节甚不足道。他是在明朝游过泮之人，当鼎革之际，纵然不能了却秀才事，也尽可如杜浚之安贫自守（浚明副贡生）。却为了吃饭和享乐问题，东奔西驰，不顾风节，完全抛掉了书生本色。他虽然没有事新朝，却伏侍了无数的新贵，这和他们是一样无耻。无怪当时人对于他不敬。然则笠翁定论，竟是一个有文无行可嗤可鄙之人，难道他在作人方面连一点好处也没有吗？这却又不然。他之可取之点，只是坦白。在《一家言全集》卷八余集中有笠翁的过子陵钓台一词，可以看作笠翁的自赞。

> 过严陵钓台，咫尺难登。为舟师计程遥发，不容先辈留行。仰高山形容自愧，俯流水面目勘憎。同执纶竿，共披蓑笠，君名何重我何轻！不自量将身高比，才识敬先生。相去远，君辞厚禄，我钓虚名。　再批评一生友道，高卑已隔千层。君全交未攀衮冕，我累友不恕簪缨。终日抽风，只愁

载月，司天谁奏客为星？羡尔足加帝腹，太史受虚惊。知他
日再过此地，有目羞瞠。

再读他的《和诸友称觞》诗（见《全集》卷六）：

世情非复旧波澜，行路当歌难上难。我不如人原有命，
人能恕我为无官。三缄宁敢期多获，万苦差能博一欢。劳杀
笔耕终活我，肯将危梦赴邯郸！

为什么无官就被人宽恕呢？在他的诗句中，也许含着一种微妙的
意思。有官的人拿钱是多而且易的，他们成千上万的拿了老百姓
们的钱自己家中享福，一个无官的人向他们要几个钱维持生活，
是没有什么不可以的。而且费唇舌，陪小心，本意不敢望多，在
笠翁看起来这是非常安分非常可怜的了。

四

笠翁平生著作甚多，现在就所知道的说一说。他的著作可以
分作3类：（一）是单篇的诗文；（二）专集专著；（三）戏曲小
说。属于第一类的，在通行本《一家言全集》自卷一至卷八的8
卷书中都收进去了。属于第二类的，通行本《一家言全集》只
收了《耐歌词》、《论古》及《闲情偶寄》3书。属于第三类的，
都是别行的，不在全集之内。

通行本《一家言全集》不是笠翁手订的。卷首有雍正八年
（1730年）芥子园主人的题记，题记中说：

湖上笠翁先生，……生平著述甚夥。……其最脍炙人口
者，如诗文之《一家言》，诗余之《耐歌词》，读史之《论
古》，闲情之《偶寄》，……不胫而走天下近百年于兹矣。
但所著皆各成一册，购取者见先生之一斑即欲窥先生之全
体，如登浮屠者，必至九级始见旷观。……故特取先生之杂

著，合成一书。

据题记说的话，则《一家言全集》包括4部书：（一）《一家言》是诗文集；（二）《耐歌词》是词集；（三）《论古》是史论；（四）是《闲情偶寄》。最初都是单行的，雍正间始合为一书。就拿诗文集的书名名此书，名为《一家言全集》。现在根据这段话，把所收的每一种书考校一下：

（一）《一家言》《全集》本自卷一至卷四，收笠翁的文字，题曰"文集"。所包括的东西，为序跋铭赞传记书信等，及其他杂文。赋与联对也收在里边。自卷五至卷七收古今体诗，题曰"诗集"。文集的编次分类，甚为凌杂。据我的意思，文集诗集之分，乃雍正间编次人所定，并不是笠翁原书的标题。因为《全集》卷首尚载有笠翁的《一家言释义》（原注：即自序）一文，说："《一家言》维何？余生平所为诗文及杂著也。"《诗韵》自序（《全集》卷一）："诗文诸稿不以集名，而标其目曰《一家言》。"可见他的诗文杂著，只用《一家言》一个名称，并不分文集诗集。《全集》本的诗集前面尚载丁药园序，引笠翁的话"吾生平所著律诗歌行尚未尽传于世者，子盍为我序之以行"。序是为笠翁古今体诗而作，而开篇首句说"《一家言》者，李子笠翁之所著书也"，可见笠翁裒次他的诗，也只名《一家言》并无诗集之名。笠翁《一家言释义》作于康熙十一年（1672）壬子，丁序作于康熙十七年（1678）戊午。中间相距有7年之久。根据笠翁的《乔王二姬传》说："癸丑适楚，越夏徂秋，……时余方辑《一家言》之初集未竟。"（癸丑是康熙十二年［1673］，尚在作《一家言释义》之后一年。《释义》先成，而书实未竟业）因此我疑心笠翁的《一家言》，是分两期出的。第一期名《初集》，所收为散文杂著，也许有诗。这些文字，大部分收在通行《全集》本的文集里面。第二期名《一家言二集》，所收为古今体诗，即通行本《全集》所收的丁澎序本。雍正间编次《一家言全集》的人，在文集中很添了些笠翁康熙十一年（1672）后的文字。但在《诗集》中并没有增加诗篇，大概用的就是笠翁康熙十七年（1678）的手定本。在翼圣堂原本《闲情偶寄》封面上，有8个小字的广告二行，文曰："第二种《一家言》即出。"这也可以作《一家言》有二集的证据。

（二）《耐歌词》4卷　康熙刊本。第一第二两卷为小令，第三卷为中调，第四卷为长调，前附《窥词管见》22则。有康熙戊午（十七年）笠翁自序。《一家言全集》卷八所收的笠翁诗余，题作"笠翁余集"的，即从此本出。但此为孤行别本，在全集之先，近已不多见。

（三）笠翁增定《论古》4卷　康熙刊本。前有康熙三年（1664）王仕云、四年余怀等序。所收皆是论史的文章，据说系根据《十七史》所载事迹立论，但事实上所据恐怕仍是《通鉴纲目》一类的书。所论亦没有什么道理。《一家言全集》卷九卷十收此书，但改题"笠翁别集"，已不标"论古"之名。此本系就初编增定的，但已不多见。傅惜华有此书。

（四）《闲情偶寄》16卷　原板为金陵翼圣堂刊本。通行《一家言全集》本，附刻此书，分6卷，又把原题书名寄托之"寄"改作"集"字，甚属不通（书名取陶渊明赋闲情之意，谓闲情偶寄于此）。此《全集》本与别行本，除分卷之外，内容全同。但考校起来，原书实是16卷。因《全集》卷三《与刘使君》书，赠《闲情偶寄》一部，云："请自第六卷声容部阅起。其第一卷至五卷，则单论填词一道，犹为可缓。"按之16卷本，声容部实在第六卷；而6卷本声容部却在第三卷，与此言不合。又6卷本论音律一章，谓《琵琶寻夫》一折"补则诚原本之不逮，已附入四卷之末"，是原文。而曲文实在第二卷，前后牴牾，亦不合。而在 16 卷本则恰恰符合。因此知道 16 卷本为原本无疑了。

除以上 4 书见收于雍正本《全集》之外，我所知见的尚有以下 14 书：1 种是诗集，13 种是专著。

（一）《龆龄集》　这是笠翁早年的诗集。所收大概是 30 岁以前的诗。《全集》5 卷《活虎行》有王安节眉评云："此先生三十年诗也，向于《龆龄集》中见之。"此集当刻于崇祯、顺治间，今未见。

（二）《古今尺牍大全》8 卷　周启明藏有康熙二十七年（1688）刻本。题"湖上李笠翁先生纂辑"。卷首有李渔的启白一首。所选古今尺牍自春秋战国起至明止。书不多见。

（三）《尺牍初征》　此是选近代人尺牍之书。《全集》卷三有《与曹顾庵太史征稿》书云："尺牍新稿，立候见颁。"《与杜于皇》书云："来牍九首，只登其八。复何元方一剟，过于抹倒时人，未免犯忌。故逸之。"有《与吴梅村太史》书云："尺牍新篇尤望倾庋倒箧。"按：梅村以顺治十年（1653）癸巳应召入都，授秘书院侍讲，寻升国子祭酒。此犹以太史称之，则笠翁从事选辑在顺治十年以前。据《四六初征》凡例，知书名《尺牍初征》。今亦未见。

（四）《尺牍二征》　见《古今尺牍大全》，封面题识云："《初征》行世已久，《二征》旦夕告成。"未见。

（五）《名词选胜》　《全集》卷一载自序云："是刻名曰《选胜》，盖以诸选皆胜而我拔其尤者。"按《全集》卷三《与徐电发》（釚）书云："词选不久告成，属寄龚芝麓稿备选。"《与丁飞涛仪部》书谢贶诗词云，"自选词以来，未有庆得其人如今日"者。则亦选并时人词。今未见。

（六）《资治新书》14 卷、二集 20 卷　此书选官人案牍。

坊间传本甚多。《初集》间收明人案牍，附《详刑末议》、《慎狱刍言》共一卷于首。《二集》皆清人吏牍。《初集》有康熙二年（1663）癸卯王仕云、王士禄二序。《二集》首康熙六年（1667）丁未周亮工序。按《一家言全集》卷一序纪元《求生录》谓元理杭10载，"兹擢官淮上。余适假馆白门，因劂《资治新书》之二集，走力索稿于先生。先生惠予数十幅，悉平反大狱"云云。元任杭州推官，在顺治十三年（1656）。十三年后，擢官淮上，是时已谋梓《新书二集》。《二集》自顺治十三年前后着手，至康熙六年，经11年之久，终刊印成书。《初集》之辑当远在顺治十三年之前，亦直至康熙二年始出书：皆未免稍迟。或限于赀力，或因随时添加而迟迟出书，均不可知。前集尚载吴三桂文移，题曰"平西王"。盖二书刊行皆在康熙十二年（1673）三桂未反之前。书已行世，偶未刊削，坊间合刻二书亦遂仍其旧也（据沈心友《芥子园画传凡例》，则心友续辑《资治新书三集》。《三集》今未见）。

（七）《新四六初征》20卷　书辑近代人骈文。有金陵翼圣堂康熙十年（1671）原刊本。乃渔居金陵时嘱其婿沈心友编次者。分20门：曰津要部，艺文部，笺素部，典礼部，生辰部，乞言部，嘉姻部，诞儿部，燕赏部，感物部，节义部，碑碣部，述哀部，伤逝部，闲情部，祖送部，戏谑部，艳冶部，方外部。但因事立目，于文体无所剖判。每篇后附注释，亦不能举其出处。封面题记谓渔经10余年采辑而成。又云"二集即出"，似尚有二集。

（八）《笠翁诗韵》5卷　书罕见。傅惜华藏康熙乙未书林黄天德刊本。前载笠翁自序。按此书有康熙十二年癸丑刊本，未见。

（九）《笠翁词韵》4卷　书罕见。周启明有此书。例言署"笠翁自述"，无序。

（十）《纲鉴会纂》。

（十一）《明诗类苑》。

（十二）《列朝文选》。

上3书，俱《四六初征》凡例引。云：嗣出。今未见。

（十三）《古今史略》　禁书目应毁书中出此书云"李渔著"，未见。

（十四）《千古奇闻》12集　傅惜华有此书。题"湖上笠翁李渔鉴定"。所载皆是女子的事。据康熙己未（1679）笠翁自序，知道此书系删定陈百峰辑的《女史》而成，本是教他的女儿用的。序署"康熙己未仲冬朔"，这应当是笠翁辞世前最后的一种著作。

笠翁诗文及各种著作如上所举。以下说笠翁的戏曲小说。

笠翁戏曲，最著者为《十种曲》。《十种曲》人所习知。现在把名目写在下面，略加以考核。

（一）《怜香伴》2卷　这本传奇，大概是笠翁第一次创作。前面有虞巍的序云："笠翁携家避地，穷途欲哭，余勉馆粲，见其妻妾和谐，两贤不但相怜，而直相与怜李郎。当场者莫作亡是公看"云云。署"勾吴社弟"不记年月。按：崇祯乙酉（1645），笠翁妾曹来归。夫人徐氏甚怜之。笠翁喜甚，为《贤内吟》10首咏之（《全集》七）。虞序谓笠翁直以自寓，盖近于事实。又据序所言，笠翁眷属此时尚是一妻一妾，味"携家避地，穷途欲哭"之言，则传奇当是笠翁初来杭时所作。曲名《怜香伴》，一作《美人香》。王国维《曲录》于《美人香》下注云："《新传奇品》云即《怜香伴》。然《传奇汇考》著录《美人香》，又有《怜香伴》，未知孰是？"今按虞序有"以美人而怜美人之香"之语，知《美人香》与《怜香伴》实是一曲。

（二）《风筝误》2卷　首虞镂序，署《勾吴社小弟》，亦不记年月。按《全集》卷三《答陈蕊仙书》："《风筝误》浪播人间，几二十载。其刊本无地无之。"

（三）《意中缘》2卷　首黄瑗介序，不记年月。瑗介字皆令，嘉兴儒家女，工诗画，归士人杨氏。此序自云："不慧自长水浮家西湖，垂十年所矣！"似皆令此时方寓湖上。曲演董思白、陈眉公事，亦在西湖。疑此曲亦笠翁在杭州时作。

（四）《蜃中楼》2卷　此本合元曲《张生煮海》、《柳毅传书》事为一。首孙治序，无年月，署"西泠社弟"（治与毛先舒、丁澎、柴绍炳等结社，号西泠十子）。似曲亦作于杭州。

（五）《凰求凤》（一名《鸳鸯赚》）2卷　首杜浚序，无年月。笠翁《无声戏》小说有《寡妇设计赘新郎　众美齐心夺才子》一回，与此曲同演一事。按：《全集》卷二《乔王二姬传》云："丙午（康熙五年［1666］）由都入秦，道经平阳，有二三知己相遇，命伶工奏予所撰新词名《凰求凤》。此词脱稿未数月，不知何以浪传遂至三千里外"云云。渔过平阳时，岁已暮（据诗集）。知曲即康熙五年丙午作。因成于金陵，故曰三千里外也。此曲他书或书作《凤求凰》，以全集考之，知原题实是《凰求凤》。

（六）《奈何天》（一名《奇福记》）2卷　首钱塘胡介序，无年月。笠翁《无声戏》小说有《丑郎君怕娇偏得艳》一回，亦演此事。

（七）《比目鱼》2卷　首山阴女子王端淑序。署"辛丑闰秋"，即顺治十八年（1661）。笠翁《无声戏》有《谭楚玉戏里传情　刘藐姑曲终死节》一回，与戏曲同演一事。

（八）《玉搔头》2卷　此曲传抄本，也有题作《万年欢》的。首黄鹤山农序，署"戊戌仲春"。戊戌为顺治十五年（1658）。序谓笠翁挟策走吴越间，卖赋以饬口。按：笠翁移家金陵，即在顺治十五年戊戌。序所言如此，似其时卜居尚未定也。

（九）《巧团圆》（一名《梦中楼》）2卷　首康熙七年（1668年）戊申樗道人序。笠翁《十二楼》小说《生我楼》一回，亦演此事。

（十）《慎鸾交》2卷　首郭传芳序。序中有"丁未余丞于咸宁"之语。按：咸宁，陕西西安府属县。盖笠翁康熙六年（1667）游秦时嘱作序也。

此10种，有翼圣堂原本，有覆本，有重刊本。但各种最初皆是孤行单本，随编随印。合刊本是在后的。今日翼圣堂原本已不易得，至于单本更是不易了。10种之外，坊间尚有《笠翁传奇五种》。其目为：

《万全记》2卷　首四愿居士自序。演卜丰、卜岅父子富贵登仙事。一名《富贵仙》。

《十醋记》2卷　首西湖素泯主人序。演郭汾阳及龚节度惧内事。一名《满床笏》。

《双锤记》2卷　首看松主人自序。演张子房遣力士陈大力击始皇事，本《逢人笑》小说。一名《合欢锤》。

《偷甲记》2卷　首秋堂和尚序。演时迁盗甲事。一名《雁翎甲》。

《鱼篮记》2卷　首鱼篮道人序。演于粲生、尹若兰事，本《载花船》小说。一名《双错鸳》。

又有笠翁《新传奇》3种，目为：

《补天记》2卷　首小斋主人序。演关羽单刀赴会，伏皇后死，其魂附周仓身自诉事。一名《小江东》。

《双瑞记》2卷　首长安不解解人自序。演周处事。一名《中庸解》。

《四元记》2卷　首燕客退拙子自序。演宋再玉以解元两中会元，又中状元事。一名《小莱子》。

坊间又有把以上 5 种本、3 种本合为一编的，书名《绣刻传奇八种》。封面题"李笠翁先生阅定"，末附《豆棚闲话》、《万古情》、《万家春》杂剧 3 种（总名《三幻集》），这些曲子，大概都合笠翁没有什么关系，因为序文、词曲、宾白都不像笠翁。笠翁散文玲珑纤巧，而此等序文皆甚拙。笠翁词谐畅秾艳，而此较生硬。笠翁宾白、排场甚为讲究，而此不免疏忽。这是从笔墨上看得出来的。再检前人的论证：

姚燮的《今乐考证》第五本著录九：于范希哲下录《补天记》一种。自记云："此希作之署名者。"于四愿居士下录《偷甲》、《鱼篮》、《双锤》、《万全》、《十醋》、《四元》6 种。附按语云："《曲考》以《偷甲》、《鱼篮》、《双锤》、《四元》、《万全》5 种，与笠翁 10 种并列，云笠翁所作；而入《十醋》于无名氏，注云：龚司寇门客作。或云系范希哲作。或又以《万全》一种为范氏作。近得 5 种合刻本，有《十醋》无《四元》，署曰：四愿居士。笠翁无此号，殆为希哲无疑耶？然读其词断非笠翁手笔也。"我替姚先生找了两个证据：

北京图书馆藏的《笺注牡丹亭》（乾隆壬午年［1762］刻，不分卷，前有笠阁渔翁《刻才子牡丹亭序》，笠阁似清初人）第四册，有"笠阁批评旧戏目"。目中有《补天记》，注云：即希哲《小江东》。品云：中中。有《十醋记》，注云：即范希哲《满床笏》。品云：中上。有《万全记》，注云：范希哲作。品云：中中。所记希哲曲 3 种，与《今乐考证》之言合。这是一个证据。

更以笠翁《一家言》及杜浚所引笠翁曲子考起来，以前的 10 种曲中，就有 7 种征引过（《怜香伴》见《无声戏》序，《玉

搔头》见《一家言》卷六《赠韩子蘧》诗序，《意中缘》见卷
七《拟木兰父送女从军》诗序，《风筝误》见卷三《答陈蕊仙》
书，《巧团圆》见卷三《与杜于皇》书，《凤求凤》见卷二《乔
王二姬传》，《奈何天》忘其卷第）。以后的8种曲，在笠翁和他
的朋友诗文中没有一种提到。如果后8种是笠翁作的，据情理推
测，亦不应至此。这也是一个证据。

笠翁究竟自己作了多少曲子呢？这个问题，单靠刻本是不能
解决的。郭传芳序《慎鸾交》，曾提及笠翁撰曲：说他的戏曲已
刻的是前后8种；新作的有内外8种。统共是16种。现在，把
这一段有关系的原文抄在下面：

> 笠翁按剑当世，为前后八种之不足，再为内外八种以矫
> 之。……予家密迩于燕。十年来京都人士大噪前后八种，余
> 购而读之，恨不即觏其人。丁未，余丞于咸宁，笠翁遂出
> 《慎鸾交》剧本属一评。予快读数过，乃知前后八种，犹为
> 笠翁传奇之貌，而今始见其心也。

丁未是康熙六年（1667）。照此序所说，知道笠翁的前后8种曲
子，都是康熙六年以前出书的。《慎鸾交》的稿子或者是五年
（1666）丙午在北京的时候作的，六年入长安，便请他作序
（《全集》卷三有《与某公》书说："此剧上半已完，可先付之
优孟。自今日始，又为下场头矣。月杪必竣，竣后即行。观场盛
举，恐不能与。"不言何剧。然作此剧时在京师，或即《慎鸾
交》剧亦未可知）。则《慎鸾交》当在未刻之内外8种之内。又
如《巧团圆》载有康熙戊申的序。戊申是康熙七年（1668），则
《巧团圆》亦当在未刻内外8种之内。然则见行10种曲中，《慎
鸾交》与《巧团圆》应属于未刻内外8种是没有问题的。除了
《慎鸾交》、《巧团圆》之外，10种曲本的其余8种，或者就是
康熙六年以前所刻的前后8种。再看《闲情偶寄》词曲部音律

章，笠翁的自述：

> 自手所填诸曲。如已经行世之前后八种及已填未刻之内
> 外八种。

此处笠翁说的话，和《慎鸾交》序说的话是一样的。余怀序
《闲情偶寄》，在康熙十年（1671）辛亥（是年渔61岁），可知
内外8种中之《慎鸾交》、《巧团圆》二曲，至少在康熙十年稍
前，笠翁作书的时候，还是没有刻。现在假定10种曲《慎鸾
交》、《巧团圆》以外之8种，即是已刻之前后8种，则未刻之
内外8种中只有6种不能知其题目。日本前田侯家尊经阁有笠翁
小说《无声戏》一书，似是初集。其第一回演阙生事，目录题
目下注："此回有传奇，嗣出。"即指笠翁《奈何天》传奇而言。
第二回演蒋瑜事，第十二回演马麟如妾碧莲事，目录下并注：
"有传奇，嗣出。"不知演此二事之传奇，是否在笠翁未刻6种
之内？但演碧莲事之《双官诰》系陈二白剧。笠翁的戏曲小说，
虽多同演一事之例，此蒋瑜错姻缘与碧莲守节二事，不但《十
种曲》中没有此二本；即身份不明之8种中亦没有此二本。究
竟是没有刻呢，或者是没有作呢？现在无从考证了。

笠翁除自撰传奇外，尚有改正前人的曲子。全集卷二《乔
王二姬传》：

> 予于自撰新词之外，复取当时旧曲，化陈为新，俾场上
> 规模矍然一变。……如《明珠·煎茶》、《琵琶·剪发》诸
> 剧，人皆谓旷代奇观。

又卷八诗题云：

> 予改《琵琶》、《明珠》、《南西厢》旧剧，变陈为新，
> 兼正其失。同人观之，多蒙见许，因呈以诗。

《明珠·煎茶》他改作了三折（第三折改白不改曲），文载
《闲情偶寄》。《琵琶》改《寻夫》一折，亦载《闲情偶寄》。至

《琵琶·剪发》及《南西厢》改本，今俱未见其文。

《偶寄》于《南西厢》云："拟痛反其失，别出心裁，创为南本。"于《琵琶记》云："拟翻成北曲，向填一折付优人，尚思扩为全本。"所言如此，似仅属一种计划，无全本改作之事也。

关于笠翁的戏曲撰作，个人所能说的只有这些了。以下说他的小说。

笠翁作的小说，以短篇为最多。他的短篇总集，现在知道的有两种：一是《无声戏》；一是《十二楼》。

《无声戏》现在知道的有 3 个本子：一个是伪斋主人序本，书名《无声戏》。收小说 12 回 12 篇。此本中国没有，日本前田侯家尊经阁藏有一本。一个是睡乡祭酒（杜浚）序本，书名《无声戏合集》，我国马隅卿先生藏有一残本，仅存 2 篇。以附图 12 叶考之，知此本至少有 12 篇。一个是大连图书馆藏的有睡乡祭酒序的抄本，已改名《连城璧》。《连城璧》分全集、外编。全集 12 集，回目次第与马隅卿藏刻本可知之 12 篇全同。外编 6 篇，只抄了 4 篇。马隅卿之《无声戏》12 篇与《连城璧》之全集 12 集回目次序，都与伪斋主人序本不同。根据杜浚的序说："于笠翁《无声戏》前后二集，皆为评次，兹复合两者而一之"，知道《无声戏合集》，是将前后二集的小说并为一书的。《连城璧》与《无声戏合集》，大概是一部书。其伪斋主人序本，或者是《无声戏》的初集。我最初因为《连城璧》分全集、外编两部分，疑心全集相当于初集，外编相当于后集。后来看《十二楼》卷六的《萃雅楼》杜浚评，有"初集尤瑞郎"的话。尤瑞郎的事，伪斋主人序本有（第六回），《连城璧外编》也有（卷三），知道外编并不相当于《无声戏后集》；根据杜浚的话，反应当说是初集。《连城璧全集》12 篇，虽然只有 8 篇见于伪斋主人序本；而《外编》见存 4 卷却全收在伪斋主人序本中。如此看来，伪斋主人序本大概是初集。《连城璧》全集的其余 4 篇，或者是二集的文章了。但抄本《连城璧》所以把《合集》分成了全集、外编之故，现在还是不能明白。

原本《无声戏》印行，大概在顺治十一年（1654）至十五年（1658）之间。当时浙江左布政使张缙彦与此书颇有关系。

据《清史列传·贰臣传》乙《张缙彦传》载顺治十七年（1660）御史萧震劾缙彦疏云：

> 缙彦仕明为尚书，闯贼至京，开门纳款。犹曰事在前朝，已邀上恩赦宥。乃自归诚后，仍不知洗心涤虑：官浙江时，编刊《无声戏》二集，自称"不死英雄"，有"吊死在朝房，为隔壁人救活"云云。（按：《无声戏》除日本尊经阁及我国大连图书馆外，未见完本，此等语在何篇中，今不能详。）冀以假死涂饰其献城之罪，又以不死神奇其未死之身。臣未闻有身为大臣拥戴逆贼，盗窃宗社之英雄。且当日抗贼殉难者有人，阖门俱死者有人，岂以未有隔壁人救活逊彼英雄？虽病狂丧心，亦不敢出此等语，缙彦乃笔之于书，欲使乱臣贼子相慕效乎？……

最可怪的，《无声戏》是李渔作的，萧震却放在缙彦身上。大概书是缙彦代刻的，萧震欲重其罪，便灵妙的用了"编刊"二字。疏上，"下王大臣察议，以缙彦诡词惑众，拟斩决。上贳缙彦死，褫职流徙宁古塔，寻死。"（《缙彦传》）笠翁《无声戏》小说，给别人惹起这样大的风波，这在小说史上也是一段重要的掌故。

《十二楼》成书，在《无声戏》之后，因为杜浚评此书，在第六卷中已经引初集尤瑞郎的事了。但只言初集而不标举《无声戏》之名，也许《十二楼》本亦为《无声戏》之一集，别行而改名《十二楼》。此书卷首有杜浚的序，末后一行署"顺治戊戌中秋日钟离睿水题"。这和黄鹤山农序《玉搔头》同在顺治十五年（1658）。黄鹤山农序在仲春，杜序在中秋，相差不过数月。笠翁是顺治十五年搬到南京去的，原板《十二楼》或者是在杭州刻成的，或者是在江苏刻成的，现在不知道了。今所见《十二楼》以《消闲居》本为最早，恐尚非原刊本。

除了《无声戏》、《十二楼》之外，尚有一部长篇小说，就是《回文传》。此书分16卷，不标回数。封面署"笠翁先生原本"，"铁华山人重辑"。笠翁作此书，除了本书所题之外，别人没有说过。可是考核起来，似此书确与笠翁有关。在本书第二卷后有署名"素轩"的评语。文云：

> 稗官为传奇蓝本。传奇有生旦，不能无净丑。故文中科诨处，不过借笔成趣，观者勿疑其有所指刺也。若疑其有所指刺，则作者尝设大誓于天矣。

在《一家言全集》卷二文集中有笠翁《曲部誓词》一文（《四六初征》卷二艺文部亦收此文，改题《传奇誓词》。）序谓："余生平所著传奇，皆属寓言。其事绝无所指。恐观者不谅，谬谓寓讥刺其中，故作此词以自誓。"誓词是一篇四六短文，今摘录如下：

> 不肖砚田糊口，原非发愤而著书；笔蕊生心，匪托微言以讽世。……加生旦以美名，概非市恩于有托；抹净丑以花面，亦属调笑于无心。凡以点缀剧场，使不岑寂而已。但虑七情以内，无境不生；六合之中，何所不有？幻设一事即有一事之偶同；乔命一名即有一名之巧合。焉知不以无基之楼阁，认为有样之葫芦？是用沥血鸣神，剖心告世：稍有一事所指，甘为三世之喑。即漏显诛，难逃阴罚。作者自干于有赫，观者幸谅其无他！

笠翁唯恐作文得罪了人，发生麻烦，或者妨碍销路，故设此大誓，以自白无他。素轩先生或者就是笠翁先生。他所说的作者尝设大誓于天的事，即指此誓词无疑。此书所演梁栋材和桑梦兰小姐因苏蕙回文锦发生的一段姻缘，虽不出才子佳人蹊径，但前半行文，颇琐细有法，入后稍嫌驳杂。恐怕所据底本，确是笠翁的稿本。

此外还有《肉蒲团》一书，据刘廷玑《在园杂志》说也是笠翁作的。刘廷玑是康熙时人，距笠翁甚近，所言当属可靠。虽只此一证，可为定谳也。

芥子园刻的书，现在看见的，有《芥子园画传》4 集，初集《山水谱》卷首有笠翁康熙十八年（1679）己未的序。卷一后有笠翁跋亦己未作。乃其婿沈心友所辑，摹古者为金陵王安节（概，诗画有名当时）。二集花卉，三集生物，四集写真。并沈心友于康熙间先后辑印，今坊间石印有初二、三集本，亦有四集本。李桓《耆献类征》、吴修《昭代名人尺牍小传》于渔传记所著书并云：《芥子园画传》3 集。按：笠翁卒于康熙十八年与十九年（1680）之间。今本《兰竹谱》载诸升序，是康熙二十一年（1682）壬戌作的。此时笠翁已前卒。二集三集编印，笠翁实未及见。笠翁鉴定过的《芥子园画传》，只是初集《山水谱》。李桓、吴修说他著《芥子园画传》三集，都与事实不符：这是应当纠正的。又罗贯中《三国志传》，有笠翁序评本。《水浒传》亦有芥子园本。《三国》24 卷 120 回，《水浒》100 回，并依明本之旧。并且有人说见过芥子园刊《四大奇书》原本，则《金瓶梅》、《西游记》亦曾刻过。这些书的流通，大概都依笠翁的意思，和笠翁有关系罢？

以上所举笠翁著作，计《一家言》、《耐歌词》、《论古》、《闲情偶寄》4 种，《耋龄集》及《古今尺牍大全》等书 14 种；

戏曲前后内外 16 种，又订旧曲数种；小说《无声戏》、《十二楼》两集短篇小说数十篇，又长篇《回文传》16 卷：共计起来，不下数十种，论数量已不算少。现在分别检讨一下：

把《一家言集》所收散文韵文读过一遍之后，觉得他的词胜于古今体诗，诗胜于散文。他的词是属于本色一派的。诗也颇有稳谐之作。所以袁枚《随园诗话》说："李笠翁词曲尖巧，人多轻之。然其诗有足采者。"引《送周戎之浦阳》、《婺宁庵》五言律二首以明之（卷九）。至于文章，亦复近于纤巧。他自己向人说："弟之诸文杂著，皆属笑资。"（《全集》卷三《与韩子蘧书》）又说："古文词之最易倦人者莫过于赋，唯拙稿不然，以其意浅而词近耳。"（《全集》卷三《与梁冶湄明府》书）他的杂著 10 余种，现在看起来，十之七八是应时的货物，并非著作。例如《资治新书》、《名词选胜》、《四六初征》，这种性质和选制艺闱墨差不多，一方向各方征稿，见好于人，一方亦可以谋利，绝不能与《列朝诗集》、《词综》、《唐人万首绝句选》诸书等量齐观。因为那是"只此一家，并无他处"的名产上货；这是应时的行货，不但他可以选可以卖，别人也可以选可以卖的。所以，他这些著作，都可以置而不论。不过，其中《闲情偶寄》，的确是好书，的确是一家之言，在这书中讲词曲，讲声容，讲建筑，讲种植颐养，无一不精细，无一不内行，并且确乎有个人的独到独得之处。他承明季山人之后，一般讲幽尚，但他是真知其所以为幽尚者，决非如《四库全书总目提要》所骂"山人竞述眉公，矫言幽尚"者可比。中国子部杂书，成系统的很少。像这样言之成理、叙次有法的书实在少见。这是笠翁居金陵 20 年精心结撰的书，有此一书之精，可盖他书之猥杂，无怪他自己得意了。

至于笠翁戏曲小说的创造，与《闲情偶寄》是同样自负的。

在他《与陈学山少宰》书（《全集》卷三）中说：

> 若诗歌词曲以及稗官野史，则实有微长，不效美妇一
> 颦，不拾名流一唾，当世耳目，为我一新。

高奕《新传奇品》也说：

> 笠翁曲如桃源笑傲，别有天地。

笠翁不但是制曲家而且是导演家，他很通达舞台上的事情，所以他的剧本，是适于扮演的；不但音节和谐入格，即脚色场面分配亦至停当，兼能顾及演员的劳逸。所以，别人制的剧本，尽管有文章好而不适于演唱的，在笠翁则无此弊病。曲家剧本在戏台上历史最悠久的，在清朝恐怕他要首屈一指。这可以知道他的戏曲造诣了。

他的小说作法，也和戏曲一样。他自己说："稗官为传奇蓝本，有生旦不可无净丑。"现在看他的小说命名叫《无声戏》，就知道他作小说的门径。同是传奇，不过不唱而已。所以他的小说格局和戏曲是一样的。长处是关目新，人物配置的好；短处是有意求新，人工多而天工少，其结果不免失之纤巧。

至于选材隶事，则笠翁亦不能不顾及时好。他的戏曲小说，差不多都是怜才好色之作。在他的词曲境界中，是清丽有余，遒上不足。他没有吴梅村的萧瑟哀咽，也没有尤西堂的慷慨激昂。他给尤西堂的信（《全集》卷三）称赞尤西堂，说他的曲旨超最上一乘。而说自己"调不能高，即使能高亦忧寡和，所谓多买胭脂绘牡丹也"。这是谦恭的话，也许有自知之明。平心而论，文章绝非一格。人的性趣亦有宜于彼不宜于此的。这种地方我们也不必苛责笠翁了。

他认为作小说与作戏曲同一门庭，我觉得颇有讨论的余地。因为二者从来源上说虽同是杂伎，但事情根本不同；风格亦何能一致？最明显的，戏曲是代言的，小说是纪言纪事的，为什么中

国演戏要分别生旦净丑？是把固定的品类性格付与演员，要他以活动方式形容出来，示与观众的；作小说时对于人物性格固然要辨清，但其责任完全在记叙者之笔尖，不是另外付与人去扫演的。认为小说中的人物，即等于戏曲中的脚色，这是不对的。关汉卿作杂剧，固然分别生旦净丑，司马子长作列传，何尝胸中有生旦净丑之分呢？况且戏曲所重在唱，言情写景，概以词曲出之，而宾白居于疏通地位并非至要。小说所重在白，而四六及诗词摘句等居于疏通地位，可有可无。如果小说就是无声的戏曲，难道把剧本的曲子部分删去，把宾白联缀起来就可以变成小说吗？由说唱的词话可以不甚费力地改成说散的小说，因为词话中大段说白是可以凭借的。由说唱的戏曲改成说散的小说，必须把科白扩大加细，重新改组一下，才是小说。这可以知道二者文体是如何的不同了。我们看笠翁的短篇小说，有时觉得用意与格局都甚好，可是总觉得有点不足，像少点什么似的，就是因为神理间架都好，而叙次描写尚不能琐细入微，新奇的事情，不能得平常的物理周旋回护，所以看来只觉得纤巧。这种地方，大概因为笠翁误认小说戏曲是一件事情的缘故罢！

五

现在要谈谈《十二楼》了。

《十二楼》是我们易见的唯一完整无缺之笠翁短篇小说集。笠翁作此集，在《无声戏》之后。杜浚给他作序，在顺治十五年戊戌，但成书也许更靠后一点。此书体例，与《无声戏》不同之点，便是：《无声戏》每一篇小说，不分为若干回；虽然日本尊经阁本标回数从第一篇至第十二篇共 12 回，但每回只是一篇。《十二楼》是每一篇有 3 字标题；标题之外仍立回目，多的一篇分 6 回（如《拂云楼》），少的却只一回（如《夺锦楼》）。《无声戏》的体例是和冯梦龙《三言》、凌濛初初二刻《拍案惊奇》一样的。《十二楼》的体裁，明人短篇小说集亦有其例：如《鸳鸯针》即是如此。现在看起来，是第一个体裁好一些。但在理论上讲还是一样。因为，说书讲《通鉴》书史，固然非许多次数不可；讲古今琐事亦不见得一次就说完。《水浒传》记白秀英说《双渐赶苏卿》，唱到节次，秀英的父亲说："我儿你且回一回。"就是说：且停一停，姑且算一回罢。元杂剧《货郎担》第四折张三姑唱《货郎儿》，自云编了 24 回说唱。《京本通俗小说·西山一窟鬼》篇说："因来临安取选，变做十数回小说。"秀英说唱的是诸宫调；张三姑说唱的是《货郎儿》；《西山一窟鬼》，大概是说话的稿本。三者在乐艺上门径虽不同，然其所说故事皆是小说而非讲史。可见话本之为长篇短篇，是因为所讲的事情有大事小事：大事说的时间长，次数多，所以文字也长；小事说的时间较短，次数少，所以文字也较短。但分回是一样的。分回与否，并不能看作长篇短篇的区别。《十二楼》是短篇集，虽然每篇分回与《三言》、《二拍》不同，这在理论上是没有不可以的。

书名《十二楼》的缘故，是因为每一故事中都有一座楼，就拿每一故事中之楼名作为每一篇的题目。命意标题，都未免纤巧。但这一点可以置之不论。现在把 12 篇的题目写出来，并加上简单的题解：

（一）合影楼　3 回

演元朝的事情，说广东曲江县有两位缙绅：一个是屠观察，一个是管提举。二人是僚婿，但性情相反。管是"古板执拗"，屠是"跌荡豪华"。以此相左。他们的宅第相连，中隔一墙，独有池沼相通，两家各有水阁东西相望。管公却因为要避内亲嫌疑之故，在池子中立起石柱，石柱上铺上石板，也砌起一带墙垣。这样防微杜渐，不谓不至。但两家儿女因同时在水阁嬉戏，各从水面上认识了彼此的影子，因而隔墙细语，流水荷叶作了递书的使者。不久，屠公的儿子，便得了相思病了。屠公爱子情切，因托他朋友路公向管公求亲（路公为人，不沾不滞，既非道学，亦异诞放，和僚婿两人都合得来）。但越发激起管公之怒，被拒绝了。恰好路公有个女儿，屠公因与路公对亲。不料儿子知道了，病势反而增加。又恳求退婚，而路公的女儿又怨恨不已。路公为难，遂想出一个权便法子：向管公说自己儿子尚未有室。请管公以女儿许字；及至管公允许了，又说自己女儿许过屠公之子；择期同时婚配，请管公会亲。管公眼见他的女儿和路公的女儿双双与屠公的儿子行礼，却不见自己的女婿：经路公说明经过，才恍然大悟，后悔也来不及了。自此两家合好，推倒中间的墙壁，将两个水阁作了洞房，题曰"合影楼"。此篇情节，虽不出才子佳人窠臼，但关目甚属好看，文章亦干净。本来，以一男一女的才子佳人为主的小说，内容既甚简单，只以作短篇为宜。明、清之际的人却偏要凑成二三十回的小说，结果，节外生枝，令人讨厌。像笠翁这篇小说，在才子佳人一派小说中，算是出类拔萃的。

此文开篇说治家之道，应该防微杜渐，使他授受不亲，不见可欲；不但不可露形，亦且不可露影。这是笠翁的假话。他在《闲情偶寄》颐养部中说："终日不见可欲，而遇之一旦，其心之乱也 10 倍于常见可欲之人。不如日在可欲中与此辈习处，则是司空见惯矣。"可见他的男女见解，是不以在男女中间筑起一带高墙为然的。管提举在水面上砌的墙垣，虽然牢实，但最后墙壁仍然被推倒了。可见儒者言防微杜渐，有时亦防不胜防。这是笠翁的微旨。所以文中对于管提举之主持风教，每有嘲诮之词。

屠公是风流人，管公是迂腐人，只有路公是不沾不滞不夷不惠的，这大概是笠翁理想的人了。

（二）夺锦楼　1回

这篇所演的，是一种婚姻公案。说明朝正德初武昌有一鱼行经纪钱小江。妻边氏，孳生二女。父母腌陋，而女儿甚美。小江性情倔强，妻亦泼悍，以此夫妇不和，对于女儿的亲事，二人单独接洽，各不相谋。结果，一对女儿许了4家，4家的姓是"赵、钱、孙、李"。因此纠纷成讼。夫妻各执一词。彼时知府，系刑尊代理。把4家儿子唤来，都是丑形怪状的，不堪匹配，恰有百姓拿了一对活鹿解送到府，遂下令举考生童，卷上要注上已娶未娶字样。以两女两鹿为瑞标，已娶者得鹿，未娶者得妻。结果，取了一位姓袁的，一位姓郎的。又发觉郎生之文系袁生代作。遂以二女归袁。这篇所写只是一幕滑稽剧，并没有多大意思。在《资治新书》初集卷十三《判语部》有《劫亲大变》一判，系钱小江与妻边氏一案，判文与小说所载全同。注云：失名。判尾云："各犯免供，仅存此案。"是仅作为存案，并无悬标考秀才之事。后半大概是笠翁造出来的。他在金华当秀才时，山民获二稚虎献于同知瞿萱儒（名鸣岐，见康熙《金华志》卷十一）。萱儒以一虎送给笠翁。诗集有《活虎行》（七古）一篇即咏此事。稍后许宸章（橄彩）作同知，又给他娶妾曹氏。他和当道交游，大概是受文字之知。可见瑞兽美女两种锦标，都是笠翁自己经验中的事了。

这篇故事中并没有楼，"夺锦楼"之名，是硬加上的。又全文只是一章，既没有二回三回，标题第一回，也觉得不大合式。

（三）三与楼　3回

此篇写一悭吝有心计的富翁，甚得其似。唯后半记侠客设策一段，不免牵强造作。大意说嘉靖时四川成都有富翁叫唐玉川，专买田产，不治宫室。有高士名虞灏，字素臣，是善读诗书不求闻达的人。一生爱造园亭，穷精极雅。与富翁连巷。富翁知道到素臣营造不已，力量不够了，必要出卖，便放下起美屋花园的心思，专等素臣出卖。果然数年之后，素臣积逋甚多，将楼房卖与他，只留了一座高楼自住，下层是接客之所，题曰"与人为徒"；中层是读书临帖之所，题曰"与古为徒"；上层是静修之所，题曰"与天为徒"。总额是"三与楼"。日居其中，甚觉受用。而富翁还是等着买此一楼，因素臣久之不卖，遂逼素臣取赎。素臣有好友要代出赎园亭之费，素臣婉谢之。到了 60 岁上生子，因贺客盈门，置酒席亏空了，遂自动地把此楼售与富翁。朋友不服，说他巧遂了富人之愿。但素臣不以为意，以为本人年老，将来妻子孤单更启其谋害之心，不如此刻卖了倒好。过了几年，素臣果然死了，儿子发科得了官还家。富翁因人告他窖金藏盗，遭了官司。经县官断结，将园亭赎回，仍归故主。原来告状的人，是素臣生时的侠友；埋金栽赃，乃是侠客之计。按：文中虞素臣，即是笠翁自寓。在他的诗集中，有《卖楼徙居旧宅》七绝一首云："茅斋改姓属朱门，抱取琴书过别村；自起危楼还自卖，不将荡产累儿孙。"（《全集》卷七）又有《卖楼》长律一首云："百年难免属他人，卖旧何如自卖新。松竹梅花都入券，琴书鸡犬幸随身。壁间诗句休言值，窗外云衣不算缯。他日或来闲眺望，好将旧主作佳宾。"（《全集》卷六）此二诗小说开篇都载了，说是明朝一位高人为卖楼别产而作。可见高人就是他自己。笠翁一生移家数次，卖楼诗不知何时所作。大概他卖楼时，也许受了富人揤勒之苦，虽然勉作达观的话，心中却希望将来有好儿子有好朋友，恢复了自己的产业。他在顺治十七年（1660 年）50 岁上才生子；文中说虞素臣是 60 岁上生子，差了 10 年。虞素臣楼三层：下层接客，中层读书临帖，上层静修。

这是笠翁自比梁朝的陶弘景。（《梁书》五十一《陶弘景传》：
"永元初，更筑三层楼，弘景处其上，弟子居其中，宾客至其
下。与物遂绝。"）夏敬渠自命圣贤，小说中"文素臣"是写他
自己。笠翁自命隐君，小说中"虞素臣"也是写自己。这真是
无独有偶了。

（四）夏宜楼　3回

演书生瞿佶与詹小姐姻缘，以望远镜为关目。托元时事。谓
金华有乡宦詹公，女曰娴娴。瞿佶曾在肆上买一望远镜，登塔试
眺。詹公家有池塘。一日，诸侍女跳在池中洗澡，小姐出来看见
了，把她们斥责一番。佶则于塔上见之，艳小姐之色，因登门求
婚。詹公示意，云不招白衣女婿。小姐知佶乃才子，闻事未就，
甚觉不快，方捻毫作诗，仅成4句而搁笔，佶又在塔上看见，详
其文字，为续成4句，托人寄示小姐。小姐因疑佶为神。时佶已
中举人，入京会试，中二甲。不待考选而回。但同乡登第者，连
佶在内共三人，都是求亲的。瞿公嘱小姐拈阄定之，不料竟拈着
了别人。小姐托言亡母入梦，说只有瞿姓者应为婿。父不信，自
于神位前祷祝求应。所为疏文，佶又于望远镜中详其文字，嘱人
告知小姐。小姐因谓母又入梦，并能背诵疏文，不差一字。父意
动，遂以女归佶。结婚后，始知佶并无神术，先后都是镜子的力
量。细思虽系人谋，亦有天意。因将此镜供养在小姐住的"夏
宜楼"上。此文命意太巧，因望远镜而想到窥人家闺阁，心术
亦不正。望远镜明季已入中国，但以此器入小说，笠翁算是第一
次了。此文开篇载《采莲歌》6首，云系少时所作，10首去4。
今《全集》卷七诗集尚载10首原文。

（五）归正楼　4回

此篇所叙，纯是谲智。写一盗，恃其智术以种种方法骗人财
物，积得多金。但性颇豪奢，所捐者亦多。后遇一妓，因厌风

尘，欲出家为尼。此盗即出私财买大宅第改建一庵。旧有匾，额曰"归止"，不料燕子衔泥，竟在止上添一横，成了"正"字。盗谓神明示劝，遂出家为道士。又思作殿堂，而费无所出。遂又设诡计劝募，得数千金。造殿成，二人都成了正果。文中所记种种骗人方法，大抵是摭拾见闻，凑在一起的。最后募缘骗富商一事，冯梦龙《智囊补》卷二十七有《谲僧》一条，方法完全相同。今将《智囊补》原文节录如下：

> 有僧异貌，徽商竞相供养。曰：无用供养我，某山寺大殿毁，欲从檀越乞布施。因出疏令各占甲乙毕，仍期某月日入寺相见。及期，众往询，寺绝无此僧。殿即毁，亦无乞施者。方与僧骇之，忽见伽蓝貌酷似僧，怀中有簿，即前疏。众诧神异，喜施千金。后乃知塑像时因僧异貌，遂肖之作此伎俩。

此事宋人说部中亦载之，冯梦龙仍是转抄来的。笠翁曾帮人删定梦龙《谈概》诸书，大概此条来源就是《智囊补》了。

（六）萃雅楼　3回

记明嘉靖时京师金、刘二姓与一扬州权姓者昵。共设一肆廛，市书籍、名香及花，额曰"萃雅楼"。严世蕃闻权之名，欲召入府中。权拒之。世蕃乃示意一内相，诱权宫之。遂出入严府，尽知其私事。及世蕃被劾，权尽以奏闻。上震怒，遂置极刑。权至法场，目睹世蕃之死，并取其头为溺器以报夙怨云。此篇取材甚无谓，语意亦太儇佻。开篇《虎邱看花》诗，今在《全集》卷五。小说云诗乃觉世稗官20年前所作，则渔崇祯时所为诗也。

（七）拂云楼　6回

此篇出力写一婢子。记裴七郎娶妻纳妾始末，其关键全在韦家侍婢能红。略云：七郎未娶时，先与韦氏有成约。后其父贪封氏妆奁之富，与封氏订婚。封女丑陋，不惬七郎之意。后因游湖，雨中遇韦小姐及婢能红，羡之。悔前约不成，懊丧殊甚。未几，封感病死。乃求亲于韦氏。韦恨前之见弃，拒之。七郎乃觅女工俞阿妈，请其向闺中人关说，并谓"小姐如不可求，情愿得婢为妻"。能红喻意，乃设法摆布，卒使韦姓意转，以小姐适七郎，而己为侧室。因为能红在韦家"拂云楼"上看见七郎的风姿，故小说取名《拂云楼》。按旧式婚姻，诚然迷信的事情甚多。文中记能红设策、以算命占梦诸说惑小姐及其父母，固于情理不悖。但其私心滔滔，为自己留地步，亦甚明显。何韦姓一家听其摆布，竟是惯惯全无知识者？欲见能红之巧，反觉小姐太庸。文章不免因之而减色。

（八）十卺楼 2回

此篇记永乐初永嘉一士人姚氏，将婚，起一楼，仙人降乩，题其匾曰"十卺"。已而迎娶，乃一石女。继换得其妹，貌丑兼有隐疾；又换得其姊，貌与女坍而不贞，又送还其家。自此续娶，凡9次，非入门即亡，即因故退亲。不胜寂寞之苦。过了3年，母舅某氏游西湖，为聘一妇至。入门识其人，即第一次所娶之石女。相处数夕，妇因生疮，人道遂通。夫妻好合逾常。"十卺"之言亦验。

（九）鹤归楼 4回

这一篇记宋政和间有僚婿二人：一名段玉初，一名郁自昌，同婚于官尚宝家。段妻曰绕翠，郁妻曰围珠：俱是国色，而翠尤胜。段性安恬，结缡后每虑造物忌盈，与妻以惜福安穷相勉励。郁风流多情，夫妻恩爱异常，誓不相离。是时国家多事，段、郁俱奉命使异国。临行时郁惜别眷恋，不胜悱恻；段以冷语绝其妻，讽其再嫁，并题所居楼曰"鹤归楼"，示不望生还之意。恝然竟去，妇大恨之。既至金，俱被羁留，段居厄处困，夷然甘之；郁则念室家不已。数年放还。郁已须发皓白，视其妻，则思夫不至，已憔悴而死。段犹健旺，视妻则貌加丰，色加丽。相见询问，妻因前隙，怨犹未已。段乃具述凤昔所以故为寡情之故，并指8年前羁旅中寄内诗为证，顺读之，乃决绝之词。试使逆读，则皆慰藉温存之语，以织锦回文自喻。妻意乃解。于是会亲友，"重拜花堂"，"再归锦幕"，胜新婚之好云。郁大概就是"欲"字，郁自昌就是"欲自昌"。段玉初乃"断欲于初"耳。《全集》卷三有《粤游家报》一首云：

> 因输榷钱，稍停一二宿。不出日之四五，决抵家矣！明知归期不远，而前信中迂其说者，虑尔辈望人急切，深难为情，"朝朝江上望，错认几人船"，此等闺情皆为早订归期误之也。即今不出四五之说，亦是我自为政，未尝虑及于天。不见出门之两昼一夜乎？勿盼来人，但占风信可耳。

拿小说中段玉初教郁自昌的话比较一下：

> 生端争闹者，要他不想欢娱，好过日子；题圖示诀者，要他绝了妄念，不数归期。这个法子不但处患难的丈夫不可不学，就是寻常男子，或是出门作客，或是往外求名，都该用此妙法。知道出去一年，不妨倒说两载；拿定离家一月，不可竟道三旬。出路由路，没有拿得定的日子，宁可使他不望，忽地归来；不可令我失期，致生疑虑！

这是笠翁的话，借着段玉初口中说出来的。文中所写段玉初的学问，也就是笠翁的学问。

（十）奉先楼　2回

记明末池州东流县舒秀才妻存孤事。舒姓世世单传。舒妻生子，时天下已乱，妻矢守节，夫劝其存孤。会族人于宗祠（奉先楼），人言皆与夫同。志遂决。未几妇为乱兵所获。鼎革后，辗转入一清将之手。生丐食觅妻子，相遇于湖、湘间。妇在官船上，知为夫，命以铁索系其颈。将军后至，验铁索，知无他。闻系故夫，即以子付之。生去，妻遂自缢。将军壮其节，追生回竟以妇还之。舒家世不杀生，戒食牛犬，生在旅途困苦中，犹确守此戒。夫妻父子卒得团圆，亦得神默佑云。妇节行甚高，文据实敷衍，颇能传神。

（十一）生我楼　4回

此篇演一家团圆事，与《巧团圆》同。云宋末事，似有所本；但写的恐怕即是明末乱离的情节而加以点缀。略谓湖广郧阳府有富翁尹氏，因起楼时生子，就名子为楼生。子幼时失踪，频老无子，乃出游欲觅一可托者为嗣。自书卖身文告，云有人以父事之者则属之。至松江，一后生如约买之，执子礼甚恭。时元兵深入，父子急归。舟至汉口，子云凤所聘妇在此，将寻之。既别，登陆，时乱兵掳民间妇女，封置布袋中列肆售之。子买妇，乃得一老妪，遂母之。妪为言同难中有一女绝丽，袖藏一玉尺可验，属再买之。子如言，得之，即所聘妇，玉尺乃当年媒定之物也。相与买舟至郧阳，恰遇尹翁，而妪即尹翁之妇。至家，子登楼，识其物色，而子即当年所失之子。其事甚巧。文中所记买父母一节，尤属奇僻。但《聊斋·菱角》亦有此事。一个天性笃厚的人在伶仃孤苦的时候，或者能有此痴心，亦未可知。王士禛《池北偶谈》卷二十四"一家完聚"条，记浙东人家事与此篇相似。文云：

> 浙东乱时，诸暨陈氏女年甫十六，为杭镇拨什库所得，鬻于银工，坚不肯从。杭人郭宗臣、朱胆生、尚御公者，创义醵金以赎难民。知女之义，赎之。方至，忽友人某赎一童子，问之，即其夫也。翌日，赎一妪至，乃其母也。继又赎一妪至，其姑也。有两翁觅其妻踉跄至门，即其父与翁也。两家骨肉，一时完聚。盖将于十二月二十四日婚而兵忽奄

至，遂被掠云。

有人引此条以为即《巧团圆》所本。但细察并不尽同，似非笠翁所本。因为士禛所记此条，比《巧团圆》、《生我楼》还巧，笠翁是好奇的人，如本此事作稗官，断无改换情节使趋于简单之理。当明季乱时，骨肉相失者固多，即离而复聚，凑巧的亦必不少，决不止《池北偶谈》所载的一事。笠翁偶拈一事为题，虽家人巧遇相同，却不必说定是此事。至于口袋装人出卖的话，却是当时实情。如严思庵（即严虞惇）所记扬州蒋老娶京师妓女罗小凤事（文据《香艳丛书》二集卷一所载）：

> 已而大兵渡江，军中不许携带妇女，限三日卖诸民间。诸披甲以买主拣择，致价不均，各以巨囊盛诸妇女，固结囊口，负至通衢，插标于囊上求售甚急。一披甲欲卖去囊中人，三日不售，怒而欲投之江，同伍力阻之，曰：蒋蛮子劳苦无妻，曷以赏之。

于此可以知道国破家亡之时，人民遭遇之惨，无奇不有。笠翁此篇与上篇《奉先楼》，都根据耳目所见闻的写的。虽然是小说，亦当时社会史料之一角也。

（十二）闻过楼　3 回

这一篇是《十二楼》之最后一篇，与上篇《三与楼》同是笠翁的自寓，其追怀往事梦想将来也是一样的；而此篇格调清新，尤觉空灵可爱。不但入话一段纯为自叙，即正传顾呆叟故事，亦是华严楼阁凭空蹴起的，其实完全说的是自己。略谓：明嘉靖间常州宜兴有林下太史姓殷，其中表曰顾呆叟，为人恬淡寡营，是隐逸一流，因场屋不利，遂绝意进取。然太史与诸乡宦皆重之，乐与往还。呆叟以酬酢不胜其烦，自结茅屋于乡曲，移居之。众知之而无可如何。殷太史以不复闻呆叟规戒之言，念之尤切，至题其楼曰"闻过"，志响慕之诚。久之，众人均不胜索居之苦，乃相与设计，谋之县令，先迫之为掾吏，以行贿得免。又属人伪为盗劫之，几罄所有。又诬其通匪窝赃，驱人城拘审。稍近城门，一小村落，则众乡宦皆候于此，属其暂寓村中，将为分解。呆叟从之，诸乡宦者皆先后别去。已而县役至，返其前贿；顷之盗至，返其劫货；又顷之，县令至，致敬礼而去。呆叟大疑惑。既夕，诸公携酒至，为述始末，始知前后遭遇皆众人相召之计。其庄园即县令与众人预为呆叟置之者。呆叟感其意，遂移家近郊。太史亦置别业于近侧，时与呆叟谈宴云。

　　我们稍知笠翁生平，便知道这一篇小说是笠翁自己的梦。他一生搬家数次：早游吴中，由吴中回金华原籍，在金华住 10 来年，鼎革后又搬到杭州。在杭州住了 10 年，又移家至南京。最后又由南京返湖上。此文入话，自称"余生半百之年"；顺治十七年（1660）庚子笠翁年 50，此时已寓金陵。大概这篇小说，是初到南京后作的（杜浚的序虽署顺治十五年［1658］戊戌，预先作序，也是常有的事）。他的遭际，在原籍时很不坏。他性喜幽尚，有亭园之好，而此时即有伊园别业。在他的诗集中，有《拟构伊山别业未遂》一题（《全集》卷六）；大概最初有志修造，而为力量所限，但不久居然成功了。考笠翁造伊园，正是他居金华郡斋之时（《全集》卷七有诗序云："郡斋有花数种，余归葺舍，灌溉无人，皆先后枯死，唯芍药尚有生机，移归志喜。"）。大概给他出赀修造的，就是金华同知许宸章。读他的《伊园杂咏》诗（《全集》卷七五绝），知此园虽小小规模，亦有胜概。所以，他此时非常满意，形之歌咏：在诗集中有《伊山别业成寄同社》诗 5 首（《全集》卷六七律）；有《伊园十便》诗 10 首，《有伊园十二宜》12 首（并《全集》卷七七绝）；又有《山居杂咏》5 首（《全集》卷五五律），都是这个时候作的。他的古体诗都不好，近体亦近率易，但这些诗都是安闲春容的。可见当时意趣之佳。但笠翁这种安适恬淡的生活并不能长久。到了鼎革之后，他一时失其所依，不得已移到杭州。住杭10年，甚不得意。因为受不了营债及其他债务之累，又跑到了金陵。此时正是促促不宁的时候，想起先年个人生活遭遇，自然免不了要感慨思慕。在此篇入话中所引的诗，都是当时为伊园作的，可以知道笠翁此时对于陈迹是如何系恋！所以，我说：这是笠翁的旧梦。但旧梦之外，还有新梦。因为过去的事，空想是无益的了，人的性情，于怀旧之外，还是盼望将来。笠翁此时，便是盼望再有一般乡绅大老帮他的忙；对于他的居住生活问题，重新解决一下。这话不是揣测，是有事实可以证明的。以下就集中所载，略指出数条，作为说话的根据：

笠翁移居金陵之后。第一感到切要的，自然是居住问题。在《一家言全集》卷三《柬赵声伯》书云：

> 日暮途穷，料无首丘之日。欲得数椽小屋，老于此邦。顾不欲近市，市太喧；不欲居乡，乡有暴客之警。非喧非寂间，幸叱尊伻，为羁人留意。

他的理想的住所如此，这和《闻过楼》中殷太史给呆叟置的村落"近城数里之外，朴素之中又带儒雅，恰好是儒者为农的去处"，条件恰好相合。他的芥子园金陵别业，地近长干，大概也在不喧不寂之间。金陵别业，是否即赵声伯代为物色的，或是别人帮忙，现在不能考证了。

笠翁是游荡江湖没有恒产的人，所以，他的庄园之兴时时流露。他于康熙六年（1667）入秦，所得甚丰，寄家人诗，便有"不足营三窟，唯堪置一丘"之句。当他60余岁寓金陵的时候，龚鼎孳由京师给他来信，云将购"市隐园"，与笠翁结邻。他欢喜的了不得，立成四绝奉寄以速其成，词甚卑屈（《全集》卷七），并与芝麓书述此事云：

　　闻购市隐园，预为"太傅"鏖棋之所，与予小子衡门咫尺，使得曳杖追随，甚盛事也。而渔之所幸，不独在庑下佣春，可时受"皋伯通"照拂，且以生平痼疾，住在烟霞竹石间，泉石经纶，则绰有余裕。……兹闻"裴公"将辟"绿野"，去隐人逗轴，不数武而遥。"公输"在旁，徒使袖手而观匠作，大非人情，矧出知人善任之主人翁乎？是向托空言者，今可见之实事。（《全集》卷三）

余澹心《板桥杂记》载鼎孳顺治丁酉（十四年［1657］）偕夫人重游金陵，寓市隐园中林堂。当时或系借寓，至此时始议购买。鼎孳待笠翁很好，所以笠翁闻知此信甚喜，立促其实现。信中提及游秦游闽，又说到《闲情偶寄》。并有拟入都之语。考笠翁游闽在康熙九年庚戌；《闲情偶寄》于康熙十年辛亥成书；而鼎孳卒于康熙十二年（1673）九月。是笠翁写此信决不能过康熙十二年。其时当在康熙十年（1671）后及十二年癸丑夏入都之前，上距顺治十五年（1658）戊戌《十二楼》出书，相隔已有10余年了。小说中的顾呆叟，是与殷太史结邻的。笠翁作小说，并不能将后10年的事写进去。也许鼎孳在顺治间和他早有结邻之约，小说暗寓其事。到了康熙年间，旧约要实践了。于是小说中的幻想，几乎成了事实。虽然小说在先，事实在后，而我们仍不妨看作一事。以此证明作者的心理是没有不可以的。

　　康熙十三年（1674）甲寅，笠翁游杭。回到金陵以后，又与徐电发信，请其向当道说话。《全集》卷三载此书云：

　　归舟日把新篇与《柳村》、《棠村》二帙，更翻快读，竟不知为路几何，为日几何，而已忽抵金陵矣。吾乡寇警渐疏，此地妖氛转炽。弟欲归依"刘表"，未审贵东翁及在上诸当路，肯复授一廛而为氓否？

这也是求人代置庄园的信。此书不记年月，但考究起来应当是康熙十三年（1674）甲寅。因为书中提及《柳村词》。《柳村词》是钱塘知县梁冶湄（即梁允植，真定人）作的。笠翁游杭时，冶湄出所著《柳村词》嘱笠翁选定，笠翁因作诗赠之。事正在康熙甲寅。

　　按：《全集》卷六有赠梁冶湄诗。诗序不书年月。但赠梁诗次赠臬宪郭生洲诗之后。赠郭诗序云：甲寅复至武林。按郭生洲即郭之培。康熙十二年（1673）、十三年，任浙江按察使。梁允植任钱唐知县凡八年，自康熙十一年（1672）起至十九年（1680）始离任（并据《杭州府志》）。与郭生洲同时相值。康熙甲寅春耿精忠叛，浙江戒严。笠翁以秋至武林，故赠梁诗赠郭诗均有"传檄"、"羽书"之语。则晤二人赠诗，均在甲寅秋无疑。徐电发是江苏吴江人，此时馆于杭州。笠翁在杭州赠徐诗有"西湖近有莲花幕"及"更喜主人能和客，新词日竞紫毫铓"之句（卷六）。似电发即客梁冶湄署中。笠翁返金陵后，与徐电发书述途中事，有舟中读《柳村词》之语。则梁以《柳村词》赠笠翁，与笠翁所云舟中读《柳村词》，前后一事。与徐书亦当在康熙甲寅无疑。

是年，耿精忠与郑经联络反清。清朝派军队去打他们。浙江官吏供应不遑，南京亦风声鹤唳。笠翁大概鉴于顺治十六年（1659）郑成功攻瓜州江宁之事，欲回杭州，所以给徐电发书有"欲归依刘表"之语。明年乙卯，笠翁送两儿回浙应试，归志益决。又迟了一年，至康熙十六年（1677）丁巳，便正式由南京迁回杭州。笠翁的目的于短期间真达到了。

　　笠翁湖上买山，自称是"浙中当道维持之力"，大概给徐电发这封信很有关系。丁巳卜居后，因构造层园，又与都门故人书，以"修葺未终，不能释手"为词，请其向京师贵交关说，各助以力（卷三《上都门故人述旧状书》）。可见笠翁关于居处庄园问题，自壮至老无一次不需人之助，无一时不望人之助。《闻过楼》小说，便是笠翁理想的遭遇。他希望他所结交的朋友待他，如殷太史和诸位乡宦待顾呆叟一样；他所遇的地方官，是小说中常州府宜兴县的地方官。这篇小说虽然是顺治末年作的，但十几年前的伊园，眼前的芥子园，20 年后的层园，都是宜兴县城外小村落的变相。我们认识了《闻过楼》中的顾呆叟，便认识了笠翁了。

原载 1935 年 12 月《图书馆学季刊》第三第四合期

夏二铭与《野叟曝言》

　　《野叟曝言》一书，洋洋洒洒长至 150 余回，在才子佳人之作中，可谓庞然巨帙，作者又为名士，故得著称于世，流传最广，绝非同类中其他诸书所及。无论如何，其在文学史上之地位，自不容否认。余因撰《中国通俗小说提要》，对于此书及作者事略，稍为留心，爰以暇日，撰为此篇，事异造作，文非雅正，且所据为《浣玉轩集》一书，缘是辑本，于作者生平，犹恐未能深悉，疏漏之处，当所不免。海内同志，幸督教之！

一　版本

　　此书夏敬渠撰。今所见者，只光绪辛巳（1881）毗陵汇珍楼活字本，及光绪壬午（1882）申报馆排印本 2 本。皆不题撰人名。辛巳本半页 10 行，行 28 字，版心上题第一奇书，全书 20 卷 152 回。句下有评注，每回后有总评（间有白文无评者）。第二回末及第三回首均有缺文。二回后有字二行题云："下有发水覆舟救姝挖龙擒怪宿庙结妹逢凶截僧烧寺破墙放女等事世无全稿只仍原缺。"卷十八第132回至第135回，4回均有目无文。其余诸回中，缺失亦多（如第十一回、第二十六回、第五十五回、第七十回、第七十六回、第八十四回、第一百零三回、第一百零七回、第一百三十回、第一百三十六回、第一百三十九回、第一百四十回、第一百四十五回、第一百五十一回均有缺文，第一百三十六回仅存一页，残缺尤甚）。卷首光绪辛巳（1881）知不足斋主人序，又凡例6条。序称"《野叟曝言》一书，吾乡夏先生所著也。惜原本缺残。有名太史某公，才名溢海内，拟为补之，终以才力不及而止。近有某先生邃于宋学，谓此书足资观感，欲为付梓。集资甫成，遭乱而辍。兵燹后传本愈鲜，残失愈多。予自维才谫，何敢续貂，姑搜辑旧本之最完者缮付剞劂。普天下才子倘有能续而完之者，予将瓣香祝之矣"云云。壬午（1882）本154回，亦20卷。增多第三、第四二回（以原书第三回为第五回），于前之缺文皆已补完。无评注，每回后总评悉同辛巳本。凡例亦6条，其前4条亦与辛巳本同（辛巳本第五条谓此书从未刊刻，兵燹后抄本又多遗缺；第六条谓缺处仍依原本注明，不敢妄增一字，俟高才补续云云。此本既称全稿故删此二条）。此本除排印本外，未见刊本。首光绪壬午西岷山樵序，称康熙中其先五世祖韬叟宦游江浙，交敬渠，得见敬渠原稿。请为之评注，因录副本。什袭者百有余年，遵先人之命，终未刊行。及见吴中刊本，缺失十一，始出其全本，付海上之刊是书者。按此二本所载序，其言皆未的；而壬午本尤可疑。辛巳序谓敬渠康熙间幕游滇黔，足迹半天下，抱奇负异，郁郁不得志，乃发之于是书。壬午序谓其五世祖于康熙中获交敬渠。敬渠应人聘祭酒帷幕中，遍历燕、晋、秦、陇，自湘浮汉，沂江而归，首已斑矣。乃屏绝进取，一意著书。阅数载，始出《野叟曝言》20

卷云云。按：敬渠生康熙四十四年（1705；详见后），至康熙六十一年（1722），亦仅 19 岁，曷得有"足迹半天下"、"首已斑"、"屏绝进取"之语。此由年远失实，犹可言者。至壬午（1882）本则可疑之点有三：（一）据壬午本序，《野叟曝言》为家藏秘本，曷以凡例中 4 条及每回后总评（序谓其祖请为评注，似所藏者为其先人评本）悉取辛巳（1881）刊本之文？（二）辛巳本于缺处仍依原本注明下缺，不敢妄增一字（凡例第六条），态度至为忠实。如第十八卷中缺四回，注云："原稿全缺，只录卷数回目。"又如第三回、第七十六回、第八十四回、第一百三十六回、第一百三十九回、第一百四十回回首均注缺，而皆著其目。原稿既缺，卷数回目何以知之？必其目录未缺，犹可依据。倘原本第二回后缺二回，辛巳本亦必存其目，今仅注缺失，别无二回之目，则原书目录只 152 回可知。然则此书本为 152 回，壬午本乃据二回后所记事端增撰二回之文，作 154 回。（三）以辛巳缺本校壬午足本，足本文字往往与辛巳刊本不合，且有不相衔接之处。如壬午本第七十六回论陈寿帝蜀不帝魏事有云："谓其（指魏武）挟天子以令诸侯，资后嗣以篡汉之基云耳。"辛巳本则令诸侯下尚有 6 字，文为"谓其挟天子以令诸侯，□而□食□千，资后嗣以篡汉之基云耳。"按：《浣玉轩集》卷二《读史余论》载此文，作"谓其挟天子以令诸侯，因而并食疆土，资后嗣以篡汉之基云耳。"则原文有 6 字甚明。壬午本无此 6 字，明以缺三字，讹一字，失其句读，遂毅然删去不用。又第一百四十回辛巳刊本自"曲阜县辞去留进内书房"起，以上文全缺。壬午排印本文不缺，独失"曲阜县辞去"5 字，此亦续作时因文便略去此 5 字。由是言之，则壬午本殆为续作而非足本。其所据者，即是辛巳本。因辛巳本序及凡例均有望高才者补续之言，已启人续作之机也。

二　作者略传

敬渠字二铭，字懋修（《江阴县志》云：号懋修。鲁迅云：号二铭。按二铭与敬渠相应，朋辈亦皆以二铭呼之。疑二铭是字），江阴人。曾举博学鸿词不第（见集四《举鸿词被放》诗及《悼亡妹》文），杨名时拟荐修《八旗通志》不果（见《浣玉轩集》潘序），《江阴志》称其"英敏绩学，通经史，旁及诸子百家，礼乐兵刑天文算数之学，靡不淹贯。著述甚多，有《纲目举正》四卷，《全史约论》不知卷数，《医学发蒙》四卷，《唐诗臆解》二卷"。嘉庆十年（1805年），子祖耀辑《经史余论》、《学古编文集》为《浣玉轩文集》4卷；辑《亦吾吟》等集为《浣玉轩诗集》2卷（内分《亦吾吟》、《向日吟》、《五都吟》、《鼠肝吟》、《吴歈吟》、《秣锡吟》、《瓠蠡吟》7集），均未刊。庚申（咸丰）兵燹后，书多散失，侄孙子沐辑为《浣玉轩集》4卷刊之。其生平行事不可考。盖尝游杨名时、孙嘉淦、高斌等之门，甚负时誉。40年前，设帐北京，居甚久，《读经余论》、《读史余论》、《学古编》、《亦吾吟》、《浣玉轩文集》、《唐诗臆解》即作于此时（据文集潘永年《经史余论序》及惠元点《唐诗臆解序》）。又漫游南北，尝客陕西、江西、福建、湖南诸省（据集四诸诗。辛巳（1881）本小说序则云曾入黔滇）。盖皆度其幕僚生活。生康熙乙酉四十四年（［1705］；钱静方、蒋瑞藻考证及辛巳、壬午（1882）小说序均谓敬渠为康熙时人。鲁迅定为乾隆间人。按集三《悼亡妹文》："辛卯年冬，龙蛇运厄，珠胎孕腹，正先严易箦之时。"敬渠及见孙嘉淦，则辛卯为康熙五十年（1711年）。又据《孤儿行》云，"孤儿七岁老父亡"，上推6

年，适当康熙乙酉［1705］）。享年甚久（婿六云、望斗南《浣玉轩诗集》跋），其卒当在乾隆末，嘉庆初。《野叟曝言》一书，当为其晚年所作也。

三 内容评论

书记成化时事，略云：文白字素臣，苏州府吴江县人。有兄，母水氏，早寡。素臣具文武才，尤以崇圣辟二氏为职志。尝试于有司不利，睹国事日非，乃欲遍游天下，备他日之用。南游杭州、丰城以征召入都。面奏罢二氏，诛奸党，得罪谪辽东。旋归省亲。复出，由闽渡海，游台湾，又道南京至登莱。所至锄强扶弱，物色英雄，尤为美女所倾心，先后得三妾，再入都，东宫尊以师礼，钦赐翰林。与皇甫金相巡按九边，遍历燕、晋、秦、陇、云、贵、川、广各地。遂大拜。新主即位，宠眷尤深。天子加礼，号为"素父"。敕建府第。又尚郡主，为左妻；妻田氏，为右妻。二妻四妾，分居六楼，楼名皆如其人。母百年寿，天子赐匾与联。子孙蕃衍，咸得高第，跻大官。除夕家宴罢，素臣梦至"薪传殿"，位在昌黎上云。即以梦结束，意亦谓托之幻想，如卢生黄粱之梦也。综其撷拾事端，不出三途：一曰影射明人事，如平谋叛宗藩之似王守仁；捣红盐池营之似王越；景王为宁王宸濠；相臣"安吉"，即万安刘吉；太监"靳直"，即汪直刘瑾；附靳直之"陈芳"、"王彩"，即附汪直之陈钺、王越，附刘瑾之焦芳、张彩。钱静方《小说丛考》言之綦详，兹不具引。二曰取当代人事为之，如毁五通庙似汤斌，治任知县女病似叶天士。三曰自述，如所述素臣家庭游历之地，以及学问志趣，无不与敬渠合。唯显贵为不侔，则作者固反言之为快意之谈耳。故论其始否终泰，以文字补足个人之缺憾，实与才子佳人者流同，而间架魄力较为宏阔，其欲望亦不仅至于中状元得美色而止，斯为少异。但文素臣既为作者自寓，如书中所述素臣经文纬武，居然一代伟人，夸诞如此，殊可骇怪。而细按之则亦不足异。作者于当时盖负时誉，曾游名相之门，得其宾礼，如孙嘉淦则因讲"君子中庸"章至有下拜之事（见潘永年《经史余论序》及《怀人诗》注）；而朋游品藻，尤多溢美。作者既矜其学，益以自负，而自伤不遇，坐废"明时"，遂乃造作小说，寄其幽愤，肆为大言。其于书中，盖无时不发挥其卫道之精神：愚夫愚妇，咸蒙开导；淫僧恶道，任其诛夷；语录之作，连篇累牍。然而"怪力乱神"纷然俱作，以云圣道，实乃杂糅。而又道心不坚，时作绮语，每至荡魄销魂之际，辄能克制，无所玷染；其叙在李又全家被羁一段，摹绘媟狎之状，长至4回一万余言（第六十七回至第七十回），最后乃以胸中无妓了之。盖既以卫道自命，则虽铺陈男女情态亦不得不饰以儒术，而事乃益苦，文乃愈怪。《小说小话》讥之，谓《杂事秘辛》与昌黎《原道》并列，非无由也。书中古文俚语，参差并出，构造事端亦颇失之张皇。至集中论经史文字，往往摘录于各回中，一字不易，尤为小说中未有之例。

四　浣玉轩集与小说

小说所记有与二铭事相印证者，今不惮琐细，详述如下：

（一）家庭　小说谓素臣兄弟二人，母水太夫人，早寡，生女不育。据《浣玉轩集》，二铭母汤氏（集四有《别母舅汤西崑》诗）；又有长兄（集有"伯氏仲氏"之语）；妹嫁某氏，不得志，常居母家，以病死：此其家世悉同。所谓"水太夫人"者即析"汤"字之半为之。

（二）游历之地　小说述素臣游历，谓道杭至丰城，以征召赴京，得罪谪辽东。后一度南归，再出，由杭入闽，渡海至台湾。折回，经南京至莱州。奉太子诏入京。从皇甫金相巡阅九边，历晋、陕、甘、云、贵诸省，至广西视察苗侗云云。据集，则二铭足迹所至，有江西（集四有《滕王阁放歌》及《抵南昌》一律）、福建（集四《别明直心王静斋等》诗有"那知残腊尽，真向八闽行"之句，又卷首著作目录《纲目举正》下，祖耀案：有携入闽中之语）、东三省（诗集有《铢锅吟》）、陕西（集四有《经华山》、《复题华岳》、《华清池坐汤》3 诗及《自潼关至商南道中口占》7 首）、湖南（集四有《九日登君山分韵》诗）。又尝设帐京师，迎母奉养（集四有《明岁春正奉请家母入都》诗）。与小说悉合。唯广西似未至，而集四有《送八叔父之广西罗城》诗，《怀人诗》注谓"何梅村赴思恩太守任，曾作札以爱民告之"，则因亲朋所至连类及之；又集为辑本，或曾亲至，固未可知也。

（三）朋游推许　第一回谓素臣将远游，叔何如约诸友为素臣饯行。其人为申心真、景放亭、元首公、金成之、匡无外、余双人、景日京，宾主共 8 人。即席言志，素臣云："设使得时，当踵韩公《原道》之志。"众皆称善拜下风云。按潘永年《经史余论序》云："丙辰岁，诸名士集芳三蔡君寓，翁君朗夫、谢君皆人、沈君确士长于诗；王君梦妃、侯君元经长于古文；自朗夫外，皆长于制义；而皆人、确士又善论诗，芳三又善论制义。众谬推余长于经史，而以二铭为兼备众人之长。余时亦以为然。"主客亦 8 人。其人名与小说有相应者，有不相应者。虽互为品目非言志之谓，而其事实相类。言志一段，即缘此而作，无可疑也。

又潘序于二铭推许极至，引高阳令浦湘之言云："吾于二铭如许鲁斋之于小学，敬之如神明，爱之如父母。"序又谓"客山李君工诗，与确士齐名，谓读二铭解《秋兴》八首，乃知从前笺注，直是痴人说梦。皆人（谢皆人）心醉《臆解》，……恨年已迟莫，不克尽弃所学而学之。"惠元点《唐诗臆解序》云："余少即学诗，自与二铭交而学废；尤喜为人说诗，自与二铭交而说废。"二铭在当时为侪辈所推许如此，固无怪小说中素臣之雄长一世，到处逢迎也。

（四）怨家　《小说小话》谓其同邑仇家为周某，所谓"吴天门"者即是其人。按第十二回所记富人田有谋事，当亦有所指。集四诗有《匹夫》一首，历数匹夫之罪有云："匹夫有物盈阿堵，箧库杀人不可数。""匹夫有印粉绶组，威福杀人不可数。"结云："新诗绘成九鼎图，千古匹夫泪如雨。"其人盖富贵而悭吝险诐者，《小说小话》所云，或不谬也。

（五）母百年庆寿事　小说谓水太夫人百岁寿，皇帝题匾为"女圣人"3字，又赠二联：一云："百年人瑞，万世女宗。"按集四《怀人诗》注云："相国徐蝶园元梦寿余母六十，亲书一联曰：'名闻天下，节冠江南'。"又云："相国高东轩斌任直隶总督时，奉旨查勘南河，于临发时为余母亲书'金石同坚'匾额。"是题匾赠联，均有其事，特为相国而非天子，百年寿为60寿不同耳。

（六）发水覆舟事　集四诗有《夜泊奔牛忽遇大风雨舟破沉水得渔船捞救口占》一首。

（七）拒婚仗义事　小说叙素臣仗义济人之危，其事甚多；又到处为女子倾倒，向素臣求婚，多持正拒绝之。事亦有因。集三《悼亡妹文》云："丁年未聘，屡却富女于王孙。"又云："频年下第，翻怜此辈登科；从井救人，惟笑庸夫无胆。"则小说事固为素臣自道。

（八）人名　《小说小话》谓二铭至友为王某、徐某，即所谓"匡无外"、"余双人"。按王为王静斋，官文选司主事，罢任家居，贫而有守（《怀人诗》注）。徐为徐澹庵（集四有《送徐澹庵南归》诗）。小说中之"赵日月"、"申心真"当为一人，为明德（明德，字直心，旗人，姓赵，为八沟同知，亦见《怀人诗》注）。元首公当为侯元经（元经见潘永年序）或赵麟山（麟山，名元槭，曾为庐州府学博，见《怀人诗》注）。"金成之"当为表母舅盛金（金字苣滨，见《怀人诗》注）。素臣季叔雷，字观水；族叔点，字何如；集四有《别兰台叔》及《怀八叔父滇南》、《送八叔父之广西罗城》3诗，当即其人也。又小说第十九回谓至友洪长卿在京病危，急往视之。集四有二律题云：《闻张鲁传死信五年矣今忽知其见在喜占二律却寄》，当即其人。其余书中诸人，大抵有所影射，第见闻未博，苦难详考，其约略可知者仅以上诸人而已。

（九）诗文　二铭著《唐诗臆解》、《经史余论》、《纲目举正》、《全史约论》诸书，为朋游所称。均已佚。如小说第一回解崔颢题黄鹤楼诗，第七十五回辨杜诗"分明怨恨曲中论"一段，当即《唐诗臆解》之文。第七十二回论吴季札与集一《左传论》意同，当是《读经余论》之文。第七十六回论陈寿帝蜀不帝魏，举24事为证，自"古人每以陈寿帝魏不帝蜀"句起至"非即以尽之也"句终，与集二所载一字不错。至论司马温公《通鉴》帝魏之故，及解陈寿挟嫌不表扬诸葛一大段，几至3000言，为集所不载。第七十三回论汉高帝、唐太宗、宋太宗，集亦不载，当是《全史约论》或《纲目举正》佚文。又集四诗《古意》一首载小说第一回；《滕王阁放歌》一首，又《远行》一首载第十三回；《西游辞》一首载第十七回（《远行》诗小说所载比集少6句，余诗亦间有异文），即以此诗受任氏女湘灵之知，意惹情牵，实缘此诗，终成眷属。凡小说所载，盖皆二铭得意之作也。

　　凡一种创作，无论如何，不能超出个人经验之外，故小说之作，半为自述。此《野叟曝言》一书，论其外貌可谓怪怪奇奇，羌无故实，而按之遗集，则其一一隐合，士生百年之后可以考见者犹如此，斯亦饶有趣味之事矣。

　　　原载 1931 年 3 月 9 日《大公报·文学副刊》第一六五期

关于《儿女英雄传》

一 绪论

在清朝小说中，文康的《儿女英雄传》，和以听石玉昆说书的笔记为底本的《忠烈侠义传》最为晚出。同是北京人作的，同时用北京话演说的北方文学，一则形容草泽英雄，一则述八旗宦家的生活，俱能纡徐尽致，可以说是清代小说的后劲。《忠烈侠义传》经俞樾品题，很引起世人的注意。《儿女英雄传》在当时还没有这样的遭际。而近年来因白话文学之兴起，以其北京语言之妙，甚为研究语言者称许。吾师钱玄同先生便是其中之一人。他曾在《京报》投稿，冒充青年，列此书为本人爱读书之一。钱先生对于此书能成诵，谈话之际，动不动征引，几乎成了他的类书。可以想见他的狂颠的趣味了。

我之尚友文康先生，是近年的事。对于此书，愧没有多少的见解。然而零零碎碎的也还有一点。现在就草草写在下面。疏陋之处，定然不少。望读者原谅。

二　版本

此书出后，最初只有抄本。今所见者，以清光绪四年（1878）戊寅北京聚珍堂活字本为最早，无图，无评注。其次为清光绪六年（1880）庚辰聚珍堂活字本，无图，有董恂评注。又次为清光绪十四年（1888）戊子上海蜚英馆石印董评本，从庚辰本出，每回前附图一页两面，亮光的墨色儿，精致的图儿，可知好哩！这3个本子，都可算善本。董恂评此书在光绪六年庚辰，聚珍堂的戊寅本业已出版二年，但董所据的恐怕还是抄本。此外凡附董评的，多半从蜚英馆本出。如上海著易书局印本，正文和图的样子都和蜚英馆本差不多。可是有一件，就怕比较，若拿蜚英馆本一对，就知道差得远了。又有申报馆排印本，有扫叶山房排印本，皆无评，实是一本。扫叶山房本每回前多了缩印蜚英馆本的图。这两个本子都不好，错字很多。还有一个刻本，本文则覆刻聚珍堂庚辰本；图则翻刻蜚英馆本，刀子划的横一道，竖一道，人物都分辨不出来。这本不值得说的，因为在《儿女英雄传》的版本上是一件趣闻，所以附带着当笑话儿说一说。总之，只有聚珍堂两个活字本和蜚英馆的石印本是好本子。其余的，若照安老爷的说话，都是"自邰而下无讥焉"的不地道货儿，所以"君子不取也"。

三　文康及其家世

文康的仕履，《八旗文经》马从善序及英浩所作《长白艺文志》均载其略。今具录如下。

《八旗文经》卷五十九作者考　　文康字铁仙，勒保孙，历官理藩院员外郎，安徽徽州府知府，驻藏大臣。

马从善序　　文铁仙先生康，为故大学士勒文襄公保次孙。以赀为理藩院郎中，出为郡守，洊擢观察，丁忧旋里，特起为驻藏大臣，以疾不果行，遂卒于家。先生少席家世余荫，门第之盛，无有伦比。晚年诸子不肖，家道中落，先时遗物，斥卖略尽。先生块处一室，笔墨之外无长物，故著此书以自遣。

《长白艺文志》小说部　　《儿女英雄传》，文康编，字铁仙，一字悔盦，勒保之孙。由理藩院员外郎历官徽州知府，驻藏大臣。因致仕家居，群公子耗赀败产，无聊而编者。

就中以马从善所记为较详，如所云出赀为郎中，洊擢观察，《八旗文经》及《艺文志》均略之。序谓文康简驻藏大臣，以疾不果行，《文经》及《艺文志》则径云驻藏大臣。据马从善序，自云馆其家最久，所记大概是可靠的，当以序所言为是。《艺文志》说他一字悔盦，可补《文经》及马序之缺。由诸家所记，知道文康是以捐纳出仕，并未发科，而经过一番家门盛衰之人。

他的家世，我根据《清史列传》和《清史稿》的《勒保传》、《永保传》、《文庆传》作了一个世系表。表如下：

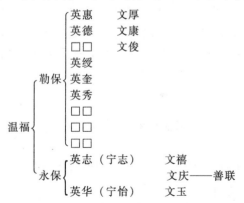

温福以乾隆三十八年（1763）征金川役阵亡。长子勒保嘉庆间

征川陕起义教徒有功，仕至军机大臣兼管理藩院，卒赠一等侯。次子永保，仕至两广总督。"英"字辈中，则英惠道光中仕至科布多参赞大臣，袭三等威勤侯；英绶任至工部右侍郎。"文"字辈中，勒保一支，则文厚嗣侯爵；文俊仕至江西巡抚。永保一支，则文禧曾任户部员外郎，文庆以翰林起家，咸丰时官至大学士，尤为华贵。文庆子善联，由礼部郎中官至福州将军（《清史稿·文庆传》），小说中之安公子，即影射文庆，暂且不表，留在下面再说。

四　故事及人物

此书开始为缘起首回，以下自第一回起至第四十回止。虽然是 41 回文字，而每回是很长的，依然是一部洋洋大文。内容大略是：京师正黄旗汉军有一位称为"安二老爷"的，双名学海，字水心，妻佟氏。只有一个儿子，乳名玉格，学名骥，字千里，别号龙媒。"安老爷"40 岁开外才中的举，50 岁左右中进士，拣发河工知县。因为开了口子，革职拿问，还得赔修河工银两。"安老爷"上任的时候，留下"公子"在家，听说出了祸事，便凑了银两往淮安去赎罪。路过茌平，在能仁寺投宿，庙中和尚却是强人，劫了银子，要杀要剐。被一位不相知的女子救了。那女子不言姓名，自称是"十三妹"。同时在庙中还救了一个打河南来的乡下女子，名张金凤。十三妹硬作媒，就把"张小姐"许聘了"安公子"。又赠金而别。"安公子"偕金凤到了淮安。"安老爷"交上赔金，照例开复。"公子"就在那里和"张小姐"成了亲事。"安老爷"细问十三妹事，心知为故人何氏女玉凤。于是即偕眷北上访之。不久，到了茌平。先结识了一位义士邓九公，原是十三妹的师傅。十三妹也住在附近的青云山上，此时她的母亲已死，因为和大将军纪献唐有杀父之仇，要去报仇。于是"安老爷"和邓九公上山，见着十三妹，告以纪献唐已伏国法，本人与何氏世交，要带他进京，安葬二亲。"何小姐"最初不干，经"安老爷"说了一番圣贤大道理，便没的可说了。到京以后，把何家夫妇殡葬。服满，"安公子"就要娶她。"何小姐"更是不干。事情闹僵了，亏着张金凤以"现身说法"、"十层妙解"感动了"何小姐"，即日成亲。"安公子"得二美妻，心满意足，所少的只是功名。于是下闱苦攻。先已进学，至是中第六名举人。明春点探花，授编修，升侍读学士，国子监祭酒。已而有乌里雅苏台参赞之命，举家惶恐。幸以故旧周旋，改授内阁学士兼礼部侍郎，简放山东学政，兼观风整俗使，钦加右副都御史衔。于是合家欢喜。"公子"自去上任。金玉姊妹各生一子。安老夫妇寿登期颐，子贵孙荣，至今书香不断云。

如此这般一大段故事，他的作风算来仍是才子佳人的苗裔。自从明季以来，才子佳人的小说，随着才子佳人的戏曲而发达。如《玉娇梨》、《好逑传》一类的东西，作了又作，千篇一致，男为状元，女为才女。后又稍变，改才子为英雄，而才女或照旧或又为女将。如薛丁山等俱以能征惯战之人，临阵结亲，实在好笑。此《儿女英雄传》所说，远之则师才子佳人之遗意，近之则亦英雄儿女之气习，而稍稍变其格范，以英雄属之女人，闺阁而有侠烈心肠，公子却似女儿柔弱，只这一点稍微有点不同。至于先忧患，后满意，加官晋爵，其用意则一般无二。所以就《儿女英雄传》的格局看起来，是陈腐的旧套了。然而他毕竟是文人之作。若从文笔上讲，则摹绘尽致，远非过去一切才子佳人儿女英雄一派的小说所及。在陈陈相因的格范之下，居然能翻筋斗，这实在因为文康有创造的天才的缘故。至于他的北京话的漂亮，是人人知道的，不必说了。

书中人物，大概都有所指。如"安老爷"大似《红楼梦》中"政老"之迂，而安龙媒却无"怡红公子"之达。又如写十三妹前后性格，直是两人，殊不可解。此外如"张小姐"、张老夫妇、舅太太等或村或谐，咸如其人。而邓九公粗豪之概，尤形容尽致。马从善说："书中所指皆有其人，余知之而不欲明言之。"从善既知之而不言，像我们后来的人，言之亦未必准对。不过也无妨说一说。今就所知，试为考证如下：

安公子 书中的"安公子"，即是文庆的影子。因为费莫氏一家，自温福以来，祖孙四代，只有文庆是翰林出身。而且他的仕履都一一与安公子相合。文庆《清史·列传》和《清史稿》都有传。但《清史·列传》较为详细。《清史·列传》卷四十《文庆传》：

> 文庆，道光二年（1822）进士，改翰林院庶吉士，三年（1823）散馆授编修。四年（1824）八月充日讲起居注官，升翰林院侍讲。五年（1825），充山东乡试副考官，转侍读。九年（1829）正月，迁国子监祭酒。……十一年（1831）五月，充福建乡试正考官。十二年（1832）三月，升都察院左副都御史。九月，升内阁学士兼礼部侍郎衔。十月，署礼部左侍郎。十二月，实授礼部右侍郎。……二十八年（1848），实授吏部尚书。……三十年（1850）革职。咸丰二年（1852）五月，授内阁学士兼礼部侍郎衔。……四年（1854）闰七月，管理国子监事务。……五年（1855）九月命以户部尚书兼协办大学士。十二月，授文渊阁大学士。……六年（1856）十一月，改武英殿大学士。是月卒。

因为文庆是翰林，所以"安公子"就以旗人点探花。文庆先授编修，后以侍讲转侍读学士，"安公子"也以编修升侍读学士。文庆做过国子监祭酒，"安公子"也是国子监祭酒。文庆充山东乡试副考官，"安公子"便充山东主考。文庆以道光十二年（1832）升都察院左副都御史，又两次授内阁学士兼礼部侍郎衔，"安公子"不去乌里雅苏台，便也改授内阁学士兼礼部侍郎，钦加右副都御史衔。又据《清史·列传》之《文庆传》：

> （道光）十五年（1835），调户部右侍郎。十六年（1836）三月，以御史许球奏参陕西巡抚杨名飏，遵命偕户部尚书汤金钊前往查办。五月通政使司参议刘谊奏请清查四川捐输及军需银款，与各州县被参交审各案。遵命偕汤金钊由陕赴蜀清查。旋奏大竹县知县郭梦熊，广元县典史董秉义，知县春明，巴县知县杨得质，江安县知县夏文臻，资州知州高学谦、薛济清，前任四川布政使李义文等状，并请严议。……九月回陕，奏夺杨名飏职。……遵旨由陕赴豫，查明武涉县知县赵铭彝被参各款，奏请褫职。十七年（1837），热河新任正总管福泰奏库存银两亏短，命文庆前往偕都统宗室耆英查办。寻查明请将副总管荣柱及历任总管恒荣等一并革职。二十五年（1845），以驻藏大臣琦善参奏前任大臣孟保、前任帮办大臣钟芳等滥提官物，命赴四川查办。寻按实奏请将孟保等分别严议。……八月命署陕甘总督，查办河南赈务。奏请将考城县知县毕元善解任严办，署获嘉县邹之翰、长葛县知县彭元海、署洧川县周劼，均请下部议处。允之。

这当然是观风整俗使了。又文庆从道光十二年（1832）至二十三年（1843），作过满洲蒙古汉军各旗的副都统6次，道光二十二年（1842）赏三等侍卫，充库伦办事大臣；因此安公子也加了副都统衔放乌里雅苏台参赞大臣。文庆的上一辈为宁志、宁怡，安氏父子之所以姓"安"，大概就是这个缘故罢。（按：安、宁同义。）

其所以影射文庆的缘故是可以推测的。一清朝科举，本以团结汉人，在旗人最初并不看重。后来汉化深了，连旗人也以科甲出身为荣。如文康一家自曾祖以来都以军功起家，不经科第，其本人则出赀为郎，大概也曾经过场屋的困难。文庆是他的堂兄弟，独以翰林为文臣，位至宰相。这当然是他引以为荣而极羡慕的。其次则文庆一生遭际极好，虽"缘事罢斥，旋即起用"（文宗上谕），历事二朝，始终恩眷不衰，并没有像他们的祖一辈受那样的严威；儿子善联也服官，后位至将军。大概文庆一支，父作子述，比文康强的多，是文康所亲眼见的。在牢骚与羡慕中，不觉不知便将文庆的事迹写入了。

十三妹　小说第十九回安老爷述十三妹之家世，谓何氏为正黄旗汉军。何小姐曾祖名何登瀛，翰林，詹事府正参，终江西学院。祖焯举人，本旗章京，即安老爷的老师。父杞三等侍卫，二品副将，即为纪献唐陷害者。其人与事，均难详考。唯何焯恰恰与何屺瞻同姓同名。这何焯当然不是那何焯。不过何义门在康熙末年，的确和诸王争立案有点关系。据雍正四年（1726）档案秦道然口供，谓允禩（皇八子）将何焯小女儿养在府中。何焯是允禩侍书之官，将他女儿养王府中，如何使得！而是年三月上谕亦有"允禩听信妻言，将何焯之女养在府中，意欲何为？其何焯之女曾否放出，应询明允禩另行定拟"之语。按：何义门以李光地荐于康熙四十二年（1703）赐进士，改庶吉士，侍读皇八子贝勒府，兼武英殿纂修（门人沈彤撰《行状》）。此秦道然口供所谓何焯，即为何义门无疑。其小女在允禩府，当亦是实事。而《行状》及全祖望所撰《墓碑》，均不言屺瞻有女，殆讳言之。而其女究亦不知下落。又全祖望述门人陆锡畴语谓屺瞻殁时，"值诸王多获戾者，风波之下，丽牲之石未具"。则何屺瞻固当时案中之嫌疑者。以生前善于自处，死后犹未至于获罪，实亦万幸。此以十三妹为何焯之孙女，不知何意。而小说中之何焯与校勘家之何焯是否有关，今亦不敢说。只好当作疑案罢了。

小说中之十三妹，前半则剑气侠骨，简直是红线、隐娘一流。及结婚后，则菊宴箴夫，想作夫人，又平平极了，与流俗女子无以异。一人人格前后不调和如此，真是怪事。如第四回至第六回所写，一个千娇百媚的女子骑着一头黑驴儿，到店中盘问"公子"，教"公子"不要走，等他回来。"公子"不信，果然受脚夫之骗，几乎丧命。终于被女子救了。这样一个女子不但"安公子"当时见了不知高低，就看书的人也觉得这女子是极奇怪极突兀的。但这样奇怪突兀女子，并非文老先生创造的，在前此说部中却早已见过。如初刻《拍案惊奇》卷四"程元玉店肆代偿钱，十一娘云冈纵谭侠"一篇，说徽州的程元玉走川、陕贩货，一日落店，买酒饭吃，正吃之间，

只见一个妇人骑了驴儿，也到店前下了，走将进来。程元玉抬头看时，却是三十来岁的模样，面颜也仅标致，只是装束气质带些武气，却是雄纠纠的。饭店中客人个个颠头耸脑，看他说他，胡猜乱语。

这样一个女人吃了饭，却没有饭钱。程元玉便替他还了。那女人谢了，向程元玉问姓名，并且说道："公去前面，当有小小惊恐。妾将在此处出些力气报公。所以必要问姓名，万勿隐讳。若要晓得妾的姓名，但记着韦十一娘便是。"程元玉见他说话有些尴尬，不解其故，只得将姓名说了。那女人道："妾在城西去探一个亲眷，少刻就到东来。"说罢，

跨上驴儿，加上一鞭，飞也似去了。

程元玉上了路，很怀疑那女子的话，以为不足凭。在路上问道，果然受了骗，贪小路之便，避开大路。走了不远，有险峻高山，又随那引路人走过一个岗子，路更崎岖。便遇见一群贼人，把货物劫了去。天又黑了。正凄惶间，被十一娘的弟子接引了去，到

云冈住了一宿，见了十一娘。那云冈便是十一娘的小庵。明日上路，行不数步，只见昨日的盗已将行李仆马在路旁等候奉还。程元玉要分一半与他，他死不敢受，说：

> 韦家娘子有命，虽千里之外，不敢有违！

这一个故事实在和第四回、第五回所说的安公子遇十三妹一段太相像了。这个故事，清末北京人曾编为子弟书，我所见的"百本张"抄本《子弟书目录》，有《谈剑术》3回，注云："程元宝（玉）遇剑仙。"我们无可疑虑的，可以断定说：程元玉遇的这个女子，便是十三妹前身。一个是十一娘，一个便是十三妹；一个使盗贼畏服，"虽千里之外，不敢有违"，一个也教海马、周三等屁滚尿流；一个住在云冈，一个便住在青云山。又如王士禛的《池北偶谈》卷二十六所记，也有一女子：

> 新城令崔懋，以康熙戊辰往济南，至章邱西之新店，遇一妇人，可三十余，高髻如官妆，髻上加毡笠，锦衣弓鞋，结束为急装。腰剑，骑黑卫，极神骏；妇人神采四射，其行甚驶。试问："何人？"停骑漫应曰："不知何许人。""将往何处？"又漫应曰："去处去！"顷刻东逝，疾若飞隼。

这也是一个骑黑驴的怪女子。我们明白了，原来小说前半部的十三妹的人格，是从说部中抄袭而来；后半部的十三妹，才是作者理想与经验的人物。这无怪其不调和了。

邓九公　作者写邓九公很豪爽，很好胜，是一个极活跃极有意思的老头儿。可惜不知道是指的那一位。但《八旗文经》卷十九有文康的《史梅叔诗选序》一文，说："史梅叔名密，山东人，慷慨尚奇节。尝举明经第，累不得选，稍差旗学官。又以西边事弃之去。中途闻兵罢，南下维扬，展转吴、楚间。先来京师，与文康定交；至是又来北京，相与樽酒唏嘘，虽勃窣犹昔，而若有不胜其感者"云云。与第三十九回《义士邓翁传》所说邓九公，茌平人，应童子试不售，改武科，仅缀名榜末，而翁竟由此绝意进取，身份大致相同，文章也的确是出于一手的笔墨。如果大胆一些，也可以说这位山东的史梅叔就是邓翁了。

以上把书中人物略考一下。此外行文关目，也有袭取他书的地方。如缘起首回的悦意夫人一大段，便是将蒋心余的《香祖楼》关目拿来重演一番。但这是小节，无关宏旨，现在不多说了。

五　评者还读我书室主人

清光绪六年（1880）聚珍堂活字排印的《儿女英雄传》评注本，每回下题云："还读我书室主人评"。这位"还读我书室主人"就是董恂。董恂（本名董醇，后改今名），字忱甫，号酝卿，甘泉县人，进士，官至户部尚书，光绪十八年（1892）卒。怎见得就是他？这话说来是有根儿的。小说第四十回后有这么一行字：

> 光绪六年，岁在庚辰上浣，酝卿阅竟，识于京邸还读我书之室。时年七十有四。

酝卿即是董恂之字。据他手订的《还读我书室老人年谱》，光绪庚辰他正是74岁。别号又同。所以断定是他无疑。为什么他自署"还读我书室主人"呢？因为他的斋名叫"还读我书室"。为什么斋名叫"还读我书室"呢？因为他住的楼叫"读我书楼"（《年谱》光绪十七年［1891］）。因为办公回来读书于此，所以又加上一个"还"字，名为"还读我书室"。他批注此书卒业于光绪六年。大概开始读书，也就在这一年。《年谱》光绪八年（1882）书云：

> 先是总理署治公牍所后院，有古桑荫数亩，复补植榟杏一，恂因隶其额曰"绿肥红瘦之轩"。治公于此，即读书于

此。故凡有所记载，即题其所记帙首，曰"绿肥红瘦之轩随手记"。比总署卸差，则记事于私室，曰"还读我书室"（下疑挩随手记三字）。

总署卸差则记事于私室，曰"还读我书室"。他之总署卸差，正在光绪六年（1880）庚辰。此小说题记均署"还读我书室"，所以开始读小说在这一年无疑了。

他的评语，没有什么大道理。今择其有关系者，摘录数条：

第一回"安老爷"云："那一甲三名的状元、榜眼、探花，咱们旗人是没分的。"（评）此在下未充读卷大臣以前旧事也。自同治乙丑，经在下面奏例无明文，遂不拘此。按此言非也。顺治九年壬辰科满洲榜状元为麻勒吉，正黄旗满洲人。顺治十二年乙未科满洲榜状元为图尔宸，正白旗满洲人。是旗人未尝无鼎甲。此后废满洲榜，旗人乃无鼎甲。至同治乙丑，崇绮始中状元。

第三十六回"安老爷"云："那有个旗人会点探花之理？"（评）你老不知道，在下充读卷大臣时，旗人还会点状元哩。据年谱，他于同治四年（1865）乙丑四月，钤派殿试读卷。是科状元为崇绮。正符第三十六回评语。

第三十六回"安老爷"云："不走翰林这途，同一科甲就有天壤之别了。"（评）可怜在下至今读之，不觉心酸！又同上"安老爷"云："也虑着你读书一场，进不了那座清秘堂，用个部属中书，已就失之毫厘谬以千里了！"（评）谁说毫厘不千里来？咱可怜可怜！

第三十七回"安老爷"道："原来鼎甲的本领，也只是如此，还是我这个殿在三甲三的榜下知县来替你献丑罢！"（评）阿哥偶让一句，老翁遂自鸣得意。细味之不免牢骚。盖此老之牢骚，在下知之最深。

为什么他看到"安老爷"几次的话就心酸起来连呼可怜可怜呢？原来他于道光二十年（1840）以殿试二甲及第，考选点主事（考选庶吉士者始得为翰林），签分户部学习，也和"安二老爷"一样，进不了那座清秘堂。此后由部属外任观察，擢顺天府尹，至咸丰十一年（1861），始补授户部右侍郎（自道光二十年中式至此凡21年）；至同治五年（1866），始补授兵部尚书。官运亨而不快，在他当然认为是极可怜之事，牢骚是时常有的。所以一看到"安老爷"的话，心眼儿就酸起来了。

十一回评云：纵禽有法，想见龙媒八股工夫。

董恂对于八股，是有揣摩工夫之人，所以他的评语都是以选家眼光看出来的考语。他的思想见解实在和"安老爷"差不多，也是一位"安老爷"（文康也是一位"安老爷"）。他之所以爱好此书详读而仔细批之，大概也就是因为里边有"安老爷"的缘故罢。

他的评注有两条是迻录的，如第四十四"安老爷"用口语和"公子"说话，下注云：

秋坪译汉，恂照录。按此二句清语译汉话，系"此话关系最要，外人不可泄露"。

又"公子"答应了一声"依是拿"下注云：

并于拿下注挐字。

秋坪为景秋坪，名廉，字俭卿，号季泉，又号秋坪，正黄旗满洲人。咸丰二年（1852）壬子恩科进士，散馆后授编修。历官军机大臣、兵部尚书、降内阁学士。著有《冰岭记程》。见朱汝珍《词林辑略》。《清史·列传》有《景廉传》。由此可知《儿女英雄传》出来不久，便通行于士大夫间了。

原载 1930 年《国立北平图书馆馆刊》第四卷第六号

董解元弦索《西厢记》中的两个典故

在现存《董西厢》卷一有【柘枝令】一曲。其文云：

> 也不是崔韬逢雌虎，也不是郑子遇妖狐，也不是井底引银瓶，也不是双女夺夫。　也不是离魂倩女，也不是谒浆崔护，也不是双渐豫章城，也不是柳毅传书。

下接着【墙头花】曲云：

> 这些儿古迹见在河中府。即日仍存旧寺宇。这书生是西洛名儒，这佳丽是博陵幼女。……

先是盘旋腾挪了一番，绕了一个大湾子，然后扣到题面。我们晓得，这不是偶然的说话，这是勾栏中的老规矩。当那锣声乍歇，群众屏息，伎艺人登了台要伏侍天下看官的时候，未曾敷衍正文，先须交代题目。而交代的方法，便是这样不慌不忙，东拉西掣，渐渐引起。董解元"既然要在诸宫调里着数"，自然脱不了要学伎艺人的口吻。像元·无名氏《货郎旦》杂剧第四折肖那奶母张三姑说唱【货郎儿】的口吻，也是如此。看【转调货郎儿】一曲：

> 也不唱韩元帅偷营劫寨，也不唱汉司马陈言献策，也不唱巫娥云雨楚阳台，也不唱梁山伯，也不唱祝英台，只唱那

娶小妇的长安李秀才。

像后来的"远不说秦汉三国，近不说残唐五代"也是一样的罢。于此可见由不唱某某而说到要唱某某，这是当时演唱人的口头禅，其目的在于表示他所唱的并不是路歧人和一般勾栏中所唱的寻常话本寻常题目，乃是书会或者个人新编的崭新话本，风流格范。以此推去，则所云不唱的，大概是当时常唱的了。然而后来的结果，有说唱人所预料不到的。比如，董解元【柘枝令】曲后阕所举的"离魂倩女"等4个故事，除了"双渐豫章城"故事不甚普通外（余友赵斐云先生有详考），余皆为常人所知。而前阕的4个故事，则普通人多不知道。"井底引银瓶"、"双女夺夫"其事尤僻（明·沈受先有《郑清之银瓶记》，未见，不知与"井底引银瓶"故事有关否）。余年来翻阅杂书，随时留意，极欲知此二事之来历佐证，直至今日，尚无头绪。自唯谫陋，远愧向歆之多识，近无纪昀之淹通，将以穷幽显之理，极事物之微，以我这样的，实在办不到。无已，姑就所知者写出来，贡之同好，略佐谈尘。世之博雅君子，苟能知井底之瓶，见夺之夫，辄惠尺书示其原委，斯则不胜感激者矣。

按："崔韬逢雌虎，郑子遇妖狐"，大曲中俱演之。《元曲选》本关汉卿《金线池》杂剧第一折前楔子【仙吕端正好】曲云："郑六遇妖狐，崔韬逢雌虎，那大曲内尽是寒儒，想知今晓古人家女，都待与秀才每为夫妇。"可以证明（明刊《古名家杂剧》本、《顾曲斋》本《金线池》【端正好】楔子"郑六"作"郑生"）。所云郑六，即《董西厢》之郑子（按此《金线池》剧中语，王静安先生《宋元戏曲考》误记作《谢天香》剧）。《武林旧事》所载宋官本杂剧段数，有《崔智韬》一本、《艾虎儿雌虎》（原注云《崔智韬》）一本，崔智韬亦当即崔韬。宋官本杂剧，据王静安先生考，所唱诸曲有大曲、法曲，有诸宫调，亦有普通词调。此但以故事为目，不知何曲。至《董西厢》作者自云为诸宫调，所列诸目，以意推测当亦是诸宫调。此二故事在当时流行演唱，盖亦不亚于《会真记》等，可惜至今没有留下的话本，连其事也几乎没有人知道了。

崔韬逢雌虎事，见《太平广记》卷四百三十三引，注云："出《集异记》。"按：唐《集异记》有二书：一曰薛用弱《集异记》。《新唐书·艺文志》著录，云三卷，《宋史·艺文志》作一卷。《文献通考》卷十八中《经籍考》，据晁氏《读书志》作二卷，与今顾氏《四十种小说》同，然只 16 则（四库收一卷本，亦 16 则），更无崔韬之文。一曰陆勋《集异记》。《文献通考》于薛用弱《集异记》后，出陆氏《集异记》二卷，引晁氏《读书志》云："唐陆勋纂，语怪之书也。凡三十二事，言犬怪者居三之一。"（按《广记》卷四百三十七、卷四百三十八皆记犬怪，中多引《集异记》，当即陆书。今《宋史·艺文志》作陆勋《集异志》二卷。"志"字盖误）此书没有单行古本流传。此《广记》所引或为薛氏佚文，或是陆书之文，均不可知。今抄录于下，以便观览。

崔韬，蒲州人也。旅游滁州，南抵历阳。晓发滁州，至仁义馆宿。馆吏曰：此馆凶恶，幸无宿也！韬不听，负笈升厅；馆吏备灯烛讫。而韬至二更展衾，方欲就寝，忽见馆门有一大足如兽，俄然其门豁开。见一虎自门而入。韬惊走于暗处，潜伏视之。见兽于中庭脱去兽皮；见一女子奇丽严饰，升厅而上，乃就韬衾。出问之曰："何故宿余衾而寝？韬适见汝为兽入来，何也？"女子起谓韬曰："愿君子无所怪！妾父兄以畋猎为事，家贫，欲求良匹，无从自达，乃夜潜将衾皮为衣，知君子宿于是馆，故欲托身以备洒扫。前后宾旅皆自怖而殒。妾今夜幸逢达人，愿察斯志！"韬曰：

"诚如此意，愿奉欢好。"来日，韬取兽皮衣弃厅后枯井中。乃挈女子而去。后韬明经擢第，任宣城，时韬妻及男将赴任，与俱行。月余，复宿仁义馆。韬笑曰："此馆乃与子始会之地也。"韬往视井中，兽皮衣宛然如故。韬又笑谓其妻子曰："往日卿所着之衣犹在。"妻曰："可令人取之。"既得，妻笑谓韬曰："妾试更着之。"接衣在手，妻乃下阶将兽皮着之。才毕，乃化为虎，跳掷哮吼，奋而上厅，食子及韬而去。

像这女子所说的，因为家贫不能托媒的缘故，才穿上虎皮到馆驿中来求爱，真是怪谈。可怜那崔韬只知贪恋女色，仓促间和女子组织了家庭，后来直闹的一身不保，覆宗绝嗣，演成了大惨剧。遇见这样雌虎，真是不幸极了。按吾国民俗，认为兽类中之狐狸为最近于女性的。在许多小说许多传闻中，差不多艳迹皆属于狐狸。其间固然有受蛊惑而死的，但也享尽了洽狎之福，并不觉得怎么可怕。像这一段以虎为女子，在吾国小说中可以说是极少见的，而最后仍不脱残恶之本性，写来更是怕人，似乎对于风流的子弟郎君们下一警告：应当注意一点，说不定有遇见雌虎之可能。总之，根据书传的记载，狐变的女子，无论如何，比虎变的女子平和的多，虽然有时更狡猾一点。所以，同一遇见妖精，其命运实大相径庭。读者如不相信，试把下面郑子所遇的妖狐和崔韬的雌虎比较一番，便知言之不谬了。

"郑子遇妖狐"事出于有名的沈既济的《任氏传》，《太平广记》卷四百五十二引。传中的"郑子"已失其名，第六。文中辄泛称之为"郑子"，董解元因之也用了"郑子"之称。但究竟不是姓"郑"名"子"，所以比较起来，还是《元曲选》本《金线池》剧的"郑六"妥当一些。但这是末节，没有关系。原文约数千言，清新隽永，极尽文人之能事。现在不能全引，约略

的说说。大意是大唐信安王袆的外孙有韦使君名鉴者。韦使君的
从父妹婿有郑姓，第六，不记其名，贫无家，托身于妻族。一日
在里曲中遇见一位漂亮的姑娘偕伴步行。郑子便献殷勤，以乘驴
借之。随至家中，便结欢好。诘其人，云：任氏，第二十。天明
别去。问女所居，则本是弃地无宅第，但有一狐常引诱男子。郑
子虽知之，而怀想弥切。经10余日，方遇之于西市衣肆。任氏
侧身避于稠人中。郑子连呼，任氏方背立，以扇障面。说道：
"公知之，何相近焉？"郑子极力解释，说自己虽知之，并不以
为意。于是两人商量好，便租了房子同居起来。那韦鉴亦好色之
徒，听见郑子得了一位绝代的佳丽，便马上跑到他家去看。值郑
子不在，任氏一人在家。一见惊绝，发狂拥抱。任氏竭力撑拒。
汗流被体，度力不能支，乃长叹云："郑六之可哀也！"韦鉴觉
得话有点奇怪，便问此言何意。那任氏的答复最为慷慨，最为悱
恻动人：

> 郑生有六尺之躯，而不能庇一妇人，岂丈夫哉？且公少
> 豪侈，多获佳丽，遇某之比者众矣；而郑生穷贱也，所称惬
> 者唯某而已。忍以有余之心而夺人之不足乎？哀其穷馁，不
> 能自立，衣公之衣，食公之食，故为公所系耳。若糠糗可
> 给，不当至是！

韦鉴虽是纨绔公子，但颇有义气，一闻此言，便释手不肯相犯。
以后常以财物周济他们夫妇。与任氏虽欢洽备至，而不及乱。任
氏也很帮韦鉴的忙，给他介绍过好几个女人（素所悦慕而不能
得的）。郑子亦倚仗任氏的经营摆布，发了几批大财。岁余，郑
子得了官，将往金城县上任，欲携任氏同行。但任氏非常不愿，
诘其故，则曰："有巫者言，某是岁不利西行，故不欲耳。"郑
子与韦鉴共笑其迂，固请之。任氏不得已，乃同行。任氏乘马居
前，郑子骑驴在后。行至马嵬，突然发生了不幸的事：

> 是时西门圉人教猎狗于洛川，已旬日矣。适值于道，苍犬腾出于草间。郑子见任氏欻然坠于地，复本形而南驰。苍犬逐之。郑子随走叫呼，不能止。里余，为犬所获。郑子衔涕出囊中钱赎以瘗之。

那末任氏死后的情景如何呢？

> 回视其马，啮草于路隅。衣服悉委于鞍上，履袜犹悬于镫间，若蝉蜕然。唯首饰坠地，余无所见。

任氏便这样的断送了他的青春。后来郑子思慕不已，与韦崟同适马嵬，展任氏之墓，长恸而归。沈既济记任氏事也至此而止。以下的文字，便是余波了。

如此迤逦纡曲写出来的任氏，真是东方式的淑婉女子。他很聪明，很能体贴丈夫，很随便但也很贞烈。至于勉徇夫主之意，饱猎犬之腹，则尤值得同情。像这样的妖狐，就是屡次遇见又有什么妨碍呢？最有趣味的，是他的捐生之地竟和杨玉环一样在马嵬驿。而论他的品格，却比玉环高多了。一个能同情于他的情人郑子，而不为戚畹豪华之韦崟所屈。一个则羡慕乃翁三郎之富贵，听其作新台之行，朝欢暮娱，把可怜的寿王竟置之度外，造成唐朝的秽史、痛史。虽亦不免马嵬一役，而其人实不可恕。沈既济这本传奇，也许是有寓意的，并非偶然；或者真有意和大唐的第六代天子开玩笑，也未可知。

以上解释两个典故，话是说得不少了，本文就在这里结束。"井底引银瓶"、"双女夺夫"，我希望尚有能发见之一日。

原载 1932 年《国立北平图书馆馆刊》第六卷第二号

吴昌龄与杂剧《西游记》

——现在所见的杨东来评本《西游记》杂剧不是吴昌龄作的

一

唐玄奘法师西行取经的故事，在元朝有吴昌龄先生作杂剧，在明朝有吴承恩先生作小说。这时代不同的两位先生都高兴把玄奘法师取经的事演成书，都以作这种书出名，并且都姓吴，可以说是巧极了。但二人著书情形有不同的地方，就是：吴承恩先生的《西游记》小说流传极广，但他作小说的事最初就被人忽略了；到了清朝道光年间，丁晏始能据淮安《旧志》把《西游记》小说还给吴先生。吴昌龄先生作《唐三藏西天取经》杂剧，差不多明以来研究戏曲的人人都知道。可是他的书自明万历以后即少见。清初的钱曾虽然还藏有其书，在他的《也是园目》中著录了吴昌龄的《唐三藏西天取经》。但以后寂然无闻，就慢慢的隐晦下去了。直到清末王静安先生作《曲录》还是苦于未见其书。

这是一件憾事。爱好文学的人如周豫材先生，也曾设法搜求吴昌龄《唐三藏西天取经》的遗文，推测《纳书楹曲谱》里边所引的《西游记》或者即是吴昌龄所作。但这是一种希求。吴昌龄原书是不可见了。

直到1928年，日本宫内省图书寮发现了《传奇四十种》，其中有明万历甲寅（1614）刊本杨东来评吴昌龄《西游记》一书。一时传遍了中外的学术界。日本盐谷温先生是研究戏曲的，遂把这书重印出来。这个重印本流传到中国，大家都很重视；因为这是吴昌龄的曲，这是中土久佚的剧本。

这部书的发现太重要了，从来没有人怀疑过。可是现在，重要而有趣味的问题发生了。就是：这部明刊本《西游记》当真是吴昌龄作的么？我怀疑这件事在三四年以前，曾经微微地向人说过。到现在，从各方面看，觉得我当初的怀疑是对的。并且，我有理由可以说明这部书并不是吴昌龄所作的曲，而是另一位元末明初人作的。吴昌龄的《唐三藏西天取经》曲实在不幸：虽然经过清初钱曾的收藏，虽然寂寞了200余年一旦竟传其存在，而现在看起来仍然是已佚之曲。

我这话或者令人乍听了有点惊异。但令人惊异的话未必便不可信。到大家认为可信时，便平淡无奇了。现在把我个人的意见写在下面。是与不是，愿读者批评。

二

在范氏天一阁抄本《录鬼簿》上卷，吴昌龄《西天取经》剧下，注著这样两句的题目正名：

老回回东楼叫佛

唐三藏西天取经

天一阁本《录鬼簿》特有的这两句题目正名，非常重要

（曹本《录鬼簿》无）。很显明的道理，是吴昌龄的《西天取经》有回回叫佛事；没有回回叫佛事的，便不是吴昌龄曲。现在所称的吴昌龄《西游记》，有没有这事呢？我遍检今本6卷24出的《西游记》，竟没有一处类似这件事的地方。这不令人恍然大悟么？

明天启四年（1624）甲子，止云居士编的《万壑清音》卷四，录《西游记》4折。其中两折是今本《西游记》所有的（《擒贼雪仇》在今本卷一，今本题第四出，篇名4字全同，《收服行者》即今本卷三第十出之《收孙演咒》），一折是今本《西游记》没有的；一折是与今本《西游记》完全不同的。今本《西游记》没有的这一折便是《回回迎僧》；演老回回东楼阁上叫佛，下楼迎接唐僧事。无疑的，这是吴昌龄《西天取经》杂剧的一折。不过，这位编《万壑清音》的止云居士太糊涂了。他把来源不同的4折北曲放在一个《西游记》题目之下（此据目录所书，正文不载剧名），好像这4折曲同出一剧似的。若不是有范本《录鬼簿》注文可据，不但不知里边有吴昌龄的曲，并且对于今本《西游记》也发生文字异同多寡的问题了。推测起来，他大概是根据别的选本或者传抄的戏曲零出迻录过来的（明、清时伶人所抄旧曲零出，今尚多有之）。他不但没有见到全本的吴昌龄的《西天取经》，也许没有见到和现在传本一样的《西游记》。他看了这4折曲都演唐僧取经的事（他所据的本子，标题也许都是《西游记》，也许名称相似），便认为同属一剧了。他所选的《回回迎僧》这一折，后来李玉的《北词广正谱》、清·庄亲王的《九宫大成南北词宫谱》、叶堂的《纳书楹曲谱》也都选了。而且，所标剧名都是《唐三藏》，与他处引作《西天取经》或《西游记》的有分别（《九宫大成》所引《西天取经》，《纳书楹曲谱》所引《西游记》，并同今传本《西游记》）。

这也可证明《万壑清音》把 4 折视同一剧的错误。我曾经把《北词广正谱》等 3 书所引的这一出和《万壑清音》所引细校一过。知道文字方面颇有出入；3 书所定牌名，也与《万壑清音》不同。现在，我把《万壑清音》所引《回回迎僧》一折的词录出来。让大家看一看，这是吴昌龄的《西天取经》原文（白太繁从略）。

《回回迎僧》（此章牌名依《九宫大成》、《纳书楹曲谱》所订）

【洞仙歌】回回回回把清斋。饿得饿得叫奶奶。眼睛凹进去。鼻子鼻子长出来。（以上小回回唱。《广正谱》、《九宫大成》、《纳书楹》俱无。）

【双调新水令】却离了叫佛楼。我可也下得这拜佛梯。我这里望西天叫佛了是他那一会。我将这四八嶁唲在头上缠。我将这别离行紧忙披。你这厮误了兀的看经。你这厮误了整十日。（自【新水令】以下 8 曲并老回回唱）

【雁儿落】我唤你兀笃蛮来得紧。你便可引着些。好教我走不的行不的。可着我走不得行不的。走得我便力尽筋衰。气喘得狼藉。

【沽美酒】与唐皇修佛力。与唐皇修佛力。与俺这众生每发慈悲。师父你便取经到俺西天得这西下国（《九宫大成》、《纳书楹》并作"西夏国"）。小回回你想波（原作"不"，据《九宫大成》、《纳书楹》改）。咱师父他怎肯来到俺这里。行了些没爹娘的歹田地。

【太平令】师父你便远路红尘不避。受了他几场儿日炙价风吹。恰离了中华富贵（"富贵"《广正谱》、《九宫大成》、《纳书楹》俱作"佛国"）。来到俺这塔狮蛮的田地。见吾师连忙顶礼。向前跪膝。忙道两个撒蓝撒蓝的摩尼。师父你是必休笑话俺塔狮蛮的回回。

【川拨棹】这厮你便毁菩提（"毁"原误"悔"，据《广正谱》、《九宫大成》、《纳书楹》改）。向人前没道理。嗳喀滕空提。俺阑遮呢。喀滕摩尼。嗳喀滕叱哪（"叱哪"《纳书楹》作"也那"）。摩打狼哼脏的。再来时（"时"字原无，据《九宫大成》、《纳书楹》补）你便休恁的。

【豆叶黄】咱凡胎浊骨。俺须是肉眼愚眉。咱师父怕忧愁思虑。戒了酒色财气。与师父添香洗钵舀净水（"舀"原误"查"，据《扩正谱》、《纳书楹》改）。向师父跟的。向师父跟的。念嘛哈般若波罗密。哑得儿摩顶受记。

【乔牌儿】答狮蛮老回回。超度的救度的。看清凉（《广正谱》作"青莲"）上下龙华会。俺凹嘧撒扒得儿吃。

【煞尾】俺只见黑洞洞升云起。更那堪昏惨惨无了天日。愿得个大唐三藏取经回。也无那（《九宫大成》、《纳书楹》作"再没有"）外道妖邪近得你。

李玉《北词广正谱》18帙引此折，除【洞仙歌】外，尚少【新水令】及【煞尾】二曲。所录诸曲，为【胡十八犯】、【沽美酒带过太平令】、【川拨棹】、【豆叶黄犯】、【春闺怨犯】5曲。最可注意的，是每一曲下都注：向无题。可见他所见的本，这5曲是无牌名的（玉此卷本为正谬订讹而作，他所不录的曲，应当是有题而牌名不错的）。而止云居士《万氀清音》所录，都有牌名。假定止云居士所见本，也和李玉所见本是一样的。则《万氀清音》诸牌名，是止云居士拟的。所以牌名与李玉等专家所订大大不同。

后来《九宫大成南北词宫谱》卷六十七引《唐三藏》双角

套，《纳书楹曲谱》续集二引《唐三藏回回》一出，对《北词广正谱》所定牌名又有所更订。这本是订谱问题，与本文无关。但《九宫大成》此套后面有附注一段谈到吴昌龄，与本文大有关系，现在摘录如下：

> 此套非吴昌龄所撰。据《广正谱》注，无名氏撰。《唐三藏》剧原本已失，无从考正。度其文意，必是元人之笔。此曲相传已久，向无题。《广正谱》虽分句段牌名，皆为牵强。今细为分析，重定牌名。

在这段说明中，有三件事可注意：第一，此套是吴昌龄撰，而作谱的人却说："非吴昌龄撰。"我们晓得《九宫大成》所收的《西天取经》即今本《西游记》。当时修书人所见的《西天取经》本子，大概也题吴昌龄撰。因为相信《西天取经》是吴昌龄作的，所以不信这一套《唐三藏》曲是吴昌龄作的。天一阁本《录鬼簿》是近来才发现的，这不能怪他们。第二，说"《唐三藏》剧原本已失，无从考正"，知清乾隆初庄亲王修《九宫大成》时所见的《唐三藏》剧只是单折，并无整本。这可以帮助我上面说止云居士选《西游记》没有见原本的话。清乾隆时庄亲王以宗藩贵胄的力量，招集日华游客修书，尚无法见到《唐三藏》剧的全本；天启时止云居士选元曲仅据单折零出，实大有可能。第三，说"此套曲向无题"，知道庄亲王修《九宫大成》时所见的本，与李玉作《广正谱》时所见的本是一样的。李玉所见的，自然也是单折了。

《万壑清音》引《西游记》还有一折，其事为今本《西游记》所有而词白完全不同，便是《诸侯饯别》一折。

今本《西游记》的第五出（卷二）《诏饯西行》，与《万壑清音》的《诸侯饯别》，同演唐僧西行当时臣寮饯别事，但情节微不同。据今本卷一所演，唐僧俗名江流，法名玄奘，弃江后救他的是金山丹霞禅师。据《万壑清音》本此折，唐僧自白法名了缘，救他的是金山平安长老。名字虽异，而父名陈光蕊、水贼是刘洪、生子抛江等事则同。这没有多大分别。至唐僧所以西行取经之故，则两本大不同了。据今本第五出，是因长安大旱，虞世南受观音菩萨的指示荐玄奘于朝，祈雨三日有效，奉旨赴西天取经。据《万壑清音》本，则是"因唐天子……杀伐太重，命五百僧人在护国寺做了四十九日道场。从空中降下南海观自在菩萨言曰：此经不足超度亡灵，除非是去西天五印（原作荫）度取大藏金经。"因而奉旨西上。这与《西游记》小说略同，与今本《西游记》杂剧便差得远了。又尉迟恭之子叫宝琳（见《旧唐书·尉迟敬德传》），元曲《小尉迟》剧书作宝林，字写错了一个，还不算大错。今本《西游记》杂剧说唐僧给尉迟恭起的法名叫宝林。以子之俗名为父之法名，未免太滑稽。《万壑清音》本唐僧与尉迟恭对话，有恁孩儿尉迟宝麟之语。琳作麟，说是尉迟恭子不错。又群臣饯行，今本登场的是虞世南、秦琼、房玄龄、尉迟恭4人。《万壑清音》本则说唐家十八路诸侯都来饯行，而登场的是徐世勣等连尉迟公共8人。今本唐僧和尉迟公赠诗一节，《万壑清音》本是没有的。两本唱的虽然都是尉迟公，而《万壑清音》本所录词，古朴雄浑，看来与《回回迎僧》是一副笔墨。不但今本的《诏饯西行》一折赶不上，即其他诸套亦无一相似者。所以，我疑心《万壑清音》本的《诸侯饯别》，也是吴昌龄《唐三藏西天取经》剧中的一折。如果我猜想的不错，吴昌龄《唐三藏西天取经》剧，现在能看到的已经有两折了。

《万壑清音》所引的《诸侯饯别》一折，《纳书楹曲谱》正集二也引了，标题作《北饯》。《缀白裘》八集三引也作《北饯》。现在伶人所唱的十宰也是这一折。可见吴昌龄《唐三

藏西天取经》剧，这一折不但至今存其文，而且存其音。这是
很有趣味的事。此《诸侯饯别》一折，至今讴歌流布，本可以
不必再引；但《万壑清音》所据是明时流传之本，且字句与
《纳书楹》等书所录亦有多少不同。所以，我依前例仍然照抄
在下面。

《诸侯饯别》（此套诸曲均是尉迟恭唱）

【点绛唇】第一来是帝主亲差。第二来是老夫年迈。持
斋戒。把香火安排。送师父临郊外。

【混江龙】遥望着幢幡宝盖。见军民百姓闹咳咳。我
引着一行步从。荡散了满面尘埃。坐下马如同流水急。鞍
心（原作"安心"，据《纳书楹》改）里人似朔风来。俺
这里按幞头挪金带见师将禅心倚定。师父你将这慧眼忙
开。

【油葫芦】十八处都将年号改。俺扶起了唐家世界。
师父道杀生害命罪何该。当日呵。尉迟恭怎想道持斋戒。
今日个谢吾师你便超度俺唐家十宰。我这里整顿布袍。拂
了土块。就在这红尘中展脚舒腰拜。师父行特地请个法名
来。

【天下乐】你救度众生也是那离苦海。你那一片虔也么
心（"虔"《纳书楹改》"禅"）。我无挂碍亦无挂碍。你可
也无挂碍。正按着救苦得救难。我可也观自在。参透了色即
是空。参不透空即是色。师父你那片修行心可便有甚歹
（"甚歹"《纳书楹》作"甚么得"，《缀白裘》作"甚么的
歹"）。

【金钱花】上阵时忽喇喇两面彩旗摇。不喇喇马到处阵
冲开。只我这一鞭颠碎他一万片天灵盖。我如今说着折奈。
不觉的鬓边白。只我这枪尖上人性命。鞭节上血光在。果然

是少年造下孽。福谢一时来。（此曲《纳书楹》、《缀白裘》并缺）

【后庭花】（此曲述元吉等与太宗御园较射，谋害太宗，恭救太宗杀元吉事。）都只为病秦琼加利害。病秦琼加利害。盖因是尉迟恭年老迈。那一日相约定。这都是那杜如晦使的计策。我忿气可不满胸怀。都是俺唐家唐家十宰。那一日鼓不擂。锣不节。箭不发。甲也不披。只听得二更里（《纳书楹》、《缀白裘》并作"耳根里"）人报来。御科园将暗计排。呀恨那无知无知呆呆。见一人倒在倒在尘埃（指太宗。据白，元吉将害太宗，太宗失足倒地，敬德望见来救）。脚踏着胸脯可教他怎生阐阖。也只是呆呆寒才。使的计策。待把那人杀坏。忿气呵（《纳书楹》、《缀白裘》并作"可"）不满胸怀。老微臣一骑马不喇喇的赶将来。扢搭扑搭住狮蛮带。滴溜扑颠碎在地中（"扢搭扑"、"滴溜扑"二句，《纳书楹》、《缀白裘》并无）。举起水磨鞭打碎这厮天灵盖。

【煞尾】师父你向佛道修行大善性儿分毫不采。梵王宫特地把金经取。与俺众生洎灾灭罪。师父可不是个栋梁材。俺须是浊骨凡胎。北极西天路利害。遥望见极乐世界。梵王宫景界（自"与俺众生"句以下至此句止，《纳书楹》、《缀白裘》并略去）。愿你个大唐三藏早回来。

《纳书楹曲谱》二集引此折，标题是《北饯》。目录引书名为《莲花宝筏》。目录后附记云："《北饯》气盛辞雄，的系元人手笔。惜为俗伶所删。余未见原本，姑为酌定。"照叶氏这一段话想，似乎他所见的是伶人抄本，所以说为俗伶所删。但《莲花宝筏》，元、明戏曲绝无此名；是《唐三藏西天取经》剧的异名为俗伶所拟的呢？是当时有《莲花宝筏》一书，中间抄了元曲的这一折，叶氏又转引来放在谱中呢（《连花宝筏》，名字很像清内府承应戏，我疑心是《升平宝筏》的旧称，但《升平宝筏》现在看不到，无从考校）？现在不能明白。《缀白裘》八集三引此折亦题《北饯》，而书名作《安天会》。《安天会》，黄文旸《曲海目》曾著录抄本，在"清人传奇无名氏中词曲平无姓名"一类中。其书我未见全，不知《安天会》原书中是否有此《北饯》一折。

《录鬼簿》录吴昌龄剧，《唐三藏西天取经》只有一本，并无第二本（凡元人作剧，对于某一故事一人连续作了两本的，《录鬼簿》照例两收，如李寿卿《吕无双》剧有两个，《录鬼簿》便收了两个，《太和正音谱》也收了两个，其他诸人曲尚有此例，不具引），这问题本是简单的。到了钱曾编他的《也是园藏书目》便麻烦了。他的书目，杂剧类中有吴昌龄《唐三藏西天取经》，传奇类中又有吴昌龄（《述古目》误书作"王昌龄"）《西游记》4卷，和《西厢记》、《琵琶记》放在一处。这显然是吴昌龄演唐三藏事，一人有两个剧本了。王静安既相信《也是园目》所录是二书，又不敢相信吴昌龄作了两个唐僧取经的剧，结果，照《也是园目》例，分别放在杂剧、传奇两部中，而加上一些游移之词，说："《西游记》，《也是园目》4卷，《楝亭书目》有6卷抄本。遵王于此本不编入杂剧部而入传奇部，自是传奇无疑。惟不知果出昌龄否耳？"这是老实话，也是没有办法的话。到了日本发现明本吴昌龄《西游记》，大家更相信吴昌龄作了《西游记》，因而相信吴昌龄《西游记》便是吴昌龄《唐三藏西天取经》。日本盐谷温先生的跋，便代表这个意思。

元·吴昌龄所撰杂剧《唐三藏西天取经》一本，著录于钟嗣成《录鬼簿》。王君国维《曲录》亦依之，而同书传

奇部别有《西游记》一本。其实王君未见，徒为臆揣之言
而已。此书清初犹存。《也是园书目》有吴昌龄《西游记》
四卷，《曹楝亭》书目有《西游记》六卷。其后存亡不可
知。而偶得之我秘阁所藏传奇四十种中。顾久佚于彼而才存
于我者，岂非天下希有之秘笈哉？

这不是承认吴昌龄《西游记》就是《录鬼簿》所录的吴昌龄
《唐三藏西天取经》吗？其实在吴昌龄《西游记》初发现的时
候，也只有这样想。不过，略一沉思，如果吴昌龄《西游记》
就是吴昌龄《唐三藏西天取经》，则钱曾登录自己书的时候，
分明是一部书却硬分作两类，这不太糊涂了吗？现在更根据
《万壑清音》所录的《西游记》，《万壑清音》的《回回迎僧》
一折，是今本《西游记》没有的；《诸侯饯别》一折，是与今
本《西游记》不同的；而其他二折，则与今本《西游记》全
同。如果承认《万壑清音》所录4折，同出于一书；如果承认
《西游记》即《唐三藏西天取经》，则《回回迎僧》一折，是
今本脱去了，还勉强可说；《诸侯饯别》一折与今本事同文异，
则是在一剧之中作者把一件事重作两折，这就说不过去了。况
且吴昌龄《唐三藏西天取经》剧有"老回回东楼叫佛"标题，
今有天一阁本《录鬼簿》可证。今本《西游记》无此事，亦
无此题（今本《西游记》是6卷6本，每卷后有正名撮卷中事
略撰成4句）。则今本《西游记》当然不是吴昌龄作的；其
《回回迎僧》等折应属于吴昌龄《唐三藏西天取经》剧。这是
很容易明白的。所以，我的意思，《西游记》是《西游记》，
《唐三藏西天取经》是《唐三藏西天取经》。今本《西游记》
不是吴昌龄作的，而署"吴昌龄"；这是刻书的人只知道吴昌
龄有《唐三藏西天取经》，而不知他人尚有《西游记》；认为
他所见的《西游记》就是吴昌龄的《西天取经》。（《太和正音

谱》录吴昌龄曲有《西天取经》，无《西游记》，而此书卷首所附勾吴蕴空居士《西游记总论》引《太和正音谱》作《西游记》，可见他是误认二书为一书。）至于钱曾《也是园目》杂剧类录吴昌龄《唐三藏西天取经》，传奇部又有吴昌龄《西游记》，这个问题也容易解释。钱曾《也是园目》的错误，只是把《西游记》误属于吴昌龄。在他的《述古堂书目》里，《西游记》注明是抄本（《也是园目》不注板本，《述古堂目》系《也是园目》的初稿，余所见《述古堂书目》，为江安傅氏藏述古堂原抄本）。这个抄本，也许是不著作者姓名的；也许是误题"吴昌龄"的；也许就是根据万历甲寅杨东来评本《西游记》抄的。总之，无论如何，是他误信或猜错了。因为如此，便在他的书目上写成"吴昌龄《西游记》"；这和勾吴蕴空居士万历甲寅（1614）时刻《西游记》题"吴昌龄"是一样的错误。但他是误二人为一人，却不曾误二书为一书。我们若因为相信吴昌龄作《西游记》的缘故，索性并二书为一书，以为吴昌龄《西游记》就是吴昌龄《唐三藏西天取经》，便大大的错了。

三

现在所见的杨东来评本《西游记》，既不是吴昌龄作的，究竟是谁作的呢？在4年前，我从友人处看到天一阁抄本《录鬼簿》，后附《录鬼簿续编》一卷（此书已于1937年印行），《续编》中载杨景贤剧有《西游记》。我当时想，天一阁本《录鬼簿》上卷载吴昌龄《西天取经》题目为"老回回东楼叫佛"，其事为今本《西游记》所无。则今本《西游记》必不出吴昌龄之手。而所附《录鬼簿续编》载杨景贤剧恰有《西游记》。则今本《西游记》或者是杨景贤作的。当时自己觉得有点道理。其后从各家戏曲选本中，又看到《西天取经》的轶文，便想作一文说说个人的意思，但杨景贤作《西游记》，除了《录鬼簿续编》外，尚无他证。因此又因循下去，久未着笔。最近我看到传是楼旧藏的一部抄本《词谑》，其第二篇引杨景夏的《玄奘取经》第四出，文与今本《西游记》第四出同。所称杨景夏当然就是《录鬼簿续编》的杨景贤（《太和正音谱》作杨景言，《词谑》景夏当是景言之误，《词谑》是李中麓作的，说见下，中麓《闲居集诗禅后序》作杨景言，可证抄本《词谑》作景夏之误。明末有杨景夏，名弘，青浦人，著《认毡笠》、《后精忠》传奇，见《南词新谱》卷首《作者名氏》篇、《参阅姓氏》篇及沈永隆《南词新谱后序》，《宝敦楼传奇汇考标目》。其人于沈自晋为后辈，清初犹存，与李开先时代不相及），这证明我从前的假定的是对的。《词谑》今中华书局有排印本。抄本《词谑》这一条，不见于排印本。这又发生了《词谑》本子问题。所以在此处，我须要把这部抄本《词谑》介绍一下。

《词谑》有明嘉靖刊本。1937 年，我在上海一位朋友家看见过。中华书局这个排印本，就从明嘉靖本出。嘉靖本不署名，无序；所以排印本也无序，也不署名（抄本亦然）。排印本卷首有卢冀野（前）先生序，说"撰者佚其姓氏，其人必知名"。其实，这书是明嘉靖时李中麓作的（中麓是李开先的号，开先字伯华，嘉靖己丑（1529）进士，官至太常少卿），本书开首第一篇就有证据。第一篇"冬夜李脉泉方伯过访东野"条：脉泉入座，请合歌一曲，因歌予冬夜悼内之作。考中麓有《四时悼内》词，每时数曲，为亡室张宜人作。今中麓集中尚有《四时悼内序》。"市井艳词"条说：市井艳词百余，余所编集。中有改窜，且多全作者。今中麓文集中有《市井艳词序》多至4首，其第一序说：【山坡羊】、【锁南枝】小调哗于市井，直出肺肝，不加雕刻。余仿其体，并改窜传歌未当者，积成一百。与《词谑》亦合。这两条排印本抄本皆有，可以知道《词谑》是中麓所作无疑。中麓室张宜人卒于嘉靖丁未（1547），《四时悼内》词作在其后，《词谑》作当更在其后。凡中麓所作杂书，如《拙对》、《诗禅》之类皆有序，集中备载无遗；独无《词谑》序。不知是原书根本无序呢？或是这两个本子都把序脱落了呢？如果原书不是无序的话，我假定《词谑》书成在嘉靖丁巳（1557）《闲居集》刻成之后。

拿《词谑》抄本校排印本，除抄本残叶缺叶不论外，有几处是不同的。上文所举的"杨景言"一条，抄本在《词套》篇郑德辉《倩女离魂》中吕套之前，王实甫《芙蓉亭》仙吕套之后。排印本没有。不但此一条，如谷子敬《三度城南柳》正宫套之前，抄本多出关汉卿《闺怨》仙吕一套。罗贯中《龙虎风云会》正宫套后，抄本多出王实甫《泛茶船》中吕一套，及岳伯川《罗光远梦断杨妃》正宫一套。《词尾》篇抄本仙吕尾"晒鞋"条后，抄本多出《翰林风月》同前调赚尾一曲。商调尾"良夜冷"条后，抄本多出王伯成般涉调尾一曲。这些条皆是排印本没有的。但也有排印本有而抄本无的：如《词谑》篇开首"《西厢》谓之《春秋》"以下5条，抄本就没有，而从"王渼陂养一外户"条起。至于篇章，两本也不同。排印本所录共4篇，标题为《词谑》、《词套》、《词乐》、《词尾》。抄本标题则为《词谑》一、《词套》二、《词尾》三，无《词乐》一篇。可见两本体例根本不同，绝不是同时编次的。我疑心抄本《词谑》或者是中麓初稿。凡排印本没有的，是中麓刊书时认为不必取删去了。

　　这个抄本每半叶 8 行，每行 18 字（嘉靖本半页 9 行，行 18 字）。第一叶盖着"传是楼藏"4 字的长方朱文印。所以知道这书是清初徐乾学藏过的。说起徐乾学所藏书，与李中麓大有关系。现在也要略说一说。李中麓是明朝的大藏书家，《明史》说他"好蓄书，李氏藏书之名甲天下"。当时宗藩如赵康王等，都派人借他的书；博雅如杨升庵，也从滇南来书托他代抄书。他的名气可想。当隆、万之际，明宗室朱睦㮮曾购得了他一部分书。《明史·诸王传》提过此事，但说睦㮮"得章邱李氏书"，不言何人。我疑心即是李中麓的书。中麓卒于隆庆二年（1568）；睦㮮卒于万历八年（1580），年 70；是和中麓同时相知之人。不知他得书在中麓未卒之前，或中麓已卒之后，原因也不明。其余经中麓后人保存，直到清初才散出。一部分归常熟毛扆（斧季），钱曾《读书敏求记》卷二"梦粱录"条记其事，说：斧季从辇下回，得秘本二百余帙，乃中麓旧藏。一大部分归崑山徐乾学，朱彝尊《静志居诗话》卷二"李开先"条纪其事。现在把朱彝尊的话引在下面：

　　　　中麓藏书之富甲于齐东。先时边尚书华泉、刘太常西桥亦好收书。边家失火，刘氏散佚无遗（按此据中麓诗自注）。独中麓所储百余年无恙。近徐尚书原一（按：原一乾学字）得其半。

王士祯《带经堂全集》卷九十二（《蚕尾续文》卷二十）《跋山谷精华录》也说：

　　　　予与李中麓太常为乡里后进。曾购其藏书目录，累年不可得。廑于京师慈仁寺市得小册《西汉文鉴》一种，朱印宛然。后数年间闻其书尽捆载归崑山徐司寇矣。

王士祯说中麓遗书尽归徐乾学，应当修正说：除毛斧季收得若干种外，余尽归徐乾学。有人根据王士祯这段话，说中麓书尽为徐乾学所有，是错了。徐乾学的《传说是楼书目》乐类录《词谑》一卷，不注板本，大概就是指这部抄本而言。但抄本不署名，书目上却书李开先作，殊不可解。这大概是徐乾学知道这部书是李中麓所作，编目时添注的。以徐乾学书与李中麓书关系之深，这部抄本《词谑》卷首虽然没有中麓印记，当时或者竟从章邱李氏传出亦未可知。

抄本《词谑》引杨景言《玄奘取经》第四出双调一套，非常重要。我曾以今本《西游记》第四出校一过，其文字微有不同。现在我把抄本《词谑》这段原文并我的校注一并抄出，引在下面。

　　《玄奘取经》第四出　　　　　杨景夏作

【双调新水令】则俺囚龙（"囚龙"今本作"困龙儿"）须有上天时。可成了俺报仇之志（今本作"成了俺报冤仇丈夫之志"，无"可"字）。寸心浑如火（今本作"浑似火"）。两鬓渐成丝。当日个（今本作"往常时我"）貌似（今本作"比"）花枝。体若凝脂。今日也（今本"也"作"个"）绣裙翻过三两摺（今本作"裙掩过两三裎"，无"绣"字。按：裎、摺字同）。

【驻马听】怪不道（三字今本无）鹊噪花枝。却原来（三字今本无）报仇恨的孩儿敢来到此。龙蟠泥滓。受辛勤母娘困于此（今本"母娘"作"娘母"，"于此"作"于斯"）。天公不满半米儿私（今本作"想天公不受半分私"）。则怕阎王注定三更死（今本此句下多"这厮怎能勾亡正寝全四肢"一句）。少不得一刀两断停街市（今本作"诛在都市"）。

【得胜令】长老便是正名师。这便是唤江流的小孩儿（今本"这便是"作"这个是"，无"唤"字）。今日个败草（今本作"死草"）重滴翠（今本作"交翠"）。残花再发枝。当时已趁英雄志。不索寻思（今本"不索"上有"你"字）。则要怎填还俺夫婿死。

【雁儿落】（今本【雁儿落】在【得胜令】之前）神道般官吏使。虎狼般公人至。我不申口内言。你自想心间事。

【川拨棹】江上设灵祠。用三牲作祭祀。浪卷风嘶。风飐杨枝（今本下多"鬼吏参差，簇捧屈死的孤穷秀士"二句）。十八年雪霜姿，我苍颜。他似旧时。（今本【川拨棹】下多【七兄弟】一曲，其文亦录于此："他说罢口内词。官人每三思。一个个痛嗟咨。云头上显出白衣士。市尘间诛了绿林儿。贼巢中趁了红裙志。"）

【梅花酒】都赖着佛旨。水府内为师。旱地上当事。尘世上官司。那海龙王救报命恩。小和尚说因缘事。十八年离城市（今本重"离城市"三字）。到龙祠（今本重三字）。住偌时（今本重三字）。再回之。

【收江南】今日个（今本"日"字上有"呀"字）大官司输与小孩儿（今本重"小孩儿"三字）。亏杀老禅师（今本重"老禅师"三字）。慧眼识天时。领着这水月（今本无此 5 字）观音旨（今本作"观音佛法旨"）。取经卷（今本作"着取西天经卷"）到京师。

我们把《词谑》原文和校注比较一下，知道在 7 曲之中，异文并不少。这当然是李中麓改的。李中麓以词曲自负，他曾经大改元词，"删繁归约，改韵正音"，选了 16 种付印，名为《改定元贤传奇》（现在存的只有 6 种，这 6 种钱曾《述古堂目》著录过）。臧懋循《选元曲》，人人知其改；而他不肯公然承认是改。中麓则径称其书为《改定元贤传奇》。这不是中麓的坦白，正是中麓的自负。至于《词谑》体裁本是曲话，系评论前人词曲之书，本可以不改了。但他书中所引各套，也是不依原文，随时改订（书中引无名氏正宫"香尘暗翠帏屏"条，说：拗节生音，脱句误字虽少，亦必费一番心力，前后套词无有不经改窜者，岂但作词为难，选亦岂易事哉。可证），这是明朝才子的脾气。以现在看来，大可不必。不过这是著作问题，与现在我们的问题无关。换句话说，尽管他引杨景言的《玄奘取经》曲是改过了，但在他的书中给我们指出这曲是杨景言作的，在我们现在已经是勾用了。

李中麓是明朝的古文学家，但也是词曲家。他自称"词多于诗，诗多于文"。他作的曲有《登坛宝剑》诸记，及《园林午梦》等院本，又散词小曲不可胜数，他藏的金、元词曲甚多。据他自述有1750余种。这个数目在现在听起来是惊人的。他在《词谑》中引杨景言的《玄奘取经》（即今《西游记》），他一定见到了杨景言《玄奘取经》的原本或旧本，上面有序跋可据，如现在我们所见的原本刘东生《娇红记》一样，所以他在书中著了杨景言之名。我们现在考元、明旧曲作者，苦于证据少，或者不知其人，或者知其人而不敢说一定是作曲的人。现在以李中麓这样有资格的人来替我们作证见，说今名《西游记》的《玄奘取经》是杨景言作的，这是的的确确最可征信的了。

杨景言，《录鬼簿续编》，作杨景贤。陈与郊《新续古名家杂剧》、臧懋循《元曲选》录《刘行首》剧也题作杨景贤。《太和正音谱》上《古今群英乐府格势》及《群英所编杂剧目》两处并作杨景言。《词林摘艳》七及《闲居集诗禅后序》亦并作杨景言。《录鬼簿续编》、《正音谱》都是明初的书。现在拿这两部书考起来，《正音谱》杨景言名下录《风月海棠亭》、《史教坊断生死夫妻》两剧；《录鬼簿续编》杨景贤名下录了《古名家杂剧》、《元曲选》所收的《刘行首》，也录了《正音谱》所收的《海棠亭》及《生死夫妻》，可见《正音谱》所书的杨景言与《录鬼簿续编》所书的杨景贤确是一人（臧懋循不知景言、景贤是一人，在《元曲选》卷首据《正音谱·群英杂剧目》录了杨景言的《风月海棠亭》及《史教坊断生死夫妻》；又据传本在李致远后张国宝前别出杨景贤的《刘行首》。把杨景言、杨景贤看作二人，这是大错）。据《录鬼簿续编》，杨景贤名暹，后改名讷，号汝斋，或者景贤是他未改名以前的字，景言是改名以后的字，其字因两传亦未可知。又《录鬼簿续编》载景贤始末，说景贤"故元蒙古氏，因从姐夫杨镇抚，人以杨姓称之。善琵琶，乐府出人头地。与余交五十年。永乐初与舜民一般遇宠。后卒于金陵"。明·周宪王洪武中作《烟花梦》传奇引说："钱塘杨讷为京都乐籍中伎女蒋兰英作传奇而深许之。"根据这两段话，我们可以知道杨景言是钱塘人，永乐初他在南京作过官，与汤舜民是同寮（汤舜民有送景贤回武林双调【花柳乡中自在仙】一套，不知何时作），他和《录鬼簿续编》作者是50年的老朋友。续编作者是老于杭州之人，他也许在杭州住过一个长时期。他的姐夫杨镇抚一定元时在杭州当镇抚（元制诸行中书省下设都镇抚司，诸行枢密院诸路万户府下设镇抚司，此不知为何镇抚）。因为他姐夫著籍钱塘，所以他的里贯也是钱塘。又《录鬼簿续编》有两处称太宗的谥法（文皇帝），我们因此知道《续编》成书不在永乐时，按理讲应当是洪、宣之际。《续编》载杨景贤事兼及其卒，我们知道《续编》成书时，景贤已前卒。《续编》虽未明言景贤卒于何年，以《续编》成书在洪、宣时推之，景贤卒似应当在永乐中，或者略靠后一点。他的寿数虽不可考，但根据《续编》作者与景贤相交50年的话，其享年至少应当是六七十岁，决不是50岁（因为不能生即相交），他大概生于元至正中，如果是老寿的话，也许生于至正初。他所作的杂剧，据《续编》是18种。陈与郊《古名家杂剧》、臧懋循《元曲选》都只收了《刘行首》一种。其余不存。现在把《西游记》算上，他的杂剧存的便有二种。吴昌龄的杂剧，现在也存二种（《东坡梦》、《辰钩月》，有《元曲选》本）。这是恰巧一样的。

　　明初《录鬼簿续编》作者，和杨景言是50年的老朋友，所以他知道杨景言作了一部《西游记》。正嘉间的李中麓，不但他是弘治十五年（1502）生的，去永、宣间不过六七十年，并且他亲见了杨景言《玄奘取经》（今本名《西游记》）的原本，所以他知道《玄奘取经》是杨景言作的。但到了万历以后就大大不同了。万历四十二年（1614）甲寅勾吴蕴空居士得了一部抄本的杨景言《西游记》（《总论》云：《西游记》仅见抄录秘本，未经镂板刊行），也许抄本没有署名，他竟认为是吴昌龄作的，把吴昌龄的名字替代了杨景言。不但如此，臧懋循刻《百种曲》在万历四十四年（1616）丙辰，在他的书卷首所引涵虚子《群英杂剧目》中（即《太和正音谱·群英所编杂剧目》），他注吴昌龄的《西天取经》，竟然说是6本（凡曲名下小注，俱是臧懋循注的，《太和正音谱》没有）。这也是认吴昌龄《西天取经》即6卷本的《西游记》了。以至于天启四年（1624）甲子止云居士选《万壑清音》合吴昌龄曲于杨景言曲，总称《西游记》。再后孟称舜选《柳枝集》，摘出今本《西游记》第四卷别行，题为《猪八戒》，亦署吴昌龄。及至钱曾编《述古堂目》、《也是园目》便不得不承认吴昌龄作了两部玄奘取经的曲了。总之，明万历以后的人根本不知道杨景言作《西游记》的事，他只知道吴昌龄作《西天取经》，而《西天取经》也不容易见到，即以杨景言《西游记》当之。就是见到吴昌龄《西天取经》的人，也不敢否认《西游记》是吴昌龄作。结果，沿误承谬，直到清朝末年止，大家还是明万历后的见解。其所以如此之故，大概因为：（一）原本不存，传说多谬，抄书刻书人都不免错标名字（如百种曲所题人名，现今考就有好几处是错的，这不见的是臧懋循捏造的，因为他所误题的人名，有时别的选本也是一样的错）。（二）《录鬼簿》通行无注本，现在我们见的天一阁本注题目正名的《录鬼簿》以及所附《录鬼簿续编》，当时人都不曾见到。（三）两书都演玄奘事，名称亦容易混淆。如《录鬼簿续编》著杨景言曲是《西游记》，而李中麓引杨曲称《玄奘取经》。以此推之，杨曲既称《玄奘取经》，则吴曲亦未始不可称《西游记》。有了这种种的时代环境关系，便教他们不得不承认《西游记》是吴昌龄作的了。可是，我们现在不同了。我们见到天一阁抄本《录鬼簿》，可以由天一阁本所注题目正名知道吴昌龄戏曲里边所演的事；并且根据这事去寻求他的遗文。我们又见到了天一阁抄本《录鬼簿续编》，可以知道杨景言在明初别有一部《西游记》。并且有传是楼旧藏本《词谑》作证。这是我们读书便利比前人占便宜的地方，并不是我们的智慧胜于前人。假使臧晋叔、孟子塞、钱遵王诸公生在现在，见到我们所见到的书，我相信他们一定也能知道《西游记》不是吴昌龄作的。

至于吴昌龄的《唐三藏西天取经》，我以为应当是几折的短杂剧。不但剧情文章与杨景言《西游记》有别，即体格亦有分别。这看钱曾的《也是园目》便知道。钱曾当日编他的藏书目录，把吴昌龄《唐三藏西天取经》列在杂剧部，与马致远《汉宫秋》、王实甫的《丽春堂》等90余种杂剧放在一起。这些杂剧，现在我们能见到的有三之二都是 4 折杂剧。《述古堂目》、《续编杂剧》所载陈上言选刻本杂剧 6 种，除《唐三藏西天取经》外，目为《孟浩然踏雪寻梅》、《豹子和尚自远俗》、《黑旋风仗义疏财》、《惠禅师三度小桃红》、《瑶池会八仙庆寿》。这 5 种是明·朝周宪王作的，也都是 4 折杂剧。而吴昌龄《西游记》《也是园目》却编入传奇部，与王实甫《西厢记》式的北曲长剧，大不同了。吴昌龄曲今已不存。拿现在我们所能见到的遗文推测，《诸侯饯别》一折，开首唐僧上场开白通名姓，述唐僧家世及出身始末极详，长至 400 余字。这或者就是吴剧第一折。因为如上面还有剧文演唐僧的事，则此处白不必如此之详。《回回迎僧》折唐僧白自称从河西国来。上面演的或者是过河西国的事。"过河西国"如果是第二折，《回回迎僧》应当是第三折。《回回迎僧》折【煞尾】曲咏回回送唐僧行，临别致词，有"黑云起昏惨惨无天日，愿大唐三藏取经回，也无那（《九宫大成纳书楹》作：'再没有'）外道妖邪近得你"之语。细揣词意，似谓唐僧登程之际，为何种外道妖邪摄去。此话如不误，则《回回迎僧》后必为唐僧遭难、神灵相助平妖等事。又其次当为取经东归等事。依我个人的意见，吴昌龄剧既系短剧，其剧中情节必不能甚多；其文字以我想至多不过五六折，如《录鬼簿》所录张时起《实花月秋千记》有 6 折之比，决不能如王实甫《西厢记》曼延至十余折。因为，如此便是后人所谓传奇，《也是园目》录其剧断不入杂剧部了。

　　关于吴昌龄与《西游记》问题，话已说得不少了。我现在再综合以上的意思说几句判断的话。今本《西游记》是明初人杨景言作的，有《录鬼簿续编》及传是楼旧藏本《词谑》可证。今本《西游记》以及其他书标举著录，书吴昌龄，是明万历以后人不知曲是杨景言作误属之吴昌龄的，其实吴昌龄曲情节文字体裁与今本《西游记》皆不同，万不能认为是一书。又吴昌龄曲自明时已少见，明末的钱曾虽然藏过此曲，录此曲于《也是园目》，但《也是园目》诸曲之存于今日者，中无此曲。恐早已不存了。其遗文可以见到的，今有《回回迎僧》一折。又今所传《诸侯饯别》一折，似亦是吴昌龄曲之一折：这是真正的吴昌龄《唐三藏西天取经》杂剧。

临了，关于今本《西游记》杂剧，我再补充几句话。今本《西游记》杂剧，并不因为它不是吴昌龄作的而减其价值。10 年前日本明刊本杨东来评吴昌龄《西游记》的发现，至今看起来，仍然是重要的发现。不过，要知道，那只是杨景言戏曲之发现而不是吴昌龄戏曲之发现而已。

附录　诸书称引的《西游记》与《唐三藏西天取经》

现在所传的《西游记》是明初杨景言的，不是元·吴昌龄作的。吴昌龄所作《唐三藏西天取经》杂剧，其本已佚；遗文现在能看到的只有二折。我已经作了一篇文章专论此事。那篇文章，宗旨是辨证事实，不是记叙书册；所以对于诸家著录摘选《西游记》及《唐三藏西天取经》的事尚未能排比次第，作一系统的说明。现在更为一短文专述此事。

著录吴昌龄《三藏取经》杂剧的，以元·钟嗣成《录鬼簿》为最早。现在我们所见的《录鬼簿》本子，大别之有二种：一种是略注本，也可以说是无注本，是每剧不注题目正名的。这一种通行的曹楝亭本可以代表。其余的几个传抄本如说集本、尤贞起抄本、戴光曾抄本等虽文字与曹本间有异同，而体裁一样，都不是特别本子。现在只能视同曹本。第二种是详注本，是书中诸剧十之六七注题目正名的。这一种现在所见的只有天一阁抄本是如此。所以现在我们谈吴昌龄由引《录鬼簿》，须得将这两种本子分开来说。曹本《录鬼簿》录吴昌龄此剧作：

　　唐三藏西天取经

　　凡元剧标目皆是 2 句或 4 句，甚而至于有 8 句的。通常 2 句则起句叫题目，收句是正名。4 句则前 2 句是题目，后 2 句是正名。8 句准此。至于卷首卷尾所标大题，差不多都用收句或正名之最后一句。关于题目正名之称，我另有解释，现在无须说。曹本录吴昌龄此剧作《唐三藏西天取经》，是大题，即标目中之收句。天一阁抄本《录鬼簿》录吴昌龄此剧，原文是：

　　西天取经　　　老回回东楼叫佛，唐三藏西天取经

　　这所录的特别详细。曹本例不用简称；天一阁本则正文大字是简称，小字是题目正名。天一阁本这种简称，并不是稀奇的。明·宁献王的《太和正音谱》所录元曲，也都是简称。现在所见的元刊本杂剧，如《赵氏孤儿》，标目末句是"冤报冤赵氏孤儿"。《风月紫云亭》，标目末句是"诸宫调风月紫云亭"。这就是简称。元剧有简称的缘故，是因为标目多是七言长句，若直用末句称呼起来，未免太麻烦了。但著录家若录简称而不著标目，如《正音谱》则未免节目不详。天一阁本既录简称，又注标目，这是他的体裁好的地方。我们知道吴昌龄《西天取经》杂剧中有回回叫佛的事，也正因为他注了标目之故。《太和正音谱》上卷《群英所编杂剧目》，录吴昌龄此剧也作《西天取经》。可见当时简称是有定型的。

　　最奇怪的，是吴昌龄《西天取经》自从《太和正音谱》著录以后，除了明朝的几位著作家偶然引《录鬼簿》、《正音

谱》提到外，几乎不见于明人选曲或登录戏曲的书；至少是我个人所知见的书。永乐时官书如《永乐大典》，嘉靖时私人藏书目如晁瑮《宝文堂目》，皆录了极丰富的戏曲（《永乐大典》剧字卷录元杂剧90种，见《大典目》卷五十四），但其中并无《西天取经》（这大概是偶然失收，偶然未见，不能说《西天取经》在当时少见，因为明初元剧几乎完全存在，尤其内府教坊是词曲荟萃之地，晁瑮嘉靖时人，其时北曲尚未衰，旧本存者亦多）。明人的戏曲选集，现在看见的有七八种之多，也没有收《西天取经》的。只有明末钱曾编《述古堂目》，著录了一部抄本吴昌龄《唐三藏西天取经》（按钱曾抄本书直接得之于钱谦益，间接得之于赵琦美）。同书《续编剧目》载陈上言选刻剧6种，中有《唐三藏西天取经》。这一部抄本、一部刻本，现在我们都不能见了。可是看他的书名，与《录鬼簿》、《正音谱》皆合。这可以证明陈上言刻书钱曾编目时根据的是原书，所以人名书名毫无参差。

但别的书就不然了。天启中止云居士选《万壑清音》，竟然将两折吴昌龄作的《西天取经》与两折今本误题吴昌龄作的《西游记》合并，统称曰《西游记》（按：止云居士此书例不著撰人）。这是糊涂之至。所以我在《吴昌龄与杂剧西游记》文中说他是辗转抄录的4折曲子，他不但没见过完全的《西天取经》，也没见过完全的《西游记》。到了清朝，李玉编的《北词广正谱》，庄亲王编的《九宫大成南北词宫谱》，叶堂编的《纳书楹曲谱》都引了《唐三藏》一套（按：此3书唯《广正谱》著撰人，《九宫大成》、《纳书楹谱》例不著撰人。《广正谱》引《唐三藏》注无名氏撰，《纳书楹》引《唐三藏》别标出名曰《回回》）。这一套，3书所据都是抄本零折。其文与《万壑清音》之《回回迎僧》折同，实即吴昌龄《西天取经》之一折。

但标书名都作《唐三藏》，已与元明间习惯简称"西天取经"不合。假使我们不能考出来这一套是吴昌龄《西天取经》遗文，一定容易误会这里所引的《唐三藏》与天一阁本《录鬼簿》、《正音谱》所录的《西天取经》是两部书。况且《九宫大成谱》因为误信《西游记》是吴昌龄作之故，在附注中明说此套非吴昌龄撰。这更可以令人相信《北词广正谱》等3书所引的《唐三藏》，并不是《录鬼簿》、《正音谱》所录的吴昌龄《西天取经》了。

此外《纳书楹曲谱》、《缀白裘》所引《北饯》，文与《万壑清音》之《诸侯饯别》同，亦吴昌龄《西天取经》之一折。但《纳书楹》标书名作《莲花宝筏》，《缀白裘》标书名作《安天会》。这大概是《莲花宝筏》、《安天会》先抄袭了这一套，《纳书楹曲谱》、《缀白裘》又从这二书中引过来的。《纳书楹谱》目录附注说此套是元曲，而不能指其剧名，又说未见原本，可见是迷了出处了。

黄文旸《曲海目》所附存目，有无名氏《唐三藏》。这个目录即据《纳书楹曲谱》辑出，在此处没有讨论的价值。

著录杨景言《西游记》的，以《绿鬼簿续编》为最早。《续编》录杨景言曲18种，《西游记》便是其中的一种。这18种曲，有5种是失注题目正名的。《西游记》不幸偏在此数，无题目正名可考。今所传万历甲寅刊本《西游记》署"吴昌龄"，其实是杨景言作的。其书6卷，每卷有正名4句，无橤括全书的总名目。这和元曲体例不合。（凌濛初刊王《西厢》，4本各自独立，各有题目正名，无总题，与今本《西游记》同。濛初自称是旧本，其实王《西厢》是有总题的。天一阁本《录鬼簿》所注"郑太君开宴北堂春，张君瑞待月西厢记"2句，即全书总题也。）按：《续编》"西游记"3字，是简称；元曲

简称，多取本剧标题末句末尾几个字，这应当是末句正名的末
3 字。但也有取末句正名开首几个字的，如马致远《马丹阳》
剧（此"马丹阳"三字简称，据天一阁本《录鬼簿》、《元曲
选》简称"任风子"），末句正名是"马丹阳三度任风子"。即
其例。李开先《词谑》引景言此剧作《玄奘取经》，我疑心这
是末句正名之首 4 字。《西游记》全书标题，末句也许就是
《玄奘取经西游记》。

　　晁瑮《宝文堂目・乐府类》有《西游记》，不著撰人。这
应当是杨景言的《西游记》。钱曾《也是园目》有吴昌龄《西
游记》4 卷。目录书记《西游记》为吴昌龄作，据我个人所
知，以此目为最早。这大概是受了万历甲寅（1614）勾吴蕴空
居士刻《西游记》书吴昌龄名的影响。今本《西游记》是 6
卷，而钱氏此目作 4 卷。不合。近任二北先生校《曲录》，疑
《也是园目》4 卷应为 4 册。这是不对的。因为，《述古堂目》
录此书抄本作"四卷一本"，所云"一本"，正是一册。是此
书是 4 卷合订一册。《也是园目》不过删去"一本"二字，并
非著录时以 4 册为 4 卷。至于书分 4 卷与今本不同之故，却不
明白。也许是钱曾所藏《西游记》抄本偶缺二卷，也许是曲不
缺而书自是 4 卷本。《楝亭书目》曲类也有抄本《西游记》，
注云："元吴昌龄著，6 卷，二册。"这不但作书人名与万历甲
寅刊本合，并卷数亦合。这个本子，大概和万历甲寅刊本是同
出一源的。今所见抄本《传奇汇考》（原书日本京都帝国大学
藏）中有《北西游》解题一篇。所释事与万历甲寅本《西游
记》全同，但释作者云元・无名氏作，不云吴昌龄作。《传奇
汇考》有人说是黄文旸《曲海总目提要》的稿本，确否不可
知，但书应当是乾隆时人作的。可见乾隆时所见《西游记》，
尚有不署吴昌龄之本。

　　《曲海总目提要》卷四十二也著录了一部《西游记》。关于此书，提要释事甚略。只说"剧就《西游记》小说中提出数节成编，未尝别构炉锤。……演义诸妖已具大略，可谓简而该矣"。据此，知剧不甚长，且情节完全与小说同，似是后出之本。又说剧"相传夏均政撰，今此刻曰陈龙光撰。或当有二本"。夏均政是明初人，名见明·宁献王《太和正音谱》上《群英乐府格势篇》。《正音谱》说他的词如南山秋色，与杨景言等并举目为国朝16人。均政撰《西游记》剧，仅见此文，语可注意。但《西游记》明人所作除杨景言北曲外，尚有南曲《唐僧西游记》，见徐文长《南词叙录》。此相传夏均政撰之《西游记》，意思指的是北词呢？是南词呢？如是北词，恐是杨景言误传为夏均政。如是南词，则《南词叙录》所录的《唐僧西游记》，是不是夏均政作的呢？又《曲海总目》著录的陈龙光《西游记》，是传奇呢？是杂剧呢？我疑心是传奇而无证。近友人程君告余新中国成立后新印的《远山堂曲品》有陈龙光《西游》。余因程君言覆阅远山堂曲品，知陈龙光《西游记》确是传奇。

　　以上所举著录《西游记》的书6种。除《曲海提要》所录是陈龙光本与杨景言曲无涉外，《录鬼簿续编》说《西游记》是杨景言作的。《续编》作者和杨景言是50年的老朋友，他的话当然可信。晁瑮《宝文堂目》是不著作者姓名的，目中虽有《西游记》，是非现在无从说起。钱曾《也是园目》、曹寅《楝亭书目》，《西游记》误书吴昌龄撰，这和明万历后的人错误一样。他们所藏的本子，至多是明万历后的写本。抄本《传奇汇考》著录的一部《西游记》竟是不署名之本，这令我们现在看起来觉得反而近古了。

　　明·止云居士《万壑清音》所收的《西游记》共4折。

其实只有《擒贼雪仇》、《收服行者》二折是《西游记》。其余二折，是吴昌龄的《唐三藏西天取经》。我在上文已说过。清·庄亲王所修《九宫大成南北词宫谱》选了《西游记》词9套，又【草池春】一曲。但引书不作《西游记》而作《西天取经》，其名称与天一阁本《录鬼簿》、《太和正音谱》称吴昌龄曲作《西天取经》同。而且在他处他所收的《唐三藏》一套后面，注明："此套非吴昌龄所撰。"（按：《九宫大成》所收《唐三藏》套是吴昌龄曲，说已见前）这是否认了吴昌龄的《唐三藏》剧，承认《西天取经》是吴昌龄作的。看作者的意思，是不但相信《西游记》是吴昌龄作的，并且进一步将《西游记》改作《西天取经》以求合于《正音谱》吴昌龄剧目中《西天取经》之文（天一阁本《录鬼簿》、《九宫大成》作者未见）。明万历甲寅蕴空居士刻《西游记》，说是吴昌龄作的，引《正音谱》为证。他以为这是对的，别人也相信是对的。但《正音谱》究竟作《西天取经》，不作《西游记》，尚未免启人疑窦。到了《九宫大成》，便索性将《西游记》改作《西天取经》。这么一来，人名书名便契合无间，如果没有他书可勘，读者断不敢怀疑他在这里所引的曲，并非吴昌龄作。这是作者的聪明，但荒唐却更甚于前人了。叶堂编《纳书楹曲谱》在续集中选了《西游记》6套，在《补遗曲谱》中又选了《西游记》4套。一共是10套。他引书名只作《西游记》，不作《西天取经》，可见《西天取经》是编《九宫大成》的人改的。

　　清·庄亲王修《九宫大成》、叶堂编《纳书楹曲谱》时，都见到《西游记》全书，所以书中收《西游记》词特别的多。也因为见了《西游记》全书之故，对于当时仅见零折的《唐三藏》曲也分别得很清楚。《九宫大成》虽误信《西游记》是吴昌龄作的，而不曾把真正吴昌龄作的《唐三藏》一套与《西游记》诸套混为一书。作《传奇汇考》的人也见到了《西游记》全书，所以在他书中著录了《北西游》，且能详述始末。这3部书都成于乾隆时（《九宫大成》成于乾隆十一年［1746］丙寅，《纳书楹谱》成于乾隆五十七年［1792］壬子。《传奇汇考》大概是乾隆时在扬州设局修改曲剧的别录，其事在乾隆四十二年［1777］丁酉与四十六年［1781］辛丑之间），我们因此知道《西游记》在清乾隆时犹不少见，《西游记》在中国失传，不过清·嘉庆以后百余年之事而已。

诸选集所录吴昌龄与杨景言剧，皆不著撰人；书名出名，亦递有改变。今为二表附于后。大家看了这个表，便很易知道诸选集中所引的剧，哪个应属吴氏哪个应属杨氏了。

吴昌龄唐三藏西天取经杂剧

万壑清音引西游记	北词广正谱引唐三藏	九宫大成引唐三藏	纳书楹曲谱引唐三藏	纳书楹曲谱引莲花宝筏	缀白裘引安天会
回回迎僧（卷四）	双调套自胡十八犯起无煞尾（十八帙）	双角套（六十七卷）	回回套（续集卷二）		
诸侯饯别（卷四）				北饯套（正集卷二）	北饯（八集卷三）

杨景言西游记杂剧

万壑清音引西游记	九宫大成引西天取经	纳书楹谱引西游记	今本西游记
	中吕满腹离愁套（十五卷）	撇子套（续集三）	逼母弃儿（一卷二出）
	商角恁趁着这碧澄澄大江套（六十卷）	认子套（续集三）	江流认亲（一卷三出）
擒贼雪仇（卷四）			擒贼雪讐（一卷四出）
	仙吕梅绽南枝套（七卷）	饯行套（补遗卷一）	诏饯西行（二卷五出）
	双角胖姑王留套（六十七卷）	胖姑套（续集三）	村姑演说（二卷六出）
	南吕草池春曲（五十二卷）		木叉售马（二卷七出）
收服行者（卷四）	南吕包藏造化灵套（五十四卷）	定心套（补遗一）	收孙演咒（三卷十出）
	大石角白头蹀躞套（二十一卷）	伏虎套（续集三）	行者除妖（三卷十一出）
		揭钵套（补遗一）	鬼母皈依（三卷十二出）
	中吕良夜沉沉套（十五卷）		海棠传耗（四卷十四出）
		女还套（续集三）	导女还装（四卷十五出）

续表

万壑清音引西游记	九宫大成引西天取经	纳书楹谱引西游记	今本西游记
		女国套（补遗一）	女王逼配（五卷十七出）
	南吕贪杯无厌套（五十四卷）		迷路问仙（五卷十八出）
	高宫我在巽宫套（三十四卷）	借扇套（续集三）	铁扇凶威（五卷十九出）

　　附记：诸选集中唯《万壑清音》、《缀白裘》词白全录。《广正谱》、《九宫大成》、《纳书楹》皆有词无白。凡无白者，表中俱加套字以示区别。

1939 年 6 月

释《录鬼簿》所谓次本

　　元·钟嗣成《录鬼簿》所录杂剧，有剧名同而作者不同的。后来或同时读《录鬼簿》的人，对于这些同名的剧，要分别他的体格，便在《录鬼簿》剧名下加了若干的注。因为注不出于一人之手，所以没有一定的例。

　　有用脚色分别的，例如：

　　　　白仁甫的《崔护谒浆》　明抄《说集》本注云：末本。尚仲贤也有《崔护谒浆》。白仁甫的是末本，尚仲贤的该是旦本。

　　　　王实甫的《吕蒙正风雪破窑记》　《说集》本注云：旦本。
关汉卿有《吕蒙正风雪破窑记》。王实甫的是旦本，关汉卿的该是末本。现在涵芬楼印的《孤本元明杂剧》，第二册所收《吕蒙正风雪破窑记》，正是旦本。明·赵清常定为王实甫本，是对的。

　　　　杨显之的《萧县君风雪酷寒亭》　《说集》本注云：旦末本。《太和正音谱》注云：旦末二本。《说集》本脱了一个"二"字。
根据天一阁本《录鬼簿》，花李郎也有《酷寒亭》。杨显之《酷寒亭》，今有《元曲选》本是末本。如果《元曲选》题杨显之是对的，花李郎作的该是旦本。《酷寒亭》有杨显之的末本，又有花李郎的旦本；所以，《说集》本和《正音谱》都注旦末二本。可是，有问题：《说集》本和《正音谱》都没有花李郎的名字，花李郎在二书中既无其人无其剧，旦末本的话从何说起呢？我想《说集》本无花李郎，大概是书手脱落了。花李郎是教坊刘耍和的女婿。《正音谱》例不收倡夫作的剧，所以没有花李郎。但因此"旦末二本"4字便没有照应了。

　　赵子祥的《风月害夫人》　天一阁本注云：旦本。
高文秀有《风月害夫人》。赵子祥的是旦本，高文秀的该是末本。

　　梁进之的《于公高门》　曹栋亭本、天一阁本、尤贞
　　起本都注旦本。
王实甫有《于公高门》。元末王仲元也有《于公高门》。梁进之的是旦本，王实甫的可能是末本。

　　赵文宝的《孙武子教女兵》　《说集》本、天一阁本
　　都注旦本。
周仲彬有《孙武子教女兵》。赵文宝的是旦本，周仲彬的该是末本。

　　有用曲名分别的，例如：

　　庚吉甫的《丽春园》　《说集》本注云【甘州】者。
庚吉甫《丽春园》，天一阁本注题目正名，作"宋公明火伴梁山泊，黑旋风诗酒丽春园"。曹栋亭本作《苏小春丽春园》。戴光曾本、尤贞起本作《苏小卿丽春园》。"小卿"二字恐误。高文秀也有《丽春园》，天一阁本注题目正名，与庚吉甫本同。王实甫也有《丽春园》，天一阁本剧下无注。《说集》本庚吉甫《丽春园》下注所云【甘州】者，【甘州】指【八声甘州】言。【八

声甘州】是仙吕宫的曲。因此，知道庾吉甫《丽春园》的特征是剧中有【仙吕八声甘州】一套。别人的《丽春园》，是没有【甘州】的。

有用韵分别的，例如：

王实甫的《贩茶船》　　《说集》本注云：盐甜韵。

纪君祥的《贩茶船》　　《说集》本注云：第四庚清。

王实甫、纪君祥同演《贩茶船》剧。王剧中有一折用盐甜韵，纪剧第四折用庚清韵。纪剧无盐甜韵，王剧第四折不韵庚清。这其间有分别了。现在，我们见的《雍熙乐府》、《盛世新声》、《词林摘艳》，都引了《贩茶船》的【中吕粉蝶儿】"这些时浪静风恬"一套，用的正是盐甜韵。这一套是王实甫的，没有问题了。

用脚色、曲名、押韵去区别同名不同本的剧，方法由《录鬼簿》的读者任意选择，随便批注，所以，在诸本《录鬼簿》中，有种种批注，没有一定的例。除了这 3 种注以外，还有一种注，就是次本。次本在《录鬼簿》诸本中，出现最多。次本是什么意思呢？自来论曲者，无人提及。我在《酉阳杂俎》中，偶然寻到次本的出处。《杂俎》续集卷六"翊善坊保寿寺"条云：

本高力士宅，天宝九载（750 年）舍为寺。寺有先天菩萨帧，本起成都妙积寺。开元初，双流县百姓刘意儿年十一，云先天菩萨现身此地。因谒画工，随意设色，悉不如意。有僧杨法成自言能画，意儿常合掌仰祝，然后指授之。十稔，工方毕。画样凡十五卷。柳七师者，崔宁之甥，分三卷往上都流行。时魏奉古为长史，进之。后因四月八日赐高力士。今成都者，是其次本。

次本是对于原本说的，就是摹本。以戏曲言，一个故事，最初有人拈此事为剧，这本戏是原本。同时或后人，于原本之外，又拈此一事为剧，这本戏便是次本。

现在，我把《录鬼簿》注次本的例举出来。

有先后二剧一律注次本的，如：

　　　李文蔚的《谢安东山高卧》　曹楝亭本、尤贞起本注云：赵公辅次本、盐咸韵。《说集》本无"赵公辅次本"5字。

　　　赵公辅的《晋谢安东山高卧》　曹楝亭本、尤贞起本注云：汴本。

汴本是次本之误。再如：

　　　武汉臣的《虎牢关三战吕布》　曹楝亭本、尤贞起本注云：郑德辉次本。

　　　郑德辉的《虎牢关三战吕布》　曹楝亭本、尤贞起本注云：末旦头折次本。

"末旦头折"4字不晓何意。或者头折登场的人物有旦色。现在，涵芬楼印的《孤本元明杂剧》，第六册《三战吕布》题郑德辉，可是头折并没有旦上场。

有在前一剧注次本的，如：

　　　王廷秀的《周亚夫细柳营》　《说集》本注云：次本。

郑德辉有《细柳营》。郑在王后，不得云王所作是次本。疑注本来作郑德辉次本，《说集》本脱了"郑德辉"3字，便不通了。

有在后一剧注次本的，如：

　　　武汉臣的《曹伯明错勘赃》　曹楝亭本、尤贞起本注云：次本。

纪君祥有《曹伯明错勘赃》、郑廷玉有《曹伯明复勘赃》，君祥与廷玉同时。

　　　尚仲贤的《张生煮海》　天一阁本注云：次本。

李好古有《张生煮海》。

　　　尚仲贤的《崔护谒浆》　天一阁本注云：次本。曹楝亭本、尤贞起本注云：十六曲次本。

白仁甫有《崔护谒浆》。天一阁本注题目正名云："四不知佳人诉恨，十六曲崔护谒浆。""十六曲次本"，谓剧是白仁甫剧次本也。

　　赵子祥的《风月害夫人》　曹棟亭本、尤贞起本注云：次本。

高文秀有《风月害夫人》。

　　赵子祥的《太祖夜斩石守信》　曹棟停本、尤贞起本注云：次本。

王仲文有《赵太祖夜斩石守信》。

　　赵文殷的《宦门子弟错立身》　天一阁本、曹棟亭本、尤贞起本注云：次本。

李直夫有《宦门子弟错立身》。

　　李进取的《司马昭复夺受禅台》　天一阁本注云：次本。

李寿卿有《司马昭复夺受禅台》。

　　郑德辉的《迷青琐倩女离魂》　天一阁本注云：次本。

赵公辅有《迷青琐倩女离魂》。

　　金仁杰的《秦太师东窗事犯》　天一阁本注云：次本。

孔文卿有《秦太师东窗事犯》。

　　杨景贤的《两团圆》　天一阁本《录鬼簿续编》注云：次本。

高茂卿、杨文奎都有《翠红乡儿女两团圆》。高剧见《录鬼簿续编》，杨剧见《正音谱》。这里所注次本，或者认为是高茂卿的次本。

　　汤舜民的《娇红记》　《录鬼簿续编》注云：次本。

王实甫有《娇红记》，见曹棟亭本《录鬼簿》。同时金文质、刘东生也有《娇红记》。

　　此外尚有注次本而原本不可考的，如：

郑德辉《哭晏婴》　天一阁本注云：次本。

金志甫《祭琰还朝》　曹棟停本、尤贞起本注云：次本。

钱吉甫《宋弘不谐》　天一阁本注云：次本。

还有在天一阁本注二本，而二本并不见得是次本之误的，如：

纪君祥的《贩茶船》

王廷秀的《细柳营》

李好古的《张生煮海》

梁进之的《进梅谏》

孔文卿的《东窗事犯》

天一阁本剧名下都注二本。就中《贩茶船》、《进梅谏》，王实甫均有剧。纪君祥与李寿卿、郑廷玉同时，梁进之与关汉卿世交，行辈似在王实甫之先。天一阁注君祥、进之剧都作二本，二本不敢定云是次本之误。至于李好古《张生煮海》注二本，以尚仲贤《张生煮海》注次本参之，则二本分明是说此剧有两个本子，并非误书。王廷秀在郑德辉之前，二人同有《细柳营》剧。廷秀剧注二本，二本亦决非次本之误。孔文卿在金志甫之前，二人同有《东窗事犯》剧。天一阁本于孔剧注二本，于金剧注次本。意思更明白了。

注二本是说明剧的本数，注次本是说明剧的先后。一剧有二本，可以在前一剧剧名下注二本，计其本数。同时，亦可以于后一剧剧名下注次本，识其先后。我因此悟到《正音谱》注的二本：凡是元剧有二本的，《正音谱》于前后二剧的剧名下，一律注"二本"2字。这是抄书人抄错了。《正音谱》原文，前一剧剧名下的注是二本，后一剧剧名下的注是次本。抄书人不知道二本、次本的意义不同，便一律写作二本了。

1947年7月1日

重话旧山楼

一　序

　　余于 1939 年至 1940 年间，曾撰《述也是园旧藏古今杂剧》一文。其后读书，间有新知。复欲为文述之，因循未果。1943年秋，乡前辈李玄伯先生自沪寄来所撰《述也是园古今杂剧跋》。颇正余说，读之欣然。余文迫于程限，随编随印，虽参伍考稽，颇曾用心，而仓促成书，究非定本。师友有不弃其片长而过许之者，固使余感激。如玄伯先生之特别注意余文，不吝赐教，是尤可感也。先生是文，补余文者凡 4 事：其一，季沧苇两任谏官。此为余所不知者。其二，赵宗建之生卒年月。余所推定，虽与先生所考相去不远，而余文只是臆测，先生文则确有所据。此二事最使余感兴味。其三，旧山楼。其四，赵宗建及其子侄。此二事先生所考亦详。而余之所知，亦有可与先生文互相发明者。是时不觉技痒，即欲为文质之先生，而兴味索然，起草未及半而止，竟不能终篇。今岁 1945 年 9 月，壹戎大定，寇虐式遏。虽困厄如余，知无复饿死之虑。闭户洒然，稍理旧业。爰取旧稿补缀之，撰为此文。冀他日先生见之，仍有以正其失焉。

二　赵氏谱

旧山楼赵氏，自同汇以下，余所知者初惟四世。据玄伯先生文，则可下推至五世。益以余近来所得，则更可下推至七世。其世系如下表。其家人事迹，亦各为传，附著于后。

赵同汇，字涵泉，常熟报慈里人。少丧父，负土成坟。既葬，庐墓一年。手植松楸，三年成荫。性精敏，尚义敢为。修北门街。开塘以资灌溉。乾隆五十年（1785）旱，独力振其里。徽客负钱2000缗，焚其券，更以200缗资其丧。人以为难。初，赵氏之居报慈者，多业农圃，足以自给。久之，日衰薄。同汇欲建义庄赡之，未果而卒。后10年，子元恺成父志。以父手订义庄规约，请于当事具题。道光三年（1823）旌孝义。祀忠义孝悌总祠，并准别建专祠，春秋官为祭享。常熟赵氏之以孝义从祀且得专祠者，自同汇始。同汇喜延接士流。所居曰"总宜山房"，邑之名宿多造之。子二：长元绍，次元恺。

以上纪同汇事，以孙原湘《天真阁集》卷四十九《赵涵泉传》为主。此外，如《虞阳旌表续录》卷八下《同汇传》，记义庄事稍详。邵渊耀《小石城山房文集》卷下《赵退庵家传》，亦涉同汇事。今并取之。清光绪甲辰重修《常昭合志稿》卷三十一《人物志》载同汇事。称："同汇置赡族田千亩，手定义庄规约，遗命子元恺成之。恩旌孝义，祀忠义孝悌总祠。"注云：

"出《天真阁文集》。"然原湘但言元凯置赡族田千亩，未尝以为同汇事。他书亦然。此既以为同汇事矣，又言遗命子元凯成之。其语游移，失纪事之体。又原湘为同汇传，在同汇殁后10年。其时非嘉庆二十五年（1820）即道光元年（1821）。此时同汇尚未旌表，故原湘文无一字及之。今纪旌表事而云出原湘《天真阁文集》，是诬原湘也。同汇旌表之年，邵渊耀《赵退庵家传》云道光癸未。癸未，道光三年（1823）。《旌表续录》则云道光二年（1822）五月二十一日旌。兼记月日，似尤可信。然数目字较干支字易误。续录"二"字安知非"三"字之讹？渊耀乃元恺之友、元恺子奎昌之师，与赵氏关系至深，且为传当据家状，其纪年似不应草率。故余宁取《退庵家传》。同汇卒于嘉庆十六年（1811），亦见《旌表续录》。诸书均不言其生年。考《天真阁集》卷十六有《总宜山人歌赠赵翁同汇》诗云："山人六十头未白，平生好酒兼好客。"是卷纪年署"阏逢浑敦"，即嘉庆九年（1804）甲子。嘉庆九年，年60。上数60年，为乾隆十年（1745）乙丑。知同汇乾隆十年乙丑生，享年67岁也。

　　——以上同汇

　　元绍字孟渊，诸生。早卒，无子。弟元恺哀其集为一卷。孙原湘、邵渊耀皆为作序。渊耀序，《小石城山房文集》不收。原湘序，见《天真阁集》卷五十二。称："每过北山，辄扣茅屋。尊甫含泉翁出其宿醅，佐以时蔬。命子行觞。浣花骥子，不废诗名；眉山小坡，时有佳话。瓯北先生为君家之宗衮，主海内之骚坛。君亲承指授，益变风格。"谓元绍从瓯北学诗，且与瓯北同宗。其言颇可注意。今编年本《瓯北集》，无一字及元绍。不能知其结交始末。然卷一有《呈家谨凡教授》诗云："师资幸得依宗老，请业何辞月满除。"谨凡，常熟悉赵永孝号，乃元绍之高祖王父行也。诗作于乾隆丙寅（十一年

[1746]）、戊辰（十三年［1748]）之间。时永孝方为常州府教授，故诗云然。卷三十二有《和者庭韵兼祝其七十寿》诗，诗是乾隆五十三年（1788）戊申作。卷四十有《族兄者庭八十寿》诗，诗是嘉庆三年（1798）戊午作。并有"白首兄弟"之语。者庭，赵王槐号，王槐乃永孝之子、元绍之曾祖王父行也。由此知瓯北与常熟悉赵氏确有宗谊。元绍之从瓯北学诗，甚非偶然。瓯北乾隆十九年（1754）甲戌考授内阁中书。是时，邵齐熊亦考授内阁中书，与瓯北同僚，最相得。瓯北赠诗所谓"嗟我迂拙百不交，独爱虞山邵老六"者也（《瓯北集》卷四）。齐熊屡举进士不第，归隐江乡。而瓯北第三人及第，扬历中外。然二人交情迄不改。瓯北三十七年（1772）壬辰乞假归，途中有《寄邵耐亭》诗（卷二十。按：齐熊号耐亭，晚号松阿）。明年癸巳抵家，又有《叠字体寄邵耐亭》诗（卷二十一）。至五十八年（1793）癸丑，遂往虞山访之。赠诗有序云："与邵松阿别几三十年。中间虽邂逅杭州，交语未及寸烛也。今夏始至虞山奉谒。承招同苏园公、吴竹桥、鲍景略诸名流燕集。抚今追昔，即席奉呈。"（卷三十六）苏园公即苏去疾，吴竹桥即吴蔚光，皆老宿也。鲍景略名伟。此3人与齐熊皆同汇座上宾。齐熊既为同汇所礼，又与瓯北交深；以理揣之，元绍从瓯北学诗，其因缘除同宗关系外，似尚有齐熊为之介。其识瓯北，或即在乾隆癸丑瓯北来虞山时，亦未可知也。元绍《总宜山房诗稿》，余未见。单学传《海虞诗话》卷十载其《天龙泉绝句二首》。其一，"寒碧澄潭敛，众山倒影深；潺潺流不歇，风雨和龙吟。"其二，"山深夏亦寒，人静山逾绿；清泉莹我心，太古一涵玉。"颇为雅炼。即此可以概其余也。

诸家文但言元绍早卒，不言卒于何年。余谓当在乾隆末嘉庆初。其证有二。邵渊耀《小石城山房文集》下有《赵节母陆太宜人传》，为元绍妻陆氏作。传称"孟渊以高才充赋不售，努力攻苦，病瘵早夭"。"充赋"谓应江南乡试。寻渊耀文意，似谓元绍卒去其补诸生时不甚远。元绍补诸生，在乾隆五十八年（1793）癸丑，见《虞阳科名录》卷四下。明年乡试，为乾隆五十九年（1794）甲寅恩科。明年又乡试，为乾隆六十年（1795）乙卯恩科。越3年，又乡试，为嘉庆三年（1798）戊午科。元绍乡试不售，当不出此数科。一也。《陆太宜人传》称太宜人"年臻八十，康强逢吉。燕喜令终"。"令终"出《大雅·既醉》篇，可不必作死亡解。然传虽未明言太宜人之死，而词意感慨，非生传体。疑此处用"令终"，仍是寿终意。陆氏年30而寡，见《虞阳旌表续录》卷十下。倘陆氏寿终时所值之年可知，则其丧夫时所值之年亦可推知。惜传不言陆氏卒年。然传称"昭阳作噩之岁，叔才（元恺字）以孟渊遗诗属弁其端。忽忽三十余年，又传太宜人焉。"今假定作传之年，即陆氏卒年。则自昭阳作噩即嘉庆十八年（1813）癸酉算起，至道光二十三年（1843）癸卯，为31年。至咸丰元年（1851）辛亥，为39年。陆氏卒当在道光二十三年癸卯，与咸丰元年辛亥9年之间。由道光二十三年癸卯上数51年，为乾隆五十八年癸丑。由咸丰元年辛亥上数51年，为嘉庆六年辛酉（1801）。其时陆氏年30。则元绍卒当在乾隆五十八年癸丑与嘉庆六年辛酉9年之间。二也。元绍卒年，余所能考者如此。不知当否。至元绍享年若干，诸家文亦不明言。惟以元绍卒时其妻陆氏年30推之，度其享年亦不过30左右耳。

　　——以上元绍

　　元凯字叔才，从邑人陈中仁、王恺、孙原湘学为经义。名噪一时。嘉庆八年，补诸生。数举南北乡试不售。会遭父母丧，遂绝意进取。自号曰退庵。善治生，家日以起。而自奉甚约，无声色裘马之好。嗜典籍，工诗能书，善鉴别书画。豪侠好客，一时名士皆与之游。方同汇时，家稍裕，然有田仅 400 余亩。欲建义庄，撙节 30 年，竟不能遂其志。至元恺经营 10 年，捐置义田至千亩。族人之贫者咸赖以生。故孙原湘谓元恺"精亩强干，酷似其父"云。道光十三年（1833）旌孝子。子奎昌，兼承元绍后。

以上述元恺事以邵渊耀《赵退庵家传》为主。传不详者，更以《虞阳旌表续录》卷八下《同汇传》、卷十上《元恺传》补之。《家传》谓元恺体素强。己丑秋，偶感暑疾，遂不起。年四十有九。不言何朝己丑。余定为道光己丑。仍以渊耀文证之。《小石城山房文集》上，有《魏氏乐宾堂卷跋》，云："昔吾友赵君叔才席丰好客。其表兄魏君伯明，最为大户。伯明子元夫、叔方子曼华，先后请业于余。道光己丑以后，两君乔梓相继谢世。"合渊耀文二首观之，知传所云己丑，是道光己丑无疑。道光九年（1829）岁在己丑。是年元恺卒，年49。知元恺生于乾隆四十六年（1781）也。元恺《一树棠梨馆诗集》，余亦未见。仅于《海虞诗话》卷十二见其诗数首。《秦淮卧病》云："檀板金筝碧玉箫，无端孤负可怜宵；客中饥渴鱼缘木，梦里莺花鹿覆蕉；好友似云迟未至，病魔如雾苦难消；板桥烟雾雨青溪月，若个从头问六朝？"风情不浅。《偕周鹤侪探梅》云："我辈自应寒彻骨，此花惟许月传神。"亦自不凡。单学传谓此皆少作。中年后不恒作，作亦不示人云。

——以上元恺

奎昌字曼华，诸生，官詹事府主簿。其事迹见《小石城山房文集》下《曼华赵君小传》。清光绪甲辰重修《常昭合志稿》卷三十一《人物志》亦载奎昌事。注云："出邵渊耀志墓。"勘其文与传略同，而志所云"奎昌尝辑《三峰寺志》，与从兄孝廉允怀互相商榷，识者称善"数语。传无之。知渊耀自有《奎昌墓志》。今文集有小传，无墓志。不知其去取之故。或以文同纪一人事不必两收欤。传称"曼华弱冠补诸生，经义外兼工诗画，雅不自矜。已而需次宫僚。一时名公卿咸器重之，文字之役，多以属君。退庵既殁，服阕后一赴京邸。以家居奉母为乐，不复出。年甫逾壮，偶示微疾，欻尔不起。"其纪奎昌事亦可谓具始末。然事尽于形，须加以补充。如云："曼华遗孤长者初习数日，幼者仅五龄。"长者谓宗藩，幼者谓宗建。宗藩亦为大宗后。见《赵退庵家传》而此处皆不举其名。此书法之疏也。邵松年《虞山画志续编》称"奎昌画不一格。山水在文、沈间，写生亦宗明人法。所作《慈乌孝羊图》，人尤推之。"《瓶庐业稿》第三册载翁同龢题《赵曼华画卷》云："道光己丑、庚寅（1829—1830），先君官中允。君以詹事府主簿来京师，居内城，往来尤密。是时君之画学日进，名称动公卿间矣。"《虞山画志续编》文载奎昌《自题画扇》诗云"平桥树影绿毵毵，一角晴烟露远岚；怅望柳花如梦里，东风吹雪满江南。"颇有风调。凡此皆可证小传工诗画之言不虚。然语太简，不读他书，则不知其诗画如何工。此描写之未尽也。小传不书奎昌卒年。又不明言寿若干，但云"年甫逾壮"而已。"年甫逾壮"，果为31乎？此非考证不明。余谓奎昌卒于道光十二年（1832）。其享年确是31岁。何以知之？《虞阳旌表续录》卷七下《常熟悉县生存节妇门》有奎昌妾姚氏，其文曰："詹主簿赵奎昌妾姚氏二十四岁寡。先后随正室钱氏、继室吴氏侍奉堂上，深得欢心。无所出。嫡子宗德宗建，幼失怙恃。氏视如己出，提携捧负，俾得成立。后嫡孙仲晟丧母，才三岁。氏受亡者托，力为抚养。壬午，仲晟举于乡。氏喜曰：此可慰前人寄托心矣。现年七十一。"文后注云："光绪五年（1879）旌。"《旌表录》所录已旌未旌之人，皆据当时请旌册安书之，其记载自属可信。然此段文甚驳。以氏光绪五年旌，而仲晟举于乡乃光绪八年（1882）事。"氏喜曰"云云，亦不似册案语。显系编书时所增。故今日引用此文，必须从全文中将"壬午仲晟举于乡"以下 19 字删去。认"现年七十一"，乃对氏光绪五年旌表时言，非对八年仲晟举于乡时言，方合事实。氏光绪五年（1879），年 71。由光绪五年上数至道光十二年（1832），年 24，即奎昌卒年。余此说似可成立。然自他人视之，或尚以为证据不足。恐其说之未当也，乃更取他事之关涉奎昌卒年者，以吾说验之，观其合否。结果，无不合者。《曼华赵君小传》云："曼华亡，上距退庵之亡弗及四稔。"退庵亡于道光九年（1829）秋。自道光九年秋至道光十二年，以日计算，不及 4 年。此合者一也。又云："曼华遗孤幼者仅龄。"谓宗建也。宗建卒于光绪二十六年（1900），年 73。其生年当为道光八年（1828）。自道光八年数起至道光十二年，恰是 5 岁。然则余谓奎昌卒于道光十二年，其言信不误矣。小传谓奎昌弱冠补诸生，不言补诸生在何年。《虞阳科名录》卷四下，载道光元年（1821）辛巳科试常熟悉生员有赵奎璇。《科名录》例，每一人名下，皆注其字及为何人之子孙，何人之侄。奎璇下独无注。余疑奎璇即奎昌。以是年科试，赵氏入学者只二人，其一即奎璇；其二宗功，乃奎昌从子行。自道光元年上溯至嘉庆十九年（1814）甲戌，岁试生员始有赵姓。一赵元沿乃奎昌从父行。一赵允怀，即与奎昌同辑《三峰寺志》之人。奎昌入学，决不在嘉庆间，其事甚明。自道光元年，下数至道光五年（1825）乙酉，科试生员始有赵姓一人，名文铨，字子衡。此人决非奎昌。盖不唯名字不类，即以历年考之，奎昌道光五年若年 20，则道光十二年，年甫 27，尚不及 30，不得云"年甫逾壮"也。故余疑《科名录》道光元年之赵奎璇即赵奎昌。然嫌无证。及读《海虞诗话》卷十五"赵允怀"条云："其族曼华主簿奎昌，原名奎璇，能画亦能诗。"乃大矜喜。考证之学贵求证据，亦贵能假设。其假设有理不可易者，此类是也。奎昌道光元年（1821）入学，年20。至道光十二年（1832），年31。恰与小传"年甫逾壮"之言合。然则余谓奎昌享年确是31岁，其言亦不误矣。渊耀自负能古文，凡古文家作传记文，大抵重文词而轻事实，甚者以事实迁就文词。余考旧山楼赵氏事，资料得自渊耀集者不少。然其文经余采用，往往须余费一番考订工夫，其事实始明白。不独此一传然也。

　　——以上奎昌

　　宗德，《赵退庵家传》独作"宗藩"。渊耀作此传在咸丰中，时宗德兄弟已壮，知"宗藩"是谱名。其字"价人"，取《诗大雅板》篇"价人维藩"之义。后入仕改名"宗德"，而字仍旧。故名与字不相应也。光绪甲辰《常昭合志稿》卷三十一载宗德事，附其曾祖同汇传。云："宗德例授郎中，签分户部，以勤敏称。同治戊辰，捻军由豫东走，畿辅戒严。朝命庞文恪为五城练勇大臣，奏带宗德为随员。叙功加四品衔。将真除，因丧幼子归里，卒于家。"庞文恪谓庞钟璐，宗德乡里也。志但叙宗德仕历，而不及学艺。实则宗德工画，见《虞山画志续编》。云："宗德山水摹石谷，设色水墨，并极秀润。颇自秘，不轻示人。偶作一二帧，木署款，但钤'白民'小印。"又云："予从哲嗣君默处，得观水墨山水一帧，后有顾若波题跋，极推重之。"若波名沄，常熟人，善画有名。翁同龢光绪己亥（1899）《题顾若波画》诗所谓"画史亦无数，斯人不可求"者也。宗德画不肯为人作，见同龢《题赵曼华画卷》。邵松年见其画，欲夺之，不可。亦见《画志续录》。其狷如此。志不书宗德卒年。其生年余据《曼华赵君小传》考得之。传称曼华遗孤长者初习数日。《礼记·内则》"九年教之数日"。谓长者 9 岁也。道光十二年（1832）曼华卒时，宗德 9 岁。知宗德生于道光四年（1824）。宗德光绪十五年（1889）犹存，见《翁文恭日记》。是时宗德年 66 矣。

宗德 3 子。其一曰仲简，字君默。玄伯先生已言之。仲简曾官浙江主簿。妻金匮华氏，名瑶姝，字湘芙，善画，工山水。随宦新溪，官阁联吟，哦松染翰，颇称韵事。见《虞山画志续编》；其一字君修，玄伯先生不知其名。考《虞阳科名录》卷四下《生员门》，载同治七年（1868）戊辰生员有赵仲敏，乃寄籍外学者。注云："君修，奎昌孙，入宛平学。"是君修名仲敏也。卷二《举人门》，载光绪八年（1882）壬午科举人有赵仲纯。注云："字君修，奎昌孙由昭，监中式，改名仲晟，捐运副，分浙江。"是君修名仲纯改名仲晟也。《科名录》一作"仲敏"，一作"仲纯"，自为歧异。而其时赵氏尚有一仲纯。《科名录》卷三下《捐贡门》载同治朝捐贡有赵仲纯。注云："心卿，宗望侄，捐盐大使，补浙江黄湾场大使。"卷四下《生员门》载同治四年（1865）乙丑府学生员有赵仲纯。注云："心卿，宗望侄。"此仲纯乃城内赵氏，与君修为疏族。君修同治朝已以"仲敏"名入学，光绪朝又以"仲纯"名应举，后又改名"仲晟"。不知何故。或《科名录》卷二《举人门》仲纯"纯"字乃"敏"字之误欤；其一宗德幼子，先宗德卒，见光绪甲辰（1904）《常昭合志稿》。今不知其名。

——以上宗德

光绪甲辰《常昭合志稿》卷三十一载宗建御粤军及筹常熟善后事，不过 30 字。云："粤军扰邑，屡督勇击却之。邑城复，筹善后事，多尽心力。叙功，加四品衔，戴花翎。"始余读此文，以为宗建不过以微功得保举者耳。及读翁同龢所撰《清故太常博士赵君墓志铭》，始知宗建以书生奋起从戎。且功成不居，有鲁连之风。泃可谓振奇人也。《志》不知置重此点，甚失传体。其纪宗建他事，亦略。以同龢诗文考之，宗建晚自号"花田农"，见《瓶庐诗稿》七《赵次公挽诗》。所著《灌园漫笔》，同龢有题诗，亦见《诗稿》七。宗建承其家学，鉴画甚精，见《瓶庐丛稿》第三册《题赵曼华画卷》。宗建殁，同龢私谥为"有道先生"，见《丛稿》第六册《赵次公哀辞》，《志》皆不书。故今日考宗建事，当以同龢所撰《宗建墓志》为主，更参考《墓志》外之同龢诗文，始可云完备。《宗建墓志》在《瓶庐丛稿》第六册。原文稍繁，今节录之。文云："君讳□□，字次侯亦曰次公。君少孤，与其兄价人力学，文采斐然。数试不利。以太常寺博士就试京兆，独居野寺，不与人通。已而罢归。咸丰十年（1860），粤军陷常州、苏州。吾邑东南西三路受敌。团练大臣庞公偕邑人城守。君别将一营，扼东路支塘。支塘，太仓之冲也。而敌由西路扑城。八月二日，城陷。君驰援，遇敌三里桥。鏖战，壮士周金龙帅子刚歼焉。君乃北渡江至海门。君之室浦先以赍装次海门。君慨然曰：'事至此，何以生为！'尽散之，得沙勇数百。乘夜渡江，毁敌垒数十。进至王市。天大雾，敌悉锐出。战失利。遂走上海，乞师于巡抚李公。得总兵刘铭传与偕，日夜图再举。同治元年（1862）十月，敌将骆国忠以城降。君从刘君大破敌于江阴阳舍。于是沿江上下百余里无敌踪。侍郎宋公以君功入告。有旨嘉奖。赐孔雀翎。发两江总督曾公差委。君谢不赴。与邑人辑流亡，补城垣，浚河道。从此不问兵事。君喜宾客，善饮酒，蓄金石图史甚富。所为诗文清逸有体格。晚好谈禅，然论及当世事，犹张目嗟呼，声动四座。君卒于光绪二十六年（1900）五月丙寅，年七十三。子仲乐，前卒；

仲举，邑庠生。孙士权前卒；士策业儒。曾孙不骞。"《墓志》所称"团练大臣庞公"，邑人庞钟璐也；"巡抚李公"，李鸿章也；"两江总督曾公"，曾国藩也。"侍郎宋公"，似谓宋晋，晋是时为仓场侍郎。"阳舍"，汛地名。诸书皆作"杨舍"。此作"阳"，似笔误。

仲乐事迹不详。妻江阴季氏，芝昌之孙，念诒之女，阀阅甚高。归赵氏，不一年而卒。同龢为作《李孺人传略》，在《瓶庐丛稿》第五册。仲乐无子，以仲举长子士权为嗣。士权子不骞字钧千，研究金石，亦喜谈板本。抗日战起，为日寇所害。

仲举字坡生，一字能远。善花卉，兼工翎毛草虫。体物之微，细入毫发，可与翁学海并驾齐驱。见《虞山画志续录》。"坡生"亦作"谱笙"。《虞阳科名录》卷四下《生员门》，载光绪六年（1880）庚辰常熟生员有赵仲举。注云："谱笙，奎昌孙。"卷三下《捐贡门》，载光绪朝捐贡有赵仲举。注云："坡生。"可证。"谱笙"亦作"补笙"。玄伯先生因《翁文恭日记》所书有"赵坡生"又有"赵补笙"，遂谓宗建子有坡生、补笙二人。其实"坡生"、"补笙"是一人字有两种写法，非二人也。

宗建子侄，皆以"仲"字取名。"仲"字亦是派名。《小石城山房文集》卷上《骏德堂赵氏祭田书田记》载赵宗耀侄有仲标。卷下《赵振之广文传》载赵宗望子有仲嘉。《旌表续录》卷七下载赵宗瑞继子有仲镕。《科名录》卷四下《生员门》、卷三下《捐贡门》，载咸丰五年（1855）乙卯生员咸丰朝捐贡并有赵仲洛，字少琴。卷四下《生员门》，载光绪二十一年（1895）乙未生员有赵仲抃字显卿，光绪二十四年（1898）戊戌生员有赵仲明字蓉生。均可证。

　　——以上宗建

三　赵氏宅第

余曩撰《述也是园古今杂剧》，记旧山楼事甚略，兼有错误。宗建之旧山楼与同汇之总宜山房虽同在一区中，而旧山楼址非即总宜山房址。余文谓宗建所居即总宜山房旧居。意谓今之旧山楼即昔之总宜山房，误矣。赵氏宅第，自道光初至咸丰中，30余年间，曾有两次迁变。余谓宗建所居即总宜山房旧居。其意似谓赵氏自同汇以下，四世居报慈里，不曾迁移者，又误矣。余当时对旧山楼历史知识太不充足，故言之不明确如此。今则所知稍广，事实渐明。乃采诸家文之记赵氏宅第者，重加考证，诠次为此篇。

总宜山房

邵渊耀《旧山楼记》云："镇江门外宝慈里，地以古庵得名，在村郭间，负山面水，景物闲外。群萃托处于斯者，有以自适。大率孝悌力田，不求闻达。"其风土人物之美如此。同汇世居是里。夷考其行，真所谓"孝悌力田不求闻达"者也。所居曰总宜山房。孙原湘《赵涵泉传》记山房景物云：

> 绕翁居多古木，荟翳庭中，老桂殆百年物。翁又杂植花木，辟梅圃，广可教诲。

山房老桂，《天真阁集》、翁心存《知止斋集》均有题咏。翁同龢于光绪中尚见之，十五年《日记》所谓"老桂一株尚是旧物"者也。原湘此文作于嘉庆末，时同汇已卒。其后记山房景物者，尚有邵渊耀。渊耀咸丰中作《赵退庵家传》云：

> 方赠公时，所居舫斋，地止数弓，而花木竹石，位置妥帖；春秋佳日，集名流觞咏其中。所谓总宜山房者也。

其《旧山楼记》作于咸丰七年（1857），亦云：

> 舅氏涵泉赠公豪爽而有隐操，所居舫斋曰总宜山房，花木秀野，雅称觞咏。

据此，知总宜山房乃同汇斋名。同汇梅圃数亩，而山房地止数弓。但求雅适而已，不嫌小也。原湘乃同汇之友，数饮园中，习其风物。渊耀乃城内赵氏之甥，呼同汇为舅，幼尝出入园中，故虽追记旧事，而言之犹真切如此。山房中贮图籍甚富。同汇又喜饮好客。原湘《赵涵泉传》记其事云：

> 颜其居曰总宜山房，盖市图籍，充仞其中。邑中名宿多造焉。翁善酿酒，取水桃源涧，香味清冽，名"桃源春"。客至，辄命元恺行酒，曰：与现在古人酬对，胜如故纸中求之也。

地有嘉树，屋有图籍，家有美酝。人家其此三者，固名士所欲造。然苟主人不贤，或无大恶行而不同气味，则名士亦不欲访之。翁隐者，未必以儒者自居。然其教子之言，实饶有风味。今之儒者，或未解此。宜诸名士之亲之也。人情贵远而贱近。古人有寸善，则仰之以为不可及。今人负异资，则摒之以为不足道。实则学问伎术，愈后愈进步。以人才论，不但现在人中有古人，古人中且无现在人也。以学习言，则古人长往，风徽日远。求古人精神于故纸中，究不若与现在古人酬对，听其言论之为愈。此理易解，而知之者寡。翁能有此言，虽曰未学，吾不信也。翁之居在镇江门外。镇江门邑北门，俗所谓此旱门也。据《天真阁集》，则翁城北尚有别墅，卷十九有诗咏之。序称"涵泉赵翁，构别墅于城北暇辄憩焉。属余赋诗。"云云。诗作于嘉庆十三年（1808）戊辰。疑翁别墅之构，亦在此时。此别墅与总宜山房无涉。今附记于此。

东皋

同汇山房梅圃，不知营于何时。以情理论，应在家事稍裕之后。《赵退庵家传》称同汇生事稍裕，慨然以收邮族人为己任。力有未逮，赍志以终。《旌表续录》八称同汇欲建庄赡族，而受产仅400余亩。撙节30年，力终不逮。夫受田400余亩不为过少，而云力不逮者：盖族大丁多，赡族之田，少则无补，故撙节30年犹不逮，非谓同汇家贫也。以是而言，则同汇一生，其后30年可谓之宽裕时期。同汇卒嘉庆十六年（1811），逆数30年为乾隆四十七年（1782）。今假定同汇营山房梅圃在乾隆五十年（1785）左右，则同汇中年后有园馆之美，有宾客之乐。当太平雍熙之时，享清闲之福者几30年。其境亦可羡矣。元恺好客似父。方元恺嗣其父居总宜山房时，山房亦不寂寞。然余读《旧山楼记》及《赵退庵家传》，知元恺有移居之事。《旧山楼记》云：

> 舅氏涵泉赠公，所居舫斋曰总宜山房。此地当乾隆间，为园公刺史、竹桥礼部、长真吉士诸公之所游宴。嘉庆间则为邃庵协揆、伟卿比部之所馆餐。而角艺赌酒，吾亦尝与。退庵生业日裕，移居宾汤门外东皋。山房乃为旧宅。

宾汤门邑东门，俗所谓大东门也。园公、竹桥，同汇客。见上文。邃庵，谓翁心存；伟卿，谓吴廷鉁，并元恺客；长真，谓孙原湘。原湘为同汇父子客，嘉庆时数来山房。此与园公、竹桥并目为乾隆时客，误。原湘识渊耀于髫龄，嘉庆中且同游宴。渊耀虽暮年撰文，不应颠倒如此。盖行文偶疏耳。《赵退庵家传》记东皋事尤详。今录其文于下：

> 方赠公时，所居舫斋地止数弓，而花木竹石，位置妥帖。及君移居宾汤门外，旁有亭树，相传为瞿忠宣东皋遗

址。稍北，为华氏存松园，亦兼有之。叠石浚池，曲具胜
概。赠公故豪饮，君实克肖。佳客过从，每留燕赏。觥筹交
错，酣嬉淋漓，有孟公投辖之风。而客之不胜杯杓者，曾不
强以酒。故人得尽其欢。

东皋在虞山下，本忠宣父湖广参议汝说所构，忠宣增拓之。有浣
溪草堂、贯清堂、镜中来诸胜。后废。见光绪重印乾隆本《常
昭合志》卷五。《志》云："东皋在镇海门外。"镇海门邑北门，
俗称北水门。与渊耀文称在宾汤门外者不同。盖东皋本位于宾
汤、镇海之间，不妨两属，故文异也。存松园乃华氏园。《天真
阁集》卷十六有《题华指挥存松园》诗。诗是嘉庆九年（1804）
作。华指挥，不知其名。据渊耀所述，似元恺东皋规模在报慈旧
居之上。盖家日起，则宅第亭馆之要求视往日为奢。亦人情之常
也。

元恺何时移居东皋，渊耀文不明言。余谓决不在嘉庆二十年
（1815）前。可以《天真阁集》、《知止斋集》证之。今《天真
阁集》，其诗确知为元恺总宜山房作者 2 首：如卷二十二所载
《四月十七日过赵叔才秀才》诗及《醉赵生叔才桂花下》诗是，
皆嘉庆二十年乙亥作。《知止斋集》，其诗序出总宜山房者 6 首：
如卷二《九日偕曾石谿陈梅江集赵叔方总宜山房》诗、《夜坐总
宜山房桂花下》诗、《叔才招同单师白孙仲直集总宜山房》诗、
《总宜山房晓起看雪》诗，皆嘉庆十九年（1814）甲戌作。卷三
《雪中集总宜山房》诗、《总宜山房看雪》诗，皆二十年乙亥作。
其诗序不出总宜山房，而确在总宜山房作者一首：如卷二《同
叔才奇男习射》诗是，亦乙亥作。据此二家诗，则元恺移家，
决不在嘉庆二十年前，明矣。余疑元恺终嘉庆朝，无移家之事。
其移家似在道光初。何以知其然也？元恺以善货殖致富，见
《赵退庵家传》。《天真阁集赵涵泉传》、《旌表续录》卷八下，

俱称涵泉翁欲建义庄。翁殁 10 年，元恺总理操切，遂成先志。是元殁事生产在翁殁后 10 年间。其建义庄，距翁殁时 10 年。翁以道光三年（1823）旌，疑元、二年是元恺立义庄时也。凡人有大义行善举，必在其家有余力之时。移家多为生活便利或事实需要，固不关财货之有无。然园馆之经营拓辟，亦必在家有余力时。故余疑元恺营东皋时，必与其建义庄时不远。以渊耀文考之，《旧山楼记》称："退庵生业日裕，移居宾汤门外。"虽不著迁移岁月，而元恺移居在其生业日裕时，则渊耀言之已明。又其记总宜山房宾客分二期：首乾隆期，次嘉庆期。而叙元恺移居事于嘉庆期之后。寻渊耀文意，亦不谓元恺移居在嘉庆时。可知余之言固未尝不近乎事实也。

元恺移居，盖为管理财产方便计，非轻去其里。东皋第，元恺传奎昌，奎昌传宗德、宗建。三世居之，固已宴如。然报慈在虞山之麓，景物幽绝。山房乃同汇所营，梅圃依然，老桂无恙。40 年间，遗泽未斩。至咸丰中，遂有宗建缮葺报慈旧居之事。

旧山楼

张瑛有《旧山楼记》，似在所著《知退斋文集》中。原文余未见。叶昌炽《藏书记事诗》卷七所引只 60 余字，非全文。余曩撰《述也是园旧藏古今杂剧》引瑛《旧山楼记》即据《记事诗》。虽嫌其过简，无如何也。后于《小石城山房文集》卷上见邵渊耀所撰《旧山楼记》，乃大喜。盖其文不唯记旧山楼事甚悉，即旧山楼前之赵氏园亭，亦大略言之。实为考旧山楼之绝好资料。故余今日纪旧山楼事全据此文。其意有不尽者，更疏通之。文称：

舅氏涵泉赠公所居舫斋曰总宜山房，花木秀野，雅称觞咏。子孟渊、退庵两兄，俱从幼识面。孟渊早亡，与退庵尤

昵好，遂令子曼华请业焉。退庵生业甘裕，移居宾汤门外东
皋。山房乃为旧宅。自退庵、曼华相继徂谢，予于春秋佳日
出郭游衍，间至山房，步屧庭内，眷顾嘉植，慨念旧游，每
攀枝执条不忍还反。

此追记总宜山房，为旧山楼张本也。退庵移居，在道光初年，卒
于道光九年（1829）。曼华卒于道光十二年（1832）。山房自退
庵移居，失其主要地位。经12年后，嘉木美植，依然如故，观
此文可知。又称：

> 去年，曼华仲子常博次侯，既潢治三峰《龙藏》刊行
> 先世著作。又于山房东北缮葺位置亭树，并臻整洁，命曰
> "宝慈新居"。有双梓堂、古春书屋、拜诗龛、过酒台诸胜。
> 而兹楼居其北，地最高朗，岚彩溢目，迤延远揽，足领全园
> 之要。

此记旧山楼缘起，文虽简古，而事极核备。其昭示吾人者三事：
宗建园曰"宝慈新居"。宝慈新居在总宜山房东北；此园之位置
可知也。余谓其地至少包同汇梅圃在内。同汇辟梅圃，广可数
亩。见《赵涵泉传》。叶昌炽《缘督庐日记抄》光绪九年
（1883）日记云："游赵次侯园亭。种梅二亩许，暗香疏影，颇
极幽静。"以日记文与传文互证，知宗建园即同汇梅圃。昌炽不
知常熟赵氏掌故，辄云："次侯种梅二亩。"实则梅乃同汇物，
非宗建物也。旧山楼又在宝慈新居之北，此楼之位置可知也。余
前撰文谓旧山楼即总宜山房。以此文考之，其失甚明。然翁同龢
谓旧山楼，是其父馆赵氏时授书之所。庭前老桂一株，尚是旧
物。同龢父心存馆赵氏，在嘉庆十九年（1814）甲戌、二十年
乙亥（1815）二年间。今《知止斋集》甲戌所为诗，有《夜坐
总宜山房桂花下》诗，有《总宜山房晓起看雪》诗，皆称"总
宜山房"。何也？盖"总宜山房"是斋名，亦是园名。渊耀文称

舅氏涵泉所居舫斋曰"总宜山房"。是专指斋言之也。心存授书之所，距同汇舫斋尚远，而亦称"总宜山房"者，以书房在总宜山房园中也。"旧山楼"是宗建所揭新扁。心存授书之所，嘉庆时必不名"旧山楼"。同龢特以新名称之耳。宗建缮葺宝慈旧宅，与潢治三峰《龙藏》、刊行先世著作同时，此营缮之时可知也。先世著作，盖指奎昌所辑《三峰寺志》言。"去年"二字似无着。实则不然，以此文后署"咸丰七年（1857）春王月"，去年是咸丰六年（1856）也。宗建与兄宗德居东皋已久，其地非不适。何以宗建此时忽有缮葺宝慈旧宅之事？余谓是时兄弟析产。兄得东皋而弟得报慈也。观诸家文言旧山楼，皆以楼属宗建不属宗德可知。何以析产必在咸丰中也？曰道光十二年（1832）奎昌卒时，宗德年9岁，宗建年5岁。元绍妻陆氏、元恺妻钱氏、奎昌妻吴氏，皆寡。宗德虽为大宗后，是时无析产之理。至咸丰六年，陆、钱、吴皆前卒。宗德年33，宗建年29矣。上无尊亲，兄弟咸能自立。故可析产也。渊耀所言三事，余此处所诠释者较渊耀文多数倍。非不惮烦也。文之繁简各有宜。渊耀文为宗建作。对宗建言赵氏事，不必过详。余文为搜讨旧山楼掌故而作，在今日言赵氏事，不可略也。又称：

> 夫喜新而斁旧，固昧称先之意。抑沿旧而不复图新，又将以习惯而视为寻常，因仍惢置，且任就施废，不甚顾藉。此变通之所以为悠久。地不必改辟，而勤思缔构，日增月廓，乐趣靡穷。读书学道，胥此志也。

此发挥新旧之义，语近腐而意自明。盖宗建园虽即同汇故园，而缮葺位置并有新意，其亭馆颇有添筑者，已不尽依同汇之旧也。

宗建此园，竹木林屋，结构精绝。叶昌炽光绪元年来游，极称之。语见《缘督庐日记抄》。宗建所居曰梅颠阁，阁与旧山楼相属。翁同龢光绪十五年（1889）回里。来游，赏之。谓"阁小而窗棂面面皆有趣"，见玄伯先生文引日记。《瓶庐诗稿》五有《次韵赵次侯送行之作》。诗署己丑，亦光绪十五年（1889年）作。送行谓送同龢入都也。诗云："梅颠绰有元龙气，却恨窗棂面面遮。"此又一义。"梅颠"下注云："君新构此阁。"似阁即构于光绪己丑。《诗稿》七有《题赵次侯灌园漫笔》诗云："不数世间凡草木，知君心事在梅颠。"注云："君重修梅颠阁。"诗署庚子。庚子，光绪二十六年（1900）。距己丑阁新构不过11年，不知何以须重修？又宗建卒即在是年五月。阁重修后宗建居之亦不久也。

　　余记旧山楼事，尽于上文。然宗建园除报慈新居外，尚有半亩园。亦不可不一述之。半亩园两见翁同龢光绪二十四年（1998）《日记》。一云："诣次公处，过其半亩园。"一云："慰次公失孙，晤于半亩园。"见玄伯先生文。然半亩园实非宗建所辟。邵渊耀《曼华赵君小传》云："退庵既殁，曼华服阕后一赴京邸。以家居奉母为乐，意不欲复出。于报慈丙舍傍辟半亩园，以为板舆行乐之地。"是半亩园本宗建父奎昌园。宗建得之，盖亦在咸丰六年（1856）兄弟析产时。其园在报慈墓舍傍，本自为一区，与宗建所得报慈旧宅无涉。玄伯先生疑半亩园即旧山楼之园，盖先生偶未见渊耀文，故不悉其原委耳。

原载 1946 年《中法汉学研究所图书馆馆刊》第二号

关汉卿行年考

　　《录鬼簿》卷上关汉卿小传云："大都人，太医院尹，号已斋叟。"意谓元时为太医院尹，然不言何朝。钟经《青楼集》序云：

　　　　我皇元初并海宇，而金之遗民若杜散人、白兰谷、关已斋辈，皆不屑仕进，乃嘲风弄月，留连光景。

杜散人即杜善夫，与元遗山为侪辈。由金入元，其卒在至元六年（1269）后，十三年（1276）前，年80岁。其人半生在元，非金人。白兰谷即白仁甫，生于金哀宗正大三年（1226），即蒙古太祖二十一年，大德十年（1306），年81岁，更非金人。钟经以二人为金遗民，盖以其不仕耳。然汉卿固仕矣，今一例称为金遗民，非也。

　　明·蒋一葵《尧山堂外纪》卷六十八云：

　　　　关汉卿金末为太医院尹，金亡不仕。

余所见诸本《录鬼簿》，无一作"金太医院尹"者，此臆说尤不可信。然后世论曲者，率以汉卿为金遗民。近人虽间有异说，而所言均无确证。余以元人诗文传记考之，知汉卿为至元、泰定间人，非金遗民也。请详述于后：

明抄《说集》本《青楼集·朱帘秀传》云：

> 姓朱氏，行第四；杂剧为当今独步，驾头、花旦、软末泥等悉造其妙。胡紫山宣慰尝以【沉醉东风】曲赠……冯海粟亦赠以【鹧鸪天】……关已斋亦有【南吕】数套梓于《阳春白雪》①，故不录出。

事又见《辍耕录》卷二十。《说集》本《青楼集》"关汉卿"以下 19 字，乃通行本《青楼集》及《辍耕录》所无，最可贵。《青楼集》诸妓多不书籍贯，朱帘秀亦然。余疑为大都人。然合诸书观之，其踪迹又似在江淮间②。今难详考。胡紫山即胡只遹，《元史》有专传。《紫山大全集》有《朱氏诗卷序》，朱氏即朱帘秀。冯海粟即冯子振，《元史》附《陈孚传》。此外以余所知，王恽《秋涧集》有诗词为朱帘秀作，其《题朱帘秀序后》诗更有"风流不似紫山胡"③之语。卢疏斋亦有与朱帘秀赠答曲见《太平乐府》、《乐府群玉》。据此知汉卿与胡、王、冯、卢诸人同时相值。

紫山卒于元·贞元年（1295）④。《元史》云至元三十年

---

① 《阳春白雪》有二本，一元刊前后集 10 卷本，今通行从此本出；一元刊不分集本，今残存 2 卷，旧藏江苏图书馆，所收词较前后集本为多。《青楼集》所引汉卿套数，不见今通行本中，所据必是不分集足本也。

② 朱帘秀至元二十六七年间似乎隶扬州乐籍，因《秋涧集》卷七十七《赠朱帘秀》【浣溪纱】词有"烟花南部旧知名"之句，"南部烟花"是扬州典故，可证。至元二十六年（1289），江南诸道行御史台由建康徙于扬州（《元史世祖纪》至元二十六年五月）。胡紫山为浙西宪（此时置司于平江），王秋涧为闽海宪（福州置司），他们赴任离任回里，都经过扬州，所以与朱帘秀相识。

③ 此诗盖即题于紫山《朱氏诗卷序》后者，故有"风流不似紫山胡"语。

④ 紫山卒于元·贞元年，其证有二。《秋涧集》附录载陈俨《秋涧王公哀挽诗序》云："乙未紫山胡公卒。"乙未乃元·贞元年。一也。又《秋涧集》卷四十三《紫山先生易直解序》云："公没之三载，嗣子伯驰携所著《易解》恳题其端。"此序作于大德二年（1298），上距元·贞元年，实三载。二也。

（1293）卒。误①。其享年为 69 岁。当生金哀宗正大四年
（1221）。小于白仁甫一岁。《元史》及刘赓《紫山集序》云年
67，亦误。紫山至元二十六年（1289）为江南浙西道提刑按察
使②，与行省议不合，未几以疾归。二十九年（1292），诏征耆
旧 10 人入都，紫山为首。《元史》及刘赓序均言辞以疾不赴。
然《秋涧集》卷四十《故翰林学士紫山胡公祠堂记》，则云"仕
至翰林学士，太中大夫"，盖以翰林学士致仕，非仕止于浙西按
察使也。《朱氏诗卷序》见全集卷八。文云：

> 以一女子，众艺兼并，见一时之教养，乐百年之升平。
> 惜乎吐林莺露兰之余韵，供终日之长鸣。虽可一唱而三叹，
> 恐非所以惜芳年而保遐龄。老人言耄，醉墨歌倾。因冠群诗
> 以为鸾真之序，又庶几效欧阳文忠执史笔而传伶官也。

元自太祖元年至世祖至元末，历时为 80 余年（1206—1294），
举成数可云百年。故知此序作于至元末。其时朱帘秀尚在华年，
而紫山已为 60 余岁老人矣。

秋涧卒于大德甲辰（大德八年［1304］），享年 70 有 8③，
生年与紫山同。《题朱帘秀序后》诗见《秋涧集》卷二十一。此

---

① 紫山享年 69，其证亦有二。《紫山大全集》卷七《丁亥元日门帖子》绝句
有"今年六十一年人"之句，丁亥至元二十四年（1287），下数至元·贞元年
（1271），年 69，与《秋涧集》卷四十三《紫山胡公哀挽诗卷小序》"紫山寿几七
秩"之言合。一也；又同书同卷有无题绝句 10 首，其第一首云："七十衰翁与世
疏"，知此诗必元·贞元年（1295）作。69 岁人作诗可自云 70，尤为紫山享年 69 岁
之证。二也。

② 《元史》及刘赓《紫山集序》均不言紫山为浙西按察使在何年。惟白仁甫
《天籁集》下有《己丑送胡绍开（即胡紫山）、王仲谋（即王秋涧）两按察使赴浙右
闽中任词》。己丑即至元二十六年，今据之。

③ 《秋涧集》附录《大元故翰林学士王公神道碑铭序》云："大德甲辰六月辛
丑以疾薨于私第正寝之春露堂，享年七十有八。"又陈俨《翰林王公哀挽诗序》亦
云："春秋七十八，实大德甲辰六月辛丑也。"

卷诗纪年有辛卯（至元二十八年［1291］）、壬辰（至元二十九年［1292］）、至元二十八年、至元癸巳（至元三十年［1293］）。考秋涧至元二十六年（1289）为福建闽海道提刑按察使。二十七年（1290），以疾得告北归。二十九年应召入都，授翰林学士，自是不复外任。此诗不纪年，然诗成必在紫山撰序后。以时考之，盖亦至元末所作也。

冯海粟生卒年不详，至元二十九年（1292）在大都，至大中（1308—1311）为待制，延祐七年（1320）尚在。

卢疏斋幼给事世祖宫中，弱冠登仕版，扬历中外垂40年。成宗大德四年（1304）年50余，当生于蒙古定宗或海迷失后称制时（1246—1250）；至大元年（1308）尚在。

贯酸斋《阳春白雪序》云：

> 近代疏斋媚妩，如仙女寻春；冯海粟豪辣灏烂，不断古今，心事又与疏翁不可同舌共谈。关汉卿、庚吉甫造语妖娇，适如少美临杯，使人不忍对殢。

酸斋《阳春白雪序》作于皇庆末延祐初。此序以疏斋、海粟、汉卿、吉甫并列为近代人，疑疏斋、汉卿、吉甫皇庆、延祐间尚在，与酸斋或相识也。

关汉卿、庚吉甫生卒年皆不详，《危太朴文续集》所载王和卿，卒于延祐七年，余谓即《辍耕录》与汉卿为友之王和卿。如余言不误，则汉卿卒年当在延祐七年以后。

周德清《中原音韵》自序云：

> 乐府之盛之备之难，莫如今时……其备则自关、郑、白、马，一新制作……诸公已矣，后学莫及。

周德清《中原音韵》序作于泰定元年（1324）。据此知泰定元年关、郑、白、马诸公已前卒矣。

以时推之，汉卿始末虽不能详，其行辈当稍后于紫山、秋涧，而与海粟、疏斋、和卿相伯仲。

　　杨维桢《铁崖乐府》云：

　　　　开国遗音乐府传，白翎飞上十三弦；大金优谏关卿在，
《伊尹扶汤》进剧编。

论者谓关卿即关汉卿。然如其说，则必以【白翎雀】曲为汉卿
作，语意方贯。据《辍耕录》卷二十，【白翎雀】乃世祖在桓州
时命教坊硕德闾所作①（硕德闾似为蒙古语译音，《元史》卷二
十六《仁宗纪》有晋王内史拾得闾）。关汉卿乃士大夫非教坊。
故余疑进《伊尹扶汤》之关卿，乃教坊之由金入元者，本姓关，
赐名硕德闾，非剧家官太医院尹之关汉卿也。

　　如上所述，关汉卿非金遗民，其生当在蒙古乃马真后称制元
年与海迷失后称制 3 年之间（1248—1250），其卒当在延祐七年
（1320）以后，泰定元年（1324）以前。虽不敢云必是，应去事
实不远。

1954 年 3 月

　　附记：本文所论，涉及杜善甫、白仁甫、冯海粟、卢疏斋、贯酸斋。
此 5 人事迹，将来有专文论之，故其事在此篇者不加注释。

---

　　① 【白翎雀】曲的作者，除硕德闾外，又有河西伶人火倪赤说，见张光弼集
《白翎雀歌》。但硕德闾说在元朝较通行，所以本文取此一说。

元曲家考略（选辑）

奥 敦 周 卿

　　传抄天一阁本《录鬼簿》上《前辈名公》篇有奥殷周侍御。《阳春白雪·姓氏》篇、《太和正音谱》、《群英乐府格势》，均有奥敦周卿。奥敦，女直姓；周卿是字。天一阁本脱"卿"字，又误"敦"为"殷"，其失甚矣。按白仁甫《天籁集》卷下有词涉周卿。其调为【木兰花慢】。题云："覃怀北赏梅，同参政杨丈西庵和奥敦周卿府判韵。""覃怀"谓怀州，元初，为怀孟路，延祐后为怀庆路。河朔无梅，惟怀孟有梅，风景妍丽，号为"小江南"。以其北倚太行，气候较他处为暖也。西庵乃杨果号。果字正卿，祁州薄阴人。金正大甲申（1224）登进士第，仕为偃师令。金亡仕元。世祖中统二年（1261），拜参知政事。及例罢，犹诏与姚枢等日赴省议事。至元六年（1269），出为怀孟路总管。以前尝为中书执政官，移文申部，特不署名。是年，以老致政，卒于家。《元史》卷一六四有传。仁甫此词，当作于至元六年果为怀孟路总管时。其呼以"参政"，不曰"总管"或

"太守"者，重其为旧执政也。周卿是时，盖为怀孟路总管府判官。其后为侍御史，故天一阁本《录鬼簿》以侍御称之。

元·张之翰《西岩集》卷七有《赠奥屯金事周卿》诗。诗云：

> 闻道扬镳出帝京，此心尝到邺南城。共传笔正如心正，独爱诗声似政声。六月陨霜冤已散，五原飞雨狱初平。绣衣本忘埋轮后，赖有当时慕蔺名。

诗称"绣衣"，知为宪佥。称"邺南"，知佥河北河南道提刑按察司事。邺南即彰德。元河北河南道提刑按察司，至元中曾于彰德置司，见《西岩集》卷十四《送王侍御河北按察使序》。称"慕蔺"，以之翰字周卿，与奥屯同字。奥屯为金事，当在至元六年（1269）为怀孟路判之后。奥屯周卿即奥敦周卿也。

阿 里 西 瑛

《太平乐府》卷首《姓氏》篇有阿里耀卿及西瑛。《太和正音谱》、《群英乐府格势》有里西瑛，有阿里燿卿。"燿""耀"字同。"里"乃"阿里"省称。西瑛乃耀卿之子。《太平乐府》卷一【殿前欢】曲里西瑛下注云："里耀卿学士之子。"是其证也。西瑛所居曰懒云窝。自为【殿前欢】曲咏之。一时名士如贯酸斋、乔梦符、卫立中、吴西逸等皆有和曲。西瑛又善吹筚篥。贯酸斋有《筚篥乐为西瑛公子》诗，见《元诗选》二集丙集引《酸斋集》。以无事实不录。释惟则有《筚篥引》，见《元诗选》初集壬集引《狮子林别录》。其诗云："西瑛为我吹筚篥，发我十年梦相忆。钱塘月夜凤凰山，曾听酸斋吹铁笛。我时夺却酸斋笛，敛襟共坐松根石。西瑛筚篥且莫吹，筚篥从古称悲栗。山僧尚赖双耳顽，请为西瑛吐胸臆。声闻相触妄情生，闻尽声亡情自释。公归宴坐懒云窝，心空自有真消息。"序云："西瑛懒云窝距余禅室半里许，时相过从，吹筚篥以为供。"惟则中峰弟子。至正初传法平江，于城东辟狮子林，有竹石亭轩之胜。倪元镇为绘图。后遁迹于松江九峰间者 12 年。此云懒云窝距其禅室半里许，不知何处禅室。《辍耕录》卷十一"金锟剌肉"条亦载西瑛事，云"木八剌字西瑛，西域人，其躯干魁伟，故人咸曰长西瑛。"此名木八剌之西瑛，与曲家阿里西瑛当是一人。

张　小　山

曹楝亭本《录鬼簿》卷下有《张小山传》，云：

> 张可久，字小山，庆元人，以路吏转首领官。有《今乐府》盛行于世，又有《吴盐》、《苏堤渔唱》。

"以路吏转首领官"，天一阁本作"路吏转升民收领官"（"收"疑"务"字之误。"领"字上脱一"首"字）。明·李开先《张小山小令序》云"小山以路吏转首领，即所谓民务官，如今之税课局大使。"按：务官与首领官不同。务官掌收税，即宋、金所谓监当官。首领官之称，宋、金已有之，如都事、经历、知事等，掌省署文牍，元人谓之佐幕；以其控辖属曹，故谓之首领官。开先似谓务官即首领官，其言殊不清晰。今特正之。

小山曾为桐庐典史，见钱惟善《江月松风集》。《集》卷七有《送张小山之桐庐典史》诗。近人任中敏讷校《小山乐府》所附《诸家评纪》已引。任氏谓"《录鬼簿》成于至顺元年（1330），列小山极后，是小山之卒大抵在泰定、天历之间。"余以李祁《云阳集》考之知其不然。卷四有《跋贺元忠遗墨卷后》一文，乃至正末年在江西所作，记小山事颇详。文引于下：

> 余平生宦游，多在两浙。元忠亦然。曩余在婺源时，浙

省请预贡试。元忠适在财赋督府。欢会之情，颠倒之意，磊
落豪宕，亦岂知有今日哉！卷中所书陈大卿文一篇，全述张
小山词。因记余在浙省时，领省檄督事昆山，坐驿舍中。张
率数吏来谒。一见问姓名，乃知其为小山也。时年已七十
余，匿其年数，为昆山幕僚。遂与坐谈笑。仍数数来驿中
语。数日乃别。别时，复书其新诗（词）十余首来。其词
雅正，非近世所传妖淫艳丽之比，故余亦颇惜之。今此词亦
不复存。

据此，知小山曾为昆山幕僚。贺元忠，亦见元·周巽《性情
集》，卷五有《送贺元忠之曲阜学正任》诗。祁字一初，号希
蘧，又号危行翁、不二老人。茶陵州人。元统元年（1333）左
榜进士第二。授应奉翰林文字，以母老就养江南，改婺源州同
知。迁江浙儒学副提举，以母忧解职。寓吴，居文正书院。久
之除江西宪。以兵革起道梗不能之任。侨居江西之永新州。洪
武初卒。见王行《半轩集》卷六《送金汝霖还西江序》、李东
阳《怀麓堂集》文前稿卷二十二《族高祖希蘧先生墓表》、康
熙婺源县志。其去吴当在至正十一年（1351）十六年（1356）
之间。以祁至正十一年二月，犹为顾瑛撰《玉山名胜集序》；
张士诚陷平江在至正十六年，而王行《送金汝霖还西江序》叙
祁事，有"先生归西江，吴城旋亦陷"之语。以是知之也。诸
书不云祁官江浙儒学副提举在何年。然今所见元官本《宋史》
以至正六年（1346）刊于杭州者，其书前载中书省至正六年咨
江浙等处行中书省文，及行省提调官衔名。其儒司提调官，有
"承务郎江浙等处儒学副提举李祁"。《金华黄先生文集》卷
十，有《杭州路儒学兴造记》。记是至正七年（1347）作。称
"至正二年（1342）学斋毁于火。四年夏，儒学提举班公惟志
方俾执事者度木简材，而李君祁来为副提举，丞命学正录直学

等撰日庀工"云云。知祁官江浙儒学副提举在至正初。至正初小山年70余尚为昆山幕僚。何得以泰定、天历间卒？任氏之言误矣。

小山以悬车之年沉沦下僚，犹不忍决然舍去，似有不得已者。张雨《贞居先生集》卷五有《次韵倪元镇赠小山张掾史》诗云："为爱髯张亦痴绝，簿领尘埃多强颜。何如膝上王文度？转忆江南庾子山。绿树四邻悬榻在，青山千仞荷锄还。风流词客凋零尽，莫怪参军语带蛮。""膝上王文度"，用《世说新语·方正》篇王述及子坦之事。小山盖有爱子。"参军语带蛮"，用《世说新语·排调》篇郝隆事。措词如此，亦可谓爱惜之至矣。

郏 仲 谊

天一阁本《录鬼簿续编》有《郏仲谊传》。略云：

> 名经，陇人，号观梦道士，又号西清居士。以儒业起为江浙省（原作浙江省）考试官，权衡允当，士林称之。侨居吴山之下，因而家焉。丰神潇洒。为文章未尝停思，八分书极高，善琴操，能隐语。交余甚深，日相游览于苏堤林墓间。吟咏不辍。有《观梦》等集行世。名重一时。所作乐府特其余事。

传"陇人"，当作"陇右人"。朱彝尊《静志居诗话》卷五云：仲谊有《玩斋稿》，传不载。其他事迹散见群书而传不详者，今补叙于下：

仲谊贯陇右，而《柘轩集》卷一《题高士谦画诗序》、卷四《送维扬顾伯琛序》、夏节永乐二十年（1422）撰《钱塘凌先生（云翰）行述》，均以仲谊为维扬人。徐一夔《始丰稿》卷八

《送朱仲谊就养序》，述仲谊之言曰："吾上世家吴陵。吾尝渡江访故乡里。族人昆弟故有在者，见吾至，甚喜。为我治田畴，辟居室，请吾归耕。吾游浙久。今老矣。计亦归耕为上。"吴陵唐县名，即海陵。元海陵县，属扬州路泰州。然则仲谊海陵人也。仲谊虽寓杭州，而久客苏、松间，所至率假馆以居，故自号"鹤巢"，又号"借巢"。杨维桢《东维子集》卷十五有《借巢记》，为仲谊作。仲谊为浙江省考试官，亦见《柘轩集》。卷三有赠朱仲谊诗，题云《赠朱仲谊之京师就其子启文养》。诗追述往事，有句云："棘闱校卷又相逢，风帘官烛摇秋红。诗成不许众吏写，八分作字何其工。"据此，知云翰与仲谊同为考试官。又有诗乃入闱时作，题云《辛亥岁秋帘分韵得上字》。辛亥洪武四年（1371）。知仲谊于洪武四年为浙江考试官。然考试官乃选差，非常置官也。《始丰稿·送朱仲谊就养序》，载仲谊事尤详。其言曰：

> 吾友朱仲谊，旷达人也。自其少时学明经，举进士。尝有志于世用矣。然仅小试出坐学官末座。而天下有事纷争，一时未遇之士愁变其所学，不鬻孙吴之书，则掉仪秦之舌，以干时取宠。仲谊薄此不为也。独务博览彊记以涵蓄其胸中。及天下已定，国家大收才畯而用之，而仲谊年日以老。自度无以尽其力，乃以尝所涵蓄者发为歌诗。缘情指事，引物连类，多或千言，少或百字，云行水流，金鸣石应，有风人之体裁。当其秉笔运思，牢笼万汇，摩荡九霄，傲倪乎宇宙之内，千驷万钟不知其为富也；崇资厚级不知其为贵也。然亦坐是蹈近世所谓诗穷者。人见其酷嗜吟事，或劝之曰：此致穷具也。何自苦如此！则应之曰：吾道然也。毋预公事！

徐一夔名流，其重仲谊如此。夏节撰《凌云翰行述》云："维扬朱仲谊，世号博闻，于人慎许可。过而取其文读之，称奇士。遂定交。"凌云翰亦名流。节叙云翰事，犹引仲谊张之。则仲谊之有时望可知也。贝琼《清江贝先生集》卷五《炙背轩记》云："陇右郏君仲义主华亭之邵氏义塾，题所居之南荣曰炙背轩。仲义通经，善持论，有司尝荐之春官。赋诗清丽有法，世多传诵云。"仲义即仲谊。盖"谊"或作"义（義）"而"义"误为"义"。曰"有司荐之春官"。与一夔序"仲谊举进士"之言合。由此知仲谊乃乡贡进士。其出为学官，非学正即学院山长。以元末下第举人例授路府学正及书院山长也。王逢《梧溪集》卷五有"谢郏仲义进士寄题《澄江旧稿》"诗。此称进士，亦谓乡贡进士。诗云"释褐平生友，郎官辟共辞"。张士诚曾辟逢为承德郎行元帅府经历，辞不就。见《梧溪集》卷四下赠王履道诗序。仲谊盖与逢同时辞士诚辟。故曰"郎官辟共辞"也。华亭邵氏义塾，乃元统二年（1334）华亭邵天骥所创。子弥远弥坚继成之。见黄溍《金华黄先生集》卷十。贝琼文作于至正二十四年（1364），知义塾元末犹存。仲谊盖以《毛诗》中乡试。故凌云翰赠朱仲谊诗云："注得《参同》只自看，仍以《葩经》造馀子。"

仲谊子启文，《录鬼簿续编》亦有传。云："启文，仲谊之子，任中书宣使。文学过人，克继其父，亦善乐府隐语。"按启文名旼，明·宋濂《宋学士文集》卷三十八有《赠朱启文还乡省亲序》。略云："工部奏差朱旼启文既书满，将省亲虎林山中。荐绅家多发为声诗。吴府伴读王骥与启文有连，遂以首简请予序。惟朱氏之名家，惬舆情之所属。棣萼既形于周雅，芝兰遽产于谢庭。遂因文艺，上贡铨曹。虽王勃之少年，岂朱云之可吏？厕行人于起部，期试事于薇垣。三载积劳，行将授政。一朝予告，遂得荣亲。争夸具庆，奚翅前踪。平浦西风，催秦淮之急桨。遥天去雁，起名胜之长吟。不鄙衰孱，来征序引。"文不纪年，当作于明初。是时仲谊在杭州。启文以文学贡为工部奏差。奏差吏员也。"期试事于薇垣"，谓将选取中书省掾。其充中书宣使，必在宋濂赠序后。至正二十四年（1364），明太祖始置中书省，洪武十三年（1380）罢。其始省掾当仍元制，故启文得为中书宣使。今《明史·职官志》内阁章，叙中书省官无宣使。盖略之。

《静志居诗话》云："仲谊元之旧臣。沐景颙编《沧海遗珠》，以其诗压卷。盖明初徙滇者。"沐景颙即沐昂。《沧海遗珠》今存。《静志居诗话》六谓昂"留情文咏，辑明初名下士官于滇及谪戍者，自郏经以下二十一家诗，目曰《沧海遗珠》"。《千顷堂目》卷三十一亦云："沐昂《沧海遗珠》辑明初官于滇及谪戍者之作。"然则21家非尽徙滇者也（21家中有日本僧数人）。仲谊明初在杭州，已见上文。今更以邵亨贞《蚁术诗词选》考之。《词选》卷四【齐天乐】调，序称"张翔南寓金陵时，尝有寄诸词友之作。戊申秋杪，郏仲义持示词卷"。戊申洪武元年（1368）也。《词选》卷二【渡江云】调，序称"庚戌腊月与郏仲义同往江阴"。《诗选》卷八《舟中联句诗》载郏仲谊序，称"洪武庚戌腊月，余与邵复孺先辈自云间之澄江"（即江阴）。庚戌洪武三年（1370）也。《词选》卷一【虞美人】调，序称"壬子岁元夕，与郏仲义同客横泖"（华亭）。壬子洪武五年也。自洪武元年至五年（1372），仲谊踪迹松常间。其时无徙滇事可知。不特此也。《始丰稿》《送朱仲谊就养序》称，"岁行在午之正月，仲谊谓其常所往来者曰：吾儿以选得备任使，幸有禄食。昨日之夕，有文书至，迎吾就养。吾亦安之。勉徇吾儿之志而后归耕，亦未晚也"。洪武时岁行两值午。午年不知何年。然下文云："国家功成治定，制礼作乐，一划近代苟且之习。今十有余年矣。比闻微更前制，合祭天地，以新一代之典。穷意登歌之章亦必新之。有荐仲谊于上而任之以制作者，则勿以老为辞。"考《明史》卷四十八《礼志》载"洪武十年（1377）秋，太祖感斋居阴雨，览京房灾异之说，谓分祭天地情有未安，命作大祀殿于南郊。是岁冬至，以殿工未成，乃合祀于奉天殿而亲制祝文，意谓'人君事天地犹父母，不宜异处'。遂定每岁合祀于孟春为永制"。据此，知合祭天地乃洪武十年事。午年乃十一年（1378）戊午无疑。《柘轩集》赠《朱仲谊》诗，亦云："今春人作凤台行，佳儿彩服遥相迎。西子湖头一杯酒，三叠阳关歌'渭城'。渭城自远台城近，碧草绿波空掩映。行行无限好江山，物色分留待吟咏。"洪武十一年，仲谊方自杭之京师，就其子启文养。其时无徙滇事又可知。仲谊究以何时徙滇，徙滇后亦放回否，或竟无其事，余不能详考。今但就所知者论之。

　　《录鬼簿续编》郏仲谊，他书间作"郏仲义"。"义"、"谊"字通。今所见明初人集，书仲谊姓又多作"朱"。考《蚁术诗选·舟中联句》诗，邵亨贞续仲谊句有"及蒇继郏盟"之语，知仲谊姓"郏"不姓"朱"。钱塘丁氏刊本《柘轩集》卷二有《画菜次米仲谊韵》诗。此"米"字又"朱"字之误也。《辍耕录》卷二十八载唐伯刚题郏仲谊小像云："七尺躯威仪济济，三寸舌是非风起。一双眼看人做官，两只脚沿门报喜。仲谊云：是谁？是谁？伯刚云：是你！是你！"伯刚名志大，如皋人，善行草书，多蓄古书法名画。至正中，官行枢密断事官。见《书史会要》七、陈基《夷白斋稿》卷二十一《赠医学提举张性之序》。此赞语虽滑稽，而描摹尽致。今考仲谊事附录于此。

杨　景　贤

天一阁本《录鬼簿续编》有《杨景贤传》。其文如下：

> 名暹，后改名讷，号汝斋，故元蒙古氏，因从姐夫杨镇抚，人以"杨"姓称之。善琵琶，好戏谑，乐府出人头地。锦阵花营，悠悠乐志。与余交五十年。永乐初，与舜民一般遇宠。后卒于金陵。

此传所记已详，而尚有未尽。今据他书补之。按：讷一字景言，见《太和正音谱》、《群英乐府格势》。云："杨景言之词，如雨中之花。"其卞《群英所编杂剧》，又录杨景言剧二种。其一曰《风月海棠亭》，即《录鬼簿续编》杨景贤之《月夜海棠亭》；其二曰《史教坊断生死夫妻》，即《录鬼簿续编》杨景贤之《生死夫妻》。由是知景贤、景言，乃一人二字。余书所记有与《正音谱》同者，如《词林摘艳》卷七二郎神"景萧萧迤逦秋光渐老"套，题杨景言。与《录魏簿续编》同者，如《新续古名家杂剧》本、《元曲选》本之《刘行首》，皆题杨景贤。称呼虽不统一，实则皆是。不可疑作"景言"者非。以宁王与讷同时，必不误书其字也。讷，钱塘人，见明·周宪王《烟花梦引》。云："尝闻蒋兰英者，京都乐籍中伎女也。志行贞烈，捐躯于感激谈笑之顷。钱塘杨讷为作传奇而深许之。"周王与讷同时，故知讷为钱塘人。《录鬼簿续编》作者乃讷之友，为讷传顾不书其里贯，何耶？讷善隐语，见明·李开先《闲居集文集》六《诗禅后序》。开先集隐语为书，名曰《诗禅》。其书序非一。《后序》云："诗禅取容于东方朔，而朔实滥。"

周　德　清 《录鬼簿续编》

李祁《云阳集》卷二周德清《乐府韵序》：天地有自然之音。虞廷载赓，三百篇之权舆也。商《颂》、周《雅》，汉、魏以来乐府之根柢也。当是时，韵书未作，而作者之音调谐婉，俯仰畅达，随其所取，自中节奏，亦何莫而非自然之音哉？韵书作而拘忌多，拘忌多而作者始不如古矣。孟子之于《武成》，取其二三策，而言曰："尽信书不如无书。"夫以圣人之书，孟子犹未之尽信，而况于后世之书乎？况若沈氏之书者乎？高安周德清，通音律，善乐府。举沈氏之书而洗空之，考其源流，指其疵谬。特出己见，以阴阳定平声之上下，而向之"东"、"冬"、"钟"、"江"等韵，皆属下平。以中原之音正四方之音，而向之"混"、"媛"、"范"、"犯"等字皆归去声。此其最明白而易见者，他亦未暇悉论也。盖德清之所以能此，以其能精通中原之音善北方乐府。故能审声以知音，审音以类字。而其说则皆本于自然，非有所安排布置而为之也。使是书行四方，则必将使遐邦僻峤之士咸知中原之音为正，而自觉其侏㑉鴃舌之为可愧矣。又推而施之朝廷，则必形诸歌咏，播诸金石，近之则可追汉代之遗风，远之则可希商周之《雅》、《颂》，而虞廷赓歌之意亦将可以闻其仿佛矣。不其盛哉（此序今传本《中原音韵》不载。原文稍长，今节录之）？

杨　梓 《乐郊私语》

陈旅《安雅堂集》卷十一《杨国材墓志铭》：君讳樟，字国材。曾祖考讳春，故宋武经大夫；国朝赠中宪大夫、松江知府、上骑都尉，追封弘农郡伯。祖考讳发，故宋右武大夫利州刺史、殿前司选锋军统制官、枢密院副都统；至元内附，改授明威将军、福建安抚使，领浙东西市舶总司事，赠怀远大将军、池州路总管、轻车都尉，追封弘农郡侯。考讳梓，嘉议大夫杭州路总管致仕，赠两浙都转运盐使、上轻车都尉，追封弘农郡侯，谥康惠。妣陆氏，封弘农郡夫人。初陆氏有子而殇。次室訾氏，生国材为长子。大德中，大臣以康惠公有劳于国，请官其子以劝忠。上可其奏。授敦武校尉赣州路同知宁都州事。俄得疾卒于官。大德癸卯（七年［1303］）五月也。媲周氏，生子元坦，方晬。康惠公与陆夫人哀不自堪，属訾氏护之，曰："吾子蚤世，使是孙有成，吾子为不死也。"泰定丁卯（四年［1327］）冬，康惠公薨。于时陆夫人殁已 7 载，而訾氏亦先 9 年殁。康惠公与陆夫人既合葬于德政乡泊舫山（黄学士文集作泊舫山）之原；至顺壬申（1332），又葬訾氏与宁都君于康惠公之兆。元坦至元再元之四年（1338），以祖荫授从仕郎饶州路余干州判官，乃以康惠公历官行事之概告于朝，得加美爵令谥；又谒当代名人著神道碑铭。以为是足以赉（此下当缺一字）显幽而庶几为人后者之道也。

　　按：康惠次子枢，字伯机，康惠次室徐氏所生。大德五年（1301），年甫 19，浮海至西洋，遇亲王合赞所遣使臣那怀等如京师，遂载之以来。那怀等朝贡事毕，请仍以枢护送西还。丞相哈剌哈孙答剌罕如其请，奏授枢忠显校尉、海运副千户、佩金符与俱行。以八年发京师，十一年乃至。其登陆处曰忽鲁模思。是役凡舟楫糇粮物器之须皆自备，不以烦有司。见黄溍《金华黄先生集》卷三十五《松江嘉定等处海运千户杨君墓志铭》。亦豪杰之士也。澉浦杨氏自发总领舶务，筑室招商，世揽利权，富至童奴千指，尽善音乐；饭僧，写藏，建刹，遍两浙三吴间。明

兴，徙杨氏，籍其家，罢市舶司不复设。见天启二年（1622）
《海盐县图经》卷六。

薛 昂 夫 即马昂夫，亦即马九皋

薛昂夫为元散曲大家。我国学者首注意其人者为陈援庵先
生。《元西域人华化考》卷四《文学篇·西域之中诗人》章所论
凡13人。第九人为薛昂夫。文引《松雪斋文集》云："昂夫西
戎贵种，尝执弟子礼于刘须溪之门，诗乐府皆激越慷慨，流丽闲
婉，累世为儒者或有所不及。"又引刘将孙《养吾斋集·薛超吾
字说》云："昂夫为超吾字。"又引《天下同文集》所载王德渊
《薛昂夫诗集序》云："薛超吾字昂夫，其氏族为回鹘人，其名
为蒙古人，其字为汉人。"证据确凿无肆。近有隋君树森，读
《天下同文集》王德渊此文，以为可说明薛昂夫家世，特为文载
于《文学遗产》周刊，而不知陈先生30年前撰书已先引之也。
余留意薛昂夫事亦久，读书间有所获。叙其事于下。其为陈先生
已论者则不复论。

薛昂夫本西域人，先世内徙，居怀孟路。祖某，官御史大
夫，始居龙兴。卒谥清献。父某，官御史中丞。两世皆封覃国
公。刘将孙《薛超吾字说》称薛超吾为"大行薛君"。"大行"
谓怀孟也。凡蒙古色目人不系氏于名，但以名行。当时人取其名
之首字加于字之上若氏姓然，以便称谓。故薛超吾称薛昂夫。其
汉姓马，故又称马昂夫。《萨天锡诗集》有《寄马昂夫总管》
诗，诗有句云："人传绝句工唐体，自恐生前是薛能。"以唐·
薛能拟马昂夫，正以马昂夫即薛昂夫也。其号曰九皋，故又称马
九皋。其弟名唐古德，字立夫，号九霄。以汉姓马，故人称马九
霄。称谓不统一，乃当时之俗如此，不足为异也。

昂夫初为江西行中书省令史。

危素《说学斋稿》卷一《望番禺赋》自序云："广东道肃政廉访使钦察，核军民达鲁化赤脱欢察儿在广州多不法事。江南行御史台遣监察御史镏振往按之。振受赇，以钦察言非实。钦察忿死。振还至龙兴驿舍，白日见钦察于前，因嚏而死。未几，行台又遣监察御史杜□□访其事，得今衢州路总管薛超吾为江西行中书省令史时所赋诗，遂合诸御史上章核振。后三十有□年，临川危素闻而哀之，作《望番禺》。"按素是赋题下自注云："庚寅。"庚寅至正十年（1350）。由至正十年上推至皇庆元年，得39年。知镏振钦察案发生在皇庆、延祐间。昂夫为江西行省令史，亦当在此时。

后入京。由秘书监郎官累官佥典瑞院事，西南某路总管。

杨载《杨仲弘诗集》卷七《呈马昂夫佥院》诗："君为胄子入京都，才望高华世所无。秘殿为郎监玉篆，雄藩作守判铜符。科条自可苏民瘼，议论还宜赞圣谟。更倚覃怀功业盛，峨峨天柱立坤隅。"按《元史·百官志》，秘书监属官有著作郎、著作佐郎、秘书郎、校书郎。典瑞院院使下有同知、有佥院。杨诗"秘殿为郎"，不知指何郎，"覃怀功业"谓其门世。"坤隅"谓西南。然亦不知为西南何地。

太平路总管。

虞集《道园学古录》卷三《在朝稿》，《寄马昂夫总管》诗："白发先朝旧从官，几年南郡尚盘桓。九华山里题诗遍，采石江头酒量宽。雁到京城还日莫，马怀余栈又春残。何时得共鸣皋鹤，八月匡庐散羽翰。"采石矶为太平路风物（九华山在池州路，池州与太平接壤）。知虞集在京寄诗时，昂夫方为太平路总管。《太平乐府》卷一载马昂夫

【塞鸿秋】小令二首（原题马九皋）。其一为《过太白祠谢公池》；其二为《凌歊台怀古》。太白祠、谢公池，在青山。凌歊台在黄山巅。宋·陆游《入蜀记》过太平州日记，于此三古迹颇有描写。所咏亦太平路风物也。

元统间为衢州路总管。

胡翰《胡仲子集》卷九《王子智墓志铭》："君讳临，授龙游县典史。龙游，衢属邑。衢守马昂夫召诸邑令，议均赋役，而龙游之役，独署典史莅之。寻感疾卒。是岁元统甲戌（1334）。"按临子名景行，字希言。苏伯衡《苏平仲文集》卷十四《危斋先生王希言墓志铭》云："先生元龙游典史临之子。龙游府君之卒于官也，先生年十九。郡守马昂夫率僚属归赙甚腆。先生谢不受。洪武辛酉（1381）卒，享年六十有六。"据伯衡所记，则王景行生元延祐三年（1316）。由延祐三年下数19年，恰为元统二年甲戌。与胡翰所记王临卒年合。由是知昂夫知衢州确在元统间。《道园学古录》卷二十八《归田稿》《寄三衢守马九皋》诗："闻道三衢守，年丰郡事稀。诗成花覆帽，酒列锦成围。鹤发明春雪，貂裘对夕晖。扁舟应载客，闲听洞箫归。"集元统元年（1333）请老归江西。此诗作当亦在元统间。

衢州路总管，是昂夫最后历官。故危素至正十年（1350）作《望番禺赋序》，犹以衢州路总管称之。《书史会要补遗》谓马九皋官至太平路总管非也。

立夫初亦为江西行省令史，志不乐此，弃去。后为淮东廉访使经历。

吴澄《吴文正公集》卷十六《送唐古德立夫序》："唐古德立夫，故御史中丞覃国公之子，今金典瑞院事薛超吾昂夫之弟也，从事江西行省，志有所不乐而去。予观昂夫亦试其才于此，去而为达官于朝。立夫之才，岂出兄下？接踵登朝，盖可期也。于其游杭也，赠之言而勉之以居易俟命焉。"许有壬《至正集》卷二十九《谢淮东廉司经历马九霄画鹤见寄》诗："骑上扬州不可招，一朝蜕影入冰绡；凡夫岂敢留仙骥，却逢御书赴九霄。"

昂夫立夫兄弟皆能书，见《书史会要补遗》。云："马九皋，以字行，回纥人，能篆书。弟九霄亦能之。"今《玉山草堂集》卷下有至正十六年（1356）丙申顾阿瑛所记玉山中亭馆扁题，其"玉山佳处"、"柳塘春"二扁并联二副，是马九霄所书。昂夫集曰《九皋诗集》。刘将孙为撰序，见《养吾斋集》卷十。略云："九皋者，幽闲深远处也，而鹤则乐之。薛君昂夫以公侯胄子人门家地如此，顾萧然如书生，厉志于诗，名其集曰九皋。其志意过流俗远矣。"集今佚。其诗之传者极少。孙存吾《皇元风雅后集》卷一，有马昂夫送僧诗七律一首（《元诗选》癸集丙所选同）。明·田汝成《西湖游览志余》卷十九，有九皋赠元·钱唐善歌者骆生七言古诗一首，甚佳。诗有"如今天地尽风尘"之语，当是至正中作。然但称九皋而不书姓。故不敢云定是昂夫作。昂夫曲尤有名。杨维桢《东维子集》卷十一《周月湖今乐府序》品元人曲，以马昂夫与贯酸斋入酝藉一派。其曲在今所见选集曲谱中者，裒之尚得 60 余首。有题"马九皋"者：如南陵徐氏所刊《阳春白雪》前集卷二、残元本《阳春白雪》卷二、《太平乐府》卷一卷二卷四、《词林摘艳》卷八正宫【高隐】套所书是。有题"薛昂夫"者：如徐氏刊《阳春白雪》前集卷四、北京图书馆藏九卷抄本《阳春白雪》后集卷一、《太和正音谱》卷上下所书是。有题"马昂夫"者：如《词林摘艳》卷八正宫【闺情】套所书是。题虽不同，其实皆是一人。如以 3 人视之则误矣。

钱大昕《元史氏族表》卷三，载色目人部族无考者有马氏。序云："马氏有封覃国公者，葬于龙兴北门外。其子唐古德与吴澄游。"表如下：

```
                                        ┌ 薛超吾儿 —— 字昂夫秘书监
某 御史中丞赠御史大夫                    │          卿金典瑞院事
   追封覃国公谥清献 ─────────────────────┤
                                        └ 唐古德  —— 字立夫江
                                                   西行省掾
```

竹汀此表，误落一世。请以吴澄孙吴当之言证之。《学言稿》卷二有《琴鹤双清亭》诗，为唐古德作。诗有序云：

> 马君九霄，作亭豫章城居之东北隅，以贮琴书，其祖御史大夫覃国公始居于斯。及今仕于斯者三世矣。覃国公贵而能贫，太常易名清献，与宋贤赵公（赵阅道）同谥。清献凡仕所至，惟琴鹤相随，九霄遂以"琴鹤双清"名亭云。

据序知谥清献者乃唐古德之祖，非其父。今重为一表如下：

```
某 御史大夫谥清献        某 御史中丞谥不详   ┌ 薛超吾 —— 字昂夫历官秘书监郎官金典瑞院事
   追封覃国公 ────────────  追封覃国公 ─────┤          太平路总管衢州路总管
                                           └ 唐古德 —— 字立夫曾官淮
                                                      东廉访使经历
```

马　致　远

元曲家马致远，《录鬼簿》上有小传，云："大都人，号东篱老，江浙行省务官。"以致远曲及张可久、贾仲明曲考之，知致远与王伯成、卢疏斋同时相识（贾仲明补《录鬼簿》王伯成吊词云："马致远忘年友。"《阳春白雪》前集卷二有致远和卢疏斋【湘妃怨】词咏西湖小令4首）。于张可久为前辈（可久今乐府有【庆东原】次马致远先辈韵小令9首）。至治初犹存（《北词广正谱》五峡有致远【中吕粉蝶儿】"至治华夷"套为至治改元作）。又自称在京朝20年（《阳春白雪》前集卷三有致远【拨不断】小令云："九重天，二十年，龙楼凤阁都曾见"）。而《录鬼簿》上，载李时中《黄粱梦》乃时中与马致远、花李郎、红字李二合编。贾仲明补吊词，以为是元贞时事。然则致远乃至元、泰定间人也。至元人集中所记有 3 个马致远：一是许州马致远；二是集庆马致远；三是广平马致远。今分别论之。

许州马致远，见王元恽《秋涧大全集》。卷五十九《文通先生墓表碑阴先友记》云："马寅字致远，许州人。性雅重，嗜古学，恬于仕进。"文通先生乃恽之父，名天铎，字振之。恽为父撰墓表兼记其父友 43 人于碑阴，用柳宗元《先君石表阴先友记》例也。天铎生金章宗泰和二年（1202）壬戌，卒蒙古宪宗七年（1257）丁巳。年 56。墓表立于蒙古宪宗八年（1258）戊午，碑阴所记诸人，其时尚多有存者。此许州马致远，纵立碑时尚存，且年比天铎小，亦不能到元英宗时。故知其人非曲家马致远。

集庆马致远，见明·张以宁《翠屏集》。卷一有《题马致远清溪晓渡图》诗。题下自注云："致远，广西宪掾。子琬，从予学。"琬字文璧，从杨维桢授《春秋》。至正末寓松江。洪武三年（1370），召为抚州知府。善书画，诗亦清脱。著有《灌园集》、《偏旁辨证》，贝琼皆为撰序（《明诗综》卷十三，《清江贝先生集》卷七卷十三）。《辍耕录》卷十云："近扶风马文璧琬作谝卦，切中时病，真得风刺之正。"余所见故宫博物院藏马琬《松墅观泉图》，署"扶风马文璧"。扶风乃其族望。实则琬江宁人也。以宁字致道，福建古田人，元泰定四年（1327）丁卯进士，由黄岩判官进六合尹。元统二年（1334）坐事免。自是留滞江淮者 10 余年。至正九年（1349）入京。历官国子助教，翰林侍读学士知制诰。明初，例徙南京。复授侍讲学士。洪武二年

（1369）奉使安南。三年还，道卒。年70（《明史·文苑传》、宋濂《翠屏集》序及《翠屏集》二《自挽诗》石光霁注）。其诗录于下：

> 今晨高卧不出户，岁晏黄尘九逵雾。美人远别索题诗，眼明见此清溪之晓渡。溪旁秀林昨夜雨，落花一寸无行路。歌阑桃叶人断肠，艇子招招过溪去。红日青霞半晦明，白云碧嶂相吞吐。诗成君别我亦归，此景宛是经行处。我呼九曲峰前船，君帆正渡潇湘渚。雁去冥冥红叶天，猿啼历历青枫树。是时美人不相见，我思美人美无度。美人之材济时具，我老但有沧洲趣。他时开图思我时，溪上春深采芳杜。

诗作于集庆。诗云："诗成君别我亦归，此景宛是经行处。我呼九曲峰前船，君帆正渡潇湘渚。"言致远别后赴广西宪掾任，而已则归乡也。以宁罢官后归乡，可知者二次。一在后至元六年（1340）庚辰（集卷二《过漷州答子烜和韵》诗注云："以后七言律，皆庚辰年南归作。"南归后不久复返扬州。故集卷三有在扬州所撰《送王伯纯迁葬河东序》云："余游于扬赢十年"）；一在至正九年（1349）己丑前某时（集卷二《太和县舟中二绝句》长序有"己丑辞家客燕二十年"之语）。庚辰、己丑间，以宁年40余。诗又云："是时美人不相见，我思美人美无度。美人之材济时具，我老但有沧洲趣。"审诗意似以宁年比致远长。即使二人年相若，则致远大德、至大间年尚幼，决不能与卢疏斋酬唱。张小山比二人大20余岁，亦不得呼致远为先辈也。故知此马致远亦非曲家马致远。

广平马致远名称德（亦作骥德）。曾祖仁，祖晋，俱力农。父兴，早从伯颜南征，论功授百户。官至江陵公安县尉。致远至大四年（1311）由江浙行中书省员外郎擢宁国路总管府府判，阶奉议大夫。延祐三年（1316），丁父忧。去职。六年，服阕，授庆元路奉化州知州，阶如故。至治二年（1322）秩满，除吉安路吉水州知州。三年到任。以后事不详。致远在宁国，颇有善政。及官奉化，大兴水利。开新河，修建碶堰10余，溉田数十万亩。又修州学，立乡学数百所。镂活字板10万字，模印经籍。百废俱兴，实近古罕有之良吏。州人德之，为立生祠。其得代而去也，又为立去思碑（以上据元·邓文原《巴西集》、延祐《四明志》、至正《四明续志》、清乾隆《奉化县志》、光绪《吉安府志》）。致远与邓文原交最久，相知爱。文原延祐三年（1316）为致远父作墓志铭。致远在奉化修儒学，增置学田，并为作记（文见至正《四明续志》卷七、乾隆《奉化县志》卷十二）。袁桷亦为作《奉化州开河碑》、《奉化三皇庙碑》（文见《清容居士集》卷二十五）。此广平马致远，至大至治间宦江浙。至治末始改官江西。以时考之，当为至元、泰定间人。疑即曲家马致远。

世传致远【天净沙】小令"枯藤老树昏鸦"一首，写景甚工，人多喜之。以元·盛如梓《庶斋老学丛谈》卷中所引考之，致远此调实有3首。文如下：

北方士友传沙漠小词三阕，颇能状其景：

瘦藤（《乐府新声》作枯藤）老树昏雅。远山（《乐府新声》作小桥）流水人家。古道西风瘦马。斜阳（《乐府新声》作夕阳）西下。断肠人去天涯（《乐府新声》作在天涯）。

平沙细草斑斑。曲溪流水潺潺。塞上清秋早寒。一声新雁。黄云红叶青山。

西风塞上胡笳。月明马上琵琶。那（那字疑误）底昭君恨多（多字疑误）。李陵台下。淡烟衰草黄沙。

"李陵台"乃大都上都间站名。见《经世大典·驿传篇》（今有

《永乐大典》本）。元·王恽《中堂事纪》上："中统二年（1261年）三月四日，次桓州故城西南四十里，有李陵故台。道陵敕建祠宇，故址尚在。"道陵者金章宗也。又云："新桓州距旧桓州三十里。开平距新桓州四十五里。"杨允孚《滦京杂咏》上"李陵台畔野云低"绝句自注云："此地去上京百里许。"与《中堂事纪》合。清嘉庆《一统志·牧厂篇》："威卤旧驿今牧厂地，土人呼为博罗城，在独石口东北一百四十里，亦名李陵台。时初置驿于此，为开平西南第二驿。博罗城址，周一里二百八十余步。"据此，知李陵台之名，至清犹存。以是言之，则致远【天净沙】3首，乃上都纪行词也。

冯海粟行年考

冯海粟大德六年（1302）壬寅在上都作《居庸关赋》。自记云："大德壬寅，年四十六。"

陆心源《三续疑年录》卷五，据海粟《居庸关赋》自记，定海粟生宋理宗宝祐五年（1257）丁巳（当蒙古宪宗七年。是年元好问卒）。

汲古阁刊本元人宋无《翠寒集》有海粟序。末署"延祐庚申冬孟一日，海粟冯子振序"。序略云："余知子虚最晚。恨余老无能为矣。姑取其诗集而序之。"延祐七年（1320），岁在庚申。是年海粟64岁。故至治二年（1322）钱良右序《翠寒集》云："冯公序其诗时，已年逾耳顺。"

《元诗选》、《海粟集》载海粟《题赵承旨白鼻骝图》诗有自序云："松雪赵承旨用生纸画人马图，居然生动之态，使龙眠无恙，当与并驱也。因赋一诗。时泰定二年（1325）七月二十二日，书于维扬寓室。"泰定二年，海粟年69。

　　《爱日精庐藏书续志》卷三，有抄本《本草元命苞》9卷，题"御诊太医宣授成全郎上都惠民司提点尚从善编类"。尚从善，字仲良，大名人。《续志》载是书，有从善自序、班惟志序、冯子振序。自序称："唐慎微《大观经史证类备急本草》三十二卷，一千八十二种，其书猥多。读书之暇，撼其切于日用者四百六十八品，纂而成书，目之曰《本草元命苞》，分为九卷。"末署："时至顺改元之明年，书于上都惠民司寓居之正己斋。"至顺改元之明年，即元文宗至顺二年（1331）。班惟志序称："仲良一辟为太医，再选为御诊。中书以开平车驾行幸，官设惠民司提点久弛；敷奏，授以宣，命往治。居三载，朝廷嘉之。再授宣，复其任。及代，宣授提举江浙医学，实仲良投医发轫之地，比同昼锦焉。予方守琴川，遣价以所编《本草元命苞》见示，求叙。"末署："至元三年（1337年）十二月十六日奉议大夫常熟州知州、友人班惟志叙。"冯子振序称："《本草》旧三十二卷。《证类》附合，数十万言。览者厌倦。尚仲良撮其方味制治省文便自通六万言，板而行世，名曰《本草元命苞》，为帙九卷。仲良良于处方，尝为《伤寒图》，一证一药，予尝为之序。今复为序此书。"末署"海粟老人冯子振序并书"，不纪年。《伤寒图》即尚仲良类张仲景书所为10图，袁桷为作疏，劝众人共出资刊之。《清容居士集》卷四十有《尚仲良刊医书疏》。读海粟此序，知海粟曾为10图作序。海粟序《本草元命苞》时，似与班惟志序《本草元命苞》时相去不远。以时考之，当作于后至元三年（1337）与后至元四年（1338）之间。海粟时间81岁或82岁。

　　海粟散文，以余所知，《本草元命苞》序最后出。其卒年不详。

刘时中卒年考

汲古阁本《勾曲外史集》卷上《四贤帖》诗序云："四贤者，伯长袁侍讲，伯庸马中丞，伯生虞侍书，时中刘待制。玄卿装潢手书成轴，命予题识。遂即虞公绝句韵书于后。"诗云："四明狂客已乘云，海内文章有二君；可惜戴花刘伯寿，今年零落凤凰群。"此诗"四明狂客"，指袁伯长（桷）。"已乘云"谓已逝世。"戴花刘伯寿"，谓刘时中。"可惜"者，叹逝之词。明·张伯雨为此诗时，袁伯长、刘时中已不存。马伯庸（祖常）、虞伯生（集）二君尚在。伯长泰定四年（1327）八月卒。伯庸后至元四年（1338）三月卒。伯生至正八年（1348）卒。因此，可断定：刘时中卒在后至元四年三月马伯庸卒之前。

《金华黄先生集》卷三十八《上海县主簿吴君墓志铭》：吴福孙字子善，杭州人，工书，"今上皇帝至元元年（1335），调常州路儒学教授，不能为谄曲以事上官，坐是改调嘉兴路澉浦务税课大使。晚，益务恬退，足迹不涉达官贵人之门。日与方外大老玄览王真人及名公之归休弗仕者湖南帅于公有卿、道州守徐公叔清、翰林次对（待制）刘公时中徜徉湖山间，不复以仕禄为意。至正六年（1346），铨曹考其资历，当升授将仕郎松江府上海县主簿。七年秋，驰传督闽中岁赋。以疾还上海。八年，卒于所居之廨舍，年六十有九。"据黄溍此文，知重纪至元元年后数年间，时中方退隐杭州，与吴福孙等徜徉湖山间。

合《勾曲外史集》之《四贤帖》诗及《金华黄先生集》之《上海主簿吴君墓志铭》观之，可断定刘时中卒在后至元元年与后至元四年之间。

刘时中生年不详。宋褧《燕石近体乐府》有【贺新郎】词。

自注云："寿刘时中。五月二十又八日。"词前阕写夏景，有"又是逋仙初度"之语。词纪时中生日，是可贵资料。

宋褧，字显夫，世为燕人。登泰定元年（1324）进士第。累官至翰林直学士。卒，谥文靖。兄本，字诚夫，善为古文，辞必己出。至治元年（1321），廷对为第一人。累官至集贤直学士。卒谥正献。所著有《至治集》。宋褧文学与宋本齐名。人称之曰"二宋"。

《九歌》为汉歌辞考

太史公《屈原传》及赞，述屈原赋有《离骚》、《天问》、《哀郢》、《怀沙》、《渔父》、《招魂》共 6 篇。《怀沙》、《渔父》，并于传中录其词。《渔父》设论之文，犹东方朔《答客难》、扬雄《解嘲》耳，非实有其事。其词俊快明畅，亦不似原词之沉郁，必非原词也。太史公乃信为实事，信为原词，入之传中。由是观之，太史公于当时所传屈赋，固亦未能一一辨明之矣。然所引无《九歌》，是当时人尚不以《九歌》为原作。以《九歌》属原，似是后汉人见解。王逸《九歌》序云：

> 昔楚国南郢之邑，沅湘之间，其俗信鬼而好祠。其祠必作歌乐鼓舞以乐诸神。屈原放逐，窜伏其域，见俗人祭祀之礼，歌舞之乐，其词鄙陋，因为作《九歌》之曲。

谓原见俗人歌舞之乐其词鄙陋，因作《九歌》，此是逸臆说，今《九歌》之词逸以为原作者，果雅赡乎？朱熹知逸之言不可通也，乃即逸说而斡旋之。其《九歌序》云：

> 蛮荆陋俗，词既鄙里，而其阴阳人鬼之间，又或不能无亵慢淫荒之杂。原见而感之，故颇为更定其词，去其泰甚，

> 而又因彼事神之心，以寄吾忠君爱国眷恋不忘之意。是以其
> 言虽若不能无嫌于燕昵，而君子反有取焉。

以原假燕昵之词寄其忠君爱国之意，此亦朱子之迂。《九歌》所
以有燕昵之词者，以其为巫觋之词，与忠君爱国无涉也。巫觋祠
神，何以为燕昵之词？请以《晋书》所纪说明之。《晋书》卷九
十四《夏统传》云：

> 统从父敬宁祠先人，迎女巫章丹、陈珠，二人并有国
> 色，庄服甚丽，善歌舞。……甲夜之初，撞钟击鼓，间以
> 丝竹。统诸从兄弟欲往观之，难统。于是共绐之曰：从父
> 间疾病得瘳，大小以为喜庆，欲因其祭祀，并往贺之。卿
> 可俱行乎？统从之。入门，忽见丹珠在中庭，轻步回舞，
> 灵谈鬼笑，飞触挑桦，酬酢翩翩。统惊愕而走，不由门，
> 破藩直出。归责诸人曰：昔淫乱之俗兴，卫文公为之悲
> 愤。……季桓纳齐女，仲尼载驰而退。子路见夏南，愤恚
> 而抗忾。……奈何诸君迎此妖物，夜与游戏，放傲逸之
> 情，纵奢淫之行，乱男女之礼，破贞高之节！何也！遂隐
> 床上，被发而卧，不复言。众亲蹴踏，即退遣丹珠，各各
> 分散。

此真淳于髡所谓"州闾之会，男女杂坐，握手无罚，目眙不
禁"者也。统畸人，以为"纵奢淫之行，乱男女之礼"也固
宜。统会稽人，后尝入洛，见贾充。充卒于太康三年（282），
而吴亡于太康元年（280）。统实吴人也。传所记虽三国吴事，
而不妨以之说明《九歌》所以着燕昵语之故。然则《九歌》
巫词也，与屈原何涉乎？

《九歌》乃巫词，非原作。近世儒者，已有先觉。非余创
见。然则《九歌》殆秦以前古词乎？是又不然。余谓《九歌》
非古，殆汉武帝时辞也。余此言似创，今据故书所记详细讨论

之。

今《九歌》11 篇，实则 10 篇。以《湘君》、《湘夫人》二篇结语同，实一篇二叠也。此 10 篇，除末篇《礼魂》为送神曲不主一神外，余皆为祀神曲。所祀神如太一，汉始祠之，见下文。如云中君、东君、河伯，皆非楚所祀之神。《离骚》有丰隆，不云云中君也；有羲和，不云东君也。《天问》固云河伯矣，然楚境无河。《左传》哀公六年（公元前 489）："昭王有疾。卜曰：'河为祟。'王弗祭。大夫请祭诸郊。王曰：'三代命祀，祭不越望。江、汉、雎、章，楚之望也；祸福之至，不是过也。不谷虽不德，河非所获罪也。'遂弗祭。"虽至战国，楚境亦无河。以昭王之不祀河，知楚人之必不祀河也。《史记·封禅书》序秦并天下祠官所奉大川，水曰河，祠临晋。汉兴，高祖于长安置祠祀官女巫。其晋巫祠东君、云中，皆以岁时祠宫中。其河巫祠河于临晋。而褚先生所补《滑稽传》，载魏西门豹为邺令，邺之巫有为河伯娶妇事。明东君、云中为晋所祀神，而汉因之；河为秦及山东诸侯有河者所祀神，而汉因之也。其司命一神，名亦不见《离骚·天问》。而《封禅书》载汉高祖宫中所祀，置祠祝官女巫者，有司命。司命，晋巫荆巫皆主祠之。似楚亦祀司命矣。然司命始见《周礼·大宗伯》。《周礼》，汉武帝时河间献王所献先秦书之一，北方之书也。又见《礼记·祭法》。《礼记》者，七十子后学者所记，北方之学也。《风俗通》八："今民间祀司命。刻木长尺二寸为人像。行者担箧中，居者别作小屋。齐地大尊重之，汝南余郡亦多有。皆祠以腊（同猪），率以春秋之月。"（《说文》示部："祇，以豚祠司命也。汉《律》曰：祠祇司命。"）齐之长女不得嫁，为家主祠，名曰巫儿。起齐襄公时，至汉成俗。见《汉书·地理志》。故余疑祀司命本齐俗。汝南近齐，亦被其余风。

汉之汝南本楚、魏分。明汉宫中祠司命，用荆巫，乃因汝南等郡有其俗。其战国时楚之丹阳、郢，是否有其俗，固不可知也。其山鬼余疑即汉民家所祀山神。《礼记·祭法》，王所立七祀诸侯所立五祀，并有厉。郑注："今时民家春秋祠司命行神山神，门灶在旁。山即厉也。民恶言厉，巫祝以厉山为之。"元·虞集《道园遗稿》卷二《题李伯时九歌图》诗有云："彼幽为厉为强梁，朝狸莫豹方鸱张。"以山鬼为厉，正与余同。

《九歌》所祀 10 神，唯湘君、湘夫人确是楚神。余如，云中、东君、二司命、河伯皆北方所祀之神，汉高祖皆置祠祀官女巫祀之。其晋巫荆巫所祠，汉诸帝踵行之，至成帝建始二年（公元前 31），因匡衡、张谭奏始罢。太一乃汉武所祀，其后相承不废。汉祀山鬼，史无明文，然汉自高祖以来所置祠甚多。民间既有其俗，皇室或亦祀之。国殇，王逸谓死于国事者。《小尔雅·广名》篇："无主之鬼谓之殇。"汉文帝时，以二月施恩惠于天下，罢军卒祠死事者。太子家令朝错奏言以为非时节。见《汉书》卷七十四《魏相传》。郑康成注《周礼·春官宗伯》"衍祭"，引郑司农云："衍祭，羡之道中，如今祭殇，无所主命，周祭，四面为坐。"（殇与禓通。《说文》示部："禓，道上祭。"《急就篇》第二十五章："谒禓塞祷鬼神宠。"颜师古注："禓，道上之祭也。"）然则祭殇固汉俗。此可悟以湘君、湘夫人与诸神并祀，乃汉事也。不独此也。《宋书·乐志》载相和歌《陌上桑》曲有《今有人》篇，其词即《九歌·山鬼》文而略有变化。凡《宋书·乐志》所载曲，非魏三祖及《东阿王》词者，皆汉旧歌。明《九歌·山鬼》篇，实汉歌辞也。汉之说湘君、湘夫人者，多以为舜妃。据《汉书·地理志》，右扶风陈仓县即有舜妻育冢祠。故余疑《九歌》之《湘君》、《湘夫人》篇，即汉于陈仓祠舜妻所歌辞。祠在京师近县，而极写南楚景者，以舜妻本楚神，拟其风物耳。以是而言《九歌》之为汉歌辞岂不彰然明白乎？

《九歌》首《太一》，明其为贵神。然太一之祠，自秦至汉初无闻。秦祠四帝，不祀太一也。汉高祖祀五帝，不祠太一也。文帝因高祖旧，祠雍五畤，又以赵人新垣平言，作渭阳五帝庙，亲祠五帝。又于长门北立五帝坛。见《封禅书》。亦不云祠太一。惟《汉书·郊祀志》载平帝元始五年（5）王莽奏言，孝文十六年（公元前164）用新垣平，初起渭阳五帝庙。祭太一地祇以太祖高皇帝配。日冬至，祠太一。夏至，祠地祇。皆并祠五帝，而共一牲。或自有据。然平不久伏诛，帝不复自亲而使有司行事。则文帝时有太一之祠，亦不甚贵之。至武帝时则太一之祠史不绝书矣。自李少君以祠灶方进。上深信之。海上燕、齐怪迂方士，多更来言神事。亳人谬忌奏祠太一方。曰天神贵者太一。太一佐曰五帝。古者天子以春秋祭太一东南郊。于是天子令太祝立其祠长安东南郊，常奉祠如忌方。其后人上书，言"古者天子三年一用太牢具祠神三一：天一，地一，太一。天子许之，令太祝领祠于忌太一坛上，如其方。"此为武帝兴太一祠之始。然尚未亲郊也。及元鼎四年（公元前113），上幸雍：或曰：五帝太一之佐也。宜立太一而上亲郊之。明年，上幸甘泉，遂令祠官宽舒等，具太一祠坛。十一月辛巳朔旦冬至，天子始郊拜太一。泰畤坛令太祝领，秋及腊间祠。三岁天子一郊见。自是遂为定制。而汉之甘泉泰畤特重，在雍畤之上矣。逮成帝初，从匡衡、张谭议，徙甘泉泰畤河东后土祠于长安南北郊。南郊祭天，北郊祭地。如《礼记》之言。其后成、哀之际，众议纷纷，长安南北郊罢复靡常。至平帝元始五年，从王莽议复长安南北郊如故。天神曰皇天上帝太一，兆曰泰畤。地祇称皇地后祇，兆曰广畤。自此南北郊之祠不改，遂为汉以后列朝定制矣。亳人谬忌，亳字

《封禅书》亦书为"薄"。如淳、晋灼注《郊祀志》，皆以济阴之薄县解之。济阴故齐地。故余疑太一为贵神之说，亦起于齐。由《史记》、《汉书》所记祠太一事考之。知太一在汉，初不甚显，至武帝时始贵。今《九歌》首《太一》，是以太一为至贵之神矣。则《九歌》岂非汉武帝时歌乎？

汉武帝祠太一，有郊祀，有宫中之祀。其属郊祀者，上文所叙甘泉泰畤、薄忌泰一、三一，皆是也。此大祭也。其宫中之祀，《封禅书》所载有二处。一在甘泉宫。云元狩三年（公元前120），上以齐人少翁言，欲与神通，作甘泉宫，中为台室，画天地泰一诸鬼神，而置祭具以致天神。居岁余，其方益衰，神不至。乃诛少翁而隐其事。明年，天子病鼎湖甚，巫医无所不致。游水发根言上郡有巫病而鬼神下之。上召祠之甘泉。及病，使人问神君。神君言曰天子无忧病。神君，即巫所下之神也。其神据下文，即太一之属。此于甘泉宫祀太一诸神也。甘泉宫即桂宫，在未央宫北。见《初学记》卷二《岁时部·夏》篇引《潘岳关中记》，及《水经注》卷十九《渭水》注。汉有祠甘泉宫乐人，见《后汉书·刘盆子传》。云："盆子居长乐宫。有故祠甘泉乐人尚共击鼓歌舞，衣服鲜明，见盆子叩头言饥。盆子使中皇门禀之米，人数斗。"是也；一在寿宫及寿宫北宫。云上病良已，大赦，置酒寿宫（奉）神君。寿宫神君最贵者太一；其佐曰大禁司命之属，皆从之。非可得见，闻其言。言与人音等。时去，时来。来则风肃然。居室帷中。时昼言，然常以夜。天子祓，然后入。因巫为主人，关饮食。所以言，行下。又置寿宫北宫，张羽旗，设供具，以礼神君。神君所言，上使人受书其言，命之曰书法。太史公常入寿宫，侍祠神语，退而论次之，故此篇记寿宫事委悉如此。汉北宫中宫室有寿宫。北宫在长安城中，近桂宫，俱在未央宫北。见《三辅黄图》卷二、卷三。此于寿宫及寿宫北宫祠泰一诸神也。凡此并宫中小祭也。余疑《九歌》所祠诸神，除河伯祠临晋，湘君、湘夫人或祠陈仓，国殇或祠之道中，应别论外，余皆为汉武时宫中所祭。何以明之？据《封禅书》，寿宫及寿宫北宫皆武帝所置。今《云中》篇云："蹇将憺兮寿宫。"此云中君祠于寿宫之明证也。祠云中既在寿宫，则太一、司命，《封禅书》明言奉之于寿宫者，其词亦必在寿宫所歌无疑。若东君，则高帝固尝祠之于宫中矣。高帝于宫中祠之，武帝亦应于宫中祠之也。其证一。《九歌》多出"灵"字。《东皇太一》云："灵偃蹇兮姣服。"《云中君》云："灵连蜷兮既留。""灵皇皇兮既降。"《湘夫人》云："灵之来兮如云。"《大司命》云："灵衣兮被被。"《东君》云："思灵保兮贤姱。""灵之来兮蔽日。"《河伯》云："灵何为兮水中。"《山鬼》云："留灵修兮憺忘归。"《说文》："灵，巫也。"王逸注《九歌》，灵亦训巫。鬼神附巫身所欲言行下于巫，故巫代表神。人因巫为主人，与神通，故巫又代表人。巫有二重资格，故今《九歌》词中有酬酢语，与《封禅书》所序寿宫中神与人关通之状正合。明《九歌》大部皆寿宫歌辞。其证二。《汉书·艺文志》歌诗类有《泰一杂甘泉寿宫歌诗》14篇。余疑《九歌》11篇即在其中。既曰《泰一》又曰《杂》者，以神君最贵者泰一，而尚有佐泰一诸神，神君不尽泰一也。曰甘泉寿宫者，以武帝祠泰一诸神在甘泉宫行之，亦在寿宫行之也。其歌诗本14篇，后佚其3。读者漫题为《九歌》耳。王先谦乃以14篇合下文宗庙歌诗5篇为19篇，以为即《礼乐志》所载《郊祀歌》19首。殆不然。以《礼乐志》所载郊祀歌19首多为泰畤、雍畤、河东后土祠而作，所谓大祀；以及登封所为歌，皆与寿宫无涉，又无宗庙歌诗。不得以《泰一杂甘泉寿宫歌诗》当之，亦不得以宗庙歌诗当之也。《艺文志》歌诗类又有《杂各有主名歌诗》10篇、《杂歌诗》9篇。不知何指，似皆非今《楚辞·九歌》。故余疑《九歌》，即《艺文志》所载《泰一杂甘泉寿宫歌诗》。其证三。则《九歌》之为汉武帝时歌，不益可信乎？

1946 年 12 月

再论《九歌》为汉歌辞

——答许雨新

  1946年胡适之先生主编《大公报·文史周刊》，嘱余撰文。余以一日之力，写得《九歌为汉歌辞考》一文，载上海《大公报》，1946年12月4日，《文史周刊》第八期。论《九歌》之事，本非一文所能尽，又急于脱稿，不能周详，仅就平日所见粗释大意而已。文出，朋游相见，有盛誉之者，亦有以为有理而不必尽然者。至于为文辩难则无之。今年秋，始于天津《大公报》9月5日《文史周刊》，得见许君雨新《读孙楷第〈九歌〉为汉歌辞考》一文。余初见其题，以为必有精意。读竟，乃觉其论《九歌》必为战国时楚辞，既多空疏不实之言，其持以攻余说者，又未能中的。而又不工为文，繁言碎词，枝节横生。夫辩论名理，当能立能破。今立则无充实证据可以服人，破则徒为无谓之争，强欲上人，虽辩何益？故余于许君此文，初不欲有所答辩，以不足答辩也。继思胡先生主编《大公报·文史周刊》为一纯粹学术刊物，北方学者之文，往往在是。恐少数读者以信《文史周刊》者信许君，谓余言果附会，而《九歌》真战国时楚辞。是则人毁人誉可不必计较，而余所提出之《九歌》问题，既非附会如许君所言，不可不使世人知之也。今就许君所言，逐条答辩于下：

　　一、许谓《泰一杂甘泉寿宫歌诗》14 篇，史已明载，不烦影戬者。余前文第四章有云："《汉书·艺文志》歌诗类有《泰一杂甘泉寿宫歌诗》14 篇。余疑《九歌》11 篇即在其中。"疑者审慎之词，不敢云必是，而至今仍认为可备一解。今许君驳余说，一则曰：《郊祀歌》之《青阳》、《朱明》、《西皞》、《玄冥》，即所谓《太一城泉歌诗》。再则曰：所谓《太一甘泉》14 篇，完全在郊祀 19 章内。三则曰：《太一甘泉寿宫歌诗》即《郊祀歌》。用《汉书·艺文志》文，忽省"寿宫"二字，忽不省，已属可怪。其引《史记》、《汉书》凡 6 事：一曰汉家常以正月上辛祠太一、甘泉。二曰尝得神马渥洼水中，复次以为《太一》之歌。三曰后伐大宛得千里马，次以为歌。四曰作甘泉宫，中为台室，画天、地、泰一诸鬼神，置祭具。五曰置寿宫神君，又置寿宫、北宫，以礼神君。六曰为伐南越，告祷太一。于此诸祀，一律目为郊祀，不加分别，亦可怪也。夫郊祀者祭于郊之谓。《汉书·礼乐志》所载诸诗，皆郊庙歌诗，而《史记·封禅书》、《汉书·郊祀志》所记诸祀事，不尽为郊祀。以郊祀言，汉家常以正月上辛祠太一、甘泉。此常祭也。得神马渥洼水中，得大宛马，为《太一》之歌。此报塞之祭也。为伐越告祷太一。此师祭也。祭非一，而祭于郊则一。故《礼乐志》有其词。至甘泉台室之祠，寿宫与寿宫北宫之祠，皆宫中之祭，非郊祭。故《封禅书》、《郊祀志》有其事而《礼乐志》无其词。甘泉台室之词，起齐人少翁。少翁为"文成将军"，言曰：上即欲与神通，宫室被服非象神，神物不至。乃作画云气车。又作甘泉宫，中为台室，画天、地、太一诸鬼神，而置祭，具以致天神。居岁余，其方益衰，神不至。"文成"旋以伪帛书诛。事见《史记》

之《封禅书》、《孝武帝纪》和《汉书·郊祀志》。甘泉泰畤，立于武帝元鼎五年（公元前112）。而武帝因少翁言作甘泉宫，在元狩三年（公元前120）。其祭之性质与祭之时地不同如此。今乃以甘泉台室之祭为郊祀，何其不善读书也！神君之祠，始长陵女子以乳死见神于先后宛若。元光中，武帝置祠之上林蹄氏观内中。及元狩五年（公元前118），武帝病甚。游水发根言上郡有巫，病而鬼神下之。上召置祠之甘泉。及病，使人问神君。神君言："天子无忧病。病少愈，强与我会甘泉。"于是上病愈，遂起，幸甘泉，病良已。大赦，置寿宫神君。又置寿宫北宫，以礼神君。事见《史记》之《封禅书》、《孝武帝纪》和《汉书·郊祀志》。神君者秦、汉间民间礼神鬼之尊称。《韩非子·说林上》有神君，其神君是蛇。汉有顺帝永和六年（141）所立《白石神君碑》。碑在今元氏县；有拓本。其神君是山。武帝寿宫所礼神君，其神君为太一、大禁、司命之属。则星官天神也。所指非一。盖一切鬼物皆可谓之神君，犹今俗言大仙爷也。甘泉泰畤，立于元鼎五年。而武帝置神君祠凡2次，一在元光中，一在元狩五年。祠神君先后3处：一上林中蹄氏观，一甘泉宫，一寿宫。甘泉宫即桂宫，在未央宫北，见《初学记》卷二《岁时部·夏》篇引潘岳《关中记》，及《水经注》卷十九《渭水》注。汉有祠甘泉宫乐人，见《后汉书·刘盆子传》。云"盆子居长乐宫。有故祠甘泉乐人尚共击鼓歌舞，衣服鲜明，见盆子叩头言饥。盆子使中黄门禀之米，人数斗"是也。汉北宫中宫室有寿宫。北宫在长安城中，近桂宫，俱在未央宫北。见《三辅黄图》卷二、卷三。甘泉郊泰畤与寿宫神君祠，不同性质、不同时、不同地。今乃以寿宫神君祠为郊祀。何其不善读书也！夫设论难人，当于人言先有了解。余前文谓武帝祀太一，有郊祀，有宫中之祀。武帝因少翁言所置甘泉台室祠，因上郡巫所置甘泉神君祠，及病愈后所置寿宫神君祠，皆宫中之祀，非郊祀。据《封禅书》立说，余固非误读史书者也。今许君于余文不能解，于余所据史书之文，又不能解；反诋余读史疏，诋余为影射附会。是以己之不是攻人之是也。岂非愦愦乎？

二、许谓汉武时歌篇历载本纪并未提及《九歌》11篇者。史之本纪以纪大事。如许君所举《白麟》之歌、《宝鼎·天马》之歌、《西极·天马》之歌、《朱雁》之歌，《汉书》本纪书其篇目者；以此等皆武帝所谓祥瑞，荐之上帝，特为制歌。且铺张其事，或因而改元，或见之诏书，故宜载。如《瓠子歌》为塞河堤而作。塞河大事，篇目亦宜载。若《九歌》11篇，余疑为甘泉台室寿宫歌辞者，其词为巫觋之言，其事为下神，其祀皆宫中小祀，自不应书。故余说只可求证于《郊祀志》，不应求证于《本纪》。《本纪》之不载《九歌》目，正不妨余说之成立。长陵女子见神事，《郊祀志》书之，而本纪元光年不载。少翁以方致神，上郡巫下神事，《郊祀志》书之，而《本纪》元狩年不载。此正史家著述之体。许君乃云："如孙作之假设成立，在班书《武纪》，便算独违史例。"是何言也。且许谓大事异征作歌志盛，《本纪》例皆记载者；亦不然。汉武为伐南越，祷告太一。南越平，塞南越，祷祠太一、后土，始用乐舞。见《郊祀志》。此亦大事也。而《本纪》元鼎五年（公元前112）、元鼎六年（公元前113）不载。此可谓尽载乎？又谓本纪所书元封五年（公元前106）作《盛唐枞阳之歌》，即《郊祀歌》之《赤蛟》。不知《赤蛟》乃送神曲。《宋书·乐志》载谢庄造宋《明堂歌》，其迎神歌辞注云："依汉《郊祀》迎神三言四句一转韵。"其送神歌辞注云："汉《郊祀》送神亦三言。"此是庄自注。汉《郊祀》送神三言，正指《赤蛟篇》。王先谦注《郊祀歌·赤蛟》篇引《宋志》云云，即《宋书·乐志》之文。许君顾遹先谦《汉铙歌释文笺正》之误说，而不见其未误之《郊祀歌注》。亦疏也。

三、谓《九歌》与《郊祀》作者风格不同者。《郊祀歌》多举司马相如等所造诗赋，故多尔雅之文，通一经之士，不能独知其词。须集会五经家相与共讲习读之，乃能通知其意。《九歌》乃巫觋之词。其词或临时编造，或承用旧巫词稍加改定。故易解。此因作者身份与祠祀之性质不同而异其文体；犹之晋、宋以来南朝郊庙歌皆典雅，而《神弦歌》皆侇荡，不得持此以为楚、汉文体之别也。又以句法分别，谓《郊祀歌》多三四言，《房中歌》、高祖《鸿鹄歌》皆四言，而《九歌》多杂言，不类汉歌。此似不曾读《汉书》者。高祖《大风歌》，见《高祖纪》。武帝《瓠子歌》，见《沟洫志》。赵幽王友歌，见《高五王传》。燕刺王旦歌、华容夫人歌、广陵厉王胥歌，见《武五子传》。李陵歌见《苏武传》。皆兮歌杂言也。而词皆质，气分与《九歌》为近。何以见《九歌》不类汉歌也？又以《九歌》与《房中歌》、《鸿鹄歌》比较，谓《九歌》纯用楚调。其意若云：楚、汉音异；《九歌》倘是汉歌，何得复用楚调？此论亦不典实。《九歌》当兼荆、秦、晋之讴。如非径认《九歌》为战国时楚辞，实无法证明其纯为楚声。而《房中歌》为楚声，《汉书·礼乐志》有明文；《鸿鹄歌》为楚声，《张良传》有明文。汉非无楚声也。特许君不知耳。夫诗体是一事，诗式是一事，歌调又是一事。以诗式与歌调言，诗同式者歌不必同调。而歌同隶一调者，可有若干诗式。许君于此等不甚了了，故所说多不中肯。所谓强作解事也。

四、许谓寿宫早见于春秋时代，不始于汉者。余前文第四章谓《九歌·云中君》之寿宫，即《封禅书》武帝所置寿宫。余为此言，非仅以宫名同也。以《九歌》、《封禅书》所载寿宫，同为祠神之宫，其祠同为巫祠，《九歌》所祠神多与汉同，而寿宫神君祠为汉武帝置。若云其事偶合，无如是之巧者。故余自谓所言有理，根据不薄弱。许君乃特别注重置寿宫事，谓《封禅书》"大赦，置酒寿宫神君"当以"置酒寿宫"为句。"神君"二字宜依《通鉴》删。武帝置酒于寿宫，非置寿宫也。其言其辩而凿。夫《通鉴》删"神君"二字乃以意剪裁，非有实据。《史记·孝武纪》作"大赦天下，置寿宫神君"，《汉书·郊祀志》作"大赦，置寿宫神君"，明《封禅书》"置酒"下脱"置"字。《史记·孝武纪》、《汉书·郊祀志》省"置酒"二字，而"置寿宫神君"之"置"字是原文，以"置酒"二字可省，"置寿宫神君"之"置"字不可省也。置寿宫神君，犹言置寿宫神君祠耳。寿宫神君祠是新置，寿宫亦当是新置。以寿宫仅见此文，不惟上文无有，即他处亦无有也。故《史记·孝武纪集解》引服虔说曰"立此便宫"。《汉书·郊祀志》颜注引孟康说曰"更立此宫"。服虔，汉人；孟康，魏人，去汉未远，言当有据。且维寿宫是武帝置，故下文言"又置寿宫北宫，张羽旗，设供具，以礼神君"。若上文之寿宫不谓武帝置，下文之"又置寿宫北宫"，其又字何所承乎？此易见也。余前文引《封禅书》此条，拟于"置酒寿宫"下增一"奉"字，作"大赦，置酒寿宫，（奉）神君"。今知其句读误，增"奉"字非是。以"大赦置酒"相连为词，"置酒"二字不应属下读。"寿宫神君"相连为词，"寿宫"二字不应属上读也。然余拟增"奉"字虽误，其以寿宫为武帝置，固不误。许君以余为大误。余不敢承也。又引《吕氏春秋·知接篇》"齐桓公绝乎寿宫"，《晏子春秋·内篇杂上》"齐景公游寿宫"，谓寿宫早见于春秋齐国，不创始于汉。夫宫观之名，相同者众。春秋时卫有楚宫，鲁亦有楚宫。战国时齐有檀台，赵亦有檀台。秦、汉以降，宫扁门扁名相袭者，尤不知凡几。若但论宫殿之名而不论其事，则是卫事可属之鲁，齐事可通于赵，有是理乎？《吕氏春秋·知接篇》寿宫，高诱注"寝堂也"。寝堂名寿宫，犹《汉书·广川王传》载太后所居名长寿宫耳。而《晏子春秋》、《贾子新》书则作"胡宫"。即依《吕氏春秋》作"寿宫"，许君能证明春秋时齐桓公所居寿宫为祠神之宫乎？能证明齐桓公曾于所居寿宫祠太一诸神乎？《晏子春秋》载齐景公游寿宫。"寿"字似可读为"垺"。垺，高土也。字亦作"保"。保，都邑小城也。即不破字仍依宥韵读之，许君能证明春秋时齐景公所游寿宫为祠神之宫乎？能证明齐景公曾于所游寿宫祠太一诸神乎？如曰不能，则是名偶同而事不同。所拈出者无价值之材料耳，不足为证。又何足以撼吾说也？

五、许谓太一与《九歌》的东皇太一方位不同不得混合者。《汉书·礼乐志》云：武帝定郊祀之礼，祠太一于甘泉，就乾位也。于易乾为天。乾位在西北，故云就乾位。许君偶见《礼乐志》此语，遂谓太一位在西北。其实武帝元鼎五年（公元前112）初祠太一于甘泉，本缘四年得宝鼎，迎鼎至甘泉，有黄云盖之。齐人公孙卿言："今年得宝鼎，其冬辛巳朔旦冬至，与黄帝得宝鼎时等。"又言："黄帝接万灵明庭。明庭者，甘泉也。"武帝信其言，因立太一祠坛于甘泉，以是年十一月辛巳朔旦冬至郊拜太一。非缘甘泉在京师西北是乾位也。若以太一言，则太一是天帝之别名，其星为北极。北极天之中，是为中宫，不得言太一位西北。若以祭天之礼言，则祭天当于南郊。甘泉虽在京师西北，而太坛实在甘泉宫南。见《汉书·郊祀志》所载，匡衡成帝初奏。汉以后，除后魏初本其国俗曾祠天西郊外，亦绝无以西郊为祠天之地者。许君乃云太一位西北。何其不稽古也。又谓青帝、东皇系一神两名。此亦不思之甚。晋以前天文家所言太一有三：一中宫紫宫中天极星，其一明者，太一常居；一紫宫中钩陈口中一星曰天皇太帝，即太一，此皆指天帝言；一紫宫门外天一星南一星曰太一，此是天帝之神，主使 16 神，知风雨水旱兵革饥馑疾疫灾害所生之国。凡汉五行家、兵阴阳家、杂占家所云太一，大抵是主使 16 神太一也。神仙家所言太一，是天皇太帝也。太一既非一星，故《封禅书》、《郊祀志》载术士之言曰：天神最贵者太一。泰一佐曰五帝。此执其一以为说，明有不贵者在也。五帝者，五精之帝，以人帝配，主四时。其星在中宫者，是五帝内座。在南宫者，是五帝之庭。无论就天帝别称之太一言，就主使 16 神之太一言，五帝与太一不同星座，不同神名。汉以来古书从无谓五帝为太一者。许君乃谓东皇即青帝，何其不稽古也。且《九歌》以"东皇太一"四字为词。"太一"之目为"东皇"，虽不甚可解，其为天神最贵者，则无可疑。今许君乃以己意截去"太一"二字，直目之曰"东皇"以牵就青帝。不知舍"太一"则无以言"东皇"。此乃荒唐之至也。又云《郊祀志》载 8 神太公以来作之齐，日主以迎日出，四时主盖岁之所始。可见《九歌》记述东君或东皇太一，承袭历史风气已久，不必等待汉武帝时候。此又不深考而强为之说。东君日神，与日主性质固同。然神之同性质者不必同名，即不必为一祀，以神之发生地不同也。汉祠 8 神，又祠东君，明非一祠。且迎日出与太一何关也？岂许君以太一为日神乎？候岁始乃占岁之法。其法自岁首立春日始，以阴晴占五谷丰耗。候竟正月。见《封禅书》、《郊祀志》。今北方俗犹如此。《汉书·艺文志》杂占家有《泰一杂子候岁》22 卷。使许君见之，必且喜以为四时主即东皇太一，吾又得一证。然四时主是何神，太史公亦不知，故为不定之词，曰四时主盖岁之所始。泰一杂子候岁，盖以主使 16 神太一所在占岁美恶。乃候岁之一法，非四时主之谓。且四时主是 8 神之一。8 神在秦，已非贵神。宁可以四时主与《九歌》中号为上皇之太一混为一谈而谓四时主即东皇太一乎？太一称东皇，其事难解。余之假说如下：一东皇太一者，汉方士之言。自战国齐威宣燕昭之时已使人入海求神仙。以燕、齐近海，宜若可致也。秦始皇则数遣使，求之愈力。《史记·淮南王安传》，载伍被之言曰："秦使徐福入海求神异物。还为伪词曰：'臣见海中大神曰：汝西皇之使邪？臣答曰：然。汝何求？曰：愿请延年益寿药。'"此必故老相传之言。福言外之意有"东皇"在。东皇必为殊庭贵神无疑矣。及汉武因李少君言遣方士入海求神仙，燕、齐怪迂方士多更来言神事。薄人谬忌奏祠太一方，于是太一有郊祀。齐人少翁以方见，于是太一有宫中之祠。汉武用方士言祠太一。而方士以祠祀方先后来见者多齐人。余因疑东皇太一之名，即方士少翁辈所立。盖神仙在海中，而太一实主御群灵执万神图。汉时又有太一行九宫之说，见《易·乾·凿度》下。郑玄注谓"太一北辰神名，行九宫犹天子巡狩。"太一既主御群灵，又有时在第三宫震宫；方士之居齐者，既援太一以重其术，又援太一以重其所居，因谓太一为东皇太一。此可能为方士之言也。余为此说，于《汉书》尚得三证。《艺文志》载神仙家有《泰一杂子十五家方》22卷。又有《泰一杂子黄冶》31卷。黄冶谓化丹沙为黄金之术。见《封禅书》、《郊祀志》。明方士所传仙术托之太一。证一；《地理志》载琅邪郡不其县有太一仙人祠9所，武帝所起。于海上立太一祠，明欲于海上接天神。证二；《王莽传》载莽下书曰："《紫阁图》曰：太一黄帝皆仙上天。"《紫阁图》盖当时所谓秘书。太一为天帝，而本是仙人。可悟方士言仙道必托附太一之故。证三。然东皇太一、除《九歌》外不见他书。故余不敢言此假说可成立。二东皇太一者，汉巫觋之言。古无星官太一之说。星官有太一，盖自战国时始。《韩非子·饰邪篇》：魏数年东乡，攻尽陶卫；数年西乡，以失其国。此非丰隆五行太一岁星数年在西也，又非天缺弧逆数年在东也。此主使 16 神太一也。《史记·天官书》：中宫天极星，其一明者太一常居也。此天帝别名也。汉世所传星占二家：一魏人石申，一齐人甘公。《史记·天官书》多本石氏。《汉书·天文志》，则兼取甘、石二家之言。齐、魏皆在东。战国以来言仙道者皆燕、齐人，而齐在中国最居东，余疑太一贵神之说本起于东。祠太一亦东方之俗。汉世方士之自东方来者多言太一。山东人之迁关中者，亦或喜言太一。巫觋习闻其言，但知太一为贵神而不深究其说，遂目太一为东皇太一。此可能为巫觋之言也。然东皇太一除《九歌》外不见他书。故余亦不敢言此假说可成立。余于东皇太一曾加考虑。所考虑者，似比许君为详。然终不敢质言之。以考古贵有确据，事之难言者不得轻言之也。今许君之言乃勇决如此，是余之所难乃许君之所易。其道不同，固不敢冀彼此议论之合也。

　　六、许谓日月星辰四时神为汉前普祀，适合楚君祈神佑助者。凡许君驳余之说皆无谓。余具疏如上。此节标题命意既不可解，所论尤空洞不实。余若辩则徒费笔墨，若不辩，则许君所以主张《九歌》为战国时楚辞者固在是。无已，姑列其词，略加评论，使读者知之。许君之言曰：

　　　　《史记·封禅书》载秦并天下，雍有日月参辰……风伯雨师之属百有余庙。秦八神之属，上过则祠，去则已。郡县远方神祠者，民各自奉祠，不领于天子之祝官。秦代民间既各有所奉祠，那末楚人原有奉祀司命云中君诸神，又何足怪呢？

许君所引《封禅书》此文，无一字提及司命云中君。其论乃谓秦代民间既各有所秦祠，那末楚人原有奉祀司命云中君诸神，又何足怪。此是何等辩证法也？又曰：

　　　　荆巫祠司命之属，晋巫祠五帝东君云中之属，具载

《封禅书》。晋楚密迩，且同用东土文学，风俗习尚相同，
盖可推知。《九歌》发生于楚，似无容疑。

《封禅书》载晋巫所祠原有司命，《郊祀志》无之，盖偶脱此二
字。许君引《封禅书》，乃于晋巫所祠神中删去司命。何以见
《封禅书》必误而《郊祀志》必是也？汉高祖即位，立秦、晋、
梁、荆诸巫之祠，本以秦、晋、梁、荆，皆先人所在之国。刘氏
之先为范氏。范氏世任于晋，故祠祀有晋巫。范会支庶留秦，为
刘氏，故有秦巫。刘氏随魏都大梁，故有梁巫。后徙丰，丰属
荆，故有荆巫。见《汉书·高帝纪赞》及注引文颖之言。所谓
晋，指河东之晋。汉平魏豹，以其地为河东太原上党三郡者也。
所谓梁，指战国时魏所得宋地。汉以封彭越者也。所谓荆，指战
国时楚所得宋地。汉以为沛郡，以丰沛属之者也。沛郡与河东相
去甚远。许君乃以为"晋楚密迩"。许君亦知《封禅书》所谓晋
指何晋，所谓荆指何荆乎？《史记·货殖传》叙"三河"及西
楚、东楚、南楚风俗，《汉书·地理志》叙赵地魏地及楚地风
俗，各疏其不同。许君乃以为同。其理由，是同用东土文字。许
君何以知凡文字同者其风俗习尚必同乎？夫风俗因地方而异。故
曰："入境而问禁，入国而同俗。"文字则不必因地方而异。故
不同国者，不妨用同一文字。此理至浅也。许君乃谓风俗系乎文
字，其文字同者，其风俗习尚必同。此又是何等辩证法也？又
曰：

> 何况楚怀王隆祭祀事鬼神，欲以获福助却秦师，明见于
> 《汉书·郊祀志》谷永说？

因"楚怀王隆祭祀事鬼神，欲以获福助却秦师"，即知《九歌》
为战国时楚辞，此亦许君之辩证法。汉武何尝不隆祭祀事鬼神，
欲以获福乎？又曰：

> 这几篇祭歌，描写神饰及其举止之壮伟，想象不可思议

的力量，吁祈佑助，鼓舞人心，这正合于楚国的希冀。若《少司命》之写挥剑拒彗；《东君》篇之写挽弓除暴；《国殇》篇之写阵间战斗，其激励敌忾，不亚于《秦风》的《驷铁》、《小戎》、《无衣》等篇。

《九歌》是巫下神时所歌。故其词多与所下之神相应。《国殇》是战死之鬼，故写兵事，其词诚伟矣。然何以知为战国时楚歌？岂楚有国殇，汉无国殇乎？《汉书·魏相传》载相奏曰："孝文皇帝时以二月施恩惠于天下，祠死事者；颇非时节。"史游《急就篇》四云："谒禓塞祷鬼神宠。"古者祭殇于道，其祭名曰禓。故《说文》曰："禓，道上祭。"《周礼·春官·宗伯》："太祝辨九祭，二曰衍祭。"郑玄注引郑司农云："衍祭羡（音延）之道中，如今祭殇，无所主命，周祭，四面为坐。"无所主命，谓不用珪币。此汉祭殇之法也。东君日神。词云："举长矢兮射天狼。"此不过形容阳精之威力，无缘目为战国时楚歌。司命，天文家所言有三：一，三台六星上台之司命，主寿。即《九歌》中之《大司命》。所谓"何寿夭兮在予"者也；二，文昌六星第五星之司命，主灭咎，如太史；三，虚北之司命，主寿命、爵禄、安泰、危败、是非之事。《九歌》中之《少司命》非主寿者。词云："登九天兮抚彗星。"抚当读为拨，谓除去之也。岂少司命即主灭咎者乎？此咏所主之事，亦无缘目为战国时楚歌。且词云"怂长剑兮拥幼艾"，非挥剑拒彗也。此处剑是饰，亦非用为诛杀之具。许君误矣。《九歌》如《少司命》已多昵语。"满堂兮美人，忽独与余兮目成。"荡词也。如《湘君》、《湘夫人》则写妖娆之态或为惆怅切情之语，其名句为人传诵。许君乃谓诸歌尽描写神之壮伟，"想象不可思议的力量"，不知何所见而云然？又云：

> 所用吴戈犀甲，自是楚物。短兵相接，亦系南方密林间

应用。

谓吴戈犀甲是楚物，臆说也。用吴戈者，不必定为战国楚人。称吴地不必定在战国楚时。古者甲以革为之，故《考工记》有犀甲兕甲。秦以来以金为之，另造铠字。而犀兕甲不废。故《淮南子》屡言兕甲，后汉《李尤铠铭》有"甲铠之施，扞御锋矢。当其坚刚，或用犀兕"之语。亦非唯战国时楚有犀甲也。且《国殇》除吴戈犀甲外，尚有秦弓，此又将何以为说乎？"短兵相接，系南方密林间应用"，语既不通，意亦非是，妄言也。《汉书·晁错传》："错上书言兵事曰：'兵法曰：山林积石，经川丘阜，草木所在，此步兵之地也，车骑二不当一。土山丘陵曼延相属，平原广野，此车骑之地也，步兵百不当一。平陵相远，川谷居间，仰高临下，此弓弩之地也。短兵百不当一。曲道相伏，险阨相薄，此剑楯之地也，弓弩三不当一。'"弓弩长兵，剑楯短兵也。无弓弩则用短兵。如《汉书·吾丘寿王传》载公孙弘奏言"禁民不得挟弓弩，则盗贼执短兵。短兵接则众者胜"是也。矢尽则用短兵，如《王莽传》载"莽之渐台，众兵追之，围数百重。台上亦弓弩与相射。矢尽，无以复射，短兵接"是也。追兵及，弓矢失其效则用短兵。如《季布传》载"丁公为项羽将，逐窘高帝彭城西，短兵接"是也，是则古书言短兵接者，乃战时形势不可用弓弩，或无弓矢可用，因以短兵接战，与作战地之在南在北无关。今许君之言如此。是于"短兵接"3字尚未解也。若以南北地形言，许君所指出之地，正当用步兵。而《国殇》所写，又非步兵。曰"车错毂兮短兵接"，曰"左骖殪兮右刃伤"，曰"霾两轮兮絷四马"，此兵车也。战地又非山林积石，经川丘阜，草木所在。曰"出不入兮往不反，平原忽兮路超远"，此平原广野也。其言如此，而许君以为写南方密林间之战，不亦异乎？前汉时战，车骑并用。故史书屡言车骑。《史记·靳歙传》："将梁赵齐燕楚车骑。"《冯唐传》："魏尚为云中守。虏曾一入，尚率车骑击之。"《吴王濞传》："吴多步兵，步兵利险。汉多车骑，车骑利平地。"《匈奴传》："发车千乘骑十万长安旁，以备匈奴。"其言兵车及车士者：如《史记·夏侯婴传》屡言"以兵车趣攻战疾"。《汉书·陈胜传》："行收兵。比至陈，兵车六七百乘，骑千余。"《冯唐传》："拜唐为车骑都尉，主中尉及郡国车士。"注引服虔曰："车战之士也。"皆战用车之证。故《国殇》之写兵车，于余之《九歌》为汉歌词说，并无妨碍。又曰：

> 楚怀王死于秦，楚人皆怜之。项燕为楚将，有功；楚人怜之，或以为亡。可见六国惟楚民为有爱国心。故楚南公曰：楚虽三户，亡秦必楚。

"六国惟楚民为有爱国心"，此武断之言也。张良为韩报仇之事，亦尝闻之乎？纵如许君所言，"六国惟楚民为有爱国心"，此即可以证明《九歌》为战国时楚辞乎？

自此以下尽为题外之文，本可不引。唯此题外文，许君或自以为有关世道人心。其文虽浅而旨甚大，不可不引。许君之言曰：

> 我南土义民宁死不屈的精神，发扬蹈厉于祭神之倾，故《九歌》刚雄的风格，正开楚人将霸之气，却非西汉盛世之音。今日何日？翘首而望，旅大接收无期，北疆则寇伺日深。楚君先以媚神致福，继以冒险朝秦之不健全的心理，应共引为羞鄙。楚民决心报复，三户亡秦的故事，却应引以策勉。这是我的近感，雅不欲随俗附和，作单调的疑古。质之孙君，以为如何？

呜呼，此许君南土义民之言也。许君之志甚伟，人甚正。吾读许君此文知之。惜其言过狭，似谓义民尽在南土。吾今欲正告许君：凡有血气之伦，莫不知爱其国。旅大孰不欲收复？北藩孰不欲巩固？南土固多义民，河朔亦岂可谓遂无烈士？许君之志，即河朔人之志，此不容置疑者也。唯，此乃家国问题，非学问问题。若以学问言，则当实事求是，唯真理是从。旧说之是者，不必强欲推翻；旧说之可疑者，亦不必强加拥护。若乃见仁见智各有不同，不妨虚心讨论。苟其证据确凿，即文终不可掩。勿作无益之争可也。今读许君此文，则知其雅不欲随俗附和作单调之疑古者：实缘有感于时事，旅大则接收无期，北疆则寇伺日深，鄙楚君媚神朝秦之不健全心理，而引三户亡秦事以自策勉。吾一鄙儒，研究《楚辞》，偶觉《九歌》非战国时楚歌，为文以破旧说，初不知《九歌》问题，与眼前国家大事关系若是之深也。夫《九歌》果为楚怀王时歌，则许君之感慨为不虚。《九歌》而果非战国时楚歌，则吾文之作，亦不可径目以单调疑古，牵涉国家大事，被以不义之名。问题在《九歌》是否楚怀王时歌，许君之言与吾之言，孰为有典据孰为合理耳。凡许君驳吾者，余已逐条答辩。许君倘见吾文，愿许君更思之。余之宗旨，略见前文。今此文所说，以许君难吾者为限，其言已尽。不暇频为此事作文也。

1947 年 10 月 21 日写讫

载《学原》第二卷第四期

清商曲小史

一　引论

蔡邕《礼乐志》（志已亡，据《续汉书·礼仪志》注引）记汉明帝时乐四品：一大序乐即大乐；二周颂雅乐；三黄门鼓吹；四短箫铙歌，相和、清商不在内。相和始见马融《长笛赋》，其乐品与清商相近。惟一分三调一不分三调为异。《宋书·乐志》云：“凡乐章古词，如《乌生十五子》（相和歌）之属，并汉世街陌谣讴。”吴兢《乐府古题要解》卷上引蔡邕语云：“清商其词不足采。”可见相和清商并是民歌俗乐。而南朝人论乐多言清商。所以此篇所论以清商为主。

二　汉魏的清商曲

清商似源于古之商歌。《淮南子·道应篇》记宁戚干齐桓公疾商歌。刘家立集证引许慎注：“商金，声清，故以为曲。”商于五行属金，故曰：商金。商较宫为清，故曰：声清。《淮南子·修务训》高诱注："清，商也。浊，宫也。"是其证（宁戚讴歌事，又见《离骚》、《吕览·离俗览》、《淮南子》之《主术训》和《氾论训》、《新序·杂事篇》，乃古代最普遍的传说）。《韩非子·十过篇》叙卫灵公时新声琴曲，宋玉《笛赋》叙笛曲，均有清商（《笛赋》盖秦、汉间人拟作，全文见宋·章樵本注《古文苑》卷二）。《汉书·礼乐志》记哀帝时罢乐府，所罢有商乐鼓员 14 人，商乐似即清商。至汉时用清商为女乐，则张衡《西京赋》言之甚明。其词曰："历掖庭，适欢馆。捐衰色，从嬥婉。促中堂之陜坐，羽觞行而无算。秘舞更奏，妙材骋伎。妖蛊艳夫夏姬，美声扬于虞氏。嚼清商而却转，增婵娟以此豸。"薛综注："清商郑音。""郑音"即俗乐也。宋·裴松之注《三国志·魏书·齐王芳纪》云："帝每见九亲妇女有美色，或留以付清商。"魏清商，武帝时属郎中令。文帝改郎中令为光禄勋。清商则有令，有丞，属光禄勋，见《三国志·魏书·文帝纪》、《通鉴》卷一三四宋·升明二年胡注（晋清商令属光禄勋，与魏同）。魏武帝、明帝皆好音声。武帝遗令，使其婕好伎人皆着铜爵台，节朔向灵帷作伎（即清商伎）。明帝时后宫习伎歌者有千数。此则宫中女伎，不在清商员内者也。因为清商是女乐，内宴及宴私时常常演奏，所以魏三祖听惯了，也高兴自己作起词来。至于邺下名人，洛阳近职，因为时常预宴听惯了，也相率作这种词。这完全是时尚的关系，并无何种稀奇。《宋书·乐志》、《晋书·乐志》都说："有因弦管金石造歌以被之，魏世三调歌词之类是也。"可见魏三祖的乐府，是由乐以定词，非选词以配乐，等于后世之填词。但魏三祖究竟不是伶官，作的词未必尽合节奏，所以唱时必须增字添声，观《宋书·乐志》所录可知。

三　清商曲由北入南

晋初清商犹盛。及永嘉之乱，五都沦覆，中原为少数民族占据，其音分散。独张氏保有河西 70 余年，犹有清商。苻坚灭张氏，于凉州得之。宋武帝（刘裕）平关中，因而入南，由是中原不复存此乐。别有西凉乐者，亦起凉州。《隋书》卷十五《音乐志》云："西凉乐起于苻氏之末，吕光、沮渠蒙逊据有凉州，变龟兹声为之。"《旧唐书》卷二十九《音乐志》云："西凉乐盖凉人所传中国旧乐，而杂以羌胡之声。"此乐魏、周重之，谓之国伎。至隋、唐不衰。其音较龟兹乐为娴雅，而与清商不同物。今附论之。

四　南朝的清商曲

清商是中原旧音，又经魏三祖制词，所以江左甚重其伎，用于宴飨，目为雅乐（南朝清商皆隶太乐。太乐乃太常所管）。至于吴歌西曲，是扬州和上游荆、雍二州的地方乐，并不是清商。南朝士大夫亦无承认吴歌西曲是清商者。今举三例明之。沈约《宋书·乐志》载清商三调歌诗：平调 2 曲；清调 4 曲；瑟调 13 曲。中无一字涉及吴歌西曲。证一。王僧虔所撰《大明三年宴乐伎录》（《乐府诗集》引）载当时所行平调 7 曲，清调 6 曲，瑟调 38 曲（伎录已佚，今据《乐府诗集》卷三十《平调曲序》、卷三十三《清调曲序》、卷三十六《瑟调曲序》所载《古今乐录》文转引）。吴歌西曲不在内。证二。《南齐书》卷三十三《王僧虔传》载僧虔升明（宋顺帝年号）中上表云："今之清商，实由铜爵三祖风流，遗音盈耳。京洛相高，江左弥贵……而情变听移，稍复销落，十数年间，亡者将半。自顷家竞新哇，人尚谣俗，务在噍杀，不顾音纪。……排斥正曲，崇长烦淫。宜命有司务勤功课，缉理遗逸，迭相开晓。所经漏忘，悉加补缀。"时齐高帝（萧道成）辅政，乃使侍中萧惠基调正清商音律。萧惠基是清商专家。《南齐书》卷四十六《萧惠基传》云："自宋大明（孝武帝年号）以来，声伎所尚多郑卫淫俗，雅乐正声鲜有好者。惠基解音律，尤好魏三祖曲及相和歌，每奏辄赏悦不能已。"所称新哇淫俗，即是吴歌西曲。证三。吴歌西曲之非清商，得此三证，可以了然矣。

五　清商曲由南入北

南朝的乐传入北方凡4次。第一次是齐、梁之际，传入后魏。见《魏书》卷一百九《乐志》云："初高祖（孝文帝）讨淮、汉，世宗（宣武帝）定寿春，收其声伎，江左所传中原旧曲，《明君》、《圣主》、《公莫》、《白鸠》之属，及江南吴歌荆、楚西声，总谓之清商。"（清商也唤作吴音。《魏书》、《隋书》所称"吴音"，即清商。以北朝人谓南朝为"吴"。谓南朝人为"吴人"。"吴音"犹言南方乐也）第二次是梁末传入北齐。见《隋书》卷七十五《何妥传》云："宋、齐已来，至于梁代，所行乐事犹皆传古。三雍四始，实称大盛。及侯景篡逆，乐师分散。其四舞三调，悉度为齐。"第三次是西魏恭帝元年（554）平荆州，大获梁氏乐器，以属有司。见《隋书》卷十四《音乐志》（西魏所得，盖只是梁雅乐与铙吹，且未施行，至周武帝时始用之）。第四次是隋平陈，得南朝旧乐，见《隋书》卷十五《音乐志》。云："开皇（隋文帝年号）九年（589），平陈，获宋、齐旧乐。诏于太常置清商署以管之。求陈太乐令蔡子元、于普明等复居其职。"隋文帝极重清商，曾叹为华夏正声。至炀帝时遂列清乐为九部乐之一。将南方所行的中原旧曲，江左新声，总谓之清乐。南朝乐入北，这是清商曲盛衰的关键，极可注意。因为北朝的统治者为鲜卑人或准鲜卑人，魏、齐、周虽有其声而不知重视（齐杂乐有清商，其官有清商署隶太乐与梁同）。隋朝虽似注意，但是时西域乐在中国已占了音乐的重要地位。至唐开元时西域乐的发展达于极点，清商乐便完全被西域乐打倒了。

六　隋唐的清商曲

后魏将传来南朝的中原旧音，和吴歌西曲一律称为清商。这是北朝人不了解南朝的乐随便乱称。正如元人对辽、金遗民不论是契丹是女真是汉人，一律称为汉人一样。但魏朝人虽不能辨，隋朝人还能辨。如《隋书·何妥传》载妥于文帝时上表，请考定音律，云："臣少好音律，留意管弦。年虽耆老，颇皆记忆。及东土（齐）克定，乐府悉返，访其逗留，果云是梁人所教。今三调四舞，并皆有手。虽不能精熟，亦颇具雅声，若令教传授，庶得流传古乐。"妥本梁人，江陵破，被虏入西魏，历周至隋，所以他知道三调可贵。唐初人修《隋书》，也还能分别清商与吴歌西曲之不同。所以《隋书》卷十五《音乐志》说："清乐，其始即清商三调是也。"清乐溯其始即清商三调。后来淫声继起，如吴歌西曲之类，与清商一同传入北方，北方人因一律称为清商。隋时言清商，有时指三调，有时为南方乐之总名。后又以清商为清乐。于是清乐、清商两称并存。自清乐之名行，而清商之义愈晦，世人遂不知清商宜专指三调矣。唐初清商不但用于燕飨，即贵官家中亦有其伎。《旧唐书》卷六十八《尉迟敬德传》云："敬德末年尝奏清商乐，以自奉养。"可证。但过了几十年，清商残缺了，乐工也散了。至开元时清商所余无几。这时不但普通人不明白清商与吴歌西曲的分别，连知识分子也不明白清商与吴歌西曲的分别。所以《旧唐书·音乐志》叙唐朝的清商眉目不清，甚而把三调当作曲子名，不知是调名。后晋·刘昫修《旧唐书》，代宗以前完全抄《唐国史》。玄宗朝国史，是玄宗在位时吴兢韦述修的。现在我们见的吴兢《乐府古题要解》，核其文，与《乐府诗集》所引《乐府解题》同，当是一书。此书以清商并入相和，而没三调之名。以吴歌西曲为清商。分类是无条理的。因此我们知道乐府源流的不明，自唐中叶始。宋·郭茂倩选的《乐府诗集》，分类与《乐府古题要解》同（惟三调名称尚保留）。推测起来，他的错误大概是受了唐人的影响。

1957 年

绝句是怎样起来的

绝句是怎样起来的？一般人的答复，都说是出于律诗。《带经堂诗话》卷二十九，载长山刘大勤问绝句，渔洋山人答云：

> 所谓截句，谓或截律诗前四句，如后二句对偶者是也。或截律诗后四句，如起二句对偶者是也。

渔洋山人这几句话，代表近世论诗人的说法。但，渔洋山人并不信这种说法一定对。所以他又说：

> 然此等迂拘之说总无足取。

王船山《夕堂永日绪论·内编》说：

> 五言绝句，自五言古来。七言绝句，自歌行来。此二体本在律诗之前。有云："绝句者，截取律诗一半。或绝前四句，或绝后四句，或绝首尾各二句，或绝中两联。"审尔，断头刖足为刑人而已。不知谁作此说，戕人生理？

船山"绝句自五言古歌行来"的话，极可玩味。可惜，他没有详细地把所以然讲出来。

我今日窃不自揣，愿继船山、渔洋之后，对绝句来源问题有所解释。

绝句不出于律诗，这个道理是容易明白的。因为，现在人所谓律诗，导源于"永明体"。梁、陈时才有类似律体的五言诗，唐初才有类似律体的七言诗。五言律体的成熟，在唐初；七言律体的成熟，在"开"、"天"之际。而绝句在六朝时已先有此称了。梁·徐陵选的《玉台新咏》卷十，有《古绝句》4首，有吴均《杂绝句》4首。《南史》卷八《梁简文帝纪》载简文帝为侯景所废，幽于永福省，有绝句5篇。

> 帝自幽絷之后，无复纸，乃书壁及板鄣，为文自序。崩后，王伟观之，恶其辞切，即使刮去。有随伟入者，诵其连珠三首，诗四篇，绝句五篇。文并悽怆云。

绝句又简称"绝"，《南史》此例不少。如卷八《梁元帝纪》：

> 魏师至凡二十八日。征兵四方，未至而城见克。在幽逼，求酒饮之，制诗四绝。其一曰："《南风》且绝唱，西陵最可悲；今日还蒿里，终非封禅时。"其二曰："人世逢百六，天道异贞恒；何言异蝼蚁？一旦损鹍鹏。"其三曰："松风侵晓哀，霜雾当夜来；寂寥千载后，虽畏轩辕台？"其四曰："夜长无岁月，安知秋与春？原陵五树杏，空得动耕人。"

卷五十一《梁宗室传·萧正德传》（附父《临川静惠王宏传》）：

> 普通三年（522），以黄门侍郎为轻车将军。顷之奔魏。初去之始，为诗一绝，内火笼中，即咏竹火笼曰："桢干屈曲尽，兰麝氛氲销；欲知怀炭日，正是履冰朝。"

卷六十四《张彪传》：

> 彪始起于若邪，兴于若邪，终于若邪，及妻、犬皆为时所重异。……彪友人吴中陆山才嗟泰（沈泰）等翻背，刊吴昌门，为诗一绝曰："田横感义士，韩王报主臣；若为留意气，持寄禹川人？"

卷七十二《文学传·檀超传》：

又有吴迈远者，好为篇章。宋明帝闻而召之。及见，曰："此人连（连句）绝（绝句）之外，无所复有。"

史书中也有书作"断句"的，如《南史》卷十四《刘昶传》：

废帝（子业）即位，为徐州刺史。帝北讨，昶即起兵。统内诸郡，并不受命。昶知事不捷，乃夜开门奔魏。弃母妻，惟携妾一人作丈夫服，骑马自随。在道慷慨为断句曰："白云满鄣来，黄尘半天起；关山四面绝，故乡几千里！"因把姬手，南望恸哭。左右莫不哀哽。每节悲恸，遥拜其母。

也有书作"短句"的，如《齐书》卷三十五《武陵昭王晔传》：

晔刚颖俊出，与诸王共作短句诗，学谢灵运体，以呈。上（齐高帝）报曰："见汝二十字，诸儿中最为优者。但康乐放荡，作体不辩有首尾。安仁、士衡，深可宗尚。颜延之抑其次也。"

《齐书》这一段记载，很可注意。因为，根据齐高帝的话，不但宋朝的颜延之、谢灵运有 20 字的短句诗，晋朝的陆士衡、潘安仁已先有 20 字的短句诗了。然则，绝句的产生，尚远在"永明体"之前，如何说绝句出于律诗呢？

绝句既不出于律诗，绝句是如何发生的呢？我想，有两条路。第一条路，出于 20 字的歌谣或小乐府。汉朝的歌谣，多半是杂言，每句不限 5 字，每篇也不限 4 句。但三国时南方已经有 20 字的歌了。《世说新语·排调篇》：

晋武帝问孙皓："闻南人好作《尔汝歌》，颇能为不？"皓正饮酒，因举觞劝帝而言曰："昔与汝为邻，今与汝为臣；上汝一杯酒，令汝寿万春。"

孙皓作的这首歌，是南方《尔汝歌》的体裁（宋·王歆之曾敎孙皓歌作 20 字诗答刘邕，见《南史》卷十五《刘穆之传》）。可见南方的《尔汝歌》是 20 字的。至于《乐府诗集》卷四十四至四十七所载的"吴声歌曲",几乎完全是 20 字的。《宋书》卷十九《乐志》云:

> 吴歌杂曲,并出江东。晋、宋以来,稍有增广。

晋书卷二十三《乐志》亦云:

> 吴歌杂曲,并出江南。东晋以来,稍有增广。

又引《子夜》、《前溪》、《团扇》、《懊恼》等歌云:

> 凡此诸曲,始皆徒歌,既而被之管弦。

根据《宋书·乐志》、《晋书·乐志》的话,知道晋以前江东已有吴歌。也许在晋以前,这种吴歌已被之管弦,文人听这种歌讴惯了,便模仿其体,作 20 字的小诗。这种小诗,也许是南方人开头作;不久,北方人也学起来了。这就是后人所说的绝句了。

这一个说法最简截。但,以之说明 20 字诗之起源有余;以之说明 20 字诗之所以被称为"绝句"或"断句"之故,却嫌不足。所以,我又想到第二条路。第二条路,出于"相和"、"清商"及"杂舞曲"。相和、清商,是魏晋最流行的乐,但最初是民间歌谣。《宋书》卷十九《乐志》云:

> 凡乐章古词,今之存者,并汉世街陌谣讴。"江南可采莲"、"乌生十五子"、"白头吟"之属是也。

杂舞曲,也出自民间。《乐府诗集》卷五十三《舞曲歌辞·杂舞序》云:

> 杂舞者:《公莫》、《巴渝》、《槃舞》、《鞞舞》、《铎舞》、《拂舞》、《白纻》之类是也。始皆出自方俗,后寝陈于殿庭。盖自周有缦乐散乐,秦、汉因之增广,宴会所奏,率非雅舞。汉、魏已后,并以鞞、铎、巾、拂四舞用之宴飨。

这些歌舞曲,每篇都分若干解。每篇每解的句子,体不一定:有四言的、五言的、七言的、杂言的，但以五言者为多。这一点我将另为文说明，现在不多说。每解句数，也不一定：有两句的、3句的、4句的、6句的、8句的、10句的、14句的、甚而有20句的；但以每解4句者为多。我曾经根据《宋书·乐志》所载清商三调歌诗研究过。研究结果，知道在诸篇诸解中，其以4句为一解者，占二分之一以上。目如下：

仰瞻	平调短歌行	魏文帝词四言八解	每解四句
对酒	平调短歌行	武帝词五言六解	每解四句
北上	清调苦寒行	武帝词五言六解	每解四句
朝日	瑟调善哉行	文帝词五言五解	每解四句
上山	瑟调善哉行	文帝词四言六解	每解四句
朝游	瑟调善哉行	文帝词五言五解	每解四句
古公	瑟调善哉行	武帝词四言七解	每解四句
我徂	瑟调善哉行	明帝词四言八解	每解四句
来日	瑟调善哉行	古词四言六解	每解四句
王者布大化	大曲棹歌行	明帝词五言五解	每解四句后有趋亦四句
明月	楚调怨诗	东阿王辞五言七解	每解四句

以上篇中诸解一律4句者

悠悠	清调苦寒行	明帝辞五言六解	除第五解外每解四句
自惜	瑟调善哉行	武帝辞五言六解	第六解杂言除第六解外每解四句
赫赫	瑟调善哉行	明帝辞四言四解	第四解杂言除第四解外每解四句
默默	大曲折杨柳行	古辞五言四解	除第三解外每解四句
园桃	大曲煌煌京洛行	文帝辞四言第一解四句	

西门	大曲西门行	古辞

西门　　　大曲西门行　　　古辞<small>第四解第六解五言每解四句</small>

白鹄　　　大曲艳歌何尝行　　古辞<small>第三解第四解五言每解四句</small>

何尝　　　大曲艳歌何尝行　　古辞<small>第五解四言四句</small>

白头吟　　大曲与棹歌同调　　古辞<small>第一解第三解第四解五言每解四句</small>

以上篇中诸解，句数不一律。其中有以 4 句为一解者，各注于本题之下。所注者，皆四言五言，杂言不在内。

5 篇中诸解一律 4 句者，得11篇 69 解。篇中诸解句数不一律，而中有以 4 句为一解者；在 9 篇中，得 24 解。如是，共得 93 解。其杂言一解 4 句者，尚不在内。而《宋书·乐志》所载清商三调歌诗，共 35 篇 181 解。这可以看出乐府在汉、魏之际，趋向每解 4 句了。相和歌及杂舞曲，本来也是分解的。但，《宋书·乐志》、《乐府诗集》，对于相和歌、杂舞曲都不在句下注明第几解。《晋书·乐志》所载鞞舞、拂舞词，也一样不注第几解。所以，我只好举清商三调歌诗作例子。

汉、魏乐府歌诗，其句法趋向五言；其每解句数，亦趋向四句。因此，我想：这类乐府，是可以和绝句发生关系的。绝句的产生方法，依我意见，和宋朝大曲的摘遍一样。汉、魏乐府歌诗，用时有没有摘遍的事呢？这个问题的答复，须要证据，不能空说。汉、魏的证据我没有。南朝齐的证据，我却有。就在《齐书·乐志》里。《齐书·乐志·俳歌辞》后附释文云：

> 右侏儒导舞人自歌之。古辞俳歌八曲。此是前一篇二十二句。今侏儒所歌摘取之也。

古辞俳歌前一篇 22 句，齐侏儒所歌，只 10 句。这里所谓摘取，即是摘遍。据《齐书·乐志》所载，不但导舞的俳歌是摘遍的；当时所行杂舞，如拂舞、杯槃舞、巾舞诸歌都是摘遍的。今具引于后：

白鸠辞

翩翩白鸠　再飞再鸣　怀我君德　来集君庭

《乐府诗集》卷五十五《齐拂舞白鸠辞序》云：晋《白鸠舞歌》七解。齐乐所奏是最前一解。

按：晋《白鸠舞歌》原文，见《宋书》卷二十二《乐志》、《晋书》卷二十三《乐志》、《乐府诗集》卷五十四。

济济辞

畅飞畅舞　气流芳　追念三五　大绮黄

《齐书》曲后附释文云：右一曲。晋《济济舞歌》六解，此是最后一解。

按：晋《济济舞歌》原文，见《宋书》卷二十二《乐志》、《晋书》卷二十三《乐志》、《乐府诗集》卷五十四。

《齐书》"最后一解"，当作"最前一解"，《乐府诗集》卷五十五齐拂舞《济济辞序》已言之。

独禄辞

独禄独禄　水深泥浊　泥浊尚可　水深死我

《齐书》曲后附释文云：晋《浊鹿舞歌》六解，此是前一解。

按：晋《浊鹿舞歌》原文，见《宋书》卷二十二《乐志》、《晋书》卷二十三《乐志》、《乐府诗集》卷五十四。

碣石辞

东临碣石　以观沧海　水何淡淡　山岛竦峙

树木丛生　百草丰茂　秋风萧瑟　洪波涌起

日月之行　若出其中　星汉粲烂　若出其里

幸甚至哉　歌以永志

《齐书》曲后附释文云：右一曲魏武帝辞。晋以为《碣石舞歌诗》。诗四章，此是中一章。

　　按：魏武帝辞是大曲《步出夏门行》，曲四解，前有艳。原文见《宋书》卷二十一《乐志》。齐拂舞所歌《碣石辞》是武帝辞之第一解《观沧海》章。《宋书》卷二十二《乐志》、《晋书》卷二十三《乐志》、《乐府诗集》卷五十四载晋拂舞歌诗《碣石》篇四解全，前无艳。

　　淮南王辞

　　淮南王　自言尊　百尺高楼　与天连

　　我欲渡河　河无梁　愿作双黄鹄　还故乡

　　《齐书》曲后附释文云：晋《淮南王舞歌》六解。前是第一解，后是第五。

　　按：晋《淮南王舞歌》原文，见《宋书》卷二十二《乐志》、《晋书》卷二十三《乐志》、《乐府诗集》卷五十四。《齐书》"后是第五"，疑当作"后是第四"。

上拂舞

　　齐世昌辞

　　齐世昌　四海安乐　齐太平

　　当结久　千秋万岁　皆老寿

　　《齐书》曲后附释文云：晋《杯槃歌》十解。其第一解首句云："晋世宁"。宋改为"宋世宁"。齐改为"齐世昌"。后一解辞同。

　　按：晋《杯槃歌》原文，见《宋书》卷二十二《乐志》、《乐府诗集》卷五十六。《齐志》所录，前三句当晋歌第一解，而文异。后三句，是晋歌第十解。曲后释文"后一解辞同"，宋蜀本《齐书》误作"余辞同后一"。《乐府诗集》卷五十六《齐世昌辞序》，引《南齐书·乐志》释文不误。今从之。歌词"当结久"，《宋书·乐志》、《乐府诗集》引晋《杯槃舞歌》皆作"当结友"。疑《齐书》亦误。

上杯槃舞

公莫辞

吾不见公莫时　吾何婴公来　婴姥时吾

思君去时　吾何零　子以耶

思君去时　思来婴　吾去时母那　何去吾

《齐书》曲后附释文云：晋《公莫舞歌》二十章，无定句。前是第一解，后是第十九、二十解。

按：晋《公莫舞歌》原文，见《宋书》卷二十二《乐志》、《乐府诗集》卷五十四，并不断句，题作《巾舞歌诗》。"吾何零"，《宋书·乐府诗集》引《巾舞歌诗》均作"意何零"。"母那何去吾"，《宋书》、《乐府诗集》引《巾舞歌诗》均作"母何何吾吾"。

上巾舞

这是齐朝舞曲歌辞摘遍的例。《齐书·乐志》不载《相和歌》、《清商曲》。我想，宋、齐时乐工歌相和、清商，也不一定唱全曲。我这个想法，实因读《齐书·王僧虔传》而起。传载宋顺帝升明二年（478）僧虔上表云：

今之《清商》，实由铜爵三祖风流，遗音盈耳。京洛相高，江左弥贵。……中庸和雅，莫复于是。而情变听移，稍复销落，十数年间，亡者将半。……宜命有司务勤功课：缉理遗逸，迭相开晓。所经漏忘，悉加补缀。曲全者禄厚，艺妙者位优。利以动之，则人思刻厉。反本还源，庶可跂踵。

（卷三十三）

读僧虔此文，知宋末清商有遗逸的，也有漏忘的。逸是亡失，漏是不全。所以，我疑心宋、齐时唱清商有摘遍之事。至于漏忘的原因，如僧虔所说，因情变听移而乐工不勤功课，固然有理。但，事未可一概而论。汉乐府及魏三祖曲，有过长的。若依文全唱，不但唱的人费力，即听的人亦费时。因此，乐工在某种情形之下，可以不唱全文，只摘取文字最精彩声音最美的一二解唱。这种办法，后世尽有，不足为奇。一篇歌诗，可因摘唱久了而有所漏忘，但漏忘不一定是摘唱的原因。我可以举个例子。晋《白鸠舞歌》七解。齐乐所奏，是第一解。到了梁朝奏此曲，比齐乐多了一解。梁《白鸠舞歌》见《乐府诗集》卷五十五，文为：

翩翩白鸠　再飞再鸣　怀我君德　来集君庭

暧暧鸣球　或丹或黄　乐我君恩　振羽来翔

"暧暧鸣球"，当依《宋书·乐志》作"交交鸣鸠"，或依《晋书·乐志》作"皎皎鸣鸠"。"暧暧鸣球"，以下4句，是晋《白鸠舞歌》的第三解。这一解，梁乐工能唱，齐乐工也该能唱，但齐乐工不唱这一解。这可以知道齐乐《白鸠》只奏第一解的原因，不尽是漏忘了。我所举的，虽只是《白鸠辞》一个例子，但可以推知其他诸曲齐乐不全奏，一定也不尽由于漏忘。因为，摘唱往往是有意的。如果我说的话对，则当魏、晋清商曲极盛之时，对于古辞今辞，亦不见得没有摘唱之事。乐府辞有若干解；魏、晋时乐工歌古今辞，有时不全唱，只唱一解。如果这一解是五言4句的，这就是20字的短句诗了。

绝句出于汉、魏分章分解的乐府，这又是一个说法。这个说法，不但以之说明20字诗的起源有余；即以之说明20字诗所以被称为"绝句"或"断句"之故，亦丝毫不勉强。"短"与"断"同音。在《广韵》"短"、"断"都音都管切。"断"与"绝"同意。《说文》："绝，断丝也。断，截也。"《释名》："绝，截也；如割截也。""短句"就是"断句"，也就是"绝句"。一篇乐府有若干解。现在，割裂其辞，只取一解，所以谓之"绝句"。

　　绝句最初只是乐府之一解。文人最初作绝句，或者要书明"当某曲第几解"。有时图省便，便把"绝句"二字作题目，替代了"当某曲第几解"。但，这是文字的省略。作者心中，还想到，此一绝句出于何曲。到了绝句离开乐府独立，成为一种文体时，便不管出于何曲了。绝句本从乐府出。乐府的律，与沈约等所谓宫商，毫不相干。自沈约《四声谱》出，梁、陈文人依其法作五言诗，于是有五言四韵或四韵以上的永明体诗。到这时，由汉、魏乐府出的 20 字诗，也不能不受影响。所以，永明体的绝句也出来了。这种永明体的绝句，作的细一点，便入唐风，成了唐人绝句。后人不知绝句的来源，看见唐人绝句回避声病，作法与律诗无异，便认为绝句出于律诗了。

1947 年 5 月写

读 变 文

一 变文变字之解

今敦煌写本演说故事之书，有题"变文"者，亦省作变。变字之义，近时治敦煌学者皆未有明确解释。或者竟疑为译音。余按：变者，奇异非常之谓也。《白虎通》卷四《灾变》篇云："变者何谓？变者，非常也。"《文选》卷二张平子《西京赋》："尽变态乎其中。"薛综注："变，奇也。"非常事之属于妖异者，谓之"变怪"（倒文作怪变）、"妖变"。例如：

（一）《迦丁比丘说当来变经》（《大正藏》卷四十九）

尔时一切众生之类，见是变怪，悉共相对，举声悲哭。

（二）《世说新语·忿狷篇》　　桓南郡小儿时，与诸从兄弟各养鹅，共斗。南郡鹅每不如，甚以为忿。乃夜往鹅栏间，取诸兄弟鹅悉杀之。既晓，家人咸以惊骇，云是变怪。

（三）《陈书》卷二十六《徐孝克传》（附兄《徐陵传》）

都官省多有鬼怪，居省者多死亡。孝克便即居之。经涉两载，妖变皆息。

（四）唐·道宣《高僧传》卷三十五《尚圆传》

梁·武陵王萧纪宫中，鬼怪魅诸娖女。……作诸变现。龙蛇百兽，悠忽前后，在空在地，怪变多端。

（五）宋·赞宁《高僧传》卷九《灵著传》　将终，寺中极多变怪。

非常事之属于灵异者，谓之"神变"、"灵变"。例如：

（一）《大般若婆罗密多经》卷九初分《转生品》第四

佛告舍利子，有菩萨摩诃萨，神境智证通起无量大神变事，所谓震动十万，各如殑伽沙界大地等物，变一为多，变多为一，或显或隐，迅速无碍。

（二）《贤愚经·降六师品》　辟支佛于油师前现神足力，飞升虚空，身出水火。油师夫妇见其神变，甚增敬仰。

（三）《南齐书》卷五十二《文学传论》　江左风味，盛道家之言。郭璞举其神变，许询极其名理。

（四）《洛阳伽蓝记》卷五　水西有池，龙王居之。龙王每作神变。国王祈请，以金玉珍宝投之池中。……有一石塔高二丈，甚有神变，能与世人表吉凶。触之，若吉者，金铃鸣应。若凶者，假令人摇撼，亦不肯鸣。

（五）梁·慧皎《高僧传》卷三《智猛传》　其所游践，究观灵变，天梯龙池之事，不可胜数。

（六）唐·道宣《高僧传》卷二《天竺沙门那连提黎耶传》　闻诸宿老叹佛景迹。或云某国有钵，某国有衣，顶骨牙齿，神变非一。

（七）唐·辩机《大唐西域记》卷八《摩揭陀国上》

窣堵波中有如来舍利。每岁至如来大神变月满之日，出示众人。（即印度十二月三十日，当此正月十五日）此时也，或放光，或雨花。

（八）同上书卷十二《乌铩国》　　数百年前山崖崩圮，中有苾刍瞑目而坐，从定起问曰："释迦如来出兴世耶？"对曰："已从寂灭。"闻；复俯首久之，乃起升空，现神变，化火焚身，遗骸坠地。（慧立《三藏法师传》卷五文略同）

（九）唐·杜宝《大业杂记》（原本《说郛》卷五十七引）　　大业元年筑西苑。苑内造山为海。风亭月观皆以机成，或起或灭，若有神变。

（十）唐·张怀瓘《书断》中《崔瑗传》（据《法书要录》卷八、《太平广记》卷二〇六引）　　善章草书。点画精微，神变无碍。

（十一）唐·社光庭《录异记序》　　怪力乱神，虽圣人不语；至于六经图纬河洛之书，别著阴阳神变之事。

（十二）宋·赞宁《高僧传》卷十八《法喜传》帝（隋炀帝）恶之，敕镽著一室。数日，三卫于市见喜坦率游行。还奏。敕所司覆验。开户见袈裟覆一聚白骨，其镽贯项骨不脱。帝闻愕然，勅今勿轻摇荡，曰"圣者神变无方。"

（十三）同上书卷十八《僧伽传》　　或预知大雪，或救旱飞雨，神变无方，测非恒度。

（十四）宋·沈括《梦溪笔谈》卷二十"吴僧文捷"条　　捷尝持如意轮咒，灵变尤多。瓶中水，咒之则涌立。畜一舍利，昼夜转于琉璃瓶中。捷行道，绕之。捷行速则舍利亦速，行缓则舍利亦缓。

通言则无别，如言"变应"、"变现"、"殊变"、"祥变"、"变

异"是也。

　　道宣《高僧传》卷四《玄奘传》　　憍萨罗国有黑峰山。寺凿石为之，引水旋注，多诸变异。

　　同上书卷三十四《通达传》　　专显变应，其行多僻。

　　《大唐西域记》卷九《摩揭陀国下》　　大迦叶宴坐，山林忽放光明，又睹地震，曰："是何祥变？若此之异！"以天眼观，见佛世尊于双林间入涅槃。

　　宋·龙明子《葆光录》卷三"霅溪渔人"条　　乃谓其鱼曰："若有变异，当放尔子。"其鱼乃吐一条黄气，上有一僧长数寸，其气高二丈余。

单言则只作变。《史记》卷七十九《范雎传》：

　　王稽载范雎入秦，至湖关。穰侯至，劳王稽，因立车而语曰："关东有何变？"曰："无有。"

"关东有何变"，言关东有何事也。《梁书》卷五十四《扶南国传》：

　　大同中，造诸堂殿，其图诸经变，并吴人张僧繇运手。

"图诸经变"，谓图诸经中事也。《广弘明集》卷三十上《萨陀波崙赞》注云：

　　因画般若台，随变立赞。

"随变立赞"，言随事立赞也。"变"乃六朝、隋、唐人常语，观以下二例可知：

　　梁·慧皎《高僧传》卷十《笠佛图澄传》　　澄尝与石虎共升中台，澄忽惊曰："变！变！幽州当火灾！"仍取酒洒之。久而笑曰："救已得矣。"虎遣验，幽州（人）云："尔日火从四门起，西南有黑云来，骤雨，灭之。雨亦颇有酒气。"

　　《隋书》卷七十八《艺术传·万宝当传》　　时有乐人

王令言，亦妙达音律。大业末，炀帝将幸江都，令言之子当从，于户外弹胡琵琶，作翻调【安公子】曲。令言时卧室中，闻之，大惊，蹶然而起曰："变！变！"急呼其子曰："此曲兴自早晚？"其子对曰："顷来有之。"令言遂歔欷流涕，谓其子曰："汝慎无从行，帝必不反。"子问其故。令言曰："此曲宫声往而不反。宫者，君也。吾所以知之。"帝被杀于江都。

"变！变！"犹言怪事怪事。更以图像考之，释、道二家凡绘仙佛像及经中变异之事者，谓之"变相"。如云《地狱变相》、《化胡成佛变相》等是。亦称曰"变"，如云《弥勒变》、《金刚变》、《华严变》、《法华变》、《天请问变》、《楞伽变》、《维摩变》、《净土变》、《西方变》、《地狱变》、《八想变》等是（以上所举见张彦远《历代名画记》、段成式《酉阳杂俎·寺塔记》及《高僧传》、《沙州文录》等书，不一一举其出处）。其以变标名立目与变文正同，盖人物事迹以文字描写之则谓之变文，省称曰变；以图像描写之则谓之变相，省称亦曰变；其义一也。然则变文得名，当由于其文述佛诸菩萨神变及经中所载变异之事，亦犹唐人撰小说，后人因其所载者是新奇之事而目其文曰传奇；元、明人作戏曲，时人因其所谱者是新奇之事而目其词曰传奇也。

二 唱经题之变文

变文唱经题者，余所见只3本：一曰《破魔变》（亦称《降魔变》）；二曰《降魔变文》；三曰演佛出生成道之失名变文。

《破魔变》藏巴黎国家图书馆，卷子编号为二一八七。卷后题云"《破魔变》一卷"，而第一行标题为"《降魔变押座文》"。首录梵赞长行文云：

　　年来年去暗更移，没一个将心解觉知。只昨日腮边红艳艳，如今头上白丝丝。尊高纵使千人诺，逼得都成一梦斯（斯疑是似字之讹）。更见老年腰背曲，驱驱由自（疑当作区区犹自）为妻儿。君不见生来死去，似蚁修（疑当作休）还；为衣为食，如蚕作茧。假使有拔山举顶之士，终埋在三尺土中；直饶玉棍金绣（疑赏作玉食锦绣）之徒，未免于一槭灰烬。莫为久住，看则去时；虽论有行之国，总到无常之地。少妻恩厚，难为替死之门；爱子情深，终不代君受苦。忙忙浊世，争恋久居；模模（当作漠漠）昏迷，如何拨去？不集（疑当作及）常开意树，早折觉花。天宫快乐处，须生地狱下，波吒莫去死，去了却生来。合叹伤，争堪（疑是误字）泪。却不思量：一世似风灯虚没没（当作漠漠），百年如春梦苦忙忙。心头托手细参详，世事从来不久长。遮莫黄金银盈库藏，死时争岂与君将？红颜渐渐鸡皮皱，绿鬓看看鹤发苍。更有向前相识者，从头老病总无常。春夏秋冬四序催，致令人世有轮回。千山白雪分明在，果树红花暗欲开。燕来燕去时复促，花荣花谢并推排。闻楗直须疾觉悟，当来必定免轮回。亦经题名目唱将来。

“亦经题名目唱将来”，亦字衍文。押座文梵唱至此为止，次为咒愿之词：

　　已（同以）此开赞大乘所生功德，谨奉庄严我　当今皇帝贵位。伏愿长悬瞬日，永保尧年。……伏惟我府主仆射神资直气，岳降英灵。怀济物主深仁，蕴调元之盛业，门传阀阅，抚养黎民，总邦教之清规，均木土之重位。自临井邑，比屋（原误握）如春，皆传善政之歌，共贺升平之化。致岁时色稔，管境谧宁，山积粮储于川流，价卖声传于井邑，……谨将称赞功德，奉用庄严我府主司徒。伏愿洪河再复，流水而绕乾坤；紫（原误此）绶千年，勋业长扶社稷。次将称赞功德，谨奉庄严国母圣天公主。伏愿山南朱桂，不变四时；岭北寒梅，一枝独秀。又将称赞功德，奉用庄严合宅小娘子、郎君贵位。……然后依（原作倚）前大将，尽孝尽忠；随从□（捝）寮，惟清于直。城隍、社庙、土地、灵坛，高峰常保于千秋，海内咸称于无事。

次为正说，述佛于熙莲河畔成道震动魔王，波旬率领神鬼军众本来拟捉如来，佛以慈悲善根力降伏之，其军败退；魔王有三女，见父不乐，启其父来佛所，各作种种媚态图恼乱佛心。佛指其女，一时皆化作老母。魔因愧谢云云。

按此佛降魔事经典多载之，如《修行本起经·出家品》、《太子瑞应本起经》卷上、《佛说普曜经·降魔品》、《方广大庄严经·降魔品》、《过去见在因果经》卷三、《佛本行集经·魔怖菩萨品》、《菩萨降魔品》及《佛所行赞》（北凉昙无忏译，亦名《佛本行经》）卷三《破魔品》均记其事，尤以《佛本行集经》所记为详。此变文不出经题，故不知所据为何经（按诸经记降魔事皆先举魔女，次举魔军。变文以魔军居前，次第稍异。其魔女唯《佛说普曜经》作 4 女，余多作 3 女，变文亦作 3 女，知所据非《普曜经》）。唯押座文有唱经题名目之语，则此讲在正说前必有唱经题之事无可疑也。

此本卷末有书手题字，署"天福九年（1944）甲辰"，天福晋年号。然变文正说后所附颂赞云"自从仆射镇一方，继统旌幢左（按当是佐字）大梁"，则本作于梁时。今检其发愿文疏，先称当今皇帝，次称"府主仆射"、"府主司徒"，次称"国母圣天公主"，以其时考之，则府主当指沙州曹义金，其国母圣天公主乃指义金妻李氏。按义金以归义军留后领州事，在后梁末帝贞明中。其时于阗国王为李圣天；义金妻即圣天之女，当时号为天公主。其目义金妻为国母者，以义金据有二州，在其域中本有大王之号，此称国母实不足异也。

《降魔变文》，新安某氏藏，其标目虽与巴黎国家图书馆所藏《破魔变》卷子别名同，而所说实非一事。此本卷首微有缺文，自余具足，以至卷尾皆完整不缺。正说述舍利弗降六师事云，舍卫城须达多长者向波斯匿王祇陁太子购园，共力营造，将以供佛，六师劳度叉闻之，请于王，欲与佛决胜负，佛以弟子舍利弗对六师，六师作六殊变，舍利弗亦以六现变伏之，六师因惭谢归依云云。其事见宋·法贤译《佛说众许摩诃帝经》卷十一，经记外道赤眼婆罗门与舍利弗论义，舍利弗以微风摧花树，以大象践池水，以金翅王制毒龙，以神力传罗刹，皆见于变文。唯变文第一变以金刚碎宝山，第二变以师子唼水牛，二者不见于此经，外道不云六师，亦与变文稍异，似变文别有所据。又元魏慧览译《贤愚经·降六师品》载佛降六师富兰那等事，但记佛七日现变，第八日对六师，有五大神鬼毁其高座，金刚以杵拟六师，六师因惊怖，投河而死，无舍利弗与六师决胜负事，亦不言六师怀愤由施园而起，是其始末不同，似《贤愚经》尚非变文所从出；论其事实，仍以《众许摩诃帝经》为近也。其开端叙意云：

> ……三世诸佛，从此经生；最妙菩提，从此经出。加以括囊群教，许为众经之要目，传译中夏，年余数百。虽则讽诵流布，章疏芬然；犹恐义未合于圣心，理或乖于中道。伏唯我大唐汉朝圣主开元天宝圣文神武应道皇帝陛下（《唐会要》卷一《帝号上篇》云：玄宗天宝七载（748年）五月十三日，加尊号"开元天宝圣文神武应道皇帝"），……化洽之余，每弘扬于三教，或以探寻儒道，尽性穷源，注解释宗，句深相远（疑当作勾深致远），……道教由是重兴，佛

日因兹重曜。……然今题首《金刚般若波罗密经》者，金刚以坚锐为喻，般若以智慧为称，波罗到彼岸，弘明密多经，则贯穿为义，善政之国，故号《金刚般若波罗密经》。大觉世尊于舍卫国祇树给孤之园宜说此经，开我密藏。……须达为人慈善，好给济于孤贫，是以因行立名给孤；布金买地，修建伽蓝，请佛延僧，是以列名经内；祇陁睹其重法，施树同营；缘以君重臣轻，标名有其先后。委被事状，述在下文。

此一段释题目，实是开题。明前有唱经题之事。然此变文虽为《金刚经》而作，其所述之事并不出于本经，只以经中首契有"只树给孤独园"之语，遂猎取他经施园及外道论义之事，牵附成文，不唯全经大意不能统摄，即以释事言，亦嫌枝蔓。所以然者，《金刚经》阐诸相非相之义，全是玄言，无实事可据，即不得不扭合他事，使附丽于本经，此谈写揣摩之术，固俗讲师所宜有者也。

演佛出生成道之失名变文，国立北京图书馆藏，编号为潜字八十号。此本首末俱缺坏，其卷首自"广开大藏"以下至"如来补在第四天中"凡存 400 余字；侧注云"上生相"，又跳行自"□□喜乐之次便腹中不安"至"天上□（按天字）下为我独尊"凡百余字，则说佛诞生事，无侧注；次为梵赞 40 句，赞后有"经题名目"4 字，赞词与伦敦大英博物院所藏《八相押座文》全同，唯多见"人为恶处强攒头"4 句，知为押座文；自此以后，正说净饭王与夫人祷神求子及佛诞生出家成道等事；次为长梵 27 行，则讲毕所用呗赞也。

今按此本首 400 余字及提行百余字当为驳文，今列三证明之。

（一）讲经正讲之前，仪式虽多，皆礼拜虔请之事，所用无非赞颂；此卷押座文前有叙事文二段，与讲经轨仪不合。

（二）此二段文讲佛上生及诞降事，首 400 字理应在正讲净饭王求子之前，次百余字又与正讲重复，文理乖牾。

（三）细检写本，此二段白文乃别纸黏连，与下文非一本，其押座文"上从儿率降人间，托荫王宫为生相"二句与此二段文在同一纸者乃黏合后所补写。

据此三事，知此卷首二段为驳文。此变文当以押座文居首，与正讲为一本。按经典记佛行事者如《修行本起经》、《太子瑞应本起经》、《佛说普曜经》、《方广大庄严经》、《异出菩萨本起经》、《过去现在因果经》、《佛本行集经》，虽有详略，皆大致相同，检此卷所述，亦与诸经同（唯记太子妃亦至雪山随太子修道为经所不载），是其依据经说，实无可疑。唯不出经名，不知所说何经。又北京图书馆尚藏云子二十四号卷子，亦演佛出生成道事，标曰《八相变》。以破魔降魔皆因事立目不标举经名例之，则此卷或亦名《八相变》。然文中未出"八相"二字，不敢臆测，今姑缺疑。

此本正说后录呗赞 27 行，以纸坏其半，所缺文句甚多，其结末 4 句云：

高来（来疑座字之误）和尚说其真，修行弟（下疑脱子字）莫因□；□□□□□□□，弟□□□莫阿婆嗔。

伦敦大英博物院藏《三身押座文》后附书 4 句与此相似，文云：

今朝法师说其真，坐下听众莫因循；

念佛急手（疑系误字）归舍去；迟归家中阿婆嗔。

此直以诨语入赞，信乎其为俗讲矣。

以上《破魔变》及失名变文，皆有押座文，其押座文皆有"经题名目"之语。至《降魔变》虽今本未有押座文，然其卷端本有缺文，其释题出《金刚般若波罗密经》题目，度其前亦当有押座文。是此 3 本讲时皆唱经题，其为讲经之本可知。唯押座文后皆不出经名，只以"经题名目"4 字代之。与日本僧空海所撰《诸开题式》同（空海本于劝请发愿诸仪后应书经名处皆以"经题"2 字代之）。盖所说之经题目字或稍多，不欲全书之，因悬其名，亦如文人撰文应书己名处以某字代之，为人作碑板文，嫌其子孙名多，应书名处以某某代之也。至于卷子标题亦不书经名唯作某某变文者：盖所讲只是经中神变之事，既不存文句，以事为主，故不妨从实标以某某变耳。

1936 年

敦煌写本《张淮深变文》跋

　　巴黎国家图书馆藏三四五一号卷子，首尾文句残破不完。记安西回鹘侵犯唐境（文云"引旆奔冲过狄泉"，似犯肃州酒泉也）。尚书破之，降其首领。俘回鹘千余人。表闻于朝。朝廷以回鹘子孙流落，旅居安西，不能坚守盟约，信任诸下（原文作："子孙流落□□□西，不□坚守□□，□信任诸下。"今以意逆之）。然欲结其心，宜厚遇之。乃遣使宣抚回鹘。复命散骑常侍李□甫，□（疑是内字）供奉官李全传、品官杨继瑀等上下九使之沙州，诏赐尚书，褒奖之。尚书承命，即纵生降回鹘使还。而唐使返朝，才过酒泉，回鹘王子复领兵西来，营于西桐海畔。尚书复将兵与战，奏凯东归。其大略如此。所以知为安西回鹘者，以此本第十二行尚存"安西"二字，且记用兵在沙州以西也。西桐地名，《张议潮变文》记义潮征吐浑吐蕃，亦经此地，云取西南疾路，信宿即至。此本云回鹘王子领兵西来，尚书传令出兵，不逾信宿，已近西桐，敌且依海而住。其颂赞有"猃狁从兹分散尽，□□歌乐却东归"之句。知西桐在沙州之西，地有泽泊，且距敦煌不甚远。而遍检古地志，迄无此名。其赞以桐与龙韵，又非误字。盖实当时地名而地志少见也。

至所称尚书，当指张义潮侄淮深。何以明之？此文中篇末颂赞云："自从司徒归阙后，有我尚书独进奏，持节河西理五州，惠化恩沾及飞走。"按义潮以懿宗咸通八年（867）二月入朝，朝命以为右神武统军，赐第及田，留京师；命其侄淮深守归义。《新五代史·吐蕃传》及《通鉴》卷二百五十《懿宗纪》俱载之（今《通鉴》淮深作惟深）。此本称司徒归阙后由尚书进奏，正指其事。其称司徒者，盖义潮大中十年（856）间曾官仆射，至咸通入朝之时，已进至三公也。又敦煌本《张氏勋德记》（日本印《敦煌遗书》本）为淮深修造寺像而作，即成于淮深之世。其文称淮深嗣其父义潭为沙州刺史、左骁卫大将军，有治绩，加授御史中丞，寻加授左散骑常侍兼御史大夫。太保咸通八年归阙之日（按：义潮卒赠太保），河西军务封章陈款，总委侄男淮深，令守藩垣。以下叙其理河西之绩，书云加授户部尚书，充河西节度。又书云加授兵部尚书云云。据此《勋德记》之文，知义潮归阙后，犹遥领河西节度，而以淮深知留后。逮咸通十三年（872）义潮卒，乃以户部尚书充河西节度。后又授兵部尚书。此本屡称尚书，与《勋德记》合，可为尚书即淮深之证也。又据《勋德记》：淮深父义潭与义潮同复河西，官沙州刺史，先身入质，寿终于京永嘉坊私第。义潭殁虽不知何时，然淮深继其父刺沙州，必在其父入质之后，乃大中时事无疑。《勋德记》于淮深授兵部尚书后，总叙其荣遇云："恩被三朝，官迁五级。"由宣宗下数至僖宗，适为三朝。则《勋德记》之作，已在僖宗之世。此本但云尚书，不悉为何部。然颂赞云"去岁官崇总马政"，则谓加授太仆。云"今秋宠遇拜貂蝉"，则谓加授侍中或中书令（唐制侍中、中书令加貂蝉）。侍中、中书令皆丞相官，较尚书为高。则此本所记淮深加官事，当在授兵部尚书后，其与安西回鹘战亦是僖宗时事矣。唯僖宗在位10余年，此本成于僖宗何时，亦得言之否？按文赞使臣之来云："初离魏阙□霞静，渐过萧关碛路平；□为远衔天子命，星驰犹恋陇山青。"萧关县名，属原州平凉郡。其地当陇道之要。《旧唐书·马璘》等传赞所谓"璘等但能自守，而不能西出萧关，俾十九郡生灵沦于左衽"者是也。《新唐书·地理志》卷（三十七）"原州"下书云："广德元年（763）没吐蕃，大中三年（849）收复，广明后没吐蕃。""武州"下云："大中五年（851）以原州之萧关置。中和四年（884）侨治潘原（按：潘原泾州属）。"是原州及以萧关县所置之武州于大中间收复者，至僖宗中和间因黄巢之役复没于蕃。今此本记使臣经由萧关，则其时萧关尚未失可知。然则此本之作以其记事推之，至晚不得在中和四年以后。或当在乾符中未可知也。

两《唐书》记张义潮事皆甚略。至淮深守河西，唯《新唐书·吐蕃传》有"命族子淮深代守归义"一语，全无事迹可见。罗振玉《补唐书·张义潮传》，于淮深仅据《张氏勋德记》书淮深嗣为节度，加左骁卫大将军，累加左散骑常侍兼御史大夫兵部尚书，亦不著其事迹。今观此本，则淮深御敌奏捷及朝廷使命往还之事，粲然满帙，不特可补张氏一家之事，且关涉当时边情国势，其所赞叙有极足注意者。今参考史籍，证以本文，标举三目：一曰咸通间凉州之克复。二曰唐末甘州回鹘与安西回鹘。三曰唐大中以来沙州与河西陇右之关系。以下各就本题委曲讨论之。

一 咸通间凉州之克复

此本篇末歌赞颂淮深之功云："南破西戎北扫胡。"胡谓回鹘，西戎谓吐蕃，语意甚明。考吐蕃自大中间部落分散，河西陇右州郡，除凉州外，皆为唐收复。其凉州克复，则远在咸通之际。《新唐书·吐蕃传》书其事云："咸通二年（861），义潮奏凉州来归。"《通鉴》系此事于咸通四年（863），云义潮自将蕃汉兵7000人复凉州，遣使入告。是凉州由义潮自将收复之，史书所记皆同，初无二义也。唯据此本所记，则克凉州者似为淮深。如赞云："河西沦落百年余，路阻萧关雁信稀；赖得将军开旧路，一振雄名天下知。"按萧关属原州，为要害之地，已见上文。原州不守，则通陇右河西之道断隔。此大中以前之形势也。然凉州在河西道之东境。凉州不复，则虽有关、陇及其他河西州郡，河西长安旧路仍不能通，此大中已复河陇后之形势也。由是而言，则歌赞所谓开旧路者，必指复凉州事无疑。然叙事不属之义潮而属之淮深，则克凉州之役必是淮深首功，而义潮以使主居其名。虽于义不乖，而其事赖此本详之。此亦究唐末河西事者所宜知者也。

二 唐末甘州回鹘与安西回鹘

《旧唐书·回纥传》，称开成末回纥为黠戛斯所破，部众散奔。庞特勒（新、旧《唐书》、《通鉴》凡特勤皆误作特勒，今引诸书悉仍其原文，不代改正。下同）等15部西奔葛逻禄、一支投安西。又称大中初，安西庞特勒已自称可汗，有碛西诸城。其后嗣君弱臣强，居甘州，无复昔时之盛云。按甘州为回鹘所并，事在唐末。《新唐书》卷二一六下《吐蕃传》称咸通后中原多故，甘州为回鹘所并。《新五代史》卷七十四《回鹘传》称五代之际，回鹘有居甘州西州者，常见中国。而甘州回鹘数至，犹呼中国为舅。以西州回鹘与甘州回鹘分言，不言其关系。若依《旧唐书》甘州回鹘乃安西回鹘庞特勒后裔之说，则当唐末安西回鹘有东徙甘州者，有留碛西者。缘分二处，故五代时中国人称回鹘有甘州回鹘、西州回鹘之目。此姑以地为分别，实非二部也。唯《旧唐书》纪事有可疑者。《旧唐书·回纥传》称大中初庞特勒称可汗，有碛西诸城。《新唐书·突骑施传》（卷二一五下）称斛瑟罗（按：西突厥阿史那步真子）余部附回鹘。及其破灭，有特庞勒（按当作庞特勒）居焉耆城，称叶护，余部保金莎领（即金沙岭，山在今新疆吐鲁番北），众至 20 万。又《回鹘传》称懿宗时回鹘首领仆固俊自北庭击吐蕃，斩论尚热，尽取西州轮台等城。是自大中初以至咸通之际，四镇北庭之地，尽为回鹘所有，其辖地广远，仍不失为有力，固非退浑等弱小民族可比也。而据敦煌写本《张义潮变文》及此《张淮深变文》，义潮为归义节度，屡破蕃浑及安西回鹘，淮深嗣立，亦屡摧安西回鹘之师，其英武不下于义潮。淮深卒于昭宗大顺元年（［890］据敦煌本张景俅撰《张淮深墓志铭》），则在大顺以前，安西回鹘殆无内徙甘州之事。又《李氏再修功德记》碑，植于乾宁元年（894），碑载义潮婿李明振子弘谏为甘州刺史，则乾宁初甘州尚未入回鹘。唯哀宗天祐三年（906），敦煌人为张奉撰《龙泉神剑歌》，始记张奉与甘州回鹘争战事。后梁乾化元年（911），沙州百姓《上甘州回鹘可汗书》，称"至今□□间，遇可汗居住张掖，东路开通，天使不绝。近三五年来，彼此各起仇心，遂令百姓不安"云云（以上《龙泉神剑歌》及沙州人民《上甘州回鹘可汗书》，并据《北平图书馆馆刊》第九卷第六号所载王重民《金山国坠事零拾》引）。则回鹘之据甘州，当在昭宗乾宁之后，哀宗天祐之前。《新唐书》"咸通后甘州为回鹘所并"之语，稍嫌广泛，实则僖宗一朝，虽中原多故，河西州郡尚属完整，实未有回鹘入据之事也。今按唐末西陲诸少数民族之据边州者，多是内徙之人，久居其地，值中原多事，不能镇慑，遂渐强大。如沙陀之居振武，因而据河东，浸假而为后唐。党项之居夏、绥、银、宥等州，因世守其地，五代之君皆不能徙。吐蕃、嗢末之居陇右、河西，因而陷河、湟诸州。盖诸部内附，居中原之地，伺隙乘衅，其势甚便。又生聚蕃衍，根底已深，州郡一旦为所据有，即未易收复之。唐末诸州有历五代至宋仍不能克复者，其故以此。安西回鹘虽号强蕃，然距甘州甚远，越国鄙远，究非易事。观河西 5 郡，独甘州为回鹘所并，其余 4 郡均不能有，则据甘州者疑非安西回鹘，而系回鹘夙居河西境内者。此征之沙陀、党项、嗢末、吐蕃诸族，可以信其不误。且考之史籍，则回鹘之居河西，其历史甚悠久，其占据甘州实非偶然者。则《旧唐书》甘州回鹘为安西庞特勒后裔之说，实属文字之偶疏，不可信也。

《唐会要》卷九十八纪回纥事云：

> 显庆三年（658），以回纥故烛龙州刺史吐迷度子婆闰授左卫大将军。……婆闰卒，子比来栗代立。比来栗卒，子独解支立（按：《旧唐书》卷一九五《回纥传》云，永隆中独解支）。其都督亲属及部落征战有功者，并自碛北移居甘州界。故天宝末取骁壮以充赤水军。独解支卒，子伏帝匐立，为河西经略副使兼赤水军使（按：《旧唐书·回纥传》，嗣圣中伏帝匐）。开元七年（719），伏帝匐卒，子承宗立。承宗为凉州都督王君㚟诬奏，长流瀼州而死。其部落犹存。

《会要》记回纥部落自碛北移甘州界于独解支立之后，似谓回纥南徙即在高宗永隆后独解支为酋长之时。然永徽、显庆中，回纥婆闰率其众从汉兵平贺鲁，又东侵高丽，所向有"功"；其部众之受唐官，居甘、凉间，未必不在此时。则《会要》回纥"都督亲属及部落征战有功者，并自碛北移居甘州界"一语，当总承上文，兼婆闰以下三世言之，非谓即在永隆之际也。《新唐书·回鹘传》（卷二一七上）记回鹘、契苾、思结、浑 4 部南徙事云：

> ……比栗（即比来栗）死，子独解支嗣。武后时（按独解支与武后不相值，其子伏帝匐立在嗣圣中，开元七年卒，正当武后之时），突厥默啜方彊，取铁勒故地；故回鹘与契苾、思结、浑三部度碛徙甘、凉间。然唐常取其壮骑佐赤水军云。独解支死，子伏帝匐立。明年，助唐攻杀默啜。于是别部移健颉利发，与同罗、霫等皆来。诏置其部于大武军北。……

《新唐书》记回鹘四部南徙，由武后时突厥默啜之取铁勒九姓地（回鹘、契苾、思结、浑皆铁勒九姓部落），与《会要》所载高宗时回鹘部落因战功南徙者不同，故不得认为一事。然新、旧《唐书·突厥传》，均载默啜讨九姓，九姓、思结等部降唐事，与《新唐书·回鹘传》所记默啜取铁勒地一段极相似；但其事在开元初，不在武后时。如《旧唐书》云：

> 开元二年（714）。……明年秋，默啜与九姓首领阿布思等战于碛北。九姓大溃，人畜多死。阿布思率众来降（《新唐书》《突厥传》同，唯改"阿布思率众来降"作"思结等部来降"）。

此开元三年（715）事。《旧唐书》下文又载明年默啜之死云：

> 四年，默啜又北讨九姓拔曳固，战于独乐河。拔曳固大败。默啜负胜，轻归而不设备，遇拔曳固迸卒颉质略于柳林中，突出，击默啜斩之。便与入蕃使郝灵荃传默啜首至京师。

《通鉴》卷二一一开元四年（716）：

> 六月癸酉，拔曳固斩突厥可汗默啜首来献。……悬其首于广街。拔曳固、回纥、同罗、霫、仆固五部皆来降。置于

大武军北（按大武军在朔州，开元十二年［724］改为大同军）。

默啜死及诸部来降在开元四年（716），《通鉴》、《旧唐书·突厥传》、《新唐书·玄宗纪》皆同。《新唐书·回鹘传》记默啜死及诸部降事，但作明年，上无所系，实文字之疏。而其上文记默啜取铁勒地，回鹘、思结等四部徙甘凉间；与新、旧《唐书·突厥传》所载开元三年（715）默啜讨九姓思结等部降唐事甚相似，似为一事。而文特标武后时，颇难索解。然据《通鉴》卷二一一开元三年所书，"九姓思结都督磨散等来降。己未，悉除官。遣还（《通鉴》书此事在九月之后十一月之前）。"《册府元龟》卷九七四载（开元三年）十月己未，授北蕃投降九姓思结都督磨散、大首领斛薛移利殊功、契苾都督邪没施等七部首领为将军，并员外置，依旧兼刺史，放还蕃。则开元三年思结等部降唐，但授官而还，未尝内徙。而《新唐书·回鹘传》载回鹘思结等四部内徙居甘、凉间，以此知《新唐书·回鹘传》所载，与新、旧《唐书·突厥传》所载开元三年事并非一事。《旧唐书》卷一九九下《铁勒传》云：

> （贞观）二十二年（648），契苾回纥等十余部落以薛延陀亡散殆尽，乃相继归国。太宗各因其地土，择其部落，置为州府。……至则天时，突厥强盛，铁勒诸部在漠北者渐为所并。回纥、契苾、思结、浑部徙于甘凉二州之地。

此记回纥、契苾、思结、浑四部以则天时徙居甘、凉间，与《新唐书·回鹘传》正同。以此知武后时确有四部内徙之事，不得以《新唐书》"明年助唐攻杀默啜"一语偶犯上文而稍涉疑惑也。

由上所说，知回纥等九姓部落，自高宗及武后时先后徙甘、凉界，而唐常取其众以充赤水军。赤水军在凉州。《唐会要》卷七十八《节度使类》：赤水军置在凉州西城。武德二年（619）七月，安修仁以其地降，遂置军。《新唐书》卷四十《地理志》凉州注：赤水军幅员5180里，军之最大也。其军使或以回鹘首领为之，如伏帝匐以河西经略副使兼赤水军使是。景云以来，河西节度使每兼督察九姓使及赤水军使；如杨执一、王君㚟、崔希逸、李林甫、哥舒翰等，皆带督察九姓、赤水军大使衔（杨执一衔见《文苑英华》卷八九五张说撰《赠户部尚书杨君碑》及《会要》卷七十八，王君㚟衔见《张说之文集》卷十七《左羽林大将军王公碑》，崔希逸衔见《文苑英华》卷四五二《授崔希逸左散骑常侍兼河西节度副大使制》，李林甫衔见《唐大诏令集》卷五十二《李林甫兼河西节度使制》，哥舒翰衔见《唐大诏令集》卷六十《陇右河西节度使哥舒翰西平郡王制》），知当时重视其事。而九姓部落在河西地位之重要可以想见之也。

回鹘承宗事，亦见《新唐书·回鹘传》、《旧唐书》卷一百三《王君㚟传》、《通鉴》卷二一三《唐纪》。而《通鉴》所记始末稍详：

初，突厥默啜之强也，迫夺铁勒之地。故回纥、契苾、思结、浑四部度碛徙居甘、凉之间以避之。王君㚟微时，往来四部，为其所轻；及为河西节度使，以法绳之。四部耻怨，密遣使诣东都自诉。君㚟遽发驿奏四部难制，潜有叛计。上遣中使往察之，诸部竟不得直。于是瀚海大都督回纥承宗流瀼州；浑大德流吉州；贺兰都督契苾承明流藤州；庐山都督思结归国流琼州。以回纥伏帝难为瀚海大都督。……

《通鉴》记此事在开元十五年（727）。承宗既贬，其族子瀚海州司马护输结党数百人（《张说之文集》卷十七《左羽林大将军王公碑》：俄而回纥内叛，以八九之从人，当数百之强虏），为承宗报仇，袭杀君㚟。《旧唐书·回纥传》称开元中回纥渐盛，杀凉州都督王君㚟，断安西诸国入长安路。玄宗命郭知运迎战，退保乌德健山。按：郭知运为节度在君㚟之前，继君㚟者乃萧嵩，非郭知运。其说实误。故《通鉴》不从之。至回鹘怀仁可汗实护输后裔。《新唐书》卷二一七上《回鹘传》，称护输久之奔突厥，死。子骨力裴罗立。天宝初，与葛逻禄拔悉密共击走突厥乌苏米施可汗。天宝三年（744），裴罗自立为可汗，南居突厥故地，徙牙乌德健山、昆河之间。诏拜为怀仁可汗云云。是护输实归碛北，而其子始并突厥地为名蕃。然护输杀君㚟，在开元十五年（727）；裴罗自立，在天宝三年；中间相距 17 年之久。而据《通鉴》及《会要》所载，承宗贬后，伏帝难嗣为酋长，其部落犹存。唐天宝末且取凉、甘界回鹘以充赤水军：则回鹘居甘、凉者，殆未尝随护输归漠北本部。其开元间从护输离去者，不过数百人。《旧唐书》所载亦不尽合事实也。

《新唐书》卷四三下《地理志》载总章元年（668）凉州都督府所辖回鹘部落州三，府一。其目为：

蹛林州（原注：以思结别部置。按：《新唐书·回鹘传》载贞观中以阿布思为蹛林州）

金水州

贺兰州（按：契苾州）

卢山都督府（原注：以思结部置）

《旧唐书》卷四十《地理志》载吐浑、突厥、九姓、思结等部寄在凉州界者有 8 州府。目为：

吐浑部落

兴昔部落

阁门府

皋兰府

卢山府

金水州

蹛林州

贺兰州

所载卢山以下州三，府一，与《新唐书》同，皆九姓州府。其皋兰府兴昔部落，据《新唐书》卷四三下，凉州都督府所属有皋兰州，注云：以阿史德特健部置。有兴昔都督府，无注（按高宗时曾以西突厥阿史那弥射为兴昔亡可汗，兴昔部名疑本此），皆突厥州府。其阁门府《新唐书》卷四三下《地理志》吐谷浑州目有阁门州，隶凉州都督府。当与吐浑部落同为吐浑州府。《旧唐书》记此 8 州府在凉州界共有户 5048，口 17212。是户口本不多。然新、旧《唐书·地理志》所记蕃州大抵据高宗时版籍。及武后时突厥强盛，有回鹘等四部徙甘、凉间之事。开元、天宝初因默啜之昏暴及突厥之亡，诸部亦多内附。则至玄宗河西蕃落当甚众多，决非如《旧唐书》所记云云。今以他书考之，如《会要》、《新唐书》俱称唐常以回鹘等部充赤水军，赤水军管兵即 33000 人（《旧唐书》卷三十八《地理志》镇兵注）。又姚汝能《安禄山事迹》卷中载天宝十四载（755 年），"以河西陇右节度使西平王哥舒翰为副元帅，领河、陇诸蕃部落奴剌、颉跌、朱耶、契苾、浑、蹛林、奚结、沙陀、蓬子、处密、吐谷浑、思结等 13 部落蕃汉兵 218000 人镇于潼关"，以拒安禄山（思结，叶德辉刊本误作恩结，今据《通鉴考异》卷十四引改，文云 13 部，按之实得 12 部）。所举诸部，除西突厥十姓部落外，以铁勒九姓部落为多。又《通鉴》卷二一八《肃宗纪》至德元载载"河西诸胡部落闻其都护皆从哥舒翰没于潼关，故争自立，相攻击。上乃以周泌为河西节度使，与都护思结进明等俱之镇，招其部落"云云。则虽天宝以后，回鹘及九姓等部落在河西者为数仍不少，可断言也。

至德之后唐之河西、陇右尽入吐蕃，回鹘等部落之居河西界者，是否依旧？故书不详载，今固不得臆测。然诸部皆回鹘种落，其在河西与吐蕃之关系，正不妨以回鹘本部说明之。按回鹘为唐与国，与吐蕃不同。当安史之乱，唐尝资其众以定河朔。及贞元以还，又利用之以牵制吐蕃。而回鹘以亲唐之故，亦数出师击吐蕃。《通鉴》卷二三三贞元七年（791）：

> 吐蕃攻灵州，为回鹘所败，夜遁。九月，回鹘遣使来献俘。冬十二月，甲午，又遣使献所获吐蕃酋长尚结心（《旧唐书》卷一九五《回纥传》略同）。

此时回鹘为唐击吐蕃，解灵州之围，乃贞元四年（788年）和亲之效。及贞元末，回鹘乃深入河西，据凉州而有之。《通鉴考异》卷十九引赵凤《后唐懿祖纪年录》所载朱邪尽忠事云：

> 懿祖讳执宜，烈考讳尽忠。……贞元六年（790年），北庭之众劫烈祖降于吐蕃。由是举族七千帐徙于甘州（按：居甘州南，以《新五代史·于阗传》高居诲记证之）。臣事赞普。贞元十三年（797），回纥奉诚可汗收复凉州，大败吐蕃之众。或有间烈考于赞普者云：沙陀本回纥部人（按：沙陀十姓突厥部落，与回纥不同部）。今闻回纥疆，必为内应。赞普将迁烈考之牙于河外。懿祖白烈考曰：吾家世为唐臣，不幸陷虏，为它效命，反见猜嫌。不如乘其不意，复归本朝。烈考然之。贞元十七年（801），率其部三万东奔。吐蕃追兵大至。自洮河转战至石门关，委曲三千里，凡数百战。烈考战没。懿祖合余众至灵州。德宗因于盐州置阴山府，以懿祖为都督（《新唐书·沙陀传》记尽忠东奔在元和三年［808］，《通鉴》同。此谓回纥奉诚可汗取凉州在贞元十三年，尽忠东奔在贞元十七年。按：奉诚可汗卒于贞元十一年［795］所记恐有误。惟《新唐书·沙陀传》，《通鉴》

俱不明载回纥取凉州之年，今姑据《纪年录》）。

据此知回纥贞元中攻吐蕃有取凉州之事。其占领凉州历若干岁时？何时复为吐蕃所取？今不可知。然观《纪年录》所记，回纥以贞元十三年（797）取凉州，至贞元十七年（801）沙陀朱邪尽忠惧其部为吐蕃所徙，始率部东奔归唐，则回纥之于凉州，殆非短期占领旋得旋失者。而吐蕃以失凉州之故，至以沙陀为回纥部人，惧其为内应，将徙其种落于他处；则事重大非偶然挫败失一城者可比。因疑其时回纥在河西界已有不可侮之势力，其破吐蕃，据凉州，非仅决胜于一时，乃其势力在河西伸张之结果。按：天宝乱后，吐蕃据陇右广德，后又据河西。自是安西北庭路闭不通，且因河湟形势以窥近畿，为患最烈。然吐蕃所得者似止其州县，其河西北路，辖境广远，承平时列置蕃州，立军镇以统之，皆是诸蕃部落所居，吐蕃实未能有其地（唐河西州郡，州境虽狭，而军界甚广，如赤水军幅员 5000 里，宁寇军在凉州东北千余里，墨离军在瓜州西北千里）。而此等部落多与回鹘同种姓，易于接近。疑回鹘等部落之居河西北路者，当与回鹘本部表里。而回鹘因之以窥河西，取凉府。故吐蕃震慑忧虑，虽沙陀之为所用者，亦疑其将为内应，而欲远徙之也。又按：吐蕃频年犯唐，多出陇右道，河西回鹘等部居河西北路，于吐蕃对唐用兵原无大妨碍，其族帐居河西界，宜不足为吐蕃重视。然其地介吐蕃与回鹘本部之间，若回鹘因其众以扰吐蕃所领之河西南路，实为吐蕃肘腋之患。而吐蕃自沙陀叛去，兵力稍稍减弱（《新唐书·沙陀传》），且连年用兵，未得大逞其志，遂亦稍厌兵革。及长庆初遂有结盟之事。《新唐书》卷二一六下《吐蕃传》云：

> 长庆元年（821），闻回鹘和亲，犯青塞堡。为李文悦所逐，乃遣使来朝，且请盟。诏许之。以大理卿刘元鼎为盟会使。明年，就盟其国。……是岁，尚绮心儿（吐蕃都元

帅尚书令）以兵击回鹘党项。

此所称回鹘，当指河西回鹘而言。观此则吐蕃甫与唐订盟修好，即移师击河西界回鹘，岂非恶其逼，乘东路无虞亟欲驱除之乎？然吐蕃于河西界回鹘，似终未达其驱除之愿。以《新唐书》他传稽之，则太和开成之际，河西回鹘诸部固犹是居河西。盖自长庆以来，吐蕃已渐衰替（《新唐书》卷二一六下《吐蕃传》于元和、开成间书云：可黎可足立为赞普几三十年，病不事，委任大臣，故不能抗中土，边堠晏然。死，弟达磨嗣，政益乱），订盟之后，与唐及本部回鹘皆无战事，河西诸回鹘部落，自当安居其间也。《新唐书》卷二一七下《契苾传》云：

> ……何力尚纽率其部来归，时贞观六年（632）也。诏处之甘、凉间，以其地为榆溪州。永徽四年（653），以其部为贺兰都督府，隶燕然都护。太和中，其种帐附于振武云。（按：甘、凉间契苾族帐附于振武，似在太和六年[832]，《旧唐书》卷十七下《文宗纪》：太和六年正月戊戌，振武李泳招收得黑山外契苾部落四百七十三帐，可证。会昌、大中间，有契苾通为蔚州刺史、振武节度使，乃何力五世孙。）

此契苾部于贞观中来附者，居甘、凉间，至太和中始附于振武；然则太和以前此契苾部尚居甘、凉间可知。其他回鹘等部自高宗及武后时先后徙甘、凉者，史未载其来归，则虽太和以后，犹居甘、凉间抑又可知。然则河西回鹘等部，至德后非唐之政令所能及，其地亦非吐蕃所能有。其中唯契苾一部太和中为唐诱附，余部大抵遥倚回鹘，居河西界，未有变动。以诸书所记参互证之，殆为事实。至开成末回鹘破灭，其漠北部落分散乃多有逃至河西者。《旧唐书·回纥传》述其事云：

> 黠戛斯领十万骑破回鹘城，烧荡殆尽。回鹘散奔诸蕃。

有回鹘相驱职者拥外甥庞特勒及男鹿并遏粉等兄弟五人一十五部西奔葛罗禄，一支投吐蕃，一支投安西。又有近可汗牙十三部，以特勒乌介为可汗，南来附汉。

回鹘西奔，一支投吐蕃。此吐蕃实指河西陇右之吐蕃而言。其乌介南徙近塞，不得逞。至会昌中部众亦离散，有降幽州振武者，有投河西者。《旧唐书·回纥传》记此事书云：

> 有特勒叶被沽兄李（？）二部南奔吐蕃。

此吐蕃亦指河西陇右，故《新五代史·四夷》附录三《回鹘传》（卷七十四）书其事作：

> 回鹘为黠戛斯所侵，徙天德振武之间。又为石雄张仲武所破。其余众西徙，役属吐蕃。是时吐蕃已陷河西陇右，乃以回鹘散处之。

观上文知开成、会昌之间，回鹘部落经残破之后往往徙河西界。然其徙河西者，未必以为吐蕃可亲，亦因其族落先有住河西者也。

回鹘徙安西者浸成大国。其徙河西者初附于吐蕃，如《通鉴》卷二四八载大中元年（847）事云：

> 吐蕃论恐热乘武宗之丧，诱党项及回鹘余众寇河西（按：此时唐尚未有河西道，所称河西殆指河曲言之）。诏河东节度使王宰将代北诸军击之。宰以沙陀朱邪赤心为前锋，自麟州济河，与恐热战于盐州，破走之。

是时吐蕃虽大乱，而唐尚未复陇右河西，故回鹘之居河西者，犹为论恐热所用。及大中五年（851）以后，河西陇右11州复为唐有，唐之威令已及河陇全境，非大中初年可比。以意揣之，其时河西回鹘部落当"羁縻"于唐。然其与他蕃部及唐之关系，史籍所载，殊不详悉。唯《新唐书》卷二一八《沙陀传》、《通鉴》卷二五二《僖宗纪》载回鹘事数条，疑皆河西回鹘事。今具引于后。

《新唐书·沙陀传》记朱邪赤心事云：

> ……庞勋平，赐氏李，名国昌。……回鹘叩榆林，扰灵、盐，诏国昌为鄜延节度使。又寇天德，乃徙节振武。

国昌赐姓，在咸通十年（869）。授振武节度使在咸通十一年（870）（据《旧唐书》卷十九上《懿宗纪》及《通鉴》卷二五二）。此所记回鹘叩边当是咸通十年及十一年间之事。《通鉴》僖宗乾符元年（874）记回鹘事凡两见：

> 十二月党项回鹘寇天德军（《新唐书》卷九《僖宗纪》同。《旧唐书》卷十九下《僖宗纪》：乾符元年十二月，党项回鹘寇边。不言天德，当系省文。按：乾符元年，党项回鹘寇天德军，是时振武节度使仍为李国昌。然距咸通十一年［870］受命镇振武，已五年之久。近吴廷燮《唐方镇年表》以乾符元年为国昌初任振武节度之年，盖误合《新唐书·沙陀传》及《通鉴》乾符元年所书回鹘事为一事）。

> 初，回鹘屡求册命。诏遣册立使郗宗莒诣其国。会回鹘为吐谷浑嗢末所破，逃遁不知所之。诏宗莒以玉册、国信授灵盐节度使唐弘夫掌之。还京师（此条在十二月党项回鹘寇天德军之后，似宗莒还京师即十二月事）。

《通鉴》乾符二年（875）：

> 回鹘还至罗川。十一月，遣使者同罗榆禄入贡。赐拯接绢万匹。

以上所举诸条前后相承，当互相关连。寻绎其文，似为回鹘部落与他部不能相安，因请唐册立以镇压之。既不得遂所愿，乃数叩边境。沙陀素健斗，为九姓六州胡所畏（柳公绰语），朝廷乃畀李国昌节镇以御之。久之回鹘为吐浑嗢末所破，失所依据，乃结党项窥天德军，欲保其地（按会昌中回鹘乌介可汗请借天德城，不许，此窥天德殆仍是乌介故智)，唐册立使至其国，而回鹘部众远撤，已不知所之。次年，其首领率众至罗川（按唐宁州贞宁县，隋罗川县，天宝元年［742］改为贞宁)，唐乃以绢帛拯济之。其始末如此。依余之意，此诸条所记回鹘事，当皆属河西界之回鹘，而非安西回鹘。因灵、盐与河西相望，唐末党项居夏、宥等州，去天德及甘、凉等州均不甚远，而罗川在关内。以当时形势推之，自以结党项叩灵盐窥天德榆林入罗川者，属之河西界回鹘，为最近于情理。反之如认为安西回鹘，无论安西回鹘强大，吐浑嗢末在唐末微甚，其力未足以动摇安西；即使挫衄，亦无撤至罗川之理。且以此敦煌本《张淮深变文》考之，变文所述乃中和以前事，与《通鉴》卷二五二所记回鹘事同时，据变文则此时安西回鹘屡犯河西方与归义军争战不已，何尝有破国逃散之事？则《通鉴》卷二五二所记回鹘事，乃河西界回鹘，实无可疑。其《新唐书·沙陀传》所载叩榆林犯灵、盐、天德之回鹘，亦可信为河西回鹘。胡三省不察，乃于《通鉴》乾符二年（875)"回鹘还至罗川"条注云："大中二年（848）回鹘西奔，至是方还。"真不得其解矣。

《通鉴》乾符二年"回鹘还至罗川"之语，意义不明。观上文元年载册立使郜宗莒诣其国，会其国破，诏宗莒以玉册、国信授灵盐节度使掌之，还京师。则回鹘国绝不在罗川。《通鉴》所谓还罗川者，盖谓回鹘失国远去，至是内徙，驻牙罗川耳。然回鹘驻罗川似亦不甚久。因邠宁至五代至宋均为中土州郡。征之史籍，未有言"宁州回鹘"者，而甘州回鹘屡见于《五代史》。因疑并甘州之回鹘即《通鉴》所载叩天德徙罗川之回鹘。盖其始也居凉、甘界，与嗢末吐浑错处，曾一度为蕃浑所逐，而内徙罗川。后移帐近河西，卒得甘州，此亦理所宜有也。《新唐书·回鹘传》（卷二一七下）载昭宗时回鹘事云：

　　　　昭宗幸凤翔（按天复元年［901］十一月宦官韩全诲劫
　　帝赴凤翔），灵州节度使韩逊表回鹘请率兵赴难。翰林学士
　　韩偓曰：虏为国仇旧矣。自会昌时伺边，羽翼未成，不得
　　逞。今乘我危以冀幸，不可开也。遂格不报，然其国卒不
　　振，时时以玉马与边州相市云。

此事《新唐书·韩偓传》不载。《通鉴》卷二六三昭宗天复二年
（902）书云：

　　　　（夏四月）辛丑，回鹘遣使入贡，请发兵赴难。上命翰
　　林学士承旨韩偓答书许之。乙巳，偓上言：戎狄不可倚信。
　　彼见国家人物华靡，而城邑荒残，甲兵凋散，必有轻中国之
　　心，启其贪婪。且自会昌以来，回鹘为中国所破，恐其乘危
　　复怨。所赐可汗书，宜谕以小小寇窃，不须赴难。虚愧其
　　意，实沮其谋。从之。

以上《新唐书》、《通鉴》所记回鹘请发兵赴难事，疑指河西回
鹘而言。此时盖已入据甘州矣。

　　甘州回鹘之为旧河西回鹘部落，非自安西移来者；上文所论
已详。而《辽史》所记，尚有足以证明吾说者。《辽史》卷三○
《天祚帝纪》附书耶律大石西奔事云：

　　　　……先遗书回鹘王毕勒哥曰：昔我太祖皇帝北征，过卜
　　古罕城，即遣使至甘州，诏尔祖乌母主曰：汝思故国耶？朕
　　即为汝复之。汝不能返耶？朕则有之。在朕犹在尔也。尔祖
　　即表谢，以为迁国于此，十有余世，军民皆安土重迁，不能
　　复返矣。是与尔国非一日之好也。今我将西至大食，假道尔
　　国，其勿致疑。

耶律大石此书与安西回鹘，而所述实甘州回鹘事。《辽史》卷二
《太祖纪》载此事云：

　　　　（天赞三年）十一月乙未朔，获甘州回鹘都督毕离遏，

因遣使谕其主乌毋主可汗。

天赞三年（924），即后唐庄宗同光二年。甘州回鹘可汗乌毋主此时自称"迁国于此，十有余世"。按回鹘并甘州，在昭宗乾宁以后。自后唐同光二年上数至唐昭宗乾宁元年（894），中间相距不过30年，仅得一世，不得言10余世。即上数至文宗开成五年（840）回鹘为黠戛斯所灭，其部落分投安西及河西吐蕃之时；相距不过84年，言10余世亦嫌太多。若依《会要》所记回鹘部众自高宗时内徙甘州界，则由同光二年上数至高宗显庆、永隆之际，中间相距200余年，则10余世之说殆勉强成立矣。由是而言，则唐时回鹘部落之居河西，殆与唐一代相终始。其入据甘州，称可汗，亦乘唐之衰自立，非于其地毫无根据，由他处来取之也。然则《旧唐书》称安西庞特勒率15部西奔，一支投安西，一支投河陇界。则开成末回鹘之投河西者，固是庞特勒部众。且庞特勒旋称可汗，为回鹘共主，雄视西域。则庞特勒后裔之说，唐末甘州回鹘自乐称之，中国从其说亦以庞特勒后裔称之，固无不可也。又以耶律大石《遗安西回鹘书》例之，安西回鹘，自是庞特勒后裔；而书称"我太祖至甘州诏尔祖乌毋主"云云。唐末甘州回鹘可汗，在辽末既可目为安西回鹘之祖；则中唐时安西回鹘可汗，在唐末亦何不可目为甘州回鹘之祖？是故以种族言，则甘州回鹘、安西回鹘同是药罗葛氏之裔，其族既同，其后裔对于所互尊之祖即不妨通称之。若以所占之地域言，则甘州回鹘固与安西回鹘有别，据甘州者乃久居河西界之回鹘，而非安西回鹘；此不容混淆者也。

三　唐大中以来沙州与河西陇右之关系

唐之河西陇右，自天宝乱后，先后入吐蕃之手，历百余年之久，至大中五年（851），沙州人张义潮始克复瓜、沙等11州；至咸通四年（863），又克复凉州。于是河、陇州郡尽归于唐，在名义上悉复天宝之旧。此在唐末为一重要之事，《新唐书》与《通鉴》俱载之。然河西陇右收复之后，其州郡情形如何，缘当时朝廷于西陲漫不加意，经营之事既无所闻，求之史书，亦遂全不能得其梗概。此本记：史臣到沙州后入开元寺拜玄宗遗容，"叹念敦煌百年阻汉，尚自敬礼本朝，余留帝像。其余4郡，悉莫能存。"又云："甘凉□雉堞凋残，居人与蕃丑齐肩；衣着□□于左衽。独有沙州一郡，人物风华一同内地。天使两两相看，一时垂泪"云云。此谓凉、甘诸郡夷夏交居，与沙州情形大异。然据后来史籍所记，则五代时凉州情形更有甚于此者：《文献通考·吐蕃考》记后唐明宗时西凉留后孙超遣使来。明宗召见。称凉州旧有郓人2500人为戍卒（按咸通间张义潮复凉州，发郓州2500人戍之，见《新五代史·四夷》附录三）。今城中汉户百余，皆戍兵之子孙。又言凉州郭外数十里，尚有汉民陷没者耕作，余皆吐蕃云云。是则至后唐之时，凉州几纯为吐蕃人蕃衍之地，而汉户零落至此，殊可骇异也。按：唐河西陇右诸州以凉州为最大，河西节度使治此。其节度副使则常以甘州刺使领之。据《旧唐书·地理志》凉州州户22462，口110281。甘州户6284，口22092（以上天宝户籍）。沙州户4265，口16250（以上旧户籍。按《旧唐书》、《新唐书》沙州天宝户籍均缺），是则以户口而论，沙州且不及甘州，与凉州则相去远矣。更以镇戍兵考之。据《旧唐书·地理志》及《通鉴》卷三一五《玄宗纪》天宝元年（742）所书，河西节度使统镇兵7万余人。其军如赤水、大斗、建康、宁寇，其守捉如白亭（按白亭守捉，天宝十四载［755］为军）、张掖、交城、乌城、蓼泉等，皆在凉州甘州界内，不下数万人。而在沙州者不过城内豆卢一军，管兵

4300 人而已。夫沙州之于凉州甘州，户口戍卒相去悬绝如此；其经天宝乱后先后为吐蕃所据又同；顾何以入蕃百年之后，沙州则张义潮借之以复河陇诸州，其子孙世守垂 50 余年；自五代以还，曹氏袭其余荫，保有瓜、沙二州者又百余年之久；而凉、甘等州方大中吐蕃衰乱之时，已不能自拔，及其归唐，又浸假为吐蕃回鹘保聚之地，其故何欤？余今以私意试为解说于下：

按唐之盛时，重兵多在西陲。自陇坻以西至四镇北庭，屯戍相望。其牧监仓储之制，均极讲求。以之镇慑西域，故常处于不败之地。及安禄山乱作，尽征河、陇精锐入援，于内地置行营。吐蕃乘中土之虚，因次第攻诸州而有之。陇右先失，河西继之，4 镇北庭最后。至河西凉、甘、肃、瓜、沙 5 郡入蕃之年，《元和郡县志》所载如下：

> 凉州　代宗广德二年（764）陷蕃
>
> 甘州　代宗永泰二年（766）陷蕃（按是年十一月改元大历）
>
> 肃州　代宗大历元年（766）陷蕃
>
> 瓜州　代宗大历十一年（776）陷蕃
>
> 沙州　德宗建中二年（781）陷蕃

其攻入次第由东而西；凡方向逐渐西移者，其攻入时期亦与之俱后。盖取切断政策，以绝中土之援。至凉州之失，《旧唐书·吐蕃传》（卷一九六上）书其事云：

> 广德二年，河西节度使杨志烈被围，守数年，以孤城无援，乃跳身西走甘州。凉州又陷于寇。

《通鉴》卷二二三《代宗纪》广德二年十月记仆固怀恩引吐蕃回鹘兵由灵武进逼奉天事，兼叙此事，较《旧唐书》为详。据《通鉴》所记，知当时志烈守凉州，不唯孤城无援，且曾分兵蹑仆固怀恩之后以解京师之危。其兵既为怀恩所败，凉州遂愈不守。今具录其文于下：

> 怀恩之南寇也，河西节度使杨志烈发卒五千，谓监军柏文达曰：河西锐卒，尽于此矣！君将之以攻灵武，则怀恩有反顾之虑，此亦救京师之一奇也。文达遂将众击摧砂堡、灵武县，皆下之。进攻灵州。怀恩闻之，自永寿遽归。使蕃、浑二千骑夜袭文达，大破之。士卒死者殆半。文达将余众归凉州，哭而入。志烈迎之曰：此行有安京室之功，卒死何伤？士卒怨其言。未几，吐蕃围凉州，士卒不为用。志烈奔甘州，为沙陀所杀。（按志烈为沙陀所杀，乃明年永泰元年（765）十月事，见《旧唐书·代宗纪》。《通鉴》附书之。）

志烈既死，河西失其统帅。朝廷乃遣使巡抚河西，兼置凉、甘、肃、瓜、沙等州长史（按此殆天宝乱后，诸州长史多缺而不补，至是请置之，盖非常之时，虑刺史有失，可以长史领州事也）。迨大历元年（766），杨休明继为河西节度使，乃徙镇沙州。

《通鉴》卷二二四《代宗纪》：

> 永泰元年闰十月，郭子仪入朝，以河西节度使杨志烈既死，请遣使巡抚河西及置凉、甘、肃、瓜、沙等州长史。上皆从之。

> 大历元年五月，河西节度使杨休明徙镇沙州。

《新唐书》卷六七《方镇表》：

> 大历元年，河西节度徙治沙州。

是沙州当大历元年已取得凉州之地位。然甘州肃州复相继于是年失守。则其时河西节度所领不过瓜、沙二州。然军帅以二州之地与劲敌相持至10年之久。至大历十一年瓜州复失，而沙州一州为唐固守者犹五六年，至建中二年（781），始力屈而降。当时军将之忠于为国，不屈不挠，诚可矜式也。

由上所说观之，沙州入蕃，后于凉州者将20年；后于甘、

肃二州者亦 10 余年之久。以情理揣之，当大历元年（766）节
镇西移，其镇戍诸军必多有随至沙州者。其凉、甘、肃、瓜等州
人民西走沙州者或亦不少。如《沙州文录》所录《吴僧统碑》
记僧统父吴绪芝事云：

> 皇考讳绪芝，前唐王府司马、上柱国、赐紫金鱼袋，即
> 千夫长使在列城百乘之军。既效先锋，穷发留边，未由诉
> 免，因授建康军使，二十余载。属大漠风烟，扬关（疑当
> 作阳关）路阻，元戎率武，远守敦煌。警候安危，连年匪
> 懈。随军久滞，因为敦煌县人也。复遇人经虎噬，地没于
> 蕃。元戎从城下之盟，士卒屈死休之势。……犹钟仪之见
> 絷，时望南冠；类庄舄之执珪，人听越响。方承见在之安，
> 且沐当时之教。

按建康军管兵 5300 人，在甘州境。《新唐书》卷四十《地理
志》："甘州西北百九十里祁连山北有建康军。证圣元年（695），
王孝杰以甘、肃二州相距迥远，置军。"此碑记绪芝为建康军
使，值元戎率军远守敦煌，随军久滞，因为敦煌县人；可为凉州
失守后杨休明移镇沙州，曾发建康军往戍之证。按唐镇兵之制，
大者为军，小者为守捉。河西节度所统，凡 9 军 8 守捉。除豆卢
军在沙州城内外，余皆在凉、甘、肃、瓜境内。建康军既移戍沙
州，其他诸军当亦有西徙者。然则沙州因节度之来治及凉、甘、
肃等州军民之移徙，其镇兵户口之数视承平时反有增加。在沙州
未失守前，敦煌一郡实为河西人民保聚之地，此其异于其他诸州
者也。

然即沙州为吐蕃攻下之时，其人民所遭命运，亦有异于他州
者：《新唐书》卷二一六下《吐蕃传》载周鼎（时以节度领州
事）及阎朝守城事云：

> 始沙州刺史周鼎为唐固守。赞普徙帐南山，使尚绮心儿

攻之。鼎请救回鹘，逾年不至。议焚城郭引众东奔，皆以为不可。鼎遣都知兵马使阎朝领壮士行视水草。晨入谒辞行，与鼎亲吏周沙奴共射，彀弓揖让，射沙奴即死。执鼎而缢杀之，自领州事。城守者八年。出缯一端募麦一斗；应者甚众。朝喜曰："民且有食，可以死守也。"又二岁，粮械皆竭。登城而谭曰："苟毋徙佗境，请以城降。"绮心儿许诺。于是出降。自攻城至是，凡十一年。赞普以绮心儿代守。后疑朝谋变，置毒靴中而死。州人皆胡服臣虏，每岁时祀父祖衣中国之服，号恸而藏之。

按贞元间吐蕃叩泾邠宁庆陇麟等州，所至皆毁其城郭庐舍，弃羸老虏丁壮而去。所俘分隶诸蕃部，质其妻子，厚其财货，使蕃人将之以攻中国。见两《唐书·吐蕃传》。关内如此，陇右、河西，当无二致。据《新唐书》此条，则沙州以阎朝之约，其人民得不徙他境。虽势穷力屈，隶属吐蕃，而汉人固犹是汉人。其风俗未改，种性犹存：此与其他州郡又有不同者也。

《新唐书》此条甚关重要。《旧唐书·吐蕃传》不载。今再引百余年后沙州人之言，以证《新唐书》记事之真。敦煌本梁乾化辛未（911）沙州人民《上甘州回鹘可汗书》述沙州旧事云：

> 沙州本是善国神乡，福德之地。天宝之年，河西五州尽陷，唯有敦煌一郡，不曾破散。直为本朝多事，相救不得，□没吐蕃，四时八节，些些供进，亦不曾辄有移动（据《国立北平图书馆馆刊》第九卷第六号所载王重民撰《金山国坠事零拾》引）。

河西诸州入蕃，唯沙州人民得保全；他州则残破之余，人物荡然。观《新唐书》及沙州人民《上回鹘可汗书》，可以知之。然则自大历、贞元以来，沙州不失其故，犹为汉人生聚之地。而他州则汉人已失其主要地位，渐以吐蕃回鹘诸部易之，与沙州正相反。此点既明，则此变文所记"沙州人物风华一同内地，而凉、甘诸州雉堞凋残居民与蕃丑齐肩"者，不足为怪矣。且沙州人民之偶得保全，其影响于后世者，不仅一郡之繁华而已；即河陇州郡之得恢复，亦全基于此。据《新唐书·吐蕃传》载吐蕃大乱，"义潮阴结豪英归唐。一日，帅众（帅字据《通鉴》补）擐甲噪州门。汉人皆助之。虏守者惊走。遂摄州事。缮甲兵，耕且战，悉复余州。"《通鉴》卷三四九《宣宗纪》记义潮以沙州归唐在大中五年（851）正月；记义潮略定10州以11州图籍入见，即在是年十月。是陇右河西百年入蕃，取之犹如反手，可为非常之事，非义潮之勇略，固不能如此。然陇右河西10有9郡，何以他州不能乘吐蕃之衰率先自拔？而义师之起必始于沙州。以情理测之，必因沙州汉人众多，吐蕃自知不能守，因委之而去。而义潮征兵整武，得以略定诸州，亦全因沙州多汉人为所用之故。然则沙州之收复与10郡之略定，皆可认为民族意识之表现，不可以义潮为首领之故尽认为义潮一人之功也。

《新五代史》卷七四《四夷》附录第三《于阗传》载晋天福三年（938）高居诲使于阗归，述所经行之地云：

> 自灵州过黄河，行三十里，始涉沙入党项界。……至凉州。自凉州西行五百里至甘州。甘州，回鹘牙也。其南山百余里，汉小月支之故地也。有别族号鹿角山沙陀，云朱耶氏之遗族也。……西北五百里至肃州。渡金河。西百里出天门关。又西百里出玉门关经吐蕃界。……西至瓜州沙州。二州多中国人。闻晋使来，其刺史曹元深等效迎，问使者天子起居。……自灵州渡黄河至于阗，往往见吐蕃族帐。而于阗常与吐蕃相攻。

据居诲所记，所经河西5郡，甘州为回鹘牙，其南有沙陀；

肃州西为吐蕃界；而瓜、沙二州多汉人（按瓜州入蕃，在大历十一年［776］，后于凉、甘、肃者 10 余年）。然则曹氏自五代以来，保有瓜、沙二州，处复杂之环境中而能不失其地者，亦缘瓜、沙二州多汉人，非尽关守御之术也。

由上所说言之，则沙州一郡，大中时张氏借其民以复河陇 11 州；五代以还，曹氏借其民以保二州之地；其所以致此，则因天宝乱后河西陇右入于蕃手，州郡多残破，而沙州人民因刺史阎朝与吐蕃之约独得保全故也。夫河西陇右之失，在州则 10 有 9 郡，民则百万；以沙州下郡，军民合计不过 2 万余人，其偶然保全不至分散者，其事亦可谓小矣。然而即因此一州之故，使百年入蕃之河西陇右 11 州郡一旦复为唐有，以张氏之支持，边疆无事者历四朝 50 年之久；其后曹氏继之，处诸蕃包围中保有二州之地，历五代至宋又百四五十年，至皇祐后始为西夏所灭，斯则因沙州一州之故使唐、宋间汉人在河西历史绵延至 200 年之久，此在我国历史上固一极堪注意之事，不得以小事目之矣。

1937 年原作，1952 年 3 月重校订

刘裕与士大夫

　　沈约《宋书》卷五十二，有庾悦、王诞、谢景仁、袁湛、褚叔度5人的赞。这首赞不过45个字，但很有意思。原文抄在下面：

　　　　高祖虽累叶江南，楚言未变，雅道风流，无闻焉尔。凡此诸子，并前代名家，莫不望尘请职，负羁先路，将由庇民之道邪？

雅道风流，是士大夫的风尚。而刘裕并没有雅道风流。可是，那时前代名家的士大夫，都争着给刘裕做事。这是什么缘故？难道他们为的是救民吗？

　　刘裕是一个俗人，史书中记得很明白。现在，略说一说。

　　第一，是沈约所说的"楚言未变"。西晋都洛，洛音便是标准音。渡江后，因为皇帝和政府中的要人都是北方人，所以，士大夫说话依旧是洛音。在南朝，如果一个贵达的人不能作洛音，是可耻的事。所以《宋书·顾琛传》说：顾琛，吴郡人，与会稽孔季恭、季恭子灵符、吴兴的丘渊之，吴音不变。特别指出这一点，认为是他们的短处。《南史·胡谐之传》说：谐之，南昌人，家人僼音不正。齐高帝赏识他，要他和贵族作亲，便教宫人四五人往谐之家教子女语。刘裕是彭城人，彭城是西楚。但从他的高祖混已经过江居丹徒。丹徒去都密迩，本容易学洛音。因为他本贫贱，微时没有和膏粱世胄接触的机会，所以只是楚言，不能作洛音。不但他，他的弟弟长沙王道怜据《宋书》本传说话也是楚音。一个人从田舍翁作到宋王，从宋王做了皇帝，成了士大夫的主子，而说话还是楚音。这从士大夫的眼光看起来，自然是不雅的。

第二，他写的字不好。南朝的士大夫都能写字。被刘裕打倒的人，如桓玄、刘毅、诸葛长民、卢循，都爱法书，都能写字。开国的皇帝如萧道成、萧衍，因为起自儒生，也都能写字。刘裕是以军事成功的人，是开国的皇帝，可是，他写的字不好。《宋书》卷四十二《刘穆之传》中有一段记此事：

> 高祖书素拙。穆之曰："此虽小事，然宜彼四远，愿公小复留意。"高祖既不能厝意，又禀分有在，穆之乃曰："但纵笔为大字，一字径尺，无嫌大。既足有所包，且其名亦美。"高祖从之，一纸不过六七字便满。

根据这一段记载，知道刘裕对于写字不肯下功夫，天分又低。和萧道成、萧衍比起来，该大有愧色了。唐·窦臮《述书赋》说："宋武德舆，法含古初。见答道和之启，未披有位之书。观其逸毫巨丽，载兆虎变。高躅莫究其涯，雄风于焉已扇。犹金玉矿璞，包露贵贱。"德舆是刘裕的字，道和是刘穆之的字。刘穆之嫌刘裕的字不好，才教他写大字。刘穆之是侍奉刘裕的，晓得刘裕的字不好，唐朝的窦臮却说刘裕的字"逸毫巨丽"，这话不大可信。但又说"高躅莫究其涯"，"金玉矿璞，包露贵贱"，可见刘裕的字是不好的。

第三，他的文学不好。《南史》卷十九《谢晦传》有记载：

> 帝于彭城大会，命纸笔赋诗。晦恐帝有失，起谏帝，即

代作曰："先荡临淄秽，却清河洛尘。华阳有逸骥，桃林无伏轮。"于是群臣并作。

这事发生在义熙十四年（415）。这时，刘裕已平关、洛，回至彭城，受了宋公九锡之命。眼看天命有归，非常高兴。国侍中孔季恭辞事东归。刘裕便以九日出游项羽戏马台，为季恭饯行。这时得意忘形，便想学士大夫的风雅，于席上作诗。谢晦是他的心腹部下，仅次于刘穆之，恐他丢脸，立刻谏止他，替他作一首诗。这是谢晦的忠，所以刘裕不怪。

第四，他没有学问。《宋书》卷六十四《郑鲜之传》也有记载：

> 高祖少事戎旅，不经涉学。及为宰相，颇慕风流。时或言论，人皆依违之，不敢难也。鲜之难必切至，未尝宽假，要须高祖辞穷理屈，然后置之。高祖或有时惭恧，变色动容。既而谓人曰："我本无术学，言义尤浅。比时言论，诸贤多见宽容，惟郑不尔，独能尽人之意。甚以此惭之。"时人谓为"格佞"。

鲜之为人通率，言无所隐，所以有时使刘裕变色动容。但他本是刘裕的人，为刘裕所亲遇。他是刘毅的舅，却始终不站在刘毅一面。所以，刘裕也不怪他，并且肯服倒，说自己"本无术学，言义尤浅"。

说京洛话，写得好字，作得好诗，能谈义，这四样是士大夫的装饰品。刘裕一样也不会。沈约在齐朝所侍候的主子是风雅的，所以对晋末士大夫的依附刘裕，觉着有点不可解。

其实这事容易解，沈约也未尝不解。他作《宋书·袁粲传赞》，已经解释了。"开运辟基，非机变无以通其务"。当时士大夫之附刘裕，是识机变的。晋朝自义熙以来，大权握在刘裕手中。那时，虽然还有晋朝的皇帝，但晋朝命运是注定了不可挽回的了。雅道风流，固然是士大夫的风尚，但士大夫阶级之所以成立，是因为有好门第，有好官。一个人如果没有好门第没有好官，便是雅道风流，也还是寒人。义熙末，是刘裕开运辟基的时候。这时的士大夫，若不识机变，便不能保持士大夫的地位，前代名家，从此也将退为寒宗。他们能够退为寒宗吗？

南朝最重的是膏粱世德。这些膏粱世德们，辈辈做显官，朝代虽换，门阀不改。王、谢诸族的贵盛所以能维持许久，固然因为当时的实力派拉拢他们，要他们帮衬，实在也因为他们识机变，随时与实力派勾结妥协，积极的帮忙，消极的不反对，这样，才能轩盖承家，在悠长的数百年中，造成了不变的特殊地位。其中也有不识机变的，如袁湛的侄孙袁粲，褚叔度的侄孙褚炤，但这样的人太少太少了。

以下所引《宋书·褚叔度传》一节，便是当时名家做的好事：

> 叔度长兄秀之。秀之妹，恭帝后也。秀之弟淡之。虽晋氏姻戚，兄弟并尽忠事高祖。恭帝每生男，辄令方便杀焉。或诱赂内人，或密加毒害，前后非一。及恭帝逊位，居秣陵宫，常惧见祸，与褚后共止一室，虑有鸩毒，自煮食于床前。高祖将杀，不欲遣人入内，令淡之兄弟视褚后。褚后出别室相见，兵人乃逾垣而入，进药于恭帝。帝不肯饮，乃以被掩杀之。后会稽郡缺，朝议欲用蔡廓，高祖曰："彼自是蔡家佳儿，何关人事？可用佛！"佛，淡之小字也。

淡之兄弟为自家前途门户打算，作这种伤天理的事情，真不知人间有羞耻事。沈约知道这些名家的行为，所以在《宋书·孝义传》后，为他们发了一段议论：

> 汉世士务治身，故忠孝成俗。至乎乘轩服冕，非此莫由。晋、宋以来，风衰义缺，刻身厉行，事薄膏腴。若夫孝

> 立闺庭，忠被史策，多发沟畎之中，非出衣簪之下。以此而
> 言声教，不亦卿大夫之耻乎？

沈约在宋朝已经做了官。由宋入齐，受文惠太子的亲遇。齐衰，又成了萧衍佐命之臣，并非不识机变的人。但他这一段议论却慨乎言之，是有关世道的大议论。他知道"刻身厉行，事薄膏腴。孝立闺庭，忠被史册，多发沟畎之中，非出衣簪之下"，以为这是卿大夫的耻辱，这是良心话。从修史的态度看，我们不能菲薄他。

原载 1948 年 9 月 20 日《中建》第三卷北平版第五期

唐章怀太子贤所生母稽疑

《新唐书》卷八十一载高宗 8 子：后宫刘，生忠；郑，生孝；杨，生上金；萧叔妃，生素节；武后生弘、贤、中宗皇帝、睿宗皇帝。此所书高宗 8 子，以其生年之先后为次第。弘第五，贤第六，中宗第七，睿宗第八。然武后所生 4 子，自为行第。故弘第一，贤第二，中宗第三，睿宗第四。中宗显庆元年（656）十一月生，睿宗龙朔二年（662）六月生。《旧唐书》中宗、睿宗本纪及《唐会要》卷一《帝号篇》所记同。弘新、旧《唐书》本传皆云上元二年（675）薨，年 24。《通鉴》卷二〇二，上元二年书云："夏四月己亥太子薨于合璧宫。"不云年若干。而卷二〇〇显庆元年正月书云："立皇后子代王弘为皇太子，生四年矣。"从两《唐书》弘上元二年薨年 24 之说，则弘生永徽三年（652）。从《通鉴》显庆元年弘生已 4 年之说，则弘生永徽四年（653）。考《会要》卷二《追谥皇帝篇》云：孝敬皇帝讳宏。注云：高宗第五子，永徽四年正月封代王。《旧唐书》弘传云：永徽四年封代王，无正月二字。如弘永徽四年生，其生月必为正月。以弘封王即在是年正月也。（《金石萃编》卷五十六载唐高宗御制《孝敬皇帝睿德纪》云："年才一岁，立为代王。")然《旧唐书·高宗本纪》、《通鉴》卷一九九，俱书："永徽六年（655）正月庚寅，封皇子弘为代王，贤为潞王。"《新唐书》弘传亦云："永徽六年始王代，与潞王同封。"弘六年封代王，固与弘三年生之言不相妨。唯《通鉴》显庆元年（656）年4岁之言，不可解耳。《旧唐书·高宗纪》："永徽五年（654）十二月戊午，发京师，谒昭陵。在路生皇子贤。"是贤之生年可稽也。《旧唐书》贤传、《通鉴》卷二〇三，俱云：文明元年（684），贤自杀。自永徽五年至文明元年，实为31年。则贤年31。而《旧唐书》贤传云"年三十二"。如其说是，则贤生永徽四年（653），不生五年矣。如《通鉴》显庆元年弘4岁之说有据，则永徽四年，武后生弘又生贤。妇人一年生二子虽非不可能，然事不常见。《新唐书》贤传云："年三十四。"如其言是，则贤生永徽二年（651），无论弘生于永徽三年（652）或四年，贤之生均在弘以前。而史固言弘高宗第五子，贤高宗第六子也。此亦不可解者也。

弘为太子20年而薨。其死不明。《通鉴》卷二〇二上元二年（675）纪其事云：

> 太子弘仁孝谦谨，上甚爱之。礼接士大夫，中外属心。天后方逞其志，太子奏请，数忤旨，由是失爱于天后。义阳、宣城二公主，萧淑妃之女也，坐母得罪，幽于掖庭，年逾三十不嫁。太子见之，惊恻，遽奏请出降。上许之。天后怒，即日以公主配当上翊卫权毅、王遂古。四月己亥，太子薨于合璧宫。时人以为天后鸩之也。

《旧唐书》卷八十六弘传云：上元二年，太子从幸合璧宫，寻薨。盖仍唐国史旧文。不言鸩死，为武后讳之也。《新唐书》卷八十一弘传则径云：上元二年，从幸合璧宫，遇鸩薨矣。宣城公主即高安公主。所降王遂古，《会要》卷六《公主篇》、《新唐书》卷八十三《诸公主传》皆作王勗，当是一人。勗，天授中为武后所诛，而公主幸免，至睿宗时始薨。见《新唐书》。

贤，上元二年（675）六月戊寅立为太子，永隆元年（680）废为庶人。开耀元年（681）徙于巴州，文明元年（684）武后临朝，诏左金吾将军丘神勣诣巴州，检校故太子贤宅，逼令自杀。贤为太子6年而废。其见废始末，《旧唐书》卷八十六、《新唐书》卷八十一本传及《通鉴》卷二〇二《高宗纪》永隆元年所载皆同，今引《通鉴》文：

> 太子贤闻宫中窃议，以贤为天后姊韩国夫人所生，内自疑惧。明崇俨以厌胜之术为天后所信，常密称太子不堪承嗣，英王貌类太宗。又言相王相最贵。天后尝命北门学士撰《少阳正范》及《孝子传》以赐太子，又数作书诮让之。太子愈不自安。及崇俨死，贼不得。天后疑太子所为。太子颇好声色，与户奴赵道生等狎昵，多赐之金帛。天后使人告其事，诏薛元超、裴炎与御史大夫高智周等杂鞫之。于东宫马坊搜得皂甲数百领，以为反具。道生又款称太子使道生杀崇俨。上素爱太子，迟回欲宥之。天后曰：“为人子怀逆谋，天地所不容。大义灭亲，何可赦也！”八月甲子，废太子贤为庶人。仍焚其甲于天津桥南，以示士民。

弘失爱于武后，由自居于不疑之地，奏请数迕后旨。及奏请义阳、宣城二公主出降，后以为同情于其仇，怒之甚，遂萌杀机。然鸩之而云病不起，且加尊名，谥为孝敬皇帝，虽以掩其杀子之迹，亦究以亲生子故，不能无痛，姑假此以自慰也。故弘之死虽可哀悯，而自后言，尚属不得已。至贤之见废，则纯因后疏忌之，始加以谋逆之恶名，终则迫令自杀，与其所以处置弘者大异，其故颇耐寻思也。宫中窃议以贤为天后姊韩国夫人所生，此言最可注意。明崇俨称太子不堪承嗣，英王貌类太宗，相王相最贵。英王谓中宗，中宗本封周王，仪凤二年（677）徙封英王。相王谓睿宗，睿宗上元三年（676）由冀王徙封相王。崇俨必知太子非武后出，揣摩后旨而为此言。则贤为后姊韩国夫人所生，殆事实也。

后姊韩国夫人生子，何以为后子？《通鉴》卷二〇一《高宗纪》乾封元年（666）八月书云：

> 初，武士彠娶相里氏，生男元庆、元爽。又娶杨氏，生三女，长适越王府法曹贺兰越石，次皇后，次适郭孝慎。士彠卒，元庆、元爽及士彠兄子惟良、怀运，皆不礼于杨氏。杨氏深衔之。越石、孝慎及孝慎妻并早卒。越石妻生敏之及一女而寡。后既立，杨氏号荣国夫人，越石妻号韩国夫人。惟良自始州长史超迁司尉少卿，怀运自瀛州长史迁淄州刺史，元庆自右卫郎将为宗正少卿，元爽自安州户曹累迁少府少监。荣国夫人尝置酒。谓惟良等曰："颇忆畴昔之事乎？今日之荣贵复何如？"对曰："惟良等幸以功臣子弟早登宦籍，揣分量才，不求贵达，岂意以皇后之故，曲荷朝恩！夙夜忧惧，不为荣也。"荣国不悦。皇后乃上疏，请出惟良等为远州刺史。于是以惟良检校始州刺史，元庆为龙州刺史，元爽为濠州刺史。元庆至州，以忧卒。元爽坐事流振州而死。韩国夫人及其女以后故出入禁中，皆得幸于上。韩国寻卒，其女赐号魏国夫人。上欲以魏国为内职，心难后，未决。后恶之。会惟良、怀运与诸州刺史诣泰山朝觐，从至京师。惟良等献食，后密置毒醢中，使魏国食之，暴卒。因归罪于惟良、怀运，诛之。

韩国之死盖不明，以魏国之死知之。徐敬业移檄州郡讨武氏，有"杀姊屠兄"之言。《通鉴》胡注云"姊谓韩国夫人"是也。史称"后城寓深，柔屈不耻以就大事，高宗以为能奉己，故立之。已得志，即盗威福，无惮避，帝亦儒昏，举能钳勒。"方后之为昭仪也，图为后，与王皇后萧淑妃争宠，韩国是时得幸高宗，虽心所不喜，固不之禁。岂唯不之禁而已，且或故纵之以徼帝欢，及得立为后，旋即除之。此后之权也。后杀姊及姊女魏国夫人，以妒嫉。其杀异母兄元庆、元爽及从兄惟良、怀运，则为母杨氏之故。然后于母杨氏似亦有所不满。杨氏卒于咸亨元年（670），赠太原王妃。《通鉴》卷二〇二咸亨二年（671）书云：

> 初，武元庆等既死，皇后奏以其姊子贺兰敏之为士䕶之嗣，改姓武氏。魏国夫人之死也，上见敏之，悲泣曰："曏吾出视朝，犹无恙；退朝，已不救。何苍猝如此！"敏之号哭不对。后闻之，曰："此儿疑我。"由是恶之。敏之貌美，蒸于太原王妃。司卫少卿杨思俭女有殊色，上及后自选以为太子妃，婚有日矣。敏之逼而淫之。后于是表言敏之前后罪恶，请加窜逐。六月，丙子，敕流雷州，复其本姓。至韶州，以马缰绞死。

杨思俭乃高祖相恭仁弟缑之子，官至卫尉少卿，见《新唐书》卷七十一下《宰相世系表》；龙朔元年（661）为太子中舍人，预修"瑶山玉彩"，见《旧唐书》弘传。弘咸亨四年（673）纳左金吾将军裴居道女为妃，见《旧唐书·高宗纪》。敏之蒸其外祖母太原王妃，又逼淫太子妃，如后之言实，死有余辜。然后之恶敏之，以敏之痛其同母姊妹魏国夫人之死，且以恶敏之欲死之之故，不惜暴其母太原王妃之丑行，则后之有憾于杨氏可知也。徐敬业檄数武氏罪，又有"弑君鸩母"之言。《通鉴》胡注云："此以高宗晏驾及太原王妃之死为后罪。""以为后罪"者，非其罪之谓也。然胡氏殆未注意《通鉴》此条；苟注意此条，其注敬业檄，恐亦未必作如是解矣。

韩国及其女出入禁中并得幸高宗，《新唐书》卷七十六《武后传》亦载其事。史家之言如此，则当时宫中窃议，谓贤为后姊韩国夫人所生，绝非无因。后何时入宫为昭仪，两《唐书·则天皇后纪》、《通鉴·高宗纪》均无明文，唯《新唐书》卷七十六高宗废后王氏传云："武才人贞观末以先帝宫人召为昭仪"，殆去事实不远。假令武后入宫在贞观末永徽初，则韩国以后故出入禁中，度亦在此时。韩国生子，高宗讳之，于是贤为武后子矣。两《唐书》均云贤为武后子，而于贤传内特记宫人之言，使读者自思之。此史家之微旨也。或曰：贤非武后子。弘卒，后何不径立英王而立贤乎？曰：此易解。弘卒，贤在 3 子中，以年长次当立。贤之生，后既以为己子矣。不得于 20 余年后易其词曰：此非吾子。亦不得云是韩国子也。且贤虽非后出，自幼鞠于后，初不自知为韩国子。以是得立。然后立之而不敢信其附己，贤为后姊韩国生，贤旋亦知之。虽见立而内自疑惧，母子之间，猜疑日甚，此贤之所以不免也。由贤言，则知谓他人母之难。由后言，则知后始立贤，本属勉强。特以立英王无以为词，不得已而立之，不可以立贤之故即谓贤必为武后子也。贤非后所生，而后以为己子，史家因依后之言书之，此记载之体宜尔也。宫中窃言贤为天后姊韩国夫人所生，史家又书之，此疑以传疑也。实则宫人窃议之言未必假，后之言宣于外者未必真，苟不拘文字，于当时事稍加思索，不难辨而知之，此士之所以贵善读书也。

　　至史书记弘、贤年参差，或自相冲突，未必尽为传写之误。余则疑弘生不在永徽三年。何以言之？《旧唐书》卷八十六《燕王忠传》云：

　　永徽三年（652），立忠为皇太子。六年，加元服。其年，王皇后被废，武昭仪所生皇子弘，年三岁。礼部尚书许敬宗希旨上疏曰："伏惟陛下宪章千古，含育万邦。爰立圣慈，母仪天下。既而皇后生子，合处少阳。出自涂山，是谓吾君之胤；凤闻（'闻'《会要》四作'娴'）胎教，宜展问竖之心。乃复为孽夺宗，降居藩邸。臣以愚诚，窃所未喻。且今之守器，素非皇嫡。永徽爰始，国本未生。权引彗星，越升明两。近者元妃载诞，正胤降神。重光日融，爝晖（'晖'《会要》作'火'）宜息。宁可反植枝干，久易位于天庭；倒袭裳衣，使违方于震位。蠢尔黎遮，云谁系心；垂裕后昆，将何播美？"高宗从之。显庆元年（656），废忠为梁王。

武后生子，在为皇后之先。敬宗疏言"皇后生子，合处少阳"。此敬宗措辞之体宜尔。"永徽爰始，国本未生，权引彗星，越升明两。"此指永徽三年（652）立忠为太子事。其时王皇后无子，故曰国本未生。然使永徽三年弘已生，则敬宗此语，殊为不检。以敬宗之善媚，必不轻易措辞如此。知弘不生永徽三年也。证一。又曰："近者元妃载诞，正胤降神。"近者对永徽始言。敬宗疏奏在永徽六年（655）十一月。敬宗疏永徽始既指永徽前三年言，则近者必指三年后六年前。证二。《旧唐书》忠传云永徽六年王皇后被废，武昭仪所生皇子弘年3岁。明年4岁。与《通鉴》显庆元年弘年4岁之言合。证三。知弘生永徽四年（653）无疑矣。《旧唐书·高宗纪》云永徽五年（654）十二月戊午，高宗发京师，谒昭陵，在路生皇子贤。记贤生能举其时，又能举其地，似是事实。《旧唐书》贤传云文明元年（684）自杀，年32。"二"字盖"一"字之误耳。唯《新唐书》贤传云贤自杀年34。如其所说，则贤长于弘。而《旧唐书》高宗诸子传、《会要》卷二卷四并云：弘高宗第五子，贤高宗第六子。《通鉴》卷二二〇至德二载（757）九月，载李泌对肃宗之言，亦云天后有4子，长曰太子弘，次子雍王贤。《新唐书》记贤年不唯与诸书所记弘、贤行第不合，与本书所书高宗8子次第亦不合，殊不足据。两《唐书》、《通鉴》记弘贤年多歧，本不易解。今因考贤事推弘、贤生年，以己意裁之。虽所关者细，粗有发明，或亦读史者所不弃耳。

原载 1947 年《辅仁学志》第十五卷第一期第二期合刊

附　记

余于 1947 年撰《唐章怀太子贤所生母稽疑》，谓章怀太子贤文明元年（684）自杀，年 31。辩《旧唐书》贤传"文明元年自杀，年三十二"、《新唐书》贤传"文明元年自杀，年三十四"之误。1972 年 2 月，陕西省乾县乾陵公社发现唐章怀太子贤墓。"陕西省博物馆乾县文教局唐墓发掘组"所作《唐章怀太子墓发掘简报》（1972 年《文物》第七期）载墓中有墓志铭二：一为"大唐故雍王墓志铭并序"，铭后不署撰人名氏；一为"大唐故雍王赠章怀太子墓志铭并序"，卢粲（贤子邠王守礼师）撰，岐王范书。《简报》于墓志、盖长宽厚之度，盖、志文行款，每行若干字，四周雕饰图样，记载甚详。其两墓志铭照相缩印，字细小不可辨认。1973 年，友人史树青为余寻得两墓志铭并序之全文打字本赠余。余始得详细读之。不知何人撰"大唐故雍王墓志铭序"云："文明元年二月二十日，薨于巴州之别馆，年三十有一。垂拱元年（685）三月二十九日，恩制追封雍王，谥曰悼。葬于巴州化城县境。神龙二年（706），册赠司徒，仍令陪葬乾陵。以神龙二年七月一日，迁窆。"卢粲撰"大唐故雍王赠章怀太子墓志铭序"云："文明元年二月二十七日，终于巴州之公馆，春秋三十有一。垂拱元年四月二十二日，皇太后使司膳卿李知十持节册命追封为雍王。神龙元年（705）恩制追赠司徒，令胤子守礼往巴州迎枢还京，仍许陪葬乾陵柏城之内。景云二年（711），四月十九日，又奉敕追赠册命为章怀太子。"（卢粲撰《墓志铭序》"文明元年（684）二月二十七日"，打字本不知何人撰"大唐故雍王墓志铭序"作"文明元年二月二十日"。卢粲撰《墓志铭序》"垂拱元年（685）四月二十二日"，打字本不知何人撰"大唐故雍王墓志铭序"作"垂拱元年三月二十九日"）两《墓志铭序》皆云文明元年贤终，年 31。与余1947 年所论贤文明元年卒年 31 之言合。

1982 年 8 月 30 日记

唐宗室与李白

唐·范传正《唐左拾遗翰林学士李公新墓碑铭序》云：

  陇西成纪人，凉武昭王九代孙。隋末多难，一房被窜于碎叶，流离散落，隐易姓名，故自国朝以来，（未）编于属籍。神龙初，潜还广汉，因侨为郡人。父客，以逋其邑，遂以客为名，高卧雪林，不求禄仕。公之生也，先府君指天枝以复姓，先夫人梦长庚而告祥，名之与字，咸所取象。……

《新唐书》卷二〇二《李白传》云：

  李白字太白，兴圣皇帝九世孙。其先隋末以罪徙西域。神龙初，遁还巴西。（巴西唐县，属绵州。唐绵州，汉广汉郡地。）白之生母，梦长庚星，因以命之。

文与传正所撰《碑序》同，盖即本之。传正《碑序》，纪白先世事，据白孙女所藏白亡子伯禽手疏，似不应误。然云白为凉武昭王九代孙，即可疑。自凉武昭王暠至高祖渊八世，自暠子歆至高祖渊七世。故《旧唐书·高祖纪》云：高祖凉武昭王暠七代孙。今云白为暠九代孙，则白与高宗治为兄弟行。于玄宗隆基，为大父行矣。以《白集》考之，知其不然。《白集》有《感时留别从兄徐王延年从弟延龄》诗云：

> 七叶运皇化，千龄光本支。仙风生指树，大雅歌麟斯。
> 诸王若鸾虬，肃穆列藩维。……列载十八年，未曾辄迁移。
> 大臣小喑鸣，谪窜天南垂。佐郡浙江西，病闲绝驱驰。

据《新唐书》卷七十九高祖子《徐康王元礼传》：

> 元礼始王郑，后徙王徐。子茂为淮南王，上元中，流死
> 振州。神龙初，以茂子璀嗣。薨，子延年嗣，拔汗那王入
> 朝，延年将以女嫁之，为右相李林甫劾奏，贬文安郡别驾，
> 终余杭司马。

《新唐书》卷七十下《宗室世系表》，徐王房所载徐王后裔与传同。拔汗那西域国名。开元二十七年（739）其王阿悉烂达干，助平吐火仙有功，册拜奉化王。天宝三载（744），改其国号为宁远。封宗室女为和义公主，降之。见《新唐书》卷二二一下、《通鉴》卷二一四及卷二一五。白诗"大臣小喑鸣"，指李林甫也。"佐郡浙江西"，谓延年为余杭郡司马也。延年，高祖玄孙，与玄宗为兄弟行。今白诗称延年为从兄，则白非凉武昭王暠九代孙明矣。《集》又有《陪族叔刑部侍郎晔及中书贾舍人至游洞庭》诗。《新唐书》卷七十上《宗室世系表》，大郑王房有晔名，其世系如下：

> 郑孝王亮——淮南靖王神通——盐州刺史孝锐——淮安
> 忠公宗正卿琇——刑部侍郎晔

郑王亮乃李虎之子，李昞之弟，高祖渊之叔父也。其玄孙晔与睿宗旦为兄弟行。此诗称晔为族叔，上所引诗称延年为从兄，其世次正合。则白非凉武昭王暠九代孙益可知矣。

范传正谓白为凉武昭王九代孙，以白诗考之，其误明甚。其称"隋末多难，一房被窜于碎叶，流离散落，隐易姓名，故自国初以来，未编于属籍。神龙初，潜还广汉，……父客，以逋其邑，遂以客为名，……不求禄仕"。事尤可怪。隋末多难，盖指

炀帝末反隋诸军并起，高祖起义言。史称淮安王神通，隋大业末在长安。高祖兵兴，吏逮捕，亡命入鄠南山。是当高祖起义时，唐宗室在关中者，有为吏迫害之虞。然神通不过亡命南山，且举兵与平阳公主兵合，徇鄠下之。则其时隋吏之无力可知。且碎叶者西域名城，在唐为北庭地，在隋为西突厥地。当隋之末，白之先人，以唐宗室故，纵为隋吏所拘，而其时隋已乱，西突厥统叶护可汗方强，雄视西域，不受隋命令，又安能窜之于碎叶乎？此可疑者一。即使窜至碎叶，唐不久得天下，且武德时西突厥与唐交方睦，宜归矣。而又不即回，迟至80余年，至神龙初，始潜还广汉，愈不合理。此可疑者二。然传正纪此事，固据白子伯禽手疏。使无其事，白子又何必为此狡狯乎？若谓伯禽疏本无之，系传正所托，则亦无此理。然则将如何解释乎？

余谓白先人窜碎叶，事盖有之，特伯禽所记时代错误耳。其称隋末，固不合理。今若将其事下移70余年，认为是武后光宅、天授年间事，则于理合矣。当光宅元年（684），武后立武氏七庙，裴炎谏，得罪死。诸武用事，众心愤惋。徐敬业起兵扬州，移檄讨武氏，为李孝逸所败。孝逸者，唐宗室淮安王神通子也。虽有功于武氏，寻亦流死。及垂拱四年，太宗子豫州刺史越王贞、贞子博州刺史琅琊王冲，举兵谋匡复，皆败死。其因同谋而死者，为高祖子韩王元嘉、霍王元轨、鲁王灵夔及诸王子。其不预谋而于垂拱、永昌、天授中先后被杀或谪死者，又有舒王元名父子、江安王元祥子、密王元晓子、滕王元婴子、郑王元懿子、虢王元凤子、道王元庆子，皆高祖子孙也。纪王慎父子、魏王泰子、蜀王愔子、蒋王恽子，皆太宗子孙也。泽王上金父子、许王素节父子、故太子贤子，皆高宗子孙也。唐之宗室，于是殆尽。凡武后所诛诸王妃主驸马等，皆无人葬埋。其子孙壮者诛死，幼者皆没为官奴，或流窜岭表，或匿人间佣保。至神龙元年

（705），始制州县访诸王枢，以礼改葬，追复元爵。召其子孙使之承袭，无子孙者，为择后置之。诸王子孙至是相继出，入见中宗，皆号恸。帝为之泣下。此元年二月事也。白父客如为一祖二宗裔孙，此时当出。然竟高卧不求禄仕，则非一祖二宗裔可知也。然神龙元年虽有使诸王子孙袭爵之诏，而越王贞子孙不在数内。其臣寮武后时流放者万族。是年，亦令其子孙复资荫，而徐敬业、裴炎子孙不在内。《通鉴》卷二〇七载神龙元年春正月壬午朔，赦天下改元，自文明以来得罪者，非扬、豫、博三州及诸反逆魁首，咸赦除之。三月甲申制：文明以来，破家子孙，皆复资荫，唯徐敬业、裴炎不在免限。是其证也。文明元年（684），九月改元光宅。扬谓徐敬业，豫、博谓越王贞及子冲也。《新唐书》卷八十《越王贞传》云：神龙初，敬晖等奏冲父子死社稷，请复爵土。为武三思等沮罢。则神龙元年大赦，贞父子、徐敬业、裴炎子孙皆不在免限即武三思之意。《新唐书·越王贞传》又云：开元四年（716），复爵土。五年诏：王嗣绝，其以贞从孙故许王子霬国公琳嗣王。琳薨爵不传。贞最幼息珍子谪岭表，数世不能归。开成中女孙道士元真持四世丧北还，求祔王茔。贞自有后，而诏谓嗣绝，何也？《唐会要》卷五引开成四年（839）六月降敕曰：越王枉陷非辜，寻已昭雪，其孙珍子（云孙珍子与《新唐书》异）他事配流，数代漂蓬，不还京国。则珍子自缘他事配流。其配流似当在开元五年（717）前，坐何事则不可知矣。故许王谓素节。《新唐书》卷七十下《宗室世系表》许王房，载素节子有中山郡王琳。琳子霬国公随。卷八十一《素节传》，称素节子琳，开元初封嗣越王，官至右监门卫将军。子随，封霬国公。霬国公乃琳子随爵。诏云以霬国公琳嗣王，疑传写之误。《传》云琳薨，爵不传。而《宗室世系表》越王房临淮公珍子下，五代有嗣越王存绍。盖开成后为越王所置后。越王贞裔袭爵事，史书所载，分明如此。则白父客非越王贞裔，又可知也。白盖唐室疏族。考凉武昭王暠 10 子，第二子歆，即后主。歆 8 子，其一重耳。重耳生熙，是为唐献祖宣皇帝。熙生天赐，是为唐懿祖光皇帝。天赐 3 子，第二子虎，是为唐太祖景皇帝。《新唐书·宗室世系表》，记唐宗室，自天赐子孙始。宗室列传，自虎子孙始。白为暠后，虽不知何房，要其所出始祖，在天赐前。以世已远，故不列属籍。而其房自有谱，故与唐宗室诸人行辈可考，称谓不谬。其先人之被窜，必是武后时坐扬、豫、博党得罪。以扬、豫、博在神龙初犹不赦，故白父潜还广汉，不敢露真姓名。及白生，事已缓，始指天枝以复姓也。其窜于碎叶，亦犹裴炎从子伷先之流北庭，不必以远为怪也。《旧唐书·李白传》不载白先人隋末徙碎叶事，盖未见传正文。《新唐书》白传据传正文载此事，未为失。第沿传正文之旧，不曾考辨，致所书时代有误耳。余今订为武后时事，虽无确据，似乎可备一解。世之治《唐书》者，或亦有取于斯乎？

原载 1946 年 10 月 30 日《经世日报·读书周刊》第十二期

作者主要论著目录

一　论文

《水浒传》旧本考，原载《沧州集》上册。

三言二拍源流考，原载《沧州集》上册。

李笠翁与《十二楼》，原载《沧州后集》。

关于《儿女英雄传》，原载《沧州后集》。

近世戏曲的演唱形式出自傀儡戏影戏考，原载《沧州集》上册。

吴昌龄与杂剧《西游记》，原载《沧州集》下册。

关汉卿行年考，原载《沧州集》下册。

唐代俗讲规范与其本的体裁，原载《沧州集》上册。

刘裕与士大夫，原载《沧州后集》。

唐章怀太子贤所生母稽疑，原载《沧州后集》。

唐宗室与李白，原载《沧州后集》。

二　专著

《沧州集》，中华书局 1965 年出版。

《沧州后集》，中华书局 1983 年出版。

《中国通俗小说书目》，人民文学出版社 1982 年新一版。

《日本东京所见小说书目》，人民文学出版社 1958 年出版。

《大连图书馆所见小说书目》，人民

文学出版社 1958 年出版。与《日本东京所见小说书目》合编一册。

《戏曲小说书目解题》，人民文学出版社 1990 年出版。

《小说旁证》，人民文学出版社

2000 年出版。

《也是园古今杂剧考》，上海杂志公司出版社 1953 年出版。

《元曲家考略》，上海古籍出版社 1981 年出版。

作者年表

孙楷第,字子书。河北沧县(河北南皮)人。

1898 年 1 月

出生于沧县王寺镇一个乡村小学教员的家庭。

1911 年

入沧州州立小学。当时傅增湘先生任直隶提学使,检查学政至沧州,阅孙楷第作文,颇欣赏。

1922 年

考入北京师范大学国文系。在读期间,受业于杨树达、黎锦熙、刘复、黄侃诸先生。

1928 年

毕业于北京师范大学。毕业后,先在北京师范大学任助教,后就职于《中国大辞典》编纂处、北平图书馆(今中国国家图书馆),

任编辑。曾兼任北京师范大学、辅仁大学讲师。

1931 年

1931 年初,任北平图书馆写经组组长。9 月,由北平图书馆委派,赴日本访书。回国时,路经大连,在大连图书馆阅馆藏小说。

1932 年

由胡适作序,出版了《日本东京所见小说书目》与《大连图书馆所见小说书目》。这两种书是现代较早问世的小说书目专书。对于现代小说研究、中国古典小说目录学,都有开创意义。

1933 年

由郑振铎作序,出版了《中国通俗小说书目》。

1934 年

开始为日本东方文化协会的项目《续修四库全书》撰写提要。

1935 年

陆续写作并发表《小说旁证》。

1937 年

4 月，专程到上海涵芬楼访书。夏，任北京大学副教授。北平沦陷后，回到北平图书馆工作。因抗日战争爆发，坚决终止为日本东方文化协会《续修四库全书》撰写提要。

1940 年

发表《述也是园旧藏古今杂剧》。

1941 年

日本宪兵强行接管北平图书馆，孙先生愤然弃职家居。

1942 年

任辅仁大学专任讲师。

1945 年

日本投降之后，为北京大学聘为国文系教授。在校期间，支持并亲身参与学生的爱国民主运动。

1948 年

转入燕京大学国文系任教授。

1949 年

北京解放，7 月，出席中国第一届文代会。

1951 年

加入民盟。

1952 年

中国大专院校院系调整，改任北京大学中文系教授。

1953 年

成立北京大学文学研究所（即中国社会科学院文学研究所前身）。孙先生是建所初期聘任的研究员。

1956 年

评聘为北京大学文学研究所二级研究员。

1958 年

任古籍整理出版规划小组文学组成员。

1965 年

将自己的重要论文，结为《沧州集》，当年 12 月，由中华书局出版。全书分上下两册，共 42 万字，包括 20 年代以来撰写的论文 40 余篇。全书尚未正式发行，因"文化大革命"，将其封存。

1966 年

"文化大革命"的十年浩劫开始，孙先生受到批判。这是继 1957 年定为"中右"（1979 年平反）之后，再次受到不公平的待遇。

1969 年

文学研究所的工宣队，宣布下放

干校的人员名单，年已 70 的孙先生在其中，在出发前，全部藏书、资料、文稿均遭浩劫，全部遗失。

1971 年

1 月，从五七干校撤回北京。

1978 年

中国科学院哲学社会科学学部撤销。任中国社会科学院文学研究所研究员。

1983 年

中华书局出版了孙先生亲自编定的第二部论文集《沧州后集》。

1986 年

孙先生正在整理自己为《续修四库全书》撰写的提要，准备结为《戏曲小说书录解题》出版。于 3 月初因病住院，6 月 23 日在北京协和医院病逝。7 月 5 日，遵孙先生遗嘱，亲友将其骨灰撒在当年他求学的北京师范大学校园内。